* 1974
Micha Eristawi
Lana
* 1953
ty Jaszi
24
Andro Eristawi
* 1924
Simon Jaszi
Sopio Eristawi

Ósme życie

(dla Brilki)

TOM II

NINO HARATISCHWILI

Ósme życie

(dla Brilki)

TOM II

TŁUMACZENIE URSZULA POPRAWSKA

OTWARTE

KRAKÓW 2016

Tytuł oryginału: *Das Achte Leben (für Brilka)*
[Teil 2]

Tłumaczenie niniejszego dzieła zostało wsparte w formie grantu udzielonego przez Goethe-Institut, który jest finansowany przez niemieckie Ministerstwo Spraw Zagranicznych

GOETHE INSTITUT

Opieka redakcyjna: Robert Chojnacki

Opracowanie typograficzne książki: Daniel Malak

Adiustacja: Bogumiła Ziembla / Wydawnictwo JAK

Korekta: Maria Armata / Wydawnictwo JAK,
Bogumiła Ziembla / Wydawnictwo JAK

Łamanie: Andrzej Choczewski / Wydawnictwo JAK

Projekt okładki i wyklejki: Eliza Luty

Fotografie na okładce: dziewczyna – © DSerov / Shutterstock.com, kobieta – © Nick Dolding / Iconica / Getty Images, pismo gruzińskie – © Nino Haratischwili, zdjęcie ryciny przedstawiającej Tbilisi (okładka i wyklejka) – © iStockphoto.com / ilbusca

ISBN 978-83-7515-406-1

Wydawca dołożył wszelkich starań, aby podać źródła cytatów.
Cytaty nieopisane bibliograficznie – w przekładzie tłumaczki

OTWARTE

www.otwarte.eu

Dystrybucja: SIW Znak.
Zapraszamy na www.znak.com.pl

Wydawnictwo Otwarte sp. z o.o.,
ul. Smolki 5/302, 30-513 Kraków. Wydanie I, 2016.
Druk: Colonel, ul. Dąbrowskiego 16, Kraków

KSIĘGA V
ELENE

(...) z białawych oczu nie widzących rosa
strumieniem strzeli, porazi niebiosa.

Josif Brodski,
Exegi Monumentum,
przeł. Katarzyna Krzyżewska

Podczas nasilającej się zimnej wojny Chruszczow kazał trzykrotnie zwiększyć środki na rozbudowę zasobów broni nuklearnej oraz floty radzieckich okrętów podwodnych. Rywalizacja między Stanami Zjednoczonymi i Związkiem Radzieckim w dziedzinie podboju kosmosu była coraz bardziej zaciekła. A bomba atomowa, którą Rosjanie zbudowali już w 1949 roku, dawała im poczucie wszechmocy. Bomba była zresztą kopią amerykańskiej – tej, która obróciła w perzynę Nagasaki. Generalissimus rozkazał skopiować ją swoim naukowcom i podobno dodał przy tym, że nieudanych eksperymentów nie będzie tolerował.

Teraz z rozkazu Chruszczowa radzieccy uczeni znów pracowali na najwyższych obrotach, by dotrzymać kroku Amerykanom. Liczba prób jądrowych niebezpiecznie rosła i wkrótce miała osiągnąć poziom osiemdziesięciu rocznie – od 1942 do 1996 roku przeprowadzono ich w sumie siedemset piętnaście. Ich skutki, zwłaszcza skażenie środowiska naturalnego, wcale nie spędzały decydentom snu z powiek. Pieniądze na przemysł zbrojeniowy płynęły szerokim strumieniem. Czterdzieści tysięcy ludzi pracowało na sukces stoczni, z której wychodziły pierwsze radzieckie okręty podwodne z tytanowym kadłubem i napędem atomowym. Podczas gdy reszta świata, łącznie ze Stanami Zjednoczonymi, dysponowała wtedy stu pięćdziesięcioma dziewięcioma okrętami podwodnymi z napędem nuklearnym, flota radziecka miała ich dwieście dwadzieścia osiem.

Kostia Jaszi pojechał do Gorkiego, gdzie w stoczni z dumą podziwiał pierwszy egzemplarz okrętu podwodnego z napędem atomowym.

Tymczasem na wzgórzu Wery, w starej willi, w której papuga Goya, Elene oraz dziwaczna para Stazja i Kristine tworzyły nierozłączną wspólnotę, Nana wzięła się do pisania pracy doktorskiej.

Nana starała się tworzyć przeciwwagę dla teściowej i jej siostry. Podczas gdy one były zwolenniczkami swobodnego wychowania dzieci, Nana żądała od córki dyscypliny, co jednak przynosiło mizerne rezultaty, ponieważ Elene była wyjątkowo krnąbrna. Nana kładła to na karb wpływu babć.

Dziko rosnący ogród, wrzaskliwa papuga, głośne arie operowe, stare łańcuszki i wstążki w pokoju Kristine – wszystko to umacniało w Elene ducha swobody. Sprzeciwiała się matce, jak tylko mogła. W walce o dobro wnuczki obie starsze panie zawsze miały na podorędziu argumenty popierające ich stanowisko. Ich pomysły i ich światy były dla Elene ciekawsze niż bezbarwne rządy Nany.

Tylko w lecie, kiedy Kostia przyjeżdżał w rodzinne strony, by z żoną i córką spędzić kilka tygodni pod palmami nad Morzem Czarnym albo w kurortach takich jak Bordżomi i Sairme, udawało im się jeszcze zachowywać pozory szczęśliwej rodziny. Uwagi Kostii nie uszedł ponury wyraz oczu córki, który nie znikał, choć przecież teraz Elene tak rzadko miała okazję przebywać z obojgiem rodziców. Nana również go dostrzegła. Latem, gdy z horyzontu znikały Stazja i Kristine, Nana zadawała sobie wiele trudu, aby być matką jeszcze lepszą niż zwykle. Chciała, by Elene była zadowolona, pragnęła także udowodnić sobie i mężowi, że jej metody wychowawcze przynoszą rezultaty. Kostię jednak irytowało jej zbyt surowe, gruzińskie pojmowanie roli matki. W czasie wakacji, kiedy cały swój czas mógł poświęcić córce, chciał spełniać każde jej życzenie, a nie wychowywać, chciał ją rozpieszczać, a nie upominać. Dla cierpliwej i zazwyczaj ugodowo nastawionej Nany te letnie tygodnie były prawdziwą próbą nerwów. Przeklinała w duszy niewdzięczną rolę, jaka przypadła jej w udziale. Czuła, że jest niezrozumiana, wystawiona na ataki ze wszystkich stron i że w nikim nie ma wsparcia.

Pewnego gorącego sierpniowego wieczoru w Bordżomi, gdy wypili już bogatą w jod leczniczą wodę i wraz z innymi zamożnymi kuracjuszami zjedli kolację, Kostia, idąc do łazienki, zatrzymał się przy łóżku żony z brzytwą do golenia w ręce i zakomunikował:

– Kiedy przyjdzie pora, Elene pójdzie do odpowiedniej szkoły, ale nie w tym kraju. Chcę, żeby moja córka otrzymała dobre wykształcenie. Moja pozycja daje mi takie możliwości. Bylibyśmy głupi, gdybyśmy ich nie wykorzystali.

– Nie sądzisz chyba, że puszczę sześcioletnią dziewczynkę do obcego miasta, tysiąc kilometrów ode mnie?

– Nie będę z tobą dyskutował. Poinformuję cię tylko we właściwym czasie, żebyś...

– Wybij to sobie z głowy. Nigdy w życiu!

– Mój Boże, Nano, kiedy wreszcie zbudzisz się ze swego patriotycznego snu?

– A ty? Kiedy wreszcie choć raz pomyślisz, co czują inni, nie tylko ty?

Na tym rozmowa się skończyła, bo Kostia nie odpowiedział, poszedł do łazienki. Tej nocy spali w oddzielnych łóżkach.

Kiedy Elene miała pójść do szkoły, Nana od dawna już nie miała na nią żadnego wpływu – zwyciężyła Stazja oraz bajeczny świat Kristine. Nana postanowiła więc wybrać mniejsze zło: wolała, by jej córka, choćby miała zostać rusofilką, była wykształcona i potrafiła o sobie decydować, niż żeby zdziczała albo zdziwaczała jak jej babka i cioteczna babka.

Stazja i Kristine podniosły larum, kiedy się dowiedziały o planie wysłania Elene do szkoły w Moskwie. Protestowały, argumentowały, groziły, ale Nana zasłaniała się życzeniem Kostii. Elene płakała, przeklinała i pokazywała matce język, lecz na nic to się zdało. Nana pozostała niewzruszona – jej dziecko nie może się rozwijać w towarzystwie dwóch dziwaczek.

W Moskwie Elene otrzyma solidne wykształcenie, nauczy się zachowywać jak dama, zamiast wrzeszczeć jak wariatka, będzie ładnie się ubierać, ładnie jeść, ładnie mówić.

Pewnego wieczoru, niedługo przed tym, jak Nana z ciężkim sercem, lecz jasnym celem miała pojechać z córką na lotnisko, Stazja postanowiła użyć magicznego sposobu swego ojca, żeby odwieść synową od jej zamiaru. Po raz pierwszy od długiego czasu ugotowała gorącą czekoladę. Tak jak się spodziewała, jej zapach przyciągnął Nanę, która nieświadoma zagrożenia usiadła przy kuchennym stole ze wzrokiem pełnym wdzięczności. A kiedy z zachwytem wyjadała z filiżanki aromatyczny, gęsty płyn, Stazja próbowała ją przekonać, by nie posyłała Elene tak daleko. Niewiele brakowało, by synowa pod wpływem czarodziejskiego przysmaku uległa jej prośbom, gdy do kuchni niepostrzeżenie weszła zaspana Elene w żółtej piżamie, obudzona kuszącym zapachem, i zanim Stazja zdołała ją powstrzymać, włożyła palec do filiżanki z czekoladą i oblizała go. Stazja zmartwiała z przerażenia i zamknęła oczy, czekając na cud. Ale takie cuda się nie zdarzają, Brilko.

Tej nocy Stazja długo przewracała się z boku na bok. Nie mogła zasnąć i błagała wszystkich bogów, istniejących i nieistniejących, by jej ukochana wnuczka ustrzegła się klątwy gorącej czekolady.

Następnego dnia, kiedy Elene przy akompaniamencie narzekań Stazji pakowała do walizki swoje pończoszki i majtki, ktoś zadzwonił do drzwi. Stazja, ciągle jeszcze zgnębiona zdarzeniem z poprzedniego wieczoru, otworzyła i zamarła ze zdumienia. Stał przed nią łysy, brodaty Andro Eristawi. Na rękach trzymał kopię siebie samego sprzed lat – te same loki, tylko ciemne, te same oczy, tylko żywszej barwy, ta sama sylwetka, tylko mocniejsza. Jedynie nos małego chłopca był bardziej mięsisty i usta pełniejsze.

Wizyta jak zły omen. Sumienie Stazji przez chwilę walczyło z rozsądkiem. Przypomniała sobie sen, w którym Sopio prosiła ją, by opowiedziała jej synowi o dobrym świecie, i w końcu rzuciła się Androwi na szyję i wycałowała go tak, jakby miał tyle lat co dziecko, które trzymał na rękach. Elene, szczęśliwa, że niespodziewana wizyta uwalnia ją od uciążliwego obowiązku pakowania, podbiegła do Michy, przyglądając mu się badawczo, lecz z czułością.

Szybko nakryto do stołu i Andro z Michą zajęli miejsce między Stazją a Kristine. Dorośli siedzieli, milcząc, ze zwieszonymi głowami. Widać było, że czują się niepewnie i nieswojo. Micheil, w odróżnieniu od Elene, która cały czas paplała, nawet z pełnymi ustami, ładnie jadł i dziękował za każdą rzecz, którą mu podano. Po posiłku Elene szybko wstała i odciągnęła Michę od stołu. Chciała mu pokazać ogród i Goyę. Gdy wypili zaparzoną po turecku kawę, od stołu wstała również Nana, przepraszając, że przed wyjazdem musi się jeszcze spakować. Andro, zostawszy sam ze Stazją i Kristine, mógł wreszcie wyjawić powód swej wizyty.

– Chciałbym go posłać do szkoły w mieście. Istnieje program dla uzdolnionych dzieci kołchozowych, a Micha jest bardzo zdolny. Tylko że ja nigdy nie dostanę zgody na zameldowanie w mieście. Gdybyście więc wy mogły wziąć go do siebie...

Zaległa cisza.

W końcu Stazja położyła dłoń na ręce Andra i skinęła głową.

– Oczywiście – powiedziała, mając ciągle przed oczyma twarz Sopio.

Nagle zrozumiała, że spełniając prośbę Andra, może naprawić to, co zaniedbała.

Kristine chrząknęła nerwowo, zaskoczona szybką decyzją siostry. Kiedyś przecież podobna decyzja przyniosła opłakane skutki.

Andro nieśmiało objął Stazję i pocałował ją w ramię. Był to smutny gest, który wyrażał głęboką pokorę. Stazja poczuła ulgę.

Andro podniósł się nagle, jakby już chciał wyjść, lecz znowu usiadł. Nerwowo miął skraj obrusa.

– Co u Kitty? Gdzie ona teraz jest?

Stazję i Kristine przeraziło to pytanie. Chciały mu powiedzieć, że lepiej nie poruszać tego tematu, bo same cierpią, uginając się pod ciężarem niewiedzy, i starają się nie zwariować ze zmartwienia. Kostia nie chciał im nic zdradzić, wiedziały tylko tyle, że Kitty jest w Anglii i że jest bezpieczna.

I wtedy po zapadłych policzkach Stazji spłynęła bezgłośnie łza, a za nią kolejne. Ani Andro, ani Kristine nie próbowali jej pocieszać, bo nie było pociechy dla matki, która straciła córkę.

Z ogrodu dobiegał wesoły, dźwięczny śmiech Elene i głośne sapanie Michy.

Następnego ranka Nana pojechała z Elene do Moskwy. Mieszkanie jej męża, tuż przy bulwarze Nikickim, zostało przygotowane na powitanie małej księżniczki przez Ludę, starszą kobietę, która była gospodynią Kostii. Elene miała chodzić do jednej z tych szkół, w której ławach zasiadały dzieci dygnitarzy partyjnych, dyrektorów i wyższych rangą oficerów. Pierwszego września także Micha miał rozpocząć naukę – w zwyczajnej szkole w Tbilisi.

Elene nienawidziła Moskwy, ale przede wszystkim od początku nienawidziła moskiewskiej szkoły: mundurka z grubej brązowej wełny, szorstkiego, wykrochmalonego białego fartuszka, białej opaski do włosów, surowych nauczycieli, nawet kolegów, bo wszyscy byli inni niż ona. Nienawidziła rodziców, za to że ją tu przywieźli, i zimnego klimatu tego olbrzymiego, szarego miasta.

Nienawidziła ponurych korytarzy z marmurowymi posadzkami w wysokim budynku szkoły, niedaleko dzisiejszego parku Gorkiego. Nienawidziła kierowcy ojca, który codziennie zawoził ją do szkoły, a po lekcjach odwoził do domu. Nienawidziła pochodów na cześć socjalizmu i partii, organizowanych pod koniec każdego miesiąca, nienawidziła nawet niedziel, kiedy ojciec brał dla niej wolne i próbował rozmawiać z nią jak z dorosłą, jakby była dostatecznie dojrzała i mądra. Nie chciała grać starszej, niż była, nie chciała być dojrzała i mądra dla swego ojca. I choć lubiła Ludę, która przygotowywała jej ulubione bliny, nienawidziła siebie za to.

Ale przede wszystkim nienawidziła chłopca, który w dniu jej wyjazdu w niezrozumiały dla niej sposób wprowadził się nieproszony do jej domu i zajął jej miejsce. Nienawidziła jego zadowolonego głosu, który słyszała w tle, kiedy rozmawiała przez telefon z matką, babcią albo siostrą babci. To ona powinna być na jego miejscu, to ona powinna mieć takie życie, jakie teraz miał on.

Micha natomiast kochał wszystko, co przynosiło życie w Tbilisi: szkołę, miasto, obie dziwne siostry, wycofaną, zasadniczą Nanę. Lubił podszytą poczuciem winy troskę, z jaką go traktowano. Podobało mu się, że znowu może być dzieckiem, że nie musi pomagać ojcu sprzątać podwórka ani słuchać ciągłych napomnień, żeby zachowywał się jak mężczyzna, a nie jak mięczak. Nie musiał też brać udziału w budzących lęk pogańskich rytuałach, które obowiązywały w jego wiosce.

Nana zdawała sobie sprawę, że Micha jest zupełnie inny niż Elene: istny wzór dobrych manier, skromności i uprzejmości. Dawał się kształtować jak glina, był wdzięczny za każdy drobiazg, ustępliwy, nieśmiały i nieskłonny do psot. Nigdy nie sprawiał nikomu przykrości. W szkole nie był szczególnie lubiany, lecz przynosił całkiem dobre stopnie i nigdy nie trzeba mu było przypominać o odrabianiu pracy domowej. Jego obecność w domu była prawie niezauważalna. Nie przerywał dorosłym, nie mlaskał przy jedzeniu, mył się bez przypominania, a idąc do swego pokoju, mijał pokoje starszych pań na palcach i nikomu z mieszkańców domu nie dał nigdy powodu do narzekań. Nana nieraz się zastanawiała, skąd ten chłopski syn miał takie maniery, i wyrzucała sobie, że może nie była dla Elene dobrą matką, nie umiała z nią postępować. Przychodziło jej do głowy, że może zrobiłaby lepiej, gdyby wprowadziła się do moskiewskiego mieszkania męża, kiedy jej proponował, „by wiedli normalne, wspólne życie rodzinne", jak się wyraził. Było jej prawie wstyd, bo musiała przyznać, że wtedy patrzyłaby w przyszłość z dużo mniejszą obawą niż teraz.

Michę od pierwszego dnia zauroczyła Kristine. Mimo że Stazja również starała się go sobie zjednać i dać mu poczucie, że jest częścią rodziny, sympatia Kristine była dla niego ważniejsza. Micha starał się odgadywać jej pragnienia i nastroje. Kiedy Kristine nastawiała płytę z *Normą*, wiedział, że jest w dobrym humorze, a więc może zostać w jej pokoju i razem z nią słuchać muzyki, która z początku go irytowała, lecz z czasem zaczęła mu się wydawać coraz piękniejsza, coraz bardziej wzniosła. Gdy Kristine słuchała *Toski*, wiedział, że jest nastrojona melancholijnie, a wtedy zbierał dla niej śliwki w ogrodzie, gdy zaś nie słuchała płyt, była zmęczona lub bolała ją głowa, nastawiał dla niej wodę na herbatę.

Kiedy Kristine odbierała go ze szkoły, pękał z dumy, że może spacerować z tą wytworną pięknością. Kristine bawiło uwielbienie, z jakim chłopiec ją traktował. Z początku, choć ze śmiechem burzyła mu loki, kręciła głową, widząc jego uległość, co zresztą go urażało, potem jednak stała się delikatniejsza. Nie odpowiedziała wprawdzie na jego nieśmiałą, romantyczną miłość w sposób tak głęboki, jak niegdyś swemu siostrzeńcowi, w końcu jednak uczyniła Michę swoim sprzymierzeńcem, co wprawiło go w euforię i pozwoliło mu poczuć się wybrankiem w jej tajemnym królestwie.

Chłopiec stał się dla Kristine pożądaną rozrywką w jej codzienności, w którą po odjeździe Elene wkradł się smutek. Poza tym podobały się jej jego dobre maniery, a cicha adoracja sprawiała jej przyjemność.

Sposób, w jaki czasem na nią patrzył, przypominał jej Kostię, dawne życie, czasy świetności. Coraz częściej szukała więc towarzystwa Michy, jakby chłopiec dawał jej coś, czego jej od dawna brakowało, i jakby tylko od niego mogła to przyjąć. Było to uczucie pełni – Micheil zachowywał się tak, jakby nie dostrzegał woalu osłaniającego połowę jej twarzy, lecz widział ją całą.

W willi Kristine zapanował spokój. Nanie wydawało się, że zrobiło się przytulniej, bardziej domowo, jakby dziczenie i zarastanie domu zostało powstrzymane. Udało się jej w końcu napisać pracę doktorską. Ceną były dwa lata życia i sześć kilo, które przybrała na wadze.

Senny spokój przerywały wyłącznie wieczorne telefony z Moskwy. Wtedy trzy kobiety zbierały się wokół aparatu i słuchały nieco roztargnionego głosu Elene i relacji Kostii o tym, jak Elene spędziła dzień, co zjadła na śniadanie, czy jest zaziębiona, czy ciepło się ubiera, czy dobrze wypadła w szkole, czy znalazła już przyjaciół i tak dalej.

W takich chwilach Micha siedział najczęściej w dawnym gabinecie Ramasa, gdzie znajdowała się domowa biblioteka, i próbował czytać. Nie mógł się jednak skupić, bo nasłuchiwał. Słyszał dumę w głosie Stazji, kiedy rozmawiała ze swoją wnuczką, słyszał obawę w głosie Nany, słyszał ukrywany zachwyt Kristine. Ogarniał go wtedy dziwny nastrój.

Zaczynał myśleć o górach, o swym rodzinnym domu, o ogorzałej twarzy matki, jej popękanych dłoniach i o pachnącym alkoholem oddechu posępnego ojca, o chłopcach z sąsiedztwa, którzy bezlitośnie z niego drwili, i ogarniał go strach. Bał się, że będzie musiał stąd odejść. Bardzo chciał tu pozostać, pod opieką tych trzech kobiet. Istniała jednak tamta dziewczynka, gdzieś daleko, dziewczynka o gęstych włosach i z poobijanymi kolanami. Wydawało mu się, że wystarczy jej głos, a wszystkie trzy kobiety porzucają go, całą swą uwagę skupiając na niej, oddalonej od nich o setki, tysiące kilometrów, podczas gdy on był w pokoju tylko kilka schodów wyżej.

Od kiedy Elene zamieszkała w Moskwie pod opieką ojca i Ludy, stała się o wiele grzeczniejsza. Przestała grymasić, odrabiała zadania domowe, chodziła z ojcem na różne uroczystości, do kina, do teatru, do muzeum, zachowywała się jak dama, umacniając Kostię w przeświadczeniu, że miał rację, gdy mówił do żony, że Elene wcale nie jest trudna w prowadzeniu, przeciwnie, jest najbardziej uległym dzieckiem na świecie, trzeba tylko wiedzieć, jak trafić do jej serca.

Elene dostrzegała błysk w oczach ojca, kiedy recytowała mu wiersze albo przynosiła do domu dobre stopnie. Cieszyło ją, że o nią dba. I choć niekiedy miała do niego żal, że to z jego powodu musiała przenieść się w te dalekie, zimne strony, ojciec był jej jedyną ostoją i zastępował jej wszystkich, do których tęskniła. W jej oczach był kimś wielkim: ludzie pozdrawiali go na ulicy niskim ukłonem, ojciec podejmował ważne decyzje i do późna w nocy siedział nad jakimiś planami, które Elene wydawały się bardzo tajemnicze.

Chociaż Luda odgadywała każde jej życzenie i nigdy nie podnosiła głosu, Elene tęskniła za wybuchami matki i jej napomnieniami i marzyła, by wróciła swoboda, jaką miała w domu Stazji i Kristine. Tu, w tych wysokich pomieszczeniach z ciężkimi, ciemnymi meblami, na szerokich ulicach i marmurowych schodach, nie było miejsca na głupstwa, tu wszystko działo się według planu. Planu jej ojca. Pod jego dowództwem Elene miała zostać jego najlepszym żołnierzem. Opierała się przed tym, lecz jednocześnie bała się go rozczarować. Ojciec był osobą o niepodważalnym autorytecie i tak zdecydowanie wyrażał swoje zdanie, że nie śmiała mu się sprzeciwiać.

Chciała swobodnie poznawać świat, pędzić przed siebie, samodzielnie dochodzić do celu, lecz zamiast tego szła spokojnym krokiem z trzymającą ją za rękę Ludą, jak wytworna dama wsiadała do dużego auta ojca, grzecznie odpowiadała na pytania zadawane przez dorosłych, dbała o swoje zabawki, pozwalała, by ojciec czytał jej na dobranoc książki, które sam wybrał, a potem, późną nocą, wtulała głowę w poduszkę i płakała tak długo, aż zasnęła z wyczerpania. Tylko perspektywa ferii zimowych i wakacji pozwalała jej to wszystko przetrwać, doczekać dnia, kiedy pojedzie z ojcem na lotnisko i poleci do Tbilisi.

W Tbilisi rzucała się wszystkim na szyję, rozdawała pocałunki, biegała, podskakiwała, śpiewała. Bo tu była u siebie w domu. Tutaj nie bała się nawet gniewu ojca, ponieważ tu jego zasady nie obowiązywały. Tu były mama, Stazja, Kristine, Goya, które ją chroniły. Była więc umyślnie uparta, wystawiała na próbę miłość matki i babci. Zamknięcie w pokoju za niegrzeczne zachowanie wydawało się jej drobnostką, bo wszystko było lepsze od bycia dobrze ułożoną w Moskwie.

Podczas wakacji Michy nie było w willi. Ojciec zabierał go wówczas w rodzinne strony. Jego obecność była jednak wszędzie widoczna: przypominały o nim jego zabawki, ubrania i książki starannie ułożone na biurku. I gdy babcia, mama lub Kristine porównywały ją z nim – Micha jest grzeczny, Micha chętnie je ciasto – wszystko się w niej gotowało i stawała się jeszcze bardziej przekorna.

Kostia nie potrafił ukryć swej niechęci do – jak mawiał – syna pasożyta i brał Elene w obronę.

– Zostawcież ją w spokoju i nie porównujcie z tym głupim chłopakiem! – wrzasnął kiedyś, gdy wszyscy jeszcze siedzieli w kuchni po kolacji.

Elene gwałtownie wstała od stołu i wybiegła, bo Stazja i Kristine zaczęły się sprzeczać, czy Micha chętniej jada tłuczone ziemniaki z masłem czy bez.

– Wychowujecie tego bękarta, to wasza sprawa, ale nie życzę sobie, żeby przez to cierpiało moje dziecko.

– Cóż ty opowiadasz!? – Prawe oko Kristine, koloru świerkowej zieleni, rozszerzyło się.

– Co opowiadam? Wzięłyście go do domu za moimi plecami, żyje tu oczywiście na mój koszt, a moja szanowna małżonka nawet nie uważała za stosowne mnie o tym poinformować.

– Kostia, proszę cię! – upomniała go matka.

– A co? To przecież nie ja biłem się po stronie faszystów, nie ja nakładłem mojej siostrze do głowy bzdur o kapitalistycznej wolności i nie ja spłodziłem dziecko, na które inni muszą łożyć. – Ton Kostii był zimny i pogardliwy.

– Andro jest dla mnie jak syn, a dla ciebie jak brat! – Stazja odsunęła talerz i spojrzała na syna z przerażeniem.

Nana siedziała ze wzrokiem wbitym w podłogę, jakby zobaczyła tam drzwi, przez które mogłaby się wymknąć i nie być świadkiem tej nieprzyjemnej sceny.

– Jak możesz tak mówić? – Głos Stazji drżał z oburzenia. – Wszystkie staramy się postępować tak, żeby cię zadowolić. Pogodziłam się ze stratą, z najgorszą rzeczą, jaką można uczynić matce, a teraz tego samego żądasz od swojej żony.

Kristine spojrzała zdumiona na siostrę.

– To znaczy? Cóż ja takiego zrobiłem mojej żonie? – Głos Kostii przeszedł w falset.

– Zabrałeś jej Elene tylko dlatego, że twoim zdaniem dziecko musi chodzić do dobrej rosyjskiej szkoły. Dziecko musi żyć w Moskwie, bo tu jest głęboka prowincja, prawda? Odebrałeś jej dziecko, tak jak mnie odebrałeś moje. – Stazja podniosła się gwałtownie i wyciągnęła papierosa. Podbródek drżał jej ze zdenerwowania.

– Odebrałem ci dziecko? Ja? Postradałaś zmysły, Stazjo! – Od dawna nie nazywał jej *deda*. – Ręczyłem za nią i ryzykowałem wszystko, ryzykowałem, do diabła, swoje życie, ale to dla ciebie, jak widzę, za mało, dla ciebie na pewno prościej jest kochać zdrajczynię i morderczynię.

Zapadła cisza.

Kristine powoli podniosła się z krzesła, niepewna, czy ma odejść, czy zostać. Stazja stała nieruchomo przy zlewozmywaku z papierosem w ręce, Nana zaś z przestrachem wodziła wzrokiem od Kostii do Stazji.

– Nie waż się tak o niej mówić! Jeśli jeszcze raz nazwiesz ją w ten sposób, to przysięgam na wszystko, co dla mnie święte, że...

– Nie wiedziałem, że istnieje jeszcze coś, co jest dla ciebie święte! – przerwał jej Kostia lodowatym tonem i wstał od stołu.

– Nigdzie nie pójdziesz, do cholery! Chcę w końcu wiedzieć, gdzie ona jest, chcę porozmawiać z moją córką. Nie mogę dłużej tak żyć!

Kostia, który stał już w drzwiach, odwrócił się i spojrzał na matkę.

– Ocaliłem ją od śmierci. Nie mamy żadnych informacji o tym, gdzie jest, zrozumiałyście? Ani wy, ani ja. Nic nie wiemy.

Stazja jęknęła. Kostia wybiegł z kuchni, a Kristine za nim. Nana podniosła się i zaczęła sprzątać ze stołu.

Stazja nie poruszyła się, długo stała w ciszy. Kiedy w końcu zebrała się w sobie, spostrzegła, że w drzwiach stoi Elene z otartymi łokciami.

– Skaleczyłam się. Przez głupią Goyę – powiedziała i błagalnie spojrzała na Stazję.

– Już dobrze, chodź, obmyję ci ranę i zrobię opatrunek.

Elene podbiegła do Stazji, manifestacyjnie, niczym trofeum, pokazując łokcie.

Chwila ucieka,
Stęka dzień wczorajszy,
Gna tuman mgły jak przez pole zwierz.

Konstanty Balmont

– Przed pięcioma dniami zmarła Billie Holiday, największa pieśniarka na świecie. Może teraz ty zajmiesz jej miejsce. Dobrze wyglądasz! – Takimi słowami Fred powitała Kitty po dwóch latach nieobecności w Londynie.

Ubrana w białą bluzkę i drogą skórzaną kurtkę, zadzwoniła do drzwi mieszkania Kitty na Little Compton Street. Kitty wprowadziła się tam zaledwie kilka tygodni wcześniej. Teraz, kiedy zaczęła zarabiać prawdziwe pieniądze, za zgodą Amy wynajęła własne mieszkanie. Amy bowiem orzekła, że Kitty wkrótce zacznie zarabiać jeszcze więcej.

Był wietrzny i mokry lipcowy dzień 1959 roku. Upłynęło prawie dziewięć lat od chwili, gdy Kitty opuściła swój kraj i poza skąpymi informacjami otrzymywanymi od anonimowego przyjaciela nie wiedziała nic o swej rodzinie.

Fred Lieblich minęła osłupiałą Kitty i nie czekając na zaproszenie, weszła do jasno oświetlonego mieszkania.

– Skończyła się jakaś era. Te świnie nie chciały jej zabrać do szpitala, bo była czarna. Nie chcę żyć w takim kraju.

Kitty, która przygotowywała się właśnie do swego pierwszego telewizyjnego występu, stała zaskoczona w przedpokoju, patrząc, jak Fred zmierza prosto do kuchni.

– Skąd wiedziałaś, gdzie mieszkam?

– Ach, nie bądź śmieszna. Potrzebuję drinka, jadę prosto z lotniska, rzeczy zostawiłam u przyjaciół. – Fred zapaliła papierosa.

– Zaraz przyjedzie po mnie Amy. Mam dziś występ.

– Wspaniale! Zobaczę więc moją starą dobrą Amy. Nigdy bym nie uwierzyła, że tak się zaangażuje w twoje sprawy. A twój angielski jest doskonały. Cudownie! Tę twoją piosenkę, tytułu niestety nie pamiętam, bardzo lubię. Spędźmy dzisiejszy wieczór we trzy.

– A jak mam Amy wyjaśnić, że pojawiłaś się w moim domu?

– Nikomu nie muszę niczego wyjaśniać. Chciałam cię zobaczyć i jestem.

– Ty nie, ale ja muszę. W odróżnieniu od ciebie mam kilka zasad, których nie złamię tylko dlatego, że nagle wracasz po dwóch latach i chcesz znowu wszystko postawić na głowie.

Fred przypomniała sobie w końcu, czego szukała, i zręcznie przygotowała dwa giny z tonikiem.

– Nie mogę pić. Mam występ na żywo.

– Pięknie tu u ciebie. Na zdrowie!

Fred upiła porządny łyk musującego płynu i usiadła za stołem.

Na zewnątrz zaczęło padać. Umilkły odgłosy ulicy i zapadła dzwoniąca w uszach cisza. Kitty poczuła zapach lekkiego zmęczenia – jej zapach, tancerki na linie. Sięgnęła po szklaneczkę. Musi przetrwać to tutaj, to zaraz minie, nie podda się, będzie silna.

Przez dwa lata ciężko pracowała, budując zręby nowego życia, które nie było jeszcze całkiem pewnie zakotwiczone w nowej rzeczywistości, i musi robić to nadal, konsekwentnie walczyć, bo jest na dobrej drodze. Kobieta siedząca naprzeciw niej, bezczelna i egoistyczna, była przeszkodą, zagrożeniem, zapowiedzią katastrofy.

– Idź już.

– No proszę, madame się zmieniła.

Ten akcent, ten miękki, bezczelny akcent – jakże znajomo brzmiał w uszach Kitty!

– Proszę, idź! – Kitty się podniosła i wskazała ręką drzwi.

Fred wstała, zostawiając niedopitego drinka.

Kitty wydała się sobie podła. Ale nie wolno budzić tego, co zostało zapomniane, nie, za żadne skarby. Najważniejsze, to na nią nie patrzeć, a wtedy zaraz wszystko się skończy.

W przedpokoju Kitty znowu poczuła ten nieuchwytny niemal zapach. Nacisnęła klamkę. Nie patrząc na Fred, czekała, aż ta wyjdzie. Nagle poczuła na policzku chłodny dotyk. To był dotyk Fred. Kitty odwróciła się i uderzyła Fred w twarz. Tak mocno, że tamta zatoczyła się i wpadła na ścianę. Dłoń paliła Kitty żywym ogniem.

Niczego nie dało się zapomnieć.

Kitty nie patrzyła na Fred, chwyciła ją tylko mocno, jakby chciała w ten sposób uśmierzyć ból dłoni. Nagle poczuła palce Fred na swoim nadgarstku. Fred ścisnęła go tak, że Kitty krzyknęła z bólu. Próbowała się oswobodzić, ale Fred trzymała mocno. Skąd ta drobna osóbka miała tyle siły! Była od niej dużo niższa, choć wcześniej Kitty tego nie zauważyła.

Druga ręka Fred powędrowała pod spódnicę Kitty, rozpięła jej pas do pończoch i nylonowe pończochy opadły. Kitty poczuła wstyd, patrząc na części swej garderoby zsuwające się na podłogę.

Rudowłosa przycisnęła ją do ściany tak mocno, że Kitty z trudem chwytała oddech, a nadgarstek nadal trzymała w żelaznym, bolesnym uścisku. Tym razem Kitty nie była obojętna, tym razem czuła każdy ruch tej kobiety. Ogarnęło ją uczucie będące czymś pomiędzy wstrętem a rozkoszą.

Nagle poczuła na twarzy palące słońce na pustym szkolnym podwórzu. Potem znowu zobaczyła mieszkanie na Świętej Górze i starannie oprawione w ramki fotografie na ścianach – wzorową parę małżonków. Tykanie zegara. Czy naprawdę był tam zegar, czy tylko się jej wydawało? I ten nóż. Jaki był ten nóż, jak duży? Nie pamiętała. I czy to Mariam na końcu krzyknęła, czy to był jej własny głos? A wałki we włosach blondyny, czy wszystkie spadły na ziemię? I czy się uśmiechała, kiedy nóż przecinał jej gardło? Umarła natychmiast czy jeszcze charczała? I jak Kitty mogła po tym wszystkim najspokojniej w świecie zostawić Mariam samą? Jak mogła wrócić do domu w nie swoim ubraniu, w ubraniu tamtej kobiety? Jak to było możliwe? I co było ostatnią myślą Mariam?

Kiedy ogarnęło ją ciepłe, mocne, obezwładniające uczucie i zapomniała o całym świecie, o mieszkaniu, o deszczu na dworze, o kwiatach w pokoju, o swym małym pokoju w Tbilisi ze starym, wąskim łóżkiem, które tak lubiła, o oczach Andra, gdy zobaczyła go po raz pierwszy po wojnie, o zielonych pagórkach swego rodzinnego miasta, o małych, niebieskich żyłkach na rękach matki, o mundurze swego brata, kiedy zapomniała o klasie szkolnej, o ranie zszywanej upalnym latem, kiedy zapomniała o Amy i o głosie w telefonie, głosie człowieka, który nie chciał wyjawić swego imienia, krzyknęła tak głośno, że zdawało się jej, iż pękną jej bębenki w uszach.

Fred odgarnęła jej włosy z twarzy. Kitty była spocona. Drżała. Osunęła się na podłogę. Fred usiadła koło niej z tak niewinnym wyrazem twarzy, jakby kilka minut wcześniej wcale nie zdzierała z niej ubrania.

– Dlaczego robisz mi coś takiego? – wyszeptała Kitty, leżąc na twardej, zimnej podłodze.

– Czy mogę cię o coś zapytać? – odpowiedziała pytaniem Fred.

– Co chcesz wiedzieć?

– Po czym masz tę bliznę?

Fred chciała położyć rękę na brzuchu Kitty, lecz Kitty się odsunęła.

– Miałam operację.

– Na co?

– Usunięto mi macicę.

Kitty sama nie wiedziała, czemu nie skłamała.

– Dlaczego?

Po raz pierwszy Kitty usłyszała w głosie Fred coś jakby strach.

– Wcześniej dokonano aborcji mego dziecka.

Było to dziwne uczucie, po wielu latach po prostu powiedzieć prawdę.

– Co się stało?

Głos Fred był cichy, zalękniony, ale bez śladu jakiejkolwiek litości. To czyniło wszystko bardziej znośnym. I Kitty niemal rzeczowym tonem, w krótkich zdaniach opowiedziała o swoim dawnym życiu, które doprowadziło do opuszczonej szkoły, do blondyny i Mariam.

– A gdzie właściwie jest twoja matka? – spytała Kitty, skończywszy swoją spowiedź.

– Na cmentarzu żydowskim w Wiedniu. W każdym razie tam znajduje się tablica z jej nazwiskiem. Czy to jej szczątki, raczej wątpię. W panującym wówczas chaosie nie zważano, gdzie kto jest chowany, przy tej liczbie żydowskich zwłok...

– Dlaczego? Wy przecież...

– Powiesiła się tej nocy, kiedy miałyśmy uciec z Mödling. Na pasku Martina. Na dobrym, mocnym, skórzanym pasku. Niemiecka jakość to nie przesada.

Kolejne noce były lepkie i ich ślad długo pozostawał na skórze. Nie można go było zmyć, nie można było się pozbyć mdłego, słonego zapachu. Noce były nieme i słodkie, potem znowu aktywne, pełne słów, które nie chciały się wyczerpać.

W ciągu dnia Kitty musiała grać, udawać. Miała na podorędziu masę wymówek, żeby oszukać czujne spojrzenie Amy. Gdy pewnego dnia Amy zakomunikowała, że jej ukochana wróciła z Ameryki i teraz będzie bardziej zajęta, Kitty ogarnęła wściekłość i zazdrość, bo uzmysłowiła sobie boleśnie swoją podłą sytuację. Pogratulowała jednak swej menedżerce, a potem, spotykając się z Amy w jej domu na Kings Cross albo w jednej z wielu kawiarni w Soho, gdzie omawiały plan pracy, nigdy nie rozmawiała z nią o Fred.

Ale Fred nadal pojawiała się u niej nocami. Rzucała w okno garść kamyków, jakby w ten sposób zaznaczała swą rolę potajemnej kochanki, i niepewnym krokiem, po ciemku, szła schodami do jej mieszkania. Wszystkie trzy spotykały się rzadko, zdarzyło się to tylko na powitalnym przyjęciu z okazji powrotu Fred, urządzonym przez Amy, i na wspólnym pikniku w Hyde Parku. Wtedy Fred i Kitty wymieniały ukradkowe spojrzenia jak zaszyfrowane wiadomości, kilka razy dotknęły się niby przypadkiem i zamieniły zaledwie parę słów.

Kitty dziwiła się, jak łatwo przychodzi jej ta gra. Dziwiła się, jak szybko stała się częścią świata Fred, mimo jej własnego wewnętrznego oporu i dumy. Z jaką obojętnością oszukuje swą przyjaciółkę i protektorkę – bez trudu o niej zapomina, kiedy Fred pojawia się pod jej oknami. Gdzie się podziały jej zasady? Dlaczego naraża swe stosunki z Amy?

Kitty czuła, że w najbliższych miesiącach z ich relacji pozostanie kupka gruzów, po których będzie musiała nauczyć się chodzić, tak żeby się nie pokaleczyć. W głębi ducha pragnęła nadejścia chwili, w której zawali się ten kłamliwy układ, te fałszywe zapewnienia, to milczące porozumienie. Fred nigdy nie mówiła o Amy, nie miała takiej potrzeby, jakby podwójne życie było dla niej czymś normalnym, jakby ta paskudna sytuacja była logiczną konsekwencją jej charakteru, bezwzględności i egocentrycznej ślepoty, i to doprowadzało Kitty do białej gorączki.

Przy tym jednak dużo z sobą rozmawiały i te rozmowy stały się dla Kitty czymś niezbędnym – potrzebowała ich jak powietrza, potrzebowała ich o wiele bardziej niż chwil zapomnienia przy boku Fred. Ponieważ po wielu latach milczenia znowu mogła mówić. Nie bać się fałszywej litości i fałszywych oczekiwań drugiej strony. Mogła odetchnąć, na kilka godzin zerwać ze światem cieni we własnej głowie, wrócić do życia. Zupełnie i całkowicie.

Niech klasy panujące drżą przed komunistyczną rewolucją. Robotnicy poza kajdanami nie mają nic do stracenia. A do zdobycia – cały świat.

Karol Marks

Elene siedziała z ojcem we wschodniej części świata przed telewizorem marki Rekord, a Kitty i Amy w jego części zachodniej przed telewizorem marki Rafena i wszyscy wpatrywali się w kosmonautę w imponującym kombinezonie, który wszedł do wnętrza rakiety w Bajkonurze i machając ręką, zawołał: „Ruszamy! Do zobaczenia wkrótce, drodzy przyjaciele!". Statek kosmiczny nazywał się Wostok 1, a miłym, spokojnym mężczyzną był Jurij Gagarin. Kiedy owego kwietniowego poranka odpalono mechanizmy napędowe i stopniowo zwalniały się ramiona przytrzymujące rakietę, Amerykanie wzdychali, a Rosjanie krzyczeli z radości. Przy pierwszym w historii okrążeniu Ziemi wszyscy wstrzymali oddech i nagle usłyszeli Gagarina wykrzykującego: „Widzę Ziemię! Jaka piękna!".

Czas spędzony w Moskwie zachwiał najgłębszymi przekonaniami Elene. Poznała, czym są wątpliwości, a dzięki nim pojęła coś fundamentalnego, coś, co mocno nią wstrząsnęło: że świat nie jest bezpiecznym miejscem, że ludzie nie zawsze dotrzymują słowa, że miłość nie jest trwała, że bliskość to jedwabna nitka, która w każdej chwili może się przerwać, że uczucia zmieniają się każdego dnia, a miłość może przerodzić się w nienawiść. Zrozumiała, że wyrządzono jej krzywdę. Ta myśl ją wyzwoliła. Elene poczuła się pewniej, kiedy ją sformułowała i zapisała na okładce zeszytu do matematyki. Z tej myśli wynikało, że to nie ona zawiodła, lecz inni. Nie zasłużyła na to, by dorastać z dala od domu i by tam, w domu, zastąpił ją chłopiec o kędzierzawych włosach. To nie ona skazała się na surowe moskiewskie życie, na zimną obcość, na samotność. Ta myśl znaczyła też, że pewnego dnia ta krzywda może jej zostać wynagrodzona. Nadzieja, że tak się stanie, była słodka jak miód, dawała jej siłę i pozwalała się uśmiechać. Powściągliwe dotąd, wytresowane w uprzejmości, niemal pokorne dziecko zmieniło się w bezczelną, łakomą życia, głośną i władczą dziewczynę. Elene, ośmielona myślą o tym, co może nadejść, pokazała swą prawdziwą naturę.

Wcześniej nie chciała należeć do pionierów i jeździć na obozy, za to teraz szła w pierwszym szeregu na pionierskich pochodach, a na obozach przewodziła grupie dziewcząt. Pierwsza zgłaszała się na lekcjach, kiedy zaś jakiś chłopak krzywo na nią popatrzył, zrobił jej kawał, nabrał ją albo wyśmiał, odpłacała mu tak, że dowcipnisiowi przechodziła ochota na powtórzenie psikusa. Również wobec ojca Elene stała się śmielsza, choć nie przekraczała pewnych granic. Kostia był zaskoczony, ale i ucieszony nagłą zmianą w usposobieniu córki. Myślał bowiem, że taka, jaka jest teraz, lepiej poradzi sobie w życiu. Nie dostrzegł jednak, że gdzieś głęboko w Elene wrze ukryta złość.

Tylko Nana, która widywała córkę jedynie na jesieni w Moskwie, kiedy brała wolne na uniwersytecie, i podczas wakacji w Tbilisi, nie mogła się pozbyć niepokojącego wrażenia, że radość Elene i jej gorączkowa energia mają w sobie coś nienaturalnego. Nana, która nie mogła się pozbyć poczucia winy z powodu tego, że Elene wychowuje się z dala od niej, dobrze wiedziała, że w tej rozłące nie chodzi o dobro dziecka, lecz o Kostię i o nią, szczególnie że Kostia przy każdej okazji podkreślał, jak rosyjska dyscyplina świetnie wpłynęła na Elene.

Nana czuła ukryty za uśmiechem Elene kłąb czarnych myśli i niewyrażonych głośno pretensji, nie umiała jednak ubrać tego w słowa. Jak miała wytłumaczyć mężowi, że ich małżeństwo było ciągłą walką o córkę? Kostia nigdy by nie uwierzył, że Elene nie jest szczęśliwa, że w jej duszy zagnieździło się coś ciemnego.

Któregoś lata Nana zobaczyła Elene w ogrodzie, gdy ta, zaprzątnięta jakimiś myślami, siedziała bez ruchu, patrząc stalowym wzrokiem w pustkę, i nie czuła, że pada deszcz. Wtedy zrozumiała, że musi coś przedsięwziąć, jeśli nie chce zupełnie stracić córki. Przeanalizowała różne sposoby działania, w myślach rozmawiała z mężem, próbowała z nim dyskutować. Wiedziała, że musi z nim rozmawiać jak równy z równym, pokazać, że jest tak samo twarda jak on. Z początkiem września poleciała do Moskwy.

Jak było do przewidzenia, Kostia nie podzielał jej obaw. Wyśmiał je wręcz, uznając jej niepokój za lęk egoistycznej matki, dla której własne pragnienia są ważniejsze niż przyszłość jej dziecka. Lecz Nana powtarzała, że chodzi nie o nią, ale o ich dziecko. Elene wystarczająco długo żyje z dala od niej, wbrew jej woli. Potrzebuje matki i jeśli wcześniej Kostia nie dopuszczał żadnych dyskusji na temat ich córki, to teraz ona narzuci mu warunki. Tbilisi nie jest zabitą deskami wsią, tam także można dobrze wykształcić dziecko, zwłaszcza że Elene powinna znowu mówić w swoim ojczystym języku i przebywać w towarzystwie kobiet. Luda nie jest dla niej odpowiednim wzorem.

Nana była nieugięta, choć męczyły ją wątpliwości, czy postępuje właściwie, chcąc sprowadzić Elene do Gruzji. Potem jednak przypominała sobie mroczne spojrzenie córki i wątpliwości się rozwiewały.

Pewnego wieczoru, kiedy siedziała przy stole w kuchni i wzmacniała siły nadwątlone długimi dyskusjami z Kostią blinami Ludy, które ta przygotowała dla Elene na śniadanie, w drzwiach stanęła jej córka we flanelowej piżamie i nieoczekiwanie uśmiechnęła się do niej. Wyjęła talerz z kredensu i nałożyła sobie kilka blinów.

– O czym myślisz, *deda*? – zapytała z troską.

W jej gruzińskim od dawna słychać było rosyjski akcent, co drażniło Nanę.

– Nie mogę spać, słońce.

– Znowu pokłóciłaś się z tatą?

– Ależ my się wcale nie kłócimy, my tylko dyskutujemy, Eleniko.

– O czym?

– O tym i owym, a najczęściej, że tak strasznie mi ciebie brak.

– I co na to mówi papa?

– Że on też by bardzo za tobą tęsknił, gdybyś pojechała ze mną do domu.

Siedząc na wysokim krześle i machając stopami, którymi nie dotykała podłogi, Elene zgrabnie zwijała na talerzu bliny i maczała je w małej miseczce z konfiturami. Ze zwichrzonymi gęstymi włosami, długimi rzęsami i w trochę za dużej piżamie wyglądała tak słodko i szczęśliwie, że Nanie ścisnęło się serce. Najchętniej owinęłaby ją teraz płaszczem, wybiegła z nią z domu i pojechała na lotnisko.

– Chcesz, żebym pojechała do Tbilisi, tak? Na zawsze?

– Chcę tylko, żeby ci było dobrze, kochanie.

– Przecież dobrze się czuję.

– Naprawdę dobrze się tu czujesz?

– Oczywiście.

– Nie tęsknisz za nami? Za mną, za Stazją, za Kristine, za Goyą?

– Czasami tak.

– Nie chcę, żeby ci czegokolwiek brakowało.

– Dlaczego tu nie przyjedziecie? Jest przecież dość miejsca. Dla was wszystkich, tylko...

– Tylko co? Co ci chodzi po głowie, Eleniko?

– No, ten chłopak, to znaczy Micha, on nie mógłby tu zamieszkać. Nie mówi zbyt dobrze po rosyjsku, prawda? Nie mógłby więc chodzić tu do szkoły. Papa uważa, że jego ojciec jest podłym człowiekiem, a takich dzieci nie przyjmują do naszej szkoły.

– Ojciec ci tak powiedział?

– Tak.

– Ale to nieprawda! Tata Michy potrzebuje pomocy, to wszystko, ptaszyno. Micheil nie ma tylu możliwości co my, dlatego troszczymy się o niego. Chodzi do szkoły w Tbilisi, żeby zdobyć lepsze wykształcenie niż to, które dałaby mu szkoła na wsi. Zresztą przecież prawie go nie znasz.

– Za to wy wszyscy dobrze go znacie.

Nana zdrętwiała. Ten obrażony ton! Ta złość w głosie Elene! Najchętniej zapisałaby sobie to zdanie i powtórzyła je Kostii.

– Tak czy siak, wolę zostać tu, u papy. Dlaczego ty, Stazja, Kristine i Goya tu nie przyjedziecie?

Elene skończyła jeść bliny i grzecznie odstawiła talerz do zlewu. Ostrożnie pocałowała matkę w policzek, życząc jej dobrej nocy, i poszła spać.

Nana dalej siedziała w kuchni, zastanawiając się nad reakcją Elene. Każde słowo córki, każdy jej gest wydawały się jej przerażająco rozważne. Poczuła się bezradna. Nigdy nie pomyślała, że Elene odrzuci propozycję powrotu. A jeśli mimo wszystko uparłaby się, że wrócą obie do Tbilisi, czy nie pogłębiłoby to urazy, jaką do niej czuła córka? Czy w akcie sprzeciwu nie przeszłaby na stronę Kostii? Sprawy nie mogą zajść tak daleko – ten pogłębiający się podział na dwa obozy będzie dla Elene jeszcze trudniejszy do zniesienia.

Żeby uniknąć pytań córki i spojrzeń Ludy, Nana i Kostia postanowili znowu spać w Moskwie we wspólnym łożu małżeńskim. Ta konieczność była dla Nany męką. Tydzień później, upokorzona i wyczerpana, wróciła do Tbilisi. Sama. Elene została w Moskwie.

Kiedy w ostatnich latach życia mego dziadka zapytałam go o K-19, powiedział, że pod koniec 1958 roku, kiedy rozpoczęto budowę tego okrętu podwodnego, był wprawdzie w Siewierodwińsku, lecz pracę nad K-19 nadzorował komandor Zatiejew. Mówił też, że nie brał udziału w budowie tego okrętu.

Pierwszy rosyjski okręt podwodny z napędem atomowym K-19, który z powodu licznych awarii i wadliwej konstrukcji zyskał mało pochlebny przydomek „Hiroszima", zniszczył zdrowie i skrócił życie wielu marynarzy. Jednak w czasach zimnej wojny odgrywał ważną rolę strategiczną, ponieważ miał na swym pokładzie broń atomową, którą mógł przewozić na wielkie odległości, aż do wybrzeży Ameryki. K-19 wymagał specjalnych prób bezpieczeństwa, tych jednak, ze względu na niecierpliwość Kremla i wyścig z Amerykanami, nie przeprowadzono jak należy. W 1960 roku dowództwo marynarki radzieckiej ogłosiło, że K-19 przeszedł pomyślnie wszystkie próby i w lipcu 1961 roku zakończono jego budowę. Kostia Jaszi otrzymał zadanie sporządzenia sprawozdania z pierwszego patrolu bojowego okrętu i w ten sposób znalazł się na jego pokładzie. Patrol miał się odbyć na Morzu Grenlandzkim. Niedaleko wyspy Jan Mayen kapitan zameldował awarię w reaktorze atomowym. Przestał działać system chłodzący i reaktor należało natychmiast wyłączyć, bo istniała groźba stopienia się jego rdzenia. Ruchy jednostki K-19 trzymano w ścisłej tajemnicy, a załogę obowiązywał zakaz wysyłania sygnału SOS nawet w sytuacji zagrożenia życia. Na dodatek antena radia pokładowego tego dnia nie działała, nie można więc było zgłosić awarii przełożonym na lądzie ani zaalarmować radzieckiej marynarki.

W tej sytuacji uratować okręt można było tylko, posyłając część załogi do pomieszczenia, w którym znajdował się reaktor, i montując tam prowizoryczny układ chłodzenia awaryjnego. Zanim to się udało, marynarze polewali reaktor wodą ze szlauchów, ponieważ temperatura w jego wnętrzu osiągnęła niebezpieczny poziom ośmiuset stopni. Doszło wtedy do silnej reakcji chemicznej: parująca na gorącym reaktorze woda natychmiast zamieniała się w parę i uwalniała się ogromna dawka promieniowania.

Dziadek nigdy nie opowiadał o tej katastrofie. Nawet o niej nie wspomniał. Ale pamięć o tym dniu była widoczna w jego oczach, w których umiałam czytać od dzieciństwa. Zastanawiam się, jak blisko był reaktora. I co tam było czuć – spalone mięso, ciężką ciszę przed ostateczną katastrofą czy może tylko smród chemikaliów? Wyobrażałam sobie twarze mężczyzn znajdujących się obok reaktora – ich lęk i pot, drżące ręce, ostrożne kroki, ściszone głosy, a także bliskość śmierci, milczenie radia, żelazny spokój Morza Arktycznego i piękno gór lodowych, pomiędzy którymi wynurzył się z morskich głębin uratowany okręt podwodny. Myślę, że tego dnia – bo stało się to w dzień – gwiazdy błyszczały mimo słońca na niebie i góry lodowe połyskiwały niczym świąteczne choinki, a wyspy przed Spitsbergenem, po norweskiej stronie morza, robiły wrażenie spokojnej i doskonałej scenografii filmowej.

Zdawało mi się, że widziałam te obrazy w oczach dziadka, szukałam ich tam, szłam za nimi, gdy był już stary. I choć wybaczyć nie było czego, bo na to było o wiele za późno i dla niego, i dla mnie, to dzięki temu doświadczeniu, temu przedpieklu, w którym siedział tak długo, czekając na śmierć, sporo zrozumiałam.

Czekał inaczej, zupełnie inaczej niż kiedyś na jeziorze Ładoga, i o wiele bardziej świadomie. Może zobaczył wtedy Idę, choć pewnie nie tak wyraziście jak jego matka widywała zmarłych. Zobaczył Idę swym wewnętrznym okiem, zachowując ten obraz w sobie i trzymając się go z całych sił. Trzymał się zmarłej, która obiecała mu życie, aż usłyszał nawoływania towarzyszy, ich radosne okrzyki, że udało się schłodzić reaktor i że najgorsze za nimi, że przeżyli. Tak, w momencie spontanicznej radości wszyscy myśleli, że o włos uniknęli śmierci, nie przeczuwając, że śmierć, raz się do nich zbliżywszy, nie wypuści ich tak łatwo ze swych objęć, i najgorsze dopiero przed nimi. Zagłada nie została wtedy odwołana, tylko odwleczona. Może dlatego, że Ida chciała dać swemu ukochanemu jeszcze jedną możliwość, chciała, żeby przeżył jeszcze jedną wielką miłość.

Nie wiem dokładnie, jak to było. Może tak, a może inaczej, ale jedno, Brilko, wiem na pewno: koszmar, który tamtego dnia odcisnął swe piętno w oczach Kostii, pozostał w nich do końca jego dni, trzeba było tylko głęboko w nie zajrzeć. Bardzo głęboko.

Sygnał radiowy z K-19 odebrał w końcu przepływający w pobliżu radziecki okręt podwodny i po dwudziestu czterech godzinach załoga została ewakuowana.

Gdy załoga K-19 wróciła do Moskwy, jej członkowie musieli podpisać oświadczenie, że nigdy nikomu nie zdradzą tego, co się stało. W ciągu sześciu tygodni od awarii zmarło ośmiu marynarzy, którzy chłodzili reaktor.

Mój dziadek miał szczęście. Z tymi, którzy przeżyli, został przewieziony do Wiednia, do prywatnej kliniki. Stracił wszystkie włosy. Zanim do tego doszło i zanim skutki choroby popromiennej stały się widoczne, zadzwonił do żony, informując ją, że wyjeżdża służbowo na półroczne manewry na Morzu Bałtyckim, więc Nana jest potrzebna w Moskwie, by zająć się córką. „Elene najbardziej lubi bliny z konfiturami z malin", dorzucił.

Chwała ci, nasza wolna ojczyzno,
Prastary związku bratnich narodów,
Ludowa mądrości dana przez przodków!
Chwała ci, kraju, jesteśmy z ciebie dumni!

hymn Federacji Rosyjskiej

Podczas gdy Niemiecka Republika Demokratyczna utrzymywała, że nic jej nie wiadomo o budowie muru, po którego jednej stronie miano kultywować socjalistyczne szczęście i marksistowskie braterstwo, podczas gdy Stany Zjednoczone umieszczały we Włoszech i w Turcji rakiety nuklearne średniego zasięgu skierowane na Związek Radziecki, Kreml rozpoczynał operację Anadyr – wysłał mianowicie ponad dwieście tysięcy ton wyposażenia wojskowego statkami na Kubę. Operacja wymagała zaangażowania połowy sowieckiej marynarki. Frachtowiec Omsk, który miał na pokładzie rakiety średniego zasięgu, zacumował w Hawanie na początku września 1962 roku. Amerykańskie samoloty szpiegowskie dostarczały zdjęć radzieckich obiektów wojskowych na Kubie, w których rozmieszczono ponad dwadzieścia rakiet mogących zaatakować wszystkie wielkie przemysłowe miasta Ameryki. Dwudziestego czwartego października Amerykanie rozpoczęli blokadę morską Kuby. Dzień później prezydent John Kennedy oficjalnie ogłosił najwyższą gotowość bojową armii amerykańskiej. Kennedy zagroził użyciem broni atomowej, jeśli Rosjanie natychmiast nie wycofają swoich rakiet. Świat wstrzymał oddech.

Wszystkie dowody zebrane przez CIA wskazywały, że Chruszczow porozumiał się z Fidelem Castro, by zaatakować amerykańską bazę Guantanamo (tak, właśnie tę, która kilkadziesiąt lat później tak fatalnie zaciąży na opinii Ameryki).

Tekla i Sopio nadal układały pasjanse w ogrodzie Kristine. Stazja przyglądała się duchom w milczeniu kładącym karty i nie wiedziała, czy to ona postradała rozum, czy też rzeczywistość jest bardziej pojemna, niż kiedykolwiek myślała.

Stazja w jednej ręce trzymała papieros bez filtra, a drugą dotykała złotego zegarka, który zawsze przy sobie nosiła. Próbując zajrzeć duchom w karty, myślała, że żadne rakiety świata nie powstrzymają jej od szukania córki, wszystko jedno gdzie i wszystko jedno jak.

Kristine odebrała Michę ze szkoły. Spacerowali niespiesznie wąskimi uliczkami na wzgórzu Sololaki. Micha jadł swoje ulubione lody w kubeczku i z przejęciem opowiadał, co zdarzyło się w szkole. Szli szeroką ulicą Kirowa, potem minęli bulwar Rustawelego. Kiedy doszli do hotelu Tbilisi, Kristine przystanęła, by spojrzeć na imponujący budynek.

– Co się stało? – zapytał Micha.

– Dawno temu mój mąż chętnie jadał tu kolacje. Wtedy ten hotel nazywał się Majestic i wstęp mieli tu tylko piękni i bogaci. Kiedyś to było cudowne miejsce.

– Bardzo tęsknisz za mężem? – zapytał Micha i wziął Kristine za rękę.

– Dziś nie będziemy się zajmować smutnymi sprawami, dobrze? – odrzekła wymijająco.

W prywatnej wiedeńskiej klinice Kostia przewrócił się na drugi bok, mając przed oczyma promienną twarz swojej córki. Tęsknił za domem w Moskwie, nie chciał, żeby Elene rosła bez niego, nie zasłużyła na to. Chciał żyć, chciał żyć dla niej. Nie mógł umrzeć, musiał ją zobaczyć.

Mali wielcy mężczyźni nadal bawili się kulą ziemską i śmiali się z zadowoleniem. Świat o włos uniknął wojny atomowej, kiedy amerykański okręt podwodny ostrzelał radziecki okręt wyposażony w rakiety nuklearne. Sekundy, które nastąpiły potem, były dla obu stron próbą wytrzymałości.

W Waszyngtonie odbyło się tajne posiedzenie. Bobby Kennedy zgodził się spełnić żądania Chruszczowa. Tej samej nocy Chruszczow kazał wycofać rakiety z Kuby.

Elene często śnił się ojciec i wołała go przez sen. Nana kładła się obok córki, żeby rozpraszać jej lęki, ale to nie pomagało.

Głos Kostii brzmiał wesoło, kiedy zadzwonił do Alanii. Ich rozmowy były jednak coraz rzadsze.

– Przeżyłem. Najważniejsze, że nic mi już nie grozi, wracam do domu. Do Elene. Przeżyłem. Lekarze powiedzieli mi dziś, że nie mam białaczki.

Alania nie rozumiał, o co chodzi, ale czuł, że sprawa jest poważna, a to, że Kostia dzwonił z wiedeńskiej kliniki, potwierdzało jego przypuszczenia. Lecz to nie był temat do rozmowy przez telefon.

– Musiałem to komuś powiedzieć. Po prostu musiałem – powtarzał Kostia w euforii.

Alania mimo woli pomyślał o siostrze Kostii – o kobiecie, której głos stał się stałym elementem jego życia, a która teraz była słynną piosenkarką i właśnie wydała swoją drugą płytę pod tytułem *Summer of Broken Tears* (album konkurował z inną nową piosenką, pod tytułem *Love Me Do*, tego zespołu, wiesz, Brilko, którego członkowie nosili nieco dziecinne fryzury).

Alania wyprostował się przy swoim biurku w ambasadzie. Kostia znał jego prywatny numer telefonu, choć Alania zastrzegł, żeby korzystał z niego tylko w pilnych sprawach. Teraz żałował, że kiedyś tak powiedział – wolałby, żeby Kostia dzwonił do niego częściej. Po wyjedzie Kitty telefonowali do siebie regularnie. Prawdę mówiąc, najczęściej to on dzwonił do przyjaciela, zawsze z różnych budek telefonicznych. Obaj dobrze znali obowiązujące zasady i trzymali się ich, nawet jeśli trudno je było pogodzić z ich osobistymi pragnieniami.

– Jesteś tam jeszcze?

Głos Kostii wyrwał go z rozmyślań.

– Przepraszam. Myślałem o tym, co powiedziałeś. Z jakiegokolwiek powodu jesteś tam, skąd dzwonisz, cieszę się, że ci się udało. Miałeś i masz naturę wojownika.

Kitty siedziała naga w wiklinowym fotelu w swojej sypialni. Z łazienki dobiegał odgłos wody lejącej się do wanny. Miała zamiar wziąć kąpiel i przegonić myśli, które ją opadły. Fred nie pojawiła się od czterech nocy. Zapewne spała teraz w pachnącym lawendą łóżku Amy albo upijała się z podejrzanymi typami w Hackney, w swoim nowym atelier opłacanym przez Amy. Kitty zastanawiała się, czy nie zaproponować Fred wspólnej podróży do Wiednia. Obawiała się jednak wyrazu oczu Fred rzucającej jej chłodne „nie". Po ucieczce z Mödling, od tamtej nocy, kiedy jej matka zrobiła użytek z mocnego paska, Fred nigdy nie pojechała do Austrii. Kitty uważała, że przyjaciółka powinna się wreszcie uwolnić od przekleństwa Wiednia. Poza tym Wiedeń przestałby być niespełnionym marzeniem jej i Andra. Powlokła się do łazienki. Próbowała przypomnieć sobie twarz swojej matki. Próbowała sobie wyobrazić, co mógł uczynić z nią czas. Czas, który je dzielił. Jaki był – ołowiany, lodowaty?

Położyła się w wodzie pełnej piany. Woda była zbyt gorąca, ale Kitty chciała, żeby ją parzyło. Kiedy nie było Fred albo kiedy jej bezimienny przyjaciel dłuższy czas nie dzwonił, miała wrażenie, że nic już nie przypomina jej o życiu. Ani jej recitale, ani euforia Amy, a już najmniej ten skromny, zdobyty mrówczą pracą sukces, jaki osiągnęły jej piosenki. Zawsze kiedy zamykała oczy, wracał do niej Wschód. Kitty myślała o tym, że o Zachodzie szybko się zapomina, wystarczy przestać się na nim koncentrować. Woda parzyła jej skórę, lecz tak jak Fred nie udało się zapomnieć o Mödling, tak jej nie udało się zmyć z siebie wspomnień związanych ze Wschodem. Ślady, jakie pozostawił w niej Wschód, były nie do usunięcia. Popatrzyła na swoją bliznę. Była w niej także Mariam. Zawsze tam będzie. I jej mały synek. Tak, kiedy Wschód raz kogoś przytuli i przytrzyma, jeśli ktoś raz się nim zachłyśnie, Wschód na zawsze w nim pozostanie.

I niezmiennie, nierozważnie
Każe ustom szeptać licho
Twoje imię z prośbą cichą:
Niech w nas miłość znów rozkwitnie.

Sofia Parnok

Kilka dni po powrocie Kostii do Moskwy Nana, stojąc pod drzwiami jego gabinetu, w którym Kostia przyjmował dwóch umundurowanych kolegów, usłyszała słowa: „atomowy", „zmarli", „sanatorium" i „medale za odwagę".

Elene nie wróciła jeszcze ze szkoły. Nana poszła do kuchni i duszkiem wypiła szklankę zimnej wody. Ona, której córka powitała powrót ojca piskiem i okrzykami radości, budząc cały dom, ona, która umierała z tęsknoty za Tbilisi, za uniwersytetem, za przyjaciółkami, a nawet za Stazją i Kristine, musiała się przyznać do porażki.

Jej przywitanie z mężem wyglądało inaczej niż przywitanie Elene z ojcem. Ostrożny pocałunek w usta, krótkie objęcie, żadnych pytań. Ale oczywiście czuła, nie, ona wiedziała, że nie chodziło o żadne manewry na Bałtyku – to nie z powodu wojskowych ćwiczeń Kostia zawezwał ją do Moskwy do Elene na sześć miesięcy.

Nana usłyszała, jak Elene otwiera drzwi, rzuca tornister na podłogę, w pośpiechu ściąga buty, i za chwilę zobaczyła ją w kuchni. Zazwyczaj Elene biegła prosto do gabinetu ojca, ale dziś powstrzymały ją od tego dobiegające stamtąd obce głosy.

Elene była wyrośnięta nad wiek, jej oczy w kolorze kakao przypominały oczy jej ciotki, tej, do której przylgnęło określenie

„zdrajczyni kraju" i o którą nikt nie miał prawa pytać. Nogi miała długie i mocne, sylwetkę prostą jak świeca, spojrzenie myślące i nieufne. Obcięte na pazia włosy otaczały okrągłą główkę jak starannie wydziergana czapka. Dziewczynka umyła ręce i zajrzała do garnków, ciekawa, co Luda tym razem ugotowała. Zadowolona, włączyła gaz, nie pytając matki, czy ona również zje.

Nana obserwowała swoją samodzielną córkę i była coraz bardziej przygnębiona. Chociaż w ostatnich miesiącach bardzo się starała, nie mogła przebić szklanej ściany, którą Elene się od niej odgrodziła.

Od kiedy wrócił Kostia, Nana czuła się niepotrzebna. Teraz skapitulowała, bo dotarła do niej bolesna prawda, że przez te długie miesiące, które z sobą spędziły, nie zbliżyły się do siebie, i Elene na pewno nie wróci z nią do Gruzji.

Nana patrzyła na córkę i widziała, że ta decyzja – konieczność opowiedzenia się po stronie jednego z rodziców – nie przyszła Elene łatwo. Niemniej dziewczynka wybrała ojca. Czy jednak, choćby Nana broniła się z całych sił przed uznaniem tego faktu, Elene nie była bardziej podobna do Kostii niż do niej? Może dlatego instynktownie lgnęła do ojca, nie do dziwnych kobiet w rodzinie.

Choć wieloletnia wojna o miłość i szczęście córki napełniała ją goryczą, bo opiekując się Elene, mimowolnie dowiedziała się o wielu raniących ją sprawach, to konieczność samotnego wyjazdu z Moskwy sprawiała jej dziwny ból. Uświadomiła sobie, w jak złym stanie jest jej małżeństwo. Siedząc bezczynnie w kuchni i powstrzymując łzy, próbowała sobie wmawiać, że jej samotny powrót do Tbilisi nie jest winą Elene.

Od dwóch tygodni Elene bez przerwy mówiła o Kostii. Nana czuła, jak wzbiera w niej złość. Wiedziała, że własne dziecko jest wobec niej niesprawiedliwe i że nią manipuluje. Chciała krzyknąć, żeby Elene przestała karać ją za coś, na co ona nie ma żadnego wpływu, że jako matce należy się jej szacunek i miłość. Niechby Elene była nawet uparta i wybuchowa, ale niech będzie wobec niej szczera. Niech będzie krnąbrna, głośna, nieopanowana, zawzięta, ale niech potrzebuje jej miłości.

Nana w milczeniu pochłaniała jeden cukierek w czekoladzie za drugim, patrząc w niebieskawy ekran telewizora. Oglądała z córką jej ulubioną dobranockę.

– Nie jedz tyle słodyczy – zwróciła jej nagle uwagę Elene, nie odrywając wzroku od ekranu.

Nana, która właśnie włożyła do ust kolejny cukierek, zesztywniała, nie mając odwagi go rozgryźć. Poczuła się zawstydzona i upokorzona.

Jakby tego było mało, Elene dorzuciła:

– Papa lubi szczupłe kobiety, które malują usta i używają perfum.

Na ekranie hasał właśnie pies z długimi uszami, śpiewając wesołą piosenkę.

– Skąd o tym wiesz? – spytała Nana lodowatym tonem.

– Po prostu wiem.

– Ale skąd? – Nana podniosła głos. Szybko połknęła cukierek.

– Czasem go odwiedzają – powiedziała Elene najspokojniej w świecie, jakby opowiadała o tym, co było w szkole, dalej wpatrzona w psa, który wachlował się uszami, wydając przy tym melodyjne „hau, hau".

– Tutaj? Przychodzą tutaj?

A gdzież by indziej? To przecież jest jego dom.

Teraz Elene sięgnęła do pojemnika z cukierkami stojącego na wąskim stoliku na gazety.

– I cóż to za panie? – spytała spokojnie Nana, choć miała ochotę krzyczeć.

– No, szczupłe panie o czerwonych ustach, w miękkich, mechatych płaszczach. Ładnie pachną. I czasami przynoszą mi prezenty.

– Aha. Więc przynoszą ci prezenty.

– Tak.

Elene rozwinęła cukierek i włożyła go do buzi. Teraz do psa o długich uszach dołączyła kolebiąca się kaczka, która zaczęła śpiewać razem z nim. Do „hau, hau" doszło „kwa, kwa".

– Jakie prezenty?

– Mamo, ale ja oglądam telewizję.

– Jakie prezenty? – Nana panowała nad sobą resztką sił.

– No, zabawki. Albo apaszkę. Raz dostałam rękawiczki.

– I jak długo one tu są?

– Nie mam pojęcia. Niedługo. Niektóre przychodzą znowu, inne nie. Popatrz, to jest Gaston, kaczka, którą lubię najbardziej. – Elene pisnęła z zachwytu.

Goście wreszcie wychodzili. Kostia żegnał obu energicznym uściskiem dłoni. Panowie wyglądali na ważne osobistości.

Nana położyła Elene spać. Luda miała tego dnia wolne. Kostia zamknął się w gabinecie.

Zmienił się. Zeszczuplał, robił wrażenie osłabionego. Nanie dźwięczały w uszach słowa Elene: „Papa lubi szczupłe kobiety, które malują usta i używają perfum". Poszła do łazienki. Długo przyglądała się sobie w lustrze. Jej twarz nie zdradzała żadnych trosk. Kilogramy, które zyskała w ostatnich latach, nie zaszkodziły jej. Kości policzkowe dalej były wyraźne i wysokie, czoło gładkie, oczy jasne. Nie wyglądała na nieszczęśliwą. Jej twarz nauczyła się kłamać w czasie ich małżeństwa.

Wyciągnęła z szafy kosmetyczkę, wyjęła z niej czerwoną szminkę, której rzadko używała, a na twarz nałożyła nieco różu. Uczesała swe gęste ciemnoblond włosy, upinając je wysoko w piękny kok. Potem poszła do sypialni i włożyła najładniejszą suknię z odważnym dekoltem. Jej granatowy kolor podkreślał barwę oczu Nany. Na biodrach suknia była nieco przyciasna, ale na dzisiaj musiała wystarczyć. Wyjęła z szafy jedyne czółenka, jakie miała. Nie niepokojone od miesięcy pędziły żywot w pudełku. Kupiła je razem z Kostią nad „zimnym morzem", kiedy po raz pierwszy stwierdziła, że to nie ją uwielbia jej mąż. Potem spakowała wszystkie swoje ubrania do walizki.

Zapukała do drzwi mężowskiego gabinetu i weszła, nie czekając na odpowiedź. Kostia siedział pochylony nad papierami. Paliła się tylko lampa na biurku. Obok niej stało popiersie Generalissimusa i ramka ze zdjęciem Elene.

Przeląkł się, kiedy ją taką zobaczył. Od dawna już nie starała się dla niego wyglądać atrakcyjnie. W innej sytuacji pozbyłby się jej delikatnie, mówiąc, że ma jeszcze sporo do zrobienia, lecz tym razem coś w jej wyglądzie mówiło mu, że tak łatwo się nie wykręci. Przysunął jej więc krzesło.

Na małej komodzie obok biurka stały trzy kieliszki i napoczęta butelka wódki. Widocznie wcześniej wznosił toasty z gośćmi.

Bez pytania sięgnęła po butelkę i napełniła aż po brzegi jeden z używanych kieliszków. Kostia otworzył usta, chcąc coś powiedzieć, ale zamilkł, widząc, jak podnosi kieliszek do ust i opróżnia go jednym haustem.

– Mam poczucie, że nie jestem tą, której potrzebujesz, Kostia. Szkoda, że tak mnie rozczarowałeś. Choć to nie twoja wina. Miałeś rację, nie chciałam się obudzić. Ale, jak widzisz, wreszcie się obudziłam. Jestem przytomna, tak bardzo przytomna, że boję się, czy w ogóle będę mogła zasnąć. Jeśli chcesz, możemy się rozwieść. Mnie jest wszystko jedno. Jeżeli jednak chcesz, żebyśmy formalnie pozostali małżeństwem, musimy ustalić pewne zasady. I będziesz musiał uwzględnić przy tym moje życzenia.

Nana znowu napełniła kieliszek, a ponieważ mąż milczał, ciągnęła dalej:

– Po pierwsze, żądam, żebyś od tej pory nigdy nie kwestionował mojego autorytetu w obecności Elene, żebyś przestał mnie lekceważyć, kpić z moich „uniwersyteckich bzdur" i krytykować moje metody wychowawcze. Żebyś przestał wmawiać naszej córce, że nie jestem dla was dostatecznie dobra. Tak, dla was, bo stworzyliście drużynę, a mnie zostawiliście na ławce rezerwowych, z której mogę wam się tylko przyglądać. To się musi skończyć. I to natychmiast! Po drugie, żądam, żebyś nigdy więcej nie sprowadzał do domu, w którym mieszka moja córka, powiem to wprost: dziwek. Daję ci wolną rękę, rób, co chcesz, ale Elene nie może tego widzieć. Zdradzę ci tajemnicę, Kostia, nie jako twoja żona, ale jak życzliwa ci osoba: wszystkie te kobiety, które wydają ci się tak godne uwielbienia, wszystkie te jasnowłose i ciemnowłose anioły, przy których zachowujesz się jak donżuan, są tylko aktorkami, które mistrzowsko opanowały swoją rolę. Niczego innego nie umieją, poza zapewnieniem ci poczucia, którego, jak ci się zdaje, potrzebujesz: że mają w sobie jakąś magię i istnieją jedynie po to, żeby cię oczarować, a kiedy jęczą w łóżku z rozkoszy, wybacz mi tę bezpośredniość, ale mój język nie musi ci się teraz podobać, to jęczą, bo myślą, że chcesz tego słuchać. I mają rację, bo chcesz tego słuchać i to oglądać. Im dłużej o tym myślę, Kostia, tym mniej pojmuję, jak ty, który wychowywałeś się w otoczeniu kobiet, możesz tak bardzo ich nie rozumieć. Nieważne, ilu bohaterskich czynów jeszcze dokonasz i jakie za to dostaniesz ordery, bo i tak zawsze będziesz słaby, słaby wobec kobiet, gdyż nie nauczyłeś się dostrzegać w kobietach przyjaciół. Tak, powinieneś był wiedzieć, że rozdzielając mnie i Elene, nie zrobiłeś nic dobrego. Mimo to chroniłam cię. A wiesz dlaczego? Bo widziałam w tobie przyjaciela. I kochałam cię. Tak, kochałam cię, choć długo nie wiedziałam i nie rozumiałam, czym jest ta przeklęta miłość. Miałam nadzieję, że możemy być przynajmniej przyjaciółmi, skoro już nie mogliśmy być partnerami. Ale ty mnie okłamałeś, tobie zawsze chodziło tylko o to, żeby łamać moją wolę, deprecjonować mnie, czynić mnie uległą, bo nie umiałeś inaczej, bo nie chciałeś inaczej, ponieważ twoje ładne, puste laleczki też są widocznie takie same: pozbawione woli, uległe i nieskomplikowane. Stworzone tylko po to, żeby rozpalać twoje emocje. A kiedy zaczęłam ci się opierać, kiedy przestałam być uległa, zacząłeś odbierać mi to, co najcenniejsze, wypowiedziałeś mi wojnę. I to z powodu Elene, naszego dziecka!

Nie rozumiałeś, że w ten sposób sam się wpędzasz w matnię. Ja także poniosłam klęskę, bo nawet podczas twojej nieobecności zawsze byłam w twoim cieniu. Wiem, że pewnego dnia obróci się to przeciwko nam, a wiesz dlaczego? Ponieważ Elene kiedyś będzie kobietą, prawdziwą kobietą z krwi i kości, a nie pustą lalką, jakich wiele widziała u ciebie, od kiedy tu mieszka. Pewnego dnia nie będzie mogła tego wytrzymać i zacznie cię karać za to brzemię, które na nią nałożyłeś w tak młodym wieku. Zbiera mi się na wymioty, kiedy słyszę w jej ojczystym języku ten przeklęty rosyjski akcent...

– Ale co to ma z tym wszystkim wspólnego? – wyjąkał Kostia, który podczas monologu żony siedział jak oniemiały.

– Po trzecie, nie przerywaj mi! I po czwarte, kiedy Elene skończy dziewiątą klasę, zabiorę ją do Tbilisi. I nie będę o tym więcej dyskutować. Uprzedzam cię tylko, żebyś mógł się na to przygotować.

Kostia wyprostował się nagle i sięgnął po butelkę z wódką.

– Na rozwód nigdy nie wyrażę zgody.

– Tak myślałam. Jeśli przyjmiesz moje warunki, to obiecuję, że nadal będę ci wierna i nie uczynię niczego, co mogłoby zaszkodzić twojej opinii albo stanowisku. I nie będziesz musiał się obawiać, że twoja córka przestanie cię podziwiać: nie stanę między wami. Jutro wracam do domu. Nie sądzę, by moja obecność była tu jeszcze potrzebna.

Gdybym mogła stanąć w kolejce po inny los...

Ałła Pugaczowa

– Psujesz chłopaka! – upomniała Stazja Kristine pewnego ciepłego październikowego popołudnia, gdy Micha znowu wykręcił się od gry w piłkę z chłopcami sąsiadów i zaszył się w łóżku Kristine, mówiąc, że boli go gardło.

Kristine siedziała w kuchni i robiła obrus na szydełku. Stazja stała w drzwiach w brudnych gumowcach i starych spodniach z wysoko podwiniętymi nogawkami, za dużych co najmniej o dwa rozmiary, i ponuro patrzyła na siostrę. Skończywszy sześćdziesiąt lat, Stazja zaczęła się kurczyć, stała się drobniejsza i bardziej krucha (w wieku osiemdziesięciu lat miała już figurę dziewczynki).

– O co ci znowu chodzi? – spytała Kristine zaczepnie, nie podnosząc wzroku znad robótki.

– Nie widzisz, co z niego robisz? Micha już teraz zachowuje się jak dorosły mężczyzna. Nie bawi się z innymi dziećmi, zawsze jest taki poważny, zawsze z tobą. To nie jest zdrowe wychowywanie. Nawet jego ojciec się skarżył, że...

– Do czego zmierzasz?

– Chcę ci powiedzieć, że nie jesteś już małą dziewczynką, a Micha potrzebuje rówieśników.

– Nie zamierzam uznać się za mumię, dlatego że przestałam być dwudziestolatką.

– Mój Boże, Kristine, on jest jeszcze chłopcem!

– Próbuję dać mu wszystko, czego potrzebuje. Jest szczęśliwy. To najważniejsze.

– Dajesz mu to, czego według ciebie potrzebuje. Ale jemu potrzeba czegoś innego. Nie jest zabawką. Poza tym nie jest dziewczynką i sposób, w jaki go traktujesz, na pewno nie jest dla niego dobry.

– Zazdrościsz mi, po prostu mi zazdrościsz, bo wreszcie mogę wychowywać dziecko tak, że jest szczęśliwe, za to ty... – Kristine upuściła robótkę i z wściekłością spojrzała na siostrę.

– Ciągle jesteś rozpuszczonym stworzeniem! Zaślepionym, rozpieszczonym i głupim! – odparła Stazja, widząc jej spojrzenie. – Starzejesz się, przyjmij to do wiadomości! Znajdź sobie inny rodzaj satysfakcji! – I Stazja wyszła ciężkim krokiem, zostawiając na podłodze brudne, wilgotne ślady.

Kristine irytowało, że jej siostra jest zawsze bez humoru, wdzięku, poważna i zgorzkniała. Ale pewnie miała rację. Micha był typem marzyciela i może rzeczywiście rozpieszczanie biednego, przestraszonego dziecka, które czuło się równie samotne jak wtedy, gdy do nich przyszło, nie było najlepszą metodą.

Micheil był mocniejszej budowy niż jego ojciec i zapowiadał się na atrakcyjnego mężczyznę. Emanował siłą i sprawiał wrażenie, że mocno stąpa po ziemi. Wygląd zewnętrzny maskował jego nieśmiałość, lęk przed obcymi, upodobanie do książek i niechęć do wszystkiego, co miało związek z aktywnością fizyczną. Tylko wielkie, jasne jak niebo oczy zdradzały wrażliwość dziecka. To prawda – siedzenie godzinami w ogrodzie z małymi chrząszczami w dłoni i słuchanie ptaków nie zjednywało mu sympatii wśród rówieśników. Mimo wszystko udawało mu się unikać kłopotów, bo swym wyglądem budził respekt.

Był taki szczęśliwy, kiedy po wakacjach wracał do domu na wzgórzu Wery. Jaką ulgę czuł, gdy nie musiał już udawać silnego przed swoją niezbyt czułą matką i upijającym się ojcem. Jaki był zachwycony, mogąc słuchać muzyki płynącej ze starego gramofonu albo kiedy Kristine kładła mu na poduszce jedną z jego ulubionych powieści, chodziła z nim na lody lub opowiadała mu różne historie o zakątkach i ulicach miasta.

„Co w tym było niewłaściwego?", zastanawiała się Kristine. Dlaczego nie powinna tak robić? Nieraz widziała krytyczne spojrzenia Nany, kiedy siedziała z Michą w ogrodzie pochylona nad książką albo jakąś rośliną. Nana, odkąd wróciła z Moskwy, patrzyła na świat straszliwie pragmatycznie. Początkowo Kristine przypisywała przygnębienie Nany tęsknocie za córką, ale z upływem czasu synowa Stazji zaczęła ją irytować. Powinna była pojechać za mężem do Rosji, wtedy jej małżeństwo nie byłoby takie chłodne i pełne dystansu! Nie musiałaby dzielić się swym mężem z Rosją i z zimnym morzem, z tajemnicami państwowymi, a przede wszystkim z innymi kobietami! Ale Nana i Kostia po prostu do siebie nie pasowali. Zbyt dobrze znała swego siostrzeńca, by wiedzieć, że się nie myli. Nana od początku zachowywała wobec niej pewien dystans, a jeszcze większy – wobec Michy, jakby się obawiała, że chłopiec może ją zawojować.

Jeśli chodzi o Stazję, w ostatnich dwóch latach opętały ją wprost myśli o Kitty, stając się dla niej rodzajem więzienia, z którego nie umiała się wydostać. Była markotna i nerwowa. Miała kłopoty ze snem, a w pracy nie mogła się skupić.

Czuła, że musi zobaczyć córkę. Inaczej – tego była pewna – któregoś dnia nie podniesie się z łóżka, zaczeka, aż przyjdzie Sopio albo Tekla, poda jej rękę i przeprowadzi ją przez Styks. Jeżeli on w ogóle istniał. Jedno wiedziała na pewno: jeśli przynajmniej raz nie uściska Kitty, wkrótce umrze.

Zaczęła rozmawiać z Kitty w myślach. „Czy zwracasz uwagę na to, co jesz? Jak wytrzymujesz na obczyźnie? Jaki jest ten kraj, w którym żyjesz?" Opowiadała też Kitty o swojej pracy w bibliotece, skarżyła się na infantylny upór Kristine i na to, że Elene rośnie z dala od matki.

Leżąc nocą w łóżku, ze wzrokiem utkwionym w sufit, wyobrażała sobie, jak mogłoby dojść do ich spotkania. W żadnym z tych wyobrażeń nie pojawiał się Kostia. To przecież on tak fatalnie zdecydował o losie Kitty. Ale jak w takim razie ją znaleźć? Jak jej szukać gdzieś w Anglii – jeśli Kitty naprawdę tam żyła – i jak się tam dostać? Matki zdrajczyni narodu nigdy przecież nie wypuszczą za granicę!

Kristine nie była dla niej w tej sprawie żadnym wsparciem. Usprawiedliwiała nawet zachowanie Kostii: ma wysokie stanowisko, chroni ich wszystkich, nie może podjąć ryzyka zorganizowania spotkania Stazji z Kitty. Niech Stazja przypomni sobie przesłuchania, na które je wzywano po zniknięciu Kitty! Gdyby nie Kostia i jego stosunki, źle by się to wtedy skończyło – odebraniem im prawa do pracy, jeśli nie czymś gorszym.

Kiedyś, przed laty, w innym życiu i innym świecie, Stazja przemierzała kraj ogarnięty wojną, by znaleźć męża, a potem syna. Nie bała się mienszewików, bolszewików ani faszystów, bo była pewna, że robi to, co powinna. Dlaczego nie miałaby uczynić teraz czegoś podobnego dla córki? Wtedy obydwie jej wyprawy do Rosji nie zakończyły się tak, jak by chciała, ale przynajmniej próbowała coś robić, działała, nawet jeśli w nie do końca przemyślany sposób.

Także gra w karty w ogrodzie obu jej bliskich zmarłych kobiet, których nie widział nikt oprócz niej, nie odciągała Stazji od myślenia o Kitty. Gdy zjawy wracały, Stazja odwracała się do nich plecami i dalej czytała książkę albo gazetę. Cóż były warte, jeśli jej nie pomagały, nie podpowiadały, co ma zrobić, i nie interesowały się niczym poza swymi kartami?

Kiedy na ferie świąteczne Kostia przyjechał z Elene do Tbilisi i zaczęły się przygotowania do hucznego sylwestra, Stazja zwierzyła mu się ze swego rozpaczliwego pragnienia. Pokonała strach przed reakcją Kostii i zasypała go błaganiami, prosząc, by powiedział, gdzie jest Kitty, i by umożliwił jej z nią kontakt, wszystko jedno jak i gdzie.

– To absolutnie wykluczone!

Kostia był przerażony. Gdy usłyszał, o co prosi go matka, zasłonił sobie usta dłonią, jakby się bał własnego głosu.

Byli w kuchni sami. Stazja pomagała synowi rozpakować górę zakupów, które przyniósł z targu.

– Kostia, ja inaczej zwariuję. Ona ciągle mi się śni, jeśli w ogóle uda mi się zasnąć, a w pracy już kilka razy dostałam ostrzeżenie, bo...

Kostia położył na ustach palec wskazujący i przestraszony rozejrzał się wokół. Sposób, w jaki Stazja zwierzyła się ze swego cierpienia, budził w nim współczucie, bo matka nigdy wcześniej tak do niego nie mówiła. Chciał stanowczo odmówić i jak najszybciej zmienić temat, ale był zbyt poruszony. Stazja wyglądała jak małe dziecko, gdy tak przed nim stała, zagubiona, drobna i skurczona, pozbawiona płci, machająca bezładnie rękami, by dodać wagi swym słowom.

Nie przestawała mówić i Kostia widział, że matka nie pozwoli sobie przerwać, wziął ją więc za rękę i poprowadził do stołu. Wydało mu się raptem, że jest przy niej olbrzymem – miała zgarbione ramiona i bladą jak płótno twarz. Głębokie zmarszczki wokół ust sprawiały przygnębiające wrażenie. Jednak mimo siwych włosów, których w przeciwieństwie do swojej siostry nie farbowała, wyglądała jak ktoś, kto uparcie nie poddaje się czasowi, pokazuje mu język.

Mówiła bezładnie, przeskakując z tematu na temat, od jednego wspomnienia do drugiego, rozpaczliwie szukając cienia nadziei w jego oczach. Dotykała jego dłoni, czego już od dawna nie robiła. Nie czyniła mu wymówek, przeciwnie, schlebiała mu. Nazywała go swoim chłopcem, a jej ton był błagalny. To go przerosło. Na szczęście byli sami. Mały prosiaczek leżał na wysuwanej desce kredensu i patrzył na nich martwymi, smutnymi oczami. W misach na stole piętrzyły się góry pomarańczy i mandarynek, owoców kaki, suszonych fig i moreli. Z mnóstwa toreb z zakupami postawionych na podłodze wystawały butelki szampana.

Kostia lubił świętować sylwestra. Lubił obfitość potraw, odliczanie sekund, które zostały do przyjścia Nowego Roku, orędzia telewizyjne, sztuczne ognie, prezenty, jakie robił bliskim. Myślał o tym, że ona, jego matka, która siedziała tu teraz przy nim i która wkrótce zacznie przygotowywać jego ulubione przysmaki, nie wiedziała, że jeszcze nie tak dawno leżał w klinice w Wiedniu i śmierć zaglądała mu w oczy.

Kiedy jeszcze nie miał pewności, czy kiedykolwiek stanie na nogi, chciał jej powiedzieć, że mimo wszystko jest jej wdzięczny za to, że go urodziła. Był wdzięczny, choć nie przed wszystkim mogła go ochronić, choć niejedno przed nim zataiła i niejednego go pozbawiła. Chciał wtedy napisać do niej list i jak dawniej nazwać ją *deda*, a nie Stazja, jak to robił w ostatnich latach.

Popatrzył na nią i miał wrażenie, że zamienili się rolami. Jakby on był ojcem, a ona dzieckiem. Trudno było sobie wyobrazić, że ta pozbawiona wieku, wyglądająca niemal jak dziecko kobieta wydała na świat jego i Kitty.

Lecz w tej samej chwili poczuł też złość, złość na tę drobną istotę o wyblakłych oczach, z płaskim kokiem. Jakże często on i jego siostra czuli się przy niej bezradni, nie rozumiejąc jej oderwania od życia i nie pojmując jej świata, do którego nie mieli wstępu. Marzyli o normalnej matce, która nie mówiłaby i nie czyniła rzeczy wprawiających w zdumienie, lecz której postępowanie byłoby przewidywalne i łatwe do zrozumienia. Marzyli o matce, która ma zwyczajne pragnienia i instynkt macierzyński. Czy ich życiowe drogi byłyby inne, gdyby była lepszą matką? Nie musieliby wtedy tak zabiegać o jej miłość oraz uwagę i nie walczyliby tak z sobą z Kitty. Jednak dziwny żar w oczach Stazji kazał mu porzucić te myśli. Czy zresztą istniała odpowiedź na jego pytanie? A może po prostu nigdy nie było jednej odpowiedzi, wykluczającej wszystkie inne. Może za każdą odpowiedzią kryje się inna, za nią jeszcze jedna i tak dalej, aż do zwariowania?

Stazja opowiadała teraz Kostii o swojej podróży do Moskwy, gdy rozpaczliwie go szukała. „Dlaczego mówi mi o tym teraz?", pomyślał, nie wiedząc, czy to, co słyszy, cieszy go czy irytuje.

Czy zrobiło mu się przykro, Brilko? Poczuł wyrzuty sumienia? Czy w ogóle się zastanawiał, jak teraz żyje Kitty? Myślę, że nie. Takich pytań sobie zabronił, bo nie wierzył, że istnieją na nie odpowiedzi. Jedyną ostateczną odpowiedzią, którą mógł dać, było życie, jakim żył.

Jego matka, cień uwięziony we własnym świecie, żadna wróżka, jaką niegdyś była Kristine, płakała teraz, trzymając go kurczowo za nadgarstki. To było ponad jego siły. Nie chciał mieć nad nią żadnej władzy. I po raz pierwszy w życiu odczuł władzę jako ciężar. Wolałby nie mieć tej pozycji, która pozwalała mu decydować o łzach matki. Był z nią nierozerwalnie związany, czy tego chciał czy nie, i czuł, że nigdy, dopóki żyje, nie uwolni się od niej. W ich historii nic nie jest ostateczne, zawsze istnieją inne drogi, nieoczekiwane obroty spraw oraz możliwości, które się otwierają po każdym rzekomo nieodwołalnym końcu.

Spuścił głowę, podniósł jej dłoń do ust, dotknął wargami zimnej skóry. Dobrze było czuć, że możliwe jest przebaczenie. I nawet gdyby było inaczej, gdyby wiara w nowy początek okazała się złudna, to ta iluzja przynosiła ulgę.

Kiedy jednak matka doszła do historii o jego narodzinach i bólach, jakie musiała znieść, przeklął się w duchu za to, że poddał się sentymentom, że okazał wyrozumiałość dla jej emocji, że nie zdusił w zarodku jej opowieści. Lecz było za późno. Przez chwilę uległ słabości, teraz więc musiał być konsekwentny i wysłuchać jej sentymentalnych, dręczących zwierzeń.

– Dziewięć godzin, całe dziewięć godzin trwały bóle. Byłeś duży, już wtedy, ważyłeś ponad cztery kilo, nie miałam już siły przeć...

– Stazjo, proszę. – Nie chciał słuchać dalej, wolał nie znać krwawych szczegółów.

– Położna krzyczała...
– Stazjo!
– Przyj, przyj, a ja myślałam, że zaraz stracę przytomność!
– Już dobrze, wystarczy. A o tamtym pomyślę. Nie mogę ci nic obiecać, ale pomyślę.

Kiedy zadzwonił telefon, Kitty stała na środku pokoju, mocno obejmując Fred. Miała poczucie, że zdołała pokonać wszystkie przeszkody, które oddzielały ją od szczęścia. Tańczyła z Fred i cieszyła się widokiem tej rudowłosej kobiety, która unosiła się nad ciemnym parkietem, wyczyniając dziwne łamańce, podczas gdy z dużych głośników dobiegały melodie jej piosenek.

Poprzedniej nocy się pokłóciły, po raz pierwszy z taką gwałtownością, z jaką Fred kłóciła się z Amy. Kitty nie chciała, by jej głos miał w sobie ton, który właściwie tylko potwierdzał jej uzależnienie i bezsilność. Wstydziła się utraty panowania nad sobą, bezsensownych ataków na wybory życiowe i moralne Fred. Wydała się sobie tak banalna w swej rozpaczy! Te pytania, którymi zasypała Fred, te prymitywne, obrzydliwe, niemal wulgarne wyzwiska i groźby! W odróżnieniu od Amy nigdy się nie łudziła, że uda jej się zmienić Fred, i nigdy tego nie chciała. Nie chciała jednak uzależniać od Fred własnego szczęścia i zadowolenia. Od Fred i tych okruchów skrywanej miłości, jakie od niej dostawała. A Fred, jakby nie całkiem serio traktując rolę okrutnej zdobywczyni kobiecych serc i bezwzględnej egoistki, poczekała, aż złość Kitty minie, i znowu zaczęła się do niej przymilać, mamić ją, rozbrajać, jakby chcąc pokazać, że właśnie ta zmienność i niestałość jest największą wiernością, na jaką ją stać.

Kitty tego nienawidziła i nie mogła się przyzwyczaić, że we Fred nie ma krzty romantyzmu i wszystko sprowadza się dla niej do seksu. Może jednak dzięki temu łatwiej było nazywać ich stosunek niezobowiązującym romansem, łatwiej było sobie wmawiać, że poza łóżkiem i możliwością rozmawiania o przeszłości nic ich z sobą nie łączy.

Wczesnym rankiem Fred namówiła pokonaną i wyczerpaną Kitty na długi spacer, podczas którego kupiła na targu świeżą rybę, z której zrobiła smaczne danie. Kitty nigdy by nie uwierzyła, że ręce Fred potrafią robić takie rzeczy, gdyby na własne oczy nie widziała, jak ta zwariowana, chichocząca jak mała dziewczynka Fred przyrządza rybę: z wielką cierpliwością i dokładnością, nie żałując czasu na odważanie licznych przypraw, które dodawała jak leczniczą miksturę.

Po posiłku Fred nastawiła *Summer of Broken Tears*, komentując obszernie każdą piosenkę. A kiedy opróżniły butelkę wina i Fred skręciła sobie jointa, poczuły się tak swobodnie, że zatańczyły przy *Kolekcjonerze gwiazd*. Wirowały po pokoju, śpiewając: „Udawajmy, że to miłość, i zacznijmy zbierać gwiazdy".

„Ileż różnych twarzy ma Fred", pomyślała nagle Kitty. Ciągle ją zdumiewało, jak zmienne i zwodnicze było ciało kochanki. Niemal przezroczyste, bezbronne, jakby stworzone z jednego tchnienia, słabe i pozbawione erotyzmu, a jednocześnie zaborcze i dominujące. Mogłaby z nią tańczyć przez całą wieczność i jeden dzień.

Dźwięk telefonu przywrócił Kitty do rzeczywistości. Podbiegła do sofy, usiadła na niej z impetem i podniosła słuchawkę. Zanim jeszcze rozmówca się odezwał, rozpoznała go po miarowym oddechu. Nigdy nie dzwonił poza umówionym terminem. Coś się stało? Poczuła nagły niepokój. „Nie, proszę, żadnej złej wiadomości, nie teraz", pomyślała.

– Mam dla pani propozycję.

Jego głos brzmiał rzeczowo. Kitty odetchnęła i machnęła na Fred, żeby ściszyła muzykę.

– Już myślałam, że stało się coś złego.

– Nie, nie. Myślę, że to dobra wiadomość.

– Cieszę się, że słyszę pański głos.

Fred spojrzała na Kitty zaciekawiona. Po raz pierwszy słyszała ją mówiącą w ojczystym języku. Patrzyła na nią zafascynowana, jakby Kitty tworzyła dzieło sztuki.

– Klub Związku Młodzieży Komunistycznej w Pradze jest zainteresowany pani występem.

– W Pradze? Czy dobrze zrozumiałam?

– Właśnie tak.

– To przecież niemożliwe...

– A jednak. Za kilka dni pani menedżerka otrzyma oficjalną propozycję. Gdybym był na pani miejscu, przyjąłbym ją, bo mogłaby tam pani...

Zamilkł. Serce Kitty biło jak szalone. Praga. Wspomnienie tego miasta było pełne blizn. Czuła, że traci odwagę. Najchętniej poprosiłaby go, żeby jej towarzyszył. Uświadomiła sobie, że urwał w pół zdania.

– Co mogłabym?

– Mogłaby pani z kimś się tam spotkać...

Kitty gwałtownie zasłoniła usta ręką, żeby nie krzyknąć. Chodziło o Kostię, o matkę, o Kristine? A może o Andra? Nie, to niemożliwe, nigdy nie dano by mu pozwolenia na wyjazd. Prawdopodobnie więc chodziło o brata. Wszystko jedno, najważniejsze, że miał to być ktoś z rodziny, ktoś z domu, ktoś z jej dawnego życia.

– Z kim!? – zawołała, czując, że ogarnia ją szalona radość.

– Zna pani zasady.

– Tak, tak, znam. Zgadzam się, oczywiście.

– Tak myślałem.

– Czy wie pan, że ja naprawdę pana lubię? – Kitty roześmiała się radośnie.

– Bardzo się cieszę. Bo ja odwzajemniam pani uczucie.

Kiedy odłożyła słuchawkę, szeroko otwarła oba okna, żeby zaczerpnąć zimnego powietrza. Fred poszła do kuchni i wróciła ze szklaneczką whisky. W normalnej sytuacji Kitty by się zezłościła, ofuknęła ją, że za dużo pije, że ciągle potrzebuje używek, jak protez, dzięki którym idzie przez życie, ale tym razem było jej wszystko jedno – sama chciała się upić, uczcić tę nadzwyczajną wiadomość. Rzuciła się Fred na szyję.

Pracować trzeba, do diabła z resztą!

Antoni Czechow

Kostia wiedział, że nie może wtajemniczać Elene w problemy z Naną, bo po pierwsze, była o wiele za młoda, by jej się z nich zwierzać, a po drugie, sama była kobietą. Obwiniał się o to, że się zgodził, by wróciła do Tbilisi, bo dla zdyscyplinowanej, rozważnej dziewczyny dorastanie wśród rozhuśtanych emocjonalnie kobiet z tbiliskiego domu nie było dobre. Kostia nie przeczuwał, że Elene rozkwitnie wkrótce jak piękny, trujący kwiat.

Obiecał córce, że często będzie dzwonił, że będzie z nią spędzał wakacje i dawał jej takie samo kieszonkowe jak w Moskwie. Przyrzekł nawet, że kiedy przyjedzie, będzie jej przyrządzał ulubione bliny według przepisu Ludy. Chociaż na wieść o tym, że ma wracać do Tbilisi, Elene nie zaprotestowała, nie robiła scen ani nie płakała, Kostia wiedział, że jego córka cierpi – nie ochronił jej przed poczuciem, że jest niepotrzebna i niekochana.

Gdy zapadała decyzja, gdzie Elene będzie uczęszczać do dziesiątej klasy – w Moskwie czy w Tbilisi – nikt jej nie zapytał o zdanie. Nana, rozmawiając z mężem przez telefon, powtórzyła, że ma dość obcego akcentu w gruzińskim swej córki, i oświadczyła, że Elene będzie się teraz uczyć w zwykłej szkole w dzielnicy Wera. Poza tym będzie chodziła do szkoły pieszo – wożenie autem piętnastoletniej dziewczyny to gruba przesada.

Elene okazała się uległa i dobrze wychowana. Po przyjeździe do Tbilisi grzecznie ucałowała każdą z kobiet w domu i nie protestowała przeciw pójściu do normalnej szkoły, choć zmiana języka na pewno nie była dla niej łatwa. Postanowiła sobie wtedy, że gdy skończy osiemnaście lat, nie będzie już nigdy robić tego, czego będą chcieli od niej inni.

W domu Kristine w błyskawicznym tempie odmalowano dla niej dawny pokój Lidy, wstawiono do niego biurko, postarano się o nowy drążek na bogatą garderobę Elene, a na świeżo pościelonym łóżku ułożono pluszowe zwierzątka przywiezione przez nią z Moskwy.

W pierwszych miesiącach wszyscy domownicy bardzo się starali, żeby Elene dobrze się czuła w starej willi. Gotowano tylko to, co jej smakowało, w telewizji oglądano wyłącznie programy, które ją interesowały, rygorystycznie też pilnowano, żeby arie, których słuchała Kristine, nie przeszkadzały Elene w odrabianiu lekcji, i upominano Michę, by nie odciągał Elene od zadań domowych i nie zakłócał rytmu jej dnia. Elene wszystko to widziała i przyjmowała jako rzecz oczywistą. Sposób, w jaki była traktowana, utwierdzał ją w przekonaniu, że rodzina ma wyrzuty sumienia, bo kiedyś zastąpił ją tu ten przewrażliwiony fajtłapa ze wsi.

Od czasu powrotu Elene Micha cierpiał katusze. Wielu rzeczy, wcześniej oczywistych, teraz mu zabroniono, nikt mu też nie powiedział, jak ma się odnosić do dziewczyny. Przemykał więc na palcach obok jej pokoju, z którego często dochodziła zachodnia muzyka, i czerwienił się, kiedy Elene siadała obok niego przy stole.

Robiła wrażenie tak pewnej siebie, tak światowej i szykownej ze swymi paznokciami pociągniętymi perłowobiałym lakierem oraz równo przyciętymi włosami do ramion, gdy wykrzykiwała: „Jasne, znam to! Jak to? Jeszcze o tym nie słyszałyście?

U nas, w Moskwie...". Czuł się przy niej mały i głupi, niegodny jej towarzystwa. Micha, niezbyt lubiany w swojej klasie, zazdrościł jej, że od chwili jej pojawienia się w szkole z miejsca otoczył ją wianuszek wielbicieli. Wszyscy, od kujonów do przewodniczących klas, od klasowych klaunów do szkolnych piękności, starali się zaskarbić sobie sympatię tego światowego i przemądrzałego podlotka. Elene otaczała aura wyjątkowości: przyjechała z Moskwy, widziała wielki świat, jej ojciec był kimś ważnym, miała niedostępne dla ogółu płyty, znała się na popie, miała ostry język, nie dawała się nikomu zagiąć, a przede wszystkim wiedziała, jakie wywiera wrażenie.

Życie na wzgórzu Wery z czasem wróciło do normy. Stazja i Kristine chodziły do pracy, Nanę, która rok wcześniej dostała wymarzony etat profesora lingwistyki, pochłaniał uniwersytet. Powrót Elene wydawał się udany: bez trudu zaadaptowała się w nowej szkole, dzięki korepetycjom opłacanym przez ojca pokonała trudności językowe i nic nie wskazywało na to, że tęskni za Moskwą, czego tak bardzo obawiała się z początku jej matka. Elene i Micha przyjęli kilka niepisanych reguł, żeby nie wchodzić sobie w drogę. Chociaż uczęszczali do tej samej szkoły, nigdy nie szli tam razem. Przy śniadaniu i kolacji, kiedy cała rodzina zbierała się przy stole w kuchni, siadali daleko od siebie, żeby nie musieć z sobą rozmawiać ani świadczyć sobie drobnych uprzejmości. Ogród przy ładnej pogodzie należał do Elene, za to ona rzadko bywała na pierwszym piętrze domu, gdzie mieściła się sypialnia Michy i dawny gabinet Ramasa z biblioteką, która była teraz królestwem Michy. Kiedy na początku ferii zimowych Andro jak zwykle przyjechał po syna, po raz pierwszy miał wrażenie, że Micha się cieszy, iż stąd wyjeżdża i że opuszcza, przynajmniej na jakiś czas, ten dom i to miasto.

Po feriach zimowych, które Elene spędziła z Kostią na nartach w Bakuriani, sytuacja się zmieniła. Nana została wezwana do szkoły i usłyszała od nauczycielki, że jej córka nakłania inne dziewczęta do wagarowania i „frywolności". Nauczycielka pokazała Nanie sprośne hasła wypisane węglem na ścianach toalety, które, jak twierdziła, były dziełem Elene. Nana wzięła jednak córkę w obronę: Elene jest przecież wzorową uczennicą, lubianą, pilną oraz zdyscyplinowaną i zachowanie, o jakie się ją oskarża, zupełnie do niej nie pasuje.

Kiedy jednak jakiś czas później Nana znalazła na parapecie w pokoju swej córki niedopałki papierosów, zrozumiała, że nauczycielka się nie myliła. Próbowała rozmawiać z Elene, lecz ta, dotknięta do żywego, wyparła się wszystkiego i zatrzasnęła matce drzwi przed nosem.

Za karę dostała areszt domowy. Nana wracała teraz z pracy prosto do domu i pilnowała, by Elene odrabiała zadania. Z domowego menu skreślono jej ulubione potrawy. Nana poprosiła też Stazję i Kristine, by ignorowały fochy buntowniczki. Sądziła, że obrała właściwą metodę, bo wprawdzie Elene chodziła z obrażoną miną, ale stosowała się do domowych restrykcji.

Pewnego dnia nie wróciła jednak po szkole do domu. Jej koleżanki nie wiedziały, gdzie może być. Nana wzięła z sobą Michę i we dwoje przez całe popołudnie szukali dziewczyny. Bez skutku. Jedna z jej koleżanek wspomniała, że Elene dobrze się czuje wśród jedenastoklasistów, więc mogła pójść z którymś ze starszych chłopców na jakąś prywatkę. I rzeczywiście, grubo po północy wyraźnie podchmielona Elene weszła chwiejnym krokiem do kuchni na wzgórzu Wery i spokojnie zaczęła sobie robić jajecznicę, bo, jak powiedziała, była głodna. W Nanie się zagotowało. Zadzwoniła do Kostii do Moskwy i po godzinnej rozmowie ojca z córką Elene podeszła do matki i wymamrotała ledwie zrozumiałe „przepraszam". I choć Nana zagroziła córce, że przez miesiąc nie wypuści jej z domu, jeśli ekscesy się nie skończą, ta znów uciekła, tym razem przez okno, i nie było jej przez całą noc. Znowu odbyła się długa rozmowa Nany z Kostią, tym razem zakończona kłótnią. Kostia zarzucał żonie, że zniszczyła przyszłość ich córki.

Okiełznanie Elene okazało się niemożliwe: jej nocne wyprawy stały się regułą. Wesoło spędzała czas z największymi łobuzami ze szkoły na polach poniżej wieży telewizyjnej, gdzie wszyscy pili wino albo piwo, grali na gitarze, śpiewali, tańczyli, a co bardziej odważni – całowali się.

Nana kazała zainstalować kraty w oknie w pokoju córki, ale Elene i z tym sobie poradziła. Z okna łazienki na pierwszym piętrze, gdzie mieściły się pokoje Kristine, Stazji i Michy, przełaziła na jabłoń i po chwili już była w ogrodzie. Przydała się jej gimnastyka uprawiana w Moskwie – wracając, zręcznie wspinała się na drzewo i albo chyłkiem szła do siebie, albo sadowiła się na najgrubszej gałęzi i siedziała tam cicho jak myszka, bo jabłoń okazała się ekscytującym punktem obserwacyjnym.

W pokoju Kristine długo w nocy świeciła się mała lampka. W jej świetle można było rozpoznać dwie postacie: Kristine w białej koszuli nocnej odsłaniającej ramiona i w białym welonie zakrywającym lewą połowę twarzy, a obok niej szerokie ramiona i twarz Micheila.

Micha w śmiesznej piżamie siedział na brzegu łóżka, zasłuchany w opowieści Kristine. Gdy Kristine na chwilę przerywała, oboje patrzyli na siebie, jakby poza nimi nikogo innego nie było na świecie. Pozwalała Micheilowi czesać swoje długie włosy. Elene, podglądając ich, czuła fascynację pomieszaną z obrzydzeniem, a wrażenie było tak silne, że nagle zaczynała płakać.

Któregoś dnia Stazja, promieniejąc z radości, ogłosiła przy śniadaniu, podczas którego Elene siedziała ze wzrokiem wbitym w podłogę, że właśnie teraz, na krótko przed odejściem na emeryturę, spotkało ją niezwykłe szczęście – dostała zaproszenie do Pragi na kongres bibliotekarzy.

Kiedy Stazja wyszła z domu, Kristine ożywiła się i przyrządziła sobie gorącą czekoladę. Od śmierci Małego Wielkiego Człowieka nie odważyła się gotować niebezpiecznego napoju. Choć nieraz kusiło ją, żeby przynajmniej od czasu do czasu podelektować się smakiem czekoladowego rarytasu, wolała nie ryzykować. Teraz jednak jej ostrożność najwidoczniej osłabła, ponieważ, zjadłszy ze smakiem swoją porcję, resztki zostawiła w cynowej miseczce. I w ten sposób Elene, która weszła do kuchni późnym wieczorem, żeby wziąć sobie coś do picia, odkryła na kuchence naczynie z czekoladą. Nie wiem, Brilko, czy przyciągnął ją zapach, czy może pamiętała, że kiedy była małą dziewczynką i miała wyjechać do Moskwy, skosztowała czekolady przeznaczonej dla jej matki. To zresztą nie ma znaczenia – ważne jest to, że łapczywie rzuciła się na czekoladowy smakołyk. Nie tylko zresztą ona, bo zanim zdążyła do czysta wylizać naczynie, w kuchni pojawił się Micha. Nie zwracał uwagi na to, że naraża się na spięcie z dziewczyną, bo pokusa skosztowania tego czegoś, czego zapach wprost hipnotyzował, była zbyt silna. A Elene, wylizująca łakomie smolistą, gęstą masę, nie ofuknęła go. Zajęta wyjadaniem resztek, przymykała oczy z rozkoszy, Micha więc poszedł w jej ślady.

Dla Elene był to właściwie dobry dzień. Wyszła z domu bez kłótni z matką, a potem – i to było o wiele ważniejsze – udało się jej w zamian za ukradkowy pocałunek za budynkiem szkoły zdobyć pierwszą płytę swojej ciotki uciekinierki. Elene zawsze intrygowała nieobecna siostra ojca, o której nie wolno było mówić, a ponieważ od rodziny niczego nie mogła się dowiedzieć, zaczęła na własną rękę szukać informacji. Po cichu wyciągała zdjęcia ciotki ze starych albumów rodzinnych, wycinała artykuły z radzieckiej prasy, w których Kitty odsądzano od czci i wiary po jej ucieczce na Zachód, a później wycinała też recenzje jej płyt z zagranicznych magazynów muzycznych. Były to rzadkie znaleziska. Dla niej bezcenne. Wszystko to było jednak niczym w porównaniu ze zdobyciem płyty Kitty wydanej na Zachodzie – płyty w oryginalnym opakowaniu!

Szczęście Elene się dopełniło, kiedy w domu znalazła karteczkę z informacją, że matka idzie po pracy na urodziny kolegi i nie wróci przed północą, że Kristine ma nocny dyżur, jedzenie do odgrzania jest w lodówce, że Elene ma się zachowywać przyzwoicie, a przede wszystkim nie wolno jej nigdzie wychodzić.

Spełnienie tego ostatniego polecenia nie było trudne, bo Elene miała zamiar zostać w domu i słuchać płyty, którą zdobyła. Poszła prosto do swego pokoju. Usiadła na łóżku i zaczęła chłonąć znajome melodie śpiewane w obcym języku. Od czasu do czasu podchodziła do okna i zapalała papierosa. Kiedy płyta się kończyła, nastawiała ją od nowa, podkręcając głośność i próbując zrozumieć chociaż kilka słów. Jej znajomość angielskiego była mizerna, ale postanowiła nad nim popracować – ze względu na płytę i ciotkę dysydentkę, swoją uwielbianą antybohaterkę.

Gdy tak siedziała na łóżku, zatopiona w dźwiękach, z zamkniętymi oczami, poruszając tylko ustami wymawiającymi bezgłośnie obce, pięknie brzmiące słowa, ktoś nagle zapukał do drzwi. Zupełnie zapomniała, że w domu był Micha! Zdenerwowana otworzyła.

Stał przed nią przestraszony, ze spojrzeniem zbitego psa. Nie znosiła tego spojrzenia. Odważył się zapytać, co to za muzyka, którą nastawiła tak głośno, że usłyszał ją w swoim pokoju. Elene miała ochotę rzucić, że to The Doors albo Jimi Hendrix, bo przecież i tak nie miał o tym pojęcia – słuchał tylko pompatycznych arii puszczanych przez Kristine. Ale nie zrobiła tego. Budził jej litość, gdy tak stał w drzwiach, i po raz pierwszy zaprosiła go do swojego pokoju.

– To muzyka mojej ciotki. Ona jest na Zachodzie i jest gwiazdą. Piszą o niej największe magazyny i wszyscy ją znają.

– Wiem, kim ona jest – powiedział spokojnie Micha i znowu zaczął się przysłuchiwać akordom gitary Kitty.

– Skąd wiesz? – zapytała Kitty pozornie znudzonym głosem.

– Byli parą z moim ojcem.

W Elene jakby piorun strzelił. Zeskoczyła z parapetu, na którym przed chwilą usiadła.

– Bzdury gadasz!

– Ojciec o tym nigdy nie wspomina. Ale przechowuje jej fotografię. I wszystkie listy, które pisała do niego na Syberię.

Elene zastygła na moment, próbując opanować zamęt w głowie. Dlaczego nic o tym nie wiedziała? Nagle wydała się sobie żałosna w dążeniu do bycia inną, w ciągłej chęci buntowania się i zwracania na siebie uwagi. Była przekonana, że tylko ona coś wie, że coś odkryła, a tymczasem okazuje się, że to tylko połowa prawdy, tylko jedna strona medalu.

I proszę – taki Micha, prymitywny odludek, rości sobie prawo do głębszej, bardziej intymnej wiedzy na temat jej ciotki. Do tego jeszcze twierdzi, że jego ojciec był dla ciotki kimś bliskim, że stanowili parę! Czy to dlatego wszyscy w jej rodzinie czuli się odpowiedzialni za los tego śmiesznego chłopaka?

Elene, którą to wszystko wstrząsnęło, usiadła z rozmachem na łóżku, na którego brzegu przycupnął Micha. Żeby nie okazać swej konsternacji, nonszalancko przyciągnęła nogi do piersi i zaczęła się przeciągać jak kot na słońcu. Ku jej rozczarowaniu Micha nie zwracał na nią uwagi, tylko uważnie słuchał muzyki. Urażona tym, że chłopak ją ignoruje, chwyciła go za łokieć. Micha się przestraszył i spojrzał na nią zaskoczony. Byli sobie obcy i w momencie nagłej fizycznej bliskości uzmysłowili to sobie jeszcze wyraźniej.

– Au, to boli.

– Nie bądź mięczakiem.

Zaśmiała się i ścisnęła jego łokieć jeszcze mocniej.

– Hej, co ty wyprawiasz!?

Podniósł głos i to ją rozbawiło. Czyżby opuścił twierdzę poezji i melancholii i zniżył się do jej nieromantycznego poziomu?

– A co, boisz się mnie?

– Elene!

Wtedy skoczyła na niego jak małpa, która po raz pierwszy odkryła, że umie skakać po drzewach, i przewróciła go na plecy. Zanim zdołał cokolwiek powiedzieć albo zrobić, już na nim siedziała, łaskotała go i szczypała w brzuch. To, co czuł, było połączeniem podniecenia i bólu. Usiłował zrzucić ją z siebie, ale Elene zbyt dobrze się bawiła, by mu na to pozwolić.

Chwyciła go z całych sił i ugryzła w szyję. Mógł ją z siebie zepchnąć jednym ruchem ręki i zrzucić na podłogę, ale coś go przed tym powstrzymywało. Próbował zrozumieć, co się z nim dzieje, wszystko jednak toczyło się za szybko. Mógł w każdej chwili przerwać tę zabawę, bo Elene, mimo zapamiętania i wulgarności, była drobną dziewczyną o wystających kościach policzkowych, małych uszach i delikatnych przegubach rąk. Może jednak odczuwał jakiś rodzaj przyjemności?

– Proszę, przestań – powiedział Micha tak łagodnie, że sam się zdziwił.

Elene zapiszczała z radości. Na czoło wystąpiły jej krople potu, policzki się zaczerwieniły, a w kącikach ust zebrała ślina.

Ta dziewczyna, która urodziła się pod szczęśliwą gwiazdą i mogła mieć wszystko, o czym tylko zamarzyła, nie chciała się od niego oderwać. Przerażało go to i jednocześnie fascynowało. Była rozpieszczona, bezczelna, egocentryczna i kapryśna, a przede wszystkim – w przeciwieństwie do niego – była pełnoprawnym członkiem tej rodziny.

– Nie lubisz dziewcząt, co? Tylko stare kobiety... – prowokowała go.

Zastygł, nie bronił się już, a ona nacierała dalej.

– Uważasz się za kogoś lepszego, prawda? Znasz francuski, masz swoje tajemnice, swoje wiersze...

– Elene, przestań!

Teraz był wściekły. Może wreszcie powinien podjąć rękawicę i stanąć do walki, zamiast chować się w kącie jak chore szczenię? W końcu powiedzieć jej prosto w oczy, co o niej myśli, i pozwolić, żeby i ona wyładowała swoją wściekłość? A może lepiej poczekać, aż ona popełni jakiś błąd, aż ujawni jakąś słabość, i wtedy ją skompromitować? Co zrobić, żeby nie wykluczono go z tej rodziny? Bał się tego tak bardzo, że nie umiał podjąć decyzji. W końcu więc tylko ścisnął jej uda, aż krzyknęła z bólu, chwycił ją za ramiona i rzucił na drugą stronę łóżka, pod ścianę, uważając, by nie uderzyła o nią głową.

Broniła się, szczupłymi nogami w białych podkolanówkach objęła jego biodra. Jej brązowa szkolna sukienka uniosła się, odsłaniając białe bawełniane majtki.

– Puść! Elene, zostaw, proszę!

Błagał ją. Jego ton znowu tak spokorniał, że ożyła w niej chęć, by go sprowokować. Podniosła się, nachyliła się nad nim niepokojąco blisko, patrząc mu w oczy.

Poczuł zapach jej potu i aromat mydła lawendowego, jej włosy omiatały mu twarz, łaskotały go. Próbował odwrócić od niej wzrok. Wyglądała dorośle i władczo. Dlaczego tak się zachowywała? Co chciała osiągnąć? Co czuła? Dlaczego zawsze trochę go wyprzedzała? Czy kiedyś jej dorówna i nie będzie czuł się gorszy, tak jak wtedy, gdy się z niego śmiała, gdy demonstrowała, że wszyscy ją lubią, a on jest ledwie tolerowany, gdy chichotała, mijając go na szkolnym podwórku?

– Wszystko psujesz, idioto!

Jej głos drżał, a w oczach pojawiły się łzy i Micheil nagle zrozumiał, że tę walkę prowadziła sama z sobą. Wstydził się, że był jej świadkiem, i wiedział, że ona nigdy mu nie wybaczy, że widział ją w takiej chwili. Lecz wcale nie pragnął, żeby mu wybaczyła. To wspomnienie będzie słodkie, będzie atutem w jego ręce. Może najlepiej byłoby wytrwać, poczekać, aż Elene sama sprawi, że popadnie w niełaskę? Może wcale nie chodzi o to, żeby zwyciężyć, tylko o to, by pozwolić zwyciężyć? Może, aby przeżyć, trzeba we właściwym momencie umieć przegrać?

– Trochę się zabawimy, to przecież przyjemne, nie!?

Teraz już nie mówiła, lecz krzyczała jak obłąkana, i trudno było zgadnąć, czy za chwilę się roześmieje, czy rozpłacze. I kiedy wyczerpana i spocona, ze zmierzwionymi włosami podniosła się i powoli zaczęła ściągać przez głowę sukienkę, wiedział, że przegrał. Ale nie wiedział, czy to był ten właściwy moment, aby przegrać.

Zdjęła sukienkę – w koszulce w żółte kaczuszki oraz w białych bawełnianych majtkach wyglądała jak przedszkolak. W Micheilu kotłowały się sprzeczne uczucia i co chwila inne brało górę. Jeszcze nigdy nie był tak blisko żadnej dziewczyny. Ale nie chciał tego, nie o tym marzył. Jej despotyzm, zwierzęcość wręcz były odstręczające. W jej gestach, w jej wyrazie twarzy nie było nic czułego, subtelnego. Ani śladu szczęścia. Nic jednak nie mógł poradzić na to, że czuł coraz większe podniecenie.

Elene zdjęła koszulkę i kucnęła przed nim w staniku w kropki, który osłaniał jej małe piersi. Zaczęła rozpinać mu rozporek.

Micha drżał na całym ciele, niezdolny, by się poruszyć, o czymś zdecydować. „Skąd ona bierze tę pewność siebie i zdecydowanie? – pomyślał. – Jeśli chce się na mnie zemścić, dlaczego sama się upokarza? Dlaczego się poniża?"

Jednym ruchem ściągnęła z niego spodnie i spojrzała na jego rozciągnięte majtki.

– Zdejmij to! – rozkazała.

A ponieważ nie posłuchał, odciągnęła gumkę i włożyła rękę od jego majtek. Dotknęła go niepewnie i był w tym i wstręt, i pożądanie.

Położyła się na nim niezgrabnie, z ociąganiem. Jej majtki były ostatnią barierą między ich ciałami. Micha złapał się na tym, że liczy do dziesięciu: raz, dwa, trzy... Objęła jego członek prawą ręką, jak patyk od waty cukrowej, coś drewnianego, bez czucia. Próbował się wyśliznąć, uwolnić od niej, ale nie potrafił jej z siebie zrzucić. Czuł wstręt do samego siebie, a jeszcze większy do niej.

Nagle w oczach mu pociemniało, wyprostował się, rzucił ją na plecy, nakrył sobą, swoją szeroką piersią, jednym ruchem ręki ściągnął jej majtki, jakby to czynił po raz tysięczny, i rozsunął jej nogi.

Czuł jak przenika go obezwładniające ciepło i gdzieś się zanurzył.

Wydawało mu się, że traci przytomność. Jej cichy krzyk dotarł do niego z oddali, jakby wcale nie była blisko, jakby nie czuł jej oddechu, smaku jej skóry, nie ukrył twarzy w jej włosach.

Twarz Elene wykrzywił bolesny grymas, ugryzła go w ramię. Sprawiał jej ból, ale jakież to było cudowne uczucie! Jak szybko znikł jego strach przed samym sobą! Jak dobrze było nie musieć się zastanawiać, czy był kochany, czy był wystarczająco dobry dla tej rodziny. Jakież to było uwalniające! Jak wspaniale nie być wystarczająco dobrym, nie musieć w ogóle być dobrym!

Kiedy dochodził, jęknęła cicho i spojrzała mu prosto w oczy. Dostrzegł w jej spojrzeniu coś jakby przestrach. Poczuł satysfakcję. Przez moment zastanawiał się, czy jej nie uspokoić albo lekko nie objąć, ale ona już usiadła i oparta plecami o ścianę, nie poruszając się, patrzyła na cienką strużkę krwi, która spływała po wewnętrznej stronie jej ud.

Z Fred działo się coś złego. Lecz Kitty nie miała czasu teraz się tym zajmować. Nie potrafiła myśleć o Pradze i o Fred jednocześnie. Te dwa światy były nie do pogodzenia. Trzeba pakować walizkę, gitarę... Nie, najpierw trzeba zatelefonować do *attaché* kulturalnego ambasady Czechosłowacji albo nie, trzeba wytłumaczyć Amy, że chce pojechać bez niej, albo nie...

Fred znowu nie przyszła w nocy. Zjawiła się w południe, zupełnie nie w porę, i już od trzech godzin leżała w samych majtkach na sofie, z nieruchomą twarzą i pustym spojrzeniem. Za dużo wypiła, za dużo paliła, za dużo... Musiała wpompować w siebie jakąś diabelską substancję, bo jej niemal martwe spojrzenie miało w sobie coś pogardliwego. Kitty czuła lęk. Widziała już u niej taki wzrok i podobny letarg. Było to wtedy, gdy Fred przychodziła do niej po nocach spędzonych w lokalach. Kiedy wróciła z Ameryki, też miała taki wzrok. Musi z nią porozmawiać, nie, nie, teraz nie ma na to czasu, porozmawia z Fred po powrocie z Pragi, nie może przecież wsiąść do samolotu niewyspana.

Gdy zadzwonił domofon, Kitty była tak pochłonięta tymi myślami i perspektywą podróży, że nie spytała, kto tam, lecz od razu otwarła. W drzwiach stanęła Amy, z włosami mokrymi od letniego deszczu, trzymając w jednej ręce papierową torbę z owocami, a w drugiej piękne amarylisy o długich łodygach. Skierowała się prosto do kuchni, położyła owoce na stole i zaczęła szukać wazonu na kwiaty.

Kitty wstrzymała oddech. Ileż razy wyobrażała sobie taką sytuację! W jednej chwili poczuła całą nędzę swego położenia – na sekundę przed rozpętaniem się burzy.

– Co to, nie przywitasz się ze mną? Potrzebuję wazonu. Pięknego wazonu. Jak wrócisz, będę miała dla ciebie dobre wiadomości. Znasz moje zdanie o tym socjalistycznym imbecylizmie, który zobaczysz w Czechosłowacji. Szkoda, że madame nie życzy sobie, abym jej towarzyszyła, bo chciałabym choć raz rzucić okiem za żelazną kurtynę, podobna okazja pewnie nieprędko się zdarzy... Ale chciałam ci powiedzieć, że szykuję ci zagraniczne *tournée* i... – urwała, gdy zobaczyła półnagą Fred drzemiącą na sofie.

Kitty, oparta o chłodną ścianę w kuchni, czuła, jak wali jej serce. Usłyszała, że coś upadło na podłogę. Na pewno te piękne amarylisy. Fred musiała zupełnie odpłynąć i nie usłyszała przyjścia Amy.

Amy przeszła obok Kitty, podeszła do zlewu i nalała sobie wody do szklanki. Nie patrząc na Kitty, spytała:

– Jak długo to trwa?

Wszystko byłoby lepsze od tego rzeczowego tonu, opanowania i lodowatego chłodu.

– Nie wiem.

Amy odwróciła się i spojrzała na nią. Kitty spuściła wzrok. Nagle Amy wybuchnęła histerycznym śmiechem. Tego Kitty zupełnie się nie spodziewała.

– Mam nadzieję, że obejdzie się z tobą tak samo jak ze mną. Żebyś poczuła, co mi zrobiłaś. Ale wiesz... Może nawet wyświadczyłaś mi przysługę, może właśnie uwolniłaś mnie od tej zarazy, może mi w końcu pokazałaś, dla jakiej degeneratki tak się starałam przez te wszystkie lata. Choć, prawdę mówiąc, po tobie, Kitty, nigdy bym się tego nie spodziewała. Dlaczego milczysz? Nic nie przychodzi ci do głowy? A może zrobisz z tego materiał na jeden ze swoich przebojów? Umieścisz nas wszystkie w jakiejś wesołej piosence?

Potrząsała głową, jakby chciała się obudzić i pojąć to, co wydawało się nierzeczywiste.

– To naprawdę szczyt wszystkiego – dorzuciła.

– Nie chciałam tego. Długo próbowałam...

– Jasne, oczywiście, że nie chciałaś! Jednak, o ile się orientuję, poza organami płciowymi masz jeszcze mózg, w każdym razie tak o tobie dotychczas myślałam. Jak widać, bardzo się myliłam!

– Amy, wszystko ci wytłumaczę. Ja...

– Wątpię, żebym chciała wszystko dokładnie wiedzieć. Muszę się zastanowić. A tej tchórzliwej, fałszywej mendzie przekaż ode mnie, że przestała dla mnie istnieć i biada jej, jeśli jeszcze raz odważy się poprosić mnie o pieniądze czy o cokolwiek.

– Co się z nią ostatnio dzieje? Coś jest nie tak, Amy...

– Od tej chwili to już twój problem, *darling*. Ja zmarnowałam przy niej swoje najlepsze lata. I jak widzę, moja praca z tobą to też był stracony czas.

– Ona chyba ma poważny problem...

– Co za odkrycie! Powinnaś o tym pomyśleć, zanim poszłaś z nią do łóżka!

– Amy, proszę... Mam na myśli inny problem!

– Nie sądzę, żebyś w tej w sytuacji mogła mnie o cokolwiek prosić, a ona tym bardziej.

Komuniści muszą być wzorem także w procesie uczenia: w każdej chwili powinni być zarówno nauczycielami mas, jak i ich uczniami.

Mao Tse-tung

Nadciągały dzikie czasy, Brilko. Wschód zazdrościł Zachodowi niebieskich dżinsów, a dziewczyny z Zachodu mdlały na koncertach Beatlesów. Na Zachodzie protestowano przeciwko wojnie w Wietnamie, która przybierała coraz bardziej absurdalne i krwawe rozmiary. Demonstracje odbywały się również w pobliżu muru berlińskiego, który stał się symbolem zimnej wojny.

W Paryżu studenci okupowali Sorbonę i wznieśli barykady. Rodzice przestali rozumieć własne dzieci. Nie pojmowali, dlaczego ich latorośle, którym nigdy niczego nie brakowało, angażują się w protesty wspólnie z robotnikami. Dlaczego nie są nastawieni patriotycznie i depczą wszelkie zasady, dlaczego demonstrują na ulicach na rzecz praw kobiet i przeciwko poborowi do wojska. Nie sądzą chyba, że dzięki kilku wplecionym we włosy kwiatom i jednemu skrętowi marihuany albo idiotycznym batikowym chustom zaprowadzą pokój na świecie!

W naszym potężnym kraju, w którym panował nastrój triumfalizmu, nikt nie występował z bezczelnymi żądaniami, niemniej jednak w przywództwie radzieckiej partii komunistycznej zaszły zmiany. Chruszczow, syn ukraińskiego chłopa, został zastąpiony mężczyzną bardziej eleganckim, lubiącym przyjemności, obwieszonym medalami i odznaczeniami za bohaterstwo i mającym najbardziej krzaczaste brwi na świecie.

Zmiany zaszły także w Komunistycznej Partii Czechosłowacji i ośmieleni nimi Czesi oraz Słowacy zaczęli się domagać liberalizacji systemu. Gdy pod ich naciskiem przeprowadzono kilka reform, obywatele, którzy po raz pierwszy poczuli, że mogą decydować o swoim kraju, zażądali dalszych swobód – zniesienia cenzury oraz demokratyzacji partii. Zorganizowano kongres poświęcony Kafce i wezwano do uznania znaczenia jego twórczości. Zaczęto głośno mówić o innych twórcach wyklętych przez partyjnych ideologów.

Ruch protestów na Zachodzie dotarł na Wschód.

To zaniepokoiło Kreml. Wysocy rangą funkcjonariusze partyjni poczuli się zagrożeni. Towarzysz Breżniew stanowczo zażądał od Czechosłowacji wycofania dopiero co uchwalonych reform, lecz jego rozkaz nie mógł już powstrzymać fali, która ogarnęła ten kraj. Zaczęto się bać, że „sprawa czechosłowacka", jak ją nazywano, może stać się przykładem dla innych bratnich krajów.

W sierpniu 1968 roku sytuacja się zaostrzyła: ludzie wyszli na ulice, żądając uwolnienia więźniów politycznych oraz zniesienia reżimu totalitarnego. Aleksander Dubczek, szef KPCz, niedługo potem pozbawiony przez Moskwę tego stanowiska, powiedział w udzielonym dużo później wywiadzie, że w sierpniu 1968 roku nie wierzył, iż jego naród chce obalenia systemu komunistycznego – chodziło mu jedynie o „złagodzenie systemu".

Stazja przyjechała do Pragi dwudziestego sierpnia. Z lotniska odebrali ją pracownicy Intouristu i razem z kilkoma innymi radzieckimi podróżnymi zawieźli do hotelu. Kitty przyleciała dzień wcześniej i po długiej, męczącej procedurze na lotnisku została powitana przez dwóch przedstawicieli klubu Związku Młodzieży Komunistycznej oraz pracownika Ministerstwa Kultury. Ją także zawieziono do hotelu, znacznie jednak lepszego od tego, w którym umieszczono jej matkę. Ledwie weszła do pokoju, doręczono jej telegram z informacją, że za pół godziny ma odebrać telefon w foyer hotelu. Momentalnie poczuła, jakby wracały dawne czasy. Jak prowadzona niewidzialną ręką poszła szukać kabiny telefonicznej.

– Pani koncert musi zostać odwołany.

Mówił cicho, ciszej niż zwykle, i wydawał się zdenerwowany.

– Co się stało? Właśnie przyjechałam.

– Wiem. Sytuacja wymknęła się spod kontroli.

– Czy u pana wszystko w porządku?

– U mnie tak, ale muszę przypilnować, żeby pani jak najszybciej opuściła miasto.

– Co się dzieje?

– W Bratysławie odbyło się właśnie posiedzenie poświęcone wypadkom praskim. Przewodniczący bratnich partii komunistycznych są zdania, że należy im siłą położyć kres. Oznacza to, że towarzysz Breżniew wyda radzieckim jednostkom rozkaz wejścia do Pragi.

– Powiedział pan „siłą położyć kres”?

– Tak wygląda sytuacja.

– Z kim miałam się spotkać? Proszę mi powiedzieć, kto miał tu przyjechać?

– O nią proszę się nie martwić. Ona ma radziecki paszport, pani nie. W czasie podobnych kryzysów zachodni obserwatorzy nie są mile widziani, na pewno pani to rozumie.

– Ona...?

Kitty poczuła, że uginają się pod nią nogi. Matka! W Pradze jest matka!

– Proszę nie słuchać tych ze Związku Młodzieży, tylko czekać na dalsze instrukcje ode mnie. Rozumie pani?

Kitty odłożyła słuchawkę. Nie wyjedzie stąd, nie ruszy się na krok, dopóki nie zobaczy matki.

Tego samego wieczoru Alania zadzwonił także do Kostii. Przedstawił mu sytuację i poprosił, by Kostia nawiązał kontakt ze swą matką i przygotował ją na to, że w ciągu trzech dni wróci samolotem do Moskwy. Kostia, który poprzednią noc spędził w ramionach dwudziestosiedmioletniej blondynki i wypił trochę za dużo krymskiego szampana, natychmiast oprzytomniał i obiecał zrobić, co należało.

– Od początku wiedzieliśmy, że to za duże ryzyko – sapnął na koniec do słuchawki Alania.

Kitty udało się zmylić natrętną urzędniczkę z Ministerstwa Kultury i wyjść samej z hotelu. Szła ulicami miasta, które dla niej było mostem prowadzącym do nowego życia, i przypominała sobie chwile samotności, jakie tu przeżyła. Kiedy to było? Ile to już lat nie widziała matki? Jakie światy powstały w tym czasie, a jakie odeszły w niebyt? Ile słów, piosenek, posiłków, pocałunków, wspomnień, ile rozczarowań, ludzi, miejsc, myśli, spotkań, granic, nocy i dni dzieli ją od tamtej Kitty?

Chodziła brukowanymi uliczkami Starego Miasta, nie patrząc ani w prawo, ani w lewo. Czuła ucisk w piersiach i unikała spojrzeń ludzi, którzy po Londynie wydawali się jej poważni i przygnębieni, pogrążeni we własnych myślach. Błądziła bez celu, nie wiedząc, dokąd idzie. Po prostu szła przed siebie. W głowie miała zamęt. Miasto też było niespokojne. Jej bezimienny przyjaciel jak zwykle miał rację. Dziesiątki tysięcy żołnierzy wkroczyły tu wbrew pragnieniom prażan. Dziesiątki tysięcy przeciw jednemu krajowi. Cała armia przeciwko jej spotkaniu z matką.

Pomyślała o Fred. O jej oczach i ich szklanym spojrzeniu. Spojrzeniu, które flirtowało ze śmiercią. Tak, to było to: sposób, w jaki nieruchomo patrzyła przed siebie, jej nieobecność. Czy Fred kiedykolwiek przezwyciężyła Mödling? Co brała? Co to był za narkotyk?

O siódmej delegacja Czechów spotkała się z Kitty w holu jej hotelu. Kitty zachowywała się tak, jakby dopiero co wyszła ze swego pokoju. Zawieźli ją do lokalu w pseudofolklorystycznym stylu, z muzyką typową dla ówczesnych gustów władzy. Podano wiele potraw i sporo piwa, a Kitty musiała prowadzić nużące rozmowy o niczym z zaciekawionymi, podekscytowanymi reprezentantami Związku Młodzieży Komunistycznej i okropnie irytującą urzędniczką z Ministerstwa Kultury. Kitty starała się, jak mogła, by nikt nie dostrzegł jej niepokoju, strachu, że wyjedzie z Pragi, nie zobaczywszy się z matką. Uśmiechała się nieobecnym uśmiechem i o nic nie pytała. Odpowiadała jednak chętnie na pytania związane z jej piosenkami. Rozmowa toczyła się po rosyjsku. Zagadnięta, czy po raz pierwszy jest w Pradze, powiedziała z uśmiechem, że tak, po raz pierwszy.

Od czasu do czasu wychodziła do toalety i spryskiwała sobie twarz zimną wodą. Musiała panować nad wyrazem twarzy, nic nie mogło jej się wymknąć spod kontroli. Spodziewała się, że gdy wróci do hotelu, zastanie wiadomość od swego osobistego anioła stróża. I ten jeden jedyny raz mu się sprzeciwi. Nie wyjedzie bez spotkania z matką.

Krojąc knedliki i maczając je w sosie grzybowym, słyszała w głowie histeryczny, nienaturalny śmiech Amy. Amy śmiała się, by nie stracić resztek godności, kiedy zrozumiała, że jej kochanka jest też kochanką jej bliskiej przyjaciółki.

Telefon zadzwonił grubo po północy.

– Proszę udawać, że ma pani grypę. I jak najszybciej opuścić miasto. Musi pani wyjechać, bo w tej sytuacji wszystko może się zdarzyć.

Kitty udawała, że rozumie te argumenty, i zgodziła się na przedstawiony plan. Tak, odwoła występ, uda ciężką grypę i pojutrze wróci do Londynu. Ale nie mogła zmrużyć oka. W głowie kłębiły się myśli. Tu była jej matka, jej całe dawne życie. Przyszła jej na myśl szkatuła skrywająca skarb, którą wystarczyło tylko otworzyć. Nie może tak po prostu wyjechać. Musi znaleźć Stazję. Sto czy dwieście tysięcy żołnierzy na ulicach, obojętne – musi znaleźć matkę.

Wojska wkroczyły do Pragi nocą. Miasto okupowało pół miliona żołnierzy. Historia znów zaczęła rządzić losem Kitty. Koło dziewiątej rano rozległo się stukanie do drzwi jej pokoju i działacz młodzieżowy, który poprzedniego wieczoru przyglądał się jej z wrogością pomieszaną z podziwem, stał teraz na progu, gestykulując gorączkowo i mówiąc coś o polityce, o Czechach i Rosjanach, o cieniu, który pada na wielką przyjaźń narodów, o bezpieczeństwie, którego klub nie może jej w tej sytuacji zapewnić, o jej występie, który niestety musi zostać odwołany. Aresztowano całe przywództwo partii, włącznie z Dubczekiem, i przewieziono do Moskwy, a reformy zostały cofnięte.

Zaspanym wzrokiem patrzyła na niego przez uchylone drzwi. Mówił, że musi natychmiast zawieźć ją na lotnisko. Samolot odlatuje o dziewiątej wieczorem.

– To znaczy, że oni już tu są? Na dole, na ulicach?

Kitty momentalnie otrzeźwiała i szerzej otwarła drzwi, zapraszając go gestem do środka. Chciała usłyszeć, jak ten młody Czech ocenia sytuację, a nie słuchać recytowania oficjalnych informacji.

– Tak, towarzyszko Jaszi – mówił jej opiekun łamanym rosyjskim, lecz kiedy wszedł do środka, nagle ucichł.

Na jego twarzy malowało się zdumienie. Był to zapewne najbardziej luksusowy pokój, w jakim kiedykolwiek się znalazł. Szerokie, miękkie łoże, gruby dywan i lustro w złoconej ramie. W jego oczach zobaczyła, że tak właśnie wyobrażał sobie Zachód: takie łóżka, dywany i lustra dla wszystkich.

– Na ulicach jest pełno ludzi – podjął. – Premier apelował do obywateli o zachowanie rozwagi i posłuszeństwa. Ale...

Widać było, że się zawahał, nie wiedząc, czy może być z nią szczery.

– Proszę mówić, proszę mówić dalej! – Kitty wskazała mu krzesło.

– Studenci skonstruowali piracką stację nadawczą. Prawie wszyscy z uniwersytetu i z innych uczelni są na ulicach. Musiałem się przedzierać przez tłum, żeby tu dotrzeć. Ludzie maszerują wśród żołnierzy z własnymi transparentami. Tabliczki z nazwami ulic zostały odwrócone, żeby... – Znowu się zaciął.

Co chciał powiedzieć? Ruscy, wrogowie, okupanci?

– Okupanci? – pomogła mu.

Chyba poczuł ulgę.

– Tak, żeby okupanci nie mogli tak łatwo zorientować się w mieście. Mój brat powiedział, że co minuta kogoś aresztują. A agencja TASS utrzymuje, że nasz kraj zwrócił się z prośbą do ich władz o pomoc. Wierutne kłamstwo! Twierdzą jednak, że prosiliśmy ich o pomoc z użyciem sił zbrojnych. Może pani to sobie wyobrazić?

Szybciej, niż można się było spodziewać, zapomniał o przysiędze, którą niegdyś złożył, i zdradzał jej swoje poglądy, pełen wściekłości i rozczarowania. Na końcu wyznał, że bardzo chciałby być na ulicy razem ze swymi przyjaciółmi i znajomymi, ale obiecał ojcu trzymać się od tego z daleka, bo jeden buntownik w rodzinie wystarczy. Jego brat bardzo się udzielał w protestach studenckich i pewnie wyrzucą go z uczelni. Poza tym musi ją zawieźć na lotnisko, bo ma nadzieję, że jej koncert jednak kiedyś się odbędzie, jest jej fanem, uwielbia ją.

Kitty wyciągnęła z walizki jedną z dziesięciu płyt *Summer of Broken Tears* – tylko tyle mogła wwieźć – podpisała ją i wręczyła mu, obiecując, że punkt siódma będzie na dole w foyer. Była pewna, że chłopak jej nie zdradzi, niezależnie od tego, jak potoczą się wypadki. Powie tylko część prawdy, której będą od niego oczekiwać: czekałem w hotelu, ona się nie pojawiła, szukałem jej, nie znalazłem, zrobiłem, co do mnie należało, co mogłem zrobić więcej. Nie powie: była zdenerwowana, dociekliwa, wypytywała mnie, kazała mi opowiadać, jaka jest sytuacja, robiła wrażenie, że jest przeciwko interwencji.

Tak, uczyni go swoim sojusznikiem, a wspaniałe łoże, dywan i złocone lustro bardzo jej w tym pomogą.

W pamięci zbiorowej Zachodu, Brilko, praska wiosna pozostaje jednym z największych i najodważniejszych zrywów przeciw radzieckiej tyranii. Dla Wschodu była to pieśń żałobna, tragiczny moment, ponieważ żelazna kurtyna, która już się nieco uchyliła, została znowu bezwzględnie zatrzaśnięta.

O tym, jak Kitty, otoczona przez czołgi, pośrodku wzburzonych mas wyjęła gitarę i zaczęła śpiewać starą gruzińską pieśń, dużo już opowiedziano i napisano. Niektórzy twierdzili, że był to rosyjski romans, a nie ludowa pieśń gruzińska. Nawet się o to spierano.

Oczywiście na Zachodzie uznano później, że czyn Kitty był pięknym gestem w obronie pokoju i wolności. Nasuwa się myśl, że Zachód ze swoim uprzedzeniem wobec Wschodu błędnie ocenił wydarzenia w Pradze i w postawie Kitty dojrzał zamierzony gest odważnej, zaangażowanej artystki, sympatyzującej z czeskim narodem i chcącej zmiękczyć serca brutalnych żołnierzy. W rzeczywistości jednak zachowanie Kitty, podyktowane rozpaczą, było całkowicie egoistyczne, antyintelektualne i apolityczne. Nie miało nic wspólnego z poglądami politycznymi ani z wołaniem o pokój.

Kitty poszła na praski plac ogarnięta wściekłością, pchana ślepą tęsknotą i zwyczajnym przerażeniem, że jej przyjazd tutaj, do tego miasta, jej powrót do przeszłości okazuje się daremny. Że za chwilę opuści Pragę i nie będzie jej dana możliwość zbliżenia się do tej części samej siebie, którą niegdyś musiała porzucić. Była zrozpaczona, że odjedzie, nie zobaczywszy matki i nie zapytawszy jej, dlaczego nie walczyła o nią tak, jak wcześniej walczyła o jej brata.

Kiedy przedstawiciel Związku Młodzieży Komunistycznej opuścił jej pokój, Kitty zaczęła pośpiesznie pakować rzeczy, potem jednak uświadomiła sobie, że nie miałaby gdzie przechować swej walizki, zaniechała więc pakowania, wzięła gitarę, przewiesiła ją przez ramię i wyszła na ulicę. Godzinę krążyła po mieście bez celu, aż znalazła się w epicentrum wydarzeń i została porwana przez tłum. Oczywiście, że się bała: karabiny, czołgi, mundury przypominały jej o przeszłości, przeklinała w duchu, że się tu znalazła, i najchętniej wróciłaby do bezpiecznego Londynu.

Ale tak to już jest, Brilko, że robimy coś, chcąc osiągnąć jedno, a zyskujemy wtedy coś zupełnie innego. Na przykład tobie, kiedy wsiadałaś do pociągu do Wiednia, nie przyszło na myśl, że pojedziesz w przeszłość, do mnie, a przez to cofniesz się do historii, którą najchętniej wolałabyś zostawić za sobą.

Tłum poniósł Kitty aż na plac Wacława, a tam, choć zmęczona i przestraszona, wyjęła z futerału gitarę i zaczęła śpiewać. Akurat w pobliżu znalazł się fotograf agencji Magnum i pstryknął jej zdjęcie, dzięki któremu stała się symbolem sprzeciwu.

Stazji na placu Wacława nie było. Nie widziała śpiewającej córki. W nocy dodzwonił się do niej Kostia i poprosił, żeby nigdzie nie wychodziła, została w hotelu i wróciła do kraju z agentem Intouristu tak szybko, jak to będzie możliwe. Stazja zaczęła się bać o córkę i o syna.

W foyer hotelu siedziały trzy zdenerwowane Rosjanki z Leningradu, które przybyły do Pragi na ten sam kongres i teraz martwiły się, jak wrócą do kraju. Mężczyźni z Charkowa omawiali ze swym „opiekunem" – w rzeczywistości funkcjonariuszem KGB – szanse wyjazdu pociągiem z Pragi na Ukrainę.

Wieczorem, kiedy sytuacja zaostrzyła się jeszcze bardziej, „opiekunowi" udało się znaleźć autobus, który miał zawieźć radzieckie uczestniczki kongresu na lotnisko.

Stazja stała już w holu z małą walizką, gotowa do wyjścia. Ręce jej drżały i mocno zaciskała usta. Nagle zobaczyła człowieka w mundurze, który podszedł do ich „opiekuna" i pokazał mu jakiś dokument. Tamten długo go studiował, a wreszcie potakująco skinął głową. Potem wskazał na Stazję, patrząc na nią ponuro. Stazja spojrzała na niego zdumiona, jakby nie mogąc zrozumieć, że ktoś może od niej czegoś chcieć, i kiedy mundurowy się do niej zbliżał, spojrzała za siebie, przekonana, że idzie do kogoś, kto stoi za jej plecami.

Od kilku godzin usiłowała przezwyciężyć panikę i podjąć jakąś decyzję. Wiedziała, że jeśli pójdzie do miasta, ściągnie niebezpieczeństwo na syna, jeśli zaś pojedzie na lotnisko, już nigdy nie zobaczy córki.

Gdzie miałaby szukać Kitty? Kogo o nią pytać? A może wyprawiono już ją z Pragi? Czy nadzieja na spotkanie była daremna? Czyżby potwierdzało się jej fatalistyczne przekonanie, że ile razy wyrusza w podróż, zawsze u celu czeka na nią wojna?

– Muszę was prosić, towarzyszko, żebyście poszli ze mną.

W rosyjskim mundurowego był akcent kaukaski. Jego pierś zdobił rząd medali.

– Co się stało?

– Mamy kilka pytań dotyczących waszych dokumentów i musimy niestety zabrać was na komisariat. Nic poważnego, jestem pewien, że wszystko szybko się wyjaśni, a potem oczywiście odwieziemy was na lotnisko.

– Ale o co chodzi?

– Proszę za mną, towarzyszko, wszystko wyjaśnimy po drodze.

To dziwne, ale Stazja nie bała się tego mężczyzny. W sposobie, w jaki się do niej zwrócił, w jaki się jej ukłonił, w jego młodzieńczej i swobodnej postawie było coś, co budziło zaufanie.

Wziął od niej walizkę i skierował się ku wyjściu, ona poszła za nim, żegnana ironicznymi spojrzeniami uczestniczek kongresu. Typowy odruch człowieka radzieckiego – w rodakach zawsze węszyć szpiegów i wrogów. Stazja już wcześniej słyszała, jak mówiły do siebie, że z nią coś jest nie w porządku, że siedzi cicha i zamknięta w sobie, że nie chciała iść do domu towarowego. „Patrzyła tak ironicznie, kiedy pytałyśmy o majtki i biustonosze. A przecież każdy chciałby kupić majtki, takich się u nas nie dostanie, a jeśli już, to spod lady albo za jakąś horrendalną cenę".

„No cóż, czego można oczekiwać od kobiet z kraju, w którym nie sposób kupić porządnej bielizny", pomyślała Stazja, siadając na tylnym siedzeniu samochodu. Auto zaczęło się przebijać przez tłum ludzi, którzy coś skandowali, biegli wzburzeni, gnani rozpaczą i nadzieją. „Straszne, że tak dobrze znam takie obrazy – myślała Stazja. – Ile lat trzeba żyć, żeby przestały pojawiać się w pamięci?"

Człowiek w mundurze sam prowadził samochód, choć do tego auta pasowałby osobny kierowca. Stazja naraz poczuła ulgę. Ustąpiło napięcie w karku, ręce stały się cieplejsze. Oparła głowę o szybę. Pomyślała, że to uczestnicy kongresu razem z tymi szczurami z Intouristu i cwaniakiem „opiekującym się" turystami byli prawdziwym zagrożeniem, a nie ten mundurowy, który z powodu rzekomych niejasności wiózł ją gdzieś w nieznane.

Fotograf zrobił zdjęcie i jakimś cudem żołnierze nie znaleźli kliszy, choć go aresztowano i przeszukano jeszcze na placu Wacława, razem z setkami innych osób. Kitty udało się uciec. Porwał ją tłum studentów, znalazła się w bocznej ulicy, tam wchłonęła ją kolejna ludzka fala i Kitty, chwiejąc się jak papierowa łódeczka na wodzie, płynęła, niesiona z jednej ulicy w drugą, od jednego niebezpieczeństwa do drugiego. Potem została zgarnięta z grupą studentów na moście i wylądowała w objęciach kirgiskiego żołnierza, który zażądał od niej dokumentów. Kiedy wyciągnęła swój brytyjski paszport, wyczerpana, głodna i całkowicie zobojętniała, Kirgiz zawołał na pomoc swoich towarzyszy, którzy po naradzie postanowili zawieźć ją na najbliższy posterunek milicji. Niech ktoś wyższy rangą zajmie się takim przypadkiem.

W aucie płynnym rosyjskim wyjaśniła żołnierzom, z jakiego powodu przebywa w Pradze. Udawała, że nie ma pojęcia, co się dzieje na ulicach, i twierdziła, że znalazła się w tłumie z czystej ciekawości. Nieustannie powtarzała, że punkt siódma musi być w hotelu, bo jej tutejszy opiekun ze Związku Młodzieży Komunistycznej ma ją odwieźć na lotnisko.

Rozmowa odbyła się o godzinie siedemnastej czterdzieści pięć. Dziesięć minut później Kirgiz przez krótkofalówkę przekazał miejscowej milicji informację o aresztowaniu obywatelki obcego kraju. O osiemnastej piętnaście zabrano z hotelu

Stazję. Jej córka właśnie wtedy znalazła się na komendzie milicji w pobliżu mostu Karola. Nieco później trafiła tam Stazja.

Bezradność kirgiskich żołnierzy wobec zgarniętej z tłumem demonstrantów obywatelki brytyjskiej, która bez wątpienia pochodziła ze Związku Radzieckiego, sprawiała Kitty dużą satysfakcję.

Georgi Alania telefonował przez cały dzień, ryzykował rozmowy z praskimi agentami z budki telefonicznej na wprost swego londyńskiego mieszkania. Już po nocnej rozmowie z Kitty przeczuł, że siostra przyjaciela nie dostosuje się do jego wskazówek i nie wróci do Londynu bez zobaczenia się z matką. Pokusa spotkania była zbyt duża, a brytyjski paszport pozwalał jej czuć się na tyle bezpiecznie, że mogła chcieć próbować w tym tłumie odnaleźć matkę. Oczywiście byłaby to lekkomyślność granicząca z głupotą. Znał ją jednak dostatecznie dobrze, żeby wiedzieć, że Kitty nie oprze się pokusie. Powinien był odmówić Kostii. Dał mu się wciągnąć w przedsięwzięcie bardziej niż ryzykowne. I teraz narażał Kitty, narażał też swego najlepszego przyjaciela, a przede wszystkim samego siebie na wielkie niebezpieczeństwo.

Alania telefonicznie zaalarmował swych agentów w Pradze. Żaden nie potrafił mu powiedzieć, gdzie jest Kitty Jaszi. Los okazał się jednak łaskawy. Alania nie mylił się nigdy w doborze swych współpracowników: od jednego z nich, oficera milicji, dostał telefon z informacją o aresztowaniu Kitty. Oficerowi temu Alania przez lata posyłał listy z małym załącznikiem w postaci brytyjskiego banknotu. I mimo że zdawał sobie sprawę ze swej lekkomyślności i z ryzyka, jakie podejmuje, poprosił znajomego oficera o dowiezienie Stazji do jej córki.

Często pytałam Stazję o ten moment. Ale słowa, którymi opisywała to spotkanie, zawsze mnie rozczarowywały, bo były zwyczajne, niemal lekceważące. Nie były na miarę tej sceny, żywcem wyjętej z antycznego dramatu, tyle że tu o ludzkim losie stanowili nie bogowie, lecz KGB. Chciałam wtedy, jako młoda dziewczyna grzebiąca w tajemnicach rodziny, dowiedzieć się czegoś dramatycznego, Stazja tymczasem opisywała mały, brudny i śmierdzący pokój przesłuchań, do którego wprowadził ją jej kaukaski stróż i w którym niedługo potem zjawiła się Kitty (Stazja w tym miejscu podkreślała zawsze, że w pierwszej chwili była przekonana, że ma halucynacje). Mówiła, że człowiek w mundurze, obwieszony medalami, poinformował ją cicho, że mają dla siebie godzinę. Potem zostanie odwieziona na lotnisko, a Kitty, która nie zdąży już na wieczorny samolot, poczeka na następny w hotelu.

Stazja opisywała to spotkanie charakterystycznymi dla siebie, pozbawionymi sentymentu słowami, które wydawały się tym bardziej zwyczajne, że wydarzenie, o którym mówiła, było tak dramatyczne.

Nie było łez. („Nie, nie płakałyśmy! Cóż by nam w tym momencie dały łzy? Ulgę? Łzy mogą poczekać, popłakać można sobie później").

Wyobrażam to sobie: naga żarówka u sufitu w pustym pomieszczeniu. Najpierw milczenie. Nieśmiałe zbliżanie się do siebie. Echo. Widzę Kitty, która podchodzi do matki i jak niewidoma dotyka ręką jej twarzy. Jakby chciała dotknąć śladów, które zostawił w niej czas – nowe zmarszczki, siwe włosy – i poznać przeszłość.

Pierwsza przemówiła Stazja.

– Nie zdarzyła mi się jeszcze podróż, która nie kończyłaby się wojną.

– To przecież nieprawda, *deda*. – Do tego słowa obie musiały przyzwyczaić się od nowa. Kitty miała ściśnięte gardło. – Masz po prostu zły *timing*.

– *Timing*? Co to znaczy?

– Ach, nic ważnego.

– Mówisz z obcym akcentem.

– Nieczęsto mam okazję mówić po gruzińsku.

– Urosłaś.

– Dorośli nie rosną.

– Ależ tak, jesteś wyższa. Naprawdę mieszkasz w Anglii i... tworzysz muzykę?

– Tak. Śpiewam. I piszę *songs*. To znaczy piosenki. *Deda*, o Boże, *deda*...

Kitty zakryła twarz rękami. Stazja ją przytuliła. Ciało matki wydało się Kitty po wszystkich tych latach tak lekkie i delikatne jak ciało ptaka albo jakby było z piasku, który sypie się przez palce (w każdym razie mnie się tak zawsze wydawało, kiedy jako dziecko obejmowałam Stazję).

Stazja opowiadała Kitty o Tbilisi, a Kitty Stazji o Londynie. Potem Stazja mówiła o Kristine i o Elene, o Nanie, Micheilu i Andrze. Tylko dobre wiadomości, tylko te radosne. Kitty powiedziała jej o Amy, lecz przemilczała istnienie Fred. Stazja opowiadała o Kostii, o bibliotece i swoim nieodległym przejściu na emeryturę, a Kitty o swojej muzyce.

Mówiły o wielu sprawach, ale nie o lękach, nie o nienawiści ani bezradności, a tym bardziej o zjawach. Lecz jedno pytanie, które jak głęboka rana pulsowało Kitty pod skórą, pytanie, które zagnieździło się w jej oczach i przez które widziała świat, Kitty zadała mimo wszystko:

– Dlaczego nie odwiodłaś go od tego? Wiedziałaś, że nie było słuszne stawiać sprawy w fałszywym świetle, a jednak zgodziłaś się na to, i teraz ja do końca życia będę sobie wyrzucać, że jestem winna jej śmierci. Więc dlaczego?

Kitty przywarła gwałtownie do matki jak małe dziecko, nie puszczała jej, objęła jej ramiona, ukryła głowę na jej szyi, wciągała w płuca jej zapach, bo miała wrażenie, że musi wszystko zachować w pamięci na Bóg wie jak długo.

– Jestem twoją matką. Urodziłam cię. Nie leży w mojej mocy decydowanie o twojej śmierci. Ja jestem po to, żebyś żyła. Nikt nie może żądać od matki, żeby z jakiegokolwiek powodu przyczyniła się do śmierci własnego dziecka. Byłoby nieludzkie z twojej strony oczekiwać ode mnie czegoś takiego. Zachowałam cię przy życiu, nie miałam innego wyboru.

Człowiek w mundurze wszedł do pomieszczenia. Piasek w klepsydrze czasu nieubłaganie się przesypał, czas widzenia minął. Kitty nie chciała puścić Stazji, przeklinała i krzyczała, błagając o jeszcze chwilę. Stazja głaskała ją po twarzy i szeptała jej do ucha:

– Nie umrę, dopóki cię jeszcze raz nie zobaczę. Nieważne, ile czasu minie, nie umrę, póki nie wrócisz do domu. A teraz weź się w garść, Kitty, zrób to dla mnie, idź już, idź... Przyjdziesz do mnie znowu, bo czasy się zmieniają, tak mówi mi Tekla, tak mówi Sopio. Mówią mi, że wrócisz do domu, a ja jeszcze będę żyła. Będę żyła tak długo, dopóki nie wrócisz.

Wojska Układu Warszawskiego potrzebowały trzech dni, żeby rozprawić się z praską wiosną. Po powrocie z Moskwy do Pragi upokorzony Dubczek oznajmił swemu narodowi, że Kreml unieważnił wszystkie czeskie reformy. Dziesiątki tysięcy ludzi uciekło z kraju w trakcie praskiej rewolucji. Z rozkazu centrali w Moskwie przenicowano szeregi Komunistycznej Partii Czechosłowacji i usunięto z niej wielu członków. Na znak protestu na placu Wacława, niedaleko miejsca, gdzie Kitty śpiewała swoje pieśni, dwóch studentów dokonało samospalenia.

Piję upadek i ból –
ciemnoczerwone wino.
Wiedziałem wszystko – straciłem,
co kiedyś wiedziałem.

Andriej Biełу

Nie, tak dalej być nie może! Całymi dniami – a może już tygodniami – z jej pokoju dochodzi ciągle ta sama muzyka. Co to w ogóle za płyta? Odmawia chodzenia do szkoły, wspólnych posiłków, całymi dniami leży w łóżku i warczy, gdy ktoś wchodzi do jej pokoju z jedzeniem. Nie, tak dalej nie może być. Albo się zakochała, albo ma inne problemy, które na pewno łączą się z jedenastoklasistami i ze złymi ocenami, bo nie ma gorączki, nie wygląda na chorą i nawet ma apetyt.

Nana zastanawiała się, jak skłonić córkę do rozmowy. Tego dnia udało się jej jakoś wyprawić ją do szkoły, mimo jej protestów. Chyba do niej dotarła... Nie może przecież dłużej oszukiwać nauczycieli, wmawiając im, że Elene ma ciężką grypę. Pękała jej głowa od ciągłego zastanawiania się, co dalej. Za nic w świecie nie chciała dzwonić do Kostii, bo musiałaby przyznać się do porażki. Walka z mężem o córkę dostatecznie już zszarpała jej nerwy, tak jak i to, że Elene ze swych tajemnic zwierzała się ojcu przez telefon, a gdy jej zdarzyło się wtedy wejść do pokoju, milkła. Tym razem więc nie będzie szukać rady u męża.

Na Stazję, od powrotu z Pragi patrzącą na otoczenie niewidzącym wzrokiem i pogrążoną w myślach, którymi z nikim się nie dzieliła, nie można było liczyć. Nana poprosiła więc o pomoc Kristine. Liczyła na to, że cioteczna babka dowie się, co się dzieje z wnuczką.

Któregoś popołudnia, kiedy Elene wróciła ze szkoły, Kristine poprosiła, by usiadła z nią przy stole w ogrodzie. Był wspaniały dzień późnego lata z jego migotliwym, barwnym przepychem. Kristine w czarnej sukni ozdobionej czerwonymi goździkami wyglądała jak podstarzały anioł, który przezornie schował swoje skrzydła. Kroiła dojrzały melon na małe kawałki, a Elene łakomie wkładała je do ust.

– Twoja matka mówi, że czymś się martwisz.

Elene potrząsnęła głową i sięgnęła po kolejny kawałek melona.

– Czy coś cię trapi? – Kristine nie dawała za wygraną.

– Micha to świnia! – wybuchła nagle Elene i przełknęła pomarańczowy miąższ.

– Co takiego!?

– Micha to świnia.

– Co ty mówisz? – Kristine westchnęła i odsunęła na bok talerz z melonem. – Spójrz na mnie. Jeść będziesz później. Posprzeczaliście się?

– Nie. Robił ze mną złe rzeczy i chcę, żeby się wyprowadził.

– Złe rzeczy?

Kristine nie dała się nabrać na udawaną naiwność Elene.

– Tak.

– Co na przykład?

– Sama go spytaj. Jesteś z nim w dobrych stosunkach.

Sposób, w jaki Elene wypowiedziała słowa „w dobrych stosunkach", nie spodobał się Kristine.

– Jestem pewna, że ty, ze swoją gwałtownością, też nie potraktowałaś go delikatnie – rzekła tak ostro, że sama się zdziwiła.

Zaraz jednak pomyślała, że słowa Elene były złośliwe i zbyt aroganckie jak na jej wiek.

– Chcę teraz spokojnie zjeść. – Elene ostentacyjnie przysunęła sobie talerz.

– Elene – zaczęła znowu Kristine, starając się przybrać pedagogiczny ton. – Nie jesteście już dziećmi. Nawet jeśli on jest zupełnie inny, musisz się z nim liczyć. On jest członkiem naszej rodziny.

– Członkowie rodziny nie robią takich rzeczy.

– Słucham?

Kristine przeszedł dreszcz. Jak to miłe dziecko, którego dorastania była świadkiem, może patrzeć tak arogancko, tak bezczelnie odpowiadać, a przede wszystkim, hm, do czego zmierza?

– Spytaj go, no spytaj! – krzyknęła Elene.

Sok z melona trysnął jej z ust, jej oczy ciskały błyskawice, straciła panowanie nad sobą.

Kristine odruchowo się odsunęła.

– Nie powinien tego robić, zabroniłam mu, prosiłam, żeby przestał, ale mnie nie posłuchał, zadał mi ból.

Znowu używała dziecięcego języka, zupełnie niepasującego do furii, która w niej wrzała.

Kristine nie wierzyła własnym uszom. Różne rzeczy można by zarzucić Micheilowi, ale nie to, że zadał komuś ból, że użył przemocy – tego Kristine nie była w stanie sobie wyobrazić, to było bezczelne kłamstwo.

– O czym ty mówisz, Elene? – spytała Kristine cicho, ostrożnie, jakby szukała odpowiedniego tonu.

– Nie wierzysz mi? Oczywiście myślisz, że to ja jestem winna, że ja go...

„O Boże! Dobrze gra swoją rolę – pomyślała Kristine. – Oburzenie i obrażanie się wychodzą jej najlepiej".

– W tej chwili przestań! – Kristine straciła panowanie nad sobą.

– Ja mam przestać? Ja? Ja nic nie zrobiłam. To on zadał mi ból, on... – I Elene zaczęła płakać.

„Tymi łzami – pomyślała z odrazą Kristine – Elene oblewa swoją niezdolność do miłości, a udaje, że płacze z powodu niesprawiedliwości i gwałtu, jaki rzekomo jej zadano. To krokodyle łzy".

Kristine była wstrząśnięta, widząc taki tupet. Drżąc, podniosła się z krzesła i poszła na górę, do pokoju Michy. Ostatnimi czasy skupiła się na siostrze, która przeżyła w Pradze coś, o czym nie chciała z nikim rozmawiać. Kristine, zaintrygowana tajemnicą Stazji, nie zaprzątała sobie głowy tym, dlaczego Micha spędza tak dużo czasu w pokoju Ramasa, dlaczego późno wraca ze szkoły, dlaczego nie przychodzi do jej pokoju i nie pyta, czy jej nie uczesać. A teraz okazało się, że jego zachowanie pasuje do humorów Elene.

Micha uchylił drzwi. Dostrzegła jego bladą twarz, ciemne podkowy pod oczami. Jego wahań nastroju, jego martwego spojrzenia nie mogła już dłużej przypisać okresowi dojrzewania. Winę miał wypisaną na twarzy.

– Przespacerujemy się, Micho? Pomyślałam, że mała przechadzka dobrze nam zrobi.

– Kładę się już spać, Kristine.

– Chodź, przejdziemy się jak dawniej. Kiedyś tak dużo chodziliśmy. Możemy pójść nad rzekę. No chodź, nie psuj zabawy, *kotik*.

Kristine przekomarzała się z nim czasem, używając tego rosyjskiego spieszczenia. Micha spojrzał na nią niepewnie.

– Ubierz się i chodź ze mną – nalegała.

Przez chwilę zdawało się, że zatrzaśnie jej drzwi przed nosem, ale skinął głową, przymknął drzwi i zaczął się ubierać. Kiedyś pozwoliłby jej czekać w pokoju, nie za drzwiami. Musiało coś zajść, czuła to, w jej domu coś się zdarzyło, niemal na jej oczach, a jednak bez jej wiedzy.

Po chwili szli już ulicą Barnowa w kierunku opery, do leżącego za nią parku. Micha lubił to miejsce. Kiedy był małym chłopcem, z chęcią siadał tam z nią na ławce i jadł lody. Usiedli na jednej z ławek. Kristine pomyślała melancholijnie, że czas jedzenia lodów minął bezpowrotnie, a z nim dzieciństwo Michy.

– Myślę, że wiesz, o czym chcę z tobą rozmawiać. Powiedz, co się zdarzyło między tobą i Elene? Wiesz, że zauważę, jeśli mnie okłamiesz. Jeżeli powiesz mi prawdę, obiecuję, że żadnego z was nie będę osądzać i pomogę wam znaleźć rozwiązanie.

Kristine wyjęła z torebki wachlarz. Było duszno i parno, a niebo zasnuła gęsta warstwa chmur. Można było się spodziewać, że wkrótce zagrzmi i letni deszcz przepędzi upał.

Choć Kristine nie patrzyła na Michę, poczuła jednak, że chłopiec się rozluźnił. Usiadł swobodniej, wyciągnął ręce z kieszeni i zaczął potrząsać głową, jakby nie mógł w coś uwierzyć. Kristine położyła dłoń na jego dłoni, lecz Micha cofnął ją zawstydzony.

– Ona mnie nienawidzi – mruknął i poruszając czubkiem buta, wzniecił czerwonawy kurz.

Nagle tamy runęły i Micha zaczął wyrzucać z siebie zdania, wymachując rękami i potrząsając głową. W jego oczach pod gęstymi brwiami pojawiły się łzy wzburzenia. Mówił o zazdrości Elene, której stale doświadczał, o jej wrogości, o jej ignorowaniu go w szkole, o jej traktowaniu wszystkich z góry, lecz im bardziej próbował przedstawić Elene jako podłą i złośliwą, tym jaśniej wyłaniał się z jego słów obraz dziewczyny niepewnej siebie, samotnej i łaknącej miłości, dziecka, które straciło wewnętrzny kompas i błądziło w ciemnościach, rozdając na oślep ciosy i nie zdając sobie sprawy, jaką krzywdę wyrządza innym. Zawstydzony i wzburzony Micha, z czerwoną twarzą i spoconymi dłońmi, które stale wycierał o spodnie, zaczął opowiadać o tamtym popołudniu, kiedy zwabiony muzyką zapukał do jej pokoju. Z trudnością znajdował słowa, gdy przyszło do opisania tego, co się wydarzyło.

– A potem nie wiem, co się ze mną stało. Zrobiłem to, czego ona ode mnie chciała. Zapomniałem się. Kristine, ja po prostu nie wiedziałem, co robię!

– To bardzo, bardzo źle, Micha – odezwała się Kristine, gdy chłopak zamilkł.

Micheil dramatycznym gestem objął jej nogi i położył głowę na kolanach Kristine. Ona jednak upomniała go surowym tonem.

– Weź się w garść i usiądź prosto. Nigdy nie ujawniaj przed nikim takiej słabości, nigdy! Zrozumiałeś?

– Nie wierzysz mi – załkał. – Nie wierzysz mi, prawda?

– Ależ tak, wierzę ci, wierzę! Mamy jednak wielki problem, ty i ja, i musimy sobie z nim poradzić. Nie możesz tak ulegać innym, musisz przecież się bronić! Dlaczego się nie broniłeś?

– Nie wiem.

Wydawało się, że Micha sam się nad tym zastanawia, sam zadaje sobie to pytanie, dziwi się, lecz nie znajduje odpowiedzi. Kristine nie potrafiła sobie wyobrazić konsekwencji tego, co zaszło. Elene była nieprzewidywalna i trudno było zgadnąć, co zrobi. Coś jednak zrobi na pewno. A gdy jej ojciec, głowa rodziny, dowie się o tym fatalnym incydencie, z pewnością stanie po stronie córki. Nie będzie się starał spojrzeć na sprawę z perspektywy Micheila, lecz wykorzysta sposobność, by wystąpić przeciwko wszystkim przeklętym Eristawim. Przez lata musiał powściągać swą nienawiść do Andra, teraz więc wykorzysta okazję i wyładuje całą złość na jego synu.

– Odeślecie mnie? Będę musiał wrócić na wieś?

Micha otarł łzy wyprasowaną i starannie złożoną chusteczką do nosa. Stazja co drugi dzień wkładała mu do kieszeni koszuli świeżą chusteczkę.

– Musimy zrobić wszystko, żeby tak się nie stało.

– Wierzysz mi, Kristine? Naprawdę mi wierzysz?

– Tak, wierzę ci, Micho. Znam cię.

W drodze powrotnej do domu zdecydowała się stanąć po stronie Micheila, bo w odróżnieniu od Elene nie miał nikogo, a sam nie umiał się bronić. Kristine zdawała sobie sprawę, że ta historia dramatycznie podzieli ich rodzinę. Nie potrafiła sobie jeszcze wyobrazić, jak wystąpi przeciw Kostii, z którym też jadała lody w parkach i ogrodach tego miasta i który wówczas spoglądał na nią oczyma pełnymi podziwu i oddania, tak jak teraz Micha. Musiała sobie uprzytomnić, że Kostia od dawna nie jest już tamtym chłopcem, bo czas i wojna zabiły w nim dziecko, natomiast Micha ma jeszcze szansę ocalenia w sobie chłopięctwa, a tym samym swego dzieciństwa.

Kristine poszła prosto do pokoju Elene i wyciągnęła ją z łóżka. Dziewczyna, wyrwana ze snu, długo nie mogła zrozumieć, dlaczego cioteczna babka strzela do niej słowami jak z kałasznikowa.

– Nie chowaliśmy cię na takiego potwora! Chcę wiedzieć, skąd u ciebie taka nienawiść! Nie poznaję cię, ciała z mojego ciała i krwi z mojej krwi! Dziecka, które nosiłam na rękach, które bawiło się ze mną łopatką w ogrodzie... Nie wiem, kim jesteś i jak do tego doszło. Wstydzę się za ciebie!

Elene nie odezwała się ani słowem, tylko zacisnęła pięści z wściekłości, zagryzła usta i odwróciła wzrok. W głowie miała jedną myśl: „To niesprawiedliwe, niesprawiedliwe, tak bardzo niesprawiedliwe!". Nie może przecież znowu przegrać z tym obojętnym, biernym intruzem. Nie może być tak, że to on dostaje wszystko, co było jej marzeniem w chwilach samotności w Moskwie. Nie może być tak, żeby jego prawda liczyła się bardziej niż jej prawda.

A jednocześnie przychodziła jej na myśl pokuta, spowiedź oblana łzami, po której znowu zostałaby wzięta w ramiona i usłyszała, że wszystko będzie dobrze, że zawsze będzie kochana za to, że istnieje, a nie za to, jak postępuje.

Niewiele brakowało, a objęłaby Kristine i tak długo trzymała ją w ramionach, aż wyznałaby wszystko, co leżało jej na sercu, aż uwolniłaby się od swojej zazdrości i strachu. Ale jakich słów miała użyć? Jakie zdania były w stanie wyrazić jej mękę? Ile czasu potrzebowałaby na tę spowiedź? Godzin, dni, tygodni? Nie, nie mogła tego zrobić. Może mogłaby wytłumaczyć swój zły nastrój, wyliczyć rozczarowania. W tym jednak było coś więcej, przez cały czas od tamtego popołudnia w jej głowie, ciele, głosie było jeszcze coś, jakieś uczucie, którego nie mogła pojąć, nie potrafiła opisać i które było gorsze od całej nienawiści do Michy. Było to coś, co ją paraliżowało, budziło jej lęk, coś, do czego sama przed sobą nie chciała się przyznać. Nie potrafiła przyznać się do tego, że o wiele bardziej niż to, że Micha zajął miejsce i tron w jej raju, bolała ją świadomość, że ją odrzucił, że jej nie chciał. Gdyby miała jeszcze kilka sekund, spróbowałaby naprawić to, co zepsuła, ale nagle policzek wymierzony jej przez Kristine ostatecznie zniweczył kiełkujące chwalebne zamiary.

Koścista ręka Kristine uderzyła w prawy policzek Elene, która zamroczona ciosem, osunęła się na podłogę. Po chwili zwymiotowała na dywanik przed łóżkiem.

Kristine patrzyła na skuloną, wymiotującą Elene i kiwała głową, jakby już widziała ponurą przyszłość.

– Czego ode mnie chcesz? – dyszała Elene. – Czego wszyscy chcecie? Idźże do niego, no, idź i lituj się nad nim.

– Miałaś już okres? – spytała Kristine, nie odrywając wzroku od wymiocin Elene.

– Mam okres, odkąd skończyłam trzynaście lat. O co ci chodzi?

– Kiedy miałaś ostatni?

– Nie mam pojęcia. Kiedyś tam na pewno. Daj mi spokój!

Kristine pomogła Elene się podnieść, zaprowadziła ją do łazienki i podała jej ręcznik. Potem poszła do kuchni i ugotowała sobie gorącą czekoladę. Czuła, że jej potrzebuje, zanim podejmie decyzję, co ma zrobić.

Następnego ranka, kiedy Micha i Elene poszli do szkoły, Kristine powiedziała Nanie, że wszystko wskazuje na to, iż jej córka jest w ciąży. Przypuszczenie to trzeba jeszcze potwierdzić, a Elene ma się trzymać swojej wersji wydarzeń i w dalszym ciągu oskarżać Michę o to, że została zgwałcona. Stazji, zajętej swoimi sprawami, nie wtajemniczyły w sytuację.

– Mój Boże, Kristine, ona ma dopiero piętnaście lat! I co teraz!? Moja biedna dziewczynka! Jak on mógł jej to zrobić! Jeśli Kostia się o tym dowie, to pewnie już nigdy nie zobaczę swego dziecka. Nie, nie, to niemożliwe.

Nana była tak wstrząśnięta, że od kilku dni nie mogła nawet wyjść z domu.

– On jej do tego nie zmuszał. Dlaczego mnie nie słuchasz?

– Bo to, co mówisz, nie może być prawdą. Nigdy nie pozwolę, żebyś twierdziła, że moja córka mogłaby... Nie!

– Tak czy siak, on musi się dowiedzieć o ciąży.

– Oszalałaś chyba. Wy wszyscy żyjecie tutaj w jakimś nierealnym świecie! On miałby się o tym dowiedzieć? On? On, który ściągnął na moją córkę tę hańbę!? Nawet nie potrafię sobie tego wyobrazić. – Nana zaczęła szlochać. – Nie chcę go więcej widzieć, nie zniosę go. Nie ręczę za siebie, gdy go spotkam. On musi się o tym dowiedzieć, tak, tak – zaczęła przedrzeźniać Kristine. – Och, bo skonam ze śmiechu!

– Uważam, że ani ty, ani Kostia nie możecie podjąć decyzji w tej sprawie. To musi być decyzja Elene i Michy. Tylko ich, nikogo więcej.

Kristine nie próbowała już przekonać Nany, że prawda jest inna, jakby pogodziła się z tym, że nikt jej nie uwierzy.

– Ten podrzutek będzie musiał opuścić nasz dom, i to jak najszybciej! Powiedz mu, żeby nie pokazywał mi się na oczy, bo... – Nana kiwała się miarowo jak płaczka w sztuce antycznej. – Nigdy nie pozwolę, żeby ten chłystek zniszczył przyszłość mojej córki.

– Ależ Nano...

– Porozmawiam z moją lekarką. To doskonały ginekolog. Ona to załatwi, bez zakładania karty pacjentki.

– Nie możesz jej do tego zmusić! To będzie miało fatalne skutki.

Głos Kristine stopniowo cichł, jakby zrozumiała, że jej słowa niczego nie zmienią.

– Fatalne skutki? Już je mamy. I te skutki zostaną usunięte, zanim będzie za późno.

Nana uspokoiła się nieco, wytarła łzy rogiem obrusa.

Kristine się podniosła. Zamierzała wyjść, oddalić się od tej niemożliwej do naprawienia sytuacji, nie chciała się przyglądać, jak baranek ofiarny zostanie zamordowany, ani opłakiwać czegoś, co było błędem. Nie chciała dłużej uczestniczyć w tej smutnej walce o władzę, w którą zmieniło się małżeństwo Nany i Kostii i czego skutkiem było teraz także to, co rosło w brzuchu Elene. Zatrzymała się jednak, bo nogi miała jak z ołowiu.

Nagle przypomniała sobie Kitty. Milczącą Kitty. Jej twarz, z której uszło życie. Było to wtedy, gdy najpierw zaginęła bez wieści, a po jakimś czasie zastukała do jej drzwi. Bez brzucha. Bez syna.

Kristine przetarła oczy. Micha! To było to, co się liczyło, co musi ratować. Nie wolno jej tylko patrzeć i czekać. Musi działać.

Tydzień później odbyła się aborcja. Nana potrzebowała tygodnia, żeby przekonać Elene, że przerwanie ciąży jest jedyną możliwością, by mogła potem żyć bez komplikacji, nie być jak trędowata, móc skończyć szkołę. Potrzebowała tygodnia, by uzmysłowić córce, że ani słowem nie może się zdradzić przed ojcem. Była to pierwsza tajemnica, którą z nią dzieliła. Tak jak powinna matka z córką, tak jak zawsze tego pragnęła.

Kristine wezwała Andra do Tbilisi. Na dworcu autobusowym wzięła go pod rękę, lecz nie poszła z nim na wzgórze Wery, tylko weszła do pierwszego lepszego baru koło dworca i przedstawiła mu sytuację. Andro słuchał jej uważnie, palił papierosy Kosmos i drapał się po głowie. Jego twarz była już twarzą alkoholika. Obrzmiałe policzki pokrywały czerwone plamy.

Przed dwoma laty Andro przekupił lekarza kołchozowego, który wystawił mu świadectwo niezdolności do pracy w polu, i od tej pory pracował u kamieniarza, wykuwając popiersia Marksa, Engelsa i Lenina.

– Nie wiem, co powiedzieć – rzekł po długim milczeniu. Wysłuchawszy Kristine, podrapał się po brodzie i zapalił następnego papierosa.

– Wysil się trochę i pomóż mi rozwiązać tę sytuację dla dobra nas wszystkich.

– Dla dobra nas wszystkich? Chyba żartujesz, Kristine...

– Młodzi mają przed sobą jeszcze tylko rok do skończenia szkoły, to powinno się udać. Ale...

– On dowie się o tym tak czy owak. To jakieś przekleństwo.

– Kostia? Nie dowie się. Nikt tego nie chce. A najmniej Nana, która zrobi wszystko, żeby do tego nie doszło.

– Takich rzeczy nie da się utrzymać w tajemnicy.

– Micha wkrótce będzie pełnoletni. Trzeba tylko przetrwać do tego czasu. Potem będzie samodzielny, przeniesie się do jakiegoś mieszkania komunalnego... W każdym razie będzie już sam się o siebie troszczył, może tu zostać, studiować, ja dalej będę mu pomagać. Lecz teraz nie mogą mieszkać pod jednym dachem.

– Nikt z moich krewnych w Tbilisi nie żyje. Zabiorę go do domu. Nie ma innej możliwości. Będzie musiał pójść do wiejskiej szkoły.

– Nie mogę tak po prostu się zgodzić, żeby odjechał. To tylko rok! Musimy...

– Niczego nie mam, nic nie mogę. Już i tak jestem wdzięczny losowi, że dostaję zamówienia i mogę zarobić kilka dodatkowych rubli, wykuwając Marksa czy Engelsa, jak majster jest zbyt pijany. Najlepiej zarabia się teraz na Leninie. Popiersia Lenina są najdroższe. Rozumiesz, jak wygląda moje życie!?

Elene z trudem ukończyła szkołę. Ze strachu przed gniewem Kostii Nana utrzymywała go w przekonaniu, że wyniki córki są świetne. Kostia cieszył się, że ma ambitne i mądre dziecko. Podzielił się też z rodziną radosną wieścią, że w uznaniu swoich zasług otrzymał od państwa spory kawał ziemi. Jak każdy radziecki obywatel, który do czegoś doszedł, będzie mógł teraz postawić daczę.

Grunt ten leżał niecałą godzinę drogi autem na północny zachód od Tbilisi, w malowniczej wsi, w pobliżu stadniny koni i opustoszałego klasztoru. Na terenie przydzielonym Kostii były jeszcze resztki wiejskiego domu z poprzedniego stulecia, który Kostia chciał wedle swego gustu odbudować.

– Wreszcie własny dom! Myślę, że wszyscy powinniśmy się tam przeprowadzić. To niezbyt daleko od miasta, można będzie stamtąd jeździć do pracy, a jednocześnie będziemy mieli spokój i ciszę. Zastanawiam się, czy z tego domu nie zrobić czegoś więcej niż tylko daczę.

Nadzór nad budową domu i zdobywanie wszystkich potrzebnych materiałów Kostia powierzył swojej matce. Stazja, która przeszła na znienawidzoną emeryturę, zgodziła się z radością, bo pomyślała, że to piękne miejsce może uleczyć rany ich rodziny i że będą mogli zacząć od nowa.

Tak się zaczęła historia Zielonego Domu, jak nazwałyśmy go twoja matka i ja, bo kiedy zaczęłyśmy tam nasze życie, był prawie całkowicie porośnięty bluszczem. Było to w tym samym roku, w którym bez wiedzy Kostii i Michy w wiecznym królestwie kobiet udaremniono narodziny nowego życia. W Zielonym Domu urodziłyśmy się Daria i ja.

Po co w ogóle mamy szkoły, jeśli nie po to, żeby nasze dzieci indoktrynować, tak by stały się wrogami komunizmu?

Richard Nixon

Na szesnaste urodziny córki Kostia przywiózł jej francuskie perfumy, co było sygnałem, że wolno jej odtąd uważać się za dorosłą. Ale wieczorem przed wielką fetą, która miała się odbyć na cześć Elene, dziewczyna znikła i nigdzie nie można jej było znaleźć. Zauważono w końcu karteczkę z informacją napisaną ładnym dziewczęcym pismem.

Wyjechałam. Nie chcę, żebyście mnie szukali. Pozwoliłam sobie – i za to od razu przepraszam – wziąć dwa łańcuszki z maminej szkatułki i trochę pieniędzy z torebki Stazji. Jadę szukać Boga. Nie martwcie się więc o mnie i nie szukajcie mnie.

Elene

Zanim ustalono, gdzie jest Elene, upłynął prawie tydzień. Kostia uruchomił wszystkie swoje kontakty i wpływy. Okazało się, że Elene pojechała do klasztoru koło miasteczka Kazbegi. Wydostanie jej stamtąd nie było łatwe. Nana opowiadała mi, że Kostia, który tam pojechał, zobaczywszy córkę, chwycił ją wpół i zarzucił sobie na plecy jak zrolowany dywan, a Elene wrzeszczała jak opętana, bijąc rękami na oślep. W drodze powrotnej Elene przez cały czas na przemian modliła się i groziła rodzicom diabłem oraz piekłem, jeśli nie odwiozą jej na powrót do klasztoru i nie zostawią w spokoju.

Kostia był dla Elene łagodny i wyrozumiały, nie robił jej wyrzutów i bardzo się starał zrozumieć drastyczne przeobrażenie się swego dziecka z wzorowej, jak mniemał, córki w młodą kobietę poszukującą Boga, która straciła zainteresowanie życiem wśród ludzi. W pracy poprosił o urlop, wynajął w Soczi dwa pokoje w luksusowym sanatorium ze źródłami leczniczymi i poleciał tam z Elene. Stołowali się w eleganckich lokalach i nawet pozwalał Elene spróbować krymskiego szampana. Wychodzili z Elene rano, zanim zapełniły się plaże, by zażywać kąpieli w morzu o fioletowej barwie. Kostia towarzyszył jej też w wieczornych przechadzkach po białych promenadach i próbował odczytać z jej milczenia powody nagłego życiowego zwrotu. Upłynęło sporo dni, zanim morski klimat oraz spokój i poczucie bezpieczeństwa sprawiły, że kamienna twarz Elene powoli zaczęła się rozjaśniać. Dziewczyna mówiła nawet, na co ma ochotę, i – wprawdzie rzadko, ale jednak – przypominała niekiedy dawną siebie z moskiewskich czasów: energiczną, wesołą, zdyscyplinowaną i ambitną... W takich chwilach Kostia myślał, że jego cierpliwość i miłość zdołają uratować to, co w wychowaniu córki zostało zepsute przez wpływ jej matki.

Owego późnego lata w eleganckiej części plaży w Soczi pracował jako ratownik młody chłopak Wasilij, którego goście odwiedzający Kaukaz zwali z gruzińska Waso. Waso skończył właśnie dwadzieścia lat i marzył o tym, by pewnego dnia dostać się na któryś ze statków, ukryć się w ładowni i popłynąć na Zachód, najlepiej do Ameryki. Chciał raz na zawsze odciąć się od przeznaczenia człowieka radzieckiego, jakie było mu pisane, gdyby pozostał w ojczyźnie, i rozpocząć nowe życie.

Chłopak dorastał bez ojca. Miał matkę, która całe życie pracowała jako pokojowa w sanatoriach, oraz starszego brata, drobnego przestępcę, który za kradzież auta został skazany na pięć lat więzienia i który, sądząc po jego listach, po wyjściu na wolność miał zadatki na prawdziwego mafiosa. Waso, który oprócz ojczystego rosyjskiego znał gruziński, ormiański i abchaski, a nawet trochę niemiecki i turecki, marzył o czymś innym, większym.

Od małego widział w sanatoriach gości, którzy przyjeżdżali i wyjeżdżali, którym wiodło się o wiele lepiej niż jemu i jego rodzinie i których stać było na to, żeby być obsługiwanym przez takich jak on. Zawsze marzył o tym, że któregoś dnia znajdzie się na ich miejscu. Oczyma wyobraźni widział, jak w miękkim płaszczu kąpielowym sączy krymskiego szampana i szczęśliwym spojrzeniem obejmuje nadmorski horyzont albo jak elegancko ubrany wybiera się na cowieczorną potańcówkę w towarzystwie pięknej kobiety z mieniącymi się w uszach kolczykami.

Na razie jednak wszystkim, na co pozwalało mu jego pochodzenie i wpis w dowodzie osobistym dotyczący ojca („nieznany"), była albo słabo opłacana posada kelnera w którymś z nadmorskich hoteli, albo dołączenie do załogi jednego z brudnych statków z pomarańczami oraz cytrynami, które pływały wzdłuż i w poprzek Morza Czarnego i nigdy nawet się nie zbliżały do Atlantyku. W najlepszym razie mógł zostać brodatym recepcjonistą w bogato zdobionym złotem uniformie w jakimś lepszym sanatorium. Żadna z tych możliwości jednak go nie pociągała, bo nie stwarzała perspektyw do realizacji jego marzeń. Waso zdecydował się więc na mniej typowy sposób rozkoszowania się przyjemnościami życia, których poskąpił mu los.

Był bardzo przystojny. Już jako pięciolatek, gdy matka, sprzątając, woziła go na froterce, ciągle słyszał okrzyki zachwytu kuracjuszy, a przede wszystkim kuracjuszek: „Jakiż to piękny chłopiec! Co za oczy! Jaka buzia, jakie gęste włosy!". Okrzyki te, kiedy osiągnął pewien wiek, ucichły, a Waso zaczął dostrzegać zarumienione policzki i dwuznaczne spojrzenia, słyszeć podniecone szepty, kiedy wyposażony w sekator i rękawice usuwał na przykład trzmielinę. Jego początkowa nieśmiałość i uniżoność w stosunku do hotelowych gości, które wpajała mu matka, szybko znikły. A kiedy zrozumiał, że wcale nie jest gorszy ani głupszy od wielu gości leniuchujących na plaży albo grających w badmintona, stał się śmielszy i bardziej pewny siebie. Pozwalał sobie nawet na zamienianie paru słów z kuracjuszkami i już tylko krok dzielił go od zdobywania względów dam.

Szybko pojął, że mniej korzyści miał z kształtnych, pachnących owocowo dziewcząt niż ze starszych, nie tak może jędrnych, ale odważniejszych i bardziej znudzonych kobiet dojrzałych. Młode dziewczęta poza swoimi ciałami nie miały wiele do zaproponowania. Były całkowicie zależne od swoich ojców i matek albo narzeczonych. Miały podobne jak on tęsknoty i czuły się tak samo uwięzione, jakby żyły w klatkach, chociaż ich klatki były złote. Zupełnie inaczej było z damami w wieku balzakowskim. Te dawno już porzuciły marzenia, były zamężne, pracowały, miały dzieci, wypełniły swe życiowe obowiązki, a teraz, w kwiecie dojrzałości, czuły się rozczarowane i niekochane. Zdumiewające było, jak wiele z nich spędzało urlop samotnie. Ich mężowie byli albo zbyt zapracowani, albo zajmowali się w tym czasie młodszymi i piękniejszymi.

Przede wszystkim jednak te kobiety były hojne. Miały coś do zaoferowania w zamian za to, co im proponował. Wasilij, odkąd jako czternastolatek został uwiedziony przez pewną bogatą wdowę z Odessy, która wprowadziła go w arkana sztuki miłosnej, postanowił składać pieniądze i pewnego dnia kupić bilet na któryś z zagranicznych frachtowców. Mocno wierzył, że wtedy spełni się jego marzenie o Ameryce. Ale majątku jakoś nigdy się nie dorobił. Bez względu na to, jak długo i intensywnie zarabiał i ile kobiet uszczęśliwiał, pieniądze się rozchodziły. Były potrzebne a to na leczenie matki, której zdrowie z latami coraz częściej szwankowało, a to na łapówki, żeby brata wydobyć z więzienia, albo na tak prozaiczne rzeczy jak uzupełnienie garderoby. Pieniądze przychodziły i rozchodziły się, a Waso stale zaczynał od początku. Jego marzenie o Ameryce było jednak silniejsze niż wszelkie rozczarowania i przeszkody, jakie przed nim wyrastały.

Snując swe marzenia, nie ustawał w wychwalaniu rzekomej czy rzeczywistej piękności spotykanych samotnych kobiet, towarzyszył im w jemu tylko znane miejsca na dzikich plażach, śpiewał im pikantne piosenki marynarskie i uszczęśliwiał je nocami w hotelowych łóżkach. Opalony na brąz, o atletycznej budowie ciała, z blond włosami pociągniętymi pomadą, wyperfumowany, chyba nawet trochę przesadnie, może nieco irytujący ze swoją chęcią podobania się za wszelką cenę, lecz przecież wystarczająco piękny, żeby je wszystkie ratować, przynajmniej na czas urlopu, od ich przytłaczających małżeństw, od nudy i lęku przed starością.

Tak już nastawił się na spełnianie życzeń i tęsknot starszych dam, że wrażenie, jakie wywarł na młodej dziewczynie, musiało go trochę zaskoczyć.

Moja matka zobaczyła go już pierwszego dnia na plaży, gdzie zajmował się wypożyczaniem koszy i leżaków. Od tej chwili widziała tylko jego. Kiedy ojciec w swoim pokoju załatwiał przez telefon sprawy służbowe, wymknęła się na plażę i wypożyczyła kosz. A Wasilij ochoczo, usłużniej, niż to było potrzebne, zaprowadził ją na wybrane przez siebie miejsce i przyniósł jej nawet lód do napoju.

Wkrótce Kostia zauważył, że pogodna twarz Elene mniej zależy od niego i starań, jakimi ją otaczał, a bardziej od pięknisia z plaży, który stale zerkał na Elene i uśmiechał się szeroko, kiedy go mijała. Początkowo chciał zaproponować córce zmianę plaży, potem jednak postanowił wykorzystać to, że młody chłopak najwyraźniej zadurzył się w córce. W odróżnieniu od swej żony Kostia był pewny, że zawsze wszystko utrzyma pod kontrolą. Zostawił więc raz i drugi promieniującą szczęściem parę i poszedł do kawiarni albo do swego pokoju w sanatorium. Pewnego wieczoru, kiedy nabrał przekonania, że uczucie młodzieńca do Elene nie wygasa, poczekał, aż Waso skończy swoją zmianę, podszedł do niego i zaproponował mu, by chłopak zaprosił Elene do restauracji. Zapewnił go, że rachunek bierze na siebie, bo gusty kulinarne Elene wymagają większej gotówki. Zgodnie z planem Kostii ten młodzieniec miał mu pomóc ustabilizować stosunki z córką. Chciał, by go uważała za kochającego, tolerancyjnego ojca i żeby wróciła z nim do Moskwy, gdzie wszystkie uczelnie stały przed nią otworem.

Lecz Elene nie była wcale egzaltowanie zakochaną, subtelną, niezaradną istotą, jaką chciał w niej widzieć ojciec. Coś w niej pękło, jak ucho u dzbana. Schwytana w kleszcze nienawiści do samej siebie i pogardy dla otoczenia oraz rodziny, szukała sposobu, by ten dzban zupełnie zniszczyć, rozbić w drobny mak, tak żeby nie dało się go już skleić.

Zrobiła coś strasznego, co do tego nie miała najmniejszych wątpliwości, lecz nie została za to ukarana. Ukarany został ktoś inny. Skoro ani jej rodzina, ani państwo nie wymierzyli jej kary, postanowiła odszukać Boga, żeby on ją ukarał. Lecz Bóg się jej nie ukazał. Post, modlitwa – to wszystko na nic się nie zdało. Bóg milczał i nie pozwalał się znaleźć. Żeby więc sprawiedliwości stało się zadość, Elene postanowiła ukarać się sama.

W zaskakująco szybkiej decyzji uczynienia Wasilija swoim kochankiem Elene, moim zdaniem, świadomie czy nie, chciała dać szansę swej macicy. (Wiem, że w tym miejscu się skrzywisz, widzę już twój grymas, Brilko!)

Gdybym ją o to zapytała wprost, zaprzeczyłaby oczywiście, bo zawsze powtarzała mnie i mojej siostrze, że jesteśmy owocami namiętnej miłości. Dziś jednak myślę, że gdy nawiązywała romans z Wasilijem, chodziło jej wyłącznie o udowodnienie samej sobie, że jej macica, tak jak całe jej ciało, jest zdolna wydać dziecko poczęte z miłości, a nie tylko ze złości.

Już podczas drugiego spotkania w restauracji, również sfinansowanego przez Kostię, Elene dała Wasilijowi do zrozumienia, że jest zainteresowana innymi sprawami, a nie tylko nudnymi, konwencjonalnymi rozmowami. Waso jednak był ostrożny. Wiedział, czyją córką była Elene, i doskonale zdawał sobie sprawę z tego, że każdy błąd będzie go słono kosztować.

Nigdy go nie poznałam, Brilko, trudno mi więc powiedzieć, czy był zakochany w twojej babce. Bliższe prawdy byłoby pewnie przypuszczenie, że w znajomości z Elene dostrzegł możliwość podreperowania swoich finansów. W każdym razie grał młodzieńca z zasadami i o umówionej porze oddawał Elene w ręce jej ojca, który po męsku ściskał mu dłoń i zadowolony życzył spokojnej drogi do domu.

Lecz wola młodej, atrakcyjnej kobiety, która nazywała się Elene Jaszi, sprawiła, że zasady młodego, atrakcyjnego mężczyzny szybko przestały mieć znaczenie. Podczas trzeciego spotkania Elene przekonała Wasilija, żeby nie szli do nudnej restauracji, lecz żeby Waso pokazał jej piękne, mało znane zakątki Soczi.

Najpierw poszli na spacer nabrzeżem. Podziwiali widok statków w oddali, rzucili w morze kilka kamyków, śmiali się i żartowali, zajrzeli do położonego na uboczu baru dla marynarzy i wypili, zatykając nos, kilka kieliszków mocnej wódki, potem się całowali, nachyleni nad lepkim od brudu kontuarem, a w końcu, trzymając się za ręce, wyszli z baru i pomknęli przed siebie rozklekotanym motorowerem Wasilija. Kiedy Waso przypomniał, że pora wracać do sanatorium, Elene zaczęła go prosić, a raczej błagać, żeby jeszcze jej nie odwoził. Przekonywała, że Waso nie musi się bać jej ojca, już ona wytłumaczy się przed nim z małego spóźnienia, a poza tym jest jej coś winien. Wasilijowi nie pozostało nic innego, jak pojechać w inną stronę miasta i położyć się z nią na zimnej, twardej ziemi.

Elene w taki właśnie sposób pojmowała pokutę. Waso wziął ją delikatnie i z czułością, starając się sprawić jej przyjemność (nie wiem, czy ją odczuwała, gdy poczynała się moja siostra, ale chciałabym myśleć, że tak).

Nie mieli za dużo czasu. Po akcie miłosnym, gdy Elene zanurzyła się w morskiej słonej wodzie, by zmyć z siebie dowody tego, co uczynili, przytulili się do siebie pospiesznie, pełni wrażeń, roześmiani, i pojechali z powrotem do sanatorium.

Twoja matka, Brilko, zawsze uważała, że moment jej poczęcia był czymś poniżającym. Tłumaczyłam jej, że i tak był bardziej romantyczny niż mój. Ale nie udało mi się jej przekonać. Zawsze się licytowałyśmy, czyje poczęcie było mniej godne, jej czy moje, jakby to było trofeum, o które warto z sobą walczyć.

Pożegnanie Wasilija z Elene okazało się bardziej sentymentalne, niż się spodziewali: w jego oczach zabłysły nawet łzy, kiedy obejmowali się po raz ostatni. Kostia, wzruszony szczerą miłością młodego człowieka, obiecał córce, że jeśli jej uczucie przetrwa rozłąkę i jeśli będą z sobą korespondować, jak się zapewniali, zaprosi go do Moskwy.

Zakochany czy nie, Waso był jednak oczarowany: mimo swych licznych przygód nie spotkał jeszcze kobiety, ani młodej, ani starej, która zadowalałaby się tym, co jest, nie oczekując od niego żadnych zapewnień ani obietnic, żadnych iluzorycznych nadziei ani planów na przyszłość. Kobiety, która z takim zapamiętaniem szukała przyjemności, jakby wszelkimi sposobami, całym swoim ciałem chciała coś przezwyciężyć. I chociaż nie podobał mu się swobodny styl bycia Elene, przy pożegnaniu na wszelki wypadek szepnął jej do ucha kilka miłosnych zaklęć.

Kostia triumfował: chłopak znakomicie spełnił swe zadanie. Elene bez sprzeciwu zgodziła się wrócić z ojcem do Moskwy, obejrzeć kilka uczelni i zastanowić się nad swoją przyszłością. Przybywszy do stolicy, Elene zajadała pyszne potrawy Ludy i swoje ulubione bliny z konfiturami, chodziła do kina i rzeczywiście napisała do Wasilija – raczej z nudów i dla żartów – długi, tęskny list. Wyobrażenie, że jest zakochana, bawiło ją i łagodziło nieco jej lekceważącą obojętność wobec świata i samej siebie. Waso nie zwlekał z odpowiedzią: po dwóch tygodniach Elene dostała od niego list. Moja matka pomyślała, że może z tego beztroskiego wakacyjnego romansu wykluje się miłość, i odpowiedziała z jeszcze większym zaangażowaniem niż poprzednio. Była to jednak tylko gra, którą ciągnęła, bardziej z ciekawości niż z przekonania, chcąc pokrzyżować ojcowskie plany pozostania w Moskwie.

Podczas jednego ze spotkań, gdy siedzieli na nadbrzeżu, Waso opowiedział jej o swoich marzeniach o Ameryce. Wskazał wtedy ręką dalekie światła statków i wzdychając, powiedział, że pewnego dnia znajdzie się tam, w drodze do innych krajów i na inne kontynenty. Elene miała nadzieję, że Waso nie zmieni tych planów, gdy się dowie, że zostanie ojcem.

Kiedy w Moskwie nastały mrozy, Elene zapukała do gabinetu ojca. Gdy się upewniła, że ojciec odłożył na bok papiery, nad którymi pracował, i patrzy już tylko na nią, bez żadnych wstępów oznajmiła, że jest w ciąży. Według jej obliczeń dziecko miało przyjść na świat latem.

Był krzyk, w powietrzu zaczęły fruwać strącone z biurka papiery, padły groźby, obelgi i straszne wyzwiska, ale nie było łez. W końcu zapadło milczenie, pełne przygnębienia i rezygnacji. Potem doszły jeszcze pytania retoryczne: jak to możliwe, że sprawy zaszły tak daleko, co się stało z moją wspaniałą córką, i tak dalej, i tak dalej. Pod koniec roku Kostii nie pozostało nic innego, jak zaprosić do Moskwy niczego nieprzeczuwającego ojca dziecka i poinformować go, jakie szczęście go spotka w najbliższej przyszłości.

Obaj mężczyźni zamknęli się w gabinecie Kostii. Po kilku frykasach i litrze gruzińskiego kindzmarauli Waso uznał, że perspektywa przedstawiona przez przyszłego teścia nie jest taka zła. Na pewno była lepsza niż jego ryzykowny i do tej pory niemożliwy do sfinansowania *American dream*. Zręcznie udał nawet, że wiadomość o ojcostwie niezmiernie go ucieszyła.

Przyszły teść obiecał, że Waso będzie mógł studiować. „Masz bystry umysł i zręczne ręce, mój chłopcze, dlatego najlepsza będzie inżynieria. Dobrzy inżynierowie zawsze są poszukiwani". Obiecał też, że zapewni młodym mieszkanie w Moskwie oraz wsparcie finansowe. On, Wasilij, ma tylko zażywać szczęścia. „Z najbardziej bezpruderyjną i hojną dziewczyną, jaką znam", dodał w duchu Waso. Tą uwagą oczywiście nie podzielił się z ojcem Elene. Tak, to wszystko brzmiało rozsądnie. Wprawdzie mniej ekscytująco niż podróż frachtowcem do Ameryki, ale za to o wiele bardziej konkretnie. Waso wyobrażał sobie wspaniałą, beztroską przyszłość w dobrobycie, którego gwarantem był ten poważny człowiek siedzący naprzeciw niego, przywykły do decydowania. I to w sposób, który nie pozostawiał wątpliwości, że żaden sprzeciw nie będzie tolerowany.

W pośpiechu zorganizowano zaręczyny. Nana i matka Wasilija przyleciały samolotem do Moskwy i odbyła się skromna, lecz odpowiednia ceremonia. Goście się uśmiechali, wznosili toasty i składali życzenia młodej parze. Waso otrzymał hojne kieszonkowe, tak by mógł swobodnie zapraszać do lokali swą ciężarną narzeczoną. Przyszły małżonek szybko zasmakował w nowym życiu. Elene zaś przyjmowała wszystko z charakterystyczną dla siebie nieprzeniknioną obojętnością, całą uwagę skupiając na swym coraz okrąglejszym brzuchu. Urodzi dziecko, będzie najlepszą na świecie matką i wszystko dla niego poświęci. Wyobrażała sobie, jak to będzie, i myślała, że w ten sposób odkupi swą winę za tamto dziecko, niechciane, nienarodzone.

Pewnego dnia, kiedy trzymając narzeczonego pod rękę i rozmawiając z nim o sztuce, wychodziła z nim z muzeum Puszkina, Waso zatrzymał się na środku ulicy, a potem usiadł na skraju chodnika i zaczął płakać. Elene, zdumiona i przerażona, usiadła obok i ostrożnie oparła głowę na jego ramieniu. Nie zapytała o powód płaczu, czekała, aż narzeczony się uspokoi. Waso jednak nie przestawał łkać. Płacząc, zaczął mówić o swej nienawiści do kraju, w którym żyli, opowiedział jej bez osłonek o swoim dzieciństwie, o doznawanych wiecznie upokorzeniach, a nawet o swoich romansach. Mówił o matce, o bracie, odkrywał się przed nią, jakby przez całe życie czekał na tę spowiedź. Nie zatajał swoich prawdziwych cech, odsłaniał przed nią tłumione dotąd pragnienia, a nawet myśli o zemście. Gwałtownie wyrzucał z siebie słowa, ślina zebrała mu się w kącikach ust. Potem znaleźli ławkę w zacisznej uliczce i usiedli. Waso wyglądał na wyczerpanego. Elene położyła mu rękę na ramieniu i rozmyślała o tym, co usłyszała.

– Nie jesteś zaskoczona? – zapytał, nie mogąc dłużej znieść jej milczenia. – Ani rozczarowana?

– Nie jestem, Waso. Dobrze cię rozumiem. Tak mi się przynajmniej wydaje. Czasami, gdy na ciebie patrzę, mam wyrzuty sumienia. Nie chciałam, żeby to tak wyszło, i wierz mi, nie chciałam, żebyś nagle musiał tu się znaleźć. To nie był mój pomysł. Nie powinieneś z mojego powodu czy z powodu dziecka rezygnować z tego, co dla ciebie jest najważniejsze.

– Ale ja przecież chcę być przy tobie, to nie ty jesteś powodem mojej rozpaczy, Elene.

– Tylko że bardziej, niż być przy mnie, wolałbyś być gdzie indziej, prawda?

– Nie wiem.

– Naprawdę? Nie chcę, żebyś się stał jednym z tych zarozumiałych cyników, którzy oszukują własne żony i uważają, że wszystko mają pod kontrolą. Popatrz na mojego ojca. Brzydzi mnie ten cyrk, jaki robi. Przecież ja to widzę, to mnie dotyka, tylko niechętnie o tym mówię.

– Wezmę się w garść, obiecuję, że będę silny, dla nas, dla ciebie. Poprawię się. Tylko... to jest trudne. I to wszystko przyszło tak nagle, bez uprzedzenia.

– Doskonale cię rozumiem. Wiesz, ja też kiedyś chciałam wyjechać. Mam ciotkę za granicą. Jest słynną piosenkarką.

– Naprawdę?

– Tak, ale nie wolno mi o niej wspominać.

– Moglibyśmy przecież...

– Nie bądź dzieckiem. Ja nie chcę. Nie mam takich marzeń jak ty, Waso. Cóż miałabym tam robić? Moje miejsce jest tu, z rodziną, chociaż ich wszystkich nie znoszę. Może powinnam cię spotkać w lecie przed dwoma laty. Wtedy byłam... inna. Znasz kogoś, kto mógłby ci pomóc?

– Tak, ale musiałbym mieć wystarczająco dużo pieniędzy. Znam kilku marynarzy, którzy czasami szmuglują ludzi na statki i...

– To dobrze, bardzo dobrze. Posłuchaj. Papa chce, żebyśmy się pobrali, zanim urodzi się dziecko. To znaczy najpóźniej na wiosnę. Ostatnio mówił o marcu. Da nam pieniądze. Na wesele, na nowe życie, wiesz, na te wszystkie głupstwa. Papa chce, żebyśmy zostali w Moskwie, nie chce, żebyśmy mieszkali w Tbilisi, u matki. Bo uważa, że to wszystko jej wina. Kiedyś też tak myślałam, ale to nieprawda. Teraz zresztą to już wszystko jedno. Więc dostaniemy pieniądze i będziemy się zachowywać tak, jakbyśmy planowali wesele. Poszukamy sali na uroczystość. Eleganckiej i drogiej. Tacie to się spodoba, bo będzie chciał się pochwalić przed kolegami. Jest zadowolony, że jesteś Rosjaninem. Musimy ustalić termin w urzędzie stanu cywilnego i powinniśmy naprawdę to zrobić, bo on wszystko sprawdzi. Za wesele damy zaliczkę i powiemy, że resztę zapłacimy później. Tę resztę weźmiesz ty. Pojedziesz do Soczi, zorganizujesz wszystko i przed weselem dasz nogę. Kiedy twoja ucieczka wyjdzie na jaw, musisz już być daleko. Musisz, Waso, inaczej się do ciebie dobiorą. I nie potraktują cię łagodnie. A mój ojciec najmniej. Jeśli cię złapią, już nigdy nie zobaczysz słońca inaczej niż zza krat. Rozumiesz?

Waso patrzył na swoją narzeczoną wielkimi oczyma, z szacunkiem i podziwem.

– Jeśli w Soczi stwierdzisz, że ucieczka jest zbyt ryzykowna, wtedy wrócisz i będziemy musieli się pobrać. Gdybyś choć przez sekundę miał wątpliwości, wracaj. Jeśli chodzi o mnie, za kilka lat możemy się rozwieść.

– Mówisz jak profesjonalistka.

– Profesjonalistka?

– Tak jakbyś miała w tym doświadczenie.

– Po prostu to sobie wyobrażam. A resztę wiem od ojca. Oni wszyscy myślą, że do mnie nic nie dociera, ale ja wszystko widzę i słyszę. Wiem nawet, że mój ojciec krył swoją siostrę, kiedy uciekała z kraju. Choć teraz to bez znaczenia.

– Nie wiem, co mam powiedzieć...

– Nie martw się, twoje dziecko dostanie wszystko, czego będzie potrzebowało. Wiesz przecież. Mój ojciec zrobi dla mnie wszystko. I ja też zrobię wszystko dla dziecka. Myślę, że to będzie dziewczynka.

– Dlaczego tak sądzisz?

– Nie mam pojęcia. Wybiorę jej piękne imię. Ale jeszcze się nie zdecydowałam.

– Kiedy byłem mały, w sąsiedztwie mieszkała kobieta. Niektórzy uważali, że to czarownica. Myślę, że jej zazdrościli, bo była inna i niezwykła. Leczyła ludzi ziołami. Nikt nie odważył się wejść jej w drogę. To była Cyganka. Niektórzy mówili, że to prostytutka, ale nikt nigdy jej nie widział z żadnym mężczyzną. Inni opowiadali, że jej rodzina została zamordowana, deportowana i tak dalej, lecz tak naprawdę nikt nie wiedział nic pewnego. Pojawiła się w naszej okolicy tak po prostu, nie wiadomo skąd. Jako dziecko często przychodziłem się bawić do jej ogrodu. Mieszkała w garażu zamienionym na mieszkanie. Na środku pola. To wydawało mi się takie romantyczne. Była inna niż wszyscy, których znałem. Ja też nic o niej nie wiedziałem. Ale umiała śpiewać, gotować i kochać. I to jak! Zawsze miała dla mnie czas. Dla mnie i dla innych dzieci, które tam biegały, bo nie miały co z sobą począć. Bawiła się z nami, sama była jak dziecko, i ciągle opowiadała nam jakieś historie. Kiedy podrosłem, zacząłem się w niej podkochiwać. Pewnego dnia zebrałem się na odwagę i poszedłem do niej. Myślałem, że za pieniądze robi to z każdym. Zwędziłem kilka banknotów z portmonetki matki i pobiegłem do niej. Kiedy jej powiedziałem, po co przyszedłem, rozpłakała się. To mnie tak zszokowało, że uciekłem. Stała przede mną, a łzy spływały jej po policzkach. Nigdy bym nie pomyślał, że ona może płakać. Zobaczyłem, że bardzo ją dotknąłem. I strasznie się zawstydziłem. Niedługo potem znikła. Z dnia na dzień, tak jak się pojawiła. Nigdy już jej nie zobaczyłem. Nigdy nie wróciła. Nie wiem nawet, czy jeszcze żyje. Myślę, że była jedyną kobietą, którą naprawdę kochałem. I jedyną, która nie chciała ze mną spać. Paradoks, prawda?

– Jak miała na imię?

– Daria.

I właśnie moja siostra dostała imię cygańskiej czarownicy, którą wielu uważało za prostytutkę, a która dla ojca mojej siostry była jedyną świętą, jaką spotkał w czasach swojej młodości.

Usłyszymy rozkaz! W tym odważnym czasie
niech naród spali swą przeszłość!
Dumnym sztandarem pozdrawiamy
nasz nieśmiertelny naród, Gruzinów!

Paolo Jaszwili

Daria, dziecko szczęścia, przyszła na świat w duszną, parną noc 4 sierpnia 1970 roku w pomalowanej na pastelowo sali szpitala przeznaczonego wyłącznie dla pracowników Łubianki i ich rodzin. Budynek Łubianki nazywano wtedy w Moskwie „światem dorosłych", bo w 1957 roku naprzeciwko niego wybudowano wielki dom towarowy Świat Dziecka.

Kiedy zaczęły się bóle, Kostia zawiózł córkę do szpitala. Kategorycznie sprzeciwił się Nanie, która chciała przyjechać do Moskwy i być blisko Elene. Całą noc chodził po poczekalni w tę i we w tę i był pierwszą osobą po położnej, która zobaczyła anielską twarzyczkę noworodka. W świadectwie urodzin Darii kazał wpisać własne nazwisko. Oczywiście nie wchodziło w grę, by wnuczka nosiła nazwisko uciekiniera.

Moja siostra przyszła na świat rok po tym, jak Neil Armstrong wylądował na Księżycu, i dwa lata po owianej tajemnicą katastrofie samolotu z Gagarinem na pokładzie, w pierwszym roku rządów Richarda Nixona, na rok przed próbą ucieczki Bernda Sieverta, który podczas przekraczania muru berlińskiego został ciężko ranny, po czterdziestu trzech strzałach oddanych przez wschodnioniemieckich pograniczników. Było to w tym samym roku, w którym Beatlesi oznajmili, że ich zespół się rozpada, czym sprowokowali morze łez na całym świecie, i na krótko przed tym, jak fala *Easy Rider* rozlała się też na wschodniej półkuli i wszystkie dwudziestolatki zaczęły się modlić, żeby jakiś jurodiwyj pozwolił harleyom śmigać przez granice. Przyszła na świat krótko przed przejęciem władzy przez Idiego Amina w Ugandzie, podczas protestów Andrieja Sacharowa przeciwko wysyłaniu opozycjonistów do sowieckich szpitali psychiatrycznych i nie wiem na ile miesięcy po otrzymaniu Nagrody Nobla przez niejakiego Becketta, nieznanego jeszcze na Wschodzie, lecz mimo to (albo może właśnie dlatego) tam zakazanego. W roku protestów, które wybuchły na całym świecie po wkroczeniu wojsk Układu Warszawskiego do Czechosłowacji, dwa lata po rewolucji, która zaczęła się w Paryżu, a o której jeszcze tak naprawdę nie wiedziano, czy wejdzie do podręczników historii jako nieudana czy też jako zwycięska i czy w ogóle będzie ją można nazywać rewolucją. Krótko po ukazaniu się w tygodniku „Life" artykułu o masakrze w My Lai w Wietnamie, opisującego, jak amerykański oddział najpierw zgwałcił kobiety w tej wsi, a potem wymordował wszystkich jej mieszkańców. I dokładnie miesiąc po zbudowaniu Zielonego Domu.

Zielony Dom jest jednym z najpiękniejszych domów, jakie kiedykolwiek widziałam. Od północy graniczy z gęstym lasem sosnowym, od zachodu z zapierającym dech w piersiach wąwozem (w związku z czym Stazja od razu kazała tam postawić ogrodzenie trzymetrowej wysokości), od wschodu prowadzi do niego wąska szutrowa droga z sąsiedniej wsi, a od południa roztacza się z niego widok na zabudowania położonej niżej stadniny koni.

Dom został wzniesiony w zdumiewająco krótkim czasie jak na przyzwyczajenia gruzińskich robotników. Stazja dowiodła wielkiego talentu w dowodzeniu ekipą budowlaną. Popędzała robotników jak doświadczony pasterz stado baranów, każdego wieczoru gotując im po królewsku i pilnując, by na stole stały butelki z wódką. Mimo alkoholu następnego ranka punkt siódma robotnicy zaczynali pracę. I to wszystko w czasach, kiedy radzieccy budowlańcy byli grupą zawodową, która bez dużych dawek alkoholu, jedzenia i odpoczynku w ogóle nie potrafiła ułożyć jednej cegły na drugiej.

Siedemdziesięcioletnia Stazja nie tylko osiągnęła coś niemożliwego, ale dowiodła jeszcze architektonicznego gustu: poleciła odnowić stare drewniane balkony z misternymi zdobieniami oraz stare poręcze. Typowe dla tamtego regionu drewniane deski podłogowe kazała polakierować na czerwono, w obszernej kuchni i we wszystkich łazienkach położyć terakotę i nawet udało jej się przywrócić do stanu używalności kompletnie zrujnowany piec w pokoju gościnnym. Na dwóch piętrach było osiem pokoi. Od frontu znajdował się olbrzymi taras, który od wiosny do późnej jesieni stanowił główne miejsce spotkań całej rodziny. I był jeszcze ten wspaniały kawał ziemi wokoło, na którym wedle planów Stazji ona i Kristine miały uprawiać cudowny ogród. Na szerokim zboczu wiodącym do lasu Stazja kazała postawić szopę, którą, Bóg wie dlaczego, pomalowała na jasną zieleń, w odcieniu majowej sałaty. Szopa miała być jej własnością i nikomu nie przyszło do głowy zapytać, co zamierza w niej robić, skoro istniał ten wspaniały dom, w którym było dość miejsca dla całej rodziny. Może wszyscy myśleli, że Stazja chce tam przechowywać narzędzia ogrodnicze.

Zielony Dom był miejscem idealnym. Cała rodzina z niecierpliwością czekała na moment przeprowadzki. Czekała na nowy początek i na nowego członka rodziny. Czekali wszyscy, z wyjątkiem Kristine.

Utrata Michy bolała Kristine do tego stopnia, że sama stała się jakby inną osobą. Późno wracała do domu i nikt nie wiedział, co robiła po pracy. Coraz rzadziej słuchała ulubionych arii, porzuciła też dotychczasową namiętność – pielęgnowanie ogrodu. Do problemu, jakim było pogodzenie się z przemijaniem czasu i niedaleką perspektywą emerytury, doszła utrata chłopca, którego wychowywała i którego kochała ponad wszystko. Efekt był taki, że Kristine przyjmowała teraz w rozmowach z innymi pogardliwy ton, jakby chciała dać do zrozumienia, że wszyscy wokół niej są czemuś winni.

Rozmowy na temat Michy Kristine natychmiast przerywała z brutalną gwałtownością. Ale jak ci inni mieli postąpić wobec problemów, których przyczyną był Micheil? Stazja po powrocie z Pragi nie była w stanie niczym się zająć, myślała tylko o córce. No i trzeba było chronić Michę przed gniewem Kostii. Nawet Andro to rozumiał. Stazja nie czuła się w najmniejszym stopniu winna. Kiedy Sopio poprosiła ją kiedyś we śnie, żeby opowiedziała jej synowi o dobrym świecie, skrupulatnie spełniła tę prośbę. Potem pokazała mu taki świat. Teraz Micha był już niemal dorosły i musiał radzić sobie sam. Stazja była za stara, by komuś wmawiać, że świat jest piękny. Za stara, żeby opowiadać takie bajki. Poza tym chłopak popełnił straszliwy błąd, którego konsekwencje musiał ponosić tak samo jak jej rodzona wnuczka. Koniec, kropka! Ona spełniła swój obowiązek, miała pełne prawo odejść na zasłużoną, a przede wszystkim spokojną emeryturę i korzystać z uroków Zielonego Domu.

Ale im częściej Kristine przyjeżdżała na budowę domu, by pomóc Stazji, tym silniejszy rodził się w niej opór przeciwko realizującym się na jej oczach planom. Czuła, że dla niej nie będzie to żaden nowy początek, nie tutaj, nie w tych okolicznościach. Pozwoliła, żeby rodzina odesłała jej ulubieńca niczym pakunek, który trafił pod niewłaściwy adres. Ani oportunistyczna siostra, ani jej pozbawiona woli synowa nie starały się dociec prawdy, wręcz umacniały Elene w autoagresji, a Michę upokorzyły, pokazując, że nie umie się bronić. Więc choć Kristine szanowała to, co czyniła Stazja, doceniała jej pracowitość i dbałość o szczegóły, to jednak doszła do wniosku, że ten nowy dom nie będzie miejscem dla niej, bo nie ma w nim miejsca dla prawdy, miejsca dla Michy, a ona bez tego nie znajdzie tu spokoju.

Kiedy do Tbilisi dotarła wiadomość o kolejnym skandalu, który wywołała Elene, a potem następna, że ten rosyjski łachudra

Wasilij zostawił swoją ciężarną narzeczoną i jak ostatnia szuja uciekł z pieniędzmi przeznaczonymi na wesele, Kristine nie mogła dłużej milczeć. Z nutą triumfu w głosie zauważyła, że to właściwie logiczne, iż wybranek Elene ostatecznie dał nogę, bo rozsądni mężczyźni nie żenią się z kobietami, które ich do tego chcą zmusić. Nana była wstrząśnięta złośliwością Kristine, a Stazji ze wstydu zabrakło sił, żeby w ogóle coś odpowiedzieć.

Miesiąc przed przeprowadzką do Zielonego Domu Kristine, myjąc w kuchni naczynia, zakomunikowała siostrze, że nie zmieni miejsca zamieszkania.

– A to co znowu? – zdumiała się Stazja, wkładając brudny talerz do zlewu.

– To, co właśnie powiedziałam. Ja zostaję. Tu jest mój dom.

– Nie widzisz, że zachowujesz się jak dziecko? Oczywiście, że tu jest twój dom. Nie musisz się od razu przenosić z całym dobytkiem. Myślę, że dopóki pracujesz w szpitalu, wygodniej ci będzie, jeśli w Zielonym Domu będziesz na razie spędzać tylko weekendy.

– Zostaję tutaj i kropka. Nie będziemy o tym dyskutować. Poza tym Micha będzie zdawał na studia w Tbilisi i chcę, żeby wtedy mieszkał u mnie, w moim domu.

– Cały czas myślałam, że to jest nasz dom, a nie twój. Elene przyjeżdża za dwa tygodnie. Będziemy jej pomagać przy dziecku i...

– Poradzicie sobie z Naną beze mnie.

A gdy Stazja milczała, dodała:

– Wychowywałyśmy Andra, a jak przyszło co do czego, to nie zauważyłyśmy najważniejszego. Pozwoliłyśmy, by popełnił tamten straszliwy błąd. A dlaczego? Bo wtedy nasze własne dzieci wydawały nam się ważniejsze, prawda? Nie powtórzę tego błędu przy Micheilu.

Stazja zapaliła papierosa.

– Kristine, posłuchaj mnie uważnie: zapłaciłam wystarczająco wysoką cenę za to, co zrobił, i to czysta złośliwość, że mnie teraz oskarżasz.

Do kuchni przyfrunęła Goya. Słychać było, jak Nana przesuwa na górze meble, ogarnięta już gorączką przenosin.

– On nie jest winien. Dobrze o tym wiesz. On tylko jej uległ. Uległ twojej wnuczce. Całe jego przestępstwo polegało na tym, że mając piętnaście lat, nie opanował się przy półnagiej dziewczynie.

– Kto zapłacił za to większą cenę? Moja biedna Elene, która w wieku piętnastu lat musiała mieć skrobankę, czy Micha, który najpierw miał przyjemność, a potem został odesłany do rodziców!? – Stazja podniosła głos, a jej oczy zwęziły się w szparki. – To przecież cud, że teraz jeszcze raz zaszła w ciążę. Czy to się nie liczy, Kristine?

– Próbowałam temu zapobiec.

– Ale nie zapobiegłaś! A wiesz dlaczego? Bo nie jesteśmy wszechmocne i nikogo nie możemy uratować wbrew jego woli! Kiedy to w końcu zrozumiesz!?

Nie uda ci się mnie opuścić:
Drzwi są otwarte, a twój dom jest pusty!

Marina Cwietajewa

Świat, w którym coraz silniej rozwijał się ruch kobiet, w którym nastąpiła mobilizacja lewaków coraz głośniej domagających się nowej polityki i nowego stylu życia, świat rozpalony wydarzeniami 1968 roku, Woodstockiem i muzyką nowej generacji, świat, w którym po zamachu na Martina Luthera Kinga coraz częściej słychać było głosy opowiadające się za demilitaryzacją – ten świat zaczął szukać nowych autorytetów.

Należeli do nich ludzie w rodzaju Jimiego Hendrixa i Janis Joplin, którzy byli nowymi typami genialnych anarchistów, ale potrzebowano też kogoś, kto mógłby oskarżać świat, a nie była mu do tego potrzebna heroina i marihuana. Przypadkowo natknięto się na siostrę mego dziadka Kitty, której udało się wprawdzie wylansować kilka przebojów, ale która nadal mieszkała w trzypokojowym mieszkaniu w Soho, grzecznie płacąc podatki, i ciągle patrzyła w swą polityczną przeszłość. I to niezwyczajną! Ale o tym dowiedziano się dopiero wtedy, kiedy w prasie ukazało się jej zdjęcie z placu Wacława. Zdjęcie okazało się bombą.

Pół roku po wydarzeniach praskiej wiosny „The Guardian" opublikował artykuł na temat wstydliwej klęski socjalizmu.

Motywem przewodnim były właśnie wydarzenia w Czechosłowacji i szukano interesującego, niepublikowanego jeszcze materiału. Natrafiono na zdjęcie Kitty Jaszi.

Amy, jak było do przewidzenia, odsunęła się od Kitty i wyjechała z Londynu, nie informując, dokąd się wybiera. Mówiono, że pojechała do męża, do Walii, a potem, że zaniosło ją aż do Włoch. Wróciła dopiero po trzech miesiącach i – wprawdzie z wyraźną rezerwą, ale jednak – znowu podjęła współpracę ze swoją protegowaną. Nie zadawała żadnych pytań. Fred była tematem tabu. Amy nie zapraszała już Kitty do domu w Kings Cross ani na przyjęcia, które urządzała, nadal jednak organizowała jej występy w radiu i w telewizji, planowała koncerty z jej udziałem, doradzała w sprawie kontaktów z prasą i stosując wszelkie chwyty reklamowe oraz marketingowe, starała się zwiększyć sprzedaż jej płyt. Kitty zresztą nie spodziewała się niczego więcej. Najważniejsze było to, że Amy nie wykreśliła jej ze swego życia, wierzyła w jej muzykę i wspomagała ją swym talentem organizacyjnym.

Telefon od Amy zaskoczył Kitty. Było już późno. Amy od dawna nie dzwoniła do niej o tej porze, zaznaczając w ten sposób formalny charakter ich stosunków. Po tonie jej głosu Kitty poznała, że menedżerka, która nie chciała już być jej przyjaciółką, jest zdenerwowana i jej rzeczowość, słyszalna początkowo w potoku słów zalewających Kitty, z każdym zdaniem słabnie.

– Chwileczkę, poczekaj, jaka to gazeta? Nic nie rozumiem. Jestem w domu i jeśli chcesz... Nie, jestem sama.

Amy powiedziała, że za pół godziny będzie u Kitty.

– Chodzi mi wyłącznie o sprawy zawodowe – uprzedziła od progu, jakby nie chcąc stwarzać nadziei na bardziej pojednawczą atmosferę.

Miała na sobie jaskrawozielony płaszcz przeciwdeszczowy i kolorową opaskę na włosach, które mimo to w nieładzie spadały jej na czoło. Rzuciła na stół ostatni numer „Guardiana".

– Nic o tym nie wiem! – zawołała Kitty.

Na pierwszej stronie widniało wielkie czarno-białe zdjęcie dziewczyny z gitarą. Kitty nigdy wcześniej go nie widziała. Z początku nie poznała, że to ona na nim jest. Potem pomyślała, że to fotomontaż, jakiś żart.

– Naprawdę? – z niedowierzaniem spytała Amy i opadła na kanapę.

– Nie mam pojęcia, kto zrobił to zdjęcie i w jaki sposób znalazło się w gazecie. Nie jestem nawet pewna, czy to ja na nim jestem.

– Chyba ci odbiło. A kto to jest? Papież?

– Nic z tego nie rozumiem.

– Pytanie brzmi: dlaczego jesteś na tym zdjęciu!? Dlaczego nie opuściłaś natychmiast krwawej Pragi, kiedy wkroczyło do niej wojsko? Kto, na Boga, w takiej sytuacji idzie na jakiś plac i śpiewa? Na rewolucję jesteś już trochę za stara. Powinnam ci właściwie podziękować, że oszczędziłaś mi tego przeżycia, ale nie mogę zrozumieć, jak mogłaś narazić na niebezpieczeństwo źródło mojego utrzymania, dla którego już od pewnego czasu wypruwam sobie żyły!

– Przykro mi, że nie pomyślałam wtedy o twoich zyskach – odparła Kitty ironicznym tonem.

W duchu jednak zacierała ręce, bo widziała, że cała sprawa wywarła na Amy wielkie wrażenie.

– Mój Boże, przecież mogli cię aresztować i wysłać do jakiegoś gułagu.

Amy interesowała się polityką, bo to było modne, a Związek Radziecki wyobrażała sobie następująco: „Ciemno. Szaro. Żadnych porządnych ubrań. Wszyscy w takich samych gumowcach. Zimno. Błotniście. Okropnie zimno. Wielu starych ludzi. Kiepska muzyka. Nieszczęśliwe twarze i żadnego seksu". (W ostatnim punkcie nie myliła się tak bardzo, jeśli weźmie się pod uwagę, że w kraju, w którym się urodziłam, władza często powtarzała: „W Związku Radzieckim nie mamy żadnego seksu". I wcale nie był to dowcip!)

– Jesteś głodna? Może zrobię coś do jedzenia, a potem opowiem ci o wszystkim? – spytała Kitty i poszła do kuchni.

Gdy jadły, szczegółowo opowiedziała o pobycie w Pradze, barwnie i w podniosłych słowach opisując to, co się wtedy działo na ulicach.

Podziw Amy rósł z każdą chwilą. Zadawała Kitty mnóstwo pytań. Ta odpowiadała chętnie. Ani słowem nie wspomniała tylko o spotkaniu z matką.

– Kompletne szaleństwo! Ale teraz, kiedy już przestałam się o ciebie martwić, myślę, że to, co tam zrobiłaś, nie było może wcale takie głupie.

– Co masz na myśli?

– Przeczytaj tylko ten artykuł. Piszą o tobie jak o bohaterce odważnie walczącej przeciw komunizmowi. Cytuję: „Pani Jaszi zaprotestowała przeciwko uciskowi i totalitaryzmowi". Bla, bla, bla. Zgadnij, do czego zmierzam.

– Ale...

– Od jutra można się spodziewać próśb o wywiady. W następnym tygodniu zasiądziesz w studiu BBC. Gwarantuję. A potem zgłoszą się Amerykanie. I wszyscy będą chcieli usłyszeć, jak tam było źle, jak bardzo drżałaś o swoje życie i jak wszyscy są tam uciskani. Później opowiesz o swojej nieszczęśliwej przeszłości i wkrótce będziesz miała *tournée* po Europie, a nawet Ameryce, i może złotą płytę. To znaczy, że teraz jest najlepsza pora na nagranie nowego albumu. To najwspanialsza promocja, jaką można sobie wyobrazić. Masz za sobą prasę, kwiatuszku.

– Potrzebuję czasu. Nie napisałam ani jednej piosenki, odkąd...

– Odkąd co? Nie chcę tego słuchać. Przyjacielska rada: ta, o której myślisz, niekoniecznie jest osobą, która zwiększa twój potencjał twórczy, więc na twoim miejscu uważałabym.

Amy wyglądała tak, jakby wróciła do życia. Do nowego życia pełnego cudów, pełnego spełniających się obietnic i wspaniałych nagród. Wyjęła różowoczerwony notes i z zapałem coś w nim zapisała.

Kitty zakryła twarz rękami i głośno westchnęła.

– No dobrze, jeśli naprawdę musisz mi to powiedzieć... Co się dzieje? Och, biedna Kitty... Nie, nie mogę sobie tego wyobrazić, uważam, że jesteś hetero do kwadratu, i nie rozumiem, no po prostu nie mieści mi się to w głowie. Ale jak się zastanowić, to ona umiałaby skusić nawet mojego męża, żeby poszedł z nią do łóżka.

– Z nią nie jest dobrze – cicho powiedziała Kitty i zaczęła nerwowo zaciskać dłonie. – W zeszłym tygodniu wysłałam ją do kliniki. Na kurację odwykową, do Richmond. Mają tam nowy sposób leczenia.

– Na kurację? Znowu za dużo chlała?

– Gorzej.

– To znaczy co?

– Heroina.

– O Boże.

Amy zakryła usta dłonią, zerwała się, znowu usiadła, otworzyła usta, jakby chciała coś powiedzieć, ale ostatecznie nic nie powiedziała i tylko wpatrywała się w Kitty przerażonym wzrokiem.

– Tak, ja też nie chciałam tego zauważyć, ale zrobiło się bardzo źle. O mały włos, a stoczyłaby się zupełnie. Nie miałam odwagi prosić cię o pomoc.

– Jak długo to trwa?

– Trudno powiedzieć. Myślę, że od czasów Ameryki. Kiedy wróciłam z Pragi, znalazłam ją prawie nieprzytomną, a potem te przyrządy w łazience... Mało nie zwariowałam. Od dawna nic nie namalowała, nie mówiąc o sprzedaniu obrazu. Długów ma więcej niż włosów na głowie. Chciała do ciebie zadzwonić i prosić o pieniądze, ale jej zabroniłam. Myślałam...

– Powinnaś była zadzwonić.

– Nie mogłam i nie chciałam. Nie z tego powodu.

– Biorę na siebie koszty jej leczenia w klinice.

– Ależ nie, nie trzeba. Jakoś sobie radzę.

– Powiedziałam, że biorę to na siebie. Jak z nią teraz, lepiej?

– Czy ja wiem... Przez telefon mówi, że tak. Lekarze stanowczo zakazują odwiedzin w pierwszych tygodniach kuracji. Dzwonię do niej dwa razy w tygodniu. Jej głos brzmi lepiej, ale to nic nie znaczy. Wiesz, że jest świetną aktorką.

– Wiem. Lepiej, niżbym chciała.

Kitty zapłaciła taksówkarzowi za kurs, wzięła do ręki małą walizkę Fred i weszła do Hyde Parku, żeby usiąść w jakimś ustronnym zakątku. Wiedziała już, w co się wdała. Wcześniej odebrała Fred z dworca. Fred zeszczuplała i ku przerażeniu Kitty ścięła włosy na zapałkę. Była jeszcze bledsza niż zwykle. W zielonych ray-banach wyglądała jak czternastoletni wyrostek.

Kitty przeczuwała, że walka wcale nie skończyła się zwycięstwem, ale że dopiero się rozpoczyna. Usiłowała ukryć przed Fred szok wywołany jej zaniedbaniem. Niezależnie od tego, ile Fred wypiła, wygląd zawsze był dla niej ważny – modnie ostrzyżone włosy, dobrze skrojone ubrania. Teraz miała na sobie rozdarte na kolanach spodnie i śmierdziała stęchłym potem.

Fred wyciągnęła się na wilgotnym trawniku. W oddali przechodziła grupka dzieci z opiekunką.

– Jak mogłaś to zrobić? – zaczęła Kitty.

– Nie będę się tłumaczyć – odparła Fred obojętnie.

– Nie zasługuję na żadne wyjaśnienie? Poza tym wyglądasz okropnie.

– Przykro mi, nie miałam okazji, żeby pójść do wizażystki. Jak wiesz, musiałam szybko wyjechać.

– A kto jest temu winien? Zadzwoniła do mnie pielęgniarka i wzburzona powiedziała, że z powodu narkotyków i rozwiązłego zachowania zostajesz wyrzucona z kliniki. Fred! Z powodu rozwiązłego zachowania!

– O mało nie umarłam! Ja tylko...

– Uwiodłaś tę siostrę w łazience, żeby dała ci narkotyk?

– Chodziło mi tylko o trochę morfiny, nic więcej. Miałam bóle.

– Więc teraz słuchaj. Powiem to tylko raz. Wezmę cię do siebie, będę cię pielęgnować, odwołam wszystkie umówione spotkania i nie ruszę się na krok przez trzy miesiące, tylko dzień i noc będę cię pilnować, żebyś w końcu wyszła z tego piekła i stała się czysta. Ale jeśli mnie oszukasz, nigdy więcej się nie zobaczymy. Daję ci szansę. Co ty na to?

– Ej, gadasz ze mną jak z dzieckiem.

– Przecież ty jesteś jak dziecko, Fred! Właśnie decyduję się wziąć cię pod opiekę, a to powinno być dla ciebie najważniejsze.

– Lubię, jak jesteś wściekła. Jesteś wtedy bardzo sexy.

– Nie zmieniaj tematu. Odpowiadaj.

– Nie wiem.

– Nie wiesz? Pamiętasz nasze pierwsze spotkanie? Pamiętasz, jak do mnie przyszłaś i powiedziałaś...

– Nie mam demencji.

– W porządku, więc wiesz, co mam na myśli.

– Nigdy mnie nie wybrałaś. To mi się podobało. Zawsze musiałam za tobą gonić. To też mi się podobało. A teraz chcesz być taka jak wszyscy?

– Jesteś niewdzięczną małpą.

– O, wal śmiało, proszę. Wreszcie koniec z tą obrzydliwą dobroczynnością. Wyrzygaj wszystko, co w tobie siedzi. To ci dobrze zrobi.

– Stul gębę! Dość już zniszczyłaś. Nie będę taka jak inni. Robię coś, czego nikt dla ciebie nie zrobił: daję ci szansę, żebyś została i nie uciekała.

– Dlaczego? Nie jestem tego warta, laleczko. Jestem tylko zwykłym kawałkiem gówna. Możesz spokojnie się na mnie wściekać.

Fred zamilkła. Małym kamykiem rysowała coś na ziemi. Siedząc, kiwała się w przód i w tył. Grzebała palcami w dziurze w spodniach. Drapała się po głowie, po rękach. Potem cicho powiedziała:

– Okej.

– Co okej?

– Spróbuję.

Kitty zabrała więc Fred do swego mieszkania i zajęła się nią. Mimo próśb i gróźb Amy, że musi zacząć pracę nad nowym albumem i udzielać wywiadów, bo Amy jak zwykle dobrze oceniła sytuację i zainteresowanie osobą Kitty przeszło najśmielsze oczekiwania, Kitty zrobiła to, co przyrzekła: ratowała Fred przed nią samą. I kiedy jej anioł stróż, jej przyjaciel bez imienia, zadzwonił pewnego sierpniowego ranka, przekazując jej wiadomość, że została cioteczną babką zdrowej jak rydz dziewczynki, Kitty podtykała właśnie miskę Fred, która przeklinając, wymiotowała.

Stwarzanie sobie obrazów wroga wyzwala niszczącą siłę. Bo to nie wróg rodzi nieufność, tylko nieufność rodzi wroga.

Merab Mamardaszwili

Kiedy Daria zapytała Stazję, dlaczego oczy Darii są różnego koloru, Stazja odparła:

– To dlatego, moje słońce, że mieszkają w tobie dwa zwierzątka. Jedno to husky, pies zaprzęgowy o jaskrawoniebieskich oczach. Od niego pochodzi twoje niebieskie oko. Drugie to jeż, mały, nieśmiały i kłujący. Od niego pochodzi twoje brązowe oko. Husky to ta strona ciebie, która cały czas szuka tego, co dalekie, i niewzruszenie podąża swoją drogą, coraz dalej i dalej, nie cofając się przed żadną przygodą. Jeż zaś to ta strona ciebie, która potrzebuje spokoju, bezpieczeństwa i miłości, boi się dalekiego świata i woli się wycofać.

Daria zapamiętała tę historię i opowiadała ją zawsze, gdy ktoś ciekawski pytał o odmienny kolor jej oczu.

Gdy myślę o Darii jako małej dziewczynce, widzę ją zawsze w schludnych sukienkach, o które przede wszystkim dbał mój dziadek. Wyglądała jak księżniczka z żurnalu „Burda", w wytwornych lakierowanych bucikach i białych pończoszkach, ze związanymi, falującymi blond włosami i lekko nadąsaną minką. Księżniczka, która rządzi wszystkimi i wszystkim, która tylko przypadkiem znalazła schronienie w naszej rodzinie i której wszystko wolno.

Daria miała rzeczywiście najpiękniejsze, najbardziej szalone oczy, jakie kiedykolwiek widziałam. Wszystko w niej było piękne i proporcjonalne, niemal doskonałe. Tylko jej niski głos, przypominający głos obrażonego wyrostka, nie pasował do jej anielskiego wyglądu. Gdy wspominam, jak chodziłyśmy z mamą na spacery po mieście, trzymając się za ręce, niemal słyszę szepty przechodniów i widzę ich spojrzenia zatrzymujące się zawsze na Darii. Oczywiście skłamałabym, gdybym powiedziała, że nigdy nie życzyłam jej wszystkiego najgorszego. Ale moje cierpienia wywoływała nie tyle sama Daria i jej uroda, ile uwielbienie, jakie okazywał jej nasz dziadek. W jego oczach Daria miała wszelkie dane po temu, by wieść szczęśliwe życie, posiadała bowiem wszystko, co według niego było ważne u kobiety: wyjątkową urodę, wrodzoną umiejętność stawiania z wdziękiem na swoim i niespotykaną pewność siebie idącą w parze z posłuszeństwem tresowanego kucyka.

Wspomniałam już, Brilko, że mimo wszystkich walk, jakie staczałyśmy w dzieciństwie, była dla mnie starszą siostrą, na którą patrzyłam, zadzierając głowę w górę, i do której chciałam być podobna. A jednocześnie byłam pewna, że nigdy mi się to nie uda.

Tak już było, że udawało jej się wszystko, czego się tknęła, nic więc dziwnego, że później, kiedy karta się odwróciła i jeż, którego w sobie miała, zniknął, Daria dowiodła, że potrafi też wszystko zniszczyć. Ale na razie nie ma mnie jeszcze w naszej historii. Dlatego nie mogę wracać do własnych wspomnień, lecz muszę zadowolić się cudzymi.

Zanim na zawsze wykluczę z naszej historii mężczyznę, który spłodził Darię i któremu nasza matka pomogła w ucieczce, wspomnę tylko, że udało mu się dostać do Ameryki. Elene nigdy o nim nie wspominała. Ale pewnego dnia, kiedy na mapie świata od dawna nie było już nazwy kraju, z którego wszyscy pochodziliśmy, powiedziała mi, rozłupując orzechy, że zawsze była pewna, iż Waso znajdzie się w Ameryce. I rzeczywiście, jego brat, który jeszcze niejeden raz złamał prawo, ale stał się „biznesmenem", zawiadomił Elene, że Waso zmarł w Davenport w stanie Iowa. Nieleczona niedrożność jelit. Nie stać go było na ubezpieczenie, więc mimo dolegliwości nie szukał pomocy u lekarza. Przed śmiercią pracował na stacji benzynowej. Był żonaty po raz trzeci.

Jego życie było zaprzeczeniem *American dream* i Elene była rozczarowana, że jej plan nie na wiele się zdał: Waso nigdy nie był w Nowym Jorku ani w Los Angeles, lecz skończył na prowincji jako pracownik stacji benzynowej. Elene nie wykluczała jednak, że z tej amerykańskiej rzeczywistości wycisnął choć trochę szczęścia. O ile wiem, z żadnego ze swoich trzech małżeństw nie miał dzieci. Umarł, nigdy nie zobaczywszy swej jedynej córki.

Darii było więc przeznaczone wychowywać się bez ojca. Okoliczność ta spowodowała, że mój dziadek zrezygnował ze stanowiska w Moskwie i poprosił o przeniesienie służbowe do Gruzji. Przeniesienie to oznaczało zawodową degradację, ponieważ flota czarnomorska nie miała znaczenia militarnego i służyła wyłącznie celom handlowym. Jednak życie bez morza nie byłoby dla Kostii życiem. Dlatego wypytał w Ministerstwie Spraw Wewnętrznych i poprosił kilku zaufanych ludzi w Gruzji, żeby rozejrzeli się za odpowiednim dla niego miejscem. Ostatecznie w Rosji zdał celująco swój zawodowy egzamin, na Gruzję zatem był więcej niż dobry. W tajnej radzie floty okrętów podwodnych mógł się poszczycić wieloma sukcesami. Pod dowództwem admirała Gorszkowa jego zespołowi udało się skonstruować najlepsze na świecie okręty podwodne. Górowały one nad amerykańskimi pod względem wielkości, szybkości i głębokości, na której mogły się poruszać.

Kostia miał prawo patrzeć z dumą na swoją karierę zawodową. Oczywiście błyskawiczny rozwój okrętów z napędem atomowym pochłonął też wiele ofiar, trzeba było pogodzić się ze stratami, lecz czy wielkie dokonania mogą obejść się bez strat?

Tak, było mu trudno napisać raport o K-129, który zatonął na Pacyfiku, i o K-8, który zatonął w Zatoce Biskajskiej. A o K-19 lepiej w ogóle nie mówić.

Związał się z morzem, teraz zaś zamierzał zamienić ten wieloletni związek na opiekę nad małą, pulchną dziewuszką z oczami w dwóch różnych kolorach.

Zamieszkać w Batumi albo w Poti, żeby nadzorować cywilne konwoje handlowe, Kostia nie chciał, ale Morze Czarne nie stwarzało innych możliwości. Może więc nadszedł czas, żeby przenieść się na wieś? Zatroszczyć się o rodzinę, nadrobić to, co zaniedbał przy Elene? Może udałoby im się wreszcie stworzyć normalną rodzinę?

Czuł na karku upływ lat jak ciężką ołowianą zbroję. Przyglądał się sobie w lustrze, liczył nowe zmarszczki, przeklinał każdy wyrosły na nosie starczy włos i fałdy tłuszczu w pasie. Choć gimnastykował się każdego ranka i przywiązywał wielką wagę do wyglądu zewnętrznego, choć zadawał sobie dużo trudu, by dotrzymywać kroku modzie, wiedział, że wkrótce młode blondynki pachnące lawendą i miodem nie będą chciały dotrzymywać mu towarzystwa. Wiedział, że przyszedł czas, kiedy będzie musiał zadowolić się kobietami nie najmłodszymi i nie najładniejszymi. To psuło mu humor.

I wtedy dawny przyjaciel z Tbilisi poradził mu, żeby się postarał o mandat poselski w trzydziestodwuosobowym gruzińskim parlamencie. Takiego cenionego i zasłużonego towarzysza jak on przyjmą tam z pocałowaniem ręki. I chociaż Kostii trudno było zamienić morze na nudną pracę przy biurku, zrozumiał, że w jego sytuacji taka posada będzie najlepszym rozwiązaniem. Pod względem finansowym i prestiżowym poseł parlamentu nie ustępował kapitanowi marynarki. Podlegałby też Ministerstwu Spraw Wewnętrznych, a więc czułby się z pewnością jak u siebie w domu. Jako członek parlamentu mógłby się postarać, by powierzono mu nadzór nad portami. Nie odmówią mu tego.

Kostia skontaktował się z odpowiednimi organami. Jak było do przewidzenia, jego prośba została przyjęta z życzliwością. Postanowił zatem wrócić do rodzinnego miasta, choć Tbilisi dawno już przestało nim być. Przejmie ster na tonącym statku, jakim stała się jego rodzina, i wprowadzi go do bezpiecznego portu.

W kraju trwała „odwilż". Od czasu dojścia do władzy Breżniewa rozpoczęła się era szarych eminencji. Nikt wtedy na szczęście nie wiedział, że Breżniew pozostanie przy władzy jeszcze jedenaście lat, że ponad połowę tego czasu będzie ciężko chory i że kraj popadnie w stagnację. Największą „zasługą" Breżniewa oprócz stłumienia praskiej wiosny było przywrócenie obowiązku milczenia – znowu zamknięto usta krytykom poczynań Generalissimusa – oraz utrzymanie z taką konsekwencją spokoju w państwie rozciągającym się na obszarze jedenastu stref czasowych, że kraj niepostrzeżenie popadał w agonalny letarg.

Breżniew pozwalał dekorować swą pierś absurdalną liczbą orderów i medali, przyjął tytuł marszałka i zadowolony obwieścił: „Kraj jest stabilny, panuje spokój i sytuacja jest dobra. Cieszę się, że wszystko normalnie się u nas rozwija".

Tak, wszystko było normalne. Za rządów Breżniewa nie było alkoholików, sadystów ani innych dewiantów. Było za to skondensowane mleko i mleko w proszku, a nawet kawior, jeśli człowiek obracał się we właściwych kręgach, były darmowe dacze dla wyżej postawionych i mieszkania w komunałkach z karaluchami dla reszty, były właściwe idee, którym należało służyć, kobiety, które chętnie rodziły dzieci, tanie papierosy, komfortowe wołgi, była wódka, a jeśli trzeba – samogon, który zawsze działał niezawodnie i po kilku łykach prowadził do zaciemnienia umysłów, były więzienia dla złych obywateli, czyli tych, którzy nie umieli szanować tego wspaniałego systemu. Istniały właściwe, zaaprobowane przez państwo metody obchodzenia się z takimi jednostkami.

Państwo wskazywało obywatelowi, w którym domu wczasowym ma wypoczywać, dawało mu pracę, dach nad głową i pokazywało sens życia. Tak, wszystko toczyło się normalnie.

Kostia rozdał większość swoich moskiewskich mebli, kazał zapakować do kartonów cenną porcelanę, drogie gobeliny i dywany, i wszystko – łącznie ze swoim ukochanym GAZ-em 13, zwanym mewą – przetransportował do Gruzji.

W Tbilisi przyjęto go z wystawną gruzińską gościnnością, urządzając na jego cześć niekończące się przyjęcia. Nawet „Komunista" zamieścił o nim artykuł, który obwieszczał, że do ojczyzny wraca jej bohater. Przydzielono mu biuro w budynku Ministerstwa Spraw Wewnętrznych przy ulicy Chitadzego i kierowcę.

Kiedy otrzymał propozycję zajęcia się kontrolą ceł w portach Morza Czarnego Gruzińskiej SRR, od razu się zgodził. Oznaczało to konieczność częstych podróży służbowych między Tbilisi, Poti, Suchumi i Batumi, co było mu bardzo na rękę, ponieważ dawało swobodę i możliwość prowadzenia prywatnego życia. Pomimo obaw związanych z wiekiem mój dziadek nie zamierzał bynajmniej z życia rezygnować.

Korupcja zdominowała różne obszary administracji i władzy, Kostia jednak miał nadzieję, że sobie z tym poradzi. Lata spędzone w najsurowszych instytucjach Związku Radzieckiego dały mu pewność siebie. Dostatecznie długo pływał na niezmierzonych przestrzeniach rosyjskich mórz, by się nie bać gruzińskich bajorek. Nie wziął jednak pod uwagę, że za długo żył poza kaukaską rzeczywistością i nie rozumie już mentalności swoich krajan. Znał bezwzględne reguły gry rosyjskiej elity politycznej, wiedział o ukrytej korupcji władz, która za czasów Breżniewa osiągnęła swój szczyt, ale nie wiedział, że korupcja i chciwość w Gruzji znacznie przewyższały to, na co był w stanie przymknąć oko. Nie był też świadom, jak w latach bolszewickiego panowania wygodnie urządziła się w swoich rajskich zakątkach gruzińska elita, do której zaliczała się też inteligencja. Jak dobrze jej się żyło w tym rosyjskim śnie. Do jakiej perfekcji doprowadziła sztukę pozorów. Jak łatwo było jej manifestować nienawiść wobec Rosjan, ciemiężycieli z Północy, jednocześnie podnosząc w górę obie ręce w geście poddania. W Rosji wierzono w siłę władzy, lęk przed nią Rosjanie mieli w genach. W Gruzji jednak udawano tylko ten lęk, wychodzono bowiem z założenia, że wszyscy we władzach są zakłamani i przekupni, i z góry obmyśliwano, jak władzę wystrychnąć na dudka albo przekupić. Nie wierzono ani w system, ani w ideologię, hołdując co najwyżej prywatnie hedonizmowi.

Po początkowym wzburzeniu Gruzini zrozumieli, że ich północni sąsiedzi wcale nie wyznaczyli im najgorszej pozycji. Niewykorzystanie tej sytuacji byłoby błędem. Dało się przecież żyć: istniało życie kulturalne, można było pisać, komponować, być nastawionym nieco anarchistycznie (ale tylko trochę), być pięknym i rozmownym, leniwym albo pełnym temperamentu. Ostatecznie były to cechy, które z dumą uważano za narodowe. A może były to jednak tylko rosyjskie marzenia, które w tym rajskim kraju uwewnętrzniono tak, że brano je za swoje? A jeśli nawet? Co w tym złego? Mogło być o wiele gorzej. Rosja, ten ogromny kraj, z zazdrością patrzyła na niewielki, słoneczny okruch raju! Ileż republik radzieckich, ile obszarów autonomicznych, ile bratnich narodów zamieniłoby się z nami, nie mówiąc już o wszystkich przesiedlonych, ciemiężonych mniejszościach! Dopóki czuwał nad nami cień słynnego rodaka, Generalissimusa, nic nie mogło się nam przytrafić. Bo Generalissimusa nie lekceważył nikt – ani Rosja, ani świat.

Zaprawdę mądrze, Brilko, postanowiła matuszka Rosja wzmacniać swą małą, cokolwiek krnąbrną i niesforną córę Gruzję w jej słabościach i słabości te przedstawiać jako zalety, tak że owa córa zaczęła podobać się sobie w tej roli i sądząc, że przechytrzyła matkę, uwalniać się spod jej władzy. Nie dostrzegła jednak, że starając się zdobyć miłość i pochwały matki, dla tej miłości się prostytuowała.

Po cóż motyle łapać mojej duszy!
Jej potrzebny spokój...
Konstanty Słuczewski

Były biedronki z pięknymi kropkami na pokrywach skrzydeł i zapachy różnych członków rodziny, które należało zapamiętać i rozpoznawać, były słońce i księżyc, sen i marzenia senne, których Daria po przebudzeniu najczęściej nie pamiętała, były wałęsające się psy i koty oraz wesoło nakrapiane jaszczurki, były tysiące roślin, a także bezlik odcieni światła i barw ziemi, były różne bluzki matki i była Goya, która właśnie znalazła sobie nowe schronienie.

Tak, istniało wiele rzeczy do wąchania, dotykania i smakowania, a Daria musiała się uczyć raczkowania albo słowa *deda.* I było jeszcze zabawne łaskotanie brody dziadka, który brał ją na ręce z nadzwyczajnym poświęceniem. Wiejska idylla, którą odgłosy koni w stadninie i odległość od reszty świata chroniły od wszelkich trosk.

Tym, co zaciemniało idealny horyzont małej dziewczynki, był smutek jej matki i brak zainteresowania z jej strony. Bo narodziny córki nie uleczyły Elene. Zbyt wyczerpujące były nocne krzyki maleństwa, konieczność przestrzegania pór karmienia, poporodowe wahania hormonalne, zbyt wielka melancholia, zbyt wielkie oczekiwania otoczenia, że rozkwitnie w macierzyńskim szczęściu. Elene, przecierpiawszy trzy pierwsze miesiące, stopniowo pozbywała się odpowiedzialności za dziecko, coraz częściej oddając je matce i babce. One nie miały żadnych problemów z opieką nad nim, przeciwnie, bez trudu robiły przy nim wszystko, zachwycone i podniecone.

Początkowo Elene, tak jak reszta rodziny, była zauroczona Zielonym Domem. Wkrótce jednak stwierdziła, że czuje się w nim samotna, odcięta od świata. Ani mała córeczka, ani rodzice nie wypełnili jej wewnętrznej pustki. Za dużo miała tu czasu na myślenie. Wyobrażała sobie, jak by wyglądało jej życie z Wasilijem, gdyby nie pomogła mu w ucieczce. Albo gdyby teraz studiowała w Tbilisi, mieszkała we wspólnym mieszkaniu z rówieśnikami, miała nowych przyjaciół, podobnych do siebie. Czuła się winna, pozbawiona wewnętrznego kompasu. Męczyło ją bycie Elene Jaszi, męczyły oczekiwania rodziny, że osiągnie coś szczególnego.

Snuła się po okolicy, zawsze w złym humorze, źle spała, nudziła się. Nie potrafiła dłużej niż godzinę skupić się na jednej sprawie, wydawało się, że nic nie wzbudza jej ciekawości. Niekiedy czuła się tak stara, pozbawiona energii i samotna, że zastanawiała się, czy kiedykolwiek jeszcze będzie prowadziła życie stosowne do swego wieku. Nie wiedziała, co z sobą zrobić. Nocą wymykała się ze swego pokoju, chodziła po ogrodzie, paliła po kryjomu papierosy Stazji, obgryzała paznokcie, gapiła się bezradnie w ciemność i szukała sposobu, żeby być kimś innym, nie sobą. W którym momencie rozminęła się z sobą samą, gdzie odbiła od właściwej drogi, kiedy to się stało i jaka w ogóle droga była jej drogą?

Samotne spacery oddalały ją coraz bardziej od Zielonego Domu, od Stazji, od córeczki, od matki i ojca, którzy każdego ranka wyjeżdżali autem z kierowcą i wracali wieczorem.

Kiedy myślała o koleżankach z klasy w Moskwie i Tbilisi, o dawnych przyjaciółkach, ogarniała ją złość na Darię. One nie miały obrzmiałych, bolesnych piersi ani rozstępów, nie musiały się zrywać w nocy co trzy godziny, mogły swobodnie wychodzić z domu, miło spędzać czas, uczyć się, podróżować, zakochiwać się i odkochiwać, i żyć tak, jak żyje się w młodości, gdy podąża się za swymi pragnieniami.

Trasy jej spacerów wydłużały się coraz bardziej. Poznawała pobliskie wsie i osady. Zachodziła do stadniny koni. Przyglądała się gibkim, rasowym zwierzętom pasącym się na łąkach. Obserwowała araby, konie jomudzkie i kabardyńce. Wyobrażała sobie, jak by to było dosiąść któregoś z nich i pomknąć w nieznane.

Podczas jednego z takich spacerów poznała Micheila. Myślę, że o wszystkim zdecydowało jego imię. Gdyby nazywał się Dawid, Serafim albo Georgi, ich znajomość potoczyłaby się inaczej. Był to mężczyzna w średnim wieku, z brodą, dziwnie ubrany. Na piersi nosił prosty krzyż. Latem pracował w stajniach.

Kiedy pokonała początkową nieufność i zaczęła z nim rozmawiać, ten groźnie wyglądający człowiek okazał się miły i otwarty. Uważnie słuchał opowieści o jej problemach. Jego sposób mówienia od razu zdradzał, że nie jest ze wsi. Pochodził z Tbilisi.

Ich spacery stały się teraz główną atrakcją dla Elene. Gdy o trzeciej po południu Micheil kończył pracę w stajni, Elene już na niego czekała. Przynosiła koszyk z jedzeniem, a w nim smakołyki przyrządzone przez Stazję, trochę owoców i warzyw, a jeśli nadarzyła się sposobność, również butelkę wina wyciągniętą z zapasów ojca. Elene lubiła spokój i opanowanie Micheila, a przede wszystkim uczucie, że w najmniejszym stopniu nie interesuje go jako kobieta. Początkowo była tym nawet urażona i sądziła, że po urodzeniu Darii przestała być atrakcyjna, szybko jednak się przekonała, że właśnie to daje jej wolność. Tak było lepiej i prościej.

Micheil nie zadawał głupich pytań, w najmniejszym stopniu nie dziwił się temu, że ani razu nie wspomniała o ojcu dziecka, ani temu, że taka młoda kobieta jak ona żyje w oddaleniu od świata i że nie pracuje, choć zgodnie z socjalistycznymi zasadami w państwie nie powinno być niepracujących obywateli. Pewnego razu zapytał ją za to, czy wierzy w Boga. Z jakiegoś powodu pytanie to nie zdziwiło Elene, więcej – spodziewała się go. Odparła, że nie wie, ale chciałaby wierzyć. Dodała, że przed dwoma laty spędziła nawet kilka dni w klasztorze, lecz niewiele jej to dało. Wtedy Micheil zaczął jej przynosić książki religijne. Opowiedział jej, że jako dziecko represjonowanych przez władze rodziców wychowywał się u krewnych i w domu dziecka. Że jego siostra odebrała sobie życie, kiedy się dowiedziała, że donosi na nią jej własny mąż. On sam, mając dziewiętnaście lat, trafił do więzienia i odsiedział siedem lat w Rostowie. Zszedł na złą drogę, jak się wyraził. W więzieniu odnalazł Boga i od tej pory propagował własną religię, będącą połączeniem prawosławia z ideami tołstoizmu zawartymi w książkach *Na czym polega moja wiara?* i *Spowiedź*.

Po wyjściu z więzienia w Rostowie zaczął przemierzać kraj. Wiele razy go zatrzymywano, bo nigdzie nie pracował. Gardził wszelkimi formami posiadania i żył z tego, co zarobił, pracując latem na wsi, bo ktoś taki jak on rzucałby się w oczy w Tbilisi, a poza tym w mieście nie znalazłby słuchaczy swoich nauk. W latach wędrówek po kraju utrwaliła się jego sława uzdrowiciela (na Kaukazie grunt na to zawsze był podatny), a z dala od kołchozów i plantacji herbaty zawsze znajdował chętnych słuchaczy. Nie minęło wiele czasu i Elene również stała się jego zwolenniczką.

Wszystko, co mówił Micheil, brzmiało prosto i mądrze. Wydawało się, że wystarczy zacząć żyć zgodnie z tym, co głosi, a życie stanie się jednym pasmem radości. Lecz wierność tym zasadom na co dzień nie była wcale łatwa. Choć Elene starała się wybaczyć rodzicom, cierpliwie zaspokajać potrzeby małej Darii, nie unosić się w odpowiedzi na uwagi członków rodziny, być życzliwa i wyrozumiała, w tych usiłowaniach szybko dochodziła do kresu swej wytrzymałości. Biegła wtedy do Micheila, wyznając mu swoją słabość. Zwierzała się, że nie może znieść sztucznej harmonii panującej w Zielonym Domu.

– Dłużej już nie wytrzymam! Kiedy siedzę wieczorem na tarasie, słyszę, jak ojciec mówi do matki: „Dlaczego ona tylko gdzieś lata, dlaczego nic z sobą nie robi, zupełnie się zaniedbuje, niczym się nie interesuje, to nie jest przecież normalne, i jeszcze ta głupia muzyka, stale ta muzyka, to przecież niezdrowe, co ona zrobiła z włosami, dlaczego nie ma żadnych przyjaciół w swoim wieku, dlaczego nie jeździ z nami do Tbilisi, czego szuka w tej wsi, po co tam łazi". I tak dalej. A matka, próbując go uspokoić, wciska mu jakiś kit, ale jest tak samo rozczarowana jak ojciec. Pewnie by chciała, żebym była jedną z jej studentek, wtedy mogłaby się puszyć, mówić: „Patrzcie, to moja córka, porzucił ją wprawdzie pewien drań, ale ona wzięła się w garść, studiuje i niedługo znajdzie silnego gruzińskiego młodziana, który na pewno jej nie zostawi i zatroszczy się o nią jak należy. Będzie dla niego dobrą żoną i przejdzie przez życie tanecznym krokiem, razem będą spędzać urlopy w Bordżomi, a zimą jeździć na narty do Bakuriani". Niedobrze mi się robi, gdy to słyszę. Co mam począć? Nocą, kiedy wszyscy śpią i nie muszę karmić Darii, wymykam się na strych. To jedyne miejsce w domu, gdzie jest spokój, gdzie nikt mnie nie znajdzie. Ten strych nie jest wykończony (i nigdy nie zostanie wykończony, Brilko). Jest tam balkon bez poręczy. Tam siedzę, czytam, palę, myślę, ale żadne rozwiązanie nie przychodzi mi do głowy. Czy to nie okropne?

Jednak tego, co najważniejsze, nie odważyła się wyznać Micheilowi. Jakże chętnie opowiedziałaby mu o tym strasznym popołudniu, od kiedy wszystkie jej późniejsze działania, wspomnienia i myśli zaczęły się łączyć z poczuciem winy i beznadziei. Opowiedziałaby, jak skrzypiało jej łóżko i jak przestraszony był Micha. Opowiedziałaby o wielkim przerażeniu, o silniejszej od samej siebie wściekłej chęci niszczenia, która napędziła jej tyle strachu i którą niekiedy i dziś w sobie czuje. Że mimo skruchy, jaką odczuwała, miała też pewną satysfakcję, coś, co dało jej najgłębsze zadowolenie, bo udało jej się wypędzić Michę i odzyskać swoje dawne miejsce, swój od dawna wytęskniony tron, tylko że ów tron nie okazał się aż tak wygodny, jak to sobie wyobrażała.

Jakże chętnie spytałaby Micheila, czym jest w niej to kłębowisko uczuć, uczuć, których nie uleczył czas i które ciągle jeszcze krążyły w jej żyłach i tętnicach. Jak chętnie by się dowiedziała, czy na dnie jej wściekłości i zazdrości o Michę istniało coś innego, co ją tak głęboko i ostro dotknęło, coś, co wyzwoliło w niej niszczycielską furię oraz przekonanie, że nic nie ma znaczenia. Dlaczego do dzisiaj czuje wściekłość na myśl, że Micha się nie bronił ani jej nie powstrzymał.

Tymczasem twoja matka, Brilko, uczyła się raczkować, a potem chodzić. John Lennon wydał *Imagine*, Stazja zupełnie zaniechała wyjazdów do miasta oraz prób przezwyciężenia dystansu, jakim oddzieliła się od niej Kristine, Kitty Jaszi nagrała swój najlepszy i najpopularniejszy album pod tytułem *Replacement*. Na okładce płyty widniało jej zdjęcie z Pragi, które było już znane na całym świecie. Elene, znudzona Nowym Testamentem, czytała *Panią Bovary*, *W stronę Swanna*, *Czerwone i czarne*, *Alberta Savarusa*, *Kochanka Lady Chatterley* (tę ostatnią książkę oczywiście potajemnie). W tym czasie jakiś zachodni dziennikarz przedstawił statystykę, z której wynikało, że przeciętny radziecki obywatel stoi w kolejce po żywność pięćset pięćdziesiąt dwie godziny w roku. Dziennikarz ten napisał również, że jedna trzecia towarów wyprodukowanych w Związku Radzieckim istnieje wyłącznie na papierze.

Okres abstynencji Fred trwał trzydzieści cztery dni. Kitty opuszczała mieszkanie tylko po to, by zrobić najniezbędniejsze sprawunki. Po gorączkowym niepokoju, agresji, dzikich wyzwiskach, żałosnych błaganiach i skowytach Fred dwa razy straciła przytomność i Kitty musiała wezwać karetkę. Potem był jeszcze napad histerii, gdy Kitty musiała przywiązać do łóżka wyniszczone, wychudłe ciało Fred. Po wielu bezsennych nocach i po pięciu nowo skomponowanych przez Kitty piosenkach Fred nagle wstała z łóżka o trzeciej w nocy, wzięła prysznic, włożyła świeżą koszulę i z uśmiechem weszła do gabinetu Kitty.

Kiedy ta ujrzała przed sobą pachnącą świeżością Fred, Fred z mokrymi włosami, bez gorączkowych błysków w kocich oczach, z wrażenia upuściła gitarę i położyła dłoń na ustach, tłumiąc okrzyk zdumienia, a potem zaczęła bezgłośnie łkać. Fred stała i patrzyła na nią z uśmiechem. Żadna nie odważyła się zrobić kroku, jakby dzielił je niewidzialny mur. Jakby nie dało się od razu przeskoczyć z roli pielęgniarki i pacjentki do roli kochanki.

– Graj dalej. Nie przeszkadzaj sobie.

Fred usiadła u nóg Kitty. Kitty, wziąwszy kilka akordów, zaczęła śpiewać.

O świcie, gdy Fred przesuwała palcem po jej udzie, Kitty powiedziała:

– Chcę się z tobą przenieść do Wiednia. Chcę, żebyś tam wróciła, żebyśmy stworzyły tam dom. Wcześniej chciałam tam pojechać z kimś innym, aleśmy tam nie dotarli, a ten ktoś już nigdy się na to nie zdobędzie. Ale my możemy to zrobić. Bardzo bym tego chciała. Jeszcze bardziej chciałabym wrócić do swego kraju, lecz to niemożliwe. Ty jednak możesz i powinnaś. To miejsce, ci ludzie nie wpływają na ciebie dobrze. Oni ciebie nie widzą, nie znają cię, nie rozumieją. Spróbujmy.

Skoro człowiek był przyczyną tylu cierpień, jakie ma prawo do skargi, gdy potem sam cierpi?

Romain Rolland

Kristine, otulona w wełniany płaszcz koloru intensywnej zieleni, z twarzą osłoniętą czarnym tiulem, szła bulwarem Rustawelego. Wysiadła z tramwaju przy operze i pewnym krokiem skierowała się na północ. Po bulwarze w obu kierunkach spacerowali ludzie. Kristine rozmyślała nad tym, jakie to dziwne, że z twarzy tak niewielu można wyczytać ich historię. Na przykład to, że donosili na sąsiadów, którzy mieli za duże mieszkanie, albo że ich dziadek lub babcia umarli w obozie pracy w skutych lodem stronach bądź skończyli w grząskich grobach na obrzeżach miast. Że kłamali, zdradzali i wierzyli w potwory, że kochali niewłaściwych ludzi albo że kogoś zawiedli.

Kristine zatrzymała się przed budynkiem z cegły w kolorze ochry i patrzyła na wysypujących się zeń studentów. Obserwowała głośnych, roześmianych ludzi, którzy w żartach dawali sobie kuksańce albo z przejęciem o czymś rozprawiali. Ona czekała na studenta, któremu nigdy się nie spieszyło.

Usiadła na ławce nieopodal wyjścia, wyjęła włóczkę i zaczęła szydełkować. To może potrwać, zanim pojawi się ten, na kogo czekała. W jej głowie kłębiły się pytania. Jak długo jeszcze będzie w stanie utrzymywać swój dom? Czy Kostia, urażony, że nie chciała się z nimi przeprowadzić, zechce wpłynąć na to, żeby jej willi nie podzielono na mieszkania komunalne? W końcu mieszkała samotnie w rezydencji imponujących rozmiarów. Czy uda się jej zrealizować zamiar, z jakim tu przyjechała? Czy wystarczy jej odwagi, by go zagadnąć? Czy raczej, tak jak kilka razy wcześniej, będzie tylko patrzyła, jak samotnie wychodzi z budynku, mija ją, niosąc pod pachą wysłużoną aktówkę, nie domyślając się, że ona tu jest. Tak chyba właśnie będzie.

Czekała, słuchając odgłosów miasta, w którym spędziła niemal całe swoje kruche życie. Sprowadził ją tu Ramas – na myśl o nim jej twarz rozjaśnił leciutki uśmiech – i godzinami opowiadał jej o Cézannie i Renoirze. Zabrał ją też do parku Ordżonikidzego, do pierwszego w mieście kina na wolnym powietrzu, na projekcję *Generała* Bustera Keatona. Czy to kwas zniszczył jej twarz, czy może kula Ramasa wystrzelona w samobójczym akcie w lesie koło Kojori? To wtedy niebo zasłoniło na zawsze znaczną swoją część, pokryło się grubą warstwą chmur i na ziemię spadały już tylko odpryski marzeń. Może Stazja ma rację i pewnego dnia duchy wypełzną ze swoich kryjówek. Tragiczna przeszłość pozostawia po sobie umarłych, którzy całkiem nie umarli, bo mają jeszcze do powiedzenia ostatnie słowo. Mogą oskarżać żyjących.

Na jej płaszczu osiadł płatek śniegu. Kilka studentek zaczęło piszczeć z zachwytu, wyciągając dłonie ku pierwszym śnieżynkom. Dlaczego on nigdy nie śmieje się z tymi dziewczynami, dlaczego nie wybiega wesoło z budynku tak jak inni? (Budynek należał do Państwowego Instytutu Filmu i Teatru, gdzie Micha od roku studiował). Dlaczego jest ciągle sam, zamyślony, ponury?

Zobaczyła, że właśnie schodzi po schodach. Minął starego portiera pochłoniętego lekturą „Prawdy", minął kawiarenkę, tłum chłopców i dziewcząt. Nie zwracali na niego uwagi. Kristine podniosła się z ławki, on minął ją jednak, patrząc w ziemię, jakby widniała tam wyrysowana ścieżka, którą podążał. Kristine cofnęła się o krok. Usiąść czy iść za nim? I co potem? Co mu powie? Nie odpowiedział na żaden jej list w ciągu ostatniego półtora roku i w końcu przestała pisać. Wrzuciła jednak robótkę do torebki i ruszyła za nim. Micha szedł spiesznie w stronę placu Lenina. Dzieliło go od Kristine kilka metrów. Gdy doszli do Galerii Narodowej, nie wytrzymała i zawołała go po imieniu. Micha się odwrócił, przestraszony i zaskoczony, że ktoś wymienia jego imię, że ktoś w ogóle go zna.

– Czy mogę cię zaprosić na kawę? Albo na herbatę. Nie wiem, czy lubisz kawę.

Próbowała się uśmiechnąć. Wyglądał poważnie, zbyt poważnie jak na swój wiek. Był nieco zaniedbany, ale w rozbrajający sposób próbował to zatuszować.

– No... nie wiem.

– Nie masz czasu? Spieszysz się?

– Nie lubię kawiarni.

– Jak chcesz. To może się przejdziemy? Albo coś zjemy? Chętnie bym coś przekąsiła, burczy mi w brzuchu. Tu niedaleko podobno jest nowa restauracja.

– Nie wiem.

– A więc zgoda?

Powoli szli bulwarem. Początkowo czuli pewne skrępowanie, aż w końcu Kristine wzięła go pod ramię i dopasowała do niego krok. Obawiała się, że Micha cofnie rękę, ale nie, przyspieszył tylko.

– Moja matka umarła trzy miesiące temu – powiedział nagle cicho i przycisnął rękę Kristine.

Kristine nie wiedziała, co powiedzieć. Uświadomiła sobie, że niewiele wie o jego matce. Nigdy nie rozmawiała z Andrem o jego żonie, kiedy przyjeżdżał po Michę.

– Miała wadę serca, powinni ją zwolnić z obowiązku pracy. Nie powinna była tak ciężko pracować.

– O Boże, Micha, tak mi przykro...

Przez chwilę szli w milczeniu. Potem Micheil zaczął mówić. Opowiadał, że studia dają mu dużo radości, że miał szczęście, bo wstawił się za nim przewodniczący komisji, inaczej nie miałby szans na dostanie się do renomowanej szkoły dla młodzieży z dobrych domów. Kristine nie przerywała mu i nie przyznała się, że jego „szczęście" było skutkiem intensywnego urabiania przez nią przewodniczącego komisji, popartego kilkoma rublami. Micha dodał, że mieszka w mieszkaniu komunalnym, w dzielnicy Bagebi. Z rówieśnikami rzadko spędza czas. Jeden z kolegów jest synem słynnego aktora, inny siostrzeńcem znanego w mieście chirurga, koleżanka jest narzeczoną syna wykładowcy i tak dalej, i tak dalej.

Z ojcem widują się nieczęsto – dzwoni czasami z wiejskiej poczty albo od sąsiadów, ale od śmierci matki nie jest z nim najlepiej.

Weszli do lokalu z gruzińską kuchnią, położonego nad brzegiem rzeki. Micha był głodny – poznała to od razu, kiedy tylko go zobaczyła. Mimo jego głośnych protestów zamówiła posiłek, szczęśliwa, że przynajmniej dzięki temu będą przez chwilę razem. Najpierw przyniesiono im ciepłą pitę, a do niej sos z granatów i jabłek, sos śliwkowy i pomidorowy. Potem podano zupę fasolową ze świeżo upieczonym chlebem kukurydzianym i dużą ilością kolendry, tak jak lubił. A później jeszcze pastę ze szpinaku i bakłażanów, z dodatkiem czosnku. Micha zachłannie rzucił się na jedzenie. Oczy mu zabłysły, kiedy na koniec na stole pojawiły się baje. Maczał w nich chleb i patrzył na nią wzrokiem pełnym wdzięczności.

– Wybacz mi, Micha.

Spojrzała mu w oczy i wzięła go za rękę. Był jej ciągle taki bliski. I tak potrzebował opieki. Micha rozejrzał się nerwowo, wyraźnie skrępowany jej gestem. Ale ona nie puszczała jego dłoni, przysunęła się nawet bliżej ze swoim krzesłem.

Micha czuł jej zapach, niemożliwy do pomylenia z żadnym innym, zapach pudru i czegoś jeszcze, czego nie potrafił nigdy określić słowami. Zwrócił twarz w jej stronę.

– Co właściwie miałbym ci wybaczyć?

– Że zostawiłam cię samego.

Znieruchomiał. Utkwił wzrok w talerzu. Dwie kobiety siedzące w pobliżu ze zgorszeniem patrzyły w ich kierunku.

– Od września przychodzę pod twój instytut w nadziei, że z tobą porozmawiam. Wtedy gdy wzięłam cię do siebie, przyrzekłam sobie, że będę się o ciebie troszczyć, ale nie dotrzymałam słowa i to jest niewybaczalne. Zostawiłam cię samego. Chcę to naprawić.

Nagle Micha nachylił się nad nią i pocałował ją w usta. Pocałunek pachniał estragonem i przerwanym dzieciństwem. Gwałtownie odwróciła twarz.

– Nie to miałam na myśli – wyjąkała.

– Ale stało się.

– Wiem, Micha, że widzisz mnie inaczej niż inni, ale jestem stara. Za stara dla ciebie.

– Jesteś piękna.

– Możesz się do mnie wprowadzić, zamieszkać u mnie, dom stoi pusty, będę się o ciebie troszczyć.

– Czy mogę cię o coś prosić?

– Oczywiście.

– Pokaż mi swoją twarz. Całą. Proszę.

Stary dom na wzgórzu Wery, gdzie w ogrodzie zmarli tak chętnie stawiali pasjanse, powitał ich tak, że nastrój zrobił się sentymentalny i ich dawna zażyłość wróciła z podwójną siłą. Kristine zaparzyła kawę. Siedzieli w kuchni, nie zapalając światła, aż zapadła zupełna ciemność.

Potem Kristine zaczęła wyjmować z włosów szpilki, rozbierać konstrukcję osłony swej twarzy. Układała szpilki obok siebie na stole jak szczupłe wojsko, zdjęła welon, ostrożnie odłożyła na stół i w półmroku odwróciła ku niemu twarz. Nie miała odwagi zapalić światła.

Tej nocy – tak to sobie wyobrażam, Brilko – wiek wyparował z jej ciała, starła go jednym ruchem ręki jak pianę po kąpieli. Może była to ostatnia noc, jaką ofiarował jej czas, by znowu mogła być niekwestionowaną pięknością, nim ostatecznie zapłaci mu haracz. Bo dla pięknych kobiet czas jest bardziej nieubłagany. Micha dotykał jej twarzy ostrożnie, z lękiem, jakby trzymał w rękach coś nadzwyczaj kruchego.

Trzymając się za ręce, szli trzeszczącymi schodami, a potem wąskim korytarzem do sypialni, która wydała się Micheilowi prawdziwą bramą jego rzeczywistego domu. Kristine położyła się, zostawiając dla niego lewą stronę łóżka, tak jak wtedy, gdy jako mały chłopiec wślizgiwał się podczas burzy do jej pokoju i kładł obok niej. Zawsze chciała go chronić, lecz musiała zostawić go samego. Położył się przy niej. Jego oczy próbowały, mimo ciemności, rozpoznać jej rysy. Ona głaskała go po głowie, opowiadając, przywołując obrazy z przeszłości, żeby mógł ją zobaczyć taką, jaka była niegdyś, gdy miała dziewiętnaście lat i była nieziemsko piękna i szczęśliwa – tak, była szczęśliwa, mogła czerpać z życia tyle szczęścia, ile chciała, i pragnęła, żeby zrozumiał, że w życiu trzeba walczyć o szczęście, z całych sił i wszelkimi sposobami. Trzymała go w ramionach i czuła, jak cofa się czas, jak młodnieje. Wzruszała go mimo ciemności. On leżał cicho, nieporuszony, na swojej stronie, a ona na swojej, jak dwoje grzecznych dzieci złączonych poczuciem bezpieczeństwa, otulonych bezczasem, w świecie bez granic, w którym wszystko wydawało się możliwe. Uśmiechała się w ciemności i miała nadzieję, że uda jej się uwolnić Michę od lęku. Że wspomnienie dnia, kiedy został pozostawiony samemu sobie, zdradzony, przestanie go boleć. Przemawiała do niego cicho. Noc była pochmurna i chłodna, a niebo takie, jakby ktoś rozlał mleko nad chmurami.

Zwycięzcy mogą i muszą być osądzeni.

Generalissimus

Nagle zasłoniła usta dłonią, raptownie się podniosła i zaczęła nasłuchiwać.

– Co się dzieje? – spytał zaspany Micha, otwierając szeroko oczy.

– Ktoś chodzi po domu.

– O tej porze? Kto jeszcze ma klucz?

– Nie wiem. Może... On mi go nie oddał. Chociaż od czasu przeprowadzki ani razu tu nie zajrzał.

– Kto?

– Kostia.

I kiedy wymieniła to imię, usłyszała w korytarzu kroki. Zerwała się, chwyciła narzutkę i podeszła do drzwi. Micheilowi dała znak, żeby został w łóżku. Wyjrzała ostrożnie, potem wyszła na korytarz, cicho zamykając za sobą drzwi. Wtedy zobaczyła Kostię idącego schodami na górę. Macał ręką ścianę, widocznie nie znalazł kontaktu. Coś musiało się stać. Wyglądał na wzburzonego. Kiedy zbliżyła się do niego, poczuła zapach alkoholu.

– Co tu robisz? – zapytała surowo.

– Jak mogłaś!? – ryknął. Miał zapuchnięte oczy, czerwone policzki, czoło zroszone potem. – Dlaczego kryjesz tego potwora!?

Kiedy się z nim zrównała, cofnął się o kilka stopni.

„Muszę sprowadzić go na dół, do kuchni, z dala od sypialni", pomyślała.

– Nie rozumiem, o co ci chodzi – odrzekła, choć od początku czuła, że domek z kart, który misternie układała, za chwilę runie.

– Ten bękart, ten bękart... Co zrobiliście mojej córce? Nie jesteście ludźmi, jesteście... – Był pijany.

Kristine udało się zaprowadzić siostrzeńca do kuchni.

Kostia zatoczył się i opadł ciężko na stołek.

– Wszystkie jesteście kłamczuchami, obłudnicami i dziwkami, tak, tanimi dziwkami! – Zakrył twarz dłońmi i zaczął szlochać.

Kristine zesztywniała. Nie wiedziała, co powiedzieć. W jednej sekundzie Kostia stał się znowu jej dawnym Kostią, małym chłopcem, jej ulubieńcem. Kiedy po raz ostatni widziała go płaczącego? Czy kiedykolwiek widziała, jak płakał? Nie płakał przez Kitty, przez Mariam też nie. Co się teraz stało? Co wiedział i od kogo?

– Powierzyłem wam moją jedyną córkę. Teraz jej nie poznaję, jakby ktoś wyrwał jej duszę. A przecież wszystko jej dałem, przecież próbowałem... Co z was za kobiety!? Co z was za ludzie, że pozwoliłyście, żeby tak się stało!? Szumowiny, i tyle! Moja zwariowana matka i moja pozbawiona rozsądku żona, które uważają, że zjadły wszystkie rozumy, ale ty, ty, Kristine? Jak mogłaś go kryć? – Płakał jak mały chłopiec. – Powierzyłem wam moje dziecko i doczekałem się!

– Kostia, co powiedziała ci Elene?

– Elene zgasła, zamknęła się w sobie, straciła energię. Nie poznaję jej. Myślałem, że to ta przeprowadzka i że jak wrócę... Ale nie, bo o tym nic nie wiedziałem! Wszystko przez tego podrzutka, tego pasożyta! Całe nieszczęście idzie od tej rodziny. Zapłaciliśmy nieludzką cenę za tych przeklętych Eristawich, lecz mojej zwariowanej matce to nie wystarczy, ona ciągle uważa, że jesteśmy im coś winni. Ale ja przysięgam ci,

Kristine, znajdę go i zabiję, i raz na zawsze skończy się ten koszmar. Przysięgam!

– On tego nie zrobił. Nie jest tak, jak Elene być może ci opowiedziała. To było straszliwe nieporozumienie, Kostia. Musisz mnie wysłuchać.

– Nieporozumienie? Teraz jeszcze ty? On przecież zgwałcił moją córkę!

– To ona do tego doprowadziła. Była zazdrosna, czuła się zaniedbywana. Była na nas wściekła. Uważała, że go faworyzujemy. Nie wiedziała, co robi. To ona go uwiodła...

Wieczorem, koło siódmej, Kostia jak co dzień przyjechał do Zielonego Domu. Mieli jak zwykle zasiąść do kolacji, gdy okazało się, że Elene nie wróciła ze swego codziennego spaceru do stadniny. Kostia się zdenerwował. I po kolacji, którą wszyscy zjedli w milczeniu, zaczął pić. Kiedy wybiła jedenasta, a Elene wciąż nie było, Kostia wsiadł do samochodu i pojechał do stadniny, potem objechał okoliczne wsie, pukał do domów i pytał o Elene, ale nikt nie wiedział, gdzie ona może być. Daria, której udzieliło się zdenerwowanie dorosłych, zaczęła wrzeszczeć na całe gardło, domagając się mamy. Rzadko płakała i jej krzyk wzmógł jeszcze wściekłość Kostii. Kiedy Elene grubo po północy, wesolutka jak szczygiełek, wróciła do Zielonego Domu, awantura była nie do uniknięcia.

Elene tłumaczyła, że spędzała wieczór z przyjaciółmi i straciła poczucie czasu. Poza tym jest dorosła i ma prawo wychodzić oraz przychodzić, kiedy jej się podoba. Żyje tu odcięta od świata, można przecież zwariować, i powinni się cieszyć, że na tym pustkowiu w ogóle znalazła towarzystwo.

– Własne dziecko cię nie interesuje! Nie wychowywałem mojej córki na taką kobietę! – grzmiał Kostia na cały dom.

– Ależ tak, na taką, jaka jestem, wychowaliście mnie wszyscy aż za dobrze! – odparła Elene pogardliwie.

Ugodzony do żywego Kostia po raz pierwszy w życiu uderzył córkę w twarz. Elene zatoczyła się w tył, z nosa popłynęła jej krew. Nana krzyknęła i podbiegła do córki, ta jednak ją odepchnęła.

– Tak dalej być nie może! – jęknął Kostia, ciężko siadając za stołem. Jednym haustem opróżnił kieliszek czerwonego wina. – A ty – zwrócił się do Nany – nie zgrywaj mi tu niewiniątka! To wyście ją zepsuły, wy oduczyłyście jej wszelkiej dyscypliny, wyście ją rozpuściły, zabiły w niej samodzielność...

– A ty przychodzisz tu i chcesz, żebyśmy postępowały tak, jak sam uważasz za stosowne. Możesz sobie być kimś ważnym w swojej flocie, ale tu jesteś na tych samych prawach co inni! – podniosła głos Stazja, która włączyła się do awantury.

– To wy zaraziłyście ją brakiem perspektyw. To z was wzięła wzór. Ona musi wreszcie zacząć coś z sobą robić, musi...

– Ciekawa jestem, jak ty byś się zachowywał, gdybyś został zgwałcony... – wyrwało się Stazji.

Zapadła przeraźliwa cisza. Stazja zamknęła oczy w nadziei, że jej syn nie dosłyszał jej słów, lecz oczywiście łudziła się daremnie.

Kostia wstał i ciężkim krokiem podszedł do matki. Próbowała się odsunąć, machała ręką, oganiając się od niego, ale Kostia stał tuż przed nią, wyższy od niej o głowę, i patrzył na nią badawczo.

– Co powiedziałaś? – zapytał spokojnie. W jego głosie była czujność zawodowego wojskowego.

– Kostia, zapomnij o tym, wyrwało mi się. – Stazja spuściła głowę, modląc się w duchu, żeby dał jej spokój.

– Nana, Elene, chodźcie tutaj! – ryknął.

Nana przybiegła spiesznie.

– Co ty wyprawiasz? Budzisz dziecko tymi krzykami. Wrzeszczycie, jakbyście byli... – Umilkła nagle, bo mina Stazji nie zapowiadała nic dobrego.

– Kto!? – wycedził Kostia przez zęby.

– Co „kto"? – Nana zdezorientowana spojrzała na Stazję, czekając, że teściowa coś wyjaśni.

– Elene! – ryknął znowu Kostia, a jego głos odbił się po domu echem, które napawało lękiem.

Elene pojawiła się wreszcie w drzwiach. Miała zaczerwienione oczy i trzymała pod nosem ręcznik z lodem.

– Czego chcesz?

– Kto ci to zrobił? Kto!?

Na twarzy Elene odmalowało się przerażenie. Pojęła od razu, o co pyta ojciec.

– Co mu powiedziałyście? – Ze strachem spojrzała na matkę i babkę.

– Mówże wreszcie! – krzyknął Kostia, a w jego głosie niedowierzanie i bezradność mieszały się z wściekłością.

Stazja zwiesiła głowę, Nana chrząknęła, cisza przeciągała się, stawała się nieznośna.

Elene wiedziała, że ma wybór – może skłamać albo ochronić Michę, odwołać swoje wcześniejsze kłamstwo. Pomyślała jednak, że tego nie zrobi, że wymieni głośno jego imię, bo kiedy tylko zamykała oczy, widziała jego spojrzenie. I im dalej było od tamtego zdarzenia, im dłużej uczyła się żyć z nienawiścią do siebie, im bardziej miała to sobie za złe, tym jaśniejsze było dla niej, że to on ją poświęcił. To on był winien, że to popołudnie skończyło się strużką krwi wypływającą spomiędzy jej ud.

Nie wiedziała, komu ją poświęcił i dlaczego. Ale się zgodził, nie bronił się, i to nie dlatego, że nie mógł, lecz dlatego, że poprzez to, co zrobił, spodziewał się zyskać coś większego. Coś, co byłoby rekompensatą za wszystko, co miało zdarzyć się potem.

Tak, Elene chciała znać prawdę. Bardzo chciała! Lecz za każdym razem, kiedy sądziła, że ją poznała, rzekoma prawda okazywała się złudzeniem. Za każdym razem, kiedy była przekonana, że zna odpowiedź, pojawiały się kolejne pytania.

– Micha.

W tym samym momencie, kiedy głośno wypowiedziała to przeklęte imię, przejął ją potworny lęk. Coś zniszczyła.

Zniszczyła swoją nadzieję. Teraz była ostatecznie zgubiona i... dobrze jej było z tą świadomością. Jakby się wyzwoliła.

Nie spełniać żadnych oczekiwań. Nie zasługiwać na miłość. Nie łudzić się możliwością ratunku. Teraz pójdzie na dno razem z nim. Tak. Jeśli nie chciał przyjąć jej daru, musi tak jak ona zaznać nieszczęścia. Tak. Amen. Alleluja.

Jeszcze ułamek sekundy wcześniej mogłaby objąć ojca i wszystko mu wyznać, zrzucić z siebie ten straszny ciężar. Lecz ten moment minął. Jakich potrzebowałaby słów, żeby opowiedzieć mu całe swoje życie, to wszystko, co było dla niej ważne aż do tamtego popołudnia? I jakie słowa byłyby potrzebne, żeby kłamstwa Michy skonfrontować z jej kłamstwami i dojść prawdy?

– Cały się trzęsiesz, zrobię ci gorącej herbaty. Jutro porozmawiamy. Najpierw musisz się uspokoić i przespać. Pościelę ci łóżko.

Kristine, podpalając gaz na kuchence, zastanawiała się gorączkowo, jak położyć Kostię do łóżka, a Michę wyprowadzić z domu.

Jej myśli przerwał cichy głos Michy. Chłopak wołał ją z góry, sądząc, że gość już poszedł.

– A to kto, do diabła!? – zawołał Kostia.

Wyprostował się i zaczął nasłuchiwać. Z niedowierzaniem popatrzył na ciotkę. Zanim Kristine zdążyła cokolwiek powiedzieć, Kostia wybiegł z kuchni. Kristine rzuciła się za nim.

Kostia chwycił zaspanego Michę, który stał u stóp schodów, i powalił go na ziemię. Uderzył go pięścią w żołądek. Kiedy Micha, skomląc i zwijając się z bólu, leżał na podłodze, Kostia kopnął go z całej siły. Chłopak, pełzając, próbował uciekać, lecz Kostia chwycił go za kark i podniósł, tak jak się podnosi niegrzeczne psy. Postawił go na nogi i uderzył w twarz. Z przeciętej wargi Michy popłynęła krew, plamiąc podkoszulek.

Kristine, dobiegając do nich, słyszała własne krzyki jakby z oddali, jakby to nie był jej głos. Kostia ją odepchnął. Musiała chwycić się poręczy schodów, żeby nie upaść. Micha, macając rękami po ścianie, cofał się do kuchni, chcąc uciec od kary, od której nie było ucieczki.

Kary za co? Dlaczego za każdym razem, kiedy próbował lepiej zrozumieć istotę tamtego zajścia, wszystko rozpływało się w nieprzeniknionej czerni? Kto kogo zdradził, kto kogo zranił? Poczuł jeszcze jedno uderzenie, tym razem w klatkę piersiową, i potworny ból. Osunął się na ziemię. Krew zaplamiła jego pierś, czuł krew w ustach. Ból sprawił, że sylwetka Kostii się rozmazała. Chciał stawić mu czoło, całą siłę skupić w pięściach i roztrzaskać Kostii twarz, ale nie miał siły. Lecz przecież Kristine patrzyła na niego. Jego wybrała. Nie mógł jej zawieść, właśnie jej, jedynej w swoim rodzaju.

Było mu obojętne, ile miała lat. Chciał, żeby potrzebowała go tak, jak on jej potrzebował. Nie cofnie się. Musi jej udowodnić, że dobrze zrobiła, odcinając się od rodziny, a zwłaszcza od swego siostrzeńca, rozszalałego sadysty, i wybierając jego. Tak, powinna poznać prawdziwe oblicze Kostii, bo nigdy nie chodziło o niego i o Elene. Elene była tylko pretekstem. Od początku to była sprawa między nim a tym człowiekiem, który teraz z taką furią go zaatakował. Więc jeśli teraz uderzy Kostię, Kristine w niego zwątpi. Nigdy nie pokocha brutala krzywdzącego innego człowieka. Już choćby blizny na jej twarzy nie pozwalają na to. Wybrać Kristine znaczyło zgodzić się być ofiarą.

Krzyki Kristine docierały do niego coraz słabiej. Może najlepiej byłoby położyć się na tej zimnej drewnianej podłodze i już nigdy nie wstać? Czy ten widok rozdarłby jej serce? Jeszcze jedno uderzenie między żebra. Otworzył usta, próbując złapać oddech. Nie wolno mu stracić przytomności, musi się opanować, nie może odpłacać brutalnością i oddawać ciosów.

Dopiero kiedy upadł twarzą na podłogę, Kostia dał mu spokój i cofnął się, patrząc na niego z pogardą. Lecz Micha nic już nie czuł, było mu wszystko jedno. Wiedział, że zwyciężył.

Klęczała przy nim Kristine, która teraz złagodzi jego ból, położy jego głowę na swoich kolanach, zetrze z niego krew.

Wschodziło słońce. Szare, zimne grudniowe światło weszło do przedpokoju i w jego świetle wszystko wydawało się jeszcze bardziej beznadziejne. Kristine poczuła na karku spojrzenie swego siostrzeńca. Odwróciła się.

– Dostałeś, czego chciałeś? Więc idź. Ja muszę zawieźć go do szpitala.

Kostia patrzył na nią błędnym wzrokiem. Kristine chciałaby go pożałować, przebaczyć mu, ale czuła w sobie pustkę. Odwróciła głowę do Michy i podłożyła mu rękę pod głowę.

– Jeśli jeszcze raz zobaczę tu tego znajdę, jeśli jeszcze raz nakryję tego drania u ciebie albo u Elene, osobiście postaram się o to, żeby do końca życia nie wylazł z mamra. – Kostia skierował się do kuchni.

Kristine pomogła Micheilowi położyć się na plecach. Chłopak miał zamknięte oczy, ale wiedział, że ona jest tu, przy nim. I to było najważniejsze.

– Nie ruszaj się. Muszę zadzwonić po lekarza – szepnęła mu do ucha.

– Zostaniesz przy mnie?

– Tak. Jestem tutaj. I zostanę. Zaraz wracam.

Usłyszała szum wody dobiegający z kuchni. Podniosła się, kładąc ostrożnie głowę Michy na podłogę, i poszła tam, skąd dochodził szum. Musiała wezwać karetkę. Kostia trzymał głowę w zlewie, pod strumieniem zimnej wody.

– A teraz posłuchaj, Kostia! Ja też sobie nie życzę, żebyś kiedykolwiek zbliżył się jeszcze do Michy. Zrozumiałeś? Nie pozwolę mu stąd odejść. Nie, drugi raz tego nie zrobię. On nie uczynił nic złego. Zapytaj swoją córkę, wypytuj ją tak długo, aż ci powie, co się naprawdę stało. Ja nie wychowałam gwałciciela. To ty wychowałeś kłamczuchę. Taka jest prawda. Dla niej połamałeś mu żebra i nos. A teraz oddaj mi klucz do mego domu i wynoś się.

Podeszła do telefonu i wybrała numer pogotowia.

Kostia stał oparty o ścianę, wyczerpany, dotknięty jej słowami, odrzucony. Nie czuł się zwycięzcą, tylko starym, smutnym i straszliwie samotnym człowiekiem.

– O czym ty mówisz? Jesteś moją ciotką – wyjąkał. – Opamiętaj się! Nie powinienem był pozwolić, żebyś mieszkała tu sama.

Zaczął zbliżać się do Kristine. Nie cofnęła się. Wytrzymała to. Wytrzymała, mając świadomość, że go traci. Tak, kochała swego siostrzeńca. Ta miłość zawsze była dla niej trudem, czymś ponad siły. Ale teraz musi myśleć o Micheilu, który półprzytomny leżał na podłodze i którego musiała chronić.

– On tu nie zostanie, Kristine. Nigdy w życiu. Nie w moim domu.

– Przypominam ci, że to ciągle jeszcze jest mój dom! Dom mego męża!

– Który mogłaś zachować tylko dzięki temu, że ja...

– Wyjdź! Wynoś się!

Jeszcze nigdy tak mocno nie odczuł jej pogardy. Nie miała jej dla niego, kiedy posyłał na śmierć swą narzeczoną ani kiedy uderzył swą siostrę. Zawsze potrafiła go usprawiedliwić. Zawsze. Aż do tej chwili.

– Nie posuwaj się do tego, Kristine!

Wystarczyłoby wyciągnąć rękę do siostrzeńca, którego przez tyle lat trzymała przy sobie niczym amulet i który w pewnym momencie stracił swoje dobre właściwości, a wszystko zakończyłoby się inaczej. Lecz ona powtórzyła:

– Wynoś się!

Kiedy przyjechało pogotowie, poprosiła, żeby pozwolili jej pojechać karetką razem z Michą. Zapytali, czy jest jego krewną. Przytaknęła i wsiadła do ambulansu. W drodze do szpitala trzymała bezwładną rękę Michy w swojej. I ciągle się zastanawiała, dlaczego Micha nie próbował się bronić.

Życie, trzymam w ręce twoje cugle!
Z piekła wykuwam sobie raj!
Galaktion Tabidze

Po ofensywie bombowej w Wietnamie Północnym nastąpiła akcja z workami z żywnością podpisanymi „Dar narodu amerykańskiego dla narodu wietnamskiego", które samoloty Sił Powietrznych Stanów Zjednoczonych zrzucały nad zniszczonym krajem. A Kristine otrzymała pismo z urzędu do spraw mieszkalnictwa. Poinformowano ją, że posiadanie tak wielkiego domu przez samotną kobietę to kapitalistyczny egoizm. Kristine, która nastawiła się już na wojnę z Kostią i nie łudziła się, że ją wygra, nie próbowała nawet złożyć odwołania. Dano jej wybór: mogła odstąpić większą część swej willi ludziom, których przyśle urząd, albo przeprowadzić się do mieszkania wskazanego jej przez władze. Zdecydowała się na to drugie.

Na szczęście urzędnicy nie odważyli się przesiedlić jej na obrzeża miasta. Zaproponowali dwupokojowe mieszkanie w dzielnicy Wake. Jako długoletnia i oddana pracownica służby zdrowia miała prawo do mieszkania w centrum.

Mimo wszystko był to brutalny cios, bo spędziła w swej willi niemal całe życie, tam tworzyła się jej historia, tam wszystko się zaczęło. Teraz, gdy Kostia wypowiedział jej wojnę, przestała się bać. Było to dla niej uderzenie, które zarazem dawało jej wolność, bo posiadanie dużej willi z wielkim ogrodem odciągało ją przez wszystkie te lat od czegoś istotnego. Teraz dojrzała do tego, by opuścić to miejsce i zabrać z sobą tylko to, co chciała. Nie były to ubrania ani obrazy, meble oraz wszystkie te przedmioty, w które dom obrasta przez lata. Były to raczej wspomnienia, które nosiła w sobie, które zamknęła w albumie własnej pamięci. Nikt nie mógł ich jej odebrać. Żaden urząd. Nawet Kostia. Weźmie je wszystkie do swego nowego życia, do nowego pięćdziesięciodwumetrowego mieszkania, o którym odtąd sama będzie decydować.

Kiedy zagoiła się rozcięta warga i zrosły dwa złamane żebra, Micha zaczął pomagać Kristine w pakowaniu się. Kristine sprzedała srebrne sztućce i inne przedmioty, a Micha doradzał jej, zachwycony, w sprawach urządzenia nowego mieszkania. Nie poruszali wprawdzie tego tematu, ale było dla nich oczywiste, że w nowym miejscu zamieszkają wspólnie. Kristine z dumą pokazała mu przeznaczony dla niego skromnie umeblowany pokój, do którego kazała wstawić tapczan.

Gotowała dla niego, prała i rozmawiała z nim o wszystkim, często do późnej nocy. Rozpieszczała go prezentami, na przykład dżinsami, które kupiła na czarnym rynku za niebotyczną cenę i na których widok Micha wydał entuzjastyczny okrzyk.

Pod jednym względem pozostała nieugięta: chociaż łączyła ich wielka zażyłość, a Micha był zaborczy, domagając się ciągle jej uwagi, a nawet demonstrował zazdrość o nią, nie dopuszczała do żadnej intymności. Nadawała rytm dniom, zapewniała chłopcu to, co było potrzebne do życia, dawała mu poczucie bezpieczeństwa, pomału budząc w nim większą pewność siebie i zachęcając go do podejmowania własnych decyzji, lecz nie zezwalała na żadne czułe gesty.

Namawiała go za to, by szukał przyjaciół wśród kolegów z uczelni, dbał o kontakty z rówieśnikami i chociaż widziała, jak trudno mu to przychodziło, popychała go ku nim, by nauczył się wśród nich żyć. Od czasu brutalnego pobicia przez Kostię zrozumiała bowiem, że Micha nie umie się bronić, i winą za to obarczała siebie. Stazja miała rację, zarzucając jej kiedyś, że karmi Michę marzeniami i chroni przed twardą rzeczywistością.

Zaczęła opowiadać chłopcu o swoim życiu. Niewiele kryjąc, wprowadzała go w labirynt własnych myśli i uczuć, zwierzała się ze swych lęków i upodobań. Chciała mu uświadomić, że jej ciało nie jest już młode, jej skóra marszczy się i wiotczeje, a kroki robią się niepewne. Że wszystkie zdarzenia w jej życiu miały swoją cenę i pozostawiły ślad. Chciała nim wstrząsnąć, zniechęcić do siebie, ale im więcej opowiadała mu o sobie, im bardziej próbowała sprowadzić go na ziemię, tym bardziej Micha czepiał się marzeń, które z nią wiązał.

Na urodziny kolegów chodził jak z musu, niechętnie zostawał po wykładach w kawiarni czy w weekend pił piwo w parku Ordżonikidzego. Powoli jednak, żeby zadowolić Kristine, zaczął przyprowadzać do domu niektórych kolegów. Byli to szczupli młodzi mężczyźni, którzy obgryzali paznokcie i mieli tłuste włosy. Potem dołączyła do nich dziewczyna o podkrążonych oczach, w okularach zakrywających niemal pół twarzy. Przesiadywali w jego pokoju, dyskutowali o nowej kinematografii radzieckiej i pili tanie wino w szklankach. Dziewczyna najczęściej tylko się przysłuchiwała, siedząc oparta niedbale na tapczanie i gryząc orzeszki ziemne albo pestki słonecznika. Czasami, sprowokowana dyskusją, pozwalała sobie na ironiczny albo dowcipny komentarz, wywołując gromkie wybuchy śmiechu całego towarzystwa. Kristine musiała przyznać, że nie doceniła jej z początku, myśląc, że w tym męskim gronie jest tylko rodzajem ozdobnika. Było jednak inaczej. Lana, bo tak miała na imię ta istota o przyżółconej dymem papierosowym cerze, była elokwentna, błyskotliwa, bystra i niezwykle oczytana. Nie studiowała, jak chłopcy, na wydziale filmu czy teatru, lecz na inżynierii w Instytucie Technicznym. Ponieważ jednak pasjonowała się filmem, trafiła kiedyś na studentów z filmówki i zaprzyjaźniła się z nimi.

– Dlaczego nie zdawałaś na reżyserię? Według mnie świetnie znasz się na filmie – zapytała pewnego dnia Kristine, przygotowując dla Lany herbatę w swojej ślepej kuchni podczas którejś z wizyt towarzystwa Michy.

– Mój ojciec był szewcem. Zmarł na udar mózgu, gdy miał pięćdziesiąt pięć lat. Matka od dwudziestu trzech lat pracuje jako sekretarka w firmie produkującej rury centralnego ogrzewania. Jesteśmy Ormianami. Ośmieszyłabym się, gdybym stanęła przed tymi idiotami z komisji egzaminacyjnej w filmówce. Biedna, brzydka ormiańska dziewczyna chce zostać reżyserem i kręcić filmy, och, och, popatrzcie no. Wolałam sobie oszczędzić takich komentarzy – odparła Nana w swój nieco zbyt bezpośredni sposób.

– Nie możesz tak do tego podchodzić, Lano. Przecież masz talent. Może nie znam się na filmie, ale widzę, jak chłopcy na ciebie patrzą, a to coś znaczy, moja droga.

– Pani chyba wie, jak nazywa się nas, Ormian? I proszę mi nie mówić o odwiecznej przyjaźni między naszymi narodami. Niechętnie też słucham o socjalistycznej równości. My, Ormianie, jesteśmy w tym kraju mile widziani, mamy własne dzielnice i własne łaźnie, a nawet własny teatr, ale jeśli któremuś z nas zamarzy się zostać kimś innym niż szewcem, złotnikiem albo zarządcą domów do wynajęcia, szybko przywołuje się go do porządku. Poza tym podobno każdy z nas nosi po kilka złotych naszyjników. To się źle kojarzy, prawda? Niech pani powie, jak nazywa się Ormian w tym kraju?

– Myślę, że przesadzasz z tą rasistowską klasyfikacją.

– Nazywa się nas Żydami Kaukazu. Tak się o nas mówi... Jeszcze jakieś pytania?

Może tym, co zwróciło uwagę Lany na Michę, była jej zraniona duma, jej poczucie stygmatyzacji z powodu pochodzenia. Może cieszyła się, że znalazła kogoś, kto doceni jej talent i nie będzie patrzył na nią z góry, bo Micha sam mógł mówić, że mu się poszczęściło, skoro dostał się na elitarny wydział filmowy, choć był synem zdrajcy narodu, biednego alkoholika. Może też Lana spodziewała się, że dzięki znajomości z Michą zyska szansę współtworzenia jakiegoś artystycznego dzieła. Zaczęła więc zabiegać o sympatię Michy, a upór w dążeniu do celu, będący cechą jej natury, zamienił jej dążenie w zawziętość, która przeraziła Kristine.

Kristine zauważyła, jak czujnie Lana patrzy na Michę, udając przy tym obojętność. Dziewczyna ośmielała Michę do rozmów na różne tematy i nie kryła nadziei, że ten zaprosi ją wreszcie do kina albo teatru. Kristine z początku myślała, że odwaga Lany i jej umiejętność dbania o własne interesy mogą działać na korzyść Michy. Potem jednak dostrzegła, jak łatwo dziewczyna manipuluje Michą i jak dobrze opanowała tę sztukę. Kristine wycofała się, pozostawiając Micheilowi decyzję, jak daleko posunie się w kontakcie z dziewczyną, zbyt dorosłą jak na swój wiek, zbyt racjonalną, zbyt nieprzeniknioną i zgorzkniałą. A także zbyt mało wyrozumiałą wobec wątpliwości i lęków Michy. Kristine zauważyła, że Lana potrafi sprytnie pokierować każdą dyskusją i uparcie obstaje przy swoim. Za wielkimi okularami jej oczy wyglądały jak dwie czarne kropki, z których wyzierały sceptycyzm i rozczarowanie. Czy nie takiej kobiety potrzebował Micha? Niezachwianie pewnej siebie, bezkompromisowej, która nauczy go, jak się bronić? Kristine postanowiła nie ingerować, być tylko gospodynią. Cieszyła się z żywo toczących się dyskusji, w których rzadko brała udział, ale które słyszała przez cienką ścianę między pokojami. Lubiła tę radość życia, która dzięki młodym ludziom weszła do jej domu. Cieszył ją zadowolony uśmiech Michy, kiedy nakrywała do stołu, zapraszając ich wszystkich na posiłek.

Pewnego popołudnia usłyszała, jak Micha opowiada Lanie o Sopio. Ściszyła radio i nastawiła uszu.

– To niesamowite. Czy to twoja historia? Koniecznie musimy ją opowiedzieć.

Kristine słyszała, jak zdecydowanym tonem Lana zwróciła się do Michy.

– To jest prawdziwy temat, a nie takie bzdury jak w większości naszych filmów. Wiesz, jak wspaniały scenariusz można z tego zrobić? Można by wykorzystać jej wiersze. Powiedziałeś, że twój ojciec je przechował. Więc do dzieła!

– Nikt nie przyzna mi pieniędzy na taki film. A już na pewno nie instytut. Ten scenariusz przepadnie w komisji.

– Ależ oczywiście, Micha, głuptasku. Ale my wystrychniemy komisję na dudka. Nie wolno nam zdradzić ani słowem, że scenariusz będzie oparty na faktach. Poza tym nikt nie rozpozna w nim twojej historii. Trzeba robić wrażenie, że chodzi o studencki film o ciężkim losie artysty i takie tam głupstwa. Uznają go za zbyt ambitny i wyśmieją, ale to świetnie, nic lepszego nie może ci się przytrafić, niż być niedocenionym. Będziemy ostrożni. Napiszemy dwa scenariusze. Jeden przedstawimy komisji, a drugi damy aktorom. To proste. A kiedy film będzie gotowy, mogą sobie protestować ile wlezie. To będzie już bez znaczenia, bo zyska taki rozgłos, że wszyscy, którzy mają w sobie odrobinę honoru, wezmą twoją stronę. Materiały przeszmuglujemy za granicę. Mój wujek pracuje w studiu filmowym, ma kontakty, udostępni nam pomieszczenie montażowe i nocą będziemy tam mogli pracować bez przeszkód.

Kristine miała nadzieję, że Micha uzna pomysł Lany za nierealny i że Lana da spokój. Ale rozmowy młodych na ten temat trwały. Coraz rzadziej przychodzili koledzy, coraz częściej Micha zamykał się z Laną w swoim pokoju i coraz częściej padało imię Sopio. Kristine zdobyła się na odwagę i zagadnęła o to Michę. Chłopak wykręcał się, tłumaczył niechętnie, że to tylko luźne pomysły, że co w tym złego, chcieć się zająć historią własnej rodziny. Przecież sama Kristine namawiała go, by szukał rówieśników o podobnych zapatrywaniach i robił rzeczy, które chce robić.

– Chciałabym tylko mieć pewność, że to ty chcesz to wszystko zrobić, nie ktoś inny – zauważyła Kristine cierpko, wracając przed telewizor.

Dwa miesiące później Micha, nie wtajemniczając w nic Kristine, pojechał z Laną w góry, do ojca. Kiedy wrócił, Kristine znalazła przy sprzątaniu w jego pokoju starą, rozpadającą się książeczkę z wierszami Sopio, które, zanim zdążyły trafić do rąk czytelników, zostały objęte zakazem publikacji. Usiadła na brzegu tapczanu i z przejęciem zaczęła kartkować tomik. Zagłębiała się w wiersze, wchodząc w czas, który Sopio w nich opisywała i który oskarżała.

Wieczorem z lodowatą miną otwarła Micheilowi drzwi i kiedy jadł zupę, ostentacyjnie położyła przed nim tomik.

Micha wzruszył ramionami.

– No tak, przywiozłem go od ojca.

– Nie lubię tajemnic. Co zamierzacie z Laną?

– Nakręcimy film o mojej babce. Zaczęliśmy już pisać scenariusz. Lana ma świetne pomysły.

– Lana to, Lana tamto. A gdzie twoje pragnienia?

Kristine sama się dziwiła obrażonemu tonowi, jakim wypowiedziała to pytanie.

– To przecież ty chciałaś, żebym szukał towarzystwa rówieśników. No więc znalazłem.

W kolejnych tygodniach próbowała odwieść go od tych planów. Były zdecydowanie niebezpieczne. Historia jego ojca była jeszcze zbyt świeża, Micha nie powinien ryzykować. To, co wybacza się innym, jemu nie zostanie wybaczone, władza wiedziała bowiem, czyim jest synem, a ona nie będzie go mogła wybronić – nie ma już nikogo, kogo mogłaby poprosić o pomoc. Micha powinien porzucić ten pomysł, jest przecież tyle innych tematów. Jest za młody, żeby zajmować się historią Sopio, za mało rozumie sprawy, które chce pokazać. Ale Micha był uparty. Powtórzył tylko, że to już postanowione i że wszystko dobrze przemyślał.

Pewnego ranka Kristine zastała w kuchni Lanę nad stertą fiszek i notatek. Poprzedniego wieczoru długo coś pisali z Michą w jego pokoju. Zdawało jej się, że Micha jeszcze śpi.

– Czyżbyście siedzieli całą noc? Dlaczego się nie położyłaś? – zapytała Kristine.

– Nie chciałam pani zdenerwować, tapczan jest bardzo wąski – mruknęła Lana, nie odrywając wzroku od papierów.

– Ja się w to nie mieszam. Nie wiedziałam, że wy...

– Nie jesteśmy razem, jeśli o to chodzi. Jeszcze nie... Michę fascynuje mój umysł, nie ciało. Nie mam mu tego za złe. Wiem przecież, kto jest jego ideałem kobiecej urody.

Kristine znieruchomiała z dzbankiem kawy w ręce. Nie wiedziała, czy się oburzyć, czy zignorować tę bezczelną uwagę.

– Ale Micha mnie potrzebuje – dodała Lana. – I wie o tym, a z czasem obniży, mam nadzieję, swoje wymagania estetyczne.

– Jestem pewna, że to ci się uda – wycedziła Kristine przez zęby.

Siedzę w blaszanej puszce
Wysoko ponad światem.
Niebieska jest planeta Ziemia
I nic już nie ma tu znaczenia.

David Bowie

Światem wstrząsały różne wydarzenia – kryzys naftowy, afera Watergate i przejęcie władzy w Chile przez Pinocheta, dla nas jednak były one tak odległe, jakby działy się na innej planecie. W Związku Radzieckim dawno już zresztą zrozumiano, że nie warto zastanawiać się nad problemami, które nie mają nic wspólnego z rzeczywistością we własnym kraju. Radziecki przywódca, człowiek o krzaczastych brwiach, przeszedł już kilka zawałów oraz udarów i jak przypuszczam, występował jako głowa połowy globu ziemskiego jedynie dzięki wsparciu swoich współpracowników, i to tylko wtedy, gdy było to niezbędne. Nie był to jednak powód, żeby się denerwować. Cóż by to dało?

O względy małej Darii zabiegali głównie dziadkowie, przy czym Nana zorientowała się wkrótce, że jej mąż wygrywa w tej rywalizacji. Przy nikim buzia Darii nie rozpromieniała się tak jak przy dziadku. Nikt nie potrafił jej tak wprawić w zachwyt, tak połaskotać, tak bez reszty zapomnieć się przy niej w zabawie. Dziadek widział już oczyma wyobraźni, jak jego wnuczka przemierza korytarze elitarnego internatu, studiuje medycynę, a później wychodzi za mąż za mężczyznę zahartowanego dzięki surowej szkole i obozom sportowym, wzorowego członka

Komsomołu, a z czasem – posiadacza legitymacji partyjnej. Kostia przeniósł na Darię wszystkie oczekiwania, których nie spełniła Elene.

Jak jednak miał postępować z córką? Naciskiem i groźbami niewiele osiągnął. Jeśli w ogóle przestanie się angażować, tym bardziej nic nie wskóra. Od kiedy nabrał przeświadczenia, że powodem wszystkich nieszczęść jego córki jest ten łachudra Micha Eristawi, w jakiś przewrotny sposób poczuł ulgę i łatwiej było mu znosić tę sytuację. Uznał Michę za jedyne przekonujące wyjaśnienie niepowodzeń życiowych Elene, a to zwalniało go od szukania winy w sobie. Zawsze kiedy Nana towarzyszyła mu na urodzinach czy weselach jego kolegów, widział, że za czymś tęskni. Że z zazdrością patrzy na młode żony kolegów, ich córki, siostry i narzeczone, które tak cicho i lekko poruszały się po odświętnie ustrojonych salach, wzdłuż królewsko zastawionych długich stołów, ze spuszczonymi oczami, onieśmielone towarzystwem swych ojców, braci, narzeczonych i mężów, i które nigdy nie odważyłyby się wyjść z domu po zmroku, szczególnie z rówieśnikami odmiennej płci, pić alkoholu ani czytać dekadenckich powieści.

I gdy martwił się o Elene i dopadało go poczucie beznadziei, zaczynał rozmawiać z Naną. Kłopoty z córką były najtrwalszym spoiwem łączącym ich małżeństwo. Nana podobnie jak on była zawiedziona i przybita postępowaniem ich córki, co pozwalało mu wierzyć, że nie straciła zupełnie rozumu, tak jak jego matka albo ciotka. To Nana podsunęła mu myśl, że powinni namówić Elene, żeby zaczęła się dalej kształcić. Jeśli nie będzie chciała studiować na uniwersytecie, powinna zdawać na politechnikę. Potrzebuje jakiegoś zajęcia, jakichś celów. Kostia uznał to jednak za zbyt trywialne, by jego córka miała oddać się czemuś takiemu jak studiowanie rolnictwa czy handlu detalicznego, i nalegał, żeby odczekać jeszcze pewien czas. Elene opamięta się, kiedy otrząśnie się z zawodu z powodu niedoszłego małżeństwa.

Kostia, chcąc naprawić stosunki z córką i zagłuszyć wyrzuty sumienia, zrobił Elene prezent: kupił jej nowiutką ładę 2103, która właśnie pojawiła się na rynku. Sam nauczył ją jeździć. Początkowo wszyscy mieli nadzieję, że samochód da Elene wolność i możliwość swobodnych wyjazdów do Tbilisi. Że wielkoduszny gest Kostii coś zmieni. Elene też wydawała się uradowana. Ale ani nie robiła wycieczek po okolicy, ani nie chciała pojechać na uniwersytet, żeby się rozejrzeć, jedynie odwoziła albo przywoziła Micheila do i od tbiliskich przyjaciół. Przyjaciele owi zajmowali małe mieszkanie komunalne na ulicy Plechanowa. Zbierali się tam dysydenci i buntownicy, jak nazywał ich Micheil, słuchali muzyki, pili i rozmawiali o Bogu i polityce. Ich bunt polegał na paleniu skrętów i na długich, głośnych dyskusjach prowadzonych w kuchni. Mimo to wydawali się Elene odważni, a przede wszystkim inni. Od pierwszego dnia, kiedy pojawiła się wśród nich, przesiadujących w kłębach papierosowego dymu, czuła, że chce ich nazywać swoimi przyjaciółmi.

W największe zdziwienie wprawiało ją to, że wszyscy ci młodzieńcy określali się jako wierzący, a wiarę traktowali jak narzędzie oporu wobec państwa. Elene nigdy tak naprawdę nie interesowała się polityką. Miała wprawdzie świadomość, że jest dzieckiem uprzywilejowanym, że może robić pewne rzeczy, ponieważ jej ojciec nazywa się Kostia Jaszi, ale nigdy nie zaprzątała sobie głowy kwestią różnic klasowych albo nauką marksistowską. Politykę uprawiali mężczyźni, jej ojciec zajmował się polityką i to wystarczyło, by nie chciała mieć z nią do czynienia.

Być buntownikiem znaczyło dla niej do tej pory głównie nie spełniać oczekiwań rodziców, słuchać płyt ciotki – zdrajczyni narodu, patrzeć melancholijnie z niewykończonego tarasu w niebo i czytać markiza de Sade'a, to zabazgrane wydanie, które przeszło już przez wiele rąk, zakazany owoc, który znalazła kiedyś w jednym z pudeł w piwnicy domu Kristine. I chociaż nowo poznani buntownicy trochę inaczej patrzyli na jej rebelię, uważając siebie samych za ludzi bogobojnych i myślących politycznie, Elene szybko zorientowała się z ich rozmów, że łączyło ją z nimi jedno: i oni, i ona marzyli o świecie, w którym można by słuchać rocka, nosić dżinsy, chodzić na demonstracje z własnymi hasłami na transparentach i czytać nieocenzurowane książki. Był to też świat, w którym znikła jej ciotka, co w rodzinie było tematem tabu. „Idealny, idealny świat", z którego już się nie wracało, raz się do niego dostawszy. Elene szybko dobrze się poczuła w tym nowo poznanym towarzystwie sytuującym się na marginesie społeczeństwa i rozgrywającym największe bitwy w czternastometrowej kuchni. Siedząc w kącie i wdychając zapach skórzanych kurtek, myślała, jakie to wspaniałe mieć tyle powodów do tego, by być przeciw czemuś. Naturalnie dziwiły ją pewne sprzeczności w poglądach tych młodych mężczyzn, nie umiała na przykład pogodzić ich religijności z hedonizmem, obcy był też jej ich szowinistyczny i ciasny system wartości. Nie mogła zrozumieć, dlaczego im, a zwłaszcza Micheilowi, ich duchowemu przywódcy, nie wydawało się podejrzane, że większość z nich miała za sobą kradzieże, bójki i napaści z nożem w ręku, choć uważali się za wierzących. Tłumaczyliby może, że przemoc polityczna jest dozwolona wobec pewnych osób i że radziecki lewicowiec musi brutalniej wyrażać swe niezadowolenie niż lewicowiec z zachodu Europy.

Oczywiście była wtedy jeszcze zbyt naiwna, brakowało jej dystansu, wiedzy i doświadczenia, by wiedzieć, że ten typowo gruziński rodzaj rewolty – w odróżnieniu od działań rosyjskich dysydentów – ograniczał się do rozmów w kuchni, nadmiernej konsumpcji alkoholu oraz autostylizacji i idealizował to, co przedradzieckie, odrzucając słowiańsko-imperialistyczny wielkomocarstwowy ucisk, a także wszystko, co miało charakter mieszczański. Ci, którzy ten gruziński nurt reprezentowali, mieli też skłonność do przeinaczania faktów historycznych i przedstawiania rzeczy tak, by pasowały do ich ideologii.

Ci młodzi ludzie sprawiali, że Elene budziła się z marazmu, w którym od dawna tkwiła. Ciepłe promienie słońca zaczęły igrać na jej twarzy. Gdzie jest, kim jest, dokąd zmierza? Jak w tym wszystkim jedno łączy się z drugim i jaką rolę odgrywa w tym Bóg? Czy Bóg w ogóle interesuje się jeszcze tym, co dzieje się tu, na ziemi? Pełna bolesnych myśli i tęsknot, powoli wracała do życia.

Gęste kasztanowe włosy znowu ścięła na boba. Pomalowała paznokcie. Zaczęła używać różu matki. Kazała sobie uszyć kolorowe letnie sukienki. W dzielnicy żydowskiej kupiła białe sandałki na wysokich obcasach i używała francuskich perfum, które dostała w prezencie od ojca. Na pulchnych różowych policzkach Darii składała głośne pocałunki, wsiadała do samochodu, wciskała gaz i wzniecała tumany kurzu na szutrowych wiejskich drogach. Głośniej nastawiała muzykę. Chichotała w duchu. Niepewnie, ale jednak, włączała się w żywe dyskusje toczące się w tbiliskiej kuchni. Piła piwo słodowe, a czasami gorzki samogon. Delektowała się smakiem domowej kiszonej kapusty i kiszonych ogórków. Damskiego towarzystwa z reguły jej nie brakowało, ale najczęściej były to córki sąsiadów albo koleżanki, które nie chciały niczego poza tym, by popalić trochę haszyszu, obściskiwać się z chłopakami i słuchać jedynej w promieniu wielu kilometrów płyty Pink Floydów albo Rolling Stonesów.

W odróżnieniu od innych dziewcząt Elene interesowała się dyskusjami prowadzonymi w męskim gronie, zabierała głos, walczyła na argumenty. Udało się jej wzbudzić ich respekt. Żuła gumę i wydmuchiwała ogromne balony. W wąskiej kuchni mieszkania komunalnego tańczyła z chłopcami do muzyki zespołu The Who, paliła jointa i miała poczucie, że świat wokół niej zwalnia.

Tańcząc w kuchni do jednej z pościelówek, pozwoliła się pocałować Bece. Beka miał najpiękniejszą skórzaną kurtkę, najgłośniej dyskutował, sprawiał wrażenie, jakby nigdy nie spał, i miał najlepszy gust w sprawach muzyki. Wiedziała, że ma dwadzieścia cztery lata i że z powodu włamania do daczy należącej do pewnego naczelnika zamknięto go na dwa lata w kolonii karnej dla młodocianych. I chociaż nie przyznawała się do tego nawet przed samą sobą, imponował jej. Wiedziała też, że Beka przerwał studia na architekturze i – rzecz niesłychana! – nosi rozerwane na kolanach dżinsy. (Był to wystarczający powód, by zostać zatrzymanym na ulicy przez milicję i oskarżonym o naruszanie dobrych obyczajów). „A do tego fantastycznie całuje", pomyślała Elene i przytuliła się do niego jeszcze mocniej.

Dwa dni później Beka zapytał, czy nie poszłaby z nim na zamkniętą projekcję filmu grozy pod tytułem *Egzorcysta*. Zna kogoś, dzięki komu dostaną bilety, a bać się nie musi, bo przecież on tam będzie (to ostatnie zdanie najbardziej ją ujęło).

Zaczęli się umawiać. Wiosna sprzyjała trzymaniu się za ręce i doskonaleniu sztuki całowania. Ciągle chodzili do kina, bo Beka umiał zdobyć bilety na projekcje specjalne.

Oglądali filmy z Bruce'em Lee. Beka podarował jej piracką kopię płyty Deep Purple i razem słuchali *Made in Japan*. Nawet to, że chłopak miał powodzenie u dziewcząt, w oczach Elene zwiększało jego atrakcyjność. Ich zejście się z sobą wydawało się łatwe, proste, naturalne. Bez rozdzierających serce miłosnych wyznań i tego całego zawracania głowy. Brał jej rękę w swoją, i to wystarczyło.

Nie rozmawiali o jej rodzicach ani domu. Rozmawiali o Deep Purple i obejrzanych filmach. Czuli się lekko, jak kosmonauci w przestrzeni kosmicznej. Nie przejmowali się żadnymi zasadami. Nie rozmawiali o zaręczynach, weselu, dzieciach, wspólnej przyszłości. Całowali się na ulicy, w aucie, w parku. A kiedy przestawały im wystarczać pocałunki i przelotne czułości, jechali wieczorem nad Tbiliskie Morze, czekali, aż tamtejsza kawiarnia zostanie zamknięta, a plaża opustoszeje, i wtedy szukali sobie miejsca w gęstych zaroślach, i rozkładali koc. Oboje byli dostatecznie dojrzali w swej młodości.

Noce nad sztucznym jeziorem były rześkie, a gwiazdy blisko. Nie kochali się – uprawiali miłość. I zaprosili mnie na świat.

Byliśmy przecież pierwsi w tej kolejce!
Lecz ci, co przyszli po nas, już jedzą!

Włodzimierz Wysocki

Cierpliwość i konsekwencja Lany sprawiły, że uduchowiona, eteryczna, ckliwa uczuciowość Michy zaczęła się wyrażać mową ciała. Bez najmniejszej skargi Lana przyjmowała to, co Micha miał jej do zaofiarowania, w nadziei że pod warstwą smutnej dyskrecji i milczącego fatalizmu kryje się o wiele więcej i że to więcej z czasem się ujawni. Po miesiącach oczekiwania i systematycznego przygotowywania gruntu dziewczyna osiągnęła zwycięstwo – runęły ostatnie mury obronne. I chociaż ręce Michy często jeszcze nie bardzo radziły sobie z jej ciałem, choć czuła niekiedy lekkie rozczarowanie, była szczęśliwa. Dobrze wiedziała, za co Micha ją nagradzał: dzięki jej zręcznym zabiegom i półprawdom przedstawionym w atrakcyjnym opakowaniu komisja zatwierdziła przedłożony skrypt scenariusza. Micha mógł nakręcić film!

Wiedziała więc, że zbliżenia ze strony Michy wynikały z wdzięczności. Ale nie miało to dla niej znaczenia. Była pewna, że już niedługo z tej wdzięczności zrodzi się w nim poczucie, że jest niezastąpiona i niezbędna, a w końcu jej ciało stanie się dla niego tak samo nieodzowne, jak jej strategia przetrwania, mądrość i wsparcie.

Była to jedna z ogródkowych restauracji w Mcchecie, z drewnianymi altanami i oddzielonymi od siebie miejscami dla gości, w której zmęczeni i podpici muzycy rzępolili zawsze tak samo i w której – choć nic na to nie wskazywało – serwowano najlepsze gruzińskie potrawy.

Tam, pod gołym niebem, siedzieli, nieco już podchmieleni, Micheil i jego przyjaciele z ulicy Plechanowa razem z Beką i Elene, racząc się królewskimi potrawami, wznosząc sentymentalne toasty i obejmując się. Temat polityki wyjątkowo był nieobecny.

W tym samym lokalu świętowali ukończenie szóstego semestru studenci reżyserii filmowej Państwowego Instytutu Filmu i Teatru. Oczywiście z Laną i Michą. Te dwie grupki pewnie by się nie zauważyły i wieczór przebiegłby spokojnie, gdyby kilku z nich nie zaczęło śpiewać.

Lecz śpiewy zwróciły uwagę chłopców Micheila. Biesiadnikom przy „śpiewającym stole" posłali butelkę szampana i tacę z owocami. Jeden z podchmielonych już studentów podszedł, by podziękować, i zaprosił grupę Micheila, by dołączyła do ich towarzystwa. Zsunięto stoły i zaczęto się bratać. Nastąpiło ogólne przedstawianie się, ściskanie rąk, przyjazne klepanie się po ramionach i plecach. Elene zauważyła Michę na końcu tarasu. Uśmiechnęła się, nie dając po sobie poznać, jakie wrażenie wywarło na niej to nieoczekiwane spotkanie, a nawet ostrożnie pocałowała go w policzek. Zamówiono kolejne dzbany wina i wygłaszano długie toasty.

Lana, której uwagi nie uszło zdenerwowanie Michy oraz częste spojrzenia Elene w jego kierunku, zaczęła się dopytywać, o co chodzi.

– To wnuczka siostry Kristine – wydusił wreszcie z siebie.

Micha przeprosił i wyszedł do toalety. Sekundę po nim wstała od stołu Elene. Drzwi do toalety były uchylone i Elene rzuciła okiem do środka. Micha stał przed lustrem i mył ręce.

– Cieszę się, że cię widzę, choć to dziwne... O, Boże, sama nie wiem, co plotę. Co u ciebie słychać? Studiujesz?

– Tak.
– Podoba ci się?
– Owszem. A ty co robisz?

Namydlał ręce jeszcze raz, choć przed chwilą już to zrobił, jakby się bał odwrócić i na nią spojrzeć. Elene utkwiła wzrok w jego odbiciu w lustrze.

– Przykro mi z powodu tego zajścia z moim ojcem. Nie chciałam...
– Zapomnij o tym, dobrze?
– Nie mogę.
– Chodźmy. Czekają na nas.
– Dlaczego mnie wtedy nie powstrzymałeś? Dlaczego?

Zbliżyła się do niego. Woda z kranu lała się dalej, a z jego rąk skapywały krople. Strzepnął dłońmi jak epileptyk. Potem odwrócił się powoli, nie patrząc na nią, i chciał ją wyminąć. Lecz ona zagrodziła mu drogę i podeszła do niego tak blisko, że musiał na nią popatrzeć. W jego oczach zobaczyła fosforyzującą truciznę. Nigdy nie było w nich tyle żrącej, niszczącej nienawiści. Przestraszyła się. Poczuła się bezbronna, pokonana, bezwartościowa.

– Czego chcesz? – warknął. – Spływaj i trzymaj się ode mnie z daleka, zrozumiano?

Oczy zwęziły mu się do dwóch czarnych szparek, twarz wykrzywiła pogardliwie, na szyi wystąpiły żyły i ciemnoczerwone plamy.

– Dlaczego się ze mną przespałeś?

W gardle miała gulę. Jeszcze sekunda, a głośno się rozpłacze. Nigdy nie przestanie, zostanie tutaj, w tej śmierdzącej uryną toalecie – właściwym miejscu dla jej żałosnego istnienia...

– Ja się z tobą... przespałem? Ja cię posuwałem, ja cię rżnąłem, ja się z tobą pieprzyłem!

Poczuła, jakby napluł jej w twarz. Te słowa paliły. Były jak ostre noże.

– Dlaczego mówisz coś takiego?
– To przecież ty tego chciałaś. Świerzbiło cię między nogami. Czy nie tak było? Jak młodą sukę, która ma cieczkę!

Skąd wziął te słowa? Tak strasznie brzmiały w jego ustach. Nigdy wcześniej nie podnosił głosu, nikogo nie obrażał. Skąd w nim teraz tyle nienawiści, tyle ślepej żądzy niszczenia? Czy to ona zrobiła z niego człowieka o oczach pełnych wyższości? Czy wiedział, jaką cenę za to zapłaciła?

– Czego chcesz ode mnie? Mam przed tobą paść na kolana? Czy nie widzisz, że sama nie mogę sobie tego wybaczyć? Tego potrzebujesz? O to ci chodzi, Micha? – Przycisnęła dłoń do ust, żeby nie zacząć krzyczeć.

– Tak, tego chcę! Właśnie tego! – odparł i zrobił krok, żeby ją ominąć.

Pomyślała, że odejdzie, ucieknie i zostawi ją w poczuciu nędzy. Chwyciła go więc za nadgarstek. Spojrzał na nią zaskoczony, że odważyła się go dotknąć, ale nie wyrwał ręki, jeszcze nie. Jego oczy były nieprzeniknione. Budziły w niej lęk. Nie wiedziała, czy to, co się w nich kłębi, to ból czy skrucha, wściekłość czy pogarda. Wtedy też nie potrafiła czytać w jego oczach.

Objęła go w pasie obiema rękami i wciągając powietrze, sprawdzała, czy zapach jego oddechu jest znajomy.

– Miałeś wtedy swoją przyjemność. Wiem, że tak było, patrzyłam w twoje oczy, obserwowałam cię przez cały czas. Cieszyłeś się, widząc, że cierpię. Proszę, przyznaj, powiedz, że tak było, a padnę przed tobą na kolana, tak jak zawsze tego chciałeś. Tylko powiedz głośno, jak z tobą było. Wezmę na siebie całą winę, rzucę się na kolana przed ojcem, żeby prosić go o przebaczenie!

– Chcesz, żebym zrobił ci uprzejmość? Dlaczego? Żebyś nie musiała czuć się taka brudna, tak żałosna? Przecież nie mogłaś się powstrzymać, żeby nie rozłożyć nóg!

– Dlaczego nie chcesz się przyznać? Dlaczego nie możemy być z sobą szczerzy? Myślisz, że ja o tym tak po prostu zapomniałam, że zamknęłam ten rozdział i żyję dalej?

– Elene, to tak nie działa. Nie możesz oczekiwać, że uwolnię cię od wyrzutów sumienia, żebyś dalej mogła odgrywać wesołą dziewczynę. Zmusiłaś mnie wtedy i jakkolwiek będziesz przeinaczać fakty, jest tak, jak mówię.

– Dlaczego nie powiesz tego zwyczajnie? Dlaczego nie powiesz, że mnie nienawidzisz?

– Nienawiść to za wielkie słowo. Nawet na to uczucie trzeba sobie zasłużyć. Jesteś mi obojętna i to twoja sprawa, jak pozbędziesz się wyrzutów sumienia. Powinnaś była się nad tym zastanowić, zanim zadarłaś sukienkę.

– Zrobiłeś to, bo myślałeś, że skompromitujesz mnie przed Kristine. Nawet jeśli do tamtego popołudnia tego sobie nie uświadamiałeś, w tamtym momencie to pojąłeś. Przespałeś się ze mną, żebyś mógł zostać z nią sam. Miałeś nadzieję, że dzięki temu wszystko rozstrzygnie się na twoją korzyść. Czy nie tak było? Czy to, co mówię, jest dla ciebie zaskoczeniem?

Nie odpowiadał, próbując się od niej uwolnić. Niezdolna, żeby coś powiedzieć, ze strachu, że jej ucieknie, że zostawi ją samej sobie i tej pustce, która tak mocno trzymała ją w swych szponach, stanęła na palcach i przycisnęła usta do jego ust.

Chciał ją odepchnąć, ale ktoś go uprzedził – chwycił go za barki i rzucił na mokrą posadzkę. Potem poczuł cios w kość ogonową. To był Beka. Szukał swojej dziewczyny i znalazł ją, całującą się w męskiej toalecie z obcym mężczyzną. Każdy Gruzin w tej sytuacji powaliłby rywala.

Na krzyki Elene przybiegła reszta biesiadników i chłopcy z ulicy Plechanowa zaczęli się bić ze studentami. Przyciskali głowy przeciwników do zimnych kafelków albo okładali pięściami ich lędźwie, kolana, żołądki i twarze.

Elene stała bez słowa, jak sparaliżowana, patrząc, jak Lana wpada między walczących i stara się osłonić Michę, sama rozdając przy tym ciosy. Może to instynkt ochronił moją matkę przed tym, żeby nie pchać się pomiędzy wściekłe kończyny walczących, bo była już ze mną w ciąży. Kelnerzy, trzech gości od innych stolików i krępy właściciel restauracji rozdzielili w końcu kłąb walczących i położyli kres bijatyce. Elene siedziała na chodniku, zasłaniała sobie twarz i łkała jak jej dwuletnia Daria, obudzona w środku nocy i wołająca matkę. Naraz jak spod ziemi wyrosła przed nią Lana, w rozerwanej bluzce, z krwawą pręgą na policzku, i z pogardą spojrzała na nią z góry.

– Zostaw go w spokoju.

– To nie moja wina. Tym razem to nie moja wina, ja tego nie chciałam, ja...

– Trzymaj się od niego z daleka, dobra?

Elene była zaskoczona aksamitnym głosem Lany, która jeszcze przed chwilą tak dzielnie broniła Michy. Jej głos, mimo ostrych słów, jakie wypowiedziała, brzmiał tak, jakby jego właścicielka codziennie ssała słodkie karmelki.

– Znowu się nie bronił – mruknęła Elene nieprzytomnie.

– O czym ty mówisz?

– On znowu się nie bronił! – krzyknęła Elene.

Dwa tygodnie później moja mama zorientowała się, że jest w ciąży. Podeszła do tego ze spokojem, jakby to było nieuniknione, jakby jej ciało było tylko bramą służącą wszystkim nienarodzonym dzieciom przyjść na świat.

Beka, jej buntowniczy przyjaciel, wiadomość tę przyjął trochę inaczej. Spojrzał na Elene oszołomiony, zaczął drapać się za uchem, masować sobie szyję, chrząkał i próbował się uśmiechać. Potem słodkim głosem zaczął wysuwać argumenty przeciwko ciąży. W tej chwili jest ciężko, on nie ma pracy ani perspektyw na nią, mieszka u rodziców i nie chciałby korzystać z ich materialnej pomocy. A u jej rodziców... Nie, to w ogóle nie wchodzi w rachubę, nie mówiąc już o tym, że jej ojciec w żadnym razie nie zaakceptuje go jako swego zięcia, poza tym on, jak Elene zapewne wiadomo, jest generalnie przeciwnikiem instytucji małżeństwa. Bardzo się cieszy, że Elene nosi w brzuchu owoc ich miłości, ale to nie jest czas na planowanie ślubu. Może dałoby się tym razem, hm, yy, no, ten jeden jedyny raz, yy, hm, no, jakoś rozwiązać ten problem?

Na to moja matka wstała bez słowa, wzięła torebkę pod pachę i odeszła.

Kiedy Kostia dowiedział się, że znowu zostanie dziadkiem, rzucił o ścianę filiżanką z gorącą wieczorną herbatą. Filiżanka była nabytkiem jego żony, która bardzo lubiła piękne przedmioty i dorobiła się już kolekcji takich cacek, prosząc znajomych wyjeżdżających za granicę, żeby przywieźli jej czeski, niemiecki albo angielski serwis do herbaty. Nana krzyknęła, przestraszona wybuchem mężowskiej furii i rozżalona stratą pięknej filiżanki – bo cóż jest wart niekompletny serwis?

– Wiesz, kim jesteś? Wiesz? Dziwką, tanią dziwką, niczym więcej! – wrzasnął Kostia do córki.

To ugodziło ją boleśnie. Ojciec nigdy nie przeklinał ani nie krzyczał. Jego bronią były argumenty, pogarda, chłód i dystans, lecz nie takie słowa.

Elene osunęła się na krzesło.

– Kto ci pozwolił usiąść? Kto? To moje krzesło! Siądziesz na nim, jak ci pozwolę! W tym domu wszystko pochodzi z pracy moich rąk, wszystko, czego dotykasz i na co patrzysz. Ci, którzy tu mieszkają, pracowali. A ty? Ty jesteś nierobem, pasożytem i krwiopijcą. Nic nie potrafisz, umiesz tylko nadwerężać nasze nerwy i szargać nasze nazwisko. To twoje jedyne powołanie!

– Kostia, proszę cię – wtrąciła się błagalnym tonem Nana, trzymając w ręku resztki czeskiej, niemieckiej czy angielskiej filiżanki.

– Bo co? Nie mam racji? Więc mi wytłumacz! Ona mogłaby osiągnąć, czego tylko zapragnie, wszystko podsuwaliśmy jej pod nos, ale zdeptała to swoimi nogami lafiryndy. Pluje nam w twarz i jeszcze się z nas śmieje za naszymi plecami, razem ze swoimi kolegami kryminalistami. Bo to kryminaliści, moja droga. Ten ich kapłan! Pusty śmiech mnie ogarnia na samą myśl o nim. On chce ci wskazywać drogę do Boga!? Tak? A znasz jego życiorys? Opowiadał ci o swoim pobycie w więzieniu czy to przemilczał, ten twój Jan Chrzciciel?

– Nie on jest ojcem – mruknęła Elene.

– Tym lepiej. W takim razie kto jest ojcem tego dziecka? Dlaczego nie przedstawisz swego szacownego małżonka? Nie wystarczyło ci, że już raz zadałaś się z żigolakiem, zdrajcą, dezerterem? Nie, jeszcze czegoś ci brakowało, musiałaś przebić tamtą historię! Tej hańby nie będę mógł już nigdy z ciebie zmyć. Sama wybrałaś taką drogę. A więc zrobisz to, co ci powiem. Bo nie masz nikogo, kto ci pomoże, prawda? W poniedziałek znajdziemy lekarza i pójdziesz na zabieg. Zrozumieliśmy się?

Nana przeniosła spojrzenie z córki na skorupy filiżanki w swojej ręce, broda Elene zaczęła drżeć, a Kostia patrzył buńczucznie przez okno. I zanim zdążyło paść jakiekolwiek słowo, do pokoju weszła Stazja, prowadząc za rękę Darię. Dziecko uśmiechnęło się radośnie i pobiegło do matki.

– Coś się stało? – zapytała Stazja i usiadła przy stole.

Daria wdrapała się na kolana Elene, która walczyła z płaczem.

– Zostaw mamę w spokoju, Dariko. Nie jesteś temu winna, że to dziwka, aniołku. Chodź do mnie – powiedział Kostia spokojnie i wyciągnął ręce do wnuczki.

– Nienawidzę cię! – krzyknęła Elene i poderwała się, sadzając dziecko na podłodze.

– Będę musiał z tym żyć. Chcę tylko wiedzieć, czyśmy się porozumieli.

– Urodzę to dziecko – oznajmiła Elene.

– Jesteś w ciąży? – zapytała Stazja i wybuchła ochrypłym śmiechem.

Nana i Kostia rzucili jej poirytowane spojrzenia.

– Dziwka! Dziwka! – krzyknęła Daria radośnie, wyraźnie ucieszona, że poznała nowe słowo.

Zapewne byłabym dzieckiem oczekiwanym i poczętym z miłości, gdyby Tekla żyła nadal w czasach, które nie były już jej czasem, gdyby Stazja mogła podążyć za Piotrem Wasiljewem, gdyby Ramas Jozebidze nie pozwolił, żeby w tamten sylwestrowy wieczór jego żona zdjęła maskę z twarzy, gdyby

Ida nie straciła nadziei, gdyby mój dziadek odnalazł i otworzył drzwi pomiędzy morzem a horyzontem, gdyby do szkolnych klas nie wstawiano stołów operacyjnych, gdyby Andro Eristawi dowiedział się, że za jego poglądy wyrwano z brzucha Kitty jego dziecko, gdyby Kitty nie dopuściła do pewnego zabójstwa i została w kraju, gdyby świat kastrował małych wielkich ludzi, zanim zdążyli się rozplenić, gdyby do końca śpiewano duchom ich pieśni i gdyby głód nie pokonał miłości. Tak, wtedy wszystko byłoby tak, jak być powinno, kiedy człowiek przychodzi na świat: kochający rodzice, kraj wolny od Breżniewa i Lou Reed dla wszystkich.

Zawsze niech będzie słońce,
Zawsze niech będzie niebo,
Zawsze niech będzie mama,
Zawsze niech będę ja!

Lew Oszanin

Kiedy zjawiłam się na świecie, słuchanie Lou Reeda było zakazane, a Breżniew – przynajmniej oficjalnie – miał się jeszcze dobrze. Moi rodzice odwrotnie. Ojciec, jakby chcąc uciec przed odpowiedzialnością za to, że powołał mnie do życia, zniknął na pięć lat w więzieniu za kradzież samochodu, na dwa miesiące przed moim narodzeniem. Udowodniono mu też inne kryminalne machinacje.

Matka płaciła wysoką cenę za to, że postanowiła mnie urodzić wbrew woli swego ojca: została zamknięta w areszcie domowym. Musiała jeść, co jej dano, zajmować się córką, kiedy zażądał tego jej ojciec, oglądać w telewizji tylko to, na co on pozwalał, wstawać, kiedy ją budzono, i gasić światło, kiedy powinno być zgaszone. Zakazano jej czytania książek religijnych, podobnie jak „lubieżnych" romansów. To była jej kara, którą zaakceptowała bez słowa sprzeciwu, wdzięczna za to, że ją tolerowano (zakazane książki czytała i tak, pod kołdrą, przy latarce).

Micheil tymczasem nieoczekiwanie został ujęty przez milicję i aresztowany z powodu pasożytniczego trybu życia oraz uprawiania agitacji religijnej. Dla Elene znajomi z ulicy Plechanowa stali się więc przeszłością. Zresztą mówili między sobą, że to Elene stanowi dla nich zagrożenie i że to jej ojciec stoi za nagłym aresztowaniem Micheila. Na nich wszystkich zresztą można by z łatwością znaleźć paragrafy i wszystkich wsadzić za kratki, a jeśli akurat nie było powodów, jakieś z pewnością by się znalazły, gdyby tylko zechciał jej ojciec.

Przez kilka tygodni Nana i Stazja trzymały stronę Elene i przekonywały Kostię, że poczętego dziecka nie można usunąć, niezależnie od tego, w jakich okolicznościach i przez kogo zostało spłodzone. Lecz gdy minął czas, w którym można było dokonać aborcji, przeszły na stronę Kostii, dając Elene do zrozumienia, że zawiodła ich oczekiwania. Był to dla niej czas udręki, lecz postanowiła, że bez sprzeciwu weźmie na siebie rolę męczennicy. Żeby mnie urodzić, przyjęła, że Bóg jest potężniejszy niż szczęście, a królestwo niebieskie bardziej obiecujące niż ziemska egzystencja. Codzienne kłótnie z ojcem, lodowata atmosfera panująca w domu, poczucie niemocy, a zwłaszcza świadomość niepowodzeń zmieniły Elene w przygnębioną, pochmurną, niedbale ubraną i przede wszystkim bardzo samotną młodą kobietę (trzeba pamiętać, że kiedy mnie urodziła, miała – choć trudno w to uwierzyć – dwadzieścia lat).

Im wyraźniej Kostia przegrywał na rodzinnym polu bitwy, tym większym autorytetem cieszył się w swoim urzędzie. I niezauważalnie, jak to najczęściej bywa, odurzony wiejską idyllą, mając poczucie wielkich możliwości, jakie daje władza, a także będąc świadomy absolutnej swobody ludzi nomenklatury oraz politycznej stagnacji tamtych lat, nie zauważył, kiedy przestał przejmować się sprawami, które irytowały go w Rosji i dla których nie miał tam pobłażania.

Wokoło niego wszyscy kradli i kombinowali.

Rzeźnik odkładał najlepsze mięso i sprzedawał je spod lady za trzykrotną cenę. Kołchozy nie wykazywały części plonów i upłynniały je na boku. Pielęgniarki wynosiły gazę i bandaże. Dyrektor fabryki win przekupywał swoich zastępców, by móc skrzynkami wywozić wino z własnej fabryki na prezenty dla innych, stojących wyżej od niego. Te od dawna po cichu popełniane kradzieże były teraz na porządku dziennym, a ponieważ kradli wszyscy, nie karano nikogo.

Milicja przymykała oko na kradzieże sklepowe i wykroczenia drogowe, drobnym sprawom zaś po cichu ukręcała łeb. Prokuratorzy sprzedawali uniewinnienia dla gwałcicieli i morderców. Nauczyciele i profesorowie wystawiali dobre stopnie w zamian za tort z bitą śmietaną, francuskie perfumy albo belgijskie czekoladki. Inspektorzy budowlani wynosili materiały z terenu budowy. Lekarze przy operacji bardziej się starali, jeśli wcześniej do kieszeni kitla trafiła odpowiednia sumka pieniędzy. Nawzajem okradali się artyści. A politycy nie musieli już przywłaszczać sobie niczego, ponieważ z reguły czerpali największe profity ze wszystkich kradzieży.

Kradziono gips, cement, kolorowe telewizory marki Rubin, wykroje z „Burdy", analgin, chińskie termosy malowane w czerwone kwiaty, wełnę, skondensowane mleko, szkła do okularów, zeszyty za trzy kopiejki, talk, beżowe skarpetki z poliestru, futra, kombinezony zimowe (nawet w regionach, gdzie zimy nie było), obiektywy do kamer, zielone plastikowe szufelki na śmieci, kubeczki jednorazowe, płyty (piosenkarz obojętny), papierosy marki Kosmos i Astra, wodę po goleniu o nazwie Higiena.

Mój dziadek uczestniczył w tym ogólnym zwycięstwie niesprawiedliwości. I dlatego potrzebował pobytów w sanatoriach, podróży służbowych, naturalnie w damskim towarzystwie, uroczystych przyjęć, dobrego saperawi i nieustannych hołdów swoich podwładnych.

Opada długa czarna chmura,
Czuję, że pukam do nieba bram.

Bob Dylan

Przyszłam na świat w wiejskiej izbie porodowej w deszczowe popołudnie 8 listopada 1973 roku. Bóle trwały osiem godzin. Zaczęły się w trakcie kłótni mojej matki z jej ojcem. A moja siostra, wspominałam już o tym, w ten dzień nabawiła się wstrząsu mózgu, spadając z konia w stadninie.

Tego dnia poza moimi narodzinami i upadkiem z konia mojej siostry nie zdarzyło się nic godnego zapamiętania. W każdym razie we wschodniej części świata wszystko toczyło się normalnie. Bo wszyscy byliśmy w końcu szczęśliwi, nawet jeśli było to szczęście gruźlika, którego przeznaczeniem jest śmierć, nawet jeśli było to pozorne szczęście pacjenta sanatoryjnego, który sam z sobą gra w karty, rozprawia głośno o sztuce i pije taniego szampana w rozpaczliwej próbie zapomnienia o chorobie i cierpieniu.

– Jesteś dziwką! – krzyknął mój dziadek.

A moja matka odparła z płaczem:

– Jeśli już, to jestem dzieckiem dziwki. Tak dalej być nie może... Kiedy urodzę, odejdę stąd, choćbym miała spać pod mostem, niech raz skończą się te tortury.

– Zrób coś ze swoim życiem. Zacznij żyć porządnie, a wtedy nie będzie tych, jak mówisz, tortur ani spania pod mostem – odrzekł dziadek lodowatym tonem.

W kłótni uczestniczyli: mój apodyktyczny dziadek, moja infantylna babka i moja coraz bardziej tracąca kontrolę nad swym życiem matka. Stazja stała na tarasie, paląc papierosa. Przyzwyczaiła się już do tych kłótni, ale tego dnia jej cierpliwość się wyczerpała. Wpadła do pokoju i naskoczyła na syna.

– Odjęło ci rozum!? – krzyknęła. – Jesteś sadystą czy co? Ona jest w dziewiątym miesiącu, zostaw ją wreszcie w spokoju!

Zapanowała pełna napięcia cisza.

– Nie wtrącaj się, Stazjo! – odciął się mój dziadek.

– Mam się nie wtrącać? Ty durniu!

Zawsze wszystkich zdumiewało, jak ta filigranowa, pozbawiona płci i wieku istota w jednej sekundzie zmieniała się w istną furię. Nana uśmiechnęła się w duchu, ale minę ciągle miała przestraszoną.

– Tfu! – splunął Kostia, mając na myśli zarówno słowa Stazji, jak i całą sytuację, i wyszedł z pokoju.

Potem wziął za rękę swą wnuczkę o złotych lokach, zwaną Daro, Dari albo Dariko, i poszedł z nią wzgórzami do stadniny, żeby pokazać jej koniki dagestańskie. Posadził ją na jednym z nich, przytrzymując w pasie, lecz koń nagle się poderwał i dziadek nie zdążył ochronić wnuczki przed upadkiem.

Podczas gdy Kostia podnosił dziecko, krzycząc i grożąc, że zamknie „całe to towarzystwo", jego córka zaczęła stękać, bo poczuła pierwsze bóle. Wraz ze swą korpulentną babką pojechała zaraz do wiejskiej porodówki, a siostrę przewieziono natychmiast do najlepszego szpitala w Tbilisi, nie jakiegoś tam wiejskiego szpitalika. U siostry rozpoznano lekki wstrząs mózgu, jeśli zaś chodzi o mnie, to ujrzałam ten świat kilka godzin później, w miejscowości położonej parę kilometrów na północ od miasta.

– To dziecko jest owocem bezwstydu Elene, jej zepsucia i przypieczętowuje moją ostateczną porażkę w walce o jej cześć, nie mam więc żadnego powodu do radości czy świętowania. Ta dziewczynka, nawet jeśli niczemu nie jest winna, jest ucieleśnieniem całego zła, jakie jej matka nam wyrządziła – oświadczył Kostia na radosną wiadomość o narodzinach drugiej wnuczki.

Kiedy przywieziono mnie do Zielonego Domu, miejsca, które mnie nie chciało, moja prababka Stazja obudziła się z letargu, spojrzała na mnie i powiedziała:

– To dziecko jest inne. Szczególne. Potrzebuje ochrony i wiele swobody.

Wszyscy pukali się w czoło i znacząco wzdychali. Nie byli pewni, czy to dobrze, czy fatalnie, że ta stara nawiedzona kobieta ocknęła się nagle i wróciła do życia. Tego samego dnia Stazja zdradziła rodzinie przeznaczenie szopy: szopa będzie salą prób, ona bowiem zamierza wrócić do baletu. Wiadomość wywołała niedowierzanie połączone z zażenowaniem. Wszyscy byli przekonani, że staruszce pomieszało się w głowie.

A ja myślałam sobie: „*What a wonderful world*", i uśmiechałam się do siebie we śnie. Może widziałam ich wszystkich pochylonych nad moją kołyską: Idę z upierścienionymi palcami, wachlującą wachlarzem moje policzki, Teklę roztaczającą zapach przekwitłych kwiatów i pudru, pradziadka pachnącego czekoladą i kręcącego w zamyśleniu głową, że mnie też trzeba dać nazwisko Jaszi. A potem przyszła Daria, z której wstrząs mózgu spłynął lekko, i ugryzła mnie w przedramię, tak boleśnie, że mój krzyk spłoszył konie w stadninie. Przybiegła moja matka, odciągnęła Darię i desperacko krzyknęła:

– Co ty wyprawiasz!? To twoja mała siostra! Masz ją kochać!

Pewnego majowego dnia wczesnym rankiem zadzwonił telefon. Kostii nie było w domu – pojechał służbowo do Batumi. Elene, nie mogąc spać, chodziła w tę i we w tę po niewykończonym ciągle poddaszu. Nana spała głęboko i chrapała. Stazja więc z trudem wstała z łóżka, w pośpiechu wsunęła na nogi pantofle i zataczając się w półśnie, podreptała do telefonu.

– Kto tam, do diaska? – sapnęła do słuchawki.

– Stazja?

– Kristine?

– Wszystko u ciebie w porządku?

– Jako tako. A co u ciebie?

– Potrzebuję twojej pomocy.

– Co się stało?

– Musisz mi pomóc.

– Mówże, o co chodzi!

– O Michę.

– Co się znowu stało?

– Wczoraj go aresztowali.

– Aresztowali?

– Tak, była milicja.

– To gnoje. A co niby zrobił?

– Nakręcił film.

– Film. O czym?

– O Sopio.

– Co!?

Zapadła głucha, złowieszcza cisza.

– To miał być jego dyplom. Pracował nad tym od roku. Wydawało się, że wszystko idzie dobrze...

– Więc jest źle?

– Na to wygląda.

– Co mam zrobić?

– Porozmawiaj z nim, z Kostią. To okropne, że muszę cię prosić o pomoc. Robię to tylko dla Michy.

Stazja poczuła w gardle gulę, słowa zamarły jej na ustach. Miała tyle do powiedzenia swojej młodszej siostrze, ale gdzie były właściwe słowa albo przynajmniej łzy? Dlaczego te przeklęte łzy tak często zawodziły?

– Stazjo! Jesteś tam?

– Dobrze słyszeć twój głos, Kristine.

– Musisz mi pomóc.

– Porozmawiam z nim, gdy wróci.

Stazja wyszła na dwór. Był chłodny, wilgotny poranek malujący okolicę fioletem i odcieniami bagiennej zieleni. Wszystko było nietrwałe, słabsze niż odgłosy przeszłości, przeciekało przez palce, przemijało. Chowała marzenia pod poduszkę, noc w noc, mając nadzieję, że zdarzy się cud, ale cud nie nastąpił.

A teraz po twarzy płynęły niepotrzebne łzy. Były córki bez ojców i synowie bez matek, były partyjne odznaki na piersi, dziewczęta i chłopcy za więziennymi kratami, była spalona ziemia i nadal istniały *Bajadery* i *Pietruszki*, w których od dawna już nie było dla niej żadnej roli.

Stazję przygniatał ciężar jej neutralności. Tyle trudu kosztowało ją trzymanie się z dala od świata.

Stała tak, w znoszonej koszuli nocnej, w brudnych gumowcach włożonych na gołe nogi, i obserwowała poranek, który wstawał nad wsią. Był nieskończenie piękny, boleśnie piękny. Ale ci, którzy mogliby upajać się tym pięknem, byli zranieni, niezdolni zjednoczyć się z tym widokiem, skazani na to, by być co najwyżej obserwatorami.

Neutralność była iluzją.

Nad Stazją wstawał nowy dzień.

Wszystko na świecie usprawiedliwia historia.

Antoni Czechow

Film nosił tytuł *Historia niedbałego marzenia*. Nieco pretensjonalny, ale młodemu artyście wiele można wybaczyć. Artysta ów pracował jak wariat od kilku miesięcy. Z niezwykłym zaangażowaniem odtwarzał życie swej babki. Jeśli brakowało pieniędzy na nakręcenie jakiejś sceny, dawał upust fantazji i kazał grać światłu, koncentrując się na twarzach swoich aktorów i stosując surrealistyczne triki. Dzięki uwodzicielskiemu głosowi Lany i jej mrocznym oczom osoby, której w życiu się nie szczęści, udało mu się pozyskać kilku kolegów z wydziału, a zwłaszcza pewną młodą, obiecującą aktorkę do roli głównej. Zdołał przekonać ich wszystkich, że warto i trzeba zrobić ten film.

Żył tym filmem: każdy obraz, każde ujęcie były dla niego ważne. Tysiąc razy instruował operatora kamery, dokładnie szkicował z Laną każdą scenę. Ciągle podkreślał, że nie mogą sobie pozwolić na żaden błąd.

Kristine była przeciwna kręceniu tego filmu. Jak Kasandra ostrzegała młodych przed niebezpieczeństwem. Kiedy była sama z Michą, przekonywała go, by zrezygnował z rozpoczętej pracy. Micha zaczął unikać tych rozmów, coraz później wracał do domu, aż w końcu w ogóle przestał wtajemniczać Kristine w sprawy filmu.

Ich wspólny świat, za który Kristine płaciła tak wysoką cenę, rozpadał się. A ona zrozumiała, że istnieje teraz w świecie Michy jak zapach, który zostawia się na przedmiotach i ubraniach, lecz który z dnia na dzień staje się słabszy, coraz bardziej ulotny, aż pewnego dnia znika na zawsze.

Kiedy przyszedł etap montażu, Lana stwierdziła, że jest w ciąży.

Wiedziała, jak ważny jest dla Michy ten film i że każde opóźnienie, każde odwrócenie uwagi może wywołać u niego załamanie nerwowe. W ostatnich miesiącach był tak spięty, że zaczął chorobliwie podejrzewać członków swego zespołu, iż na niego donoszą. Odsunął się od ludzi. Miał mnóstwo wątpliwości i lęków.

Lana wiedziała, że musi dać mu oparcie, przejść z nim tę drogę do końca. Na razie więc zatrzyma dla siebie ekscytującą wiadomość. Skoncentruje się wyłącznie na jego sprawach. Jest jego prawą ręką. Teraz, kiedy zżerały go obawy i niepewność, nie może mu fundować dodatkowych emocji.

Była dumna z siebie, że przez cały ten czas tak sprawnie i zdecydowanie koordynowała prace nad filmem. Wcześniej się bała, że kiedy film zostanie nakręcony i pójdzie w świat, Micha nie będzie jej już potrzebował. Lecz teraz nie musiała się martwić: zostanie z nią, bo ona nosi pod sercem jego dziecko, a to jest spoiwo o wiele mocniejsze niż wszystko, co łączyło ich do tej pory. To więź ostateczna.

Z wiadomością o dziecku postanowiła zatem zaczekać do chwili ukończenia filmu.

Sytuacja jednak zaczęła się zmieniać jak w kalejdoskopie. Wujek Lany, który po cichu udostępnił im pomieszczenia montażowe w studiu filmowym, po pewnym czasie stwierdził, że sprawa zaczyna mu ciążyć – może stracić przez nich posadę – i poprosił, żeby znaleźli sobie inne miejsce. Teraz musieli pracować w szkole filmowej. Dla całej ekipy było jasne, że nikomu z zewnątrz nie wolno zdradzić szczegółów filmu. Ściany instytutu filmowego miały jednak uszy. Zbyt wielu kręciło się tu studentów i dość szybko pojawiła się plotka, że Micha Eristawi szykuje niespodziankę – kinowy bunt. Plotka przenikała z piętra na piętro, aż dotarła do dyrektora instytutu. Powołana przez dyrektora komisja wezwała członków zespołu i zaczęła wypytywać, naciskać, domagać się informacji.

Lana musiała działać szybko. Używając całej swej sztuki perswazji, uzmysławiała ludziom z ekipy, że muszą trzymać język za zębami i milczeć do czasu premiery. Roztaczała przed nimi porywające perspektywy przyszłych zaproszeń na zagraniczne festiwale, nagród, a nawet używała dumnego określenia „bojownicy ruchu oporu".

Nigdy nie spotkałam kobiety, która tak wiele energii inwestowałaby w obronę pewnej idei i która robiłaby to tak jak Lana – na śmierć i życie. W Lanie istniała potrzeba czystego sprzeciwu. Bycia zawsze przeciw czemuś, przeciw komuś. Nigdy w tym nie ustawała, nigdy nie składała broni. Ta jej determinacja stanowiła, jak mi się zdaje, sedno jej istnienia. Nawet ciąża nie była w stanie przyhamować jej zaangażowania się w walkę z falą intryg, kłamstw i manipulacji. Za wszelką cenę chciała ustrzec tajemnicę Michy i jego Świętego Graala.

Nie każdy z ekipy filmowej był jednak gotów tak wiele poświęcić. Nie każdy widział się w roli bojownika ruchu oporu i nie dla każdego film Michy był czymś, dla czego warto było ryzykować wyrzucenie z uczelni albo otrzymanie zakazu wykonywania zawodu.

Słabym ogniwem okazał się operator. Kiedy po raz drugi stanął przed obliczem instytutowej komisji, żeby potwierdzić swoje wcześniejsze zeznania, że film nie zawiera nieprawomyślnych treści, nerwy odmówiły mu posłuszeństwa i zawstydzony przyznał, że nie jest do końca pewien, czy film mieści się w ogólnie przyjętej linii ideologicznej. Następnego dnia wezwano całą ekipę. Dyrekcja zażądała od Michy, by bezzwłocznie dostarczył komisji materiał filmowy.

W ekipie wybuchła panika: aktorki płakały, aktorzy klęli, operator wymyślał na system, inżynier dźwięku drapał się w głowę, oświetleniowiec próbował nie tracić nadziei, lecz wszyscy byli zgodni – Micha musi przekazać komisji ten materiał. W najgorszym wypadku taśma zostanie zniszczona, a oni nakręcą coś bardziej konformistycznego i jeśli okażą skruchę, ujdą z tego cało. Micha nie chce chyba kłaść na szali przyszłości swoich kolegów!?

Ponieważ Micha milczał, głos zabrała Lana. Nawymyślała wszystkim od tchórzy niezdolnych walczyć o ideę ani podejmować ryzyka, które zawsze towarzyszy artystom na ich drodze. Nazwała ich nawet karykaturami artystów. I zanim ktoś zdołał cokolwiek odpowiedzieć albo zaprotestować, wyciągnęła Michę jak uczniaka z mieszkania operatora, w którym byli zebrani.

Micha był oburzony i kiedy wyszli na ulicę, wsiadł na nią, że ośmieszyła go w oczach całej ekipy, bo zachowała się tak, jakby on nie miał własnego zdania.

– Wybacz, ale milczałeś, a oni szybko zdołaliby cię przekonać, żebyś oddał cały materiał i jeszcze za wszystko przeprosił.

– Nienawidzę, kiedy ktoś, tak jak ty, decyduje, co mam robić.

– Co ty powiesz! – Lana ruszyła przed siebie energicznym krokiem, zostawiając Michę z tyłu.

– Lano, mówię do ciebie!

– Nie ma o czym. Ty jesteś artystą, oni nie.

– Co ty gadasz!?

Szedł za nią, usiłując ją dogonić.

– Dałeś z siebie wszystko, kręcąc ten film. Oboje daliśmy z siebie wszystko. Nie pozwolę, żeby ci tchórze teraz nam to zepsuli. Wiedziałeś, że aplauzu nie będzie, mówiłam ci, że pojawią się trudności.

– Trudności? To nie są trudności. Mogą nam wszystkim dać zakaz pracy i...

– A co to za różnica: czy nie będzie można kręcić filmów, jakie się chce, czy też nie będzie można kręcić żadnych filmów? Możesz mi wytłumaczyć?

– Nie wolno mi ich narażać. Zaufali mi i robili, co mogli. Teraz mam obowiązek ich chronić.

– Coś takiego! A co będzie ze mną i z naszym dzieckiem?

– Z naszym dzieckiem!?

– No... chciałam ci o tym powiedzieć później, kiedy skończysz montaż...

– Jesteś w ciąży?

– Tak, Micha, jestem w ciąży. Urodzę dziecko. Według moich obliczeń...

– I nie powiedziałaś mi o tym, ponieważ uważałaś, że muszę w spokoju zmontować ten film? Dobrze zrozumiałem? Czekajże, stań, biegniesz jak szalona.

– Nie chcę się zatrzymywać. Niczego nie chcę. Chcę tylko przeanalizować z tobą wszystkie potencjalne wersje jutrzejszego scenariusza, a potem wrócić do domu. Jestem zmęczona. Dosyć mam wokół siebie ludzi, którzy nie umieją wykorzystać swojej szansy. Którzy mają wszystko, ale tego nie cenią. Szlag mnie trafia, że muszę się zadawać z takimi idiotami. Czy oczekiwanie minimum profesjonalizmu jest zbyt wielkim żądaniem?

– Hej, Lano, poczekaj! Co w ciebie wstąpiło?

– Zaraz będzie autobus, pospiesz się, Micha.

Micha dogonił ją i próbował chwycić za łokieć, ale wyrwała mu się.

– Lano, nie możesz przecież tak mimochodem rzucić, że jesteś w ciąży, i nawet się przy tym nie zatrzymać! Boże, co się z tobą dzieje!?

Nagle odwróciła się w jego stronę z twarzą wykrzywioną grymasem lekceważenia, wściekłości i urażonej ambicji.

– Nie chcę za męża idioty. A moje dziecko na pewno nie zasługuje na ojca, który jest tchórzem. Nie po to w ostatnich miesiącach postawiłam wszystko na głowie, lekceważyłam własne potrzeby, zaangażowałam się bez reszty w to szaleństwo oraz obłaskawiałam te beztalencia i bezmózgowia, żebyś ty teraz po prostu się poddał! Rozumiesz mnie, Micha?

Kipiała ze złości. Micha nigdy dotąd nie widział jej w takim stanie. Zawsze była wzorem opanowania. Nie rozumiał, skąd raptem u niej taka agresja, ślepa wściekłość, która zaciemniała wzrok i czyniła ją niezdolną do tego, by pojąć powagę sytuacji.

– Posłuchaj. Jutro tam pójdziesz, będziesz się miło uśmiechał, robił dobrą minę do złej gry, udawał, że nie masz pojęcia, o co chodzi w tej histerii, a w końcu, wzruszając ramionami, powiesz, że taśmy zniknęły. To proste. Przekazałam już szpule mojemu wujkowi, żeby je przechował przez kilka tygodni, aż to wszystko się uspokoi, a potem jakoś sobie poradzimy. Tak zrobisz, Micha. Tak zrobimy.

Znowu była opanowana. Mówiąc ostatnie zdanie, nawet się uśmiechnęła.

– Chodź już, przecież nie zamkną cię z powodu filmu, którego nikt jeszcze nie widział. Hej, Micha, nie patrz tak na mnie. Jeżeli do tej pory nam się udawało, to teraz też się uda. A naszym ludziom nic złego nie zrobią. To my ponosimy za wszystko odpowiedzialność.

– Nie my, Lano, tylko ja.

– Bardzo się mylisz.

Naraz jakby uszło z niej całe zdecydowanie, cała jej siła. Spuściła głowę, włożyła ręce do kieszeni, jakby szukając tam ucieczki.

– Nie cieszysz się ani trochę? – zapytała cicho.

– Co masz na myśli?

Dłońmi w kieszeniach nakreśliła zaokrąglony brzuch.

– Czego ode mnie oczekujesz?

– Niczego. Chcę tylko, żebyś powiedział „tak".

– Ale na co „tak"? Na ciebie? Na dziecko? Na twój plan?

Teraz ona mu się przyjrzała. W jednej sekundzie znikła jej niepewność i wrócił nieprzenikniony wyraz twarzy. Micha się zawstydził. Wolałby jej odpowiedzieć inaczej, ale ciągle jeszcze był zszokowany jej nieznoszącym sprzeciwu tonem, żądaniami, wyzwiskami, którymi obrzuciła jego ekipę. Teraz Lana była znowu dawną sobą – niewzruszona jak głaz. Przełknęła gorycz, którą wywołały w niej słowa Michy, i skierowała się na przystanek.

– Teraz pewnie musimy się pobrać? – zapytał, biorąc ją za rękę, gdy już siedzieli w autobusie.

– Jedyne, co musisz, to uratować swój film. Radziłam sobie z gorszymi rzeczami niż bycie porzuconą w ciąży – odpowiedziała sarkastycznie i wysunęła dłoń z jego ręki.

Kostia wrócił z bankietu w urzędzie nad ranem, zmęczony, ale zadowolony. Pachniał winem i kobietami. Gdyby Stazja nie powiedziała mu dzień dobry, nawet by jej nie zauważył. Zatrzymał się zaskoczony.

– Co tu robisz o tej porze? – zapytał.

– Usiądź, zaparzę ci kawy.

– Może później? Padam z nóg.

– Siadaj, no już, już – zarządziła Stazja.

Dał za wygraną i westchnął, siadając w bujanym fotelu z obiciem w słoneczniki, który potem niszczyłyśmy z siostrą jeszcze kilka dobrych lat. Stazja postawiła przed nim kawę i usiadła blisko niego.

– Micha nakręcił film. Dyplomowy. O swojej babce. I został aresztowany. Trzeba, żebyś to odkręcił.

To nie była prośba. Kostia siorbnął kilka łyków gorącej kawy. Nie spieszył się z odpowiedzią.

– Ja mam to odkręcić? – zapytał, jakby chciał się upewnić, czy dobrze zrozumiał.

– Tak. A któżby?

Skrzywił się, jakby usłyszał kiepski dowcip.

– Wy wszyscy myślicie, że jestem wszechmocny. Każdy, kto coś zbroi w promieniu stu kilometrów, uważa, że może z tym przybiec do mnie.

– On nie jest „każdy".

– Właśnie. Dobra odpowiedź! On jest winien nieszczęścia mojej córki. I powinien uważać się za szczęśliwca, że zostawiłem go przy życiu! Zdaje mi się, że okazałem się wystarczająco wspaniałomyślny. – Podniósł się gwałtownie. – I przekaż Kristine, bo wiem, że to ona cię prosiła o wstawiennictwo, że ona zdecydowała po swojemu i ja też.

– Kostia, zaczekaj...

Machnął tylko ręką i poszedł do łazienki. Stanął przed lustrem. Zobaczył na swym policzku odcisk czerwonych ust. Były to pełne, jędrne usta. Ostrożnie wsypał na dłoń mydło do golenia, rozrobił wodą, naniósł pianę na policzki i zaczął się golić. Lekkie zacięcie. Ciemnoczerwona strużka zaczęła się sączyć z ranki na lewym policzku.

W głębi domu usłyszał szczebiot Darii. Najwidoczniej już się obudziła. Gdzieś zaszczekał pies. Na korytarzu i w pokojach dał się odczuć lekki powiew. Obezwładniająco zapachniało wiosną. Ktoś włączył telewizor. Szedł dziennik, *Wriemia*. Świat obiegały informacje. Była sobota. Nana nie musiała dziś jechać na uniwersytet. Zaraz zacznie prasować jego koszule, ubranka Darii, śpiochy drugiego dziecka swej córki, które nie miało ojca, spodnie Elene (zawsze te szkaradztwa, żadnych kobiecych sukienek!).

Elene zwlecze się z łóżka i z ponurą miną, która zrosła się już z jej twarzą, zejdzie z dzieckiem na ręku na śniadanie. Potem będzie snuć się apatycznie wokół domu i najwyżej spoglądać z nadzieją w stronę stadniny koni, gdzie jest jej Jan Chrzciciel. Będzie szwendać się wokoło, gnana niepokojem i przeczuciem, że straciła swe najlepsze lata.

Zapiekło zacięcie na policzku. Kostia nabrał dłonią wody i przemył rankę.

Poznał kroki Stazji. Zmierzała w stronę kuchni, skąd dochodził zapach brzoskwiń. Czyżby tak wcześnie smażyła konfitury? Więc były już brzoskwinie? A może to śliwki? Wiedział, że przez cały dzień Stazja będzie milczeć i patrzeć na niego wzrokiem pełnym wyrzutu.

Za to dziecko, czyli ja, nie chciało milczeć, płakało. Kostia bronił się przed wymawianiem mojego imienia. Uważał, że jest idiotyczne, podobnie jak imię mojej siostry. Jak można było dać dziecku takie imię? Elene nawet imionami swoich córek chciała zwracać na siebie uwagę. Dlaczego nie można było znaleźć dziewczynkom normalnych imion? Jest przecież tyle innych ładnych imion dla dziewczynek. Ale nie, ta jego córka, która stała mu się tak obca, zawsze wszystko musi robić inaczej.

Przyłożył do ranki róg ręcznika. Krew wsiąkła w materiał. Małe draśnięcie na twarzy. Jedno więcej.

„Kiedyśmy utracili zdolność bycia szczęśliwymi?", zastanawiał się, patrząc na zakrwawiony róg ręcznika.

Niemowlę krzyczało. „Dlaczego nikt się nim nie zajmie?", pomyślał z irytacją. Bolała go głowa. Ostatniej nocy za dużo wypił. Było to mocno zakrapiane spotkanie pracowników moskiewskiego Ministerstwa Spraw Wewnętrznych.

Nie, dosyć tego! Nie będzie niczego ratował. Niech każdy sam odpowiada za własne życie. Nie wiadomo, dlaczego nagle pomyślał o Georgim Alanii. Co porabia jego jedyny przyjaciel, przed którym nigdy nie musiał niczego udawać? Ten, z którym złączyła go przyjaźń trwająca bez żadnych większych starań. Georgi – jedyny związek w jego życiu, który nie skończył się w łóżku. Co za ulga.

Georgi zrobił godną podziwu karierę. Dowiódł wielkiej odwagi. Ogromnie mu pomógł. Czy on, Kostia, na to zasłużył? Poczuł się bardzo zmęczony. Najchętniej wszedłby do pustej wanny i zasnął. Ale myśli kłębiły się w głowie. Niepokój. To była wina Elene. Jej niepokój udzielał się także jemu. Nadal, tak jak wcześniej, odbierał sygnały płynące z jej gestów i tonu głosu. Twarze wygłodzonych ludzi, kiedy w ponurych dniach stycznia przerwali niemiecką linię frontu Grupy Północ. Nie, tylko znowu nie to. Żadnych wspomnień z Leningradu. Żadnych myśli. Musi wziąć się w garść, a wszystko się uspokoi. Zatoczył się lekko i usiadł na brzegu wanny.

– Wszystko w porządku?

Do łazienki zajrzała Nana. Jego żona. Kiedy dotknął jej ostatni raz? Dlaczego w ogóle byli jeszcze razem?

– To człowiek nie może się już spokojnie ogolić?

– Nie wiedziałam, przepraszam.

Ta jej sztuczna pokora, choć każde słowo było podszyte wyrzutem! Dlaczego zdecydowała się z nim zostać? Bo tak było prościej?

Korytarzem przeszła Elene. Poznał jej szybkie kroki. Zawsze się spieszyła, nie wiadomo dokąd i po co. Zmarnowała takie możliwości, takie widoki! Jego starania, lata spędzone z nią w Moskwie, jego walka z Naną – i po co to? Chyba tylko dla tej hańby.

Nie, nie będzie miękki. Więc dlaczego teraz płacze? To na pewno zmęczenie. Praca, ciężkie ostatnie miesiące, narodziny kolejnej wnuczki bez ojca. Skulił się, jakby poczuł ból, objął brzuch rękami.

Jak to wszystko teraz wyprostować? I właściwie dlaczego? Dlatego że coś komuś poszło w życiu nie tak jak trzeba? Ale czy tak było? To nie jego wina. Każdy powinien być kowalem swego losu. Wytarł twarz ręcznikiem.

Tylko ta jedna rzecz, ta ostatnia rzecz, potem spróbuje o wszystkim zapomnieć, zdystansuje się i pozostawi sprawy swojemu biegowi. Tak, musi postawić kropkę nad i. Musi chronić rodzinę. Chronić ją przed nią samą. To może jego szansa. Skończy się cierpienie Elene. Zrobi to dla Darii, dla swego małego skarbu. Chodzi przecież o jej przyszłość, o to, żeby spokojnie mogła chować się w normalnej rodzinie, by nie musiała przy tym znosić obłąkańczego niepokoju w oczach swej matki.

Wyszedł z łazienki, wśliznął się do swego gabinetu, zamknął drzwi na klucz, przekartkował notes z numerami telefonów i wybrał jeden z nich.

– Halo, tu Kostia. Tak, tak, świetnie, a u ciebie? Słuchaj, mam małą prośbę. Chodzi o studenta z instytutu filmowego, tak, tak, tego u nas. Nieciekawy typ. Ojciec dezerter, uciekł do faszystów. A syn, zdaje się, poszedł w ślady ojca. Nie, nie kryminalista. Raczej niepozorny, ale, jak to się ładnie mówi, cicha woda... Tak, właśnie. No więc nakręcił jakiś film, tak, chodzi o pracę dyplomową. I wpadł w tarapaty. A ja chciałbym, żeby za szybko z tych tarapatów się nie wydostał. Rozumiesz? Co dokładnie? Słuchaj, kto jest w milicji, ja czy ty? Oczywiście możecie się temu przyjrzeć. Powinniście nawet. Nie, to nie jest sprawa instytucji, która go kształci. To wasza sprawa. Nie, z tego powodu nikt ci się do skóry nie dobierze. Powinieneś mnie znać i wiedzieć, że dotrzymuję słowa. I tak samo powinieneś wiedzieć, że twoja... hm... pomoc zostanie hojnie nagrodzona. Wspaniale. Miło mi to słyszeć, przyjacielu. Informuj mnie na bieżąco.

Chwała ci, Ojczyzno, tyś ziemia swobody,
Ludów szczęścia ostoja i straż!
Sztandar radziecki, sztandar ludowy
Drogą zwycięstwa niech kraj wiedzie nasz!

hymn Związku Radzieckiego

Następnego ranka w dziekanacie wydziału filmowego pojawiło się dwóch milicjantów, którzy zaczęli wypytywać, jak mogło dojść do tego, że jakiś marny student wykazał niesłychaną bezczelność i nakręcił prowokacyjny film.

– Ale, towarzysze, jaki film? Nie ma żadnego filmu. – Kierownik wydziału próbował załagodzić sytuację. – Wczoraj zaprosiliśmy studenta Eristawiego i on nas zapewnił, że materiał filmowy już nie istnieje...

– I wy mu wierzycie? – przerwał ironicznym tonem tęgi milicjant.

– Nie, oczywiście, że nie. Ale filmu nikt już nie montuje ani rzecz nigdzie nie będzie pokazywana, bo od razu wydaliśmy odpowiedni zakaz. Student Eristawi nie jest reakcjonistą, to raczej typ wrażliwca. Nie martwiłbym się nim.

Kierownik wydziału starał się spławić milicjantów, chciał, by problem rozwiązać w ramach instytutu, bez mieszania w to czynników zewnętrznych.

– Towarzysze, zapewniam, student Eristawi nie będzie miał żadnych głupich pomysłów. Sprawa nie zasługuje na to, żebyście się nią zajmowali. Na pewno macie ważniejsze rzeczy na głowie.

– Czy sprawa zasługuje na naszą uwagę czy nie, rozstrzygniemy sami. Wasi studenci nie są jednak tak niewinni, jak twierdzicie. Posłuchaliśmy, o czym mówią. Cały instytut żyje tym filmem.

– Ale filmu nie ma. Nikt go nigdy nie widział. Towarzysze, to przecież śmieszne!

– Śmieszne? Dla was to jest śmieszne? Anarchistów, dla których najlepszą zabawą jest deptanie naszych wartości, którzy śmieją się nam w twarz, opluwają nas, nazywacie śmiesznymi? Takich ludzi kształcicie, tacy mają tworzyć w przyszłości sztukę w naszym kraju?

– Dopóki film nie powstał, nie można chłopakowi niczego zarzucić. To wiele hałasu o nic. Dzisiejsza młodzież lubi przesadzać, grać buntowników. Wszyscy kiedyś mieliśmy po dwadzieścia lat...

– Przekażcie swojemu studentowi, że do środy czekamy na taśmy. Jeśli nadal będzie utrzymywał, że wyparowały, poprosimy go do nas, na komisariat.

– Oni chcą cię zastraszyć, Micha, nie rozumiesz? Chcą cię zastraszyć! Tylko spokój może cię uratować. Zostań przy swojej wersji. Nie wiesz, gdzie jest ten materiał, i do pewnego stopnia to nawet prawda. Ty naprawdę nie wiesz, dokąd zaniosłam taśmy. Więc nie musisz się bać. Pójdę z tobą. Będę z tobą.

Coraz bardziej skomplikowana sytuacja zdawała się podniecać Lanę.

– Zostaniesz bohaterem, mówię ci. W instytucie aż wrze. Będą ci zazdrościć, zaczną cię podziwiać, myśleć: „Tak, taki powinien być reżyser, my też powinniśmy być tacy, ale z nas są mali, tchórzliwi idioci, maminsynki". Tak, Micha, wreszcie zobaczą, jaki jesteś naprawdę. Wyobraź sobie tylko, jak to będzie, gdy opowiemy kiedyś tę historię naszemu synkowi. Jestem pewna, że to będzie chłopiec, podobny do ciebie jak dwie krople wody. Wyobraź sobie, jaki będzie z nas dumny, kiedy zobaczy nasz film i opowiemy mu tę historię. Będzie podziwiał swego odważnego tatę.

– Przestań! – Micha uderzył pięścią w stół. – Udajesz, że nie widzisz, co się dzieje. Wpakowaliśmy się w kłopoty! Teraz już milicja zaczęła deptać mi po piętach. W końcu mnie wyrzucą, nawet jeśli przetrwam przesłuchania.

– Micha, mój mały, przestań... Za bardzo się przejmujesz!

Lana wstała, podeszła do niego, przytuliła się, a potem usiadła mu na kolanach i objęła jego głowę.

– Zrób, co ci mówię. Nic ci się nie stanie. Czy kiedyś cię zawiodłam? Czy choć raz dałam ci powód, żebyś wątpił w moje słowa? Micha, no proszę. Pójdziemy tam razem. Wyjaśnimy to. Wszystkich innych trzymaj od tego z daleka. A przede wszystkim Kristine. Jeśli ona się o tym dowie, zrobi cyrk, żebyś tylko się poddał i pokazał im ten materiał. No, daj mi rękę. Popatrz, jakie mam nabrzmiałe piersi, niedługo pękną.

Położyła mu rękę na piersi i pocałowała go w usta.

Przesłuchanie na milicji nie trwało długo. Wersja o zaginięciu materiału filmowego została z miejsca uznana za niewiarygodną. Milicjanci z drwiącym uśmiechem oświadczyli, że w ciągu tygodnia Micha ma dostarczyć nakręcony materiał, inaczej sprawą zajmie się prokuratura. Micha wyszedł z komisariatu spocony, z trudem łapał oddech. Strach, nad którym starał się zapanować w zimnym milicyjnym pokoju przesłuchań, teraz eksplodował. W oczach miał łzy upokorzenia i wstydu. Kiedy już byli z Laną daleko od komisariatu, zaczął dziko wymachiwać rękami, tupał, chciał coś powiedzieć, ale stale przerywał, aż w końcu zatrzymał się wyczerpany i kucnął.

Lana uklękła przed nim, położyła mu rękę na ramieniu i łagodnie zaczęła do niego przemawiać, chcąc go uspokoić. Mówiła, że ich syn będzie z niego dumny, że w jej oczach Micha jest prawdziwym artystą, że odważnie i dzielnie stawił czoło wyzwaniu i że nie ma się czego bać, bo nic konkretnego przeciw niemu nie mają.

– Nikt nie zna tego filmu. Nikt nie może oskarżyć cię o to, czego nie ma, na podstawie samych pogłosek. Nikt nie może cię do niczego zmusić. Oni po prostu chcą cię nastraszyć.

Próbował na nią nie patrzeć, w jej jakby pociągnięte olejem oczy za grubymi szkłami okularów. Starał się nie poddać jej upartej pewności, że to wszystko jest proste, bo dzisiaj w zimnym pokoju przesłuchań po raz pierwszy pojął, że sprawa jest poważna. I zrozumiał, że Laną, która go w to wciągnęła, kierują zupełnie inne motywy niż nim. Nie chciał na nią patrzeć, by nie wykrzyczeć jej w twarz, że to ona jest wszystkiemu winna, że to przez nią wplątał się w tę upokarzającą sytuację i że naraziła na niebezpieczeństwo nie tylko jego, ale wszystkie osoby zaangażowane w ten film.

Na początku przesłuchania, kiedy zauważył, że milicjanci traktują sprawę najzupełniej poważnie, był już bliski przyznania, że przeciągnął strunę i że następnego dnia przyniesie im taśmy. Ale potem przyszło mu do głowy absolutnie irracjonalne, ale właściwie logiczne podejrzenie: a jeśli za wszystkim stoi Kostia Jaszi? Może to on znowu przypuścił atak? Wtedy wszystko stało się dla niego jasne i postanowił, że będzie się bronił. Jeśli jego przeciwnik posunął się tak daleko, to on nie może się poddać. Kostia nie stanie się powodem jego klęski, on, Micha, nie powtórzy historii swego ojca.

O co właściwie w tym wszystkim chodzi? Co niby jest w tym filmie zakazane? Czy rzeczywiście nakręcił coś tak bardzo niebezpiecznego, tak odważnego, jak wmawiała mu Lana? To przecież tylko film dyplomowy zrobiony skromnymi środkami. Nieco prowokacyjne spojrzenie na pewną biografię. Uwieczniona na celuloidzie opowieść wyrażona różnymi stylami zaczerpniętymi z innych filmów.

To Lana sprawiła, że w instytucie zaczęły krążyć plotki. Może była w tym też jego szansa: film, którym – choć nikt go nie widział – interesowała się prokuratura, będzie tak długo funkcjonował jako genialny, dopóki nikt go nie znajdzie i nie zobaczy. Może naprawdę nie było innego wyjścia, niż go ukryć. On, jako reżyser, nie dostanie wprawdzie dyplomu, lecz za to, dzięki właściwej strategii, zwróci na siebie uwagę. Zdobędzie sławę, która pozwoli mu w przyszłości kręcić filmy, jakie zawsze chciał kręcić, i to bez pomocy Lany i jej fatalnego w skutkach doradztwa.

Tym razem jednak będzie się trzymał planu Lany i tak jak ona mu radzi, wyśle film w miejsce, gdzie nikt go nie znajdzie. W ten sposób pójdzie ku chwalebnej przyszłości, choć szaleńczym sposobem i okrężną drogą. Byłoby oczywiście o wiele wspanialej mieć przekonanie, że nadal walczy o swoje ideały, o Kristine i o to, czego nie dał mu świat, a co mimo wszystko zdołał dla siebie uzyskać, bez lęku zrywając z wszelkimi konwenansami, pokonując wszystkie przeszkody. Że jest to walka, w której zostało już rozstrzygnięte, co jest dobrem, a co złem, co jest słuszne, a co niesłuszne: po jednej stronie on, Micha Eristawi, mszczący się za własną przeszłość, po drugiej Kostia Jaszi.

Tak, pójdzie drogą, którą wskazywała mu Lana. Pozostawi ją w przekonaniu, że dążą do jednego celu. Chociaż tak nie jest. To również zrozumiał tego dnia.

Później się zastanawiał, czy to nieszczęśliwy zwrot w jego i Kristine historii doprowadził go do obecnego momentu. Czy to wiek Kristine był prawdziwym powodem, że znalazł się w objęciach Lany? Czy wszystko nie przebiegłoby inaczej, gdyby tamtej nocy Kristine zdjęła z twarzy welon i zostawiła zapalone światło? Czy nie wyleczyłby się wówczas ostatecznie z uczucia do niej? A teraz szedł ulicą obok kobiety, która przypadkiem nosiła pod sercem jego dziecko. I wtedy powiedział coś, co okazało się najfatalniejszą w skutkach decyzją w jego życiu.

– Zgoda, wywieź taśmy z miasta i ukryj. Zawieź je na wieś, w góry, do mojego ojca. Ale zrób to, kiedy go nie będzie, bo on się nie zgodzi... Powiem ci, gdzie masz je schować. Zniosę to wszystko. Doprowadzę sprawę do końca.

– Wiedziałam, że się tobą nie rozczaruję.

I Lana ze szczęścia zmierzwiła mu czuprynę.

– On odmawia, Stazjo. Mówi, że nie ma tego filmu. Byłam dziś u prawniczki. Według niej są jakieś inne, ukryte powody rozdmuchania całej tej historii. Nie mogę zrozumieć, czemu z takiego drobiazgu robią sensację. Prawniczka przypuszcza, że za tym śledztwem ktoś stoi. Nie chcę nawet myśleć, że...

– Kristine, proszę cię! Co chcesz przez to powiedzieć?

Stazja, zgięta wpół, rozcierała sobie krzyże. Przez cały dzień dyrygowała robotnikami, którzy szklili jej szopę. Jeszcze kilka dni i sala ćwiczeń będzie gotowa, i będzie mogła przekazywać innym dziedzictwo Piotra Wasiljewa. Znajdzie na wsi kilka dziewcząt, z którymi będzie ćwiczyła swoje ulubione piruety, *pas de chat*, *pas de basque* i *pas de deux*. Oparła się o ścianę w kuchni, rozciągając obolałe mięśnie.

– Czy to możliwe, że za tym całym cyrkiem stoi Kostia?

– Kristine, jak w ogóle możesz mówić coś tak okropnego! Micha sam sobie napytał biedy. Dlaczego po prostu nie odda filmu? Wtedy sprawa by się skończyła. Kostia? Nie wolno ci tak nawet myśleć!

– Micha znowu musiał stawić się na przesłuchaniu. Stazjo, to nienormalne. Błagam cię, dowiedz się, o co tu chodzi.

– Nie gadaj bzdur! Mówię ci, nakłoń go, żeby oddał ten film.

– Zastanów się przynajmniej przez chwilę, czy to jednak...

– Kostia był i jest twoim siostrzeńcem. Uwielbia cię, wychowałaś go, to krew z twojej krwi. Ale dobrze, porozmawiam z nim. A Micheilowi nic nie zrobią. Przecież nikogo nie zabił. Teraz są inne czasy. A on to nie Andro.

– Jego dziewczyna jest w ciąży. Niedługo zostanie ojcem. Będą mieć dziecko, Stazjo.

Elene zebrała się na odwagę, wsiadła do swej łady i pojechała – po raz pierwszy od czasu moich narodzin – do miasta. Nie była jeszcze w małym mieszkaniu Kristine i bała się spotkania z ciotką. Ale teraz się zmusiła. Jeśli pozwoli sobie na bezczynność, pewnego dnia załamie się pod ciężarem własnej bierności.

Działo się coś niepokojącego, wyczuła to od razu. Potajemne telefony i szepty Stazji, gdy ta rozmawiała z Kristine. Nerwowość i niepokój ojca. Chodziło o Michę, tego była pewna. Nastawiała uszu i ze strzępów rozmów babki z ojcem wyrobiła sobie pewien obraz sytuacji.

Musi interweniować.

Kristine otworzyła drzwi, nie pytając, kto tam. Widać było, że spodziewała się kogoś innego. Znieruchomiała, mierząc Elene od stóp do głów. Miała na sobie czarną suknię, skrojoną, jak zawsze, doskonale.

– Ty? Skąd ty tutaj?

Nie przebaczyła jej. Oczywiście, że nie. Naiwnością było się tego spodziewać.

– Słyszałam o sprawie z Michą... Chcę pomóc. Pomyślałam, że jeśli dokładnie mi opowiesz, co się dzieje, mogłabym pogadać z tatą i zmienić jego podejście. Sama Stazja tu nic nie wskóra..

– Chcesz pomóc? Dosyć już pomogłaś. No cóż, zapraszam w moje skromne progi. Wiem, że jesteś przyzwyczajona do innych warunków, ale herbatę dostaniesz.

Kristine przedstawiła Elene całą sytuację, a nawet wyjawiła obawę, że za nadgorliwym zainteresowaniem władz filmem Michy może stać Kostia. Elene siedziała z twarzą wspartą na dłoni zaciśniętej w pięść, ze wzrokiem utkwionym nieruchomo w filiżance herbaty i desperacko nad czymś rozmyślała. Nie zdążyła odpowiedzieć, kiedy rozległ się odgłos otwieranych drzwi, a potem ciężkich, powolnych kroków i na progu pokoju stanął Micha. Gdy zobaczył Elene, zamarł, po czym spojrzał pytająco na Kristine. Widać było, że ma ochotę cofnąć się i wyjść, lecz Kristine dała mu znak, żeby został. Nie przywitał się jednak z nimi zwyczajowym pocałunkiem.

Kristine wstała i skierowała się do kuchni, żeby odgrzać mu obiad.

– Czyżbyś zadzwoniła do Jaszich? – zawołał za nią.

– Przyszłam sama. – Elene ubiegła odpowiedź Kristine.

– Ach tak, pewnie pomyślałaś: biedny Micha, przekonam się na własne oczy, jak głęboko wdepnął w gówno.

– Oddaj im ten film – odrzekła Elene, nie reagując na jego zaczepny ton.

– Coś takiego! Czy ktoś cię prosił o radę?

– Micha! – dobiegło z kuchni.

– No co!? Dlaczego mam jej słuchać?

– Bo to nie tylko jej rada, ale nas wszystkich!

„Dlaczego po prostu nie mogę powiedzieć: to mój ojciec stoi za aresztowaniami moich najbliższych przyjaciół. Na tobie też będzie się mścił. To wszystko przeze mnie. Byłam zbyt tchórzliwa, żeby porzucić moją chorą prawdę. Prawdę, cholera jasna, która nie istnieje albo której nie znam!", myślała Elene.

Zastanawiała się, po co właściwie tu przyjechała. Właśnie po to, żeby go ostrzec przed własnym ojcem. Może przez cały czas chodziło tylko o to? Gdy podsłuchiwała rozmowy i obserwowała to, co ostatnio działo się w domu, umocniła się w przekonaniu, że ojciec jest zdolny do wszystkiego. A przy tym zdawała sobie sprawę, że to ona była powodem jego mściwości. Że to przez nią ojciec chciał usunąć Micheila, Bekę, a przede wszystkim Michę, który był mu solą w oku, bo uznał ich wszystkich za zagrożenie dla niej.

Elene chciała odciąć się od ojca, przeciąć pępowinę, która łączyła ją z nim, nie z matką.

Dlaczego nie potrafiła wstać i wykrzyczeć na głos tego, o czym myślała, tak żeby usłyszał cały świat? „Tak, to ja jestem wszystkiemu winna. Jestem powodem tej wojny, którą ojciec stale komuś wypowiada. Zostanę surowo ukarana, stosownie do winy, choć przez długi czas łudziłam się, że kara mnie ominie. Wszystko, co robię, zmienia się w kulę, którą ojciec nabiją swą broń. I której użyje, żeby się ciebie ostatecznie pozbyć. A przecież to nie ty mi zrobiłeś coś złego, to ja chciałam, żebyś mi to zrobił. Pragnęłam w ten sposób ukarać moją rodzinę za to, że pozwoliła, żebyś ty miał życie, jakie ja chciałam mieć, ale to nieprawda, to w ogóle nieprawda. Zrozumiałam to, Micha, teraz już to wiem, że nigdy o to nie chodziło. Chciałam cię ukarać, bo mnie odepchnąłeś. Bo nie potrzebowałeś mnie tak, jak ja potrzebowałam ciebie. Nie szukałeś moich śladów, kiedy wracałeś z wakacji do naszego domu, który ja wtedy musiałam opuszczać. Jak ja nienawidziłam twoich marzeń, które nie miały ze mną nic wspólnego, w których mnie nigdy nie było! Nie, to nie była zazdrość o to, że odmawiałeś mi prawa do Kristine, Stazji i mamy, to była zazdrość o nie, bo one miały ciebie, a ja nie. Bo one były z tobą, a ja nie. Bo ty byłeś tu, a ja tam, daleko. Nie znam cię, nie wiem, jakim jesteś człowiekiem. Nie wiem, dlaczego pozwoliłeś, żeby tak łatwo zniszczono twoją wiarę w świat. Nie wiem, Micho, czy bardziej lubisz konfitury malinowe czy truskawkowe, a zawsze chciałam to wiedzieć. Ty jednak każdym gestem dawałeś mi do zrozumienia, że nie jestem godna twoich marzeń i pragnień, że nie zasługuję na twoją przychylność. A ja przecież wszystko przyjmowałam takie, jakie było, wszystko ci zostawiałam, cały mój świat, i odjeżdżałam. Dlaczego to ci nie wystarczyło? Dlaczego tego cholernego popołudnia nie udawałeś przynajmniej, że mnie lubisz, chociaż trochę, troszeczkę? Dlaczego z taką brutalnością okazałeś mi lekceważenie, wstręt? Dlaczego tak otwarcie dałeś do zrozumienia, że nie jestem warta tego, żeby przyjąć mnie jak dar? Powiedz mi, wyznaj wreszcie, wyrzuć to z siebie, jak bardzo mnie nienawidziłeś. Jak bardzo mi życzyłeś, żeby pochłonęła mnie ziemia! Jak całe życie starasz się ukryć tę nienawiść.

Grasz rolę posłusznego, wzorowego chłopca, rolę ofiary! Ale proszę, uwolnij mnie od tego, rzuć mi to w twarz, Micho..."

– Chcę, żeby moje dziecko pewnego dnia mogło być ze mnie dumne! – zawołał Micha do Kristine.

Elene, tocząca z Michą wewnętrzną rozmowę, zmartwiała.

– Twoje dziecko!? – wyjąkała z trudem.

– Tak, moje dziecko! – wyzywająco odparł Micha.

– Nie wiedziałam... Przepraszam.

– Skąd niby miałaś wiedzieć?

– Czy to ta dziewczyna z Mcchety?

Dlaczego poczuła się tak bezbronna, tak głupia?

– Dziewczyna z Mcchety? Tak, to właśnie ona. Poza tym ma na imię Lana.

– Micha, uspokój się. Zmień ton! – powiedziała Kristine, wchodząc do pokoju.

Twarzy Michy przeobraziła się w mgnieniu oka. Nagle stał się na powrót dawnym posłusznym chłopcem, melancholijnym, łagodnym Michą z dzieciństwa. Kristine położyła mu rękę na ramieniu, jakby chciała mu przypomnieć, kim jest i od czego zależy. Od czego... Tak, właśnie od tego. Od tego okrągłego drewnianego stołu, przy którym teraz siedział, od herbatników, od czarnej herbaty, nie za gorącej, nie za zimnej, z plasterkiem cytryny. Od życia z nią, z tą starszą kobietą z przesłoniętą twarzą, w swoich podkreślających figurę sukniach, rzucającą wyzwanie własnemu wiekowi. Tak, wszystko zmierzało do tego, ale znowu coś było nie tak.

Elene dostrzegła dziwną bliskość między tymi dwojgiem, tak jak wtedy, gdy siedząc na gałęzi jabłoni i podglądając, co działo się w pokoju Kristine, powstrzymywała łzy, widząc, jak czesał jej włosy, z jakim uwielbieniem na nią spoglądał. Czy Kristine nie była zbyt stara, by tak na nią patrzał? Cała ta sytuacja wydawała się niesłychana, prowokująca. Ta intymność i pewność gestów, gdy kładła mu rękę na ramieniu, ta wiedza o czymś, czego nie dało się nazwać, teraz też sprawiły, że łzy napłynęły jej do oczu.

– Cieszę się, że dobrze wam z sobą.

Elene powiedziała to niemal niedosłyszalnie. Nagle poczuła, że chce uciec, nie chce przeżywać tych emocji, od których coś chwyta ją za gardło. Nie chciała niczego widzieć, nie chciała szukać żadnych odpowiedzi. Wszystko byłoby o wiele łatwiejsze, gdyby mogła zaakceptować to, co jest, i żyć dalej.

Powinna była powiedzieć: „Micha, uciekaj, rzuć wszystko, trzymaj się z dala ode mnie, od Kristine, od wszystkiego, co łączy cię z moją rodziną, zacznij od początku, zacznij tworzyć własną historię! No już, uciekaj, zapomnij o filmie, o przeszłości i o tamtym popołudniu, myśl o swoim dziecku, dziecku innej kobiety, która przyjmuje ciosy spadające z mojego powodu, i nie oglądaj się za siebie!".

Czy jednak mogła mu to powiedzieć? Nie, bo wpędziłaby go w przepaść, w nieszczęście. Bo dobrze było patrzeć, jak on się z sobą zmaga, jak walczy z niemożnością, by móc stać się tym, kim chciał się stać. „Tak, Micho, przyjacielu, razem przejdziemy tę drogę do końca. A wszystko dlatego, że tak dobrze jest widzieć, że ty też nie osiągnąłeś tego, co chciałeś, że przygniatałeś mnie wtedy swoim ciałem, lekceważąc mój ból, znieczulając swoje pragnienia i dając mi przez cały czas do zrozumienia, że nie jestem warta miłości".

Jest tylko jeden sposób, żeby pomóc chwiejnemu: samemu przestać być chwiejnym.

Włodzimierz Lenin

W lipcu 1974 roku – roku zdobycia przez Niemcy Zachodnie mistrzostwa świata w piłce nożnej, roku triumfalnego zwycięstwa Muhammada Alego nad Foremanem w Kinszasie, roku światowego sukcesu *Waterloo* Abby, w niecałe dwanaście miesięcy po zawarciu rozejmu w wojnie Jom Kippur – Micha został aresztowany. Jeszcze trzy dni wcześniej odwiedził urząd stanu cywilnego w ciemnobrązowym garniturze, zbyt ciepłym na tbiliski lipcowy upał, z Laną ubraną w schludną garsonkę w kolorze beżowym i z białą różą we włosach – towarzyszyli im dwaj koledzy ze studiów, którzy odważyli się wystąpić w roli świadków – i poślubił matkę swego dziecka.

Zarzucono mu kradzież mienia państwowego oraz antyradziecką agitację i propagandę i przewieziono go do aresztu śledczego w dzielnicy Ortachala. Proces wyznaczono na późną jesień. Powołano również specjalną ekipę, która miała odnaleźć nakręcony materiał. Ponieważ jednak taśmy jakby zapadły się pod ziemię, ani prawniczka, ani Kristine, ani Lana nie robiły sobie nadziei na szybkie uwolnienie Michy. Bo dopóty istnienie filmu było jedynie pogłoską, prokuratura mogła zakładać, że zawiera on naprawdę wywrotowe treści, i oskarżać Michę o niechęć do współpracy, a to jeszcze bardziej pogarszało jego sytuację.

Przekupiony przez Kristine strażnik więzienny, który ukradkiem przekazywał Micheilowi pieriedaczę – niewielkie paczki z żywnością, zauważył fatalny stan aresztanta. Poinformował Kristine, że Micha wygląda okropnie, nie radzi sobie z warunkami życia w areszcie i że inni więźniowie, kryminaliści najgorszego rodzaju, dają mu ostro w kość. Krótko mówiąc: chłopak długo tego nie wytrzyma, trzeba go stamtąd jak najszybciej wyciągnąć, inaczej kompletnie się załamie.

– Zdaje się, że popełniłam błąd! – Lana nie miała odwagi podnieść wzroku i spojrzeć mężowi w oczy.

Strażnik więzienny stał oparty o ścianę w pokoju widzeń, starając się robić wrażenie nieobecnego, a Lana pochylała się ku Micheilowi nad odrapanym stołem.

– Co chcesz przez to powiedzieć?

Głos Michy się zmienił. Był to głos kogoś, kto zupełnie stracił zainteresowanie światem zewnętrznym.

– Musisz stąd wyjść. I to szybko, Micha! Kristine miała rację. Nie jesteś człowiekiem pasującym do takiego miejsca jak to.

Zanim zdążyła wypowiedzieć kolejne zdanie, Micha poprawił się na krześle, przysunął się bliżej i wyszeptał:

– W żadnym wypadku. Wszystko jedno, co się stanie, niczego nie rób. Zrozumiałaś? Doprowadzimy sprawę do końca.

– Do końca? Niedługo będziemy mieli dziecko!

– O tym wiedziałaś już wtedy!

– Nie chcę brać na siebie tej winy.

– Rób, co ci mówię. To wszystko, czego od ciebie chcę. Rozmawiałaś z innymi? Co mówią docenci?

Spojrzenie Michy rozjaśniło się na moment. Jakby to było to, co naprawdę dla niego się liczyło. Jakby nie było ważne jego położenie, lecz opinia, jaką mieli o nim inni.

– Oni... oni uważają cię za bohatera. Zaczęli nawet akcję zbierania podpisów. Cały instytut jest poruszony. Wywiesili wszędzie twoje fotografie. Chcą się zwrócić do prokuratury z listem otwartym. Niektórzy docenci trzymają ze studentami, mówią, że to absurdalne aresztować kogoś z powodu nieistniejącego filmu.

Lana sama nie wiedziała, dlaczego zmyśla. Może dlatego, że sądziła, iż Micha chce usłyszeć słowa dające siłę do przetrwania. Prawda była taka, że nie powieszono żadnych zdjęć, akcja zbierania podpisów utknęła w martwym punkcie, a tych kilku docentów, którzy początkowo angażowali się w jego sprawę, wycofało się, gdy trafił do więzienia. Lana chciała dać mężowi nadzieję, lecz im bardziej widoczny stawał się jej brzuch, tym więcej ogarniało ją wątpliwości, tym bardziej bezsensowny wydawał się jej cały ich pierwotny zamiar i tym mniej rozumiała samą siebie.

Próbowała skrzyknąć ludzi z ekipy filmowej, oczekiwała z ich strony pokrzepienia, ale żaden z nich nie chciał z nią rozmawiać. Od razu odkładali słuchawkę, kiedy słyszeli jej głos. Jak mogła kiedyś wierzyć, że nieobecność Michy będzie dla niej łatwiejsza do zniesienia niż jego brak odwagi, jego rezygnacja! Że lepiej mieć przy sobie reżysera niż ojca swego dziecka!

Stazja odświętnie nakryła stół i w napięciu czekała na gości.

– Przekonałam go. Usiądzie z nami i wysłucha was – szepnęła do Kristine i Andra.

„Wysłucha was"! Kristine musiała zebrać wszystkie siły, żeby nie powiedzieć czegoś uszczypliwego. „Wysłucha was"! To brzmiało tak, jakby Kostia był feudalnym władcą, a oni jego poddanymi.

Nana pojechała z wnuczkami do parku Wake, a Elene snuła się gdzieś po wsi.

Kostia przyszedł po półgodzinie w szlafroku, z grubym szalem owiniętym wokół szyi. Skinął głową obojgu. Żadnego witania się, żadnych objęć.

„Tak jest nawet lepiej", pomyślała Kristine i pogłaskała pod stołem rękę Andra. Andro przyjechał na to spotkanie wezwany przez nią. Jego wygląd ją przeraził. Całkiem już wyłysiał, bieliła się tylko bujna broda, jego policzki pokrywały czerwone plamy od przepicia, a twarda skóra na rękach była pełna odcisków – dowodów jego oddania robocie przy wykuwaniu popiersi Marksa, Engelsa i Lenina.

– Przepraszam za mój wygląd. Mam grypę, której nie mogę się pozbyć – powiedział Kostia, jakby jego wygląd był teraz najważniejszy.

Usiadł przy stole.

Zapanowała krępująca cisza. Zdawało się, że starania Stazji, żeby zainicjować neutralną rodzinną rozmowę, spaliły na panewce. Andro grzebał w swoim talerzu, Kristine przyjęła wyczekującą pozę, nie miała apetytu, a Stazja paplała coś o czterech wiejskich dziewczynach, które ostatnio brały u niej lekcje baletu. Kostia siedział na końcu stołu sztywno wyprostowany, rozparty na swoim krześle, niby obserwator tej sceny, któremu zabroniono mieszania się w przebieg akcji. W końcu jednak Kristine zabrała głos, mówiąc o swoich przypuszczeniach na temat tego, co dzieje się z Michą.

Cienka powłoka dobrego wychowania szybko pękła, głosy się podniosły, a radość niszczenia i przyjemność autodestrukcji niespodziewanie okazały się kuszące. Zadawano sobie ciosy słowami, strzelano do siebie zdaniami, raniono się ujawnianymi faktami. Wkrótce nawet pewne zakazane imię przestało być tabu i wywołany tym sposobem duch Kitty Jaszi rozpalił ogień związanych z nią wspomnień. Strzępy myśli rzucano do wspólnego kotła i mieszano je z sobą. I długo jeszcze trwałaby feeria straszliwych wspomnień, gdyby Kostia groźnym głosem nie wykrzyczał czegoś, co sprawiło, że troska Andra o jedynego syna zmieniła się w rozpacz, ponieważ dowiedział się właśnie, że kiedyś już stracił jednego syna, o czym do tej pory nie miał pojęcia.

– Mówisz o Kitty, jakby musiała wyjechać tylko dlatego, że jej życie nie było tu już możliwe! Jakby opuszczenie rodziny i kraju było jej dobrowolną decyzją. Czy zastanowiłeś się kiedyś nad tym, jak wyglądałoby jej życie, gdybyś nie zdradził ojczyzny, a ona nie nosiła pod sercem twojego dziecka?

Andro nie zrozumiał. Kiwał się jak wańka-wstańka, był u kresu fizycznej wytrzymałości, bo nie mógł się wesprzeć alkoholem, drapał się tylko po brodzie i rzucał Stazji błagalne spojrzenia. Szukał słów, jąkał się. Przejmująco smutna była ta jego niewiedza. Kostia, który zaczął kasłać, rozejrzał się wokół siebie zaskoczony. Kristine zastanawiała się, czy jej siostrzeniec naprawdę nie wiedział, że Andro nie miał pojęcia o dziecku, czy też był to ze strony Kostii świadomie zadany cios. Czy zdoła uruchomić hamulec bezpieczeństwa i zatrzymać pociąg pędzący w przepaść?

Kostia porzucił nagle poirytowany ton i zapytał z udanym współczuciem:

– Andro, przecież musiałeś zastanawiać się nad tym wszystkim?

Widać było, że stara się nad sobą panować, bo ani razu nie użył określeń „pasożyt", „zdrajca", „bękart" czy „dezerter". Zdecydował się za to sięgnąć po inną broń – przytoczyć bezsporne fakty.

– Pochopnie uznałeś, że naziści mogą stać się naszą przyszłością, więc twoją ukochaną uprowadzono i...

– Kostia, proszę!

Głos Kristine zabrzmiał lękliwie, jakby nie była pewna, czy ma powstrzymać siostrzeńca, czy też pozwolić mu mówić dalej. W przeciwieństwie do Kristine Kostia jednak już dawno podjął decyzję. Chciał ostatecznie złamać słabego, lecz ciągle jeszcze opierającego się wroga.

– Oni zabili dziecko, którego byłeś ojcem. Spłodziłeś je, nie zastanawiając się, co znaczy być mężczyzną odpowiedzialnym za kobietę i dziecko, co znaczy chronić swoich bliskich. Chronić ich nawet przed sobą samym, jeśli trzeba. Wybrałeś żałosną rolę dręczonej ofiary, tak że jej nie pozostało nic innego, jak wziąć twój ciężar na swoje barki!

Kostia umiejętnie rozkładał akcenty, robił teatralne pauzy, jakby przez całe życie przygotowywał się do tej przemowy. Zapadła głucha cisza. Przerywało ją tylko tykanie zegara. Słychać było przelatującą muchę.

Andro, wezwany przez Kristine, stawił się w Zielonym Domu w nadziei, że Kostia wydobędzie Michę z więzienia. Zapewne żyłby nadal cicho, melancholijnie, niezauważalnie, jak przez wszystkie minione lata, przekonany, że nic w jego życiu nie jest warte starań.

Może nie umiałby niczego odwrócić, niczego ochronić swymi zgrubiałymi od pracy rękami, może nie umiałby przekonać własnego syna, że przynajmniej jego życie ma wartość, ale na pewno by próbował, próbował z całych sił, które jeszcze się w nim tliły, gdyby to okrucieństwo, którego ofiara dawno została pogrzebana w ogrodzie za szkołą, nie odebrało mu resztek zdolności do codziennej uporczywej walki o istnienie.

Niepostrzeżenie rozdarła się ziemia. Została zgwałcona logika czasu, wywrócił się porządek zdarzeń, nieszczęście było jak muśnięcie skrzydła czarnego ptaka.

Kristine rzuciła się przed Andrem na kolana, błagała, chwyciła go za ręce, ale on nie chciał zostać, nie chciał niczego ratować, niczego ocalić. Wrócił do siebie, w góry, do samogonu i popiersi Lenina. Dlaczego nigdy mu o tym nie powiedziała? Dlaczego nie napisała? Dlaczego nie dowiedział się o ciąży?

Pił i tłukł pięściami w ścianę.

Noce ryły w jego piersiach krwawe obrazy.

Nie mógł złapać tchu.

Chwycił za młotek. Zaczął rozbijać ogromne popiersie Lenina, które wróciło do jego szopy usunięte z budynku urzędu pod zarzutem, że nie dość subtelnie wyrzeźbił nos wodza.

Pił dalej.

Sąsiedzi zaglądali do okien, stukali i wołali. Zaryglował drzwi. Zabarykadował się i przewijał w tył taśmę własnego życia.

Spokój, o który się kłócimy,
I beztroskie dni...
Ty płaczesz,
A ja nie jestem godna twoich łez.

Anna Achmatowa

W innym świecie, w innym kraju, w innym życiu z niespokojnego snu zbudziła się pewna kobieta i usiadła na łóżku. O dalszym spaniu nie było już mowy, poszła więc boso do drugiego pokoju, wyciągnęła z barku butelkę najdroższej whisky i nalała sobie szklaneczkę. Nie zapalała światła. Była sama. Stała i patrzyła w ciemność przełamaną oświetleniem z ulicy.

Czuła ucisk w piersiach, jakby ktoś chwycił jej serce i ugniatał je pięścią. Widziała swą nagą, zwiotczałą skórę w grze światłocieni, jaką wywoływały przejeżdżające auta, których światła co pewien czas omiatały jej okna.

Poczuła nagle wielkie zmęczenie. I przypomniała sobie sen, który ją obudził. Śnił się jej młody chłopak z blond lokami. Był to niezmieniony przez wojnę Andro. Andro, który wycinał z drewna cudowne anioły, Andro, który wycałowywał wnętrze jej dłoni, liczył jej rzęsy, odgarniał kosmyki włosów opadające jej na twarz i przyrzekał, że nigdy się nie zmieni.

Jednym ruchem wychyliła brązowy gęsty alkohol. Od siedmiu nocy tłukła się w jej głowie tylko jedna myśl: „Chcę do domu". Jedyne pragnienie, jakie miała. Jedyne, jakie jej zostało. To „chcę do domu" pulsowało w niej jak świeża rana, chciało być wykrzyczane, chciało się ziścić.

Miała przecież tyle szczęścia! Doznała tyle niezasłużonego szczęścia, po tym jak najpierw nieszczęście kompletnie ją rozbiło.

Te wiwaty na jej cześć, oklaski, piosenki, ci ludzie, którzy w nią wierzyli i ją wspierali... Było w niej wiele wdzięczności i niedowierzania, jeszcze teraz, po latach sławy. Niedowierzanie, że otrzymała szansę od losu, choć świat wydawał się jej czarną dziurą pozbawioną widoków na przyszłość.

Czy życie, jakie teraz wiodła, było jej życiem? Czy to naprawdę były jej piosenki? A może wyjeżdżając do nowego świata, porzuciła swoje prawdziwe istnienie i jak złodziej wśliznęła się w cudze – jakiejś obywatelki Luksemburga. „Chcę do domu!"

Czyżby była w tym jeszcze jakaś inna myśl, coś jeszcze? Tak, za każdym bolesnym „chcę do domu" ukrywały się cztery litery: FRED. Fred, która w jej nowym życiu nauczyła ją oddychać, która całowała jej lędźwie, wprawiała w drżenie jej biodra. Fred, która obiecała jej, że odnajdzie swój dawny Wiedeń. „Powrót do tego starego nazistowskiego przyczółku uważam za kompletnie bezsensowny, ale dobrze, pojedziemy tam, jeśli koniecznie tego chcesz".

Jak pięknie było wszystko planować i wierzyć, że piekło z Fred minęło.

Wertowały razem prospekty biur nieruchomości. Oglądały w nich piękne nowe mieszkania z obszernymi atelier. Fred opowiadała jej o najpiękniejszych zakątkach Wiednia i Kitty była zauroczona. Miała poczucie, że tak właśnie powinny zrobić – zwrócić się ku przyszłości.

A potem to *tournée* po Ameryce! O Boże, ależ to było wspaniałe! Kitty uśmiechnęła się do siebie, dolała sobie whisky. Jak spokojnie i z wdziękiem włączyła się wtedy w jej życie Amy. To przyjęcie w Nowym Jorku! Wszyscy byli oszołomieni jej pierwszym amerykańskim koncertem w modnym lofcie na Brooklynie. Czy to w ogóle był Brooklyn? Jakie to ma znaczenie! Tańczyła z Amy w garderobie. Amy, nieco urażona, zgodziła się potem, by dołączyła do nich Fred. Więc ponowne spotkanie na lotnisku Kennedy'ego i uśmiech Fred. Jak uroczo wyglądała ta wariatka, ta egocentryczna ignorantka w mrowiu ludzi na lotnisku. Jaki smak miało piwo, które piły potem w Greenwich Village, jak cudowne były spacery po Central Parku, jak oszałamiające nowojorskie drapacze chmur.

Na jej koncerty przychodziło mnóstwo ludzi. Pamiętała morze głów w ciemnościach przecinanych kolorowymi błyskami reflektorów. Ludzie śpiewali razem z nią, żarliwie, cicho i melancholijnie, potem znowu głośno i z wściekłością. Amy sprzedawała prawa do jej utworów, a radiostacje i kanały telewizyjne ustawiały się do niej w kolejce, chcąc usłyszeć jej smutną wschodnią historię. „Ikona lewej strony sceny politycznej, reprezentantka protestujących z placu Wacława w Pradze", powtarzała Amy, dusząc się ze śmiechu.

Pijąc drugą szklaneczkę whisky, Kitty przypominała sobie pokoje w hotelach, do których wracały po koncertach, półżywe ze zmęczenia: Baltimore, Detroit, Miami, San Francisco, Las Vegas. Tak, wystąpiła nawet tam, w jakimś małym klubie, który zupełnie nie pasował do tego miasta tonącego w światłach i w szaleństwie. Dalej Atlanta i Charleston, a poza tym miasta, których nazw już nie pamięta, bo zbyt obco brzmiały dla jej uszu przyzwyczajonych do wschodnich brzmień. I Nowy Jork, jeszcze raz Nowy Jork.

Chciała osiąść w Wiedniu, a przyjechała do Ameryki. Jej osobiste zachodnie szczęście. Czy to szczęście było kradzione? I jeszcze hotelowe pokoje. Kitty spuściła głowę. Wspomnienia niezliczonych łóżek hotelowych i jej rudowłosej tancerki na linie. Obie zbyt długo prowokowały świat swoim szczęściem, za długo śmiały mu się w twarz! Dlaczego widok Fred między wysoko ułożonymi poduszkami i spiętrzonymi kołdrami jest jeszcze dla niej tak żywy? Jakby to było wczoraj. Ciało Fred, stworzone z powietrza i przekleństw, drobne rude włoski na ramionach, cudowny dotyk jej dłoni. Wspomnienie pożądania było chyba najgorsze. Ciało Kitty zdawało się tak przerażająco łatwo zapominać wszelkie poruszenia, lecz jej głowa czepiała się ich rozpaczliwie.

Na zewnątrz się rozjaśniało, promień światła przeciął niebo jak sztylet.

Jak to jest, że tak dobrze smakują zakazane wspomnienia, powodując po chwili nieznośny ból? I że teraz, kiedy wszystko się skończyło i została jej tylko myśl „chcę do domu", to wspomnienie tak nieubłaganie jasno przypomina jej o tamtym szczęściu? Lecz teraz chciała jechać do domu bez kobiety, która z niezłomnym zaufaniem zdawała się mówić wszystkim: dopięłam swego, zwyciężyłam śmierć, osiągnęłam cel.

Ucisk w piersiach ustąpił. Spojrzała w kierunku balkonu. Stało na nim mnóstwo donic z kwiatami. Amy powtarzała jej tyle razy, że powinna kupić lepsze mieszkanie, na przykład apartament w wieżowcu, ale to miejsce zupełnie jej wystarczało. Im więcej miałaby przestrzeni, im więcej pomieszczeń, tym bardziej czułaby się jak gość albo złodziej, który wśliznął się chyłkiem w nie swoje życie.

Zmarzła trochę, ale nie chciało się jej wstawać po pled. Pragnęła oddychać. Po prostu spokojnie oddychać. Fred nigdy nie była wierna, była lojalna tylko na swój własny sposób, a Kitty od zawsze o tym wiedziała. Fred nie była też konsekwentna, była lekkomyślna, lekceważyła realia, nigdy się nie tłumaczyła, nie chciała dla siebie ani uzdrowienia, ani ratunku, potrzebowała jedynie odurzenia. To było jej lekarstwo.

Dlaczego pamięć tak wielu chwil szczęścia nie odpędza wspomnienia tamtego mieszkania w Camden? Mieszkania, do którego doprowadziło ją kilka telefonów, gdy szukała Fred, nie mając dokładnego adresu, tydzień przed upływem terminu podpisania umowy kupna mieszkania przy Mariahilfer Straße w Wiedniu. Tak, pożądanie nie wryło się może na zawsze w komórki jej ciała, za to jej mózg odtwarzał każdą sekundę z tych dwóch albo trzech minut, jakie spędziła w tamtym mieszkaniu.

Jeszcze nikt w nim nie mieszkał i nie było w nim mebli. Trwało w nim właśnie party. Pamięta dokładnie każdą linijkę piosenki *Hide Your Love* Rolling Stonesów, która szła w tle, ludzi siedzących na podłodze, zapach świeżej farby i papierosów oraz czegoś jeszcze, co było dziwnie znajome, a zarazem obce. Pamięta uśmiechnięte postacie w hippisowskich ubraniach, wówczas już niemodnych, tłumek niebieskich ptaków, które zawsze przyciągały Fred.

Tak, komórki jej mózgu dokładnie zachowały ten obraz. Szukając swej niewiernej, niespokojnej przyjaciółki, przemierza pokoje pełne ludzi, pytając ciągle o Fred Lieblich, i w końcu ją znajduje, tę swoją osobistą Marlenę Dietrich z *Błękitnego anioła*, i widzi na jej kolanach jedną z tych dziewcząt, które szukały swego miejsca w cudzych objęciach, obwieszoną hinduskimi ozdobami, z rozczochranymi włosami do pasa, w rozerwanych dżinsach i z odsłoniętymi małymi piersiami dyndającymi tuż przed twarzą Fred.

Dobrze pamięta, że zrobiła w tył zwrot, że przebijała się przez tłum, wokół brzmiała nieznośna muzyka, a ona rozpoznawała w mijanych twarzach coś, co było o wiele gorsze od obecności tej obcej dziewczyny, gorsze od ręki Fred obejmującej nieznajomą w talii, gorsze od szklanego wzroku Fred i jej spowolniałych ruchów. Potrzebowała sekundy, żeby stwierdzić, że zarówno w żyłach jej błękitnego anioła, jak i w żyłach tamtej hippiski płynie żółtobrązowa substancja i że ona, Kitty, przegrała z nią walkę.

Pamięta też, że następnego dnia z pomocą Amy spakowała rzeczy Fred, wynajęła dla niej pokój niedaleko Lea Bridge, klucz od niego włożyła do koperty, a tę zostawiła u zarządcy kamienicy. A potem zmieniła zamki w swoim mieszkaniu.

Przestała odbierać telefony od Fred. Serwetki zapisane nieczytelnym pismem, znajdowane w skrzynce na listy, wrzucała do kosza na śmieci, nawet na nie nie spojrzawszy. A kiedy

Fred pewnego razu czekała na nią na ulicy i chciała do niej podejść, Kitty zatrzymała taksówkę i uciekła.

Było to pół roku temu. Wtedy Fred znikła z jej życia i nawet zazwyczaj dobrze poinformowana Amy nie miała o niej żadnych wiadomości.

Umowa kupna mieszkania w Wiedniu została oczywiście anulowana. Kitty odwołała też wszystkie koncerty i występy radiowe. Przestała komponować. Za radą Amy kupiła niewielki dom między Eastbourne a magicznymi klifami Seven Sisters, każdego dnia obiecując sobie, że jutro się tam przeprowadzi. Ale nie miała na to siły. Jedyne, co ją zajmowało, to pragnienie zawarte w słowach „chcę do domu".

Odwiedź Związek Radziecki,
zanim on odwiedzi ciebie.

powiedzonko radzieckie

Kristine patrzyła, jak Micha z widzenia na widzenie staje się coraz bardziej milczący i nieobecny. Jakby obojętniał na swój los. W październiku, gdy wymawiałam już siedem słów, a na świat przyszedł Mirian Eristawi, zwany od początku Miro, który ważył trzy dziewięćset, był zdrów jak ryba i miał oczy nieokreślonego jeszcze koloru, Kristine zauważyła na ciele Michy pierwsze ślady przemocy fizycznej: czarny siniak pod prawym okiem i lekkie powłóczenie nogą. Micha zapewnił ją, że to tylko mała, głupia bitka z towarzyszami w celi, po czym z udanym ożywieniem zaczął wypytywać o syna i o to, gdzie Lana zamieszka teraz z ich dzieckiem.

– Mieszkanie matki Lany jest zimne, a w łazience jest grzyb. Zostaną u mnie do czasu, aż stąd wyjdziesz. W tym roku Lana musi napisać pracę dyplomową, na pewno ci o tym mówiła. Jej matka i ja pomożemy przy dziecku. Matka Lany ma cukrzycę, wiedziałeś o tym?

Kristine paplała nerwowo o wszystkim, co przychodziło jej na myśl, byle nie dopuścić do przykrego milczenia. Micha skinął głową, ale myślami był gdzie indziej.

– Chłopiec jest tak piękny, niedługo się przekonasz! Jest podobny do ciebie, choć to jeszcze może się zmienić, w wypadku niemowląt nigdy nie wiadomo, zmieniają się niemal z godziny na godzinę. Często ma kolkę i płacze, ale ja...

– Z tobą byłbym szczęśliwy i bez dzieci – powiedział nagle Micha, rzucając spojrzenie w kierunku strażnika, który zagłębił się w lekturze gazety.

Od kiedy Kristine wcisnęła klawiszowi w rękę kilka banknotów, przestał przysłuchiwać się ich rozmowom. Kristine przełknęła ślinę, wzięła głęboki oddech i zaczęła nerwowo masować sobie kark.

– Zabraniam ci mówienia takich rzeczy.

– Przesadziłem, Kristine, zagalopowałem się ze wszystkim. Ale obiecuję ci: wyjdę stąd.

W jego głosie wyraźnie czuło się niepokój, dotąd zawsze umiejętnie skrywany.

– Powiedz, gdzie mam szukać! Powiedz, wtedy będzie szansa, że cię stąd wyciągniemy! – szepnęła Kristine. – Przysięgam ci.

Micha pokręcił głową.

Dwa tygodnie później okazało się, że aresztanta nie ma już w więzieniu. Z powodu dolegliwości nerkowych trafił do więziennego szpitala.

– Pojedziecie tam i przywieziecie go. Andro nie odpowiada na moje listy, nie odbiera telefonu, nie wychodzi z domu i nikomu nie otwiera. Mnie już wystarczy kłopotów w związku z Michą. Muszę się postarać o przeniesienie Michy, muszę rozmawiać z prawniczką. Zamknęli go z kryminalistami, nie powinien być z nimi, znęcają się nad nim! Więc pojedziecie i sprowadzicie tu Andra. Inaczej zapije się na śmierć. Ja nie mogę troszczyć się o wszystko.

Lana wbiła wzrok w ścianę, niezadowolona, a Elene czubkiem buta wierciła dziurę w parkiecie.

– Kristine, ja sama mogę po niego pojechać. – Lana próbowała znaleźć inne wyjście.

– Elene ma samochód, ty sama nie dasz rady go stamtąd przywieźć! – odparła Kristine zniecierpliwiona. – Ja się zajmę Mirem.

Elene nie była zachwycona perspektywą sześciogodzinnej jazdy z Laną, spędzonej, jak sobie wyobrażała, w sztywnym milczeniu, ale nie odważyła się sprzeciwić Kristine. Następnego dnia o świcie podjechała więc pod dom Kristine i otworzyła Lanie drzwi auta. Ta z kamienną miną usiadła z przodu.

Na wzgórzach wokół Tbilisi była już jesień. Wyjeżdżały z miasta w gęstej mgle. Elene, szukając muzyki w radiu, zaczęła się skarżyć, że nie nadają nic ciekawego. Lana wspomniała coś o swoich muzycznych gustach. I potoczyła się rozmowa. Od ulubionych zespołów przeszły do ulubionych filmów, od ulubionych filmów do chorób dziecięcych i szczepień, od szczepień do wyzwań stojących przed młodymi matkami. Kiedy dotarły do Raczy, pierwsze lody były przełamane, a gdy zrobiły przerwę w jeździe i weszły do przydrożnego baru, żeby coś przekąsić, czuły się z sobą zupełnie swobodnie.

Kiepskie, wznoszące się stromo w górę szutrowe drogi prowadziły coraz wyżej. Na miejsce dojechały o zmierzchu. Dla Elene wszystko w tej górskiej wiosce było obce, ale Lana orientowała się tu całkiem dobrze. Szybko znalazły mały, kamienny, jednopiętrowy dom ze skrzypiącymi drzwiami, posag zmarłej matki Michy. Wołały Andra, stukały do drzwi, lecz nikt nie odpowiadał. Postanowiły więc wrócić do gospody, którą minęły po drodze, i tam zaczekać.

Kiedy po raz drugi podeszły pod dom Andra, zapadł już mrok. W ciemności błyszczały tylko białe szczyty gór udające gwiazdy na nieboskłonie. Tym razem Andro też nie odpowiadał. Z sąsiedniego domu wyjrzała stara kobieta, pytając, czego szukają. Elene przedstawiła Lanę jako synową Andra.

– Trzeba wejść od tyłu, przez kuchenne drzwi – poradziła kobieta. – Gospodarz pewnie śpi, pijany.

Kiedy weszły do kuchni, uderzył je przenikliwy odór niemytych naczyń, zepsutych resztek jedzenia i alkoholu. Przez chwilę, nim znalazły kontakt, poruszały się niepewnie po ciemku. Gdy zabłysło światło, ujrzały od dawna niewynoszone śmieci, walające się wszędzie puste flaszki i grubą warstwę kurzu pokrywającą wszystko niczym puder do czyszczenia ikon. W sieni piętrzyły się kamienne bloki, na podłodze poniewierały się odłamane nosy i uszy. Można było rozpoznać brodę Marksa i usta Lenina.

Góry ubrań, znowu puste butelki bez etykiet, stosy książek, worki z gipsem. Elene nagle się zatrzymała. Jej wzrok przyciągnęła niewielka fotografia w ramce.

– Co tam znalazłaś? – zainteresowała się Lana.

Elene nie odpowiadała, wpatrując się w zdjęcie jak zahipnotyzowana. W ramce było czarno-białe zdjęcie wycięte z gazety.

– Kto to jest? – Lana stanęła obok Elene.

– Moja ciotka.

– Twoja ciotka? Nie wiedziałam, że masz ciotkę.

– Mam. Mieszka na Zachodzie, jest znaną piosenkarką.

Andro spał w pokoju, który pewnie kiedyś był sypialnią, i chrapał.

– Niech się wyśpi i wytrzeźwieje, nie wygląda to na lekki sen. Jutro zmusimy go, żeby z nami pojechał. Chodź, pomóż mi, Elene, posprzątamy tu trochę!

Lana energicznie zabrała się do dzieła. Zamknęła drzwi do pokoju, pociągnęła za sobą Elene do kuchni, zapaliła wszędzie światło, znalazła miotłę, kilka szmat, wiadro i trochę mydła. Na podwórzu zaczęła wkrótce rosnąć sterta niepotrzebnych i brudnych gratów.

Potem wyszły na ciemne podwórze. Lana skrzyżowała ręce na piersiach. Patrzyły w niebo. Pokazały się na nim miliony gwiazd, które zdawały się być tak blisko, jakby wokół ich głów zamierzały utworzyć srebrne diademy. Jakby noc nachylała się ku nim, chcąc usłyszeć, o czym rozmawiają.

– Tu ich nie ma – powiedziała naraz Lana bezbarwnym tonem.

– Czego nie ma? – spytała Elene.

– Przekopałam cały dom. Boże, muszę je znaleźć!

Elene spojrzała na nią, nie rozumiejąc, i nagle pojęła.

– Nie powiesz chyba, że taśmy były tu przez cały czas! Że cały czas wiedziałaś, gdzie one są!

– Były tu – sprostowała Lana. – Były w czarnej skrzynce z napisem „Zabawki Michy". W czarnej drewnianej skrzynce. Pomóż mi szukać!

Szukały, czołgając się na kolanach po podłodze, sprawdzały pod meblami, odsuwały regały, otwierały szuflady. Już po północy Elene usłyszała okrzyk z sąsiedniego pomieszczenia. Kiedy tam weszła, Lana stała na środku pokoju odwrócona tyłem i trzymała w rękach skrzynkę. Drżała. Elene nie wiedziała – z radości czy z rozpaczy. Kiedy Lana się odwróciła, po jej twarzy spływały łzy.

I nagle Lana wydała się Elene dziwnie bliska. Zrozumiała tę szorstką kobietę, która niedawno jeszcze była w ciąży z tym samym mężczyzną, co kiedyś ona. Poczuła niespodziewaną ulgę, widząc tamtą stojącą w półmroku ze skrzynką z filmem, trzęsącą się od płaczu. Każdy myślący racjonalnie człowiek zarzuciłby Lanie, że postępuje egoistycznie, bo ważniejsze niż ratowanie męża jest dla niej ratowanie jego dzieła. Elene jednak nie była zdolna wypowiedzieć głośno czegoś takiego.

Lana, która zdawała sobie sprawę, jak może wyglądać w oczach Elene, odstawiła skrzynkę na podłogę. Usiadły koło siebie.

– Nie możesz już niczego zmienić. To by tylko pogorszyło sytuację. Nic dobrego by z tego nie wynikło. Jeśli się przyznasz, że wiedziałaś, gdzie był film, potraktują cię jak przestępcę. Nie wiem wprawdzie, co tobą powodowało, że przywiozłaś go tu na przechowanie, ale wiem na pewno, że jeśli go oddasz, w najmniejszym stopniu nie zmieni to całej sytuacji. – Elene mówiła wolno, z namysłem, ważąc każde słowo.

– O czym ty mówisz? Jest bity, szykanowany, cierpi.. On... Najpierw to był tylko film, przeklęty film i absurdalne przekonanie, że ten film coś zmieni. Potem doszło dziecko. Myślałam, że nasze dziecko powinno mieć rodziców, których będzie podziwiać. Później sam Micha powiedział, że mam być twarda. Spodobał mu się ten absurdalny pomysł ocalenia filmu. A ja byłam głupia, tak strasznie głupia!

Lana wyrzuciła to z siebie jednym tchem, a na końcu uderzyła się dłonią w twarz. Ale ten gest nie mógł już niczego naprawić, niczego odwrócić.

– Nie masz o tym pojęcia – łkała, wymierzając sobie kolejne policzki.

Elene nie próbowała jej powstrzymywać. Nie chciała pozbawiać jej iluzji, że w ten sposób dozna jakiejś ulgi.

Istniały niezliczone warianty prawdy, które się zmieniały, kiedy się je wypowiadało, i które kruszyły się jak zeschły chleb, pozostawiając w ustach mdły smak. W końcu Elene zdecydowała się jednak powiedzieć Lanie coś, co wydało się jej niezbitą prawdą.

– On cię nie kocha. I nie będzie cię kochał, cokolwiek byś zrobiła.

Następnego dnia udało im się nakłonić niezupełnie jeszcze trzeźwego Andra, żeby z nimi pojechał, i ruszyły do Tbilisi. Czarna drewniana skrzynka jechała razem z nimi. Elene nie miała pewności, co się teraz stanie z filmem.

Lecz wkrótce jej myśli zaprzątnęło coś innego. Gdy dotarły na miejsce, w mieszkaniu Kristine znalazły karteczkę.

Micha jest znowu w więziennym szpitalu. Trzeba jak najprędzej przenieść go na inny, bezpieczny oddział. Elene, jedź natychmiast do domu i porozmawiaj ze swoim ojcem. To sprawa życia i śmierci.

Związek Radziecki to sukcesy przyprawiające o zawrót głowy!

„Prawda"

– Halo, to ja. Wydaje mi się, że trochę przesadziłeś. Co znaczy, że nie masz już nad tym kontroli? Jesteś w milicji, więc kto ma mieć kontrolę, jak nie ty? Co znaczy, że nie zdawałeś sobie sprawy!? Powinieneś wiedzieć, z kim go tam zamkną. Że ja tak chciałem? Czy ja cię prosiłem, żeby go tłukli jak psa!? Rozczarowujesz mnie, przyjacielu. Będę to musiał załatwić osobiście. Nie, dziękuję. Ty już dość naprostowałeś. Dlaczego ja muszę myśleć za wszystkich!? Co to za tępak, który nie umie zliczyć, ile jest dwa i dwa. Oczywiście, że on nie potrafi się bronić, w końcu nie przyszedł tam z kolonii karnej! Masz jeszcze jego akta. Dobrze, powiedz swoim kolegom, że nie życzę sobie żadnego dalszego ciągu. Niech zapomną o wszystkim. Nie chcę przecież, żeby umarł. Na kiedy wyznaczony jest proces? Dobrze, odczekajmy jeszcze te trzy tygodnie, a potem... Potem niech go wypuszczą.

Do Elene, opartej o drzwi gabinetu ojca, docierały strzępy tej rozmowy. Nie mogła płakać, choć dusiły ją łzy.

Kostia Jaszi podszedł do strażników, okazał legitymację służbową i wszedł do szarego budynku szpitala z zakratowanymi oknami.

Rosły strażnik patrzył przed siebie obojętnie, dwóch innych grało w karty, paląc tanie astry. Kiedy Kostia wrócił, z jego twarzy niewiele dało się wyczytać. Zatrzymał się przed Kristine.

– Jest w agonii – oznajmił prosto z mostu. – Była jatka.

– Zbili go tak, że umiera?

Jej umysł bronił się przed przyjęciem tego faktu.

– Próbowali go powiesić.

Zasłoniła oczy rękoma.

– Mówią, że nie wiadomo, jak długo był niedotleniony.

– Chcę go zobaczyć.

– Nie wydaje mi się...

– Natychmiast zaprowadź mnie do niego.

– To chwilę potrwa. Muszę wykonać kilka telefonów. Mimo wszystko jest więźniem.

– Więźniem, którego powiesili towarzysze z celi i żaden strażnik nie przyszedł mu z pomocą!

Agonia Michy trwała pięć dni. W końcu przestały pracować płuca. Micha wyglądał tak, jakby spał. Niebieskie sińce i stłuczenia zbladły. Jego ojciec zemdlał na szpitalnym korytarzu. Stazja kołysała Andra, tak jak to robiła za życia Sopio. Kristine przywarła do martwego ciała Michy i nie można jej było od niego oderwać. Personel upominał ją wiele razy, nikt jednak nie odważył się odciągnąć jej siłą.

Tylko Lana krzyczała, uderzając się pięściami po udach.

A kiedy Stazja podniosła wzrok, dojrzała pośrodku korytarza, w niebieskawym świetle lamp, Sopio Eristawi. Sopio stała tam, jakby przechodziła ot tak, jakby chciała zapytać: „Jak się macie?". Stazja chwiejnym krokiem zaczęła iść w kierunku swej dawno zmarłej, lecz nadal młodo wyglądającej przyjaciółki.

– Nie zachowuj się tak, jakbyś się mnie nie spodziewała – upomniała ją Sopio.

– Sopio, wszystko zepsułam. Od kiedy cię nie ma, wszystko się wali. – Usta Stazji poruszały się bezgłośnie. – On miał dopiero dwadzieścia jeden lat. Mój Boże, tylko dwadzieścia jeden lat. Niczego nie mogłam powstrzymać, wszystko wyciekło jak przez zbyt grube sito.

– Ach, Tazo, niepoprawna fatalistko.

– Co miałam robić? Co!?

– Tańczyć, Tazo, powinnaś tańczyć.

– Z kim tam rozmawiasz, *deda*?

Głos Kostii rozległ się w korytarzu i przerwał rozmowę Stazji ze zjawą. Stazja się rozejrzała – Sopio znikła. Ale jej syn znowu powiedział do niej „matko".

W ognistych sercach rodzi się miłosne pożądanie,
Wysoko i wyżej, aż do twego miejsca na tronie.

Earth, Wind and Fire

Kitty wstrzymała oddech. Jeszcze nie mogła w to uwierzyć. Udało się. Za chwilę z jego głosem połączy jego twarz. Słyszała już kroki. Nie, jeszcze nie miała odwagi się odwrócić. „Oddychaj, oddychaj spokojnie, nie patrz w jego stronę", upominała się w myślach. Kroki zbliżały się do ławki w Hyde Parku, gdzie umówili się na pierwsze po wszystkich tych latach spotkanie.

Od rana była rozemocjonowana. Od kiedy udało się jej ustalić, kim on jest, nie mogła myśleć o niczym innym. Ciekawość twarzy, która kryła się za jego głosem, odbierała jej sen, wprowadzała zamęt w myślach, sprawiała, że nie mogła spokojnie oddychać.

Chociaż przyszedł punktualnie, tak jak punktualny był we wszystkim, co robił, i siedział już na ławce obok niej, dalej patrzyła prosto przed siebie, kątem oka rejestrując jego drobną posturę. Wyobrażała sobie zawsze, że jest wysoki, w każdym razie wyższy od niej. Garnitur w jodełkę – tak, tego się właśnie spodziewała. Okulary – czy przypuszczała, że nosi okulary? Łysa głowa – nie, nie domyślała się, że jest łysy.

– Kitty?

Tak, to był jego głos. Teraz tuż obok niej. Poczuła na czole zimny pot. Opanować się. Pomału, ostrożnie odwrócić ku niemu wzrok. Żadnego ostentacyjnego, przedwczesnego gestu, żadnego okrzyku.

– *Hello*, Georgi.

Głos odmówił jej posłuszeństwa. Zwróciła się w stronę mężczyzny, starając się pokryć uśmiechem zdenerwowanie. Jego twarz, okrągła i niepozorna, wydała się jej znajoma. Jak to możliwe? Czyżby jego głos rzutował na jego wygląd? Głos, który teraz oblókł się w ciało? Niemożliwe! Bez wątpienia widziała go po raz pierwszy w życiu.

– I co teraz? – spytał.

Jego łagodny uśmiech dawał poczucie bezpieczeństwa. Pasował do niezliczonych rozmów, które prowadzili przez telefon w ciągu minionych lat. Ten miękki jak jedwab baryton, kojący, głęboki, bez żadnych chrypień i ostrych tonów. I tak znajomy, że czuła dreszcz na plecach.

Georgi pachniał wodą po goleniu, owocami cytrusowymi. Potrzebowała czasu, żeby jego prawdziwa twarz zastąpiła to, co stanowiło dotąd jej wyobrażenie. Tę twarz musi teraz zapamiętać. Każdy rys.

Ponieważ mu nie odpowiedziała, znów zapytał, tym razem bardziej konkretnie:

– Jak mnie pani znalazła?

– Zaangażowałam prywatnego detektywa. Tak po prostu, jak w filmie. Takiego właśnie osobnika. Brakowało mu tylko płaszcza przeciwdeszczowego, ale kapelusz miał. I zapewnił mnie, że nie ma człowieka, którego nie dałoby się odszukać. Chyba że delikwent jest już martwy. Zapewniłam, że pan istnieje. Że żyje pan nawet w tym samym mieście co ja. Tak, czułam to, Georgi. Czułam od początku. Ale mój detektyw potrzebował sporo czasu, żeby pana namierzyć. Powiedział, że jest pan profesjonalistą.

Dopiero teraz się zaśmiała. Duszący ucisk w piersiach ustąpił.

– I ostatnim razem, przypomina pan sobie, Georgi... O Boże, muszę się najpierw przyzwyczaić do pana imienia, nigdy bym na nie nie wpadła! Do tylu rzeczy muszę się przyzwyczaić! Ostatnio prosiłam pana przecież, żeby napisał pan do mnie list, tak jak zwykło się to robić w dawnych dobrych czasach. „Za każdym razem inna budka telefoniczna", powiedział mi detektyw. Więc musiałam pana poprosić o list. I pan na szczęście spełnił moją prośbę. A potem mój detektyw prześledził drogę tego listu. I odnalazł pana. Szczegółów nie byłam ciekawa. Jedyne, co było dla mnie ważne, to pana imię. Dwa dni temu zadzwonił do mnie: „Namierzyłem pani mężczyznę". Tak powiedział: „pani mężczyznę". Z początku myślałam, że się pomylił. Ale powiedział: „On nazywa się Georgi Alania. Pracuje w radzieckiej ambasadzie w Londynie jako *attaché* kulturalny". I nagle wszystkie elementy układanki zaczęły do siebie pasować. Podróż do Pragi i... Wtedy zrozumiałam, że to pan. A resztę pan zna: po prostu zadzwoniłam do ambasady. Z budki telefonicznej, bo nie odważyłam się użyć mojego domowego telefonu. W wydziale kultury pracował rzeczywiście ktoś o nazwisku Alania. I zanim usłyszałam w słuchawce pańskie: „Tak, proszę?", wiedziałam, że pana odnalazłam. Odnalazłam pana.

– To bardzo niebezpieczne, co pani zrobiła, Kitty.

– Proszę mnie zrozumieć! Moje życie... Musiałam pana znaleźć! I muszę pojechać do domu.

Spostrzegła, że drżą mu ręce. On też unikał patrzenia jej w oczy. Zerkała na niego ukradkiem. Rogowe okulary z ornamentami z kości słoniowej. Smutne oczy. Chciała go dotknąć. Cofnięta broda. Blada skóra. Zdawało się, że na ułamek sekundy stracił kontrolę nad sytuacją, po raz pierwszy od lat. Miał w sobie coś, co domagało się chronienia, on też wydawał się tęsknić za dotknięciem, za czymś od niego mocniejszym, co wyrwałoby go z jego świata.

– Nikt nie może się dowiedzieć, żeśmy się spotkali. To byłoby niebezpieczne dla wielu ludzi, także dla tych, którzy są dla pani ważni.

Coś w sposobie, w jaki próbował utrzymać swój wizerunek jako tego, kto ją chroni, smutno ją nastrajało.

– Proszę mnie odwiedzić. Proszę do mnie przyjść. Chciałabym pana widywać. Poznać.

Jednym ruchem poderwała się z ławki, niezdolna znosić dłużej jego fizycznej obecności, jego głosu, który stał się konkretem, odwróciła się i odeszła. Tak wiele słów nazbierała dla niego przez te lata, a teraz nie umiała powiedzieć nic istotnego. Miała jednak pewność, że kiedy już raz wychynął ze swego ukrycia, nie zniknie znowu tak po prostu w mroku anonimowości. Przyjdzie do niej. Musi to zrobić!

Poprosi go o to ten jeden, jedyny raz. Niech wyświadczy jej tę uprzejmość, nie, nie uprzejmość – pomoc. Przekona go. Tak czy inaczej. Wszelkimi sposobami. (Jakie to miały być sposoby, jeszcze nie wiedziała). Tej jednej prośbie przecież nie odmówi.

Kiedy więc minęło pięć dni i u drzwi jej mieszkania zadzwonił dzwonek – było już późno, na zewnątrz zapadł zmrok – wiedziała, że to on. Od czasu spotkania w Hyde Parku nie wychodziła z domu. Jego bezradność w tamtej chwili, kiedy poderwała się z ławki, jego niezdolność zatrzymania jej były dla niej wystarczającymi dowodami, że nie zrezygnuje z tego, do czego już doszedł. Samą zgodą na spotkanie złamał wszystkie swe zasady. Teraz przyszedł czas, by ustanowić nowe.

Wzięła od niego płaszcz. Chusteczką z materiału nerwowo przecierał okulary. Ona zajęła się banalnymi czynnościami – nakryła niski stolik w pokoju gościnnym, przysunęła wózek z napojami, zapomniała czegoś, poszła do kuchni, wróciła, usiadła, znowu się poderwała. On oglądał jej zdjęcia, które Amy powiesiła w ramkach na ścianach pokoju mimo jej sprzeciwu. Bębniła paznokciami w szkło, wygładzała na sobie spodnie.

Odmówił dobrej whisky i poprosił o coś bezalkoholowego. Przyniosła lemoniadę z czarnego bzu.

– Nie wiem, od czego zacząć – powiedziała i usiadła wreszcie naprzeciw niego na małym stołku obitym pluszem.

– Ja też – powiedział, próbując się do niej uśmiechnąć.

Znajomość jego głosu działała uspokajająco, a jednocześnie budziła jej niepokój, bo wyraźnie czuła, że naprzeciw niej mimo wszystko siedzi ktoś obcy. Dotknęła ustami szklanki z whisky i utkwiła wzrok w Georgim Alanii.

W tym miejscu, Brilko, muszę, jak już zapowiedziałam, cofnąć się w przeszłość, do roku 1941, kiedy armie niemieckie wkroczyły do Związku Radzieckiego, a Georgi Alania, absolwent Szkoły Marynarki Wojennej, który zdobył specjalność w dziedzinie budowy okrętów, został wysłany do Stoczni Amurskiej, na najbardziej wysunięty na wschód cypel Związku Radzieckiego, nad Morze Japońskie. Szczęściem ominęła go wojna. Przebywał w niegościnnym mieście przemysłowym, w zimnie, otoczony zmęczonymi, milczącymi robotnikami o pomarszczonych twarzach, którzy po fajrancie myśleli tylko o tym, by jak najszybciej wrócić do swoich baraków i napić się własnoręcznie pędzonego bimbru.

Pomiędzy nimi czuł się obco. Wszyscy byli od niego albo o wiele starsi, albo mieli zupełnie inne nastawienie do życia, inne potrzeby niż on. Georgi w wolnym czasie chciwie słuchał więc wiadomości z frontu, robił długie spacery brzegiem burzliwego morza i – przynajmniej z początku – pisywał do swego najlepszego przyjaciela długie, pełne emocji listy, a wieczorami czytał w baraku przy świeczce Jules'a Verne'a albo Thomasa Reida.

Praca nie sprawiała mu trudności. Szybko znajdował rozwiązanie każdego problemu, co z biegiem czasu zyskało mu uznanie współtowarzyszy. Nie był specjalnie lubiany, ale darzono go szacunkiem. Chociaż zajmowały go wyzwania techniczne, aktywność fizyczna, czytanie książek i gotowanie, czuł się na tym końcu świata odcięty od wszystkiego. To uczucie znał już dobrze jako dziecko, ale w czasach leningradzkich, przy boku Kostii, na jakiś czas o nim zapomniał. Teraz znów musiał się przyzwyczaić do swego smętnego stanu i wszystko w nim się przeciw temu burzyło.

Zawsze był introwertykiem, lecz lata spędzone w stoczni, kontakt ze światem zewnętrznym zredukowany do minimum, brak pokrewnej duszy uczyniły z niego człowieka drażliwego i nieufnego. Miał świadomość regresu, w jaki popada. W Leningradzie był całkiem inny, nie miał tych dręczących go wcześniej wątpliwości i kompleksów. Udało mu się je wówczas przezwyciężyć. W Leningradzie odnosił wrażenie, że przejął jakąś część energii Kostii, jego pewności siebie i otwartości, co zachęcało go do większej odwagi wobec ludzi, do większej radości i ufności wobec życia. Teraz dojmująco odczuwał brak przyjaźni z Kostią, może jedynej w swoim dotychczasowym życiu, o którą nie musiał zabiegał, bo zrodziła się sama.

Ale tu, w obwodzie amurskim, zwątpienie Alanii co do samego siebie skrajnie się spotęgowało: nie mógł pozbyć się przeświadczenia, że nie zasługuje na to, żeby być kochany. A to katastrofalnie odbijało się na jego kontaktach z kobietami.

Kobiety jakby go nie zauważały. Miał dobre maniery, mówił najbardziej wyszukane komplementy, potrafił robić najpiękniejsze prezenty – na próżno. Kobiety nagradzały go najwyżej uśmiechem, kokieteryjnie dziękowały i oddalały się. Jedyna próba, kiedy umówił się z pewną nauczycielką, którą zagadnął na portowej promenadzie i zabrał na film do kinoteatru Pionier, skończyła się nieprzyjemnie. Gdy w kulminacyjnym punkcie filmu położył jej rękę na plecach, ona strąciła ją tak gwałtownie, z takim obrzydzeniem, że sam poczuł do siebie wstręt.

Po tym doświadczeniu nie próbował już zdobywać względów kobiet. Nie wiodło mu się nawet z prostytutkami. Raz zaprosił do siebie znaną w mieście tlenioną damę w średnim wieku, o zepsutych zębach i w pocerowanych pończochach, mówiącą z trudnym do ukrycia syberyjskim akcentem. Otworzył nawet z tej okazji przechowywanego na sylwestra szampana. Kobieta upiła się i rozebrała bez żadnych wstępów, a potem z obojętnym wyrazem twarzy sięgnęła między jego nogi tak, że o mało nie krzyknął z bólu. Nie pozostało mu nic innego, jak ją wyprosić.

Od tej pory czuł jedynie zawstydzające upokorzenie, gdy towarzysze w pracy chwalili się miłosnymi przygodami. Z czasem stwierdził, że nie potrafi pożądać kobiety, nie mając przynajmniej iluzji, że sam jest pożądany. Jego tęsknota nie dotyczyła kobiecego ciała, lecz pragnienia, żeby to ciało potrzebowało jego ciała. Będąc dzieckiem samotnej matki, pozbawionym ojca, od dzieciństwa doświadczał kpin i upokorzeń. Nawet podczas rodzinnych uroczystości czuł na sobie lekceważące spojrzenia swych dziadków. Nieważne, że był dobrym uczniem, że miał osiągnięcia – wieczne przekonanie, że jest nic niewart, że jest niedoskonały, szło za nim niczym niemiły zapach z ust. I wiedział, że to zło ma swoją przyczynę w fakcie, że był bękartem.

Myśl ta stała się niemal jego obsesją.

Może naprawdę nie był wiele wart, może zawdzięczał swoje życie jedynie nieszczęśliwemu wypadkowi, może jego matka rzeczywiście źle się prowadziła? Dlaczego tak uparcie milczała na temat tego, kto jest jego ojcem? Dlaczego odmówiła mu tej wiedzy, najbardziej naturalnej w świecie?

Napisał list do matki, stawiając sprawę wprost: ma prawo wiedzieć, kto jest jego ojcem, niech matka przestanie to przed nim ukrywać. Jest wystarczająco dorosły, żeby dowiedzieć się, kto go spłodził. Nie chce dłużej żyć ze stygmatem „ojciec nieznany". Nie chce, by to piętno było widoczne w jego twarzy.

Odpowiedź nadeszła dopiero po kilku miesiącach. Matka obiecywała, że następnym razem, kiedy się zobaczą, wszystko mu wyjawi, w cztery oczy, ale pisać nie będzie, nie może.

I jak to często bywa w takich historiach, Brilko, również w naszej historii, lub ściśle mówiąc, w historii Alanii, wszystko potoczyło się inaczej, niż można by się spodziewać. Niedługo przed zdobyciem Berlina Alanię odwiedził wytwornie ubrany mężczyzna z fajką w ustach i złotym znaczkiem z sierpem i młotem w klapie czarnej marynarki. Podjechał pod budynek stoczni ekstrawaganckim, potężnym automobilem – rzadkość w tamtych stronach – i zapytał o Georgiego Alanię. W gabinecie dyrektora stoczni usiedli w fotelach naprzeciw siebie. Wytworny mężczyzna przedstawił się jako pracownik Ministerstwa Spraw Wewnętrznych. Przez chwilę mówił o wadze współpracy organów państwowych w tych ciężkich czasach, o zaostrzeniu walki na froncie wewnętrznym, o niebezpieczeństwie płynącym ze świata kapitalistycznego i o tym, jak ważne jest – ważniejsze niż kiedykolwiek – kontynuowanie walki z kontrrewolucją. Jak czujnym trzeba być w stosunku do wszystkich – i tu przyjrzał się uważnie Alanii.

Zadawał Georgiemu pytania, chcąc dowiedzieć się wszystkiego: od spraw prywatnych do jego nastawienia do obowiązków wobec ojczyzny.

– Towarzyszu Alania, doskonałą opinię wystawiła wam akademia marynarki, a także dyrektor tutejszej stoczni. Byliście również, jeśli dobrze pamiętam, aktywnym członkiem Komsomołu w Suchumi. Znakomicie, naprawdę, znakomicie, towarzyszu! Takich ludzi nam potrzeba. – Mężczyzna z fajką w ustach skinął z aprobatą głową osadzoną na byczym karku.

– Bardzo przepraszam, ale niezupełnie rozumiem. Jeśli wolno spytać: gdzie mogę być potrzebny?

– No, oczywiście w partii, przyjacielu, w partii. Właśnie teraz nasz kraj potrzebuje dobrych obywateli, wiernych ojczyźnie. Teraz, kiedy wygraliśmy tę wojnę, zacznie się prawdziwa robota. Przekonanie, że wystarczy wygrać wojnę, byłoby fatalnym błędem. Nie należycie wprawdzie do związków zawodowych, co niektórym może się nie podobać, ale może mimo wszystko uda mi się was poprzeć.

Georgi był zdumiony i oszołomiony. Jak to się stało, że go tu znaleziono? Przez ostatnie cztery lata zdawał się na to, co przynosiło mu życie. Nie robił żadnych planów, zabronił sobie tego. Jedyne, czego chciał, gdy świat schodził na psy, to rozgryźć, kim jest on sam. Nie starał się zrozumieć świata, sam dla siebie był wystarczającą zagadką. Dlaczego więc zwrócono się akurat do niego? Nie miał przecież wpływowych przyjaciół. Jego dotychczasowe obowiązki wobec ojczyzny polegały wyłącznie na pracy w stoczni. Był może zdolniejszy i szybszy od niektórych kolegów, ale też na pewno był ostatnią osobą, którą można by posądzić o tęsknotę za brawurowymi przygodami czy ryzykownymi tajnymi operacjami. Lecz człowiek, który przed nim siedzi, nie zdradzi mu niczego, choćby coś wiedział. O wiele bardziej prawdopodobne, że wykonuje po prostu czyjś rozkaz i bada go z polecenia kogoś, kto stoi wyżej.

W ciągu tej półgodziny, którą spędził z owym tajemniczym przybyszem w gabinecie dyrektora stoczni, Alania pojął kilka spraw. Oto ma szansę wydostania się z tego miejsca na końcu świata. Niezależnie od tego, czym skończy się to spotkanie, jedno jest pewne: ma okazję się stąd wyrwać i wrócić do dawnego siebie, do tego Georgiego, którym chciał być, kiedy na defiladzie wieńczącej studia na akademii wojskowej stał obok Kostii i salutował.

– Jestem gotów! – powiedział cokolwiek niepewnie, ale z wyraźną ulgą, i poprosił człowieka z Ministerstwa Spraw Wewnętrznych, żeby wyjaśnił mu nieco bliżej, o co chodzi.

W maju 1945 roku wezwano Alanię do Moskwy i na tajnym posiedzeniu Ministerstwa Spraw Wewnętrznych przydzielono do nowo tworzonej grupy pod kryptonimem „Repatriacja". W tamtym momencie w różnych krajach Europy, zwłaszcza w Europie Zachodniej, przebywało prawie pięć milionów radzieckich obywateli. Chodziło o ściągnięcie ich do kraju, żeby nie ulegli wrogiej propagandzie. W większości byli to jeńcy wojenni i robotnicy przymusowi. Sam Generalissimus uznał sprowadzenie ich do kraju za sprawę niecierpiącą zwłoki. Po zakończeniu wojny Brytyjczycy i Amerykanie otworzyli swe obozy i wyekspediowali z powrotem na Wschód około sześćdziesięciu tysięcy Rosjan. Ale pozostawało jeszcze wielu, których należało odszukać i zachęcić do powrotu do ojczyzny fałszywymi obietnicami, a jeśli zaszłaby taka potrzeba – sprowadzić siłą.

Na niektórych tajnych posiedzeniach Ministerstwa Spraw Wewnętrznych, również na Łubiance, mówiło się, że obywatelom radzieckim pozostającym na Zachodzie grozi niebezpieczeństwo, że wszyscy zostaną poddani kapitalistycznej indoktrynacji lub będą narażeni na wpływ ideologii mienszewickiej. Całą tę „demokratyzację" finansowali oczywiście Amerykanie. Za wroga uznano także wpływową i rzeczywiście utrzymywaną przez Amerykanów organizację o nazwie Narodowo-Pracowniczy Związek Rosyjskich Solidarystów, która opierała się na mienszewikach pozostających na wygnaniu od czasów rewolucji październikowej.

Zwalczanie tych „szkodników" i repatriacja obywateli radzieckich, którzy mogli paść ofiarą zachodniej propagandy, stało się w latach powojennych priorytetem radzieckiego państwa.

Zadania te miał teraz wykonywać również Georgi Alania. Oprócz chwalonych – mniejsza o to przez kogo – cech i umiejętności, jakie posiadał, potrzebował do tego specjalnej wiedzy. A tę miał przez trzy lata zdobywać w Moskwie.

Znalazł się więc w Moskwie, otrzymał przysługujące ludziom nomenklatury mieszkanie przy samej Twerskiej i zaczął tajne szkolenie. W jego programie, obok metod, które musiał poznać, żeby móc podstępem lub przemocą zmuszać ziomków do powrotu do ojczyzny, a które – niestety lub na szczęście – nie są mi znane, znajdował się też język angielski.

W Moskwie wszystko się zmieniło. Wprawdzie przez kolegów Alania nadal nie był specjalnie lubiany, lecz wykonywał ważne zadania, był więc szanowany i ceniony – uznanie budziła zwłaszcza jego zdolność błyskawicznego uczenia się. Mieszkał w metropolii, która wprawdzie nie otrząsnęła się jeszcze ze skutków apokaliptycznej wojny, lecz w której można było znaleźć damy gotowe za pieniądze albo inne świadczenia udawać namiętność i pożądanie.

Alanię przestały nawiedzać ponure myśli. Chciał zostać najlepszym z najlepszych. Władzę, o której wcześniej nie miał odwagi nawet marzyć, a którą go tak nagle obdarzono, mógł wykorzystać również w dobrych celach. Mógł teraz odnaleźć swojego najlepszego przyjaciela, który na szczęście przeżył wojnę, sprowadzić go do siebie, leczyć jego rany i pomóc mu stać się tym, kim na pewno by został, gdyby nie ten straszliwy wojenny kataklizm.

W 1946 roku, zanim Alania zdążył odwiedzić swe rodzinne strony – odsuwał to ciągle na później z powodu nawału obowiązków – zmarła jego matka. Udar mózgu. Śmierć matki wprawiła go w stan głębokiego szoku. Spóźnił się, nie dowie się już, kto jest jego ojcem. Chęć poznania własnego pochodzenia zaczęła na nowo z nieoczekiwaną intensywnością zajmować jego myśli. Poprosił o urlop i pojechał na abchasko-megrelską prowincję.

Po pogrzebie matki zaczął szukać informacji o ojcu. Wypytywał sąsiadów i mniej znienawidzonych krewnych oraz kolegów matki. Zachowywał się niemal prowokacyjnie. Jego matka nie miała już nic do stracenia, a on i tak nigdy tu nie wróci.

Ze strachu czy z niewiedzy – ludzie nie mieli Alanii nic do powiedzenia. Niektórzy przysięgali na wszystkie świętości, że jego matka zobowiązała się do zachowania swej tajemnicy aż do śmierci. Lecz Alania był cierpliwy, skrupulatny, a jego znajomość ludzi była równie dobra, jak jego pamięć. Legitymacja pracownika Ministerstwa Spraw Wewnętrznych otworzyła mu drzwi archiwum uniwersyteckiego, gdzie pomiędzy niezliczonymi fiszkami znalazł tę z nazwiskiem kobiety, przed którą stała niegdyś zupełnie inna przyszłość, ponieważ była pierwszą i przez długi czas jedyną kobietą na tym uniwersyteckim wydziale, lecz tajemnicza przygoda w Kutaisi położyła kres tej obiecującej perspektywie, zanim zaczęła się ona realizować.

Z jego obliczeń wynikało, że został poczęty w tamtym właśnie mieście, więc nie poddawał się, jeszcze raz wszystko analizował, dedukował. I w ten sposób, paradoksalnie, lecz zupełnie logicznie, przestał myśleć, że właśnie tu był jego początek. Kutaisi tak nie pasowało do Gulo, jego ukochanej Gulo, „Serduszka", któremu wyrwano serce, Gulo, którą traktowano jak trędowatą, bo już w pierwszych dniach swojego pobytu na wymarzonych studiach zaszła w ciążę. Trudno było sensownie połączyć z sobą takie dwa fakty, że z jednej strony zdecydowała się studiować wyższą matematykę, a z drugiej go urodzić. Potem przez całe życie traktowała mężczyzn lekceważąco i jeśli się dobrze zastanowić, tylko on, jej ukochany syn, stanowił pod tym względem wyjątek.

W jego głowie zaczęło kiełkować podejrzenie, absolutnie logiczne, prawie niemożliwe do odrzucenia i z tego powodu niebrane wcześniej pod uwagę: to nie wina Gulo, jak uważała cała wieś, nie jej lekkomyślność i rzekomy kapitalistyczny brak zasad moralnych zniszczyły jej życie, a z niego uczyniły bękarta, to nie jej brak rozwagi, nawet nie przyjemność ani jej pomyłka, nie, to coś, co jej uczyniono.

Musiał to być gwałt! Ta myśl wyzwoliła w nim najpierw pewien rodzaj ulgi, a potem wściekłość. Ten obrzydliwy czyn, którego skutkiem był on, musiał się wydarzyć na krótko przed wyjazdem matki na studia. Matka chciała studiować w Kutaisi, zacząć nowe życie i nigdy by tam nie wyjechała, nie walczyłaby tak zaciekle o indeks, gdyby wiedziała, że jest w odmiennym stanie. Bo Gulo była realistką i doskonale wiedziała, że z nieślubnym dzieckiem nie ma cienia szansy na studiowanie. Musiała zatem przyjechać na studia, będąc w ciąży, której jeszcze się nie domyślała. Ale kiedy została zgwałcona i dlaczego tak uparcie milczała? Dlaczego nie ratowała swojej reputacji? Wtedy on też nie byłby traktowany jako ktoś, kto nie powinien był się zdarzyć, czyje istnienie wzięło się jedynie z braku zasad moralnych matki.

Alania pojechał do swojej rodzinnej wsi, poszedł do starej szkoły matki. Jego legitymacja wywarła na dyrektorze szkoły odpowiednie wrażenie, otrzymał więc przydatne informacje. Dyrektor odesłał go do nauczycielki jego matki, staruszki żyjącej jeszcze w sąsiedniej wsi. Alania za kilka rubli najął furmankę. Znalazł starą nauczycielkę, już niemal ślepą, ale jeszcze jasno myślącą. Nie musiał długo tłumaczyć, czyim jest synem. Stara kobieta szybko i żywo przypomniała sobie Gulo.

Jakaż to była dziewczyna, jakie miała zdolności! Powinna była przenieść się do miasta, wieś nie była dla niej, szkoda, szkoda, szkoda. Alania potrzebował jednak faktów.

– Potrzebujesz faktów? Jakich faktów, chłopcze?

Stara kobieta wypowiedziała to słowo, jakby to było coś groźnego. W jednej chwili stała się czujna i zaczęła się kołysać nerwowo w tył i w przód.

– Z kim na przykład była zaprzyjaźniona, zanim zaczęła studia?

– Słuchaj, synku, ja uczyłam swoich uczniów, ale nie byłam z nimi szczególnie blisko, nie wiem takich rzeczy.

Lecz sposób i tempo, w jakim wyrzuciła z siebie te słowa, wskazywały na coś zupełnie innego. Praca dla NKWD wiele Alanię nauczyła, uformowała jego umysł na kształt anteny odbierającej subtelne sygnały, również to, co nie zostało wypowiedziane. Pokazał staruszce swoją legitymację, ta spojrzała na nią, wytężając wzrok, zapewne nie mogła odczytać treści.

– Co to jest, mój chłopcze?

– Dobrze wiecie, co to jest.

– I czego teraz chcesz ode mnie?

Tym razem nie dodała już „mój chłopcze". W jej cienkim głosie słyszał strach.

– Wy wiecie o czymś, o czym ja muszę się dowiedzieć. Pamiętacie zapewne coś, co dla mnie ma wielkie znaczenie, i nie chcecie mi tego wyjawić. Będzie mi bardzo przykro, ale nie dajecie mi innej możliwości, jak...

– No, no, już dobrze. Nie chcę żadnych problemów, mój syn jest dobrym komunistą, pracuje na plantacji herbaty.

– Ja wam nie grożę. Potrzebuję tylko kilku faktów.

– Więc dobrze. Twoja matka już wtedy nie była jakąś tam sobie przeciętną dziewczyną. Nie plotkowała z innymi, nie prowadzała się po wsi z wiejskimi dzierlatkami, wiedziała, czego chce, konsekwentnie dążyła do celu, spostrzegłam to wcześnie, wierz mi. Ale, co zaskakujące, dobrze rozumiała się z dziewczyną od Lejawów. Tamta była taką blond lalą, przeciwieństwem Gulo. Sukienki z głębokim wycięciem, a wieczorami na spacerach po wsi kokietowanie chłopców. Ale to była córka towarzysza Lejawy, komisarza partii. Dobrze się rozumiały, jak mówiłam, tamta dziewczyna umiała ładnie recytować i obie zaprzyjaźniły się na wycieczce do Baku.

– Do Baku? Moja matka była w Baku?

– To była wycieczka młodzieży komsomolskiej. Pamiętam dobrze, to była piękna wycieczka, pojechali na nią najlepsi, a córkę Lejawy wzięto tylko dlatego, że... Cztery albo pięć dni trwała ta wycieczka. I... – Kobieta zatrzymała się, szukając słów, próbowała uporządkować wspomnienia, cofnąć czas.

– Kiedy to było?

– Po zakończeniu szkoły, w lecie. Takie specjalne wycieczki były zarezerwowane dla uczniów, którzy kończyli szkołę ze złotymi medalami, dlatego musiało to być po zakończeniu nauki.

– Co zdarzyło się w Baku?

– Nie wiem. Mój Boże, jestem starą kobietą, nie stałam przecież przy nich w każdej sekundzie.

Na jej twarzy pojawił się grymas, jakby odpędzała od siebie niemiłe wspomnienia. Georgi czuł, że jest coraz bliżej prawdy.

– Poznałyśmy tam wiele osób, zaproszono nas też na przyjęcie z ważnymi urzędnikami.

Na jej twarzy na krótko zabłysło coś jakby duma.

– Kto przygotował wam to przyjęcie?

– Wysocy rangą komisarze, członkowie partii, ci najważniejsi. To był gest przyjaźni.

– Azerowie?

– Tak, ale byli tam też Gruzini.

– I piło się alkohol?

– Ja nie pozwalałam.

– A potem?

– Potem? Nie wiem. Ale tam nic się nie stało, gdzieżby! Kochałam moje dziewczęta i chroniłam je, a poza tym to byli godni mężczyźni, prawdziwi komuniści, ludzie partii, mówiłam przecież!

Oddychała ciężko, skarżąc się na wysokie ciśnienie. Zawołała syna, żeby przyniósł jej lekarstwa.

Alania się podniósł. Oczywiście stara kobieta wiedziała więcej, niż mówiła, mógł na niej wymóc szczere wyznania, ale poczuł się naraz tym wszystkim zbyt przytłoczony. Musiał wyjść na świeże powietrze z tego wilgotnego pokoju przesiąkniętego zapachem leków.

– Nie będę wam dłużej przeszkadzał. Wiecie coś o losach córki Lejawy? Jak ona miała na imię, pamiętacie może?

– Jak się nazywała? Nie pamiętam, zapytaj we wsi, jej rodzina dawno już wyjechała, ale ją pamiętają, zwłaszcza mężczyźni pamiętają, powiadam ci. Wyjechała, o ile wiem, do Batumi.

Georgi Alania stał przez chwilę na zakurzonej wiejskiej drodze. Miał spocone dłonie – co zdarzało się zawsze, kiedy był zdenerwowany – i bolała go głowa. Wydawało mu się, że jego legitymacja w wewnętrznej kieszeni marynarki jest czymś w rodzaju kamizelki kuloodpornej. Dawała mu miłą świadomość, że poradzi sobie i w tej sprawie.

Pojechał do Batumi, odszukał tamtejszy komisariat, bez słowa położył legitymację na stole, oczekując szybkiego dostarczenia informacji na temat towarzyszki Lejawy. W ostatnim czasie przekonał się wielokrotnie, że wrażenie, jakie wywierał ten dokument, oszczędzało wiele jego czasu i sił.

– Nasza Nelly?

– Nasza? – spytał zdziwiony Georgi.

Człowiek, który z nim rozmawiał, uśmiechnął się znacząco, unosząc brwi, jakby chciał dać mu do zrozumienia, że kobieta, o którą pytał, jest ogólnie znana.

– To hm... znana wielu, urocza dama. Mieszka w dużym białym domu zaraz za pierwszym wyjazdem z centrum, za muzeum archeologicznym. Potrafi przepowiadać przyszłość, proszę uważać i się pilnować... – Milicjant zaśmiał się znacząco.

– Przepowiadać przyszłość?

– Tak, wróży z fusów. I to jak!

Alania przerwał tę rozmowę, która miała w sobie coś nieprzyjemnego, podziękował i pojechał autobusem wzdłuż ciemnego, błyszczącego jak oliwa morza na Zielony Przylądek, którego widok nastroił go nagle sentymentalnie, wywołał wspomnienia z dzieciństwa i dojmującą tęsknotę za matką.

Domu, którego szukał, nie dało się nie zauważyć. Budynek pochodził jeszcze z czasów, kiedy Rothschildowie i Noblowie flirtowali z Kaukazem i kiedy w planach była budowa Grand Hotelu, a białe statki bez przeszkód i kontroli celnych mogły zawijać do tutejszych portów. Dawny przepych domu przetrwał gust bolszewików, ale nie oszczędził go niszczący ząb czasu. Wysmukłe łodygi bambusów chroniły go przed ciekawskimi spojrzeniami. Alania wszedł niepewnie przez wysoką zardzewiałą bramę do ogrodu. Małe dzieci biegały za piłką. Zatrzymał najstarszego chłopca i zapytał go, czy wie, gdzie mieszka towarzyszka Lejawa. Chłopiec, zniecierpliwiony, że przerwano mu zabawę, pokazał tylko palcem na górę.

Alania wszedł przez otwarte drewniane drzwi i znalazł się na klatce schodowej wyłożonej marmurem. Klatka schodowa była zaniedbana, z sufitu kapały krople wody, tworząc w wielu miejscach niemiłe kałuże. Doszedłszy na samą górę, Alania zobaczył zielone drewniane drzwi, z których odpadała farba. Zatrzymał się. Zawrócić? Zapukać? Czy ona zna prawdę? A jeśli nie dowie się nic nowego? Zapukał.

Upłynęła chwila, zanim usłyszał niski kobiecy głos.

– Kogo tam znowu niesie, do diabła? Ja nie handluję mąką. Nie gotuję, nie mam cebuli, kiedyż to wreszcie do was dotrze?

Zastukał znowu, za drzwiami rozległy się pospieszne kroki i drzwi otwarły się przy akompaniamencie łajania.

Stało przed nim dziwo: rosła, korpulentna kobieta o imponującym biuście, pięknych, gęstych włosach, spiętych w idealny kok. Miała na sobie jasnozieloną halkę i była boso.

Z jej twarzy można było wyczytać, że prowadziła intensywne życie, a usta uszminkowane purpurową czerwienią nadawały jej nienaturalny, lalkowaty wygląd.

Była zaskoczona. Obcy młody człowiek był ostatnią osobą, jakiej się spodziewała.

I po raz pierwszy w życiu Alanii zdarzył się cud: zdziwiony, naburmuszony wyraz twarzy kobiety na jego widok zmienił się w ujmujący uśmiech. Poprawiła śmiałe wycięcie halki, obciągnęła ją na udach i spytała, przeciągając każdą sylabę:

– Co mogę dla pana zrobić?

Georgi Alania, speszony i spocony z wrażenia, wyjąkał:

– Słyszałem... o kawie...

Kobieta uchyliła drzwi nieco szerzej, wyjrzała szybko na korytarz i chwytając Alanię za marynarkę, wciągnęła go do środka.

Mieszkanie, podobnie jak cały dom, pamiętało lepsze czasy. Resztki tapet zwisały ze ścian, z kranu, zainstalowanego nie wiedzieć czemu w pokoju, kapała woda, a u sufitu wisiał olbrzymi żyrandol, który pasowałby raczej do sali teatralnej niż do tego ciemnego, wilgotnego mieszkania, w którym wszędzie leżały porozrzucane zakurzone zdobne pudła z kapeluszami.

– Kto cię do mnie przysłał? – zapytała i wskazała mu miejsce przy okrągłym stole.

– Pewna znajoma.

– Pewna znajoma, aha. Normalnie od razu wyrzuciłabym cię za tę głupawą odpowiedź. Ale nie wyglądasz mi na jednego z nich. Wiem, komu ufać, komu nie. Umiem czytać w twarzach jak w fusach z kawy. Ale mam nadzieję, że rozumiesz, iż oboje możemy mieć kłopoty, jeśli rozgłosisz, czym się zajmuję. Siedzę tu jak w areszcie domowym, mają na mnie oko, nie zostawią mnie w spokoju. Co im szkodzę? Komu wadzę?

Jej całe ciało, oczy, usta flirtowały z nim, były mu oddane, nie obawiały się jego niepewności, jego onieśmielenia, nie – zachęcały go wręcz, dodawały mu odwagi, żeby na nią patrzył i poddał się jej urokowi. Georgi poczuł nieznane dotąd ciepło w okolicach żołądka. Nie mógł zrozumieć, jak to możliwe, że przez całe swoje dotychczasowe życie był pozbawiony takiego oddania, takich zabiegów.

Gospodyni poszła tymczasem do wnęki kuchennej za parawanem, by przygotować kawę. Smakowity zapach rozszedł się wkrótce po całym mieszkaniu. Kiedy wróciła z kawą, miała na nogach domowe pantofle haftowane w kwiatki, co z jakiegoś powodu wprawiło Georgiego w zachwyt: włożyła je dla niego, dla niego obuła swoje bose stopy!

– Czego chcesz się ode mnie dowiedzieć? – zapytała, zaciągając się papierosem bez filtra.

O mało mu się nie wymknęło: „Kto zgwałcił moją matkę i kto był sprawcą jej ciąży", ale opanował się i odparł:

– Chciałbym wiedzieć, jak potoczą się moje losy zawodowe i...

– No to popatrzmy. Jak masz na imię?

– Georgi.

– Dobrze, Georgi, *genacvale*. Wypij kawę, potem odwróć filiżankę dnem do góry i postaw na spodku. Zamieszaj w fusach palcem w stronę przeciwną do wskazówek zegara i zadaj swoje pytanie, ale nie wypowiadaj go, koncentruj się tylko na tym, czego chcesz się dowiedzieć. Niczego nie zobaczę, jeśli twój umysł będzie zablokowany.

– Rozumiem.

Alania skinął głową niczym pierwszoklasista, który otrzymał zadanie domowe.

Próbował się skoncentrować, ale zamiast tego obserwował, jak uważnie mu się przygląda, i czuł przy tym jej słodkawy, nieco stłumiony zapach.

Alania odwrócił filiżankę dnem do góry, przeciągnął palcem po fusach.

– Co pani miała na myśli, mówiąc o areszcie domowym? – zapytał, żeby przerwać krępująca ciszę, która zapadła, podczas gdy kawowe fusy obsychały.

– Cóż, jak by to powiedzieć... Byłam niegrzeczną dziewczynką i rozjuszyłam kilku mężczyzn. Popadłam w niełaskę, jak by powiedziano w czasach mojej młodości. Skąd pochodzisz, Georgi? – spytała, zmieniając temat, i odwróciła filiżankę.

– Z Kutaisi – skłamał.

– Więc w jaki sposób pozbyłeś się swego dialektu?

Alania czuł, że kobieta staje się podejrzliwa.

– Mieszkam w Rosji. Studiowałem w Leningradzie i teraz pracuję w Moskwie.

– Pięknie! To znaczy jesteś ważnym człowiekiem. Co zatem sprowadza cię w rodzinne strony?

– Śmierć matki – wymknęło mu się.

– O, to straszne. Serdecznie współczuję. Zawsze ciężko, kiedy własna matka... Chociaż moja matka przez całe swoje życie była na mnie zła...

W skupieniu wpatrywała się we wnętrze filiżanki z fusami, jakby widziała tam jakąś zaszyfrowaną mapę.

– No popatrz! Widzę tu same pochwały i uznanie. Jesteś na najlepszej drodze, Georgi, *genacvale*, tak, tak, będziesz się dalej piął po szczeblach kariery, ale w sercu trochę szaro, co? Pusto i smutno? Dlaczegóż to, Georgi? Taki młody, powinieneś cieszyć się życiem. Ten czas nie wróci, stracone okazje nigdy się nie powtórzą. A ty zamiast tego jesteś zatroskany. Widzę tu jeszcze długą drogę. Zapowiada się jakaś podróż. Wprawdzie długa, ale owocna. Dojdziesz tam, dokąd chcesz dojść. Ale musisz czuć swoje serce, Georgi, inaczej nigdy nie zadowoli cię to, co przyjdzie, i obojętnie, jakie ordery zawisną na twojej piersi, w twoim sercu będzie straszliwa pustka.

– A moja matka?

– Smutek z powodu śmierci matki, niech biedaczka odpoczywa w pokoju, nie jest jedyną przyczyną twej pustki, nieprawdaż, Georgi?

Wypowiedziała jego imię tonem pełnym miękkiej słodyczy i Georgi zapragnął, żeby mówiła dalej, bez końca. A ona mówiła o sprawach, które rzekomo go martwiły, o tym, czego mu brakowało i o czym marzył, mówiła wprawdzie ostrożnie i gubiła się w aluzjach, lecz mimo to miał wrażenie, że go zna i że przejrzała go jak nikt wcześniej. Ogarnęło go nagle coś, co było silniejsze od niego, i zaczął płakać, wstydząc się łez, które płynęły wbrew jego woli, bez zapowiedzi. Ona położyła mu rękę na plecach, gładziła po włosach i uspokajającym głosem powtarzała krzepiące słowa.

– Już dobrze, biedny Georgi, o Boże, musimy to jak najszybciej zmienić, musimy to zmienić, taki samotny, taki zagubiony, musimy to zmienić, Georgi, *genacvale*.

My! To proste słowo wydało mu się czarodziejskim zaklęciem. Spojrzał na nią i coś w sposobie, w jaki go pocieszała, ośmieliło go, więc odważył się pocałować jej rękę, którą położyła na jego ramieniu. Ona gładziła go po głowie, on się podniósł, był nieco niższy od niej, ale to zdawało się jej nie przeszkadzać. Czy ona zrobi unik, jeśli on posunie się dalej? Jeśli pocałuje ją w usta pociągnięte krwistoczerwoną szminką? Może go ofuknie, a nawet wyrzuci za drzwi? Dotknęła go, on przycisnął jej dłoń do swych ust, teraz już chciał poddać się biegowi wypadków. Położył głowę na jej obojczyku, nie odsunęła się, objął jej miękką talię, uśmiechnęła się do niego, nie brzydziła się go. Pocałował ją, a ona odwzajemniła pocałunek.

Nie minęło wiele czasu, a już znaleźli się na szerokim łóżku wspartym na ciężkich książkach, z wyleżanym materacem. Jednym ruchem ręki zadarł jej halkę do góry, jakby była to najbardziej naturalna w świecie rzecz, jakby robił to tysiące razy. Bez walki, bez upokarzających mąk rozbierania kobiecego ciała. I w ten sposób Georgi Alania miał tego popołudnia pójść ku szczęściu powolnymi, rozważnymi ruchami, zupełnie bez wstydu, pewny swego, z nowym dla siebie poczuciem, że naprawdę jest pożądany, mile widziany i wytęskniony. Może nawet, choć to przecież nie było możliwe, oczekiwany. Łatwo dał się pochwycić. Czuł się wolny, jakby unosił się w powietrzu, jakby prawo ciążenia przestało go ograniczać, jakby fruwał.

Kiedy późnym wieczorem wstał z łóżka, był innym człowiekiem, pewnym siebie i promieniejącym, wyższym o głowę od tego sprzed kilku godzin. Nelly znowu siedziała w zielonej halce przy okrągłym stole i rozkładała karty. Ubierał się pospiesznie, ze wzrokiem utkwionym w nowej ukochanej, nie dowierzając jeszcze swemu szczęściu.

– Chciałam ci tylko powiedzieć, że pilnie mnie tu obserwują. Całe piętro, oprócz tego pokoju, musiałam oddać tej hołocie. Jeśli odkryją, że przyjmuję mężczyzn, to stracę nawet i tę norę. Dlatego myślę, że lepiej, jeśli już sobie pójdziesz, Georgi, *genacvale* – powiedziała, nie podnosząc wzroku znad kart.

– Tak, oczywiście. Ale chętnie znowu bym panią zobaczył.

– To pewnie da się zrobić. Tylko rozumiesz, muszę uważać.

– Tak, rozumiem. Ale jeśli powiem o pani dobre słowo na komisariacie...

– Zrobisz to?

– Zrobię, jeżeli wolno mi będzie wrócić.

– Chcesz im opowiedzieć, że dobrze wykonuję swoją robotę, co?

W jej głosie usłyszał nagle ironię. Znikł poprzedni miodowy ton.

Nie podszedł do niej, nie chciał jej przeszkadzać, choć chętnie pocałowałby ją jeszcze raz. Niezdecydowany stał w drzwiach, mając nadzieję, że przynajmniej się z nim pożegna.

– Kiedy mogę przyjść znowu?

– Może w przyszłym tygodniu. – Wzruszyła ramionami. – Chwileczkę, Georgi, słuchaj, nie chcę być nieuprzejma, ale ta sprawa z fusami... Ja też muszę z czegoś żyć, wiesz. Lubię cię i nie wymagałabym tego w żadnym razie, gdyby były inne czasy, ale...

Była już zimna jak lód. A przecież wszystko by jej dał, wszystko dla niej poruszył, sprowadziłby ją do Moskwy. Tak, nawet to przemknęło mu przez głowę, kiedy trzymał ją w ramionach, ale teraz... Nie powinna była wspominać o pieniądzach!

– Oczywiście, oczywiście, zapomniałem.

I wszystko, co miał w portfelu, położył na małej komodzie przy wejściu.

Gdyby Alania wiedział, że Nelly, która niegdyś marzyła o karierze aktorskiej, dała już szczęście wielu mężczyznom przed nim, że dzięki swej młodości i urodzie nie musiała nigdy pracować na państwowej posadzie, że nosiła wcześniej piękne brylanty, kapelusze i suknie, że miała automobil i stałą lożę w teatrze, że mężczyźni uciekali do niej na godzinę lub dwie... Gdyby wiedział, że zrezygnowała z posiadania rodziny, że wybrała samotność jako najwierniejszą towarzyszkę życia i pozwalała odrzucać się jak śmieć, gdy już się nią nacieszono, że docierały do niej przekleństwa, nienawistne tyrady i że często przechwytywała wzgardliwe spojrzenia... Gdyby wiedział, że ostatnie pięć lat, odkąd zmarł jej długoletni i najbardziej wpływowy protektor, prokurator, utrzymywała się z wróżenia z fusów, robótek ręcznych i nielegalnego pożyczania pieniędzy... Gdyby wiedział, jak chętnie zamieniłaby swoje życie na inne... Gdyby wiedział, że tamtej nocy przed laty upiła się i nie była zdolna do ucieczki, gdy trzeba było uciec, i że to przez nią, wbrew woli swej matki, został wtedy poczęty... Ale gdyby nawet to wszystko wiedział, czy zrezygnowałby z uwagi, jaką mu poświęciła, z jej namiętności, z jej udanej troski o niego i czy nie zostałby u niej, nie czekał w oszołomieniu z nadzieją, że ona go pokocha?

Na to pytanie, Brilko, nigdy nie poznamy odpowiedzi.

Prawo do zmarnowania sobie życia jest niezbywalne.

Generalissimus

Zmierzchało, na zewnątrz zaczęło siąpić. Niebo zasnute było chmurami w kształcie zwierząt. Kitty opowiadała o sobie dużo i szczegółowo. Mówiła o tym, że przestała czuć się związana z innymi, że niczego już nie pragnie i że unosi się w powietrzu jak osierocony balonik, który wymknął się dziecku z ręki i poszybował w górę.

Przedtem on mówił wiele o sobie, zdumiewająco dużo. Od wieków, jak mu się zdawało, tyle nie mówił. Czuł, że spadł z niego wszelki ciężar i strach.

Pragnął, żeby czas stanął w miejscu, tak jak wtedy, w małym mieszkanku Nelly na poddaszu, która może mogłaby mu dać to wyzwalające doświadczenie, a zamiast tego stała się powodem głębokiego zranienia, towarzyszącego mu odtąd przez całe życie.

Tak dobrze było przez chwilę patrzeć na siebie oczyma Kitty. I może ten sposób widzenia był nawet trafny. Przynajmniej częściowo. Może przez wszystkie te lata, kiedy prowadzili długie rozmowy przez telefon, nauczył się być lepszy, niż był w rzeczywistości? Dla niej, dla jej głosu z drugiej strony linii. Żeby mogła stać się wolna, żeby ją uszczęśliwić. Zasługiwała na to, nigdy w to nie wątpił. Kitty nigdy go nie rozczarowała.

Chciał z nią zostać. Zatrzymać czas. Ciągle jeszcze był zdumiony, że go odszukała, i nie bardzo zdawał sobie sprawę z konsekwencji ich spotkania. Nie był pewny, jak dalece może się przed nią odsłonić. Czy przez wszystkie te lata myślała, że nie spotyka się z nią z lęku o swoją posadę? Jakże chętnie by jej wytłumaczył, że nie chodziło mu wcale o siebie, tylko o nią, o jej bezpieczeństwo.

I jak dobrze było na nią patrzeć, gdy przezwyciężył swoją nieśmiałość przed jej ciałem, przed ciałem, do którego należał jej głos. Dobrze było widzieć ją przed sobą, z krwi i kości, jak wówczas, jeden jedyny raz przed wieloma laty, na peronie, czego ona już nie pamiętała. W jej pamięci zatarł się tamten obraz, tamto wspomnienie. Wspomnienie tego banalnego spotkania na pustym dworcu sennego miasteczka leżącego w pobliżu stepów, kiedy przekazał jej paczuszkę od jej brata i prosił ją, żeby z nim zaczekała, dopóki nie nadjedzie pociąg, którym uda się dalej, w rodzinne strony. Może lepiej, że nie pamiętała. Lepiej dla niej. On jednak miał fenomenalną pamięć. I ta pamięć na zawsze zatrzymała obraz uczennicy w mundurku, jaką Kitty była w tamtym życiu. Ten obraz do niego wracał, kiedy słyszał jej głos – do czasu aż jej zdjęcia zaczęły ukazywać się w gazetach, a on sam, wmieszany w tłum, przyszedł na jeden z jej koncertów.

Lubił jej sposób gestykulowania, zmarszczki, kiedy się śmiała, jej mimikę, nikły zapach kremu dla dzieci i tę lekką dezorientację, zagubienie, które od niej emanowało. Nawet w czterech ścianach własnego domu robiła wrażenie, jakby była gościem, jakby nie traktowała jako własne ani tego miejsca, ani tych przedmiotów.

Mówił o swojej pracy, chociaż nie wolno mu było o niej rozmawiać. O cieniach, które go prześladowały, o twarzach, które wryły się w jego skórę jak niewidoczne tatuaże. Milczała i piła whisky, a on sączył swoją lemoniadę.

Potem opowiedział jej o czasach spędzonych w Leningradzie, w akademii, z Kostią. Jego głos stał się żywszy, kiedy mówił o tamtych szczęśliwych latach. Mimo upływu czasu nic, co zdarzyło się od tamtej pory, nie przesłoniło tego szczęścia.

Nigdy się nie ożenił, chociaż mógł. Miał w życiu kobiety uwiedzione jego możliwościami, umiejętnościami, władzą, skutecznością działania, jego subtelną, elegancką, prawie uprzejmą brutalnością. Mógłby się okłamywać, biorąc ich tęsknoty za miłość, i wygodnie się urządzić. Ale przyrzekł wierność jednej kobiecie, a swoich przyrzeczeń dotrzymywał. Teraz ta kobieta siedziała naprzeciw niego. Wcześniej londyńskie domy publiczne zastępowały mu to, czego nie mógł mu dać głos Kitty. Zawsze wydawało mu się to najprostsze. Kupował sobie iluzję, kupował bliskość na kilka godzin i z czasem nauczył się obywać iluzjami. Wyszukiwał kulturalne prostytutki, czasami podejmował je poczęstunkiem, gdzieś z nimi wychodził, niekiedy kupował im prezenty. Lubiły go i on je lubił, bo potrafiły dobrze kłamać. Lepiej niż większość kobiet, które spotkał.

A kłamstwa odgrywały w jego życiu ważną rolę. W latach, które spędził w Londynie, Georgii Alania odszukał wielu ludzi, których potem podstępem odesłał do ojczyzny, nęcąc ich fałszywymi obietnicami. W moskiewskiej centrali miał świetną opinię. Zapewnił też sobie niemal nietykalność.

Tak, dotrzymał obietnicy, bo zawsze dotrzymywał słowa. Ale w tym wypadku czynił to ze szczególną determinacją. Bał się, że wszystko runie, jeśli nie zdoła jej ochronić. Chronienie jej wymagało od niego podejmowania ciągłego ryzyka, a jednak czynił to chętnie! Dla niej. Dla jedynej świętej w swoim życiu.

Z początku robił to dla Kostii, dla ich przyjaźni, lecz później musiał przyznać, że Kostia przestał odgrywać w tym wszystkim rozstrzygającą rolę. Przez lata żył jak cień, teraz jednak siedział naprzeciw niej, dzieląc się z nią najintymniejszymi myślami, wyznając najbardziej osobiste tajemnice. Byli jak dwoje starych przyjaciół, którzy razem obchodzą urodziny i wesela, razem opłakują ludzi i którzy razem przeszli kawał życia.

Myślał o dniu, kiedy zrozumiał, że ona nie potrzebuje już jego ochrony, że jest wolna, o dniu, kiedy usłyszał w radiu jej pierwszą piosenkę. Dopiął swego – uczynił ją nietykalną.

A teraz przekraczał dla niej wszystkie reguły swego zawodu, lekceważył zasady bezpieczeństwa – spotkał się z nią. Wcześniej pozwolił, żeby go znalazła. Mógłby bać się o swoje życie. Ale to wydało mu się nieważne wobec jej fizycznej bliskości. Tak śmiesznie nieważne.

Noc niebezpiecznie zbliżała się do dnia. Nowy dzień będzie inny niż wszystkie poprzednie dni jego życia. Kim będzie, opuszczając jej mieszkanie?

Kitty westchnęła głęboko i przeciągnęła się na sofie rozkosznie niczym kotka.

W innym świecie brodaty mężczyzna, zatruty alkoholem, przybity niewysłowionymi porażkami, udręczony własną niemocą, niezdolny mówić, wydał z siebie zwierzęcy krzyk.

W tym samym świecie chuda rudowłosa kobieta podniosła się z materaca. Obok niej leżała dziewczyna, której imienia rudowłosa nie mogła sobie przypomnieć. Zagryzła wargi. Trucizna, której działanie sprawiło, że mogła się zapomnieć, przestała już działać, bolała ją głowa i całe ciało, lecz przytomny umysł burzył się i nie dawał jej spokoju, wyrzucał jej, że poniosła klęskę, że nieodwołalnie kogoś straciła.

– Musi mi pan pomóc. Jeśli nie pojadę do Tbilisi, zwariuję. To pragnienie doprowadza mnie do obłędu. O niczym innym nie mogę myśleć. Muszę jechać. Nie wiem, co to jest. Przez całe lata potrafiłam panować nad tęsknotą i wspomnieniami, a teraz nie potrafię. Pojadę. Mam brytyjski paszport, ale... Proszę mi pomóc. – Kitty mówiła cicho, monotonnie jak litanię.

– Czego pani się spodziewa po tej podróży?

– Nie wiem. Wiem tylko, że muszę jechać. To jest ostatnia rzecz, o którą pana proszę. Obiecuję, Georgi. O, Boże, jakie to niezwykłe, wymawiać pańskie imię.

– Nie wiem, czy chcę, żeby pani nigdy więcej mnie już o nic nie prosiła. Ale pani prośba przekracza moje kompetencje.

Byli podobni do dwojga akrobatów wiszących na linie, do dwojga cyrkowców, których namioty wiatr porywa w różne strony świata.

Jego żołądek ścisnął się z napięcia i strachu. Przed tym, co ma nastąpić. Ona czuła mrowienia w nogach. Znał odpowiedź na jej pytanie, którego nie odważyła mu się zadać, przez wszystkie te lata miał ją na końcu języka, nie będąc tego świadomy. Odpowiedź na pytanie, dlaczego przez ten czas robił wszystko, żeby ją uratować, żeby tutaj została. Ale nie mógł jej jeszcze powiedzieć, że była najdłuższą i najtrwalszą miłością jego życia.

Przeszedł go dreszcz. Jeśli ona nie będzie go więcej potrzebować, jeśli przestanie być zależna od jego pomocy, co mu w życiu pozostanie? Chciał, żeby jeszcze wiele razy prosiła go o pomoc.

– Miałem dziewiętnaście lat. Może nawet osiemnaście. W każdym razie było to na pierwszym roku studiów w szkole morskiej w Leningradzie. Jechałem pociągiem nad Morze Czarne. Kostia dał mi paczuszkę, która miałem oddać jego matce albo siostrze, więc jechałem nieco okrężną drogą. Powiedział mi, że jego siostra...

Kitty podniosła głowę i z nagłą czujnością zaczęła się w niego wpatrywać, jakby budziła się z długiego zimowego snu.

– ... jest u dziadka i może będę mógł przekazać jej tę paczuszkę, a ona pośle ją dalej, do Tbilisi. Z jakiegoś powodu ta paczuszka była dla Kostii bardzo ważna. Pamiętam dobrze, że przygotowywał ją z wielką starannością. No więc nadłożyłem drogi, bo byłem ciekaw rodziny Kostii, jego siostry...

Kitty utkwiła w nim osłupiałe spojrzenie. Zmarszczyła czoło. Wydobywała z pamięci brakujące puzzle, które składały się na całość obrazu.

– Tego dnia, kiedy spotkałem panią na dworcu, Kostia miał urodziny. Pamiętam, że złożyłem mu życzenia. Posłałem telegram.

– O, Boże, to był pan – szepnęła Kitty.

– Tamtą halę dworcową pamiętam, jakby to było wczoraj. Nie wiem dlaczego, ale byłem spięty. Miałem poznać siostrę Kostii, cieszyłem się, że dowiem się o nim czegoś więcej. Nie wiem, czego się spodziewałem. I potem zobaczyłem panią. Miała pani na sobie mundurek szkolny, bez fartucha. I te kręcone włosy, które spadały na twarz. Kiedy pani przyszła, sprawiała pani wrażenie, że się bardzo spieszy, i była roztargniona, a ja koniecznie chciałem z panią rozmawiać. Byłem pani ciekaw. Chciałem się dowiedzieć, jak człowiek staje się kimś takim jak Kostia, dlaczego, jaka jest jego rodzina, w której się wychował... Do dyspozycji miałem panią. Pani powiedziała, że musi się jeszcze tego dnia pouczyć, i była niecierpliwa. Z trudem ukryłem rozczarowanie, myślałem, że to niesprawiedliwe, bo wyszło na to, że nadłożyłem taki kawał drogi dla tych kilku minut w hali dworca, żeby spotkać się z dziewczyną w szkolnym mundurku, która nawet dobrze mi się nie przyjrzała... Byłem zawiedziony. Nie wiedziałem, co powiedzieć. Potem wzięła pani tę paczuszkę i się pożegnała. Byłem kompletnie zdruzgotany, myślałem, że tak jest zawsze: ludzie, a zwłaszcza kobiety, patrzą na mnie, jakbym był przezroczysty, więc dlaczego tym razem miałoby być inaczej. Ale potem wróciła pani na dworzec i uśmiechnęła się do mnie. Poczułem się taki szczęśliwy i zaskoczony, że nie wiedziałem, jak się zachować. Tak, tak, nie przesadzam. Proszę na mnie tak nie patrzeć. Pani była taka pełna życia. Pamiętam, że Kostia mi mówił, że często się na panią złościł z powodu pani krnąbrności. A mnie nagle wydało się to wspaniałe, że pani taka jest. Potem, gdy nadjeżdżał pociąg, poszła pani za mną na peron i machała mi na pożegnanie. Tak, machała pani. Było już ciemno, a ja opuściłem szybę, wyjrzałem, wisiałem prawie całym tułowiem na zewnątrz, pani tam stała, stała cały czas i czekała. Przez moment wyobraziłem sobie, że jestem chłopakiem, który żegna się ze swoją dziewczyną. Zakochanym chłopakiem, któremu zakochana dziewczyna macha na peronie. To wystarczyło. Na długo. Na bardzo długo.

Kitty milczała w zamyśleniu, wpatrzona w puste szkło, potem znowu w podłogę, nie mając odwagi spojrzeć na niego wprost.

Potem odwróciła się ku niemu, objęła jego ramiona, przycisnęła czoło do jego czoła i zamarła.

Tak. Skoro to zostało powiedziane, sprawy będą musiały się zmienić. Zmienić zasadniczo. Na dobre czy na złe, tego Alania nie wiedział, ale wiedział, że zgodzi się na to, bo kobieta, która siedziała naprzeciwko, była jedyną kobietą, którą kochał.

Muszę dziś wiele zrobić,
Muszę wyłączyć wspomnienia.
Muszę z duszy uczynić kamień.
Muszę uczyć się żyć.
Muszę na nowo.

Anna Achmatowa

Był ponury poranek, kiedy samolot zaczął schodzić do lądowania. Zdawało się, że w chmurach zebrały się wszystkie złośliwe duchy i przybywającym pokazywały język, znajdując w tym nadzwyczajną radość.

Obiecał, że odbierze ją z lotniska. Doda jej otuchy, wesprze, gdyby miała się zachwiać z przejęcia, rozwinie pod nią siatkę z piór, żeby mogła miękko wylądować, albo tylko rozłoży skrzydła i odleci, jeśli uroi sobie, że wpada w pułapkę, a jeśli miałaby wrażenie, że się dusi, zrobi jej sztuczne oddychanie.

Wszystko to obiecał jej podczas długiego angielskiego lata w jej domu nieopodal Seven Sisters, do którego Kitty podczas dusznych lipcowych upałów w końcu się przeprowadziła.

Były to dni, kiedy w pełni odzyskali słowa. Ona miała poczucie, że jest bezpieczna, nie w sensie fizycznym, lecz o wiele głębszym, jak gdyby rzeczywistość przed tym spotkaniem była tylko chropawą zasłoną, jakby nigdy nie ufała tej zasłonie, a teraz wreszcie nauczyła się widzieć to, co istnieje za nią, rzeczywistość poza realnością. Słowa, za którymi istniały armie innych słów. Zdania, które ciągnęły za sobą inne niezliczone zdania i nie kończyły się w pustce oraz poczuciu braku sensu.

Od czasu tej nieskończenie długiej nocy, która jeszcze trwała, chociaż znowu wzeszło słońce, ich pierwszej nocy bez pośrednictwa telefonu, nigdy nie rozmawiał z nią o swojej pracy. To, co chciał ukryć, o czym nie chciał mówić, co budziło jego lęk, nie było piękne. Ona też nie chciała osłabiać kruchej konstrukcji, którą oboje zaczęli budować. Chciała, żeby po prostu został. W jej życiu. Blisko niej. Czasem zadawała sobie pytanie, czy byłaby gotowa poznać wszystkie jego tajemnice, cenę długoletniej lojalności wobec instytucji, dla której pracował. Ale bała się tego, nie chciała wiedzieć, jaką cenę zapłacił, by móc jej pomagać. Najbardziej jednak – paradoksalnie – obawiała się jego decyzji pozostania z nią. Dlaczego porzucił surowe reguły obowiązujące w jego zawodzie, zasady, dzięki którym funkcjonował, dlaczego podjął to niesłychane ryzyko? Dlaczego się nie obawiał, że jego podwójne życie może się skończyć więzienną celą? Że jego doskonała gra okaże się ostatecznie szmirowatą komedią?

Nie pytała go o to. Po prostu go przyjmowała. Zawsze, kiedy do niej przychodził, zawsze, kiedy decydował, że przyszedł czas i musi się z nią zobaczyć. Zachowywali tylko najbardziej podstawowe środki ostrożności: ich dniem była noc. Nigdy nie wychodzili razem z mieszkania. Nigdy nie spotykali się w miejscach publicznych. Nigdy nie jechali tym samym pociągiem do jej mieszkania. Czasami, kiedy go obserwowała, jak robił dla niej omlet albo szperał w jej płytach, sztywniała ze strachu. Myśl, że mógłby zniknąć na zawsze, paraliżowała ją. Tak samo jednak paraliżowała ją myśl o tym, że ich wspólne życie jest niemożliwe. I kiedy oświadczał, że wychodzi na spacer, albo zręcznie unikał odpowiedzi na jej pytania, wtedy myślała, że życie w ten sposób byłoby dla niej nieznośne i niemożliwe i że stałby się jej wstrętny. Z powodu rzeczy, które zrobił, spraw, które uosabiał, z powodu tych przemilczeń.

Ale potem pocieszała się najstraszniejszymi wspomnieniami, które wcześniej tak uparcie próbowała stłumić – wspomnieniami morderstwa, Mariam i mrocznego mieszkania na górze Mtacminda. W takich chwilach bez oporu zgadzała się z tym, że ona, morderczyni, zdrajczyni, nie ma najmniejszego prawa do tego, by kimkolwiek pogardzać, obojętne, co ten ktoś uczynił.

Nie dotykali się. Musiała nauczyć się bliskości. W Seven Sisters były dni pełne szumu morza i spacerów w wilgotnym powietrzu. Pełne słów, smakowanych jak cukierki. Znowu poczuła potrzebę, by chwycić za gitarę i skomponować coś nowego. Więc kiedy on wracał do Londynu i zostawiał ją samą, wyciągała wtyczkę telefonu, siadała na oknie i znajdowała w sobie nowe melodie. W lodówce zawsze miała dla niego lemoniadę z czarnego bzu. W tym czasie nauczyła się trzymać w ryzach wspomnienia o rudowłosej, nie psuć sobie nimi nastroju. Było dobrze, tak jak było.

Pewnego dnia Alania przyjechał z Londynu i jak podekscytowany chłopczyk, zaskoczony własnym sprytem, stanął przed nią rozpromieniony.

– Zdaje mi się, że znalazłem wyjście.

– Co pan ma na myśli? – spytała zaskoczona.

– Wiem już, jak będzie mogła pani pojechać do Tbilisi. – Uśmiechnął się w ten swój nieco wątpiący sposób, co z jakiegoś powodu zawsze smutnie ją nastrajało. – Rozmawiałem z pani menedżerką. Powiedziałem jej, że władze w Tbilisi byłyby zainteresowane pani występem, propozycja w tej sprawie musi jednak wyjść od niej. Z początku wydawała się bardzo zdziwiona, szybko jednak się ożywiła i powiedziała, że panią na pewno ucieszy możliwość przyjazdu do ojczyzny. Wtedy wytłumaczyłem jej dokładnie, do kogo powinna zadzwonić i co powiedzieć, żeby nie wzbudzić podejrzeń. Zgodnie z instrukcją zadzwoniła więc do naszej ambasady i zapytała o możliwość koncertu w Tbilisi. Na znak przyjaźni obu stron. Było to przed pięcioma dniami. W dziale kultury debatowaliśmy nad tym do północy. Rozmawiałem z naszym ambasadorem, a on zadzwonił do Moskwy. Musi pani wiedzieć, że w Związku Radzieckim jest pani znana. Pani piosenek słucha głównie młodzież. Stała się pani popularna od czasu *Replacement* i zdjęcia z Pragi. Oni tam zastanowili się i uznali, że nie byłoby to głupie, wykorzystać teraz tę szansę dla pewnych celów. Zrobić pani piękne zdjęcie jako gest pojednania, jako znak, że nie ma pani nic przeciwko Związkowi Radzieckiemu, że tamto w Pradze było raczej głupim nieporozumieniem. Potrzebują czegoś takiego, szczególnie młodzież potrzebuje dowodów, że władza nie jest nieludzka.

Z niedowierzaniem patrzyła na niego, niezdolna do tego, by z informacji, jakie słyszała, szybko wyciągnąć wniosek, niezdolna uwierzyć, że jej pragnienie stanie się wkrótce rzeczywistością.

– A co będzie z panem? – zapytała potem, przy posiłku.

– Co ma ze mną być?

– Pojedzie pan ze mną?

– Mój plan jest następujący: Amy nie dadzą wizy, jest na to zbyt brytyjska, zbyt kapitalistyczna i nie potrafi trzymać języka za zębami. Jeśli nic nie stanie na przeszkodzie, na miejscu obowiązki Amy przejmę ja. I wtedy przez dwa tygodnie będę pani towarzyszył.

– Gdyby się dowiedzieli, że robi to pan już od dwudziestu lat...

Przeszłość zbliżała się do niej z przerażającą prędkością Aerofłotu w locie ku teraźniejszości.

Miała opuchnięte nogi. Mocno zaciskała dłonie. Na białej bluzce pod pachami pojawiły się plamy potu. Zamknęła oczy, próbując kontrolować oddech. Dziwne, ale pomyślała teraz o Fred, od której była tak daleko i z każdą chwilą oddalała się coraz bardziej. Wyobrażała sobie, jak Fred odebrałaby kraj, który po prawie dwudziestu latach nieobecności jej wydawał się obcy. Gdzie była Fred, co robiła? Czy ktoś się o nią troszczył, czy też porzuciła wszystkie swoje opiekuńcze anioły? Kitty przycisnęła czoło do oparcia fotela przed sobą. Przesiadła się w Moskwie do innego samolotu i musiała poddać się kilku kontrolom. Najtrudniejszy egzamin był jednak przed nią.

Ale tu był on. Dziesięć dni wcześniej poleciał do ojczyzny, żeby na miejscu wszystko przygotować. Odbierze ją na lotnisku. Ochroni ją, by nie zachwiała się pod ciężarem wspomnień. Tak właśnie będzie.

Tłum oczekujący na lotnisku zaczął wiwatować, gdy tylko otwarły się drzwi samolotu i przystawiono schody. Ludzie machali bukietami kwiatów równomiernie, miarowo, w sposób zsynchronizowany, co wyglądało na wyreżyserowaną choreografię, nikt nie wychodził przed szereg, nikt nie krzyczał głośniej niż inni albo bardziej entuzjastycznie.

Nawet dziennikarze, którzy naruszali linię szeregu, wyrywając się z wyciągniętymi w jej stronę najlepszymi, odpornymi na wiatr mikrofonami, byli grzeczni i życzliwi.

Pozwoliła się fotografować, uprzejmie odpowiadała na banalne pytania zatwierdzone wcześniej przez redakcje gazet, a tłum słuchał w skupieniu. Przyjęła kwiaty, podziękowała i pozwoliła się zaprowadzić na drugie piętro budynku lotniska, gdzie wokół długiego stołu konferencyjnego zebrali się posłowie ubrani w garnitury i posłanki w garsonkach, reprezentujący sprawy kultury, kilku redaktorów czasopism, pracownicy KGB, ludzie z ochrony i tak zwani kierownicy programowi. Wygłaszano uroczyste przemowy, mówiono o randze jej koncertów, podkreślano zainteresowanie ojczyzny jej osobą, a także niebezpieczeństwo manipulacji ze strony zachodniej propagandy, i przedstawiono jej program, który miała zrealizować w trakcie nadchodzących dwóch tygodni. Alania wszedł do sali dopiero podczas trzeciej przemowy. Poznała go od razu po krokach. Szedł prosto w jej stronę i oficjalnie się z nią przywitał. Patrzył na nią spokojnym wzrokiem, jakby chciał ją zapewnić, że wszystko pójdzie dobrze.

Po zakończeniu oficjalnej części spotkania cała delegacja pojechała wieloma samochodami do szykownej restauracji gdzieś w Krtsanisi. Czekał tam obfity gruziński bufet i mnóstwo dobrego saperawi. Nadal, choć w swobodniejszej formie, wygłaszano oficjalne przemowy. Kitty trudno było cokolwiek przełknąć. Tylko kolano Alanii, które mogła pogłaskać pod długim do ziemi obrusem, dawało jej oparcie. Zanim nadeszła jej kolej, by wznieść toast z podziękowaniem za przemowę ministra, do sali wszedł rosły, wąsaty mężczyzna w mundurze obwieszonym orderami. To był Kostia. Nie odważyła się podnieść z miejsca i podejść do niego. (Chciała tego? Była do tego zdolna?) Nie wiedziała, czego w tej sytuacji od niego się oczekuje. Ale ludzie wokół zaczęli klaskać i w tym całym sztuczno-patetycznym rozgwarze Kostia objął swą siostrę zdrajczynię, która na tak długo znikła w imperialistycznym świecie i dla której inscenizowano teraz nieomal biblijny powrót córy marnotrawnej.

„Brakuje tylko muzyki marszowej", pomyślała Kitty i mocniej przycisnęła się do brata.

Siedziała teraz między Alanią a bratem i jadła pyszne świeże pstrągi w sosie z granatów. Starała się zachować spokój, nie zemdleć z wrażenia, kiedy z widoczną dumą opowiadano jej o wyprzedanych biletach do filharmonii, w której miały się odbyć obydwa jej koncerty, gdy przedstawiano terminy spotkań z prasą i anonsowano uroczysty bankiet, w którym oprócz niej miało wziąć udział kilku znanych radzieckich muzyków. Po trzech godzinach, kiedy pozwolono jej wreszcie opuścić salę u boku brata i wsiąść z nim do jego mewy, zdążyła jeszcze rzucić Alanii spojrzenie pełne wdzięczności, a zarazem wołania o pomoc, po czym wsiadła do auta i zamknęła oczy.

– Miałaś wielkie szczęście! On wspaniale to zaaranżował, to naprawdę mądry gość – powiedział Kostia po chwili jazdy w milczeniu.

Nie miała siły odpowiedzieć.

Kiedy przejechali już przez miasto i kierowali się na północ wąską, nieustannie wijąca się ulicą, powiedział jej, że ma też dla niej kilka złych wiadomości.

– Czy coś ze Stazją? – wyjąkała.

Usta miała suche i spieczone. Każde słowo sprawiało ból.

– Ach, nie, ona przeżyje nas wszystkich. Chodzi o Eristawiego.

– O Andra?

– Jest w szpitalu. Kończy się. Wątroba. Nic dziwnego przy jego zamiłowaniu do wszystkiego, co choćby tylko z daleka pachnie alkoholem... I po tej śmierci...

– Czyjej śmierci?

– Jego syna.

– Nie wiedziałam, że...

– Że pije? Pije to za mało powiedziane.

Stazja na widok Kitty rozpłakała się tak, że musiała usiąść. Nanie ze zdenerwowania wypadła z rąk filiżanka z jej najcenniejszego, czeskiego serwisu. Daria uśmiechnęła się do gościa i wykonała jakiś dziecięcy taniec. Nie pamiętam, co ja robiłam, najpewniej nic nadzwyczajnego, poza gaworzeniem i przetaczaniem się między dorosłymi chwiejnym jeszcze, niepewnym krokiem. Najbardziej niezwykła była jednak reakcja Elene: kiedy zobaczyła auto ojca wjeżdżające do bramy, uciekła w górę zbocza i ukryła się.

Wróciła do domu dopiero późnym wieczorem, kiedy łzy dawno przestały płynąć po policzkach Stazji. Zawstydzona wśliznęła się cicho na taras, gdzie nakryto długi stół. Wszystkim od razu rzuciło się w oczy jej zdumiewające podobieństwo do Kitty: te same gęste włosy, te same oczy, te same wysokie kości policzkowe, nawet usta były tak samo wydatne, tylko ciało Elene robiło wrażenie cięższego i bardziej miękkiego niż ciało Kitty.

Kitty podniosła się i powoli podeszła do swej bratanicy.

– Wszystko w porządku, Elene? – zapytała po angielsku. Domyślała się, że dla najwyraźniej przestraszonej dziewczyny będzie łatwiej, jeśli poznają się, mówiąc tym językiem. Kostia powiedział jej, że Elene nauczyła się angielskiego z jej płyt. – Gdzie tak długo byłaś? Czekaliśmy na ciebie.

Elene podniosła głowę. Napięcie wreszcie z niej opadło. Ta dziewczyna z dwojgiem dzieci bez ojców robiła wrażenie tak zagubionej, zupełnie inne, niż można by się spodziewać po córce Kostii.

– Bałam się – odpowiedziała Elene, również po angielsku. Obcy język sprawiał, że mogła zdobyć się na szczerość. Nikt z siedzących przy stole jej nie rozumiał.

– Czego się bałaś? – zapytała Kitty i zasłoniła Elene swoim ciałem przed ciekawskimi spojrzeniami członków rodziny.

– Nie wiem. Może tego, że nie będziesz taka, jak sobie wyobraziłam.

– A jak sobie mnie wyobraziłaś?

– Że jesteś inna niż wszyscy.

– Rozczarowałaś się?

– Nie.

– O czym tam tak szepczecie jak dwie uczennice? Elene, pozwól Kitty wrócić do nas i siądź wreszcie do stołu, to niegrzeczne, co wyprawiasz! – zawołał Kostia, równie zdenerwowany, jak niepewny.

– Andro miał w domu twoje zdjęcie – powiedziała Elene do Kitty, jakby nie usłyszała ojca. – Zdjęcie z jednego z twoich koncertów. Ale teraz on leży w szpitalu. Od czasu pogrzebu Michy już tylko pił.

Elene mówiła to, nie spuszczając wzroku z Kitty. Jakby istniały tylko one dwie, jakby kilka metrów dalej nie siedziała cała rodzina, która chciała teraz hucznie świętować.

Oczy Kitty rozszerzyły się. Micha. Więc tak nazywał się syn Andra. Nie żyli zatem obaj jego synowie – ten urodzony i ten nieurodzony.

– Angielski Elene jest świetny! – krzyknęła Kitty w stronę siedzących przy stole, nie odwracając się i nie odrywając oczu od Elene.

– Chciałam ci to powiedzieć, zanim oni zaczną ci wciskać wszystkie te kłamstwa. Ojciec pewnie nie zostawiłby mnie z tobą sam na sam. Chciałam, żebyś się o tym dowiedziała. Żebyś wiedziała, że my wszyscy jesteśmy winni, że Michy nie ma już między nami. Przede wszystkim ja jestem winna.

Nie znam cię, ale dużo o tobie wiem. Oni nigdy mi o tobie nie opowiadali, ale ja, gdzie tylko mogłam, starałam się zdobyć informacje na twój temat. Musisz odwiedzić Andra. Oni będą chodzić za tobą krok w krok, ale jeśli chcesz, możemy spróbować ich zmylić. Ja codziennie jeżdżę do szpitala.

– Dziękuję!

Kitty chrząknęła nerwowo. Potem uśmiechnęła się w najbardziej niefrasobliwy sposób, na jaki było ją stać, i odwróciła się twarzą ku rodzinie zgromadzonej przy stole.

Kristine nie potrafiła się przełamać, żeby z okazji wizyty Kitty przyjechać do Zielonego Domu. Od czasu śmierci Michy codziennie chodziła na cmentarz. Troszczyła się też o Andra, ale nie próbowała już odciągnąć go od alkoholu. Zbyt często upijał się tak, że Kristine musiała wzywać karetkę. Albo z powodu zakłócania ciszy i grubiańskich bluzgów zabierali go do izby wytrzeźwień. Dwa tygodnie przed przyjazdem Kitty Andro trafił wreszcie do szpitala miejskiego, gdzie stwierdzono zaawansowaną marskość wątroby. W agonii obrzmiały i niegdyś nieobliczalny Andro sprawiał wrażenie spokojnego. O wiele spokojniejszego niż dawniej, kiedy zmagał się nie ze śmiercią, lecz z życiem. Lana i mały Miro kursowali między mieszkaniem Kristine a domem matki Lany. Miro był chorowity, nadwrażliwy, lękliwy, a Lana przemęczona. W ostatnich tygodniach fantastyczną pomocą służyła Elene. Każdego dnia jeździła do szpitala, robiła zakupy dla Lany i Kristine, odprowadzała i przyprowadzała z przedszkola małego synka Lany, a przede wszystkim siedziała przy łóżku Andra, trzymała go za rękę, czytała mu i opowiadała najświeższe nowiny, chociaż nie było pewne, czy coś z tego słyszał lub rozumiał.

Opieka nad Laną stała się dla Elene w tym czasie najważniejszym zadaniem. Dopóki Lana trwała w swym bólu, uparcie i desperacko, nękana myślą, że gdyby kiedyś zachowała się inaczej, uratowałaby życie Michy, Elene mogła być pewna, że

Lana nie będzie się karać. Elene aż nadto dobrze znała niszczącą siłę autoagresji.

Oddała Lanie rolę wdowy. Stworzyła jej przestrzeń, w której mogła wypłakać swój ból. Dzięki temu Lana przestała się skupiać na sobie, wracać myślami do tego, co za nią, i zaczęła się zastanawiać, co przed nią. Stała się dla Lany jak siostra i podtrzymywała mit nieugiętego idealisty, mit, którego Lana mocno się uchwyciła. W micie tym ów idealista wydał wojnę zepsutemu, skorumpowanemu systemowi, by wyciągnąć na światło dzienne brud tego systemu, i oddał życie za swój wzniosły cel. Lana chciała zająć miejsce dzielnej wojowniczki u jego boku, strzegącej jego tajemnicy, matki jego dziecka, kobiety, której oddał swe serce i to, co najcenniejsze – swój film, to swoje wyznanie wiary. Obie wiedziały, że się okłamują, każda na swój sposób. Ale z kłamstwem dało się żyć, prawda natomiast była niepewna i nie dawała jednoznacznych odpowiedzi, a poza tym rodziła nienawiść i pogardę dla siebie. Tak, prawda paraliżowała, kłamstwo natomiast uskrzydlało.

Przyjazd Kitty musiał być dla Elene znakiem niebios: oto połączenie dwojga kochających się ludzi, ostatnia szansa lichego wprawdzie, ale jednak zadośćuczynienia. Nie potrafiła obudzić zmarłych do życia, lecz mogła zrobić dobry uczynek. Mały, smutny uczynek. Łóżko szpitalne Andra i fotografia Kitty, która stała się rzeczywistością.

Tak, może ta bojowniczka z Zachodu, ta anarchistka, ta królowa muzyki znajdzie tutaj, przy łóżku swej miłości z młodych lat, pokój. A ona przyjrzy się jej i podpatrzy, jak akceptuje się sprawy, które się nie spełniły. Sprawy, uczucia, nadzieje.

„On cię nie kocha”, powiedziała wówczas do Lany, mając na myśli siebie. Micha nie żył. Żyła ona, Elene. Bez Boga, tak samo jak wcześniej. Równie samotna jak wcześniej. Równie zagubiona.

Pokój, wolność, ojczyzna i chleb!

hasło z plakatu

Kitty już z daleka zobaczyła Kristine w korytarzu. Kristine postarzała się, a jednocześnie w jej wyglądzie było coś infantylnego. Jej dawne oszałamiające piękno znikło i robiła wrażenie dziwacznej, zamkniętej w sobie. Kitty długo ściskała i obejmowała ciotkę. Wdychała jej zapach i przypomniała sobie, jak wtedy, gdy wróciła z piekielnej szkolnej klasy, bez brzucha, z bolącymi bliznami, ciotka dotykała jej ran i tym dotykiem pomogła jej wrócić do życia.

Ze szpitalnego okna widać było smukłe cyprysy, zielone jak choinki. Ich czubki zdawały się przekłuwać chmury. Elene wprowadziła Kitty do sali, w której leżał Andro. Wcześniej powiedziała jej, że Andro tylko chwilami odzyskuje przytomność i wtedy nawet trochę je, ale dziś nie powiedział jeszcze ani słowa, więc Kitty nie powinna zbyt wiele się spodziewać.

Pacjent leżący w drugim kącie sali czytał „Prawdę".

Kitty podeszła niepewnie do łóżka Andra. Andro leżał na boku, twarzą do prześwietlonego słońcem okna, z jedną ręką na kołdrze. Potrzebowała czasu, żeby w jego zmienionej przez życie i upływ czasu twarzy rozpoznać dawne rysy... W tym mężczyźnie ze sfilcowaną brodą nie było łatwo rozpoznać tamtego chłopaka, który miał niegdyś blond loki i rzeźbił śliczne aniołki.

Jak żył, od kiedy wyjechała? Kim była kobieta, która urodziła mu syna? I jaki był jego syn? Czy był podobny do tego pierwszego, któremu nie pozwolono żyć?

Według tego, co mówili lekarze, Andro miał przed sobą tylko kilka tygodni życia. Kitty roztarła dłonie. Zziębła, choć na zewnątrz było ciepło. Podeszła do okna i spojrzała z góry na szpitalny park, wysokie cyprysy i białe ławki.

Ani ona, ani Elene nie widziały kobiety ubranej w męski garnitur, która miała takie same oczy jak Andro i stała na dole pod najwyższym cyprysem, patrząc ku nim w górę z cierpliwym uśmiechem.

Ciemne żyły Andra prześwitywały przez szorstką skórę, na której odcisnęły się ślady ciężkiej, nieodpowiedniej pracy przy popiersiach Lenina i Generalissimusa.

Kitty szukała słów.

– Andro, słyszysz mnie? – szepnęła, zbliżając usta do jego ucha. – To ja, Kitty. Jestem tu. To moja ręka, czujesz? Przyszłam do ciebie.

Kitty usiadła na krześle podsuniętym jej przez Elene.

– Opowiedz mi o nim. I o jego synu – zwróciła się do Elene, nie odrywając wzroku od nieruchomej twarzy Andra.

Elene jakby od dawna na to czekała. Słowa i zdania wyskakiwały z jej ust, radośnie i gorliwie, tak że nawet pacjent, który czytał „Prawdę", na chwilę odłożył gazetę i zaczął łypać w ich stronę. Elene mówiła bezładnie. O swoim przedszkolu. O czasie spędzonym w Moskwie. O Wasiliju i plaży nad Morzem Czarnym. Potem o sprawie z filmem Michy, filmem, którego nikt nie widział. A potem o nocy, kiedy Lana i ona pojechały do wioski w górach, żeby przywieźć Andra. Ale zawsze wracała do Michy. Próbowała powiedzieć prawdę. Ani słowa o tym, że wcześniej kłamała. Ale, choć mówiła długo, jej opowieść nie dawała żadnego spójnego, wyrazistego obrazu, była nielogiczna, brakowało w niej sensu i linii wiodącej do śmierci Michy.

Elene raz po raz spoglądała na Kitty z nadzieją, ale w jej twarzy nie znajdowała ani pocieszenia, ani zrozumienia. Nie było w niej jednak także potępienia. Twarz Kitty była tylko lustrem, w którym się przeglądała.

Nagle Kitty wstała i wyszła. Elene popatrzyła za nią zdezorientowana. Kitty minęła Kristine i poszła do szpitalnej łazienki, wyłożonej pomarańczowymi kafelkami i śmierdzącej uryną. Oparła się o drzwi. Stała bez ruchu, próbując uspokoić oddech. Potem podeszła do pożółkłej ze starości umywalki, odkręciła kurek, z którego wypłynęła brunatna ciecz, przypomniała sobie wskazówki matki, żeby „tak długo pozwolić lać się wodzie, aż zrobi się czysta", i czekała. Rzeczywiście, brązowy kolor ustąpił wreszcie i woda stała się przezroczysta. Włożyła ręce pod strumień wody. Spojrzała w popękane lustro. I krzyknęła.

Osunęła się na wilgotną podłogę, upadła na kolana, trzymając się ręką umywalki. Jej ciało odmówiło posłuszeństwa. Oddech też. Wszyscy zawiedli.

On umrze. Nawet on umrze. Będzie musiała go opłakiwać.

Ile miałaby mu jeszcze do powiedzenia! Opowiedziałaby mu pół życia. Nie, całe. Tylko inaczej, na nowo. Gdyby mogła, zwymiotowałaby do tej nędznej umywalki swoje milczenie, swoją niemoc. Zwymiotowałby wszystko, co miała, wyrzuciłaby z siebie lęk przed tym, co ją jeszcze czekało. Tak, wszystko, co jeszcze mogłoby przyjść, przestało ją interesować. Żyć ze spojrzeniem utkwionym za siebie – kto tak potrafi?

Alanię zobaczyła znowu na oficjalnym bankiecie. Od czasu jej przyjazdu minęły cztery dni. Cztery dni spędzone w Zielonym Domu, gdzie świętowano szczęście, którego nie było. Stał w eleganckiej restauracji, położonej wysoko nad miastem, koło wieży telewizyjnej, między stolikami nakrytymi białymi obrusami, w jaskrawo kolorowym oświetleniu, wśród zaabsorbowanych kelnerów i mężczyzn w garniturach, którzy w jej oczach zlewali się w jedną szarą masę.

Początkowo Kostia miał jej towarzyszyć na tym przyjęciu, na którym miała ściskać niezliczone dłonie, odpowiadać na pytania i jeść z ludźmi patrzącymi na nią nieufnie i zarazem z podziwem. Na którym miała poznać uznanych i faworyzowanych przez państwo muzyków, malarzy i pisarzy, deklamujących frazesy o wyższości socjalizmu nad kapitalizmem. Na którym każdy jej gest i każde słowo miały być ważone na złotej wadze i badane na okoliczność jej zarażenia kapitalizmem. Ale Kostia złapał grypę i został w domu.

Kitty wzięła z sobą podekscytowaną bratanicę, ubraną w krzykliwą, jaskrawożółtą sukienkę, bratanicę, która najwidoczniej chciała żyć czymś, czym na co dzień żyć nie mogła, i dlatego szukała sobie innego życia. Ta młoda kobieta była do niej tak podobna i jednocześnie tak niepodobna w swojej bierności, wewnętrznej dezorientacji i niezdolności do kształtowania samodzielnego życia.

Alania przywitał Kitty, mistrzowsko grając rolę oficjalnego opiekuna. Tak, w tej kwestii nie musiał niczego ćwiczyć. Ona też nie. Uścisnął jej dłoń. Nie za mocno, nie za słabo. Słuchając sztucznie brzmiących mów na temat przyjaźni narodów, sztuki, ojczyzny i socjalizmu oraz gruzińskiej partii komunistycznej i jej nieomylnego kierownictwa, co stanowiło obowiązkowy punkt programu, spoglądała, siedząc pomiędzy jakimś pianistą i Elene, w jego kierunku. I za każdym razem, kiedy patrzyła na Alanię, widziała zamknięte powieki Andra, jego spieczone usta, bezwładne, zimne ręce, zaniedbane paznokcie, sfilcowaną brodę. A kiedy o nim myślała, wracała też tamta klasa w szkole, postać Mariam i blondyna, która w ciemnych chaszczach przyciągała do siebie jej brata. A potem widziała krew na nożu w pokoju na Świętej Górze i pytała samą siebie, czy w ogóle kiedykolwiek opuściła tamten pokój. Gdy tak o tym rozmyślała, pojawiało się następne pytanie: jak po tym wszystkim mogła jeszcze raz z kimś się związać? Myślała o rudowłosej, która była od niej mądrzejsza i wiedziała, że człowiek nie jest zdolny do opuszczenia baraku w obozie koncentracyjnym ani pokoju z trupem kobiety.

Dzień później zaczęły się próby w filharmonii. Pod okiem Alanii i dwóch innych mężczyzn z gruzińskiego Ministerstwa Spraw Wewnętrznych oraz inżynierów dźwięku przeprowadzano próby akustyki. Kitty dawno już nie występowała, zwłaszcza przed tak dużą publicznością. Po swoim amerykańskim *tournée* i zerwaniu z Fred, które potem nastąpiło, nie dała większego koncertu.

W czterech piosenkach z albumu *Replacement* miał jej towarzyszyć kwartet smyczkowy, w trzech kolejnych – pianistka. Odbywały się więc wspólne próby i kiedy zaczynała śpiewać, twarz Andra się oddalała, a dzięki szybko osiągniętej z muzykami harmonii przegnała wkrótce ze swoich myśli walkę socjalizmu z kapitalizmem.

Po próbach spacerowała w towarzystwie trzech milczących mężczyzn ulicami Tbilisi. Nic nie mogła poradzić na to, że widziała miasto oczyma dwojga ludzi: rudowłosej narkomanki Fred i umierającego Andra.

Dzień koncertu był jedynym dniem, kiedy Kitty nie poszła do szpitala. Mimo protestów Alanii i ostrzeżeń mężczyzn z ochrony codziennie tam chodziła, głaskała ręce Andra i patrzyła, jak sztucznie utrzymywano go przy życiu. Raz, kiedy Elene wyszła na chwilę, a pacjent lubiący czytać „Prawdę" spał, przytuliła się do Andra i wycałowała jego twarz.

Teraz siedziała samotnie w garderobie filharmonii i myślała o pewnym pokoju hotelowym w Baltimore, z ciężkimi złotymi zasłonami, zapewne z czasów, kiedy królował jeszcze styl empire. Fred zdjęła jedną z zasłon i owinęła się nią, drapując ją na podobieństwo sukni wiktoriańskiej, pomalowała sobie usta szminką Kitty i udawała, że śpiewa arię operową. Kitty wzięła nowy aparat fotograficzny Fred i zrobiła jej zdjęcie. Zdjęcie, które nigdy nie zostało wywołane, ponieważ aparat z filmem znikł razem z jego właścicielką.

Kitty na chwilę zasłoniła twarz rękoma, nabrała powietrza w płuca, wstała i weszła z gitarą na scenę. Będzie śpiewać o swoim życiu podzielonym na pół. Tu, na tej scenie, może być w końcu tym, kim była. Trudno jej będzie wrócić do tej kiepskiej gry, bo w niej nie mogła być tą, którą być chciała, nie mogła powiedzieć tego, co myśli, i nie mogła opłakiwać tych, których chciała opłakiwać. Obawiała się, że zapomni wyuczonych na pamięć słów, że straci kontrolę nad swoją twarzą, że w jakiejś chwili głos odmówi jej posłuszeństwa. Lecz oklaski, które się rozległy, kiedy pojawiła się w świetle reflektorów, podziałały na nią jak narkotyk, lęk zaś znikł, kiedy wzięła pierwszy akord.

A kto zaliczył mnie do rzędu ludzi?

Josif Brodski

– Mam dokładnie dwadzieścia minut. Potem muszę pójść na jakąś męczącą imprezę, tańce narodowe czy coś takiego. Chciałam pobyć z tobą przez chwilę, nie byłaś wczoraj na koncercie i myślałam...

Kitty siedziała zmęczona przy okrągłym stole w pokoju Kristine. Ciotka stanęła za nią i otoczyła ją ramionami. Chwilę tak trwały, nieporuszone. Słychać było tylko tykanie starego zegara z kukułką dochodzące z kuchni. Kitty zamknęła oczy. Oparła się całą sobą o pierś Kristine. Jej ciało zdawało się pozbawione ciężaru, jak ciało ptaka, którego można by zamknąć w dłoni.

– Nie wiem, co zaszło między wami, ale to, że ty i mama niemal się nie widujecie, wydaje mi się nie do przyjęcia – powiedziała Kitty.

Kristine poszła po karafkę z likierem wiśniowym i dwa kieliszki. Potem usiadła naprzeciw siostrzenicy. Ciepło patrzyła na Kitty, tak jakby okrywała jej ramiona grubym szalem.

– Na korytarzu przed drzwiami mojego mieszkania stoi trzech mężczyzn. To chyba z twojego powodu? – Kristine nalała czerwony alkohol do kieliszków.

– Tak, chodzą za mną krok w krok. Są obok w każdej sekundzie. Tylko wtedy dają spokój, kiedy jest przy mnie Kostia.

Widocznie mają do niego zaufanie. Ale ja chciałam zobaczyć ciebie, was wszystkich. Nie tę maskaradę. Z tobą się nie widuję, mama i Kostia robią z mojego przyjazdu nieustające święto, Andro nie odzyskuje przytomności, a reszta... reszta jest nie do zniesienia.

Kristine nachyliła się przez stół i pocałowała Kitty w czoło. Kitty najchętniej położyłaby się na tym stole i poprosiła ciotkę, żeby przy niej czuwała, głaskała ją po głowie, jak wtedy, w najgorszych chwilach jej życia, dopóki nie wróci jej potrzeba robienia nowych rzeczy, tworzenia nowych piosenek. Lecz to było niemożliwe – zaraz zaczną pukać do drzwi, ponaglać i maskarada, w której gra główną rolę, potoczy się dalej. I znowu będą ją upominać, żeby nie jechała do szpitala do tego dezertera i zdrajcy, choć leży już śmiertelnie chory.

Podniosła się i poszła do łazienki. Od kiedy przyjechała do kraju, zbyt często uciekała do łazienki albo toalety. Były jedynymi miejscami, gdzie nie czuła się śledzona. Miała poczucie, że ktoś ściska kleszczami jej skronie.

Rozległ się dzwonek do drzwi. Kitty słyszała, że Kristine otworzyła. To był Alania. Poznała go po krokach. Słyszała, że coś mówi i że Kristine zaprasza go środka. Nie, nie miała siły od razu wyjść. Puściła głośno strumień wody.

– Proszę wybaczyć, że przeszkadzam, ale czekamy i muszę porwać towarzyszkę Jaszi.

Alania był zmieszany i skrępowany w obecności tej pięknej niegdyś kobiety i miał ochotę jak najszybciej się wycofać. Pamiętał, że Kostia ubóstwiał Kristine. To dla niej była przeznaczona tamta paczuszka, gest bezsilnej pociechy Kostii w obliczu jej tragedii. Tej paczuszce zawdzięczał spotkanie z Kitty, to z powodu Kristine nadłożył wtedy drogi. I na tej drodze trwa do tej pory.

Kristine otworzyła mu drzwi i cofnęła się zaraz przestraszona, otworzyła usta, jakby tłumiąc okrzyk, i niepewnie postąpiła kilka kroków w tył. Jedną ręką macała po ścianie, znalazła kontakt i włączyła górne światło. Wpatrywała się w niego, jakby zobaczyła w nim coś, co napawało ją lękiem.

– Wszystko w porządku? – spytał Alania, podniósł głowę i spojrzał na nią wprost.

Chociaż czuł się przy tym nieswojo, chciał ją dokładnie zobaczyć, na zawsze zapamiętać. Znaleźć w niej minione piękno. Kristine farbowała włosy na czarno i wiązała je z tyłu w prosty, symetryczny kok. Miała na sobie czarną sukienkę do kolan i nylonowe pończochy. Połowa jej twarzy była zasłonięta ciemnoniebieską koronką, której końce wpięła we włosy. Ile plotek krążyło na jej temat, na temat jej męża samobójcy i tego drugiego, jej kochanka. Ile sił musiało ją kosztować zachowanie godności, obronienie się przed pogardą otoczenia!

Teraz podeszła do Alanii trochę bliżej. Powoli podniosła prawą rękę, jakby chciała go dotknąć. Potem ręka znowu opadła i zastygła w nienaturalnej pozycji. Alania zrobił krok w jej stronę, obawiając się, że Kristine upadnie, ale ona zasłoniła się rękoma, jakby w geście obrony.

– Kim pan jest i co pan robi w moim mieszkaniu? – zapytała cicho.

– Nazywam się Georgi Alania. Na pewno pani o mnie słyszała. Jestem starym przyjacielem pani siostrzeńca. Studiowałem razem z Kostią w Wyższej Szkole Marynarki Wojennej w Leningradzie.

– Georgi Alania. Alania? – pytająco powtórzyła Kristine, jakby jego nazwisko było nietypowe i jakby ćwiczyła jego właściwą wymowę. Nagle potrząsnęła głową, chcąc odpędzić jakąś myśl, wyraźnie poirytowana swoim irracjonalnym zachowaniem. – Przepraszam pana. Przez chwilę mi się wydawało, że jest pan taki podobny do kogoś, kogo kiedyś znałam... To przecież niemożliwe, przepraszam.

Poprosiła go do pokoju.

– Kitty jest w łazience, zaraz wyjdzie – dodała jeszcze.

Usiedli przy stole. Kristine, ciągle poruszona, sięgnęła po kieliszek z likierem. Opróżniła go jednym haustem, a potem na nowo zaczęła się wpatrywać w Alanię jak zahipnotyzowana. Potrząsała przy tym głową z niedowierzaniem, jakby toczyła z sobą jakąś wewnętrzną rozmowę. Potem zaśmiała się i uderzyła dłonią w czoło.

– Czy z moją twarzą jest coś nie w porządku?

– Nie, nie, tylko... – powiedziała powoli, jakby budząc się ze snu. – To tylko... Nie wiem, jak to powiedzieć.

– Co panią niepokoi? Może będę mógł to wyjaśnić?

– Pan wydaje mi się znajomy.

Coś w sposobie, w jaki wypowiedziała to zdanie, obudziło czujność Alanii.

– To raczej mało prawdopodobne, żebyśmy się kiedykolwiek spotkali. Nigdy nie zapomniałbym pani twarzy.

– Pan pochodzi z Gruzji, nieprawdaż? Kim są pana rodzice? – zapytała wprost, nie spuszczając z niego wzroku.

Dlaczego Kitty tak długo siedzi w tej łazience? Alania poczuł naraz przytłaczającą potrzebę ucieczki. Nie miał ochoty prowadzić tej dziwnej rozmowy.

– Tak, z Gruzji, ale z pewnością nie zna pani wsi, w której moja matka spędziła całe życie. – Alania starał się mówić miłym tonem.

– A pański ojciec?

Nie ustępowała. Pytanie jak uderzenie obuchem. Alania chrząknął, spuścił głowę. Skłamać? Wymyślić sobie ojca? Jakiegoś pracowitego kołchoźnika, cierpliwego nauczyciela, ruchliwego geologa?

– Nie mam ojca.

Kristine nagle wstała, podeszła do niego, zatrzymała się przed nim tak blisko, że doszedł go lekki zapach alkoholu, nachyliła się nad nim i dotknęła jego twarzy. Poczuł gęsią skórkę idącą od dłoni w górę rąk.

– Każdy ma ojca – powiedziała ledwie dosłyszalnie.

– Ja swego nigdy nie poznałem. Moja matka umarła, nie wyjawiając mi szczegółów mego... hm... pojawienia się na świecie. Nie znam nawet jego nazwiska, więc nie mam ojca.

– Naprawdę dziwne. Pan jest łudząco do niego podobny. Ta sama skóra. Głos nieco niższy, ale ten sam tembr.

– O kim pani mówi?

Sytuacja stawała się dla Alanii coraz bardziej dziwaczna. Oczywiście myliła go z kimś. Jednak coś w jej zachowaniu świadczyło o czymś wręcz przeciwnym. Nie był na to przygotowany. Miał nadzieję, że wejdzie Kitty i go z tego wybawi.

– Był łasy na piękne kobiety. Preferował rosłe blondynki o jasnej cerze, niebieskich albo zielonych oczach. Czy pana matka była blondynką?

Kristine wymieniała te cechy, jakby mówiła o towarze rzadko dostępnym w sklepach. Niepokój w jej twarzy zastąpiła teraz triumfalna pewność.

– Tak, była blondynką, dużą jak na kobietę, ale...

– Może się mylę, lecz...

Chciała wrócić na swoje miejsce przy stole, ale wtedy on chwycił ją za rękę.

– O kim pani mówi? Proszę mi powiedzieć.

Jego głos drżał. Rozglądał się bezradnie, jakby szukał pomocy.

I wtedy wymówiła nazwisko Małego Wielkiego Człowieka. I choć równie straszne, jak nieprawdopodobne wydało mu się ono w związku z jego istnieniem, to jednocześnie dawało klucz do rozwiązania zagadki jego pochodzenia. Jeśli przyjąć, że był to Mały Wielki Człowiek, wszystko w jego życiu ułożyło się nagle w logiczny ciąg wydarzeń. Jakby nasuwało się samo przez się, że był jego synem. Jakby inny ojciec nigdy nie wchodził w grę.

Puścił jej rękę. Ona nadal mu się przyglądała. Jego ręce drżały. Brakowało mu ostatecznego potwierdzenia tego wstrząsającego faktu, ale to, co usłyszał, sączyło się już w jego świadomość jak trucizna i paraliżowało.

To z pewnością zdarzyło się w Baku. Tam studiował Mały Wielki Człowiek, tam żył, tam zaczęła się jego zawrotna polityczna kariera. A Gulo, mała, naiwna Gulo – cóż mogła zdziałać przeciw niemu? Łuski spadły Alanii z oczu: jego matka musiała milczeć. Jak inaczej mogła chronić swoje pisklę przed tym, który je spłodził?

Naraz obezwładniła go paraliżująca myśl: w jakimś momencie on musiał się dowiedzieć, że ma syna. Oczywiście! Przyjęcie do Wyższej Szkoły Marynarki Wojennej, dostępnej tylko dla dzieci z najlepszych rodzin w kraju, przeniesienie nad Morze Japońskie, rekrutację i przyjazd do Moskwy zawdzięczał rozkazom swego anonimowego nadojca! Na czoło wystąpiły mu kropelki potu. Wydawało mu się, że zaraz spadnie z krzesła. Stocznia Amurska i wizyta ważnej osoby na krótko przed zakończeniem wojny! Naturalnie! Całe życie Alanii przebiegało według planu jego niezwyciężonego ojca!

Tak, ta kobieta miała rację: każdy ma ojca.

Stracił panowanie nad sobą i łzy popłynęły mu po policzkach. Kristine nie reagowała. Nie patrzyła już na niego. Odkryła to, czego szukał. Teraz była cierpliwa. Czekała. Czas wszechświata należał do niej. Mogła czekać wieki. Była posłańcem. Czarnym aniołem.

Ludzi z ochrony też poproszono do stołu Kostii. Siedzieli tam wszyscy: błazny i obłudnicy, pieczeniarze i oportuniści, klakierzy, służący, kobiety i kochankowie. Siedzieli i ucztowali na cześć Kitty. Nie przyszedł tylko Alania. Przeprosił zaraz na początku i znikł. Kitty daremnie na niego czekała, mając nadzieję, że zaraz wróci i będzie pod stołem dotykał kolanem jej kolana na znak, że wszystko idzie dobrze. Ale nie było dobrze. Wiedzieli o tym oboje.

Znalazła go na szczycie stromego zbocza. Stał w ciemnościach. Wąwóz o głębokości wywołującej lęk ginął gdzieś w nieskończonej czerni. Było słychać, jak świerszcze dzielą się swymi tajemnicami. Strzępy dalekich, ożywionych rozmów przy stole i głośne, długie toasty docierały echem aż na skraj posiadłości, nad urwisko, przed którym się zatrzymali.

– Co się stało? Dlaczego pan wyszedł?

Zobaczyła jego zaczerwienione, spuchnięte oczy. Drżał jak w ataku febry. Nie wiedząc, dlaczego to robi, rzuciła się przed nim na kolana.

– Georgi, co się stało?

– To nie może być prawda, nie to, nie teraz – powtarzał ciągle.

Po raz pierwszy dojrzała w jego twarzy straszny lęk. Teraz przyszła jej kolej wyciągnąć go z zapaści, dać mu poczucie bezpieczeństwa, wziąć go pod skrzydła. Przywarł do niej tak mocno, że z trudem utrzymywała równowagę. Wzięła jego rękę i poprowadziła ku swojej szyi. Przytuliła głowę do jego ręki, pozwalała, żeby głaskał jej szyję. Pocałowała go.

Dotknął swych ust wskazującym palcem, jakby sprawdzał, czy został na nich smak jej ust.

Czasem skrzydłami były usta, czasem słowa, a czasem zdjęcia, które się zachowały.

Andro zmarł trzy dni po odjeździe Kitty. Nie odzyskał przytomności, ale moja matka opowiadała, że kiedy Kitty była u niego po raz ostatni, odpowiedział uściskiem na dotyk jej dłoni. Nie wiem, czy był to tylko odruch śmiertelnie chorego człowieka, czy gest pojednania, jak tłumaczyła to sobie moja matka.

KSIĘGA VI

DARIA

To nie my wymyśliliśmy ten świat,
Nie ja ten świat wymyśliłam.
Ten świat stworzony tak,
Żeby uczynić w nim wszystko,
Ale niczego nie zmienić.

Ałła Pugaczowa

Dla mnie i dla Darii Związek Radziecki oznaczał nieustanne marsze żałobne oraz kondukty, kiedy wśród masy goździków wieziono trumny zasłużonych dla partii starców z Komitetu Centralnego – makabryczne widoki przekazywane przez wszystkie kanały telewizji. Związek Radziecki oznaczał dla nas obozy letnie i chusty pionierskie na szyjach. Plantacje herbaty, pasieki i kołchozy. Białe pończochy z Chin, makatki ze scenami myśliwskimi na ścianach, cukierki czekoladowe Miszka na Północy, lemoniadę estragonową kupowaną w sklepach Łagis. Auto GAZ 13 naszego dziadka, kolorową plastelinę z rysunkiem żabek na pudełku, szampon dla dzieci Kria-Kria z żółtą kaczuszką, krem do golenia Start dziadka, puder, którego nie wolno nam było używać, schowany w szafce w łazience i straszący głową kota na opakowaniu. Lotion do ciała Higiena, perfumy Stazji Czerwona Moskwa pachnące starością i wywołujące ból głowy oraz pozbawione zapachu brązowe mydło do prania.

Związek Radziecki oznaczał brązowe moskiewskie mundurki uczniowskie, symbol zamożności, oraz identyczne, ale gorzej uszyte mundurki produkowane w Tbilisi, noszone przez te dzieci, których rodzice nie byli dyrektorami, profesorami ani komisarzami. Grube kobiety w białych fartuchach, siedzące w bufetach, sklepach spożywczych, kawiarniach i na korytarzach hotelowych przy skrzynkach z piwem słodowym. Także Cao Sao Vàng „Golden Star" Aromatic Balm, zwany maścią wietnamską albo balsamem tygrysim, ohydnie śmierdzący, którego używało się do smarowania przy przeziębieniu.

Niebiesko-białe trójkątne pojemniki z kefirem, mleko w szklanych butelkach, jedno i drugie do nabycia w miejskich gastronomach, w których poza tym oferowano bardzo przewidywalny towar. Związek Radziecki oznaczał pyszne mleko skondensowane, które ukradkiem wylizywaliśmy z puszek, i obrzydliwe konserwy rybne. Kalendarz ścienny wiszący w każdej porządnej socjalistycznej kuchni z przepisami na każdy dzień dla socjalistycznych gospodyń domowych z zaznaczonymi wszystkimi ważnymi socjalistycznymi świętami i życiorysami, z pożytecznymi, ale mniej socjalistycznymi w charakterze poradami codziennymi w rodzaju: „Aloe vera działa przeciwzapalnie w przypadku...".

Czerwone, ozdobione głową Lenina legitymacje służbowe, legitymacje rencistów i legitymacje członków Komsomołu. Gry Myśliciel i Młody Zegarmistrz, a także bardzo lubiany Młody Chemik (gra, przy której ciągle kłóciłyśmy się z Darią). Także mężczyzna i kobieta obejmujący rękami sierp i młot, znak rozpoznawczy każdego niemal socjalistycznego filmu (podobnie jak ryczący lew jest znakiem amerykańskiej wytwórni filmowej MGM).

Kubuś Puchatek oraz Kiwaczek i inne postacie z socjalistycznych filmów animowanych, gryzące kombinezony zimowe, w które ubierała nas nasza matka i z których trudno było się rozebrać, jeśli zachciało się siku, tak samo jak z szorstkich wełnianych rajstop. I jeszcze niedźwiadek Misza z kołami olimpijskimi zdobiącymi jego pasek, maskotka Letnich Igrzysk Olimpijskich w Moskwie w 1980 roku. (Misza jeszcze wiele lat po zakończeniu olimpiady żył w prawie każdym domu – nie tylko jako zabawka, także na flagach, talerzach i filiżankach).

Związek Radziecki to były czarne wołgi, białe łady i żółte żiguli. Czerwone plastikowe gwiazdy do przypięcia ze zdjęciem Lenina jako niemowlęcia albo dziecka (tego tak naprawdę nie dało się określić). Płyty radzieckiej firmy fonograficznej Melodia i kasety Maksim, za które trzeba było sporo zapłacić. Cukierki Guliwer i guma do żucia o smaku kawy, która – jak łatwo się domyślić – dzieciom nie smakowała, bo dzieci nie lubią gorzkiej kawy. Zwierzątka z ciężkiej, szorstkiej wełny, zwłaszcza psy i niedźwiedzie (tak, znowu niedźwiedzie!), które jedynie przy maksimum dobrej woli mogły uchodzić za pluszowe. Ser topiony Przyjaźń i kołysząca się drewniana lalka wańka-wstańka, która wyglądała jak nieudana, pozbawiona zawartości matrioszka. Pyszne lody Leningrad, w kształcie czworoboku, opakowane w złoty papier. Dziadek Mróz z czerwonym nosem (bez brzucha piwosza, który ma mikołaj z reklamy coca-coli). Ciężkie blaszane dzbanki na herbatę i obiekt pożądania – ośmiomilimetrowe kamery filmowe. Kolorowe majtki z wizerunkami szczęśliwych sportowców albo z wypisanymi na nich nazwami dni tygodnia. Tanie broszury z tytułami takimi jak „Prawda o amerykańskich dyplomatach". Szare i najczęściej zepsute telefony w budkach. Plecione z żyłki siatki na zakupy. (Mają je z pewnością babcie na całym świecie. Bóg jeden wie, skąd się takie siatki biorą!)

Kasza gryczana i kotlety mielone. Marmolada z róży. Indyjski proszek kawowy. Podróbki dżinsów Lee albo Wrangler. Niebiesko-beżowe tornistry, proszek do mycia zębów, plastikowe wieczne pióra, wazony z widokiem Kremla, cienkie zielone zeszyty z napisem „Zeszyt szkolny", żetony do metra z literą „M", stoły do ping-ponga, paletki do badmintona, brzydkie fryzury, magnetofon kasetowy Elektronika 302.

Związek Radziecki to były rosyjskie papierosy Astra, które paliła Stazja, i gruzińskie Kosmos (Daria i ja zaciągnęłyśmy się po raz pierwszy właśnie takim), zegarki elektroniczne, kiedy chciało się zrobić wrażenie, liczydła w sklepach i na targach, w szkołach, w pracy, domino w wąskich, pięknych pudełkach powleczonych macicą perłową.

Trzydzieści sześć i pół rubla za bilet na samolot do Moskwy (nigdy nie skorzystaliśmy). Audycja *Iluzja* w każdą sobotę w pierwszym programie gruzińskiej telewizji, gdzie pokazywano zagraniczne, czasami ocenzurowane i skrócone filmy. Na przykład klasyk taki jak *Rzymskie wakacje*, przy którym Stazja zawsze miała mokre oczy, i *Pół żartem, pół serio*, przy którym Kostia śmiał się z całego serca, ale też *Kaskader z przypadku* z Peterem O'Toole'em i Barbarą Hershey, który z kolei lubiłyśmy ja i Daria. Kina-autobusy, które jeździły po mieście, dzwoniły jak wózki z lodami i za parę groszy zapraszały młodzież na filmy miłosne. Na pierwszym miejscu listy przebojów takich objazdowych kin plasowała się seria o markizie Angelice z lat sześćdziesiątych. Daria i ja sprzeczałyśmy się zawsze, czy lepsza jest *Angelika wśród piratów* czy *Angelika i sułtan*. Na drugim miejscu był *Hrabia Monte Christo*, dalej filmy muzyczne, przypominające dzisiejsze obrazy z Bollywood.

Istniały także kina, na przykład Apollo i Kazbek. Tygodnik „Ogoniok", zdjęcia zachodnich aktorów, które można było kupić na czarnym rynku, najczęściej u Cyganów handlujących w przejściach podziemnych i przed wejściem do metra. Komedie muzyczne obrażające inteligencję każdego widza – o ojczyźnie, miłości i pracy. Kombinezony sportowe z poliestru. Pyszne napoje mleczne o różnych smakach (zawsze wybierałam truskawkowy, a Daria waniliowy).

Potem Związek Radziecki to była dla nas kawiarnia Francja i restauracja Budapeszt oraz herbaciarnia naprzeciw uniwersytetu. Automaty do napojów wyglądające jak lodówki, z napisem „woda gazowana", które prawie nigdy nie działały. Niemieckie magazyny „Burda", które zdobywało się na czarnym rynku i które zawierały bardzo poszukiwane wykroje. Trolejbusy, nieuprzejmi milicjanci oraz potajemnie drukowane i rozpowszechniane powieści dysydentów i zdrajców.

Czytaliśmy rosyjskich i gruzińskich klasyków, oczywiście także Aleksandra Dumasa i francuskich romantyków, bardzo popularny był Romain Rolland, który sympatyzował przecież z komunistami i odwiedził Związek Radziecki. Nigdy nie było zgody co do tego, jak zaklasyfikować Joyce'a i Faulknera, zakaz czytania ich jednak nie dotyczył. Trudno było zdobyć egzystencjalistów. Nie brakowało za to bajek Kryłowa, książek Gorkiego, Tołstoja, Henry'ego Jamesa, Thackeraya, Twaina. Wszystkich przebijali jednak Lermontow i Puszkin. A pierwsze miejsce zajmował oczywiście *Witeź w tygrysiej skórze* – wielki gruziński epos narodowy Rustawelego.

Czytało się przeważnie poetów nieżyjących. Tylko „Litieraturnaja gazieta" pisała czasem o poetach żyjących.

Jeszcze później Związek Radziecki oznaczał dla nas oszczędzanie na trudno dostępne płyty, książki i kasety wideo. Kupowaliśmy Stonesów, Pink Floydów, Led Zeppelin, potem doszedł jeszcze Queen. W latach osiemdziesiątych były już rosyjskie zespoły rockowe, takie jak DDT, których członkowie mieli gdzieś to, czy państwo zezwala na długie włosy czy nie.

Związek Radziecki to były również wywrotowe wieczory poezji w oficynach, na poddaszach, w piwnicach. Trzeba jednak było być już odpowiednio „anty", żeby wejść w te szacowne kręgi. Najlepiej, gdy miało się na pieńku z milicją. Do tych oficyn, na poddasza i do piwnic przychodziły tlenione blondynki z ciemnymi obwódkami wokół oczu, które zapisywały coś w swoich cienkich notesach z suszonymi kwiatami i większość energii wkładały w to, by stwarzać wrażenie zamyślonych i oderwanych od życia. Przychodzili też młodzi mężczyźni, entuzjastycznie recytujący wywrotową poezję, przy czym nikt nie umiał dokładnie określić, jaki stopień wywrotowości należy osiągnąć, żeby zostać królem tych oficyn, poddaszy i piwnic. Pojawiali się tam również brodaci mężczyźni po czterdziestce, niekiedy, raczej rzadko, w towarzystwie kobiet po czterdziestce, które w większości nie farbowały włosów. Kobiety owe chętnie rozmawiały o duchowości i wierzyły w przepowiednie Nostradamusa, a w młodości podróżowały autostopem przez północny Kaukaz i dziś jeszcze jeżdżą pod namiot do Swanetii.

Związek Radziecki to były Cyganki, które z wiklinowego koszyka wytrząsały czerwone marlboro, jeśli wcześniej włożyło się do niego dosyć pieniędzy. To starania, żeby zdobyć bilet do Domu Filmu na zamkniętą projekcję.

Dla mnie Związek Radziecki to dzieciństwo, które dzieliłam z siostrą.

To władza mojego dziadka. To niezliczone komplementy, którymi obsypywano Darię (była niczym gwiazda rocka otoczona pełnym zachwytu, krzyczącym tłumem). To życie bez ojca. To nocne chichoty pod kołdrą w Zielonym Domu. To lekcje baletu w szopie Stazji, przy czym z jakiegoś dziwnego powodu uczestniczyłam w nich tylko ja, mojej siostry do tego nie zmuszano. To fascynacja zakrytą połową twarzy Kristine i ciągłe kłótnie Elene z ojcem oraz Darii ze mną. To wędrówki między półtorapokojowym mieszkaniem mojej matki w nowym budownictwie i Zielonym Domem. To wybaczająca wszystko miłość Kostii do Darii i oszczędna w słowach, lecz zawsze niezawodna miłość Stazji do mnie. To potajemne kosztowanie likierów Stazji w spiżarni. Chowanie się w lesie. Tyrady dorosłych i areszt domowy jako częsty skutek mojego zachowania. Przebrania na zabawy karnawałowe w przedszkolu – zajęcze uszy, wilcze ogony, fartuszki Czerwonego Kapturka, pazury czarownicy, a potem nawet spódniczka z liści palmowych, gdy byłam Piętaszkiem na szkolnej zabawie. Ciągłe bitki na szkolnym podwórku (Daria nie brała w nich udziału).

Związek Radziecki to cowieczorne *Wriemia* i lektor w grubych okularach, który przedstawiał wiadomości tak, jakby nazajutrz miał nastąpić koniec świata. Związek Radziecki to czerwona gwiazda w roli szpica na choince, którą ubierało się na sylwestra. To przyjaźń narodów i tańce ludowe – zaproszeni byli wszyscy oprócz „obcokrajowców". Bo ci byli „kapitalistami" (na całym świecie ludzie przymierali głodem, gdyż ta druga część świata interesowała się tylko pieniędzmi i pozwalała, aby reszta biedniała, byle tylko ona mogła się bogacić).

Zagranica była sodomą i gomorą. Tam wszyscy brali narkotyki, rządy tamtych państw nie interesowały się obywatelami i pozwalały im zdychać z głodu. Seks uprawiał każdy z każdym i na świat przychodziły dzieci, którymi nikt się nie interesował i dla których nie było miejsc w przedszkolach. Zagranica była złym miejscem, skąd żaden obywatel radziecki nigdy nie wrócił. Zagranica to byli paskudni szpiedzy i handlarze ludźmi. Nadal istnieli tam niewolnicy i nikt nie znał takich słów, jak przyjaźń narodów i braterstwo. Panowało tam tylko brutalne prawo pieniądza albo kwitła iluzja spokojnej egzystencji, jaką dawała obłudna religia, która, jak wiadomo, jest opium dla mas. Należało być czujnym i pomagać krajom, które chciały się wyrwać ze szponów złego kapitalizmu. Kraje, które się wyrwały, były naszymi braćmi, naszymi przyjaciółmi, i do nich wolno nam było jeździć. Mogliśmy poruszać się po Związku Radzieckim (gdzie już w zasadzie byliśmy), wyjeżdżać do Mongolii, Jugosławii, Albanii, Bułgarii, Polski, Rumunii, NRD, Czechosłowacji i na Węgry, mogliśmy odwiedzać Koreę Północną, Chiny, Kubę, Gwineę, Południowy Jemen, Somalię, Kongo, Madagaskar, Kambodżę, Laos, Etiopię, Angolę, Mozambik, Benin, Nikaraguę, Zimbabwe. A kiedy zaczęłam chodzić do szkoły, również Wietnam. Wkrótce miał się przed nami otworzyć Afganistan.

Mieliśmy zatem dość przyjaciół, a do krajów, w których rządził zły kapitalizm, i tak nie chcieliśmy jeździć. Czego mielibyśmy szukać w dekadenckiej, zdegenerowanej, skazanej na nieuchronną zagładę Europie Zachodniej, nie mówiąc już o największym złu – Ameryce? Co mielibyśmy robić we Francji, gdzie jadało się ślimaki, albo we Włoszech, gdzie roiło się od mafiosów i czciło pewnego starego człowieka w białej szacie? Co mielibyśmy do roboty w Ameryce (wyjąwszy Kubę), gdzie pleniło się robactwo i puszcze? Po co mielibyśmy jeździć do Japonii, gdzie kobiety zmuszano do noszenia o wiele za małych butów, żeby nie rosły im stopy? Czego mielibyśmy szukać w niebezpiecznych Stanach Zjednoczonych, gdzie narkotyki leżały na ulicy i wszyscy ludzie, którzy nie byli bogaci, mieli depresję i po kolei skakali z okna, bo państwo nie było dobrym wujkiem i nie troszczyło się o nich? Gdzie aż się roiło od Murzynów i Żydów!?

Jasne, kapitalistyczna zagranica miała też parę fajnych rzeczy – na przykład supermuzykę i filmy, poza tym nie trzeba było brać ślubu, żeby uprawiać seks albo dostać wspólne mieszkanie, no i ludzie nosili wyraźnie lepsze ciuchy. A żeby dostać wizę, nie trzeba było tygodniami koczować przed biurem Intouristu, nie trzeba było też czekać latami na liście oczekujących na przydział samochodu. Ale jakie to miało znaczenie? Wolność jest ostatecznie kwestią definicji. Oni bądź co bądź nie mogli jeździć do Wietnamu, a wkrótce też do Afganistanu. A my, owszem.

Dla mnie i dla Darii Związek Radziecki to przede wszystkim była nasza rodzina. Rodzina i sławna ciotka za granicą. Ciotka, która – jak długo byłyśmy z Darią przeświadczone – została porwana na Zachód przez złych kapitalistów, bo niby czemu miałaby uciekać z własnej ojczyzny? Związek Radziecki to byli nasi przyjaciele. Nasze ulice. Nasze podwórka. Nasze parki. Nasze zabawy. Nasza przeszłość. I oczywiście przyszłość.

W Związku Radzieckim byłyśmy uprzywilejowane, bo nosiłyśmy nazwisko naszego dziadka.

Krótko po tym, jak Kitty odjechała, Elene zapisała się na kurs przygotowawczy języka angielskiego i angielskiej literatury w instytucie języków obcych i zaczęła pilnie się uczyć do egzaminu wstępnego. Nana, nie posiadając się z radości, że jej córka zdecydowała się – jak się wydawało – na kontynuowanie nauki, doradzała jej i ją motywowała. Również Kostia, choć angielski był dla niego językiem podejrzanym, cieszył się, że córka wreszcie się opamiętała i chce coś z sobą zrobić. Elene zdała egzamin wstępny i zaczęła studia. Ponieważ dojeżdżanie z Zielonego Domu do Tbilisi zabierało jej zbyt wiele czasu, zamieszkała najpierw u koleżanki w dzielnicy Sololaki. Większość czasu spędzała jednak z Laną, która po obronie pracy dyplomowej znalazła zatrudnienie w Centrum Planowania Inżynieryjnego i Przemysłowego, które projektowało ogromne fabryki jak kraj długi i szeroki. Elene nie odwiedzała Kristine, bo mieszkał u niej synek Michy, Miro, którym ta zajmowała się z wielkim oddaniem.

Ponieważ Elene szybko znudziło przeważnie żeńskie i zupełnie uległe wobec systemu towarzystwo na studiach, znalazła sobie dzięki Lanie znajomych w Akademii Sztuk Pięknych i w Instytucie Filmu i Teatru. Jej kolegami stali się młodzi mężczyźni, którzy słuchali rocka, palili haszysz, brali udział w wywrotowych wieczorach poezji i wiele mówili o duchowości. Nie mieli wprawdzie dosyć odwagi, by przeciwstawić się prawu, jak Micheil, Beka i ich kompani, ale w porównaniu z grzecznymi dziewczynami studiującymi języki obce byli prawdziwymi Che Guevarami.

Na początku studiów Elene podjęła jeszcze kilka prób uniezależnienia się od rodziny, a przede wszystkim od ojca, głównie pod wpływem nowych przyjaciół, którzy krytykowali ją, bo korzystała z przywilejów, jakie zapewniała jej rodzina, choć po cichu robili to samo. Ponieważ jednak nikt nie zatrudniłby osoby tak ustosunkowanej jak Elene Jaszi w charakterze sprzątaczki czy praczki, Elene była skazana na branie pieniędzy od ojca.

Przez cały tydzień mieszkała w mieście. Weekendy spędzała z nami. Darię, królową w królestwie Kostii, posłano do przedszkola w Tbilisi, mnie natomiast pozostawiono samej sobie i Stazji. Mogłam, ubrana w białe pończochy, brać lekcje baletu z kilkoma dziewczynami ze wsi i ćwiczyć niezgrabne skoki, podczas gdy Darię codziennie odwoził do miasta kierowca Kostii razem z dziadkami, a wieczorem przywoził wszystkich troje.

Rano, gdy Kostia i Nana wyjeżdżali do pracy, w domu panował pośpiech. Moje pierwsze wspomnienia z dzieciństwa to wspólne, szybkie śniadanie, szukanie ubrania dla Darii. Kiedy już tamci wsiedli do auta, my ze Stazją zostawałyśmy same i zapadała cisza. Cudowna, zaczarowana cisza, która kryła w sobie tyle tajemnic. Należało być tylko dostatecznie uważnym i cierpliwie się w nią wsłuchiwać. Latem słyszało się świerszcze, jesienią gołębie, zimą las, wiosną bryzę rozpryskującą się o nadmorskie skały. Wszystkie te odgłosy brzmiały niczym doskonale zgrana orkiestra, a ich słodkie melodie rozlegały się tylko dla mnie i Stazji.

Kiedy zostawałyśmy same, najpierw brałyśmy się do pracy w ogrodzie. W brudnych gumowcach, uzbrojone w odpowiednie narzędzia, w deszczu, słońcu i wietrze chodziłyśmy koło kwiatów, owoców i warzyw. Od czasu do czasu słyszałam, jak Stazja rozmawia z kwiatami, ale nie widziałam w tym nic dziwnego. W moim odczuciu był to rytuał, który dawał mi poczucie bezpieczeństwa.

Potem zbierałyśmy resztki jedzenia z poprzedniego dnia i wrzucałyśmy do blaszanego wiadra, z którym szłyśmy do studni w centrum wsi, gdzie codziennie karmiłyśmy bezpańskie psy. Przyglądanie się zapchlonym psom rzucającym się na jedzenie należało w tamtym czasie do moich ulubionych zajęć. Potem Stazja włączała telewizor i razem oglądałyśmy program *Zwinne ręce*, w którym można było usłyszeć porady dotyczące gospodarstwa domowego oraz mądrości doświadczonych babć, na przykład jak obniżyć gorączkę za pomocą skarpetek zamoczonych w occie albo pozbyć się bólu głowy dzięki kwiatom lipy. Po obiedzie kładłyśmy się ze Stazją w jej pokoju na twardym łóżku (takie lubiła). To łóżko wydawało mi się najbezpieczniejszym miejscem na świecie.

Kiedy się budziłam, Stazja przygotowywała już w kuchni kolację. Słyszałam brzęczenie garnków i patelni. Te odgłosy i zapach przypraw, których używała, zwabiały mnie do kuchni. Biegłam tam na bosaka, chcąc Stazji od razu asystować. W tle zawsze grało radio, bo Stazja uwielbiała słuchać przy gotowaniu starych melodii i kołysała się niekiedy w takt muzyki.

Kiedy potrawa już się gotowała w garnku albo skwierczała na patelni, wychodziłyśmy na taras, żeby zagrać w „widzę coś, czego ty nie widzisz". Miałam do niej pretensje, że zawsze daje mi wygrywać. W niektóre dni, kiedy była szczególnie zamyślona, nie chciała ze mną grać i zachęcała, żebym wsłuchiwała się w ciszę. Raz mi powiedziała, że tylko głupie dzieci nie umieją słuchać ciszy, a ponieważ nie chciałam być głupim dzieckiem, siedziałam z najpoważniejszą miną, jaką potrafiłam zrobić, i udawałam, że słuchając tej ciszy, pojmuję tajemnice świata.

W każdy wtorek i czwartek wczesnym wieczorem zaczynało się mniej lubiane przeze mnie zajęcie: lekcja baletu. Wiejskie dziewczęta zbierały się punktualnie o wyznaczonej godzinie przed szopą. Stazja rozkwitała. Ja też musiałam dawać z siebie wszystko. Przed lustrem, przy zbyt wysokim jak dla mnie drążku, musiałam się zachowywać tak, jakby moim największym marzeniem było stać się drugą Mają Plisiecką.

W Stazję wstępowało nowe życie, oczy jej błyszczały, gdy poprawiała nasze ruchy, kiedy niestrudzenie powtarzała z nami rozciągania czy w skupieniu słuchała muzyki, do której wymyślała zabawne układy choreograficzne. Jeśli się postarałam, byłam po lekcji sowicie wynagradzana: dostawałam obrane granaty, suszone figi i drobno pokrojone owoce kaki. Ale największą nagrodą były dla mnie historie, które opowiadała Stazja, gdy była ze mnie zadowolona. Zazwyczaj małomówna, przeobrażała się wtedy w Szeherezadę i odkrywała przede mną, modulując przy tym odpowiednio głos, ukryty dotąd świat. Przywoływała najbardziej nieprawdopodobne historie, które miały dramatyczne punkty kulminacyjne i zapierające dech w piersiach zwroty akcji. W takich chwilach przeszłość stawała się teraźniejszością.

Przed moimi oczami Stazja wskrzeszała swój dom rodzinny. Przywoływała postać swego ojca i wszechobecny zapach czekolady, który wypełniał ich dom i przyciągał gości. Opowiadała mi o nieposkromionych kabardyńcach i o stepie. Opisywała tajemne przejścia w klasztorze wykutym w skałach. Czułam niemal dotyk materiałów, z których szyte były suknie jej młodszej siostry (o Kristine Stazja zawsze mówiła szczególnym tonem, cicho, prawie z czcią i z błyszczącymi oczyma), dotykałam niemal munduru jej męża Simona, oczyma wyobraźni widziałam połyskliwą biżuterię jej macochy.

Opowiadała o Ballets Russes i gracji Anny Pawłowej. Opowiadała o złotych kopułach petersburskiej katedry, o Pałacu Zimowym i o pełnej rarytasów piwnicy Tekli. Cytowała wiersze Sopio, które znała na pamięć, opisywała pszeniczne loki jej syna.

Jej opowieści były dla mnie jak czarodziejskie zaklęcia, dzięki którym zanurzałam się w świat, jakiego nie znałam, świat, który istniał gdzieś daleko, dawno temu, do którego klucz miała tylko Stazja.

Nie znosiłam dni, kiedy nie chciała opowiadać. Wielką karą było dla mnie jej niezadowolenie z moich postępów w sztuce baletu. Ogarniała mnie głęboka rozpacz, kiedy oznajmiała, że nie zasługuję na to, by mi coś opowiedziała. Wolałabym już zetrzeć sobie stopy do krwi albo do omdlenia ćwiczyć szpagaty, byle tylko chciała znowu wskrzesić przed mymi oczami zaczarowane czasy. Kochałam jej opowieści, lecz wszystkie te baletowe arabeski i *retiré* były mi jednak obce. Moja fantazja się rozpalała, kiedy Stazja zaczynała snuć swoje historie, a nie kiedy rozlegał się Czajkowski. Chłonęłam ten inny świat, byłam pod jego urokiem i tańczyłam tylko dlatego, żeby móc potem słuchać wspomnień Stazji.

Gdy Stazja opowiadała, wtedy przez resztę wieczoru nie mogłam myśleć o niczym innym, rezygnowałam nawet ze słuchania bajek, które przed zaśnięciem zwykle czytała nam Nana. Byłam tak nasycona wspomnieniami Stazji, że na nic innego nie było już we mnie miejsca. Historie Stazji wzięły mnie w posiadanie, wypełniły moją głowę. Nie zdając sobie z tego sprawy, marzyłam o tym, żeby je spisać, opowiedzieć swoimi słowami. Chciałam z nich uczynić swoją własną historię.

Całe moje dzieciństwo, które spędziłam w Zielonym Domu, zanim zaczęłam zadawać pytania, zanim wezbrały we mnie złość i smutek, zanim porozdzielałam te piękne puzzle, które przedstawiano mi jako rodzinną historię, zanim zaczęłam zaglądać za zasłony, które zaciągano mi przed nosem, spędziłam z tymi opowieściami. Moje życie rozpoczyna się więc w roku 1900, kiedy podczas mroźnej zimy przyszła na świat Stazja. Wtedy właśnie się urodziłam, podobnie jak ty, Brilko. Moje dzieciństwo nie zaczęło się w 1973 roku, nie, ono zaczęło się o wiele wcześniej. Moje dzieciństwo – czas, kiedy czułam się swobodna i szczęśliwa, będąc pewna miłości Stazji i mając poczucie, że niczego do szczęścia mi nie trzeba – to są te historie. Tam, gdzie one się zaczynają, jest też mój początek. Wszystkie te miejsca, miasta, domy, ludzie są częścią mojego dzieciństwa. Rewolucja tak samo jak wojna, zmarli tak samo jak żyjący. Wszystkie te osoby, drogi życia i miejsca wryły się tak mocno w mój mózg, tak są w nim obecne, że zaczęłam żyć z tymi ludźmi i zdarzeniami. Potrzebowałam jeszcze Stazji, by wędrować przez te epoki, przemierzać je, zanurzać się w nich, a po jakimś czasie poczułam potrzebę, by je dopełnić i opowiedzieć na nowo.

Dla Nany Daria i ja byłyśmy dziećmi, które trzeba trzymać krótko, wyraźnie pokazując, co jest dobre, a co złe. Dla Elene pozostałyśmy małymi dziećmi, które interesują tylko własne potrzeby i przyjemności, które kochają słodycze, lubią chodzić do zoo, a w niedzielę do cyrku albo do teatru kukiełkowego i które płaczą, kiedy się przewrócą lub sparzą sobie palec.

Dla dziadka Daria była aniołem, a ja bękartem. Wszystko, co robiła Daria, było zdumiewające, zachwycające, oszałamiające. Kiedy upadła, kiedy kapało jej z nosa bądź kiedy się posiusiała, było to dla niego rozbrajające albo przynajmniej wzruszające.

Ja byłam ciałem obcym w tym małym raju, który dziadek przygotował dla swojej maleńkiej królewny. Mnie unikał. Czuł się nieswojo, kiedy – co zdarzało się rzadko – zostawał ze mną sam w domu i w pobliżu nie było Nany, Stazji albo Elene.

Oczywiście ja też dostawałam prezent, jeśli dostawała prezent Daria, mnie też dawał całusa, jeśli całował w policzek Darię. Jeżeli nie miał innego wyjścia, bo szedł tam z Darią, mnie też zabierał na spacer albo do lunaparku. Ja jednak czułam to, co istniało poza słowami. Daria była jego tarczą, którą wysuwał w moim kierunku. Musiałam się nauczyć chcieć tego, czego chciała Daria, mówić to, co mówiła Daria, godzić się na to, na co godziła się moja siostra, i odrzucać to, co ona odrzucała.

Wieczory, kiedy dorośli i Daria wypełniali swą obecnością Zielony Dom, były najbardziej znienawidzonymi momentami mojego dzieciństwa. Wtedy wszystko kręciło się wokół Kostii i Darii. Oni byli słońcami naszej galaktyki. A my – umierające gwiazdy – świeciliśmy każdego wieczoru po raz ostatni, zanim zniknęliśmy we wszechświecie, by następnego ranka, kiedy oni opuścili dom, na nowo się stwarzać. Kiedy już myślałam, że w niedzielę będę miała dla siebie mamę, bo Daria większość czasu spędzała z dziadkiem, Daria łapała ospę albo grypę, rozbijała sobie kolano albo po prostu marudziła i nie odstępowała Elene na krok, więc ja, zawiedziona i wściekła, biegłam do Stazji, siadałam na jej kolanach i płakałam, aż wreszcie moja matka, uwolniwszy się z kurczowych objęć Darii, przychodziła do mnie i chcąc mnie rozerwać, opowiadała mi różne bzdurki, a ja po dwóch minutach się z tego śmiałam.

Lecz z jakiejś dziwnej przyczyny przyznawałam Darii prawo do szczególnych względów. Jakby były one prawami natury. Zdarzało się też jednak, że ogarniała mnie ślepa wściekłość, górę brało we mnie coś niekontrolowanego i irracjonalnego, i wtedy biegłam do Darii, taranowałam ją kolanem albo przewracałam na podłogę, uderzałam ją boleśnie pięścią w brzuch lub kłułam ołówkiem w pośladki, co dostarczało mi dziwnej przyjemności. Później, kiedy chodziłam już do szkoły, przyjemność tę mogła przewyższyć tylko jedna rzecz: wyprowadzenie z równowagi naszego dziadka. Byłam najszczęśliwsza na świecie, gdy udało mi się zburzyć jego opanowanie, sprawić, by na jego nieporuszonej twarzy pojawił się grymas wściekłości, by zaczął drżeć mu głos. Wiedziałam, że jeśli przeciągnę strunę, zawsze mogę uciec do Stazji. Stazja pokiwa głową i patrząc na mnie ze współczuciem, zapyta: „No i co tym razem przeskrobałaś?”.

Elene kochała nas na swój chaotyczny i zmienny sposób. Trudno jej było żyć ze świadomością, że obie jej córki wychowują się bez ojca, a zarazem studiować i jednocześnie radzić sobie z potężną dawką nienawiści do samej siebie. Jej wewnętrzne rozdarcie odbijało się na naszym zachowaniu. Czasem płakałyśmy z tęsknoty za matką z twarzami wciśniętymi w poduszkę, czasem nie chciałyśmy jej wcale widzieć i unikałyśmy jej, byłyśmy nieśmiałe i zdystansowane, kiedy w piątki przyjeżdżała do Zielonego Domu.

Dziadek podważał jej autorytet, wyśmiewał jej metody wychowawcze, lekceważył jej pragnienia, a sposób, w jaki to robił, sprawiał, że nieświadomie brałyśmy jego stronę i nie słuchałyśmy matki, gdy był w pobliżu.

Najsmutniej nastrajały mnie te momenty, kiedy Elene jak zaszczute zwierzę miotała się po domu i uciekała na poddasze. Podglądałam ją, szłam za nią i w tajemnicy ją obserwowałam, jak z lampą, kocem, kieliszkiem wina albo likieru i książką wycofywała się w świat, który był dla mnie niedostępny.

Jedynym zadośćuczynieniem w owych dniach było dla mnie stwierdzenie, że Elene okazuje Darii taką samą obojętność jak mnie. Była to równorzędność, która jednoczyła mnie z Darią w walce o uwagę naszej matki. Równorzędność naszych wysiłków. Bo Darii nie pomagały ani ataki płaczu, ani ospa, by przyciągnąć na dłużej zainteresowanie matki. Elene pozostawała tak samo daleka i nieosiągalna wobec Darii, jak i wobec mnie.

Władza rodzi się na lufach karabinów.

Mao Tse-tung

Dwa pogrzeby, Mira i Andra, jeden tuż po drugim, zupełne zniknięcie Kristine z jego życia, nagła wizyta siostry i połączone z tym emocje kosztowały Kostię więcej, niż kiedykolwiek mógł się spodziewać.

W odróżnieniu od matki i ciotki, które mając swoje lata, cieszyły się jeszcze dobrym zdrowiem, z wyjątkiem pewnych dolegliwości reumatycznych i niskiego ciśnienia (Stazja), bólów w stawach i żylaków (Kristine), Kostia, będąc pomiędzy pięćdziesiątką a sześćdziesiątką, odczuwał już mocno swój wiek. Może wynikało to z tego, że o wiele bardziej się sobą przejmował niż jego matka czy ciotka. Trudno mu było pogodzić się z tym, że niektóre kobiety były już poza jego zasięgiem. Lecz najbardziej w tym czasie nie dawała mu spokoju wiadomość o powrocie Alanii.

Stary przyjaciel zadzwonił do niego i poinformował go, że po ponad dwudziestu latach wycofano go ze służby za granicą i wezwano do centrali, wraca więc do Moskwy. Mimo spokoju, z jakim starał się przekazać tę wiadomość, uwagi mego dziadka nie uszło pewne napięcie i obawa w głosie przyjaciela. Coś poszło nie tak. Czy miało to związek z Kitty? Czy wyszło na jaw coś, co miało pozostać w ukryciu? Oczywiście nie mógł o to zapytać przez telefon, ale czuł, że nie może teraz zostawić przyjaciela samemu sobie, a jego spraw ich własnemu biegowi. Obiecał, że przyjedzie do Moskwy, kiedy tylko Alania tam się pojawi.

Prawda o tym, kto jest jego ojcem, nie uzdrowiła Alanii, wprost przeciwnie. Alania trwał w wewnętrznym paraliżu. Z nikim nie mógł o tym rozmawiać i w dodatku zakazał sobie wtajemniczać w to Kitty.

Po powrocie z Tbilisi do Londynu zamknął się w sobie, nie kontaktował się z Kitty, nie odwiedzał jej, stworzył wokół siebie coś w rodzaju kokonu. Kitty, która chciała mu pomóc, dzielić jego troski, poczuła się oszukana, niepotrzebna, odstawiona na boczny tor. On tłumaczył swoje wycofanie się tym, że w ostatnich miesiącach zbyt nieostrożnie się z nią spotykał. Ostrzegał ją też przed swymi kolegami, którzy ich coraz bardziej otwarcie manifestowanej przyjaźni mogli położyć kres. Jego zachowanie było głupie i naiwne w sytuacji, gdy gra szła o wszystko.

– Ale teraz, kiedy razem pojechaliśmy do Tbilisi, kiedy znamy się, że tak powiem, oficjalnie, nie musimy się chyba ukrywać przed ludźmi, możemy pokazywać się razem bez przeszkód? – pytała Kitty, nie mogąc zrozumieć zmiany, jaka zaszła w ich wzajemnych kontaktach.

– Nie wypada mi pokazywać się z zachodnią piosenkarką. Jakkolwiek sympatyczni mogliśmy stać się dla siebie w ciągu tych dwóch tygodni, nie zmienia to w niczym zasadniczej sytuacji. Proszę nie zapominać, dlaczego zostałem tu przysłany.

Niszczył jej nadzieję i po raz pierwszy, odkąd pojawił się w jej życiu, zawiódł ją. Kitty poruszała się teraz po omacku, nie rozumiejąc, co sprawiło, że stał się chłodny i zdystansowany. Akurat teraz, kiedy miotały nią tak przemożne uczucia wobec niego, odsunął się od niej.

Nie rozumiała, że wstydził się siebie, że czuł się jej niegodny. Bał się swego dziedzictwa, swej własnej krwi. Bo na wszystko się zgodził, bo swoich ziomków zwabiał z powrotem do kraju podstępem, groźbami, nierzadko przemocą. Ale jeśli ta historia z jego ojcem nie była prawdziwa? Jeśli te setki zdjęć, które oglądał z lupą w ręce w Bibliotece Narodowej, te stare wycinki z gazet z portretem niskiego, łysego mężczyzny w binoklach, budzącego niegdyś powszechny lęk, nie miały z nim nic wspólnego? Jeśli ta smutna wdowa po Ramasie Jozebidzem całkowicie się myliła?

Kitty była jak jedwabna nitka, którą można było zerwać jednym ruchem ręki. Była jedyną kobietą, o której w jego odczuciu warto było marzyć. Jedynym jasnym punktem, jedyną kruchością, dla której warto było zebrać rozbite fragmenty swego życia. A jeśli ona zechce połączyć swoją przyszłość z jego przyszłością? Przed nim przyszłości nie było. A gdyby nawet była, nie mógł ryzykować, że Kitty nim wzgardzi albo go odrzuci. Nigdy nie powinien był wychodzić z cienia. Zbliżać się do niej. Snuć z nią wspólnych planów. I w przeszłość też nie wolno mu z nią wracać.

Najpierw nie przyszedł na umówione spotkanie. Potem przestał dzwonić. Kitty zrozumiała, że zdarzyło się coś ostatecznego i że nie będzie można tego odwrócić. Czekała i czekała, na próżno.

Pewnego dnia zadzwoniła Amy.

– Jednak jesteś! Mogłaś się odezwać! – wykrzyknęła obrażona i lekceważąco dmuchnęła do słuchawki dymem z papierosa. – Już myślałam, że wyszłaś za mąż na Kaukazie i odtąd będziesz pasała owce!

– Mam dwanaście nowych piosenek. W przyszłym tygodniu możemy iść do studia, jeśli chcesz. Jestem gotowa. Ale muszę wyjechać z Londynu. Tak daleko, jak to tylko możliwe.

– Alleluja! Wszystko umówię i zadzwonię do ciebie w poniedziałek! – Amy od razu przyjęła rzeczowy ton menedżerki i odłożyła słuchawkę.

W dniu, w którym Alania podpisał pismo przenoszące go z powrotem do kraju, Kitty nagrała w studiu pierwszą piosenkę do swego nowego albumu o prostym tytule *Home*.

Pamiętam dokładnie, Brilko, że kiedy podróżowałyśmy razem samochodem przez Grecję, rozmawiałyśmy o tej piosence, od której pochodzi tytuł całego albumu, i przypominam sobie, jak powiedziałaś, że w tej piosence nie chodzi o jakieś konkretne miejsce czy kraj, lecz o stan ducha. Uważałaś, że jest to piosenka o dzieciństwie, i zapytałaś mnie, gdzie przechowuje się dzieciństwo, a ja odpowiedziałam, że przechowuje się je między żebrami, w znamionach barwnikowych i pieprzykach, u nasady włosów, powyżej serca, w uszach i w śmiechu.

Płyta *Home* ukazała się w 1976 roku, pięć lat po *Replacement*. W roku, gdy cały Wietnam stał się republiką socjalistyczną, gdy Sajgon przestał istnieć, a swój żywot zaczęło miasto Ho Chi Minh. Gdy zmarł Mao Tse-tung, a Chiny nawiedziło katastrofalne trzęsienie ziemi, jakby ziemia cieszyła się ze śmierci potężnego dyktatora. W roku, gdy w NRD Honecker został wybrany na przewodniczącego Rady Państwa, a w RFN zalegalizowano aborcję, gdy w więziennej celi znaleziono powieszoną Ulrike Meinhof, gdy Fritz Lang zmarł w Los Angeles, a Agatha Christie w Wallingford. W roku wielkiego protestu przeciwko apartheidowi w Soweto w RPA, w roku, gdy hitem stał się *Hotel California* i kiedy Fred Lieblich poddała się trzeciej i ostatniej kuracji odwykowej.

– Chodźcie! – mówiła szeptem Elene.

Przetarłam oczy. W świetle księżyca rozpoznawałam zarys sylwetki. Daria siedziała już na swoim łóżku, w białej piżamie w koniki na biegunach.

– Nica, chodź, obudź się. Zrobimy coś niezwykłego!

Od matki czuć było alkohol i nastawiłyśmy się z Darią na jakiś jej nowy błazeński i nieobliczalny pomysł.

Był środek nocy, sobota. Matka nie pojawiła się, jak zazwyczaj, dzień wcześniej w Zielonym Domu, co wywołało męczący wybuch złości Kostii. Rzucał epitety pod adresem swojej nieudanej córki i jej godnej pożałowania matki. Żądał od Nany, by zmusiła Elene do powrotu do Zielonego Domu i zajęcia się własnymi dziećmi. Niech Elene, tak jak inni, jeździ każdego ranka samochodem do miasta. Jeśli nie, on przestanie ją utrzymywać. Zażądał, żeby Nana przekazała to Elene teraz, zaraz, natychmiast. Nanie nie pozostało więc nic innego, jak zadzwonić do koleżanki Elene, u której Elene mieszkała, i zapytać o córkę. Koleżanka powiedziała tyle, że Elene wyprowadziła się kilka tygodni wcześniej, że ma nowego chłopaka i pewnie mieszka u niego.

Nanie nie udało się jednak ustalić, gdzie mieszka Elene. A teraz nasza matka wślizgnęła się do domu swych rodziców jak złodziej – podczas gdy Nana i Kostia szukali jej wszędzie od dwóch dni – żeby porwać nas, swoje córki. Nerwowo pakowała do torby nasze ubrania, powtarzając, że mamy być cicho. Wstałam i podniosłam ręce w górę, by matka mogła mi włożyć sweter. Daria zaczęła marudzić, nie chciało jej się wychodzić z łóżka i w ogóle nie cieszyła jej perspektywa przygody.

– Tylko nie zepsuj nam zabawy! – ostrzegła ją Elene i zmusiła do włożenia ubrania.

Zaraz potem wymknęłyśmy się ze śpiącego domu. Pod domem czekało auto, za kierownicą siedział jakiś mężczyzna. Zostałyśmy posadzone na tylnym siedzeniu i mężczyzna ruszył.

– To mój przyjaciel Aleko. Teraz go wreszcie poznacie. – Elene, która zajęła miejsce z przodu, obróciła się do nas. – Czy wiecie, co robi Aleko? Pisze cudowne rzeczy: opowiadania, wiersze i bajki. Kiedy je usłyszycie, zakręci się wam w głowie. I tak samo jak ja Aleko lubi watę cukrową. Zaproponował, że jutro pojedziemy do parku Ordżonikidzego i zjemy tyle waty, ile tylko zechcemy. Co o tym myślicie?

– Nie lubię waty cukrowej, Nica lubi. Dziadek mówi, że od waty bolą zęby. Wolę lody – zaczęła kaprysić Daria, ale matka, jak się zdawało, postanowiła uwierzyć w nasze szczęśliwe wspólne życie i nie dała sobie popsuć nastroju.

Mężczyzna za kierownicą uśmiechał się do nas w lusterku. Wydawał się bardzo wysoki, głową niemal dotykał dachu samochodu. Mógłby być ojcem Elene, a nie żadnym tam przyjacielem, wyglądał na o wiele starszego od niej, miał ciemne obwódki wokół oczu i brodę.

Kiedy przyjechaliśmy na miejsce, matka wzięła na ręce Darię, a brodacz mnie i wnieśli nas po brudnych schodach na górę. Niebo już szarzało, było mi zimno. Elene otwarła drzwi i weszliśmy do wąskiego przedpokoju, który prowadził prosto do pokoju bez tapet, którego ściany obwieszone były plakatami. Znajdowały się w nim dwa worki w charakterze siedzisk, mały stolik i dwa ogromne głośniki, na których piętrzyły się zakurzone płyty. Drzwi z wybitą szybą, którą zastąpiono papierem, prowadziły do innego, mniejszego pomieszczenia. Leżał tam na podłodze materac i wszędzie – na krzesłach i na komodzie – rozrzucone były ubrania, bo nie było szafy. Na materacu siedział duży pluszowy miś bez ucha. Elene wskazała na niego, mówiąc, że to prezent powitalny od jej przyjaciela.

Potem rozebrała nas i położyła na materacu. Jeszcze nigdy nie spałam z Darią na jednym posłaniu. Na szczęście siostra była zbyt zmęczona, żeby protestować.

Zaczęło się za to następnego ranka.

– To nie jest prawdziwe łóżko! Jestem głodna! Gdzie jest mama? – zaczęła jęczeć Daria.

Wymknęłam się z pokoju w poszukiwaniu Elene.

Pomiędzy workami do siedzenia było rozstawione wąskie łóżko. Elene i Aleko spali na nim, ciasno objęci. Wyglądało to sielankowo. Obok materaca stała opróżniona do połowy butelka z wódką i popielniczka pełna niedopałków. Zbliżyłam się do śpiącej pary i lekko dotknęłam nagich ramion matki. Był marzec, wiosna tego roku spóźniała się, w mieszkaniu panowało lodowate zimno. Elene ocknęła się w okamgnieniu i przestraszona usiadła na łóżku.

– Nica, słoneczko, jak długo już nie śpisz?

– Daro jest głodna – poinformowałam zdecydowanie.

Później rzeczywiście poszliśmy do parku Ordżonikidzego. Jeździliśmy na wszystkich możliwych karuzelach i jedliśmy watę cukrową, aż zrobiło nam się niedobrze. (Daria też jadła, bo lodów jeszcze nie sprzedawali).

Aleko, nowy przyjaciel matki, dreptał za nami, od czasu do czasu dotykając naszych pleców i obdarzając nas niepewnym, trochę nieporadnym uśmiechem. Elene za to uśmiechała się do nas promiennie. Obraz szczęśliwej rodziny zdawał się przepełniać ją radością.

Potem Aleko gotował dla nas, a my mogłyśmy decydować, co chcemy zjeść. Nawet Daria przemogła początkową nieśmiałość i paplała beztrosko o stadninie koni, chwaląc się swymi umiejętnościami jeździeckimi. Objedzone, zasnęłyśmy po tak intensywnym dniu na naszym materacu. Tym razem Daria nie protestowała, że jest jej niewygodnie.

W następnych dniach było podobnie. Dostawałyśmy pączki, które smażył Aleko. Mogłyśmy do woli oglądać telewizję, jeść to, na co miałyśmy ochotę, nic nie robić i głośno się zachowywać. Dopiero czwartego dnia Daria zapytała, kiedy wrócimy do domu, do dziadka. Elene zaczęła jej tłumaczyć, że to nie jest normalne, kiedy matka i dzieci żyją osobno, matka tęskni za dziećmi, chce z nimi być, to znaczy z nami i z Alekiem. Jednym słowem: możemy tu być wszyscy i będzie nam dobrze. Ale Darii nie ucieszyła ta perspektywa.

– Dlaczego dziadek nie może być z nami? Możesz przecież do niego zadzwonić i on przyjedzie!

– Ależ Dariko, kochanie, nie mamy tu przecież miejsca, to po prostu niemożliwe. Czy źle ci teraz u mamy? Nie tęskniłaś? – Elene ze wszystkich sił starała się mówić spokojnie.

– Tak, tęskniłam, ale tu nie ma nawet porządnych łóżek!

Daria prychnęła lekceważąco, a ja zobaczyłam, że twarz matki czerwienieje. Walkę o względy Darii już dawno wygrał Kostia. Matka skurczyła się, jakby zmalała.

– Chcę do domu! – krzyczała Daria głośno i zdecydowanie, patrząc na matkę swymi różnokolorowymi oczami.

– Tu jest twój dom!

Ton Elene stał się ostrzejszy. Chciała odejść i zostawić nas z naszymi myślami, kiedy Daria wykrzyknęła na całe gardło:

– Chcę do dziadka! Chcę do dziadka!

Wrzeszczała tak bez przerwy, aż brodaty i lekko obrażony Aleko wszedł do pokoju i stanął między Darią i Elene.

– Daria, przestań! – ostrzegła ją Elene, a ja zobaczyłam, że matka znowu przedzierzgnęła się w kobietę, która miota się jak dzikie zwierzę w klatce, która patrzy na człowieka i go nie dostrzega, która kocha angielskie piosenki i nie może zapomnieć miłości wymuszonej pewnego popołudnia.

Daria nie przestawała krzyczeć, domagając się tego, co jej się należało – poczucia bezpieczeństwa, życia w dobrobycie, przywilejów, a nie nory, nie towarzystwa obcego, zaniedbanego mężczyzny, nie tego – może to już przeczuła – pozbawionego perspektyw i chaotycznego życia. Elene wymierzyła swej starszej córce siarczysty policzek, po którym został jej na buzi czerwony placek.

Na wzgórzach Gruzji leży nocna mgła...

Aleksander Puszkin, *Na wzgórzach Gruzji*,
przeł. Julian Tuwim

– Ty już całkiem straciłaś rozum!

Lana była zdenerwowana. Zdjęła okulary i przecierała je rogiem spódnicy, mrużąc przy tym oczy, by lepiej przyjrzeć się swojej rozmówczyni. Elene stała przy piecu i gotowała dla nas zupę. Daria spała, ja siedziałam w kącie i przebierałam orzechy.

– Wczoraj do Kristine przyszła twoja matka. I chociaż Kristine naprawdę o niczym nie wie, twoja matka jest przekonana, że cię kryje. Nana i Kostia martwią się o dziewczynki. Przecież nie możesz być tak naiwna! Wykraść je nocą tak po prostu z łóżek!?

– Powiedziałaś jej coś? – zapytała moja matka i dalej najspokojniej w świecie mieszała łyżką w garnku.

– Powiedziałam, że cię znajdę i skłonię do powrotu. Zdaje się, że twój ojciec patroluje już okolice twojego instytutu.

– Skontaktuję się z nimi.

– Ależ Elene, no sama powiedz! W tym mieszkaniu! Mój Boże, nie macie tu nawet prawdziwych mebli.

– Co wy wszyscy z tymi meblami! Jakby to był sens życia mieć porządne meble!

– Próbuję ci tylko pomóc. Twoje dzieci są tu od dwóch tygodni. Przestałaś pokazywać się w instytucie. Przygruchałaś sobie typka, który mógłby być twoim ojcem, i...

– To nie żaden typek. Poza tym on ma trzydzieści siedem lat!

– Szczerze mówiąc, uważam, że postępujesz głupio i egoistycznie. Zaczęłaś studiować. Rodzice ci pomagają. Inne samotne matki mogą tylko o czymś takim pomarzyć, a co ty robisz? Zmuszasz swoje dzieci do przebywania w tej norze, gotujesz im zupę jarzynową i zachowujesz się tak, jakbyście byli wzorową rodziną. Rusz tyłek i wyjaśnij to wszystko swemu ojcu. Nie jestem, jak zauważyłaś, specjalną fanką Kostii Jasziego, ale na twoim miejscu...

– A ja myślałam, że jesteś moją przyjaciółką – przerwała jej Elene, urażona.

– Spodziewałaś się, że przyjaciółki ci przyklasną? Co sobie myślałaś? Że twój ojciec zadzwoni do ciebie i złoży ci życzenia z okazji twojego nowego związku?

– Skąd w tobie taka zjadliwość? Myślałam, że przynajmniej ty mnie zrozumiesz. Od poniedziałku znowu zacznę chodzić na wykłady. Chciałam trochę czasu poświęcić dziewczynkom. Muszą się tu zadomowić. Poza tym Aleko i ja idziemy w przyszłym miesiącu do urzędu stanu cywilnego, a wtedy mój ojciec może mi naskoczyć!

– Chyba naprawdę oszalałaś! Zapomniałaś, że twój ojciec może wszystko!? Powinnaś go znać. Włącz swoją mózgownicę.

Lana włożyła okulary i przestała mrużyć oczy.

– Po raz pierwszy od niepamiętnych czasów jestem szczęśliwa. Aleko i ja damy sobie radę, tym razem dam sobie radę. To ja, do cholery, jestem matką tych dzieci.

– Matką, która nie będzie umiała troszczyć się o nie na dłuższą metę. Która złowiła jakiegoś gryzipiórka o wielkich ambicjach i przez całe życie chce tkwić w tej klitce.

– Ty go w ogóle nie znasz! – Elene podniosła głos. – Przestań go wyśmiewać!

– Wybacz, ale do tej pory niezbyt dobrze wybierałaś sobie mężczyzn. Radzę ci, jedź do domu, a przede wszystkim zawieź tam dzieci. Nie będę cię wiecznie kryła.

Dwa dni później w Zielonym Domu rozpętała się awantura. Poszło szkło w drzwiach. Aleko stał w kącie jak odstawiona na bok, zapomniana choinka. Kostia wpadł w szał. Elene krzyczała. My, dzieci, płakałyśmy. Nana i Stazja próbowały łagodzić coś, czego łagodzić się nie dało. Elene oświadczyła ojcu, że wychodzi za mąż za nową miłość swego życia – trzydziestosiedmioletniego technika dźwięku (który pracował w państwowej telewizji zaledwie jako asystent w dziale dźwiękowym) i rodzącego się pisarza (oddalonego lata świetlne od kariery pisarskiej, bo jeszcze nigdy nie czytał swoich rzeczy na posiedzeniu związku pisarzy, nie został przyjęty w poczet kandydatów ani tym bardziej członków tego związku, opublikował tylko tomik opowiadań w jakimś półlegalnym wydawnictwie i kolportował swą książkę pomiędzy przyjaciółmi i znajomymi; poza tym miał już dwóch synów ze swoją byłą żoną, nie płacił jednak alimentów z powodu marnych przychodów, bo zamiast tracić energię na znienawidzoną pracę, wolał dyskutować nocami na temat „tego systemu", oglądać na prywatnych, domowych projekcjach pirackie kopie zakazanych filmów, palić trawkę i pić piwo z wódką).

Kostia przeklinał, wymyślał Alekowi od niedołęgów i przegranych, żebraków i żigolaków i przypisywał mu interesowność: chce ożenić się z jego córką, bo liczy na jego, Kostii, regularne wsparcie finansowe i na dostatnie życie. Ale myli się zasadniczo! To nigdy nie nastąpi! – krzyczał Kostia na cały dom. Jeśli jednak jego córka dziwka odważy się na ten niegodny krok i mimo wszystko poślubi tego pasożyta, będzie musiała liczyć się z konsekwencjami, z których jedną z pewnością będzie to, że straci prawo do cotygodniowego widywania się ze swoimi córeczkami.

Elene w sierpniu wydała się za Aleka, a Kostia spełnił swą groźbę: Daria i ja zostałyśmy w Zielonym Domu. Elene znowu podjęła studia. W soboty miała prawo nas odwiedzać. Ale odtąd nie wolno jej było nocować w Zielonym Domu. Gdy myślę o tamtym okresie, przypominają mi się niezliczone słoiki z marmoladą, kosze z owocami, butelki likieru i keksy owinięte w folię aluminiową, które Nana i Stazja po cichu wkładały do auta Elene, kiedy matka wieczorem wracała do Tbilisi.

Gdy miałam cztery lata, nauczyłam się czytać, a w wieku pięciu lat – pisać. Nauczyłam się zarówno cyrylicy, jak i alfabetu gruzińskiego i kiedy z dumą prezentowałam Kostii swoje umiejętności, pisząc nasze nazwisko w obu językach, powiedział mi, że Daria ma ładniejsze pismo. A kiedy namalowałam okrąglutką Nanę, zgarbioną Stazję, żółtą Darię, wielkiego Kostię, czerwoną Elene, czarnego Aleka i maleńką siebie, podpisałam rysunek „Nasza rodzina" i przypięłam go na drzwiach lodówki, Kostii nie spodobał się on tak bardzo, że zdarł go i wyrzucił do śmieci.

Tańczyłam więc nadal, żeby zasłużyć na wspomnienia Stazji, a Daria jeździła na pięknym brązowym koniku z pobliskiej hodowli. Ja lubiłam lody waniliowe, Daria czekoladowe. Ja lubiłam psy wałęsające się po wsi, Daria się ich bała. Ja chodziłam w szortach zrobionych z uciętych spodni, Daria w kolorowych sukienkach. Ja nosiłam krótkie fryzurki, Daria włosy do pasa. Ja nie lubiłam bajek, które mimo tkwiących w nich dramatów zawsze dobrze się kończyły (już jako dziecko traktowałam podejrzliwie szczęśliwe zakończenia), Daria je uwielbiała.

Chroniła nas nieświadomość wielu spraw. Nie tylko tego, co dotyczyło naszej rodziny. Żadna z nas nie wiedziała, że w roku, w którym poszłam do szkoły, w Afganistanie doszło do puczu. Nie przeczuwałyśmy, że naszego dziadka prześladują koszmary – sceny rozgrywające się na okręcie podwodnym, gdzie szalał piekielny ogień, albo wysoka, upierścieniona kobieta lub mężczyzna wycinający aniołki z drzewa i jego syn o złotych lokach, który zmusił jego córkę do miłości.

Nie domyślałyśmy się, że Stazja, kładąc w ogrodzie pasjanse, widywała Teklę i Sopio. Nie wiedziałyśmy, że w dalekiej Moskwie Georgi Alania przeżywa głęboką depresję. Nie miałyśmy pojęcia, że Elvis Aaron Presley, obrzmiały i oddalony od życia, zmarł w Graceland. Że nasza matka miała dwa poronienia, aż ostatecznie porzuciła pragnienie założenia porządnej rodziny, za to zaczęła pisać pracę dyplomową (akurat o Lady Makbet). Że Kristine robiła wszystko, co w jej mocy, żeby zapewnić synowi Michy to, czego nie dała jego ojcu. Nie dotarło też do nas, że Stazja pochowała w Kutaisi swą drugą wedle starszeństwa siostrę Meri, a niedługo potem w ich rodzinnym mieście również Lidę, która prawdopodobnie bez lęku i w stanie świętości weszła wreszcie jako wybranka Jezusa do królestwa niebieskiego.

Ale może przeczuwałyśmy już, że świat przypomina nieprzenikniony kłąb i że w pewien trudny do wytłumaczenia i uzasadnienia sposób jest to niesłychanie istotne.

– Czy ty wiesz, że mamy różnych ojców? – spytała mnie nagle Daria, nie odrywając wzroku od dzieła, które w skupieniu malowała.

Zbliżało się lato, pachniało czymś sytym, żywotnym, jakby życie zaczęło się pocić. Długi koński ogon Darii błyszczał jak złoto w świetle południowego słońca. Daria miała teraz osiem lat, chodziła do I Gimnazjum Klasycznego, najbardziej elitarnej szkoły w Tbilisi, przy bulwarze Rustawelego, a jej ulubionymi przedmiotami były rosyjski i kultura fizyczna, jak teraz nazywano WF, co objaśniała każdemu gościowi, zadzierając trochę nosa, by następujące po tym wyjaśnieniu pochwały dorosłych przyjąć jak rzecz oczywistą. Tym razem dorzuciła jeszcze mimochodem, że o wiele więcej nas dzieli, niż łączy.

Nie, nic o tym nie wiedziałam. Nie przeczuwałam nawet. Nikt mi nic nie powiedział. Słowo „ojciec" w słowniku Darii właściwie nie istniało, w moim również. Cofnęłam się odruchowo i zaczęłam gorliwie potrząsać głową. W szkole nikt nas w związku z tym nie zaczepiał. Pewnie rodzice naszych szkolnych kolegów, wiedząc, jak wpływowego mamy dziadka, urabiali swoje pociechy, wbijając im do głowy, że tego tematu tykać nie wolno. Nigdy nie poruszano go też w Zielonym Domu. Ojciec był dla nas kimś, kto jest gdzieś bardzo daleko, ale nas kocha, tęskni za nami i dużo o nas myśli. Na pewno.

– Tak. Twój tata jest w więzieniu. A mój nie żyje. Był bohaterem i utopił się, kiedy chciał przepłynąć wielkie morze.

Daria powiedziała to tak, jakby mówiła o pogodzie, obojętnym tonem, nie odrywając wzroku od swojego obrazu.

– A dlaczego mój tata jest w więzieniu?

Czułam się potwornie. Bo naturalnie też chciałam mieć ojca bohatera, który zamierzał pokonać morze.

– Ponieważ jest kryminalistą – powiedziała Daria prosto z mostu.

– A dlaczego twój tata chciał przepłynąć morze, jeśli wiedział, że to niemożliwe? Był głupi czy co!? – spytałam zaczepnie.

– Sama jesteś głupia! Większość ludzi tego nie umie, ale bohaterowie tak. Dlatego są bohaterami – wyjaśniła z rozbrajającą pewnością siebie.

Na to już żaden argument nie przyszedł mi do głowy i musiałam przyznać przed sobą, że fakt, iż ktoś wyruszył, żeby przebyć morze, zrobił jednak na mnie wrażenie.

– Przynajmniej mamy tę samą matkę – pocieszałam się.

Nagle poczułam się mała, brzydka, głupia i bezsilna. Już chciałam pobiec do Stazji i zażądać od niej, żeby mi wytłumaczyła, jak to możliwe, że ja mam ojca kryminalistę, a Daria ojca bohatera, gdy nagle poczułam przypływ nieprawdopodobnej wściekłości, której nie umiem wyrazić słowami, i rzuciłam się na moją siostrę, zaatakowałam ją od tyłu, chwyciłam za długi koński ogon, który tak wdzięcznie sam wpadł mi w rękę, przewróciłam ją na ziemię i ignorując jej krzyki, wrzasnęłam jej prosto w twarz:

– Mój ojciec przynajmniej kiedyś wróci, a twój już nigdy. Nigdy!

Tego dnia z „Litieraturnoj gaziety" znowu przyszła odpowiedź odmowna w sprawie publikacji opowiadań Aleka. Niecały tydzień wcześniej Elene złożyła swoją pracę dyplomową i nie była pewna, czy zostanie ona przyjęta. Za dużo rozpisała się w niej o władzy. W butelce z wódką były już tylko resztki z poprzedniego wieczoru, kiedy Aleko do ochrypnięcia spierał się z przyjaciółmi na temat filmu Viscontiego *Rocco i jego bracia*. Elene potrząsnęła butelką, wlała jej zawartość do szklanki i jednym haustem wypiła palący płyn. Czuła się zmęczona, pusta. Z pieniędzmi było krucho. Dręczyła ją tęsknota za nami. Elene drapała się nerwowo po rękach, ściskała skronie, nie mogła opanować nerwowych tików, zasychało jej w gardle.

Przed miesiącem z więzienia wyszedł Beka i choć Elene nie czuła z tego powodu specjalnej radości (przez te wszystkie lata nie napisał do niej ani do mnie ani jednego listu), miała jednak nadzieję, że mój ojciec zechce mnie poznać. Co znaczyło, że możliwie szybko i możliwie delikatnie będzie musiała mnie uświadomić na temat mało romantycznych okoliczności mojego poczęcia.

Chyba znalazłaś lepsze miejsce.
Kitty Jaszi

– Bluzki przyniosą ci idealnie wyprasowane. Możesz odpoczywać.

Amy nerwowo chodziła tam i z powrotem, paląc papierosa.

Kitty leżała na wielkim królewskim łożu owinięta białą kołdrą, ze wzrokiem utkwionym w sztukaterii zdobiącej wysoki sufit.

– Wszystkie bilety wyprzedane, słyszysz, Kitty? Jutro o ósmej rano zaczynamy próbę dźwiękową. Potem znowu będziesz mogła położyć się do łóżka, jeśli zechcesz. Musimy jednak mieć dość czasu, żeby wszystko... Ach, zostawmy to... Teraz kolej na Carnegie Hall i stajesz się gwiazdą światowej sławy.

Z jaskrawożółtym kwiatem wpiętym we włosy i w spodniach ze sztruksu Amy przemierzała pokój w tę i we w tę, dramatycznie zaciągając się papierosem.

Sukces *tournée* promującego płytę *Home* przeszedł wszelkie oczekiwania. Jeszcze nigdy Kitty nie miała na koncie tak dużo pieniędzy, jeszcze nigdy entuzjazm dla jej piosenek nie był tak powszechny, jeszcze nigdy wśród jej publiczności nie było tak wielu młodych ludzi i jeszcze nigdy nie czuła się przy tym wszystkim tak wewnętrznie pusta.

Ze wszystkich sił starała się trzymać fason, zanim znikła w jakimś dekadencko-luksusowym hotelowym apartamencie albo w garderobie, i ukradkiem przemykała z hal koncertowych do hotelu w różnych europejskich miastach. Ten tryb życia nie wypełniał pustki, jaką w sobie miała, choć próbowała znaleźć coś, co dałoby jej przynajmniej pozór radości. Ale za każdym razem stwierdzała, że to nie to. Nie pozostało jej nic innego, jak doprowadzić do perfekcji grę, w którą grała ze światem. A więc trzymać się kilku zasad: zawsze się uśmiechać, na każdego rozmówcę patrzeć z zainteresowaniem, nie ulegać pojawiającej się raptownie chęci ucieczki. I nawet wobec Amy, szalejącej z radości z powodu jej sukcesów, udawać, że wszystko jest w najlepszym porządku.

– Kto z muzyków pop może powiedzieć, że śpiewał w Concertgebouw? Rozmawiałam dziś po południu z wiolonczelistką, opowiadała mi, że tu, w Holandii, masz niewiarygodną liczbę fanów, a twoje dawne płyty przeżywają boom.

Amy podeszła do drzwi, bo przyniesiono wyprasowane bluzki. Potem wróciła do Kitty i potrząsnęła wieszakami. Zaszeleściły foliowe osłonki kryjące białe bluzki.

– Możesz zaprzestać swych wiecznych pseudomedytacji i wrócić do realnego życia!? – krzyknęła na widok miny Kitty.

– A czy mogę mieć dziesięć minut spokoju? Jestem zmęczona! – I Kitty naciągnęła kołdrę na głowę.

– Mówiłaś coś? Nawet nie chcę tego słuchać.

Następnego dnia miał się odbyć koncert będący uwieńczeniem całego *tournée* – koncert solowy w Concertgebouw, jednej z najlepszych sal koncertowych Europy, przeznaczonej z małymi wyjątkami na wykonywanie muzyki klasycznej. Kitty od tygodnia miała próby z kwartetem smyczkowym do swojego *show*. Trzydziestotrzyletni producent, którego Bóg wie dlaczego wciśnięto Amy i o którym mówiono, że jest przyszłością brytyjskiej muzyki, chciał nagrać koncert Kitty na żywo i wydać go w formie albumu. Podczas jednej z rozmów powiedział nagle, że piosenkom Kitty brakuje wewnętrznej energii i że w muzyce okres puryzmu, któremu hołduje Kitty, już minął. Mimo całego ożywienia panującego w ostatnich tygodniach, mimo uskrzydlających prób, pracy z nowymi instrumentalistami, którzy nadali utworom Kitty indywidualny, rozpoznawalny charakter, brakowało czegoś najistotniejszego: Kitty nagle przestała wiedzieć, dla kogo śpiewa, do kogo kieruje swoje piosenki. (Pamiętasz, Brilko, jak chyba w Berlinie opowiadałaś mi, że Kitty powiedziała w jednym z wywiadów, iż jej piosenki są listami, które adresuje do określonych ludzi, i że bez adresata w ogóle nie mogłaby śpiewać?)

To *tournée* odbierała jak własną golgotę. Jeszcze nigdy nie czuła się tak wypalona i stara. Jakby jej ciału zabrakło duchowej strawy, jakby funkcjonowała tylko biologicznie i nic, co robiła, nie miało znaczenia.

– W grudniu lecimy do Nowego Jorku! – Triumfalny głos Amy dochodził z saloniku. – Jasne, że podpiszemy tę umowę. Skomponujesz coś dla nich. Zawsze mówiłaś, że lubisz komponować, bo masz wtedy więcej spokoju, więc nie chcę słyszeć żadnych protestów. Poza tym nie pozwolę, żebyśmy straciły tyle pieniędzy tylko dlatego, że akurat jesteś w fazie melancholii. Napiszesz dla nich piosenki, jakie chcą, i basta!

– Amy, słyszałaś coś o Fred?

Kitty stała oparta o framugę drzwi z poduszką w rękach.

– Jest w klinice w Walii. Poprosiłam Magnusa, żeby znalazł coś odpowiedniego. Ta klinika jest podobno jedną z najlepszych.

– Opłaciłaś jej kurację?

– Tak.

Kitty spojrzała na Amy z wdzięcznością.

– To, że ją tam wysłałaś, nie znaczy, że tam jest – westchnęła.

– Zrobiłam, co mogłam. Ostatnim razem, kiedy ją widziałam, miała zepsute prawie wszystkie zęby. Robiła wrażenie, że sama dobrze wie, iż to jest jej ostatnia szansa.

– Nie mogę o niej zapomnieć. Szczególnie kiedy mam wystąpić, wtedy wspomnienia dopadają mnie jak choroba, jak infekcja.

– Lepiej obejrzyj bluzki i powiedz, którą chciałabyś jutro włożyć. A może wolałabyś wypróbować inny krój?

– Oszczędź mi tego, proszę. To tylko białe bluzki. Wszystkie wyglądają podobnie.

– Nieprawda! – zaprotestowała Amy. Potem nagle znieruchomiała i badawczo spojrzała na Kitty. – Napisałaś naprawdę cudowne piosenki. Ten album jest twoim najdojrzalszym dziełem, powinnaś się cieszyć i być z siebie dumna. Uważam, że byłoby niewybaczalne, gdybyś nie wykorzystała tej sytuacji. Ale jeśli to cię uspokoi, zadzwonię do Londynu i dowiem się, co u niej słychać. Pamiętaj jednak, że tu i teraz chodzi tylko o nas dwie, o ciebie i o mnie, i o to, czego wspólnie dokonałyśmy. Rozumiesz? O nas, a nie o nią.

– Ona zajmuje w tym „my" tyle samo miejsca co każda z nas i doskonale o tym wiesz.

Kitty upuściła na podłogę dużą białą poduszkę. Przez chwilę obie patrzyły na nią w milczeniu. Przypadkiem upuszczona, bez sensu leżała na ziemi, jakby kogoś albo coś zastępowała. Amy położyła dłonie na ramionach Kitty.

– Nie jest mi łatwo wyznać ci to, co powiem, ale kiedy ona na mnie patrzyła, zwłaszcza w ostatnich miesiącach, i kiedy po raz kolejny stała przed moimi drzwiami, nie wiedząc, dokąd iść, gdy potrzebowała pieniędzy albo noclegu, wiedziałam, że nie szuka mnie, tylko ciebie, że chodzi o ciebie, Kitty. Tak, została w moim życiu ze względu na ciebie, jakkolwiek nieprawdopodobnie to brzmi.

Światło scenicznych reflektorów oślepiało ją. Cisza miała w sobie coś tajemniczego. Wstrzymywanie oddechu, zanim rozlegną się oklaski. Biała bluzka kleiła się do jej zmęczonego ciała. Odłożyła na bok gitarę, stanęła na rampie, patrzyła w ciemną przestrzeń, gdzie siedziało dwa tysiące widzów. Ciągle jeszcze ściskała mikrofon. Muzycy podnieśli się ze swoich miejsc i zrobili krok ku przodowi sceny. Zaraz zostanie oceniona, w najlepszym wypadku nagrodzona za te dwie i pół godziny, w trakcie których dała z siebie wszystko. Ponieważ oblewało ją gorąco, wytarła sobie czoło chusteczką, którą zawsze nosiła w kieszeni bluzki. Palce bolały jeszcze od chwytów, pamiętały każdą nutę, którą wydobyły tego wieczoru.

Już przy pierwszej piosence stwierdziła, że nie panuje nad muzyką – jest rozproszona i śpiewa mechanicznie, więc zmusiła się, by myśleć o jej twarzy, o rudych włosach, o zdjęciach, które robiły sobie w Ameryce, o słowach, które sobie powiedziały i które przemilczały, i w jej głosie pojawiło się oddanie, tęsknota, a przede wszystkim gniew. Z zamkniętymi oczami w myśli dedykowała każdą piosenkę Fred, z gorącym pragnieniem, by odnalazła swoją drogę. Nie do niej, Kitty, nie do Amy – do samej siebie. I udało jej się tego wieczoru trzymać zjawy z dala od sceny. Fred Lieblich potrafiła sprawić, że to, co niezbędne, wróciło. Fred Lieblich żyła, a Kitty tego wieczoru chciała wierzyć, że tak będzie nadal.

Nagle wybuchł szaleńczy aplauz. Przez morze scenicznych świateł Kitty posyłała w ciemność uśmiechy, a potem odwróciła się w stronę muzyków, dając znak, by podeszli na przód sceny, i ukłoniła się jeszcze raz. Huragan braw był ogłuszający.

Niech głośno zabrzmi rogów dźwięk,
Trąbka na wiwat niech gra!
Śpiewajmy wraz przyjaźni pieśń
I radość nasza niech trwa!

piosenka pionierów

Jesienne słońce głaskało moją skórę. Biegłam zboczem w dół. Biegłam ile sił w nogach, trzymając uniesioną wysoko brązową sukienkę od szkolnego mundurka, moje nogi fruwały wraz ze słabym powiewem wiatru od lasu, który za sobą czułam.

Kochałam te miejsca i uważałam je za swoje: las, polanę, zbocze tworzące zakole. Jakże często po szkole wspinałam się po nim w górę i kładłam się w trawie! Ani deszcz, ani wiatr, ani śnieg nie odwodziły mnie od tych wypraw. Leżałam na ziemi i patrzyłam w niebo. Ten widok pomagał mi zapomnieć o najgorszej części dnia – godzinach spędzonych w szkole. Nuda, która mnie tam dopadała, znienawidzone dzieci, ich bójki, przejawy wrogości między uczniami, wyzwiska, a przede wszystkim obojętność Darii, która będąc o dwie kasy wyżej ode mnie, nie zwracała na mnie uwagi i nigdy nie stanęła w mojej obronie, gdy na szkolnym podwórku ktoś rzucał we mnie ogryzkiem, nazywał kujonką albo popychał.

Ale tego dnia nie zamierzałam położyć się na szczycie zbocza. Chciałam biec. Chciałam, żeby wszystko, co zdarzyło się przed południem w szkole, zabrał z sobą wiatr.

„Nica jest głupia, Nica jest głupia!", wołali wszyscy chórem, a potem dobrze zbudowany trzecioklasista przypadł do mnie i zerwał ze mnie fartuszek. Wokoło rozległ się drwiący śmiech. Dodało to odwagi chłopakowi z czwartej „a", przypominającemu bociana – podbiegł do mnie i zdarł ze mnie sukienkę. Wszyscy skręcali się ze śmiechu.

„Nica ma niebieskie majtki, Nica ma niebieskie majtki!" Ależ to był ryk! Mogłam się wyrwać, uciec, lecz na drodze stanęła mi piękna Ana z naszej klasy. Owinęłam biodra sukienką, kurczowo ją przytrzymując, bo chłopak podobny do bociana próbował mi ją wyrwać.

Inni otoczyli mnie, chwycili się za ręce i utworzyli rodzaj muru. Próbowałam rozpaczliwie przebić tę zaporę, ale mi się nie udało, i upadłam jak długa na ziemię. Znowu wszyscy się śmiali. Kiedy spojrzałam w bok, zobaczyłam, że na końcu podwórka stoi Daria. Widziała to wszystko i nawet nie drgnęła. Po prostu stała sobie ze swoimi koleżankami – wszystkie były ładne, wszystkie miały białe pończoszki i lakierki – jakby nic się nie działo. Patrzyła w moją stronę, jak gdyby nie mogła uwierzyć, że to ja byłam tą wyśmiewaną, popychaną, upokarzaną i obrażaną. Mogła mi pomóc, ale nie kiwnęła palcem.

Zdawało mi się, że jej brązowe oko było smutne, wstydziło się, a niebieskie patrzyło na mnie z niemal złośliwą satysfakcją. Otworzyłam usta, chciałam coś powiedzieć, zawołać ją, lecz nie wydobyłam z siebie żadnego dźwięku. Zrozumiałam, że Daria się mnie wstydzi. Ona była tą, która odnosi sukcesy, a ktoś taki nie może mieć siostry – ofiary losu. Siostry, która ma potargane włosy, rozbite kolana i opadające pończochy.

To był kres mojej wytrzymałości. Zaczęłam płakać. Byłam bliska histerii. Płakałam tak rozpaczliwie, że z budynku szkoły wybiegli nauczyciele i rozpędzili zbiegowisko. Podnieśli mnie i zanieśli do szkoły. Zadzwonili do mojej matki.

I teraz chciałam o tym wszystkim zapomnieć. Wymazać z pamięci te straszne obrazy, te głosy. Nie chciałam wracać myślami do chwili, kiedy siedziałam u szkolnej pielęgniarki, a matka naradzała się z moim wychowawcą. Jakbym popełniła jakieś przestępstwo, jakby musiała za mnie przepraszać.

Chciałam pozbyć się niemiłego uczucia, że wywołałam sytuację, która przerosła moją matkę. Tego uczucia nie mogłam się zresztą pozbyć od dawna.

Zapadał zmrok. Od bardzo dawna Elene nie przebywała tak długo w Zielonym Domu. Zaraz mieli wrócić Kostia i Nana. Elene, jak mi się zdawało, czekała na rodziców. Na swego ojca. Może miała zamiar opowiedzieć mu o hańbie, którą się okryłam, o skandalu, którego stałam się bohaterką. Biegłam zboczem coraz szybciej. Dyszałam ciężko. Modliłam się, żeby matka pojechała już do swego domu, rozminęła się z dziadkiem, nie opowiedziała mu, jak mnie potraktowano na szkolnym podwórku. Ścigałam się z wiatrem. Jeśli będę szybsza niż wiatr, wszystko minie. Ten horror w szkole, codzienne tortury, wyrzuty dziadka. Jeśli zwycięży wiatr, wszystko zostanie tak jak teraz.

Stałam przy furtce do ogrodu i zapadałam się w sobie, chwytałam ustami powietrze jak ryba. Zwyciężyłam? Nie czułam już wiatru. Wyciągnęłam przed siebie otwartą dłoń i czekałam. Przechytrzyłam wiatr. Na pewno zwyciężyłam. A jeśli, a jeśli...

W domu paliło się światło. Dobiegł mnie gwar głosów. Przemknęłam na taras i usiadłam w trzeszczącym fotelu na biegunach. Dziadkowie byli już w domu, a samochód matki ciągle jeszcze stał przed bramą. Moje modlitwy nie zostały wysłuchane, matka rozmawiała o mnie z dziadkiem.

Z domu wyszła Daria. Spojrzała na mnie podejrzliwie. Potem niepewnie usiadła obok mnie.

– Kazali mi wyjść. Rozmawiają o tobie.

Odsunęłam się trochę, chcąc na wszelki wypadek zachować dystans. Na obu kolanach miałam brązowe plastry, które przykleiła mi szkolna pielęgniarka. Ich widok kazał mi znowu wrócić myślami do wydarzeń z przedpołudnia i czułam obrzydzenie. Nie chciałam siedzieć w pobliżu mojej siostry. Wstałam, podeszłam do drzwi i usiadłam na wycieraczce.

Wewnątrz słychać było huczący głos dziadka. Chwilę później usłyszałam matkę.

– Ona jest bardzo zdolna, do jasnej cholery! Kiedy to w końcu zrozumiesz? Nauczyciel powiedział mi to dzisiaj jasno i wyraźnie. „Bardzo uzdolniona", takiego określenia użył. To nie jest myślenie życzeniowe ani żadna iluzja. *Deda*, powiedz coś. Przecież musicie to widzieć. A ty mi mówisz, że ona nie dość się stara? Z całym szacunkiem: każdy inny dziadek pękałby z dumy, gdyby coś takiego usłyszał, ale nie ty. Oczywiście, że nie. Jak mogłam zapomnieć!? To jest przecież mój bękart, mniejsza o jego zdolności!

– To znajdź sobie dla swoich dzieci innego dziadka – odpowiedział Kostia lodowatym tonem. – Albo jeszcze lepiej poszukaj sobie innego ojca. Masz już swoje lata. Poszukaj sobie kogoś, kto utrzyma twoje dzieci, pokryje koszty ich wychowania, ubrania, jedzenia, zadba o ich przyszłość, umożliwi im dobre życie!

– Nie chodzi przecież o mnie ani o ciebie, nie chodzi o cały ten zasrany kram, chodzi o Nicę. – Elene była bliska łez.

– Tak, i co mam teraz zrobić? Czego ode mnie oczekujesz? Chodzi przecież do najlepszej szkoły w mieście.

– Nie chodzi o szkołę. Chodzi o sposób traktowania, jakiego to dziecko potrzebuje, o określone metody, a przede wszystkim o odpowiednie otoczenie. Tylko w tym miesiącu zdarzyły się jej trzy takie zajścia, a ona nam o tym w ogóle nie powiedziała. Uważam, że oni tam znęcają się nad nią fizycznie i psychicznie. Tylko dlatego, że jest od nich mądrzejsza!

– I ten nauczyciel ma wystarczające kwalifikacje, by wystawiać dziecku taką opinię?

– Ona się w szkole nudzi, bo wszystko już umie, czy ty tego nie rozumiesz? Odrabia już zadania za Darię! A sama jest dopiero w czwartej klasie! No zlituj się!

– Daria sama odrabia lekcje! – zaoponował Kostia.

Nagle wmieszała się Nana.

– Ach, przestań! – powiedziała.

– Ona potrzebuje innego motywowania. Nauczyciel uważa, że powinniśmy czegoś poszukać. Może jakaś specjalna szkoła albo...

– To dziecko zostanie tu, gdzie jest! – huknął Kostia. – Chodzi do najlepszej szkoły w mieście. A specjalne traktowanie mogłoby zaszkodzić jej rozwojowi. Ona musi się nauczyć dopasowywać, uodpornić. Cudowne dzieci też muszą nauczyć się żyć, a my musimy ją w tym wzmacniać.

– Wzmacniać? Uodpornić? Przeciw czemu!? Przeciw razom i wyzwiskom?

– Przecież nie szturchają jej za to, że jest za mądra? Musiała być bezczelna albo... Przecież ją znam!

– Szturchają? Chyba nie wiesz, o czym mówisz! *Deda*, powiedz coś, uświadom mu, jakie okropności tam się wydarzyły! – jęknęła Elene.

Miałam gorącą nadzieję, że uda się jej zakończyć tę kłótnię bez łez. Nie wiedziałam dlaczego, ale nie chciałam, żeby rozpłakała się przed Kostią.

Daria złożyła usta w ciup, jakby chciała zacząć gwizdać, co czyniła zawsze, gdy była zmieszana albo chciała coś zatuszować. Rozhuśtała bujany fotel i wyciągała się wysoko w górę.

Podniosłam się z wycieraczki i podeszłam do niej.

– Pohuśtać cię?

Skinęła głową niczym jaśnie pani, która zezwala swej poddanej pocałować swą dłoń. Pewnie myślała, że z mojej strony to gest przyjaźni. Od czasu do czasu pomagałam jej przy odrabianiu zadań domowych i wkrótce znowu mogłam jej być potrzebna, a do tego niezbędnym warunkiem było pojednanie.

Z całej siły rozkołysałam fotel. Daria krzyknęła, ale ja kołysałam silniej i silniej, aż wyrzuciło ją z siedzenia i wylądowała na twardej podłodze. Na jej twarzy pojawił się grymas bólu i to mi się spodobało. Dało mi krótkotrwałe pocieszenie. Po chwili jej głos przeszedł w ciche, narastające biadolenie. W tym momencie byłam zwyciężczynią. I to było wspaniałe uczucie.

W nocy Stazja zbudziła mnie i kazała mi iść za sobą. Wyszłyśmy na zewnątrz. Daria spała w łóżku Kostii z kompresami z lodu na obitych kostkach, wyczerpana płaczem. Poszłyśmy do ogrodu. To była łagodna noc, która zawierała w sobie jeszcze ciepło dnia. Za krzakami bzu Stazja rozłożyła koc, na którym się wyciągnęłyśmy i patrzyłyśmy w niebo usiane gwiazdami. Wtuliłam się w stary, wysłużony frotowy szlafrok Stazji. Przez chwilę leżałyśmy w milczeniu.

– Zdradzić ci pewną tajemnicę? – zapytała nagle w tej ciszy i przycisnęła moją głowę do piersi.

– Tak! – szepnęłam podekscytowana.

Jej tajemnice kochałam równie mocno jak jej opowieści.

– Widzisz tamtą wiśnię? Przychodzi tam moja przyjaciółka. Staje pod tą wiśnią i uśmiecha się do mnie. Czasem przychodzi też inna przyjaciółka i wtedy grają obie w karty. Ale właściwie nie powinny tu przychodzić, bo od dawna nie żyją.

Nastawiłam uszu. Przygotowywałam się na opowieść mrożącą krew w żyłach, choć jasne niebo usiane gwiazdami było nie najlepszą scenerią dla takiej opowieści.

– Ale to przecież niemożliwe, *bebo*. – Chciałam wnieść w sprawę odrobinę logiki.

– O to właśnie chodzi. – Stazja włożyła prawą dłoń do kieszeni szlafroka i zaszeleściła tam czymś. – Czasami my, ludzie, nie umiemy sobie wyjaśnić pewnych rzeczy, czasem ich nie rozumiemy, ale to, że większość z nas ich nie widzi albo w nie nie wierzy, nie znaczy, że ich nie ma.

– A czego większość ludzi nie widzi?

– Nie widzą mojej przyjaciółki, gdy stoi pod wiśnią, ani nie widzą, że ty jesteś szczególnym dzieckiem.

– Dlaczego jestem szczególnym dzieckiem?

– Potrafisz rzeczy, których inni nie potrafią.

– Co na przykład?

– Uczysz się szybciej niż inni. Rozumiesz rzeczy inaczej niż inni. Wyczuwasz ludzi.

– Chodzi ci o to, że widzę po kimś, że płakał, chociaż już umył sobie twarz?

– Właśnie, na przykład o to.

Wyjęła rękę z kieszeni szlafroka. W zaciśniętej dłoni coś trzymała.

– Ale dlaczego inni nie widzą twoich przyjaciółek? Czy któraś z nich właśnie tam jest? Mogę ją zobaczyć?

– Nie, w tej chwili ich nie ma. Pewnie śpią. Nie wiem, czy je zobaczysz. Większość ich nie widzi, bo ich nie poznała albo nie dość je lubiła.

– Jak nazywa się twoja przyjaciółka?

– Sopio.

– A dlaczego umarła?

– Bo świat jest kupą gnoju, a większość ludzi to placki krowiego łajna.

– A ja? – zachichotałam. Podobało mi się słownictwo Stazji.

– Ty jesteś diamentem czystej wody i musisz się nauczyć ignorować ten gnój. Nie będzie ci łatwo w szkole, ale musisz się uczyć bronić swoich praw. Musisz się nauczyć dawać sobie radę bez pomocy innych. Nawet, jeśli trzeba, bez pomocy twojej siostry.

– Nie chciałam zrzucić jej z fotela. – Sama nie wiedziałam, dlaczego skłamałam.

– To normalne, że się chce takich rzeczy. Ale nie powinno się ich wcielać w czyn. Ona cię zawiodła. Lecz nie odpłacaj złem za zło. Zło raz uczynione wraca jak bumerang. Nie przyniesie ulgi w cierpieniu. Musisz rozumieć, że inni dokuczają ci nie dlatego, że jesteś głupia czy brzydka, tylko dlatego, że ci zazdroszczą.

– To nieprawda.

Nie chciałam rozmawiać o tym, co się stało przed południem.

– A jednak to prawda. Daj mi rękę, otwórz dłoń, nie widzę jej, o tak, teraz dobrze.

Stazja otworzyła swą dłoń i zapięła mi coś wokół nadgarstka. Poczułam na ręce coś zimnego i ciężkiego.

– Co to jest?

– Zegarek. Dostałam go od ważnej dla mnie osoby. Ten zegarek jest starszy od ciebie, od twojej matki, od twego dziadka i nawet ode mnie. Schowamy go w twojej szafce nocnej, to będzie nasza mała tajemnica, dobrze? Tam poczeka, aż twoja ręka urośnie i będzie do niej pasował. Ten zegarek będzie cię zawsze chronił. Tak jak chronił mnie.

– Jest piękny.

– To prawda. To magiczny zegarek. Tak, tak, nie prychaj. Myślisz, że opowiadam bajki?

– Często opowiadasz mi bajki. Jak twoja przyjaciółka może przychodzić, skoro nie żyje!? A przede wszystkim po co?

Tego naprawdę nie mogłam pojąć. W końcu byłam dzieckiem socjalizmu, a dziecko socjalizmu od zarania uczy się nieufności.

– Nie wiem, słoneczko. Nie wiem. Może czegoś nie doprowadziła do końca, czegoś nie dopowiedziała.

Skinęłam głową, zastanawiając się nad tym, co usłyszałam, i próbując wyobrazić sobie ducha zmarłej przyjaciółki Stazji. W mojej głowie kłębiły się pytania.

Ten kraj jest zużyty niczym stara czapka.
Życie zastępuje nieszczęście.
Nie dziw się, kiedy w takich dniach
Dziękuję już za niewiele.

Galaktion Tabidze

Kiedy w całym państwie uroczyście obchodzono sześćdziesiątą rocznicę rewolucji, potężne niegdyś imperium radzieckie istniało już tylko na papierze. Ministerstwo Przemysłu Maszynowego i Energetyki kierowało nieistniejącą gospodarką. Na porządku dziennym były kradzieże, alkoholizm i uchylanie się od pracy. Dla elit czasy tego postępującego upadku były jednak złotym okresem, bo każdy bez obawy mógł sięgać po to, co było możliwe do zagarnięcia. Sekretarz generalny partii i przywódca państwa, wielki miłośnik samochodów, zgromadził imponujący zestaw aut, w którym były między innymi rolls-royce oraz pancerna limuzyna Sil. Jako zapalony myśliwy na stopień generała awansował myśliwego, który na polowaniach naganiał mu dziki.

Dyplomaci, generałowie, ministrowie, dyrektorzy, wszyscy ci „bohaterowie pracy" nieustannie świętowali. I wydawało się, że w kraju nikt nie ma im niczego za złe. Za czasów Breżniewa zdarzyła się tylko jedna jedyna masowa demonstracja – podczas olimpiady w Moskwie, kiedy zmarł Wysocki, a aktorzy Teatru na Tagance wyszli na ulicę i dołączyły do nich dziesiątki tysięcy ludzi. Demonstrację oczywiście rozpędzono. Cierpiący od ponad dziesięciu lat na sklerozę mózgu szef partii nie potrzebował niepokojów w kraju. Zaledwie rok wcześniej, w poczuciu spełniania „międzynarodowego, socjalistycznego obowiązku", rozpoczął inwazję w Afganistanie. Kiedy przechodząc do wieczności, w listopadzie 1982 roku zwolnił ostatecznie swoje miejsce, jego następcą został sześćdziesięcioośmioletni szef KGB Jurij Andropow, typowy pracownik służb specjalnych. Nowy przywódca partii, ciężko chory już w momencie obejmowania władzy, połowę swego urzędowania spędził w szpitalu. Po dwóch latach zastrajkowały jego nerki, co przesądziło o końcu jego ziemskiej kariery. Jedyną zasługą Andropowa było podniesienie o osiemdziesiąt procent wydatków na zbrojenia. Fakt, że Afganistan kosztował państwo miliony, których właściwie nie miało, i że z pól walk zwożono coraz więcej poległych radzieckich żołnierzy, bez trudu ignorował. Po jego śmierci na stanowisko I sekretarza KC ZSRR wybrano siedemdziesięciotrzyletniego niepozornego biurokratę partyjnego Czernienkę, który obejmując tę funkcję, już borykał się z poważną chorobą płuc i który bardzo krótkim okresem urzędowania przebił nawet swego poprzednika, bo zmarł zaledwie po roku.

W szkole nadal nie miałam przyjaciół, ale zegarek Stazji, przechowywany w mojej szafce nocnej, tak bym w każdej chwili mogła wziąć go do ręki, dawał mi, choć się tego nie spodziewałam, poczucie bezpieczeństwa, a moja wytrwałość sprawiła, że przemoc i wyszydzanie się skończyły. Zaczęłam wypracowywać pewne strategie, które miały mi pomóc przetrwać kolejne lata szkolne możliwie bez cierpień. Starałam się być normalna i bezproblemowa, a przede wszystkim nie pokazywać po sobie, że lekcje mnie nudzą.

Jedyną rzeczą, jaką zawdzięczam Kostii, było to, że pozwolono mi przeskoczyć piątą klasę. W nowej klasie nauczyłam się być taka jak wszyscy; to zapewniło mi w miarę spokojną koegzystencję z pozostałymi uczniami. Śmiałam się z kawałów, które opowiadali, prosiłam o pomoc, nawet gdy jej nie potrzebowałam. W niektóre dni udawało mi się nawet przyjść do szkoły bez powieści, które zazwyczaj czytałam pod ławką.

Wiedziałam, że zajęcia w szkole kiedyś jednak się skończą, że potem wrócę do domu, gdzie będzie Stazja, posłucham jej opowieści, pójdę z nią do lasu, pobiegam po ogrodzie, popracuję w nim ze Stazją, a przede wszystkim późnym popołudniem wyjdę na taras na poddaszu i zostanę tam sama z moimi książkami. Czas szkoły minie, a ja znowu będę mogła być sobą. Tak, poradzę sobie, jeżeli tylko będę odpowiednio ćwiczyć swą cierpliwość.

Czasami przynosiłam do Zielonego Domu książki albo płyty Aleka. Wtedy Daria szalała z zazdrości. Była ciekawa, jak spędziłam weekend, co robiłam i co nowego odkryłam. Nie chciała czuć się wykluczona i ponieważ właśnie skończyła jedenaście lat, oświadczyła, że także ma prawo do spędzania weekendów u Elene i jej męża. Aleko był też tym, który ofiarował mi jeden z najpiękniejszych prezentów mojego dzieciństwa: Dawida, który miał się stać moim Piotrem Wasiljewem. Dawid, dawny szkolny przyjaciel Aleka, był jedną z najtęższych głów swojej generacji i niezwykle obiecującym fizykiem, jednak z powodu skłonności do zakazanych politycznie i filozoficznie pism został wyrzucony z instytutu naukowego i w szkole na peryferiach uczył fizyki oraz matematyki. Po rozwodzie z żoną mieszkał w małej kawalerce na Nowym Mieście, gdzie nie badał już atomów, tylko życie. Aleko, który przez cały czas mojej nauki w szkole zarzucał Elene, że słabo mnie motywuje, któregoś dnia zaprowadził mnie do Dawida z prośbą, żeby ten mi się przyjrzał.

Dawid miał wówczas czterdzieści dwa lata, a wyglądał co najmniej dziesięć lat starzej. Naukowa, a co za tym idzie również społeczna banicja, odejście jego żony, która uważała go za nieudacznika, i tęsknota za dwoma synami, których widywał o wiele rzadziej, niż chciał, odcisnęły na nim swoje piętno. Był niezbyt wysoki, lekko przygarbiony jak Stazja, miał szczupłe dłonie, subtelne rysy twarzy, piękne, głęboko osadzone oczy i staromodne wąsy. Gotował herbatę w samowarze, nosił papucie z wełny we wzór karo, beżowe albo szare koszule, miał zawsze zimne ręce i mówił powoli, jakby jego głos potrzebował wieczności, żeby dotrzeć do rozmówcy.

Dawid poprosił Aleka, żeby zostawił nas samych, i postawił przede mną małą miseczkę z cukierkami. Potem usiadł naprzeciw mnie w fotelu i przyglądając mi się swymi zielonymi oczami, powiedział:

– Słyszałem, że nudzisz się w szkole.

Skinęłam głową onieśmielona.

– Co cię interesuje?

– Czy naprawdę można widzieć umarłych?

To pytanie nie dawało mi spokoju od czasu nocnej rozmowy ze Stazją. Wprawdzie nigdy potem z nią o tym nie rozmawiałam, ale zawsze gdy widziałam ją siedzącą w ogrodzie na małym stołeczku i patrzącą w kierunku drzewa wiśni, próbowałam zobaczyć duchy jej przyjaciółek, lecz to mi się nie udawało.

– Nie wiem.

Ta odpowiedź wydała mi się bardzo sympatyczna. Był jednym z niewielu ludzi, którzy odpowiadając na pytania, nie usiłowali być mądrzejsi, niż naprawdę byli.

– Myślę, że jeśli ktoś wierzy, że może widzieć umarłych, to rzeczywiście to potrafi.

– Ale jeśli ktoś umarł, to umarł i już go nie ma. – Nie ustępowałam.

– Niestety, zachowujemy się tak, jakbyśmy wiele wiedzieli, ale to nieprawda. Czy w ogóle wiesz, jak ogromny jest wszechświat?

Pokręciłam głową. Wtedy wziął ołówek i zaczął mi rysować cały kosmos na kartce z zeszytu w kratkę.

Mogłam zapytać Dawida, czym pachnie miłość. Mogłam go zapytać, dlaczego dzieci mają miękkie miejsce na ciemieniu i nie wolno na nie naciskać, dlaczego łzy są słone, a wieloryby mają na głowie fontannę. Mogłam zapytać, czym jest piękno i dlaczego dziadkowie kochają jedne dzieci, a innych nie. Mogłam zapytać, co znaczy słowo samobójstwo, dlaczego motyle żyją tak krótko, a wrony tak długo, dlaczego się nie przewracamy, skoro Ziemia się kręci, i czy zespół Led Zeppelin jest gorszy od Pink Floydów.

Mogłam zapytać Dawida, czy dziecko, które nie ma ojca, potrzebuje tego ojca. Kiedy zadałam mu pytanie, czy wierzy w Boga, odpowiedział, że go szuka i jeśli znajdzie, zawiadomi mnie i poprosi Go dla mnie o audiencję. Czułam się usatysfakcjonowana tą odpowiedzią.

Lubiłam w nim to, że nie głaskał mnie po głowie ani nie śmiał się ze mnie, nie kiwał nade mną głową ani nic go we mnie nie szokowało. Nawet kiedy spytałam, czy to prawda, że kobieta i mężczyzna rozbierają się do naga i kładą się na sobie, żeby mieć dziecko, wyciągnął książkę medyczną i wyjaśnił mi mechanizmy ludzkiej biologii, co wydało mi się o wiele bardziej zrozumiałe niż głupie wyjaśnienia mojej matki czy Stazji o bocianie i pszczółkach.

Malował przede mną świat. Świat, który wręcz chorobliwie mnie interesował. I nie był to ograniczony świat szkoły ani uporządkowany świat Kostii, nie był to nękany problemami codziennymi świat mojej matki i Aleka, nie był to świat Darii w różowych kolorach ani surowy i eteryczny świat Stazji. Był to świat, w którym czułam się jak u siebie w domu. Świat wielki, niezgłębiony, w którym nie na każde pytanie istniała odpowiedź. A przede wszystkim świat, w którym nic nie było zwyczajne.

Dwa razy w tygodniu mogłam po szkole chodzić do Dawida i były to dwa najszczęśliwsze dni. Potem uskrzydlona opuszczałam jego kawalerkę. Podskakując, wchodziłam do trolejbusu. Z uśmiechem rozglądałam się wokół. Z impetem wbiegałam po schodach do mieszkania matki.

Dzięki Dawidowi nauczyłam się obcować z olbrzymami, którzy mnie otaczali. Uczyłam się patrzeć na siebie w lustrze: na moją śniadą twarz, szczupłe, nieforemne ręce i nogi, drobną sylwetkę, oczy tak ciemne, że nie można było odróżnić tęczówek, kręcone, niesforne włosy, które nie chciały się ułożyć w żadną fryzurę, garbaty nos i kaczy dziób, do którego podobne były moje usta, i uczyłam się nie porównywać się z Darią. Miałam Dawida, więc cóż z tego, że Daria miała Kostię? Niech sobie ma, myślałam.

W odróżnieniu od Darii miałam ojca, który żył, lecz nie palił się wcale do tego, żeby mnie zobaczyć. Kiedyś widziałam go krótko, gdy miałam dziewięć czy dziesięć lat, a potem znowu powędrował na cztery lata do więzienia (za włamanie do dziekana uniwersytetu). Zastanawiałam się, która z nas obu ma więcej szczęścia, Daria czy ja. W kawiarni, do której poszłam z Elene, żeby spotkać się z ojcem (i w której można było dostać słodką lemoniadę, zwłaszcza lemoniadę z estragonem), zobaczyłam zniszczonego, choć dobrze zbudowanego mężczyznę, wydmuchującego chmurę dymu. Nerwowo rozglądał się wokół siebie i zupełnie nie wiedział, jak ze mną rozmawiać.

Nie mogłam uwierzyć, że moja matka mogła być kiedyś w nim zakochana. W pewnej chwili Beka zapytał jednak matkę, czy nie powinnam nosić jego nazwiska. „Nie powinna być wyzywana od bękartów", dodał i spojrzał na mnie wyraźnie niezadowolony. Najpewniej nie byłam w jego oczach dostatecznie ładna ani obdarzona urokiem, żeby mógł od razu mnie pokochać, ale gotów był się zniżyć i użyczyć mi swego nazwiska. To jedyne, co był w stanie mi ofiarować.

Elene odparła oschle, że mam już nazwisko i nowego nie potrzebuję. Potrzebuję natomiast ojca, który by się mną interesował, ale jak widać, musimy szukać dalej. Matka położyła mi rękę na ramieniu i wyszłyśmy stamtąd. Oczywiście nie wiedziałam wtedy, co znaczy pięć lat sowieckiego więzienia. Ale czy to tłumaczyło zachowanie mego ojca, jego brak zainteresowania, niezdolność rozpoczęcia ze mną rozmowy? Kiedy znalazłyśmy się z matką na bulwarze Rustawelego, zobaczyłam, że po jej twarzy płyną łzy. Chwyciła mocno moją dłoń i ciągnęła mnie za sobą. Nie było mi smutno. Nie miałam ojca i nie spodziewałam się, że będę miała, ale Elene bardzo to przeżywała.

Chciałam ją pocieszyć. Lecz szła tak szybko, że ledwie mogłam za nią nadążyć. Szłyśmy i szłyśmy, aż weszłyśmy na ciemną klatkę schodową w dzielnicy Wake. Nigdy tu jeszcze nie byłam.

– Gdzie jesteśmy? – zapytałam, gdy zaczęłyśmy iść na górę zaniedbanymi schodami.

– U siostry twojej babci – odpowiedziała.

Kiedy myślę o pierwszym spotkaniu z moim ojcem, przychodzi mi na myśl lemoniada z estragonem, a potem Miro. Nie mężczyzna, który mnie spłodził. Nie myślę o bulwarze Rustawelego ani o kawiarni, w której siedzieliśmy, tylko o ciasnym, przytulnym mieszkanku Kristine. Bo w dniu, w którym miałam poznać ojca, a zobaczyłam obcego mężczyznę, poznałam Mira. Elene, wzburzona i przybita jednocześnie, wpadła jak bomba do mieszkania Kristine. Jej rachuby się nie sprawdziły: mój ojciec nie powrócił do naszego życia. Ojciec jej pierwszej córki nie żył – marnie skończył w więziennym szpitalu. Sama pomogła mu uciec na inny kontynent. Jej trzeci mężczyzna, mój ojciec, fantazjując o staniu się rewolucjonistą, został pospolitym kryminalistą, a z czwartym, który ją kochał i którego ona kochała, ale który niczego trwałego nie potrafił stworzyć i topił swoje nieopowiedziane historie w alkoholu, nie mogła mieć dzieci.

Kristine miała ręce uwalane mąką. Otworzyła drzwi, nie pytając, kto tam. Może spodziewała się kogoś innego. Nosiła welon, który zasłaniał jej pół twarzy. Gdyby nie mąka na rękach, można by pomyśleć, że jest postacią z jakiegoś filmu – otaczała ją aura czegoś nierealnego.

– Teraz wiem – wyrwało mi się, zanim obie kobiety zdążyły zamienić słowo – ty jesteś Kristine, siostra Stazji. Widziałam twoje zdjęcia!

– A ty jesteś Nica, prawda?

I ta jedna, widoczna połowa twarzy Kristine ułożyła się w rodzaj łagodnego uśmiechu. Kristine zrobiła ręką gest zapraszający do środka. Weszłyśmy.

Siedziałyśmy przy okrągłym stole, który zdobiła szydełkowa serweta podobna do tej leżącej na stole w jadalni w Zielonym Domu, położona ręką Stazji, i jadłyśmy zupę fasolową. Na ścianie wisiał stary zegar z kukułką, w który wpatrywałam się jak urzeczona, nie mogąc się doczekać, kiedy wybije pełną godzinę i wyskoczy z niego ptaszek.

Moje spojrzenie wędrowało raz po raz ku tej tajemniczej damie, siostrze Stazji, która była tak zupełnie od niej różna. Gumowce Stazji, jej bezczelny sposób bycia, nieco wulgarny język, którego czasami używała – to wszystko było obce tej wytwornej, delikatnej istocie. W Kristine wszystko było rozważne, subtelne, jej język miał w sobie coś afektowanego, a dziwna zasłona na twarzy przywodziła na myśl bal kostiumowy. Nie uszło też mojej uwagi napięcie Elene, niepewność w jej ruchach. Już wtedy zauważyłam, że istnieje między nimi jakiś mur, który moja matka stara się zniwelować.

– Co słychać? – spytała Kristine, usiadłszy wreszcie pomiędzy nami przy stole.

– Wszystko jest tak piekielnie trudne! – wyrwało się od razu mojej matce, jakby cały czas czekała na to pytanie.

– No to mów – zachęciła ją Kristine.

W tym momencie zrozumiałam, że moja matka przyszła tu, bo potrzebowała pocieszenia, ale Kristine pocieszanie przychodziło z trudem. Coś ją wstrzymywało od dotknięcia ramienia Elene, choć unosiła już rękę, jakby chciała to zaraz zrobić. Obie zachowywały się tak, jak gdyby mnie nie było. To mnie gniewało, bo nie wiedziałam, co mam robić. Postanowiłam, że będę siedzieć cicho i spokojnie jeść zupę. To, co się działo, dotyczyło tych dwóch kobiet, ja nie miałam z tym nic wspólnego.

– Wszystko jest nie do zniesienia.

Elene nagle zaczęła łkać. Nienawidziłam, kiedy nachodził ją taki nastrój i zaczynała niepowstrzymanie płakać. Wiedziałam, że to źle, iż nie umie wziąć się w garść, a to przecież jedno z podstawowych zadań dnia codziennego.

– Myślę o nim każdego dnia. Każdego dnia widzę przed sobą jego twarz. Nie wiem, jak go zapomnieć. I wszystko toczy się coraz gorzej, odkąd... odkąd on...

Twarz Kristine spochmurniała. Przypominała teraz Stazję, kiedy ta stała w ogrodzie i patrzyła w stronę wiśni. Czy siostra Stazji też widywała zmarłych? Czy to było jedyną wspólną cechą, która łączyła siostry? Zdolność widzenia duchów?

Moja matka łkała i skarżyła się, opłakiwała życie i własne porażki, porażki doznane za sprawą swego ojca i swego męża. Skarżyła się na beznadzieję swego istnienia i na to, że jej córki nie mają ojców. Na niemożność zapewnienia dziewczynkom dobrego życia. I raz po raz padało to imię: Micha. Nigdy wcześniej go nie słyszałam. W pewnym momencie zaczęła mówić o moich uzdolnieniach. (Stale używała tego słowa, wymawiała je jednak tak, jakby była to jakaś choroba, jakiś straszny los, który przypadł mi w udziale. Nienawidziłam tego słowa!)

Prawdopodobnie trwałoby to jeszcze bardzo długo i Kristine godzinami by jej słuchała, gdyby nie zadzwonił dzwonek u drzwi. Kristine podniosła się powoli, niechętnie i nie odrywając wzroku od Elene, poszła otworzyć.

Z twarzy Lany nie można było wyczytać, czy się cieszy, widząc moją matkę, czy też niezapowiedziana wizyta jest jej niemiła. Ale Miro otwarcie dał wyraz swojej radości. Przyjrzał mi się, trzy razy obiegł wokół stół, pociągnął mnie za włosy, zaśmiał się głośno, został kilka razy upomniany, żeby zachowywał się jak należy, a jednak nie przerwał swojego tańca radości. Potem usiadł obok mnie i zaczął z zapałem jeść zupę fasolową. Niestrudzenie wyczyniał grymasy, a kiedy jego mama groźnie zmarszczyła czoło, nie przestraszył się, tylko zaczął dziko chichotać. Mimo wszystko osiągnął coś nieprawdopodobnego: Elene znowu się uśmiechnęła.

Miro był bystry i wesoły. Zdawało się, że wcześnie zaczął odgrywać rolę klauna i robił to z ogromną przyjemnością. Wtedy nie był dużo wyższy ode mnie (potem miało się to diametralnie zmienić), miał kręcone włosy i czarne oczy z rzęsami cielęcia. Ale wtedy, pamiętam to bardzo dobrze, wrażenie wywierała przede wszystkim szybkość jego myślenia, mówienia, jego ruchów. Jakby się bał, że coś przeoczy, i robił zawsze trzy rzeczy naraz. Kiedy jadł, nie mógł spokojnie usiedzieć, kiedy mówił, nie mógł spokojnie stać, kiedy był w ruchu, nie umiał nie mówić. Polubiłam też od razu jego przerwę między zębami. Zawsze kiedy się uśmiechał – a uśmiechał się od ucha do ucha – odsłaniała się szpara między przednimi zębami, co nadawało mu nieco komiczny wygląd, jakby sama ta przerwa chciała prowokować kogoś do uśmiechu.

Po jedzeniu zapytał mnie, czy pójdziemy na plac zabaw na podwórko. Skinęłam niepewnie. Zaskoczyła mnie jego bezpośredniość – nie byłam do niej przyzwyczajona, zwłaszcza ze strony chłopców. Podwórko okazało się labiryntem złożonym z nieskończonej ilości ciasnych przejść, którymi prowadził mnie na pusty, ku mojej wielkiej radości, plac zabaw.

Miro wygłupiał się, pokazywał, co już opanował: jak wysoko umie się wspinać, wzbijać w powietrze, gdy się huśta, jak szybko potrafi biegać. To mi się podobało.

Przy nim wróciło dawno zapomniane uczucie, że jestem dzieckiem. Dzieckiem jak każde inne.

Kiedy proces literacki wymknie się spod naszej kontroli, wtedy powstanie wrażenie, że przez siedemdziesiąt lat istnienia władzy radzieckiej nie było ani jednego jasnego dnia.

Wiktor Czebrikow

Zawsze chodziliśmy do cyrku. Czy to ze szkołą, w ramach wypełniania obowiązku kulturalnego, czy dla przyjemności z rodziną. Choć Kostia nie cenił zbytnio akrobatyki ani tresowanych zwierząt, z jakiegoś trudnego do wyjaśnienia powodu uważał za rzecz ważną, by wprowadzić nas, dzieci, w świat cyrku.

Nie byłam szczególną amatorką tego świata ułudy. Może robiło na mnie pewne wrażenie kilku artystów na trapezie albo niektóre damy z piórami, tak doskonale jeżdżące na koniach. Przygnębiali mnie jednak klauni, podobnie jak tygrysy, które musiały skakać przez płonące opony. Ich występy wydawały mi się nienaturalne. Nie rozumiałam, dlaczego starzy uszminkowani mężczyźni udają głupszych, niż są, i co w tym takiego wspaniałego, że dzikie zwierzęta w ośmieszających je szarfach i spódniczkach wykonują rzeczy niezgodne z ich naturą. Deprymowali mnie zwłaszcza ci przesadnie weseli niscy mężczyźni. Możliwe, że wynikało to stąd, iż sama byłam bardzo drobnej postury i za nic nie chciałabym być tak postrzegana.

Daria kochała cyrk ponad wszystko. Już po niekończących się schodach prowadzących do namiotu, które za każdym razem trzeba było pokonać, chcąc obejrzeć przedstawienie, biegła jak wiatr, oglądając się tylko, czy za nią nadążamy. Błagała za każdym razem, by kupić jej króliczkę Lolę albo jakąś zabawkę do samodzielnego złożenia u Cyganek stojących wokół cyrku z papużkami na ramieniu i zachwalających swoje towary. Dla Darii był to obowiązkowy rytuał.

Ale tej niedzieli, był to zapewne rok 1985, zdarzyło się coś szczególnego, coś, czego nigdy bym się nie spodziewała.

Był to długo oczekiwany gościnny występ słynnego Cyrku Moskiewskiego. Daria od wielu dni nie mówiła o niczym innym. Przygotowałam się na to długie popołudnie. Miałam przy sobie książkę oprawioną w biały papier, jedną z tych, które czytałam w szkole pod ławką, żeby sobie skrócić czas nudy. Stazja, dzięki wieloletniej pracy w bibliotece, znała wiele pożytecznych sposobów obchodzenia się z nielegalnymi wydawnictwami, znała wszystkie techniki przemycania książek i ich maskowania. To ona wpadła na pomysł okładania książek w biały papier, na którym potem rysowałam dziecięce malunki. Najmniej podejrzeń budziły książki z okładkami w wesołe ludziki i barwne motyle.

Podczas gdy inni śmiali się z rosyjskich klaunów i oklaskiwali sztuczki z udziałem zwierząt, ja kartkowałam swoją książkę. W namiocie było dość ciemno, nie pomyślałam o tym wcześniej (ostatnim razem, kiedy nasza klasa oglądała w teatrzyku dla dzieci *Czerwonego Kapturka*, było więcej światła). Ale już samo czucie pod palcami kartek książki uspokajało mnie. Wszystko się zmieniło, gdy na arenę weszła dziewczyna w niebieskim trykocie i białych rajstopach. Daria westchnęła rozczarowana, dziewczyna sprawiała wrażenie zbyt zwyczajnej, jakby z miejscowego towarzystwa gimnastycznego. Kiedy jednak dziewczyna została podciągnięta na linie na wysokość wywołującą zawrót głowy, publiczność zamilkła.

Wetknęłam książkę do torebki i z zaciekawieniem zaczęłam śledzić akrobatkę. Żeglowała w przestrzeni, jakby miała niewidzialne skrzydła, które wynosiły ją na nieskończone wysokości. Wirowała w powietrzu i koziołkowała, spadała i znowu łapała równowagę, tańczyła na linie niczym istota pozbawiona ciężaru. Nigdy dotąd nie widziałam u nikogo takiej elegancji, gracji i doskonałości ruchu. Długi warkocz, który fruwał wokół niej, wyglądał jak trzecia ręka, którą mogła się przytrzymać.

Kiedy spojrzałam na Darię, zobaczyłam, że siedzi z otwartymi ustami i oczyma błyszczącymi w ciemności jak dwa robaczki świętojańskie. Tak samo jak ja nie mogła pojąć tego, co widziała. Ta istota sprawiała, że wszyscy wstrzymywali oddech. Jak udało jej się wyzbyć lęku przed przestrzenią? Jak można nauczyć się fruwać? Ręka Darii opuściła oparcie i szukała mojej ręki. Daria chwyciła mnie za nadgarstek i uścisnęła. Potem przywarła do mnie. Dlaczego do mnie? Dlaczego nie dzieliła swojej fascynacji z uwielbianym dziadkiem? Wyciągnęłam głowę w kierunku Kostii i zrozumiałam: Kostia siedział rozparty na swoim siedzeniu, a jego ciało nie zdradzało nic z zachwytu, jaki był w Darii i we mnie. Po raz pierwszy Kostia inaczej niż Daria odbierał rzeczywistość. To spostrzeżenie przeraziło Darię i kazało jej szukać mojej ręki.

– Czy to nie fantastyczne? – szepnęła mi do ucha moja piękna siostra i mocniej ścisnęła mnie za rękę.

Skinęłam skwapliwie głową, czując coś pomiędzy irytacją a wdzięcznością.

– Ja też tak chcę – rzekła z mocnym przekonaniem.

– Będziesz musiała sporo ćwiczyć, żeby to osiągnąć.

Myślałam, że moja uwaga ostudzi jej zapał, tymczasem ona spytała, gdzie można się tego nauczyć.

– Nie wiem, myślę, że są jakieś kursy akrobatyczne w instytucie sportu. Nie mam pojęcia.

– Czy mogłabyś się tego dowiedzieć? Proszę!

Błagała mnie. Mnie! Ona, Daria! Nie wierzyłam własnym uszom.

Darii brakowało cierpliwości, żeby opanować gruntownie jakąkolwiek umiejętność. Jeśli sprawy nie układały się w mgnieniu oka po jej myśli, traciła zapał. Nawet jazdę konną, którą tak kochała jako dziecko, porzuciła z tego właśnie powodu – brakowało jej cierpliwości wobec trudnych do utrzymania w ryzach ogierów. Tym bardziej więc się dziwiłam, że zapaliła się do dyscypliny wyciskającej z człowieka siódme poty.

Wszystkie próby Kostii, żeby moja siostra wybrała na dłużej jakąś bardziej zwyczajną aktywność, spełzły na niczym. Czy był to kurs gruzińskich tańców ludowych, lekcje pianina czy rysunku, Daria chodziła na nie przez kilka tygodni, po czym któregoś dnia wracała do domu ze łzami w oczach, skarżąc się, że inne dzieci są głupie, że nauczyciel czy nauczycielka nie traktują jej dobrze i – o nieba! – nie zwracają na nią uwagi. Następnego dnia Kostia jechał razem z nią i po ostrej skardze złożonej w dyrekcji wypisywał Darię z danego kółka, a Daria wracała do domu uśmiechnięta od ucha do ucha. Jej gorączkowy upór owego popołudnia był czymś zupełnie nowym, zaskakującym.

– Zrobię wszystko, żeby to opanować – powiedziała stanowczo.

Kostia nachylił się ku nam i zapytał, o czym szepczemy z takim przejęciem. Krótka odpowiedź Darii zdumiała mnie nie mniej niż jej zdecydowanie co do nowego hobby.

– O niczym ważnym – odparła.

To „o niczym ważnym" było pierwszą tajemnicą, którą moja siostra postanowiła dzielić tylko ze mną.

Zaledwie dwa tygodnie po wizycie w cyrku Elene zgłosiła Darię na kurs gimnastyczny w instytucie sportu. Dawid opowiadał mi o tym instytucie, a ja powiedziałam o nim Elene. Daria, przeczuwając, że dziadek nie zaaprobuje jej nowo odkrytej pasji, trzymała tę wiadomość w tajemnicy i w dniu, w którym po raz pierwszy miała jechać z Elene na kurs, powiedziała Kostii tylko tyle, że chce zostać u matki w mieście przez kilka dni.

Morze w Seven Sisters było wzburzone. Fale uderzały z imponującą siłą w surowe skały, jakby prowadziły między sobą wieloletnią walkę. Niebo było szare, przeniknięte żółtawą poświatą, a plaża wilgotna, zimna i pusta. Patrzyła na ślady swoich stóp na mokrym piasku, pachniało solą, na ramionach miała wełniany szal. Zamknęła oczy. Nie mogła się nadziwić, jak harmonijnie morze współgra z wiatrem, tworząc swoją własną muzykę.

Potrzebowała dłuższego czasu, żeby się przyzwyczaić do nazwy miejscowości Seven Sisters. Z tą nazwą kojarzyły się jej zawsze socrealistyczne wysokie budowle wzniesione na rozkaz Generalissimusa, które przewyższały wszystkie inne.

Cieszyła ją samotność po skończonym *tournée*, spokój, wyłączony telefon, nieotwieranie poczty, anonimowość, którą dawało jej to miejsce. Ciągle zajęta Amy wyjechała dopiero przed kilkoma dniami i pozostawiła Kitty samą z własnymi myślami. Ileż trudu zadawała sobie Amy, żeby nie poddawać się upływowi czasu! Wszystkie te kremy, które rozstawiła w łazience, wszystkie te barwne ubiory, które swoimi jaskrawymi kolorami miały odwracać uwagę od jej wieku. Wzruszające były próby opierania się temu, co nieuchronne: opaski na czole, turbany, diety, nienoszenie okularów.

Jej wzrok pobiegł ku linii horyzontu, gdzie morze wcinało się w niebo. Odetchnęła głęboko.

– Popatrz, popatrz, morze! – krzyknęłam głośno i wyskoczyłam z auta.

Najpierw jechaliśmy krętą drogą, potem objechaliśmy strome wzniesienie, a teraz rozciągał się przed nami nieskończony błękit. Prowadził Kostia, a my siedziałyśmy na tylnym siedzeniu jego służbowego samochodu. Zatrzymał się tylko dla nas, żebyśmy mogły wyrazić nasz zachwyt morzem, a my w podskokach biegłyśmy w stronę plaży i piszczałyśmy z radości. Moja radość brała się nie tylko z tego, że widzę morze, ale i z tego, że tym razem Kostia wziął na wycieczkę również mnie, nie tylko Darię.

Jechaliśmy do Gagry, do Abchazji. Mieliśmy tam zostać przez tydzień, piękny długi tydzień marca. I wolno nam było nie chodzić do szkoły. Poprzedniego wieczoru Kostia wrócił do domu w bardzo dobrym humorze i kazał Nanie spakować nasze rzeczy – jutro pojedzie do Abchazji i zabierze nas z sobą. Nie powiedział, że weźmie także Darię, ale powiedział: „dziewczynki".

Przez pół nocy leżałam z otwartymi oczami, co dwie godziny zerkając na Darię, bojąc się, że to był jedynie żart i że Kostia pojedzie tylko z nią. Daria spała najspokojniej w świecie.

Wiedziałam, że propozycja Kostii zabrania nas w podróż była przede wszystkim gestem pokojowym wobec Darii. Ponieważ odkrył machinacje Darii związane z akrobatyką, po raz pierwszy doszło między nimi do poważnej kłótni. Kiedy jednak zobaczył, że Daria traktuje swe marzenie najzupełniej poważnie, od razu to wykorzystał i szybko zdobył informacje na temat kursu akrobatycznego oraz dalszych możliwości treningu, które mogły okazać się dla Darii przydatne w jej drodze do pierwszej ligi akrobatów.

Zatrzymaliśmy się w Batumi. Dziadek miał tam przyjaciela. Uprzedził nas, że spędzimy tam wieczór i następnego dnia rano pojedziemy dalej.

Był to mały, czysty dom położony przy promenadzie Królowej Tamar, odremontowany i pachnący świeżą farbą, z dużym ogrodem i smukłymi jabłoniami. W ogrodzie czekał na nas nakryty drewniany stół. Kiedy wchodziliśmy przez czarną bramę, zwróciły się ku nam zaciekawione spojrzenia. Gospodarz, krępy, łysiejący mężczyzna, którego widywałam w Zielonym Domu na wielu przyjęciach, podszedł do Kostii i przywitał się z nim mocnym uściskiem dłoni oraz poklepywaniem po ramieniu. Daria i ja obdarowane zostałyśmy wilgotnymi pocałunkami w policzki i poproszono nas do stołu.

Gorliwa gospodyni, biegająca ciągle między kuchnią a ogrodem, wyściskała nas i nałożyła nam na talerze mnóstwo pyszności. Kostia w jednej sekundzie przedzierzgnął się w duszę towarzystwa i bawił zebranych anegdotami, wzbudzając nieustanne salwy śmiechu.

Później gospodarz na przemian z Kostią wznosili toasty. Ich policzki były coraz bardziej zaczerwienione, głosy zachrypnięte, a toasty coraz bardziej rubaszne. Nudziło mnie to, bo większość ich znałam na pamięć. Kiedy pożegnałam się już z nadzieją, że uda mi się wyśliznąć i nie brać udziału w tym hałaśliwym przyjęciu, jak spod ziemi wyrosła młoda, drobna kobieta, którą przyniósł chyba z ogrodu ledwie wyczuwalny, wieczorny podmuch wiatru, i zajęła miejsce obok gospodarza. Przez krótką chwilę oparła głowę o jego pierś. Mogła to być tylko jego córka. Witała się ze wszystkimi uprzejmie, powitała również Kostię kokieteryjnym skinieniem głowy.

Miała piękną letnią suknię w paski, odsłaniającą ramiona, nieco za lekką jak na tę porę roku, i gruby, wysoko związany koński ogień, który spadał jej na plecy. Ktoś przy stole szepnął, że studiuje prawo w Tbilisi. Ojciec zachęcał ją, żeby wzniosła toast za gości, co uczyniła trochę sztucznie, przesadnie uprzejmie. Mimo pozoru swobody wyczuwało się w niej jakąś drżącą nerwowość. Wyłamywała palce, bawiła się pierścionkiem i kreśliła ósemki stopami w czółenkach. Kiedy wypiła do dna swój kieliszek wina, wstała, przeprosiła i znikła tak samo szybko, jak się pojawiła.

W poszukiwaniu toalety zgubiłam się w przejściach podwórka i wtedy zobaczyłam ją, jak siedziała przy stoliku ogrodowym i piła wino. Jednostajnym ruchem rzucała kostką na stolik do gry w tryktraka, jakby odgłos toczenia się kostki dawał jej ukojenie. Stolik stał w ciemności, tylko mała świeczka, której płomień przygasał z powodu przeciągu, rzucała nieco światła.

– Przepraszam – wybąkałam. – Szukam toalety.

Natychmiast się podniosła, uśmiechnęła do mnie swoim sztucznym uśmiechem i zaprowadziła mnie gdzie trzeba. Kiedy wyszłam, stała oparta o ścianę, jakby na mnie czekała.

– Ty jesteś ta młodsza, prawda? Masz na imię Nica?

Skinęłam, dziwiąc się, że zna moje imię. Nigdy wcześniej jej nie widziałam.

– Jestem Rusa, też mieszkam w Tbilisi – powiedziała, patrząc przy tym w niebo.

Miała słodki, miękko brzmiący głos, jakby zanurzony w sosie karmelowym.

– Napijesz się soku z winogron? – zapytała.

I nie czekając na odpowiedź, wróciła do stolika i z małej karafki nalała mi do szklanki ciemnoczerwonego soku.

Usiadłam naprzeciw niej na niskim stołeczku i odruchowo ustawiłam pionki tryktraka na pozycjach wyjściowych.

– Grasz w tryktraka? To gra raczej nie dla dzieci, prawda? – spytała i nagle, jakby się budząc, spojrzała na mnie z entuzjazmem. – No to co, zagramy partyjkę!? – I z zapałem zatarła ręce. – Kto cię nauczył grać? Dziadek?

Starała się, żeby pytanie zabrzmiało tak, jakby zadała je mimochodem.

– Nie, mój ojczym – odpowiedziałam podobnym tonem.

Zaczęłyśmy grać. Grała z wielkim zaangażowaniem. To mnie ujęło. Była bardzo skupiona. Rzucałyśmy kostką na wyścigi.

– Dlaczego pani tu siedzi, a nie idzie tam, do gości? – zapytałam w końcu, bo to pytanie nie dawało mi spokoju.

Wzruszyła ramionami.

– To nie jest moje towarzystwo. To przyjaciele ojca. Przyjechałam do domu tylko na tydzień. Właściwie powinnam przygotowywać się do egzaminów, bo niedługo skończę studia, ale dzisiaj jakoś nie mam ochoty na wkuwanie, nie mogę się skoncentrować. – Westchnęła.

– My też wyjechałyśmy na tydzień. Jutro jedziemy do Gagry.

– Wiem – odparła, kiwając głową, a ja znowu się zdziwiłam, skąd wie.

Ale z jakiegoś powodu wydawała mi się coraz sympatyczniejsza. Jej fizyczna kruchość była myląca, za słodką powierzchownością kryła się ogromna siła i energia, którą z jakiegoś niezgłębionego dla mnie powodu próbowała okiełznać. Poza tym była błyskotliwa, dowcipna i w trakcie gry wielokrotnie mnie rozśmieszyła. Świetnie parodiowała przybyłych gości, których większość znałam zresztą z ich wizyt u nas, w Zielonym Domu. Widać było, że jest doskonałą obserwatorką i ma talent aktorski.

– I znowu sknociliście sprawę. Czy nie umiecie choć raz zrobić tak jak trzeba!? Beze mnie byście przepadli, mówię wam! – Przyłączyłam się do niej i zaczęłam naśladować głos Kostii. – No i kim jestem!? – zawołałam z zapałem.

Twarz Rusy zasępiła się nagle, jej dłoń z kostką do gry zawisła w powietrzu.

– Dobrze go naśladujesz – powiedziała w końcu, raczej smutno niż z rozbawieniem, i mocno rzuciła kostką.

W tym momencie usłyszałyśmy kroki i za nami z ciemności wynurzył się dziadek. Był wyraźnie pobudzony winem i świeżym morskim powietrzem.

– A więc tu jesteś, Nico! Schowałaś się, a to niegrzecznie.

– To ja namówiłam ją na partyjkę tryktraka... Ja jestem winna – broniła mnie Rusa.

Kostii nie pozostało nic innego, jak skinąć głową.

– Tak, Nica oddałaby życie za tryktraka. Boję się, że pewnego dnia wynikną z tego problemy.

Zezłościło mnie, że powiedział coś takiego. I choć nie miałam takiego zamiaru, w tym momencie postanowiłam, że zostanę zawodowym graczem i będę go denerwować.

– Ale ona naprawdę świetnie gra! – zaprotestowała Rusa.

Nie lubiłam większości przyjaciół i znajomych Kostii. Wszyscy byli głośni, pozerscy, utrzymywali, że mają mnóstwo pracy, pili chętnie i dużo, a ich żony błyszczały od biżuterii jak choinki i przemawiały do nas, dzieci, jak do bezrozumnych dwulatków. Lecz Rusa była inna – młoda, świeża, pełna humoru, ciekawa świata. Nie zadawała głupich pytań: czy bardziej kochasz mamę czy tatę albo jaki przedmiot w szkole najbardziej lubisz, ani nie namawiała do tak poniżających rzeczy, jak recytowanie wierszyków czy robienie szpagatu. I z jakiegoś niejasnego jeszcze dla mnie samej powodu chciałam, żeby mnie polubiła.

Kostia obszedł stół, zbliżył się do Rusy i objął jej nagie plecy. Zesztywniała i spuściła oczy.

– No, to macie wspólne zajęcie na nadchodzący tydzień – powiedział i znowu znikł w ciemności.

W milczeniu podjęłyśmy grę. Zastanawiałam się nad ostatnim zdaniem Kostii.

– Ty też jedziesz do Gagry? – odważyłam się wreszcie zapytać.

Skinęła głową, unikając mojego wzroku.

– To jutro będziemy mogły grać nawet w aucie! – ucieszyłam się.

– Jadę pociągiem. A poza tym to tajemnica i nie możemy zdradzić się z nią przed innymi, rozumiesz? – powiedziała szeptem.

Wygrałam tę partię. Ale już nie sprawiło mi to radości.

Kitty się przeciągnęła. Od pewnego czasu bolały ją plecy. Zrobiła skłon w przód, pozwoliła swobodnie zwisać rękom, znowu się wyprostowała. W kieszeni kurtki wymacała klucze. Nagle zobaczyła jakąś postać idącą ku niej od drzwi jej domu.

Światło latarni było zbyt słabe, żeby mogła poznać, kto to. Widziała tylko, że to mężczyzna. Może któryś z sąsiadów, ale dlaczego czeka na nią przed drzwiami jej domu? I co to tam stoi na jej progu, czyżby walizka?

Zagorzały fan, który ją odnalazł? Niebezpieczny szaleniec? Przez chwilę zastanawiała się, czy nie zniknąć w ciemności, nie pobiec w kierunku jedynego tutaj pubu i nie zawiadomić policji. Znowu zrobiła krok w przód. Jej wzrok nie był już najlepszy. I nagle poczuła, że nogi ma jak z waty, po plecach przebiega dreszcz i pocą się jej dłonie. Może wyobraźnia płata jej figle i widzi ducha? Może czas wracać do Londynu, może za długo była sama ze swymi wspomnieniami?

Ale postać nadal ku niej szła, żywa i rzeczywista, i im dokładniej jej się przyglądała, tym więcej radości było w jej zdumieniu. Przyspieszyła kroku.

– Georgi!

Wykrzyknęła jego imię, a zaraz potem poczuła, jak oplatają ją jego ręce. To, co dobrze znane, istniało nawet bez jego głosu, bo nie wypowiedział jeszcze ani słowa, nie miał siły wymówić jej imienia. Wzięła go za rękę, właściwie na niego nie patrząc, i pociągnęła za sobą do mieszkania. Nie chciała tracić ani sekundy. Chciała poddać się radości.

– Wybacz mi, proszę, wybacz mi, Kitty, wybacz mi – powtarzał w kółko, ale nie chciała o nic pytać, na nic odpowiadać, chciała być tu i teraz, nie chciała wybiegać naprzód ani spoglądać w tył.

Pomogła mu zdjąć płaszcz i ciągle się do niego tuliła, całowała jego policzki, czoło, usta.

Na zewnątrz wzdłuż płotu szedł inny mężczyzna. Mężczyzna z wijącymi się lokami, który zatrzymał się na krótko, żeby odetchnąć, i rzucił w ich stronę ponure spojrzenie, a potem poszedł dalej, drogą w stronę plaży, nad morze. Aż po brzeg horyzontu i jeszcze dalej. W poszukiwaniu Wiednia. Kitty i Alania stali teraz jednak tam, gdzie nie mógł ich już widzieć, w ciemności zimnego przedpokoju, niby dwoje modlących się. Nie wypuszczali się z objęć. Kitty oparła swoje czoło o czoło Alanii i znieruchomiała.

– Nie jestem ciebie godny, Kitty. Wszystko zniszczyłem. Uciekłem. Uciekłem przed samym sobą. Jedynym dobrym czynem w moim życiu jesteś ty. We mnie płynie katowska krew...

Mówił tak, jakby długo ćwiczył te zdania. Brzmiało to jednak chaotycznie. Kitty nic z tego nie rozumiała, ale było jej wszystko jedno. Nigdy nie odważyłaby się pomyśleć, że ten zmęczony, smutny mężczyzna swym nieoczekiwanym pojawieniem się wyzwoli w niej tak wielką żądzę życia. Nie, nie chciała być starą kobietą, która chodzi nadmorską plażą na samotne spacery, chciała żyć, nawet za cenę otwarcia drzwi i wpuszczenia wszystkich duchów.

– Tylko znowu nie odejdź. Kocham cię – powiedziała, dziwiąc się tym słowom, które tak pozornie bez trudu wydostały się z jej ust.

On uwolnił się z jej objęć, przytrzymał ją za łokcie i przyglądał się jej w ciemności, jakby w jej twarzy szukał potwierdzenia usłyszanych słów. Jakby nigdy w życiu takich nie słyszał. Pocałował ją. Kitty była znowu w małym parku, gdzie stały zielone ławki, w mieście na południu, które kiedyś chciało być Niceą Kaukazu.

Dziwiła się sile jego ramion, drobnych ramion, którym tak często się przyglądała, żeby zapamiętać każdy fragment jego ciała, po latach bezcielesności, kiedy kontaktowali się z sobą tylko przez telefon.

On grał pierwsze skrzypce, a ona mu się poddawała. Przeszedł samego siebie. Ona za nim podążała. Tam, gdzie też mogła być inną istotą. Ale z jego dotknięciami wróciły pokoje w amerykańskich hotelach i wirująca wszędzie postać Fred Lieblich. „On to nie ona", pomyślała Kitty i pomogła mu zrzucić ubranie. Ile mógł mieć lat? Niecałe sześćdziesiąt? Ponad sześćdziesiąt? O Boże, czy naprawdę byli już w takim wieku? Czy naprawdę minęło tyle czasu między nią i chwilami spędzonymi w tamtym parku, między nią i Andrem, między nią i klasą w tamtej szkole? „Nie, nie, nie wracać do tego", pomyślała i przytuliła twarz do jego szyi.

Podłoga była zimna, ale Kitty podobała się ta młodzieńcza niefrasobliwość, zapamiętanie, odrzucenie wszelkiego rozsądku. Chciała zostać w przedpokoju, w tym wąskim, ciemnym przedpokoju, na zimnej podłodze. Najchętniej zaczęłaby śpiewać na cały głos. Kochał jak wygłodniały młody chłopak i ona też chciała go kochać jak młoda wygłodniała dziewczyna. Każdym dotknięciem chciała przechytrzyć czas, anulować rok, dwa lata, trzy, dziesięć i więcej, być tą Kitty, którą była, zanim duchy zaczęły dobijać się do jej drzwi. Chciała przywołać tamten czas, kiedy nie marzyła jeszcze o cofnięciu czasu, bo wszystko miała przed sobą. Również te możliwości, które tkwiły w tamtym krótkim spotkaniu, w beznadziejnej, pustej hali dworca. Zapomniała o bólach w krzyżu, zapomniała, że ma coraz gorszy wzrok, zapomniała o samotności.

Perspektywa bycia z tym mężczyzną, nie z blondynem o wijących się lokach, który rzeźbił anioły, nie w Wiedniu, lecz może w Londynie albo w Moskwie, była nęcąca, a zarazem nierealna. Gdyby to choć trochę było możliwe, choć trochę ułożyło się inaczej, czy Mariam zostałaby żoną jej brata? Czy Andro pozostałby przy życiu, a ona miała macicę? I dzieci? Jedno, dwoje, może nawet troje? Wtedy tylko dla siebie nuciłaby pod prysznicem i jej piosenek nigdy nie śpiewałyby tysiące ludzi, ale czy to byłoby takie straszne? Nie do wyobrażenia? Nigdy nie zobaczyć wszystkich tych miast, nie napisać wszystkich tych piosenek, nie spotkać... Fred?

Zamknęła oczy. Zobaczyła pochyloną nad sobą twarz Andra. Zamknęła oczy. Zobaczyła uśmiechającą się do niej Fred. Zamknęła oczy. Zobaczyła Mariam podtrzymującą jej głowę w rozświetlonej słońcem szopie. Zamknęła oczy. Zobaczyła blondynkę spoglądającą na nią promiennym wzrokiem w świetle gołej żarówki. Zamknęła oczy. Nie, nic się nie skończyło. Zobaczyła Georgiego Alanię obsypującego pocałunkami jej ciało. Objęła go z całej siły. Chciała zniknąć. Zmaleć, rozpłynąć się, stać się powietrzem.

Człowiek – tak jak i naród –
bez ideału jest niewidomy od urodzenia.

Maksym Gorki

Siedzieli na łóżku, kompletnie ubrani. Ona cicho jęknęła, drapiąc pomalowanymi na czerwono paznokciami jego plecy, on ukrył twarz w zagłębieniu jej szyi. Nie mogłam dojrzeć, co przy tym odczuwał. Nie wiedziałam, czy coś szeptał jej do ucha, czy jęknęła za sprawą jego ręki, która znikła pod jej sukienką. Otworzyła usta, otworzyła oczy, podniosła prawą rękę, jakby chciała go powstrzymać, ale zaraz potem rozmyśliła się i przyciągnęła do siebie jego głowę. Przywierając całą sobą do ściany, nie mogłam oderwać się od tego widoku. Wstrzymałam oddech.

W pokoju obok spała Daria. Zatrzymaliśmy się w obszernym domu jednego z kolegów z pracy Kostii – w przyjacielskim geście oddał mu dom do dyspozycji na cały tydzień urlopu. Zajmowaliśmy dwa piętra i mieliśmy widok na morze. Obudził mnie właśnie szum fal. Wstałam, by spojrzeć przez okno na morze, żeby się upewnić, że ono dalej tam jest.

Przez chwilę zastanawiałam się nawet, czy nie zbudzić Darii, ale była zbyt zmęczona zabawą na kamienistej plaży. Woda była jeszcze zbyt zimna, by się kąpać, ale brodziłyśmy przy brzegu, zbierając kamyki i muszelki, biegałyśmy po plaży, a po powrocie do domu śmiertelnie zmęczone padłyśmy na łóżka.

Kostia był tego dnia pogodny, pocałował mnie nawet w czoło. Byłam tak szczęśliwa, że chciałam na zawsze zostać na tej plaży. Z moją siostrą i dziadkiem, który potrafił być tak nieskomplikowany i wspaniałomyślny. I z tą dowcipną, uprzejmą Rusą, która mieszkała z nami w tym samym domu, która dla nas gotowała, pilnowała nas, kiedy Kostia załatwiał swoje sprawy zawodowe, i z którą tak namiętnie grałam w tryktraka.

Chociaż Daria patrzyła na nią podejrzliwie i wcale jej się nie uśmiechało konkurować z dorosłą kobietą o względy Kostii, ja byłam nią zachwycona i chciałam w niej mieć przyjaciółkę.

Rusa zajmowała pokój gościnny na poddaszu, Kostia pokój obok nas. Tej nocy chciałam pójść na balkon, spojrzeć na morze, ale gdy doszedł mnie lekki jęk, zamieniłam się w słuch. Był to piękny, wabiący głos Rusy. Po ciemku wróciłam do przedpokoju i podeszłam do pokoju Kostii, skąd dochodził ten głos. Drzwi były tylko lekko przymknięte, na komodzie obok łóżka stała mała nocna lampka. Widok, który zobaczyłam, sprawił, że zamarłam.

Poczułam wstyd. Wszystkiemu winne było morze. Bo to, co widziałam, nie było przeznaczone dla moich oczu. Czułam, że ten widok ma w sobie coś jednoznacznie zakazanego, choć nigdy niczego podobnego nie widziałam. Było to dziwne, nielogiczne: Kostia był o wiele za stary dla takiej młodej dziewczyny, był w ogóle za stary na coś takiego. Rusa zaś była na pewno za młoda, a może się myliłam? Teraz stałam sztywno, jakbym kij połknęła, zafascynowana zakazanym widokiem, i bałam się o nią. Władza, którą zdawał się mieć nad nią, budziła mój lęk. Jej wydanie się na jego pastwę miało dla mnie coś groźnego. Kiedy osunęła się na łóżko, oderwałam się od ściany i pobiegłam do swojej sypialni.

Kostia wyjechał autem wczesnym rankiem do Suchumi, a Daria, Rusa i ja szłyśmy wzdłuż plaży, brodząc w morzu.

Rusa zrobiła nam rano omlety i chleb z marmoladą. Potem popłynęłyśmy pontonem do oddalonych wysokich skał przybrzeżnych, gdzie zbierałyśmy muszelki i wdrapywałyśmy się na skalne ściany. Na obiad Rusa przyrządziła owoce morza w sosie pomidorowym. Ja nie mogłam się nasycić, ale Daria kręciła nosem. Kolorową kredą rysowałyśmy później na asfalcie przed domem różne widoki. Rusa przygotowała nam wesołe kapelusze z „Komsomolskiej Prawdy". Zajadałyśmy się ptasim mleczkiem, aż zrobiło nam się niedobrze. Rusa miała drobne kości i miękkie biodra. Pozwoliła, bym zaplotła jej warkocze. Lubiłam się taką, jaką widziałam się w jej spojrzeniu, gdy czesała mi włosy. To spojrzenie było czułe. Rozmawiałyśmy o książkach i zwierzałam się jej z mojego wybiegu okładania zakazanych książek w biały papier, by udawały niewinne lektury, a ona śmiała się i klaskała z podziwu. Opalałyśmy się, wieczorami chodziłyśmy razem z Kostią na pstrągi. Brał mnie wtedy na plecy. Byłam zachwycona. Kostia często się śmiał, kiedy coś opowiadałam. Nie znałam go takiego, nie wiedziałam, że w ogóle potrafi się śmiać.

Pragnęłam, żeby czas stanął w miejscu. Niechętnie myślałam o powrocie. Samo tylko wyobrażenie o czekającej mnie szkole wywoływało gęsią skórkę. Poza tym obawiałam się, że wraz z Rusą odpłynie dobry nastrój Kostii i jego cierpliwość do mnie. Próbowałam chwytać każdą chwilę i obserwowałam twarz Rusy, w której odbijała się świadomość rychłego rozdzielenia z Kostią.

Następnego wieczoru Kostia nie wrócił, jak obiecał, o siódmej. Mieliśmy zjeść razem kolację. Rusa zrobiła sznycle, bo Daria miała na nie apetyt. Rusa bardzo się starała, przygotowując kolację, włożyła nawet fartuch, który wisiał w kuchni. Odkorkowała wino. Nakryła starannie i gustownie stół, postawiła na nim wazon z kwiatami, umalowała się i we włosy wpięła kwiat.

Ale Kostia nie przyszedł. Zjadłyśmy szybko, po czym Darii zrobiło się niedobrze, więc Rusa musiała się nią zająć. Dała jej krople miętowe i położyła ją do łóżka. O dziesiątej, kiedy Daria zasnęła, a Kostii nadal nie było, Rusa zmyła z twarzy makijaż. Usiadła ze mną na balkonie. Zaproponowałam, byśmy zagrały partyjkę, ale nie miała ochoty. Wyciągnęła wino i popijała prosto z butelki.

– Na pewno jest zajęty. Zawsze ma dużo pracy. Niedługo przyjdzie – pocieszałam ją.

Mimo zawodu nie płakała. Przywołała mnie do siebie ruchem ręki i przytuliła.

– Jesteś wspaniałą dziewczynką, Nico. Twoja mama musi być z ciebie bardzo dumna – powiedziała i pocałowała mnie we włosy.

– Ty też jesteś wspaniała. I nie martw się z powodu Kostii.

– On się nigdy nie zmieni – mruknęła.

– Chcesz z nim być?

– Ach, Nico.

– Ale on jest o wiele za stary – rzekłam, mając szczerą nadzieję, że się zastanowi i przemyśli to, co ją z nim łączy.

Uważałam, że Kostia na nią nie zasługuje.

– Nie miałabym nic przeciwko temu, żeby było inaczej. Wierz mi, gdyby ktoś powiedział mi przed trzema laty, że będzie tak, jak jest, wyśmiałabym go. Moi rodzice...

– Twoi rodzice?

– Rodzice by mnie zabili, gdyby się dowiedzieli...

– Ale o niczym się nie dowiedzą. Ja nie puszczę pary z ust.

Próbowała się uśmiechnąć, lecz nie bardzo jej to wyszło. Piła wino jak sok i opowiadała mi swoje życie. W tym momencie poczułam się bardziej dorosła niż ona i przyniosłam jej wody, jak zawsze robiła Nana, kiedy Kostia pił za dużo.

Rusa opowiedziała o urodzinach swojego ojca, na których po raz pierwszy spotkała Kostię. Był szarmancki, inny niż wszyscy pozostali przyjaciele ojca, umiał się wczuć w nastrój rozmówcy. Potem przypadkowo spotkali się przed uniwersytetem. Już prawie go minęła, ale jednak się zatrzymała i pozwoliła się zaprosić na kawę. A później jego kierowca odwiózł ją do ciotki, u której mieszkała w Tbilisi. Długo stała jeszcze potem na podwórku. Wiedziała już, że chciałaby zobaczyć go znowu, chociaż czuła, że to niedorzeczny pomysł.

Zadzwoniła do niego do biura. Od tygodni nie mogła go sobie wybić z głowy. I tak to się toczyło ponad rok. Najgorzej znosiła konspirację, jak to nazwała. Ukrywanie się. Przemykanie, żeby nikt nie zauważył. Te sekretne miejsca, w których się spotykali. Te kłamstwa. A przede wszystkim fatalne przeczucie, że nie jest jedyną, z którą on się po cichu spotyka.

Język już zaczynał jej się plątać, robiła coraz dłuższe pauzy, ale pod koniec powiedziała jeszcze, dosyć przewrotnie, że chce zostać sędzią, a tymczasem sama wyrządza sobie taką niesprawiedliwość.

Rozpaczliwie zastanawiałam się nad tym, co usłyszałam, chcąc ją jakoś pocieszyć. Przyszło mi nawet do głowy, czy by nie poznać jej z Dawidem, byłby to dla niej ktoś o wiele ciekawszy, tak mi się w każdym razie wtedy wydawało, miałabym ich oboje zawsze koło siebie i wszyscy bylibyśmy szczęśliwi...

Dawno minęła już północ, a Kostii ciągle nie było. Poszłam z nią na górę do pokoju, bo lekko chwiała się na nogach, i pomogłam jej się rozebrać. Padła na łóżko w bieliźnie i natychmiast zasnęła. Wyszłam. Postanowiłam zebrać się na odwagę, zaczekać na Kostię i wytłumaczyć mu, jak bardzo Rusa go kocha i jakie to ważne, żeby już nigdy nie musiała na niego czekać. Lecz po chwili usłyszałam szum wody w łazience. Przypomniałam sobie, że matka zawsze pukała do drzwi, kiedy Aleko zamykał się w łazience pijany, i zrobiłam to samo. Czułam się odpowiedzialna za domowników, przynajmniej do chwili, kiedy nie wróci Kostia. Zapukałam delikatnie, ostrożnie, ale nie usłyszałam odpowiedzi, więc naparłam całym ciałem na drzwi, a one się otwarły, bo nie były zamknięte.

Rusa siedziała na podłodze, na kolanach trzymała wiadro z wodą, a w nim obie ręce. Woda w wiadrze była pełna krwi. Nie było wanny, więc zrobiła to tak. Miała zamknięte oczy. Nie wiedziałam, co się robi, kiedy ktoś podciął sobie żyły, nie wiedziałam, czy to źle, że miała poprzeczne, nie podłużne cięcia, ale rzuciłam się na nią, przewracając przy tym wiadro. Krwawa woda zafarbowała podłogę na czerwono. Potrząsałam nią, błagałam, żeby na mnie popatrzyła. Oddychała ciężko. Nie wiedziałam, pod jaki numer zatelefonować i czy w tym domu jest w ogóle telefon. Położyłam Rusę na podłodze, nie wydała z siebie żadnego jęku. Próbowałam się skupić. Lekcje biologii, rozmowy z Dawidem. Konieczna wiedza. Przypomniałam sobie, że przy głębokich cięciach trzeba koniecznie zatamować krwawienie. Chwyciłam ręczniki i jeszcze ścierkę do podłogi i obwiązałam jej ręce, zaciskając na nich mocny węzeł. Zastanawiałam się przez chwilę, czy nie zbudzić Darii, ale porzuciłam tę myśl. Daria panicznie bała się krwi. Potem zbiegłam schodami w dół w poszukiwaniu telefonu i w tym momencie dostrzegłam światła reflektorów samochodu, omiatające cały ogród.

Wybiegłam przed dom.

– Dziadku, dziadku! – krzyczałam, biegnąc w stronę samochodu. Chciałam nim potrząsnąć, widząc, że marszczy czoło i chce zapytać, dlaczego jeszcze nie śpię, ale uprzedziłam jego pytania, chwyciłam za rękę i popędziłam z nim na górę.

Kostia kilkakrotnie uderzył ją w twarz, potem chwycił na ręce i przeniósł do samochodu. Drżał. Mówił, żebym nie budziła Darii, mówił, że mam tu zostać, mówił, że wszystko będzie dobrze, ale ja krzyczałam, powtarzając, że chcę z nimi jechać, nie zostawię Rusy samej. Kostia nie miał czasu i siły, by ze mną dyskutować, i zgodził się, żebym usiadła na tylnym siedzeniu, podtrzymywała jej głowę, podczas gdy on prowadził i klnąc, ścigał się z czasem.

W szpitalu otoczyli nas ludzie w kitlach. Położono ją na nosze i powieziono w głąb szpitala. Kostia i ja zostaliśmy w pustej poczekalni, oświetlonej zimnym światłem. Kostia schował twarz w dłoniach i siedział, milcząc. Chodziłam tam i z powrotem, łykając łzy. Potem zmęczona usiadłam koło niego.

– Byłaś bardzo dzielna, Nico – powiedział, nie patrząc w moją stronę. – Bardzo odważna. Ona straciła mnóstwo krwi, ale lekarze potrafią jej pomóc. To niewybaczalne, że zostawiłem cię samą. To nie powinno było spaść na ciebie.

W dalszym ciągu na mnie nie patrzył. Ukrył twarz w dłoniach.

– Ona chciałaby, żebyś z nią był.

Zatkało go. Odwrócił się w moim kierunku.

– Tak ci powiedziała?

– Tak.

– Jest jeszcze bardzo młoda i bardzo... uczuciowa.

– To jednak nie w porządku.

– Co jest nie w porządku?

– Że kazałeś jej czekać. Czy to prawda, że oprócz niej masz jeszcze inne przyjaciółki?

– To też ci powiedziała?

– Tak.

– Ja... Nie, ja tylko... musiałem pracować.

– Tak długo?

Nie wiedział, co począć z moimi pytaniami. Chciał mnie pocieszać, chciał grać rolę dobrego dziadka, ale nie chciał przepytywania. Nie był na to przygotowany. (Kostia Jaszi tak kierował swoim dorosłym życiem, że nigdy nikomu z niczego się nie tłumaczył – prawdopodobnie od chwili, gdy skoczył do wody, ogarnięty rozpaczą po utracie kobiety, której śmierć nie dawała mu spokoju).

– Inni często cierpią z twojego powodu.

Sama nie wiedziałam, dlaczego mu to mówiłam. Nie zastanawiałam się. Zwykle się zastanawiałam, zanim coś powiedziałam. Załkałam. Byłam wykończona. Chciałam, żeby Rusa żyła, żeby zdała egzaminy i została sędzią. Chciałam, żeby zagrała jeszcze ze mną w tryktraka.

Kostia przyciągnął mnie do siebie. Nie potrafiłam się do niego przytulić, byłam zbyt spięta. Chciałam mu zadać tyle pytań.

I tyle rzeczy budziło mój lęk. Wiedziałam, że bliskość, jaka zawiązała się między nami w ostatnich dniach, nie była trwała.

– Tak uważasz? – zapytał ostrożnie.

– Tak, mama też cierpi. Często przez ciebie płacze. I Stazja, choć nic nie mówi. Ja też.

Spojrzał na mnie, a ja nie wiedziałam, czy był przerażony, czy po prostu jedynie zdumiony. Było mi wszystko jedno, czy będzie mnie lubił. Chciałam tylko, żeby ona żyła.

– Kocham twoją matkę – powiedział nieoczekiwanie i odchylił się na krześle do tyłu.

W szpitalnym holu przed małym telewizorem tłoczyli się sanitariusze i pielęgniarki. Robili wrażenie podekscytowanych. Jedna z pielęgniarek gotowała wodę na kawę w zwykłym czajniku elektrycznym, z głową skierowaną w stronę telewizora.

– Pewne sprawy układają się inaczej, niżby się chciało.

Czekałam, że powie coś jeszcze, ale on wstał i poszedł w kierunku ludzi tłoczących się przed ekranem. Stanął tam bez ruchu i też zaczął się gapić.

Jak mógł teraz oglądać telewizję! Nawet gdyby pokazywali relację z końca świata, jak mógł się ode mnie oddalić, urywając rozmowę w połowie! Zostawiając mnie bez odpowiedzi, nie okazując szczerości, która była niezbędna, żeby Rusa mogła żyć.

Skinął na mnie. Zawahałam się. Wolnym krokiem podeszłam do telewizora. Zmarł I sekretarz KC ZSRR Czernienko. Nie było to coś, co mnie poruszyło. Było mi całkowicie obojętne, czy towarzysz Czernienko żył, czy umarł, chciałam tylko, żeby żyła Rusa.

Opuściłam wzrok i zaczęłam się przyglądać swoim sandałom i brudnym kafelkom na podłodze. To miejsce wpędzało mnie w depresję. Taki piękny, mądry człowiek jak Rusa nie może umrzeć w takim miejscu!

Czernienko umarł. Rusa przeżyła, lecz w niej również coś umarło.

Wracaliśmy do domu z Kostią wczesnym rankiem. Milczeliśmy. Jechaliśmy wzdłuż morza. Wstawał dzień. Niecałe dziesięć lat później to miasto miało zostać zniszczone przez czołgi, bomby, tysiące pocisków i ogień, ale tego jeszcze wtedy na szczęście nie wiedziałam.

Kiedy przyjechaliśmy na miejsce, Daria jeszcze spała i o niczym, co się wydarzyło, nie miała pojęcia.

Tej nocy zrozumiałam, że głowy państw są zawsze ważniejsze niż inni ludzie.

Zrozumiałam, że duchy to niekoniecznie umarli.

Zrozumiałam, że morze nie zabiera niczego, co nie zostało wcześniej oczyszczone.

Zrozumiałam, że miłość, choćby najszczersza i pełna nadziei, może się skończyć w beznadziejnym szpitalu.

Związek Radziecki zakończył swój żywot po siedemdziesięciu latach istnienia, zżarty od wewnątrz, zużywszy całą swoją energię i zasoby. Udławił się sobą, ale jeszcze nie potrafił siebie zwymiotować. Był potrzebny nowy szef partii, który – jako pięćdziesięcioczterolatek – był istnym żółtodziobem i który – wbrew wszelkim oczekiwaniom – rzeczywiście w 1985 roku objął jej przywództwo; towarzysz Gorbaczow odziedziczył świat „socjalistycznego pokoju", obejmujący trzydzieści cztery procent ludności świata. Aby mógł krzewić ten pokój, razem ze swym stanowiskiem otrzymał wojny w Angoli, Mozambiku, Etiopii, Nikaragui, Salwadorze i Afganistanie.

Tej marcowej nocy w 1985 roku, kiedy umarł Czernienko, a przeżyła Rusa, błyskawicznie dorosłam.

Był zamek:
Różowoczerwony jak zorze zimowego poranka,
Wielki jak świat, stary jak wiatr.
Byłyśmy córkami jednego cara prawie,
Niemal carskimi córkami.

Marina Cwietajewa

Georgi Alania miał do dyspozycji dokładnie dwa dni, które mógł spędzić z Kitty, nie narażając się na kłopoty. W ostatnich latach pracował dla ministerstwa jako opiekun grup sportowców i ludzi sztuki wyjeżdżających za granicę. Z tego powodu co kilka miesięcy towarzyszył kozackim chórom, zespołom baletowym albo młodocianym szachistom. Podlegał teraz bezpośrednio centrali na Łubiance.

Tym razem przyjechał do Londynu jako opiekun zespołu z moskiewskiego Pałacu Młodzieży, uczestniczącego w międzynarodowym konkursie gimnastycznym. Tego, że kiedyś jeszcze zostanie wysłany do Londynu, po tym jak złożył prośbę o przeniesienie go stamtąd do kraju, zupełnie się nie spodziewał. W ostatnich latach marzył o Londynie niemal maniakalnie, przeklinając się, że haniebnie porzucił swoją jedyną przyjaciółkę, jedyną kobietę, której nie płacił za pocałunki.

Podejmując tamtą decyzję, poszedł za impulsem, uległ ponuremu nastrojowi, w jaki popadł po spotkaniu z Kristine. Uciekał niemal na oślep. Uważał, że w ten sposób ochroni Kitty. Po kilku miesiącach pracy w Moskwie opadły go jednak wątpliwości, czy słusznie uczynił, wracając do kraju, i doszedł do wniosku, że popełnił straszliwy błąd: zniszczył jedyny jasny punkt swojego życia.

Poza tym Alania zdążył się już odzwyczaić od życia w socjalizmie. Surowa kontrola we wszystkich dziedzinach, ciągła podejrzliwość, nastrój zniechęcenia wśród kolegów z pracy, smutek codzienności, to wszystko szybko zaczęło mu doskwierać. Znowu dał o sobie znać choleryczny rys jego charakteru, który bez trudu Kitty Jaszi wybaczała. Wśród współpracowników tracił sympatię. Chodził podminowany, niezadowolony. Okazje nawiązania bliższych osobistych kontaktów, zbliżenia do kolegów, lekceważył. Jeśli już wcześniej był z natury outsiderem, to teraz otwarcie to demonstrował, podkreślał każdym słowem i gestem.

Najgorsza była tęsknota. Nagłe pragnienie, nachodzące go tak często i nieoczekiwanie, żeby stanąć w drzwiach mieszkania Kitty. Jego pragnienia nie chciały zaakceptować rzeczywistości. Bolały wspomnienia tamtych chwil, gdy czekał niecierpliwie na spotkanie z Kitty. Te wspomnienia wracały i brały go w swe posiadanie tak jak marzenia, które krążyły zawsze wokół niej i budziły go nocą. Żeby się od nich uwolnić, Alania wrócił do czegoś, czego nie tykał od czasu swej młodości – do alkoholu. Najpierw pił wino, w małych ilościach, potem mocniejsze trunki. Zdarzało się, że następnego ranka nie pamiętał już, jak zasnął, bo budził się w dziwnych miejscach: w łazience, na dywanie w pokoju albo nawet na małym balkonie, na którym zazwyczaj wieszał tylko pranie.

I może udałoby mu się zapić na śmierć, unicestwić na zawsze wspomnienia Kitty i Londynu, myśli na temat ojca i wszelkie nadzieje, które niosły z sobą sam ból, gdyby przełożeni nie zaproponowali mu wyjazdu do Londynu.

Radość Kitty, serdeczne przywitanie, dotknięcia i bliskość, ta niewyobrażalna bliskość, którą mu ofiarowała, kiedy ją odnalazł! Był oszołomiony jej wybuchem radości, gdy go zobaczyła.

Nawet gdyby nie padli sobie w ramiona, nie oddali się sobie z takim zapamiętaniem, nie całowali się i nie dotykali tak namiętnie, to wspomnienie tego spotkania wystarczyłoby mu na całe życie i nigdy już by się nie skarżył, niczego nie oczekiwał. Przebaczyła mu, zanim jeszcze poprosił ją o wybaczenie, i to szczęście było większe, niż mógł sobie wyobrazić. Nie oczekiwała nawet żadnych wyjaśnień i usprawiedliwień z jego strony.

Kiedy jednak następnego ranka chciał jej opowiedzieć, co działo się w tym długim czasie, kiedy nie mieli z sobą kontaktu, przerwała mu. Zna go, ufa mu i zakłada, że miał poważne powody, by postąpić tak, jak postąpił, ale nie musi znać przyczyn, teraz to nieważne. Chce rozkoszować się chwilą, która trwa, tym krótkim czasem, jaki im jeszcze pozostał, i nie chce ani wybiegać w przyszłość, ani spoglądać za siebie.

Również ponowna próba rozmowy na ten temat podczas długiego spaceru brzegiem morza spaliła na panewce. Nie chciała nic wiedzieć. Nie chciała, by opowiadał. Wzięła jego rękę w swoją i pociągnęła go za sobą przez mokry piasek.

Wieczorem przed odjazdem do Londynu powiedział jej, że zawdzięcza jej największe szczęście swego życia. Że bał się swego życia w Moskwie. Że to ona jest najważniejsza w jego życiu przez wszystkie te lata, od chwili, kiedy po raz pierwszy spotkali się na pustym, prowincjonalnym dworcu. Ale i na to wyznanie nie zareagowała tak, jak się spodziewał. Nalała mu whisky i nie dała po sobie poznać, czy jego słowa ucieszyły ją, czy też były niepotrzebne. Spojrzała na niego, jakby mówił jej o czymś banalnym.

A on nie rozumiał, jak to może być, że jednej nocy dała mu tyle dowodów miłości, a drugiego dnia nie chciała nic o tej miłości wiedzieć ani słyszeć. Czyżby po czasie się zreflektowała lub przeraziło ją własne zachowanie? Ale ostatecznie czego oczekiwał, czy to nie było i tak o wiele więcej, niż się spodziewał?

Jego całe życie zmierzało do tego, żeby tu przyjechał i powiedział jej to wszystko, co miał do powiedzenia, żeby zapomniał o wszystkim innym, żeby na powrót odnaleźli drogę do siebie, nieważne, jak to nazwać, jakie dać temu imię, żeby wypędzili z siebie swoje demony i mogli zaparzać sobie świeżą herbatę i chodzić na spacery. A może nie było dla niego nowego początku?

Zanim poszli spać – pragnął, żeby mu zaproponowała, że będą spali razem, u niej, lecz się tego nie doczekał – ostrożnie pocałowała go w usta, a wtedy zdobył się na odwagę, ujął ją za rękę i zmusił, żeby na niego popatrzyła. Potem powiedział, że będzie szukał sposobu, żeby na zawsze do niej wrócić. Uśmiechnęła się, ale ten uśmiech był blady. Jakby z musu pogłaskała go dłonią po policzku.

– Teraz idź spać, Georgi – powiedziała.

– Powiedz, co się z tobą dzieje? Nie chcę spać. Nie chcę tracić ani minuty. Rozmawiaj ze mną. Chcę cię słuchać. Jeśli ty nie chcesz mnie wysłuchać, proszę, pozwól, żebym przynajmniej ja wysłuchał ciebie – błagał.

– Nie trzeba słów, Georgi. I tak jest dobrze. Po prostu nie mamy o czym mówić.

– Ależ oczywiście, że mamy. Jest tyle spraw, o których powinniśmy porozmawiać, że kręci mi się w głowie, kiedy o tym myślę. Jest mi obojętne, czy zostanę aresztowany, czy uwolniony, nie istnieje nic, o co miałbym się jeszcze martwić. Jestem siebie pewien jak nigdy dotąd.

– Co konkretnie powinniśmy omówić? Tak, wcześniej chwytałam się iluzji, że słowa mogą coś zmienić. Że kiedy wszystko zostanie powiedziane, będzie łatwiej, ale to było złudzenie. Stałeś mi się niezbędny nie dlatego, że ocaliłeś mi życie, lecz dlatego, że wiedziałeś o mnie wszystko, a mimo to zostałeś przy mnie. Że z każdą rozmową telefoniczną, każdym słowem, każdą formą pomocy trochę więcej mi przebaczałeś. I to dopiero sprawiło, że stało się możliwe życie oraz to wszystko, co się wydarzało: droga, którą szłam, moje piosenki, spotkania, podróże, szczęście, tak, ono też. Nawet szczęście z innymi ludźmi. Ale morderczyni pozostaje morderczynią, Georgi. Obojętne, jak często będę śpiewać coś przeciwnego temu stwierdzeniu, obojętne, ile wypowiem słów, obojętne, ile doznam szczęścia, tamtego nigdy nie zapomnę. Przeciwnie, z każdym rokiem wspomnienie tego strasznego faktu staje się dotkliwsze. Wątpliwości, pogarda są coraz większe i zaczynam pojmować, że tak musi być. I godzę się z tym. Tak jest lepiej. Już się nie boję. Bo w ten sposób mogę przynajmniej zachować to, co dobre, a było tyle dobra, tyle cudownych zdarzeń na mojej drodze... W ten sposób nie miesza się przynajmniej to wszystko, co piękne, z tym, co straszne. W ten sposób nie muszę sobie zarzucać, że nie zasłużyłam na to wszystko: na szczęście, na tych ludzi, na te wspaniałe możliwości. Potrafię to zaakceptować.

Jej słowa zdumiały go tak, że potrzebował kilku minut, zanim zdołał odpowiedzieć. Myśli się kłębiły. Miał uczucie, że świat stanął na głowie.

– Kitty, zaczekaj, co ty mówisz? Nie wolno ci tak myśleć! Nie jesteś przecież żadną... – To słowo nie chciało mu przejść przez usta. – Nikogo nie zabiłaś. Nie mogłem z tobą porozmawiać, musiałem uciec, bo jestem człowiekiem, który...

Ale ona mu przerwała.

– Wiem, kim jesteś. Wiem, co mogłeś zrobić. Wiem, jaka była cena za to, że zostawiłeś mnie przy życiu. Nie jestem ślepa, Georgi. I wiem też, że tylko morderca może przebaczyć innemu mordercy. Albo umarły. Poza tym nikt. Wiem to, Georgi.

Skąd jej to przyszło do głowy? Skąd ta fatalistyczna ostateczność wniosków? Jak mogła myśleć w ten sposób? Ona, ta jasna, ta najlepsza, ta uwielbiana i czczona przez tysiące, ta skromna i najbardziej empatyczna, ta, którą uwielbiał przez całe swoje życie! Zimny pot spłynął mu po plecach. Chciał pochwycić ją i przytrzymać z taką samą siłą, z jaką ona przytuliła go w pierwszych sekundach ich spotkania po latach, wybić jej z głowy wszystkie ponure myśli i lęki, ale był jak sparaliżowany. Przytrzymywał ją jeszcze za łokcie, lecz jego uchwyt słabł. Jej słowa, opanowanie i jej lodowaty spokój sprawiły, że wewnętrznie skamieniał.

Puścił jej ręce i objął ją ramionami. Nie próbowała mu się wyśliznąć. Położyła mu głowę na ramieniu. Znieruchomieli.

– Wrócę do ciebie. Już na zawsze – powiedział cicho.

– To niemożliwe.

– Wiesz, że potrafię sprawić, by niemożliwe stało się możliwe – odparł, starając się nadać głosowi żartobliwy ton.

– Tak, to prawda.

– Nie możesz myśleć tak, jak mi to mówiłaś.

Te słowa wydały mu się śmieszne, bezsilne, ale nie umiał powiedzieć tego inaczej.

– Nie martw się. Powiedziałam przecież, że dobrze mi się wiedzie. Ja naprawdę mam wspaniałe życie, Georgi.

– Wyświadcz mi uprzejmość, Kitty, proszę – powiedział o świcie, zanim wyszedł z jej mieszkania.

– Dla ciebie zrobię wszystko, co w mojej mocy, wiesz o tym.

Tego ranka znowu sprawiała wrażenie niezwykle radosnej.

– Nie zapomnij słów, które mi powiedziałaś, Kitty. Nie zrób niczego, co mogłoby je przekreślić. Zachowaj je dla mnie. Bo będę się ich trzymał. Ty kochasz wielu, ciebie kocha wielu, ale ja mam tylko ciebie.

Zdziwiło go, jak łatwo mu przyszło wypowiedzieć te słowa, tę prośbę, która była dla niego tak oczywista, logiczna.

Uśmiechnęła się tylko i skinęła głową.

To dziwne, ale od rana miała jakieś przeczucie. Jak gdyby się spodziewała, że ten dzień przyniesie coś zaskakującego, mocnego. Zeszła na dół do kiosku po gazetę i wróciła na górę. Trudno jej było przyzwyczaić się do nerwowego londyńskiego życia. Brakowało jej ciszy panującej w Seven Sisters, odosobnienia tamtego miejsca. Poprosiła Amy, żeby dała jej kilka dni, by mogła przywyknąć do Londynu, zanim zacznie myśleć o nagraniach w studiu.

W prasie przeczytała, że pierwszym sekretarzem radzieckiej partii komunistycznej został Michaił Gorbaczow. Wiadomość, która wzbudziła ogólne poruszenie, jej nie obeszła zupełnie. Ona wiedziała, że tacy jak on przychodzą i odchodzą, i nic się nie zmienia. Odłożyła gazetę i usiadła na balkonie, wśród kwiatów.

Amy namawiała ją często, żeby kupiła sobie większe mieszkanie albo dom w Londynie, przecież miała na to pieniądze. Ale po co? Dlaczego wymieniać mieszkanie, z którym łączą się piękne wspomnienia, na nowe, puste, które od nowa trzeba zapełniać życiem?

Kiedy zadzwonił dzwonek u drzwi, wiedziała, że jej przedpołudniowe przeczucie miało swoją przyczynę.

– Mam atelier! I znów pracuję. Prowadzę nawet kurs rysunku, wyobrażasz sobie? – oznajmiła od progu rudowłosa.

Kitty od razu rzuciło się w oczy, że Fred zrobiła sobie nowe zęby. Była wprawdzie tak samo chuda jak wcześniej, ale jej skóra miała zdrowy odcień, a rude włosy, w których widać było pojedyncze siwe kosmyki, znowu lśniły.

Kitty nie zaprosiła jej do środka, Fred zresztą na to nie liczyła.

– Niedługo mam wystawę i chciałabym, żebyś przyszła na wernisaż. – A potem dodała cicho: – Może zaśpiewałabyś dla mnie kilka piosenek?

– A powinnam?

– Ja już nie biorę – powiedziała Fred, tak jakby piosenki Kitty miały być za to nagrodą.

– Jestem za stara, żeby zaczynać od nowa – rzekła Kitty, nie wiedząc dlaczego.

– Nie wierzę w nowy początek, zapomniałaś już? Ale wierzę w ciebie i w twoje piosenki.

Uśmiechnęła się. Jej kocie oczy błyszczały. Tak, znowu miała w sobie życie. Wyszła z nałogu, a teraz stała przed nią, prosząc, żeby dla niej zaśpiewała, by uczcić zwycięstwo. A może powinna zaśpiewać. Opiewać życie takie, jakie jest. Życie pełne morderców, klas zmienionych w izby tortur, pełne kłamców i oszukanych, pełne słów pozbawionych sensu, pełne cudów i uśmiechów losu, pocałunków i wstrętu.

„Ach, do diabła – pomyślała Kitty. – Może Fred ma rację, gdy powtarza, że serce to nie pokój, który można zamknąć od środka".

– Zastanowię się – powiedziała Kitty i zanim zamknęła drzwi, uśmiech rozjaśnił jej twarz.

Trzy dni później Kitty Jaszi zobaczyła Andra Eristawiego. Jechała taksówką na wywiad do centrum miasta i kiedy spojrzała przez szybę samochodu, Andro pojawił się z porażającą wyrazistością i żywotnością po drugiej stronie ulicy. Kitty krzyknęła, taksówkarz się zatrzymał. Kitty wyskoczyła z auta i przebiegła przez ulicę na drugą stronę, nie patrząc w prawo ani w lewo. Ale Andra już nie było, a ona wiedziała, że szukanie go nie ma sensu. Kiedy nadejdzie pora, przyjdzie znowu, tego była pewna.

– Przepraszam. Nie chcę przeszkadzać, ale...

Starszy mężczyzna w sztruksowych spodniach i koszuli w kwiatki zatrzymał na ulicy mnie i Darię. Wracałyśmy ze szkoły, Daria miała zaraz wsiadać do trolejbusu, żeby pojechać na zajęcia z akrobatyki, a ja szłam do metra, bo byłam umówiona z Dawidem. W tym momencie ten starszy mężczyzna w sztruksowych spodniach, który, jak sądziłyśmy, chciał podziwiać różnokolorowe oczy Darii, był nam najmniej potrzebny.

– Przykro mi, ale się spieszymy – przerwałam mu.

– Tylko dwie minutki, proszę. Jestem scenarzystą. Pracuję dla Kote Lacabidzego. On zamierza nakręcić nowy film i szuka odtwórczyni pewnej roli... Przyjdź jutro na rozmowę do studia – zwrócił się do Darii i wcisnął jej w rękę kartkę wyrwaną z notesu, na której coś zapisał. – Byłabyś dokładnie tą, której poszukuje reżyser! – rzucił na pożegnanie.

Stałyśmy, patrząc na tę kartkę. Kote Lacabidze był znany, Aleko i jego przyjaciele często wymawiali jego nazwisko. Uchodził za obiecującego reżysera, nakręcił dwa filmy krótkometrażowe i jeden fabularny. Ten ostatni wywołał dyskusję, ponieważ udało mu się obejść cenzurę i film zyskał uznanie za granicą. Nie znałyśmy jego filmów.

Oczy Darii błyszczały z ciekawości, lecz ja byłam nieufna. Jakiś gość zaczepia nas na ulicy, choć aktorek w kraju chyba nie brakuje! Daria wzruszyła tylko ramionami i wrzuciła kartkę z adresem do tornistra. Trudno było wyczuć, czy propozycja zrobiła na niej wrażenie czy nie. Na przystanku zapytałam ją o to, ale znowu wzruszyła ramionami. Nie drążyłam już.

Następnego ranka, kiedy przyjechał kierowca Kostii, żeby odwieźć nas po szkole do domu, a Darii nie było, pomyślałam, że najwyraźniej poszła, nie mówiąc nic nikomu, na rozmowę z reżyserem.

Oczywiście nie zdradziłam się z tym w domu, wymyśliłam za to naprędce historyjkę o tym, że poszła do koleżanki wkuwać przed klasówką.

Potem Daria zadzwoniła do dziadka, mówiąc, że zrobiło się późno i że przenocuje u Elene i Aleka. Wszyscy w domu odczuliśmy zwarzony humor Kostii. Daria weszła w okres dojrzewania, pod bluzką zaczynały jej się rysować małe piersi i Kostia pilnował jej ze zdwojoną czujnością. W końcu nie było tajemnicą, że podkochiwała się w niej prawie cała męska część szkoły. Po telefonie Darii miałam już pewność, że moja siostra poszła na spotkanie do studia. Następnego dnia przydybałam ją w szkolnej łazience i zażądałam od niej informacji.

– Kryłam cię, więc mam prawo wiedzieć, co się dzieje – syknęłam.

– Masz rację. A więc byłam tam i wyobraź sobie, kazali mi przyjść jeszcze raz, dziś po południu. Lacabidze też tam był i cały czas się do mnie uśmiechał. Ale tym razem chcą, żebym przyszła z którymś z rodziców.

Spojrzała na mnie wyczekująco. Teraz też nie mogłam się zorientować, czy ta sprawa naprawdę ją ekscytuje, czy też powoduje nią tylko ciekawość, co z tego może wyniknąć. Nie zdradzała wcześniej żadnych ambicji aktorskich. To, co tkwiło w mojej siostrze, było jedną wielką niespodzianką.

– I co tam właściwie masz robić? – zapytałam.

– Przeczytać tekst. Patrzeć do kamery i coś sobie wyobrażać.

– Co sobie wyobrażać?

– Że mój przyjaciel został aresztowany.

– O czym jest ten film?

– O takim jednym typku, który chce kręcić film o czymś zabronionym. Jakaś polityczna sprawa.

– Aha. A co na to mama?

– Nie wie, co o tym myśleć, i chce pójść najpierw sama, beze mnie, i przekonać się, o co chodzi. Ale ten reżyser to geniusz, tak mówią wszyscy, a Aleko powiedział, że taka szansa więcej się nie powtórzy.

– A Kostia?

– Co Kostia?

Na podwórzu szkolnym przeraźliwie zadźwięczał dzwonek i Daria ruszyła do drzwi.

– Nie udawaj głupiej! „Co Kostia"! – przedrzeźniałam ją.

– O Boże, nie popsuj mi teraz zabawy, jakoś to z nim załatwię. Będę nosić świetne rzeczy, zrobią mi makijaż, pięknie mnie oświetlą, dostanę swoją własną garderobę. I nawet mam się całować z jakimś chłopakiem. – Zachichotała, wyobrażając już sobie zielone z zazdrości twarze koleżanek.

Po szkole pojechałam do matki. Elene była zdenerwowana, tak samo jak Aleko. Nie chciała ryzykować konfliktu ze swoim ojcem, a Aleko próbował ją przekonać, by dała jednak Darii szansę zagrania w tym filmie.

W końcu oboje pojechali do studia. Mnie też opanowała dziwna nerwowość i niecierpliwie czekałam na ich powrót.

Lacabidze wyjaśnił naszej matce, że chodzi o film, którego akcja rozgrywa się w tbiliskim instytucie filmowym. Film zawiera elementy krytyki systemu, podane jednak w taki sposób, że cenzura przepuściła scenariusz. Lacabidze przyznał, że zainspirował go student wydziału filmowego sprzed kilku lat, który nakręcił jakiś film, potem zniknął i umarł w więzieniu za swoją ideę. Student ów stał się idolem. Scenariusz jest dosyć odległy od rzeczywistej historii, jednak ludzie będą umieli odczytać zawarte w nim wskazówki i zrozumieć, o co w nim naprawdę chodzi. Oficjalnie film opowiada historię twórcy filmowego, który przechodzi kryzys twórczy. Ważna rola przypada tu rodzinie owego twórcy, jego przyjaciołom oraz jego muzie. W tej właśnie roli widzi Darię.

Elene zmartwiała.

– Mówi pan o Micheilu Eristawim?

Lacabidze kiwnął głową.

– Tak. Zna pani tę historię? Całe Tbilisi o tym mówiło. Jednak nikt wtedy nie protestował. Tacy widocznie jesteśmy, w połowie komuniści, w połowie konformiści.

– Ale dlaczego akurat moja córka? Czemu nie jakaś aktorka? Daria jest zbyt młoda i zupełnie niedoświadczona – mówiła Elene, próbując nad sobą zapanować.

– Proszę mi wierzyć, obejrzałem wiele aktorek, jeździliśmy po wielu miastach, szukając talentów. We wszystkich głównych rolach obsadziłem oczywiście profesjonalistów. – Tu wymienił kilka znanych nazwisk. – Ale do roli Anny potrzebuję kogoś szczególnego. Młodej kobiety, która będzie jakby nie z tego świata. Zwrócił na nią uwagę mój kolega. Nie dowierzałem, gdy mi powiedział, że na jej widok osłupieję, lecz kiedy weszła, wszyscy w studiu zrozumieli od razu, że to ta, której szukaliśmy. Po dwóch godzinach wspólnej pracy mogę pani powiedzieć, że jest nie tylko piękna, ale też bardzo zdolna. Niezwykle fotogeniczna.

Przekonywał Elene, zapewniając, że sceny z Darią będą kręcone podczas ferii zimowych i że nad Darią zawsze będzie czuwała specjalna opiekunka.

– Dobrze przygotujemy pani córkę, ćwiczę z nią tekst, pani nie będzie musiała w nic się włączać. Sam mam córkę w jej wieku i wiem, jakie potrafią być młode dziewczęta: potrzebują wiele uwagi.

Elene zamilkła, ugięły się pod nią kolana. Gdy wyszła z Alekiem ze studia, musiała usiąść na ławce. Aleko patrzył na Elene poirytowany. Lecz ona tylko kręciła głową i zasłaniała dłonią usta, jakby bojąc się, że wyda z siebie jakiś niekontrolowany krzyk. Poprosiła Aleka, żeby zostawił ją samą, i powiedziała, że przyjdzie do domu później. Wsiadła do autobusu jadącego na Nowe Miasto. Wysiadła koło instytutu inżynierii, weszła do wielkiego budynku i pojechała na dziesiąte piętro.

Nad rysunkiem konstrukcyjnym pochylały się cztery kobiety, wśród nich Lana. Lana miała zaczerwienioną z przejęcia twarz i gryzła ołówek. Jej duże okulary zwisały na sznurku na piersiach. Upłynęła chwila, zanim dostrzegła Elene.

– Cóż za niespodzianka! Czemu zawdzięczam ten zaszczyt? – zwróciła się w swój zwykły, ironiczny sposób do Elene, zarządzając jednocześnie dziesięć minut przerwy w pracy.

Włożyła na nos okulary, poprawiła włosy, otworzyła okno i zaczęła szykować kawę.

– Co nowego? – spytała. – Wyglądasz jakoś blado.

– Muszę z tobą porozmawiać.

– Zamieniam się w słuch.

I Elene opowiedziała, skąd wraca i czego się dowiedziała, mówiła o Lacabidzem, o jego filmie i Darii. Powiedziała, że poszli tam z Alekiem, nie mając pojęcia, o co chodzi, i dopiero tam się dowiedzieli, o czym będzie ten film. A to film o Micheilu, o jego filmie i o skandalu, jaki wówczas wybuchł. Jakie to dziwne, że w tym właśnie filmie ma teraz zagrać jej córka. Chcą, by Daria zagrała rolę muzy bohatera.

Lana nie pokazała po sobie żadnych emocji. Nie przerywała, nie oponowała, nie kiwała głową, tylko spokojnie przyrządzała kawę.

– Przypominam sobie. Lacabidze kontaktował się ze mną przed paroma miesiącami. Chciał zrobić ze mną wywiad, coś w rodzaju prywatnych wspomnień na temat Michy, jak to określił. Pomyślałam wtedy, że nic z tego nie wyjdzie. Lecz jak widzę, postawił na swoim. No, no!

Nalała kawę do dwóch małych filiżanek.

– Czy to wszystko, co masz do powiedzenia?

– A czego się spodziewałaś? Mam się sprzeciwić? Czy to coś zmieni? Jeśli chcą przypomnieć postać mego męża, proszę bardzo. Mam nadzieję, że nie wylądują z tego powodu za kratkami. Mnie to jest obojętne. Myślisz, że to się skończyło, kiedy go pochowałam? Ty nie byłaś jego żoną, Elene. Nie masz z nim dziecka. A on zasłużył na to, żeby o nim mówić, żeby o nim pamiętać...

Elene zaczęła żałować, że tu przyszła. Na co liczyła? Co Lana chciała powiedzieć, mówiąc: „Nie byłaś jego żoną"? Zemścić się? Może chodziło jej o satysfakcję albo sprawiedliwość?

Czasami Elene udawało się nie myśleć o nim tygodniami, o nim ani o wielu sprawach z dzieciństwa, które nagle stawały jej przed oczyma, o bitce w Mcchecie, o jego pogrzebie. O jeździe z Laną w góry, o godnym pożałowania końcu. Ale wspomnienia wracały, obrazy przebiegały przez głowę jak niekończące się wojska, wybijając swój rytm z groźnym pomrukiem, co zawsze kończyło się bólem głowy.

– Moja matka jest ciężko chora. Muszę jechać do szpitala – powiedziała Lana, wyrywając ją z tych myśli.

– Przepraszam, nie wiedziałam... Dlaczego mi nie powiedziałaś? Mogę przypilnować Mira, jeśli...

– Pomaga mi Kristine. Miro spędza u niej większość czasu. Uwielbia ją. A ty jedz więcej owoców, wyglądasz blado, potrzebujesz więcej witamin i słońca! – zawołała jeszcze za nią Lana, kiedy Elene opuszczała jej biuro.

Daria błagała, Daria płakała, Daria obejmowała Elene, żebrząc o pozwolenie, obiecując, że bardziej przyłoży się do nauki, bo bardzo chciała zagrać w tym filmie. Po jej stronie był Aleko, który też przekonywał Elene, żeby się zgodziła. Lacabidzemu można zaufać – jeśli dał słowo, to Daria będzie bezpieczna. Przy tym wszystkim ten film to ważna inicjatywa i Elene powinna ją poprzeć. Nie ma to nic wspólnego z jakimś Eristawim, tu chodzi o sztukę, nie o dokument filmowy. Decyzja ważyła się przez dwa dni. Aleko obiecał, że jeśli będzie trzeba, porozmawia z Kostią, żeby jego złość nie skrupiła się na Elene. Podczas tych rozmów siedziałam cicho w kącie, zajadając gęsty ryż na mleku, którego nienawidziłam, i podziwiałam umiejętność przekonywania, jaką wykazała się moja siostra.

Nikt nigdy nie słyszał, żeby Kitty Jaszi tak śpiewała. Jakby głaskała własną krew, jakby się cieszyła, że nie musi już akceptować żadnych granic.

Pojawiła się w galerii w czarnej sukni, długo bez słowa przyglądała się obrazom, w końcu weszła na małą scenę zbudowaną dla niej i ujęła mikrofon. Fakt, że nie występowała, jak zawsze, w białej bluzce i czarnych spodniach, uznano za zapowiedź zmiany w interpretacji piosenek.

Pogratulowała twórczyni wystawionych obrazów, podkreśliła siłę, jaka bije z jej dzieł, a potem zaczęła śpiewać piosenki z albumu *Home*.

Kitty, śpiewając – wiesz o tym lepiej ode mnie, Brilko – zachowywała się raczej z dystansem, za co nierzadko, zwłaszcza ze strony młodej generacji muzyków, spotykała ją krytyka. Zarzucano jej, że zbyt kontroluje się na scenie, że nie zatraca się w muzyce, że jej głos brzmi zbyt chłodno, a teksty i melodia są dla niej ważniejsze niż ona, schowana za nimi wykonawczyni.

Ale tego wieczoru zdarzyło się coś zupełnie nieoczekiwanego. Najlepiej zostało to opisane w wywiadzie, jakiego Amy udzieliła w 1988 roku pismu „Rolling Stone". Na okładce pojawiło się wtedy zdjęcie Kitty, a wewnątrz numeru – siedem stron artykułów o niej i wywiadów. Według Amy dla publiczności był to „striptiz psychiczny". Słuchacze, początkowo odbierający muzykę z rezerwą, po kilku minutach zaczęli poruszać się w jej rytm i potrząsając głową oraz kończynami, śpiewali razem z Kitty ze łzami w oczach. Kitty stała przed nimi, jakby była naga, i wszyscy też mieli ochotę zrzucić z siebie ubrania, pozbyć się osłon oraz masek i tak chłonąć jej piosenki. Każdy z obecnych miał świadomość niezwykłości tej chwili.

Fotografowie, którzy przyszli na wernisaż głównie dla Kitty Jaszi, nie dla nieznanej, choć kiedyś dobrze zapowiadającej się malarki, strzelali zdjęcia, a Kitty krzyczała w burzę błysków fleszy, celebrując święto bogów, jakby aparaty fotograficzne prowokowały ją do jeszcze większego szaleństwa.

Kiedy skończyła, zapadła cisza, po czym zerwał się huragan oklasków.

Spocona, chwiejnym krokiem zeszła ze sceny i stanęła wśród klaszczących i wiwatujących słuchaczy. Podbiegła do niej Amy, lecz Kitty tylko uśmiechnęła się do niej i powiedziała, że go zobaczyła, że do niej wrócił i że dzisiaj śpiewała dla niego i dla Fred. Amy nie miała pojęcia, kim jest „on", nie dopytywała się jednak, tylko kazała otworzyć szampana.

Daria nie umiała kłamać, a już zwłaszcza nie potrafiłaby okłamać Kostii, dlatego postanowiła, że przez kilka dni po podpisaniu umowy na udział w filmie zostanie u matki, choć nie znosiła jej małego mieszkania i z trudnością godziła się na brak komfortu, do jakiego przywykła w domu dziadka. Dziadkowi powiedziała, że zapowiada się tydzień ciężkich treningów na kursie akrobatyki i chce oszczędzić sobie czasochłonnych przejazdów do domu.

Było to dla mnie dziwne uczucie, być jedynym dzieckiem w Zielonym Domu. Przez ten tydzień miałam wrażenie, że Daria i ja zamieniłyśmy się rolami. Zazwyczaj to ja zostawałam w Tbilisi. Szybko jednak oswoiłam się z nową sytuacją i zaczęło mi się to nawet podobać. Mogłam siedzieć z Kostią do późnego wieczoru przed telewizorem, a nawet wybierać to, co chciałam obejrzeć. Jajka na śniadanie dla mnie gotowały się dokładnie trzy minuty, a nie pięć, jak lubiła Daria.

Kostia, który od dawna wietrzył jakiś spisek, zaczął mnie wypytywać o różne sprawy. Najpierw niewinnie zaczął od spraw matki i Aleka, potem przeszedł na kwestie szkolne, aż doszedł do koleżanek Darii. Od pamiętnej nocy w Gagrze, od tamtego poranka, kiedy przywiózł ze szpitala Rusę z zabandażowanymi rękami, a potem odwiózł ją na dworzec, nie miałam okazji być z nim sama. Nasze rozmowy nie wychodziły od tej pory poza rzeczy banalne. Aż za dobrze rozumiałam, dlaczego nie szukał okazji, żeby pobyć ze mną sam na sam. Teraz dobrze się poczułam w tej nowej sytuacji. Podobała mi się uwaga, z jaką Kostia się do mnie odnosił, podobało mi się, że traktował mnie jak kogoś dorosłego, niemal równego sobie, podobało mi się poczucie, że jest ode mnie zależny, ode mnie i od tego, co o nim wiedziałam.

Tego ranka nie czuł się dobrze, był przeziębiony i został w domu. Zawiadomił swego kierowcę, żeby po niego nie przyjeżdżał, i dopiero potem uświadomił sobie, że przecież ja muszę się jakoś dostać do szkoły. Przekonałam go jednak, że nic się nie stanie, jeśli raz opuszczę lekcje. Przynajmniej się nim zajmę, bo Nana pojechała już do miasta na uczelnię, a Stazja znikła w swojej szopie.

Ku mojemu zaskoczeniu Kostia zgodził się na to i położył się do łóżka, wydawszy najpierw dyspozycje, co mam mu przynieść. Przyniosłam cytrynę i zrobiłam gorącą herbatę, wyjęłam termometr z aptecznej szafki i usiadłam przy nim na łóżku. Zdawał się nie mieć nic przeciwko temu.

Obejrzeliśmy w telewizji *Świat zwierząt*. Piliśmy mocną herbatę, on okryty wełnianym pledem, a ja w piżamie. Ponieważ w programie pokazywali ssaki morskie, nieoczekiwanie zaczął opowiadać mi o morzu i delfinach, które widział, gdy pełnił marynarską służbę. Od delfinów przeszedł na okręty, a od okrętów do Leningradu i czasu swoich studiów. Słuchałam go z zapartym tchem i długo jeszcze mogłabym słuchać, gdyby nie zadzwonił telefon. Wstałam i podałam mu aparat. Ponieważ nie dał mi wyraźnie znać, żebym wyszła z pokoju, zostałam i nadal patrzyłam na życie morskich ssaków na ekranie telewizora.

Kostia nie mówił wiele, kilka razy zapytał krótko o coś, powtarzał „hm, hm" i „tak, rozumiem", a w końcu odłożył słuchawkę. Wyraz jego twarzy zdradzał jednak niepokój. Położył się na chwilę, potem nagle jednym ruchem zerwał się z łóżka i zarzucił sobie szlafrok na ramiona.

– Co robisz, dziadku? – spytałam.

– Wystarczy, że jeden dzień nie ma mnie w pracy, a już dzwonią, bo nie wiedzą, co robić.

– Musisz tam jechać? – zapytałam z zawodem w głosie.

– Nie, ale będę miał gościa. Nie chcą powiedzieć kogo. Wysyłają go do mnie tak po prostu, jakby u mnie był burdel.

Oburzony zaczął kasłać i szukać w szafie odpowiedniego stroju.

– Włóż na siebie coś porządnego – zarządził. – To oficjalna wizyta. Powiedz też swojej babci, żeby ściągnęła te okropne gumowce i fartuch.

Niechętnie wykonałam polecenie: włożyłam szkolny mundurek, najbardziej oficjalny ubiór, jaki mogłam wymyślić, wprawdzie bez mankietów upranych właśnie przez Stazję, bez kołnierza w szpic i głupiego białego fartuszka.

Nie minęło pół godziny, a na podwórko wjechała czarna wołga. Kostia, w garniturze w prążki, w którym jeszcze nigdy go nie widziałam i w którym wyglądał świetnie, zszedł po schodach tarasu, żeby przywitać gościa. Zostałam na tarasie, obserwując stamtąd powitanie. Z wołgi wysiadło najpierw dwóch funkcjonariuszy milicji, potem mężczyzna w długim płaszczu przeciwdeszczowym, którego widywałam niekiedy w Zielonym Domu. Przez chwilę rozmawiał z Kostią. Kostia kiwał głową, choć miałam wrażenie, że nie bardzo rozumie, o co chodzi. Wreszcie, wyraźnie poirytowany, że zajmuje mu się czas w dniu, kiedy wolałby zostać w łóżku, odsunął mężczyznę w płaszczu przeciwdeszczowym i podszedł do wołgi. Otworzył przednie drzwi po stronie pasażera.

Najpierw zobaczyłam metalową laskę, potem damską rękę, która ujęła rękę Kostii, a później buty na wysokich obcasach, które ostrożnie sprawdzały ziemię pod nogami. W końcu z samochodu wysiadła dama w wytwornym kostiumie z ciemnoniebieskiego *bouclé*, z białym szalem owiniętym wokół szyi. Wyglądała jak aktorka ze starego filmu, która pędzi kabrioletem gdzieś koło Monte Carlo, ścigana przez podejrzanego mężczyznę. Kiedy zwróciła się powoli w stronę Kostii i zobaczyłam, że nosi wielkie czarne okulary, zrozumiałam, że jest niewidoma.

Trudno było określić jej wiek. Mogła być w wieku Kostii, ale równie dobrze kilka lat młodsza. Kostia był zaskoczony nie mniej ode mnie. Wydawało się, że widzi ją po raz pierwszy w życiu, bo uścisnął jej dłoń w sposób bardzo oficjalny i zamieniwszy jeszcze kilka zdań z mężczyzną w płaszczu przeciwdeszczowym, zaprosił swego gościa do domu. Niewidoma nadzwyczaj umiejętnie posługiwała się laską, zupełnie nie potrzebowała ramienia gospodarza.

Kiedy doszli do tarasu, na którym stałam, niepewna, czy mam zaznaczyć swoją obecność, czy też nie, zapytała, kto jeszcze poza nimi się tu znajduje. Spięty Kostia natychmiast mnie przedstawił. Niewidoma pani podeszła do mnie i podała mi rękę, pochylając lekko głowę w moim kierunku. Uśmiechała się nieśmiało.

– A więc nazywasz się Nica. Cześć, jestem Ida.

Imię wywołało u Kostii nerwowy tik. Nic jednak nie powiedział. Poprowadził ją do drzwi, a potem do swego gabinetu. Poprosił mnie jeszcze, żebym przyniosła szklankę wody. Gość nie chciał herbaty ani kawy.

Coś zafascynowało mnie w przybyłej. Może było to jej kalectwo, a może jeszcze coś innego. Robiła wrażenie osoby świadomej siebie, jakby w niezrozumiały sposób prześwietlała nas na wskroś mimo swego kalectwa. Pchana ciekawością, podeszłam na palcach pod przymknięte drzwi gabinetu Kostii w nadziei, że pochwycę choć strzępy rozmowy.

– Towarzysz Iwania powiedział mi, że jest pani w Gruzji prywatnie i chciała się pani ze mną spotkać – zwrócił się

Kostia do przybyłej, która nie spieszyła się z wyjawieniem celu swojej wizyty.

– Tak, przyjechałam prosto z Leningradu. Po wielu latach umożliwiono mi danie koncertu w mojej ojczyźnie.

Mówiła po rosyjsku, z wyraźnym obcym akcentem. Próbowałam zgadnąć, skąd pochodzi, ale nigdy nie miałam do czynienia z obcokrajowcami, dałam więc spokój.

– Nie uprzedzono mnie, niestety, o pani wizycie, proszę więc wybaczyć, że nie jestem odpowiednio przygotowany. Kultura to nie mój resort...

– Jak powiedziałam, jestem tu prywatnie – przerwała Kostii niewidoma. – Z pana powodu. Prosiłam, żeby pańscy współpracownicy z ministerstwa nie zdradzili wcześniej, kim jestem. Przepraszam, jeśli od czegoś pana oderwałam. Przyjechałam w pewnej sprawie, która jest sprawą osobistą i dotyczy pana. Nie wiedziałam, że zajmuje pan teraz tak wysokie stanowisko. Myślałam, że wszystko będzie mniej skomplikowane.

O jaką prywatną sprawę mogło chodzić? Znałam Kostię i wiedziałam, że jego pracowników nie ominie reprymenda z powodu niezapowiedzianego „najazdu".

– Nie, nie, ależ... Czuję się tylko niezręcznie, że przyjmuję panią nieprzygotowany.

Przybyła porzuciła w końcu oficjalny ton i oznajmiła rzeczowo:

– Czterdzieści lat czekałam na tę okazję. Od czterdziestu lat pana szukam.

Zapadła pełna napięcia cisza. Kostia był zupełnie zdezorientowany.

– Mogłam znaleźć pański adres wiele lat temu, gdy jeszcze mieszkałam w Moskwie. Ale wówczas nawiązanie z panem kontaktu nie było możliwe, a oficjalną drogą nie chciałam tego robić. To, co mam panu do przekazania, mogłam przekazać tylko osobiście. Dlatego czekałam.

Usłyszałam, jak Kostia głośno nabiera powietrza, nadal jednak milczał.

– Od czterdziestu lat mieszkam w Niemczech Zachodnich, ale pochodzę z Leningradu. Pan zna to miasto, wiem, że uczęszczał pan tam do Wyższej Szkoły Marynarki Wojennej, pan tam... żył.

Mówiła tak, jakby szukała odpowiednich słów. Czy to, co chciała powiedzieć, miało taką wagę i mogło mieć takie skutki, że czterdzieści lat to było za mało, by znaleźć odpowiednie słowa?

– Wiem też, że w czasie wojny uczestniczył pan w operacjach na leningradzkiej „drodze życia" i że był pan tam podczas całej blokady. Ja też tam byłam. Przeżyłam blokadę. Straciłam większość rodziny, straciłam też wzrok. To, że tu przed panem siedzę, że przeżyłam, że mogłam oddać się grze na fortepianie, założyć rodzinę, zawdzięczam jednej jedynej osobie i ta osoba jest powodem, dla którego przyszłam do pana. Zakładam, że pan wie, o kim mówię?

Znowu głuche milczenie. Kostia po chwili wymamrotał coś, czego nie zrozumiałam.

– Ona bardzo pana kochała – usłyszałam nagle.

Z jakiegoś powodu te słowa zdumiały mnie najbardziej. Spodziewałam się, że usłyszę o jakimś strasznym fakcie, okropnym czynie, ale nie że usłyszę o miłości. To tak bardzo nie pasowało do Kostii! Jakie to dziwne, że ktoś przyjeżdża do niego po czterdziestu latach, żeby mu powiedzieć, że kiedyś ktoś go kochał, pomyślałam.

– Ona nie wiedziała, czy pan żyje, ale myślę, że nadzieja, iż został pan przy życiu, pozwoliła jej przetrwać blokadę. Był pan jej najpiękniejszym wspomnieniem, które pomagało jej znosić udręki tamtego czasu, jedynym człowiekiem, którego chciała jeszcze pamiętać. Dlatego pana szukałam i dlatego tu jestem. Ponieważ zawdzięczam jej wszystko, czym jestem i co mam.

Ida Jefremowa siedziała naprzeciw mego dziadka, spóźniona o kilkadziesiąt lat, i przywoływała obraz jego Idy.

Oczywiście wtedy nie rozumiałam tego wszystkiego. Nie wiedziałam, czym była blokada ani o jakiej kobiecie mówi niewidoma, jednak z wyrazu twarzy Kostii i czegoś w jego postawie, kiedy po skończonej rozmowie wyszedł ze swym gościem z gabinetu, zorientowałam się, że chodzi o coś nadzwyczajnego. Zrozumiałam też, podsłuchując pod drzwiami, że skutki tej rozmowy okażą się ważne i dla mnie. Może też tego właśnie dnia pojęłam, że z moją krótką, banalną historią życia splata się wiele historii innych osób. I że historie, których tak chętnie słuchałam z ust Stazji, nie były barwną bajką, która przenosiła mnie tylko w odległe czasy, lecz że tworzą grunt, z którego wyrastam. Siedząc w kucki pod gabinetem Kostii, zaciskając z emocji dłonie i wstrzymując oddech, zrozumiałam, że najbardziej pragnę robić w życiu to, co czyniła teraz niewidoma kobieta widząca więcej niż inni: zbierać, co rozsypane. Z wielu osobnych cząstek stworzyć całość, łącząc z sobą różne wspomnienia. My wszyscy, czy zdajemy sobie z tego sprawę czy nie, tańczymy swój własny taniec, posłuszni tajemniczej choreografii. (Tak, Brilko, miałaś rację: wszyscy tańczymy!)

Ida Jefremowa spędziła ponad godzinę w gabinecie mego dziadka, opowiadając. W trakcie tej godziny Kostia nie wypowiedział właściwie ani jednego słowa. Gość zresztą nie był zaskoczony. Zanim usłyszałam odgłos odsuwanego krzesła – znak kończącej się rozmowy, kobieta położyła coś na biurku i powiedziała:

– To jest moja autobiografia. Ukazała się w Niemczech przed kilkoma laty, przełożono ją na kilka języków. Na rosyjski niestety nie. Kazałam jednak ją przetłumaczyć dla celów prywatnych, to znaczy dla pana. Uważam, że zasłużył pan, żeby wiedzieć więcej. Książkę zadedykowałam Idzie.

Słyszałam, jak dziadek powiedział smutnym, głębokim głosem „dziękuję", zanim otworzył przed nią drzwi i pożegnał ją słowami: „Dziękuję pani z całego serca. Dziękuję". Nigdy wcześniej nie słyszałam z jego ust takich słów.

Dziadek stał, patrząc, jak samochód wyjeżdża z naszego podwórka, i kiedy znikł za horyzontem, stał jeszcze dłuższą chwilę i patrzył w dal. Potem raptownie zrobił w tył zwrot, zawołał mnie i kazał sobie przynieść butelkę wina z piwnicy.

Kiedy wróciłam, leżał z podkurczonymi nogami na łóżku i łkał jak dziecko. Widząc go w tym stanie, chciałam się usunąć, wyjść na palcach, bo byłam pewna, że nie będzie chciał, bym była świadkiem jego słabości, ale skinął na mnie, żebym została i otworzyła butelkę. Jego ręce drżały tak, że nie mógł sobie poradzić z korkiem. Patrzyłam na niego osłupiała, serce ściskało mi się z litości. Nigdy wcześniej nie przyszłoby mi do głowy, że pewnego dnia będę współczuła mojemu potężnemu, despotycznemu dziadkowi, przez którego tyle wycierpiałam. Jego widok nastrajał mnie tak smutno, że o mało sama nie zaczęłam płakać, wybiegłam z butelką do kuchni, odkorkowałam ją po kilku próbach i w tym samym momencie zobaczyłam na zlewozmywaku umytą butelkę po mleku, z szerszą szyjką niż butelka z winem. Przelałam wino do butelki po mleku i wróciłam do sypialni Kostii, przyłożyłam mu butelkę do ust i podtrzymywałam ją, gdy pił, tak jak się robi, gdy się poi osierocone cielęta albo jagnięta. Pił chciwie.

Potem położyłam się obok niego i czekałam, dopóki nie obeschną jego łzy. Ileż kiedyś dałabym za to, żeby widzieć mojego dziadka tak słabego i potrzebującego pomocy, ale teraz, kiedy to się stało, trudno mi było taki widok znieść. Leżąc już na łóżku, zsunęłam buty ze stóp. Potoczyły się po drewnianej podłodze. Nieśmiało przysunęłam się do niego. Ostrożnie wyciągnęłam rękę w jego stronę i niemal niezauważalnie dotknęłam jego dłoni. W tym momencie był mi tak bliski, jak nikt na świecie. Ani łzy matki, ani Darii, ani Nany, ani nawet moje własne nigdy tak mnie nie poruszyły. Nawet widok pociętych nadgarstków Rusy. Po chwili i mnie popłynęły łzy z oczu. Płakałam z żalu za bliskością, która mogła już dawno istnieć między nami.

Kostia długą chwilę leżał na łóżku bez ruchu, potem nagle usiadł, pociągając nosem, i wypił z butelki duży łyk wina. Tym razem bez mojej pomocy.

– Czy ona była twoją kobietą? – zapytałam szeptem.

Mówienie sprawiało mi trudność.

– Byłem tam, niedaleko niej, mogłem... – bełkotał, a ja nie wiedziałam, o czym mówi.

– Kochasz ją jeszcze?

– Ona nie żyje. Od bardzo dawna.

– Stazja mówi, że istnieją duchy.

– Stazja opowiada bzdury. Nie wierz w to, co mówi.

Dopiero teraz zauważył, że piję wino z butelki po mleku, i zapytał, jak to się stało, że dobre wino jest w takiej butelce.

– Szyjka butelki od wina była zbyt wąska. Rozlałbyś je.

– Dziękuję. Nie wiedziałem, że ona została w Leningradzie, powinni byli ewakuować ją dużo wcześniej...

Ostatnie zdanie mówił jakby do siebie, podążając za własnym tokiem myśli.

– Wtedy na pewno byłeś sympatyczniejszy – powiedziałam, usiłując wyobrazić sobie dziadka jako młodego mężczyznę.

Spojrzał na mnie z góry. Uśmiechnął się zbolały.

– Teraz nie jestem miły?

– Najczęściej nie.

– Dlaczego chcesz, żebym był miły?

– Bo przecież chcesz, żeby inni byli mili dla ciebie.

Zaskoczyła go moja otwartość. Szukał odpowiedzi pasującej do tej sytuacji, ale tylko z uśmiechem pokręcił głową, wyciągnął rękę i uszczypnął mnie w policzek, na co odpowiedziałam kwikiem protestu.

Leżeliśmy na łóżku w półmroku panującym w pokoju i on mnie słuchał, nie przerywał, nie pouczał, nie poprawiał; pozwolił mi się wygadać. Mówiłam bezładnie. Nie zachowywałam żadnej chronologii. Mówiłam o wszystkim, co mi przyszło go głowy. Rozmawiałam z nim, jak rzadko kiedy rozmawiałam z kimkolwiek, z wyjątkiem Dawida, i w tamtej chwili nie byłam upartą, zamkniętą w sobie, chorobliwie ciekawską dziewczyną, która stale dostarcza powodów do zmartwień, byłam po prostu sobą. Cóż to była za ulga, móc być sobą! A dziadek leżał obok mnie, pociągał wino z butelki, niekiedy się uśmiechał albo kiwał głową na znak aprobaty, marszczył czoło i wydawał mi się, Brilko, najwspanialszym słuchaczem na świecie.

Był tam, przy mnie, dla mnie. I dziękowałam Idzie za to popołudnie z człowiekiem, którego miłości potrzebowałam najbardziej na świecie, od chwili moich narodzin. Lecz w tym wyjątkowym momencie złamałam zasady, których w jego towarzystwie zawsze przestrzegałam – zmiękłam, rozgadałam się, zrzuciłam maskę, zdradziłam mu tajemnice. Opowiedziałam o kłopotach finansowych naszej matki, o problemach Aleka, opowiedziałam o Dawidzie, o Darii, o zaproszeniu Darii do udziału w filmie. Całe popołudnie spędziłam w pokoju dziadka, sądząc w swojej naiwności, że słowa mogą zastąpić miłość, a wspominanie może uleczyć przeszłość.

Myliłam się jednak. Bardzo się myliłam.

Niebezpieczeństwa czyhają na tych,
którzy nie obserwują czujnie życia.

Michaił Gorbaczow

Reakcja przyszła z opóźnieniem, lecz była tym ostrzejsza. I po raz pierwszy wściekłość Kostii, z właściwą jej fizyczną brutalnością i bezwzględnością, którą tak dobrze poznałam, dotknęła Darię.

Po wizycie Idy Jefremowej Kostia przez tydzień nie opuszczał domu. Wprawdzie nadal wspólnie oglądaliśmy telewizję w jego pokoju, na śniadanie jedliśmy pączki usmażone przez Nanę i rozmawialiśmy o tym i owym, ale te codzienne pogawędki nie miały nic wspólnego z intensywnością zwierzeń tamtego pamiętnego popołudnia.

Dokładnie tydzień po spotkaniu z Idą Jefremową Kostia zadzwonił po kierowcę i pojechał, wysadziwszy mnie pod szkołą, do ministerstwa. Zapowiedział, że odbierze nas po lekcjach. Zrozumiałam, że kończy się moje jedynowładztwo w Zielonym Domu.

W szkole rozglądałam się za Darią, ale nawet podczas dużej przerwy nie było jej na podwórku. W końcu znalazłam ją – z zapuchniętymi oczyma i zaczerwienionym nosem – na ławce za szkołą. Była sama. Siadłam koło niej. Kiedy spróbowałam wziąć ją za rękę, odepchnęła mnie z taką siłą, że upadłam.

– Wszystko zepsułaś! Nienawidzę cię! – rzuciła mi w twarz i pobiegła przed siebie.

Z automatu telefonicznego udało mi się dodzwonić do Elene. Gdy usłyszałam zgaszony głos Aleka, wiedziałam, że stało się coś niedobrego. Poprzedniego wieczoru zadzwonił do nich Kostia i zagroził, że jeśli natychmiast nie położą kresu idiotycznej zabawie Darii w aktorstwo, nie zerwą umowy i nie odeślą Darii pod jego opiekę, na stałe zabroni im z nią kontaktu, a całe studio filmowe wysadzi w powietrze. Aleko dodał, że Elene leży teraz w łóżku jak kupka nieszczęścia, i choć z namysłem dobierał słowa, w jego głosie wyraźnie czułam wyrzut.

Byłam zdrajczynią! Za odrobinę bliskości, odrobinę życzliwości ze strony Kostii zdradziłam matkę, Aleka, a zwłaszcza siostrę! Wszystko się popsuło, a winna temu byłam tylko ja.

Wojna pomiędzy Elene i Kostią, która w ostatnich latach przeszła w zawieszenie broni, wybuchła na nowo ze zdwojoną, niszczącą siłą i tym razem miała skazać na cierpienie nas wszystkich. Tym razem zwycięstwo i porażka miały być ostateczne.

Nastrój Kostii był wyjątkowo marny również z zupełnie innego powodu: Gorbaczow przejął kierownictwo partii komunistycznej i na XXVII Zjeździe Partii zapowiedział wprowadzenie reform. Kostia tylko kiwał głową, kiedy widział w gazetach portret nowego przywódcy, i mówił, że ten „tchórzliwy oportunista" zrujnuje kraj, Gorbaczow dopuścił bowiem krytykę władzy w kraju i zaczął walkę z korupcją.

Próbowałam naprawić swój błąd, nie wiedząc jednak, co właściwie powinnam zrobić i od czego zacząć.

Kontrola Kostii nad Darią przyjęła formy absurdalne: Darii nie wolno było umawiać się z koleżankami po szkole na spacer ani na lody i telefonować dłużej niż dwie minuty. Do szkoły przywożono ją nadzwyczaj punktualnie i nadzwyczaj punktualnie odbierano. Dziadek nie zostawiał jej ani sekundy swobody. Nie mogła przyjmować zaproszeń na urodziny koleżanek, musiała więc wynajdywać przebiegłe kłamstewka. Najbardziej jednak cierpiałam, widząc, że godziła się na to bez walki, jakby na nic lepszego nie zasłużyła, jakby kara była nieunikniona, jakby miała straszliwe wyrzuty sumienia, że oszukała i rozczarowała Kostię. Lecz szczyt mego cierpienia nastąpił wtedy, gdy jakiś czas później Dawid zadzwonił do Aleka i po dłuższym mętnym wstępie wydukał, że musi porozmawiać z nim w pewnej pilnej sprawie, i poprosił, by Aleko do niego przyszedł.

Aleko wrócił zdruzgotany, odczekał, aż Elene wyszła do jednego z uczniów na prywatną lekcję, i poprosił mnie do kuchni. Wypalił dwa papierosy, zanim przedstawił mi rozmiary katastrofy, która była skutkiem mojej otwartości wobec Kostii. Kiedy wymienił imię Dawida, od razu wiedziałam, że coś nieodwołalnie zostało zniszczone, i zaczęłam walczyć z płaczem.

– On nie chce mnie już widzieć, prawda? – wyrwało mi się i łzy zaczęły mi płynąć po policzkach.

– Nie chodzi o to, że nie chce. On nie może, nie wolno mu.

– Kostia? – jęknęłam.

Skinął głową bez słowa.

– Czy... czy Kostia był u Dawida? Ale... co... co złego mu o mnie powiedział? – załkałam.

– O tobie nic nie mówił, ale przejrzał akta Dawida i wyciągnął na światło dziennie kilka jego tajemnic, które Dawid wolałby zachować dla siebie.

– Co to za tajemnice?

Nie mogłam sobie wyobrazić, że mój mentor, umiejący tak bardzo wczuwać się w czyjeś położenie, mógłby mieć coś do ukrycia.

– Nie wiem, Nico. Nie chciał mi zdradzić. Ma do tego prawo. To właśnie jest tajemnica. Ale powiedział, że Kostia mu zagroził, że upubliczni tę tajemnicę, jeśli Dawid nadal będzie cię uczył.

– Przecież on mnie wcale nie uczy. My tylko rozmawiamy!

– Wiem, Niciko, ale Dawid daje też lekcje innym. W ten sposób zarabia na życie, a jeśli twój dziadek ma coś przeciw niemu, może mu zrujnować opinię i wtedy Dawid nie da sobie rady finansowo, i to go zniszczy, rozumiesz?

– Dawid nie zrobił przecież nic złego, on przecież... Chcę go zobaczyć, proszę, proszę, Aleko, zawieź mnie do niego, ja muszę...

– Hej, mała, nie da rady. Powiedział, że zawsze możesz do niego zadzwonić, jeśli bardzo będziesz potrzebować, ale spotkania u niego... To w tej chwili nie jest dobry pomysł. Bardzo mi przykro, Nico, nie mam pojęcia, co Kostia wynalazł w jego teczce, żeby zabronić wam kontaktu. Wiem przecież, ile on dla ciebie znaczy.

W nocy biłam głową w ścianę i pocięłam swój szkolny mundurek, a rano postanowiłam wydać Kostii wojnę. Nie miałam nic do stracenia. Wszystko, co dla mnie święte, Kostia zniszczył. Zrobił wszystko, żeby wyrwać mi serce. Dyszałam żądzą zemsty.

Wcześniej musiałam się jednak dowiedzieć, co Kostia miał przeciwko Dawidowi. Następnego wieczoru pomaszerowałam prosto do gabinetu dziadka z postanowieniem, że każę to sobie wyjaśnić. Kostia, wytrącony z równowagi tym, że weszłam bez pukania, podniósł się z miejsca, poprawił okulary i z naganą w głosie powiedział:

– Ile razy mam ci powtarzać, że jeśli drzwi są zamknięte, nie można ich sobie tak po prostu otworzyć i wejść!

– Okłamałeś mnie, wykorzystałeś, wszystko zniszczyłeś! Jesteś podły, nienawidzę cię! – krzyknęłam mu prosto w twarz.

Zszokowany cofnął się i usiadł.

– Uważaj na słowa, panienko! – rzucił.

Zawsze uciekał się do takiego stylu, jeśli nie wiedział, co odpowiedzieć.

– Co mu powiedziałeś? Jak mogłeś...

Ze wszystkich sił starałam się opanować łzy, choć byłam bliska płaczu. Drżał mi głos i jedną ręką oparłam się o biurko, żeby się nie zachwiać. Czułam strach zmieszany z rozpaczą i byłam bezradna, działałam impulsywnie, bez kontroli. Wiedziałam, że ten stan wkrótce stanie się pułapką.

– Aha, masz na myśli tego twojego nauczyciela, co?

– Lubię go, on nic nie zrobił, pomaga mi i... Chcę do niego chodzić! – krzyknęłam.

– Nie dziwi mnie, że twój ojczym ma takie kreatury za przyjaciół, ale że twojej matce nie przyjdzie do głowy, żeby sprawdzić, do kogo co tydzień posyła swoje dziecko, to niewybaczalne! Ona sama przecież uczy dzieci!

– Co mu powiedziałeś? Zadzwoń do niego natychmiast i przeproś go! Nie znasz go i nie wiesz, jak...

– Nico, uspokój się i najpierw mnie posłuchaj. Poza tym nie pozwalam, żebyś mówiła do mnie tym tonem. Zrobiłem to, co każdy myślący i odpowiedzialny człowiek, a przede wszystkim każdy dziadek zrobiłby dla wnuczki.

– Nie uspokoję się, chcę żebyś do niego zadzwonił i...

Kostia rąbnął pięścią w biurko, aż zadzwoniło.

Cofnęłam się instynktownie.

– Słuchaj i nie przerywaj! Chciałem się tylko dowiedzieć, po co wysyłają cię do niego. Jesteś młoda, podatna na wpływy i ja, czuwając nad twoim wychowaniem, mam prawo wiedzieć, jacy ludzie cię formują. Wcale nie chciałem szkodzić twojemu nauczycielowi. Zasięgnąłem tylko informacji na jego temat i dowiedziałem się, że moja wnuczka przebywa pod jednym dachem z człowiekiem perwersyjnym, a on objaśnia jej świat!

– On nie jest chory, co ty opowiadasz? – Nie wiedziałam, co powiedzieć. Nic nie rozumiałam. – To wspaniały fizyk i filozof, zna też wyższą matematykę i cztery języki, i...

– Tak, zapewne. Ale zadaję sobie pytanie, dlaczego twój ojczym nierób nie zadał sobie trudu i nie zastanowił się, czemu jego przyjaciel, ten geniusz, nie wykonuje swojego zawodu, tylko małym dzieciom robi w swym domu pranie mózgu?

– Ma pewnie inne poglądy...

– Poglądy. Właśnie, Nico, inne poglądy – przerwał mi Kostia, uśmiechając się krzywo, i rozparł się na krześle. – Ochroniłem cię przed czymś, co mógłby ci zrobić. Uczyniłem coś, co musiałem, co każdy normalny ojciec...

– Nie jesteś moim ojcem!

Znowu podniosłam głos, co nie spodobało mu się tak bardzo, że skoczył na równe nogi, podszedł do mnie, spojrzał na mnie z góry i wysyczał mi w twarz:

– Zapamiętaj: twój nauczyciel to chory człowiek, niebezpieczny dla społeczeństwa, a przede wszystkim dla dzieci, i dlatego już nigdy do niego nie pójdziesz, zrozumiałaś mnie!? To wyjaśnienie musi ci na razie wystarczyć, a teraz zabieraj się stąd i nigdy nie wchodź do mnie bez pukania!

Bliska odległość, w której stanął przede mną dziadek, zapach jego oddechu, jego pewność siebie sprawiły, że poczułam się zbita z tropu. Najchętniej wypadłabym z pokoju, ale chęć widzenia się z Dawidem była mocniejsza niż odruch ucieczki. Spojrzałam Kostii prosto w oczy i powiedziałam cicho, ale stanowczo:

– On nie jest chory. Ty jesteś chory.

Zobaczyłam, że twarz mu się zmienia, że ogarnia go wściekłość – jedyne, co nas w tym momencie łączyło – ale postanowiłam nie ustępować, niech się dzieje, co chce.

– On jest pederastą, twój wspaniały nauczyciel to chora świnia, czy teraz rozumiesz!?

– Jest... czym?

– Jest kimś, kto lubi małych chłopców i...

– Ale ja nie jestem chłopcem! – Tylko to przyszło mi do głowy.

– I robi z nimi to, czego dorosły nie może robić z dziećmi.

– Na przykład rzeczy, które ty robiłeś z Rusą?

Policzek wymierzony mi w tym momencie przez dziadka był tak mocny, że straciłam równowagę i byłabym się przewróciła, gdybym nie chwyciła się biurka. Przez chwilę zdawało mi się, że ogłuchłam na lewe ucho. Dziadek patrzył przerażony na swoją rękę, jakby w niej była cała przyczyna jego zachowania.

– Nie powinnaś mnie doprowadzać do takiego stanu – wymamrotał.

Przez całą noc nie zmrużyłam oka, próbując dociec, co kryje się za słowami „rzeczy, których dorosły nie może robić z dziećmi". Bez skutku. Dawid robił tylko to, co mnie uszczęśliwiało. Co mogło być chorego w tym, że ofiarował mi radość, że mnie chronił? Zarazem głos dziadka brzmiał tak groźnie, kiedy wypowiadał swoje dziwne słowa z jakąś niedobrą satysfakcją i wstrętem, a świeża pamięć palącego uderzenia w twarz powstrzymała mnie od tego, by dzwonić do Dawida.

Wyobrażenie, że będę musiała zrezygnować z wizyt u mego nauczyciela, sprawiało, że kamieniałam z przerażenia. Traciłam miejsce, gdzie mogłam zadawać swoje pytania, wygadać się, wyrzucić z siebie wściekłość i frustrację. Jak zrezygnować z biblioteki Dawida, a zwłaszcza wyrzec się zrozumienia, jakie mi okazywał? Ponieważ nie mogłam pogodzić się z tym wyobrażeniem, postanowiłam zwrócić się do jedynego człowieka, który nie zarzucał mi ciągle zdrady, i znowu prosić go o pomoc. Opowiedziałam Alekowi dokładnie przebieg burzliwej rozmowy z Kostią, zwierzyłam się z moich wątpliwości, jakie miałam na temat słowa „pederasta", i prosiłam go, żeby przekazał Dawidowi, że zrobię wszystko, by móc do niego przychodzić. Nie spodziewałam się jednak reakcji, jaką wywołała moja opowieść. Jeszcze zanim skończyłam pierwsze zdanie, zrozumiałam, że znowu popełniłam błąd.

Po raz pierwszy Aleko był takiego samego zdania jak Kostia i obrzucił Dawida obelgami, nazywając go hipokrytą i lubieżnikiem. Stałam przerażona, pozwalając mu wygłaszać oskarżycielską tyradę. Co tak złego uruchomiłam? Dlaczego musiała się u nas pojawić tamta niewidoma dama, której smutna historia sprawiła, że zmiękłam i przylgnęłam do Kostii!? Niechcący wywołałam reakcję łańcuchową, która, raz uruchomiona, nie chciała się zatrzymać.

– Teraz rozumiem, dlaczego jego żona zabrania mu kontaktu z dziećmi i dlaczego jego byli koledzy tak źle o nim mówią. A ja myślałem, że on jest moim przyjacielem! Ja jeszcze pokażę temu kłamcy!... Nico, powinnaś być wdzięczna swojemu dziadkowi!

Białka oczu Aleka podbiegły krwią, mówiąc, pluł śliną. Próby uspokojenia go nic nie dawały.

Kiedy Elene wróciła, wyminął ją wzburzony, mówiąc, że ma coś w mieście do załatwienia, i wyszedł, trzasnąwszy drzwiami. Przeczuwałam kolejne nieszczęście. Ale czy miałam wtajemniczać we wszystko Elene? Wydawało mi się to zbyt ryzykowne. I tak była na mnie zła, i patrzyła na mnie z obrażoną miną. Poza tym ciągle nie wiedziałam, kto to jest pederasta.

Minął tydzień, nadszedł piątek, a szansa widzenia się z Dawidem ani trochę się nie przybliżyła. Nie wytrzymałam, uciekłam z dwóch ostatnich lekcji w szkole i wsiadłam do trolejbusu jadącego do Dawida.

Kilka razy musiałam naciskać dzwonek, zanim Dawid otworzył. Pod okiem miał niebieskie sińce i głowę obwiązaną bandażem. Kiedy mnie zobaczył, cofnął się przestraszony i dopiero upewniwszy się, że jestem sama, wpuścił mnie do przedpokoju. Dalej jednak nie zapraszał, staliśmy więc przed sobą w półmroku przy drzwiach. Tym razem nie próbowałam powstrzymać łez. Ale on nie starał się mnie pocieszyć.

– Nie chciałam tego – załkałam.

– Wiem, wiem, Nico.

W jego głosie był dystans i chłód.

– Kto to... – wyjąkałam, wskazując jego obwiązaną głowę.

– To teraz nieważne. Niestety, nie możemy się widywać.

– Chcę zostać u ciebie.

Słaby uśmiech przemknął mu przez twarz.

– Wiem, ale nie zawsze możemy robić to, co chcemy.

– Ale... powiedziałeś przecież, że zawsze powinniśmy walczyć o sprawy, które są dla nas ważne. Ty jesteś dla mnie ważny.

– Są takie sytuacje, gdy rezygnacja jest bardziej roztropna niż walka.

Było to pierwsze zdanie z ust Dawida, z którym się nie zgadzałam. Gwałtownie zaniosłam się płaczem.

– Jeszcze kilka lat, Nico, i będziesz wystarczająco dorosła, żeby zdecydować, z kim chcesz się przyjaźnić, a z kim nie.

– Ja już teraz to wiem. Naprawdę jesteś pederastą?

Wytarłam sobie nos rękawem płaszcza.

– Nie jestem.

– Co to znaczy „pederasta”?

– To znaczy, że dorosłego mężczyznę ciągnie do małych chłopców albo podrostków.

– Więc kim jesteś?

– Homoseksualistą.

– Co to znaczy?

– Pociągają mnie dorośli mężczyźni.

– A ja też cię pociągam?

Znowu się uśmiechnął, teraz trochę bardziej.

– Tak, Nico, do ciebie też mnie ciągnie, ale nie w ten sposób. W tamtym wypadku słowo „ciągnie” zawiera treść seksualną. Tej domieszki na szczęście między nami nie ma.

– Ale dlaczego mówią, że jesteś pederastą, jeśli nie jesteś?

– Niewłaściwie używają tego pojęcia. Każdego homoseksualistę nazywają pederastą, bo to jest obraźliwe. Dla nich nie tylko pederaści, ale i homoseksualiści to ludzie chorzy.

– Jeśli nie jesteś pederastą, w takim razie nadal możemy się widywać! Musimy im tylko wyjaśnić, że lubisz dorosłych mężczyzn, a nie dzieci, poza tym ja nie jestem chłopcem. Na pewno zrozumieją.

– Niestety, nie. Kiedyś zrozumiesz, dlaczego nie mogę zignorować tego zakazu i że to nie moja wina. Zawsze będziesz moją przyjaciółką. Ale teraz musisz iść, Nico. Niestety, musisz iść.

Następnego dnia, ponurym listopadowym popołudniem, prosto po szkole pojechałam do studia filmowego, szukając Kote Lacabidzego. Nie zastałam go, ale ponieważ uparłam się, że jest to sprawa życia i śmierci, sekretarka zadzwoniła do niego.

I rzeczywiście, zjawił się dwie godziny później – łysy mężczyzna w spodniach z drelichu i wojskowej kurtce. Wyglądał nie na artystę, lecz raczej na przestępcę, ale zaraz przypomniałam sobie przyjaciół Aleka, którzy nosili się tak samo, i postanowiłam nie zwracać uwagi na jego wygląd. Przedstawiłam mu się i ze szczegółami opisałam sytuację. Lacabidze dwa razy zapytał, czy chodzi naprawdę o „tego" Kostię Jasziego.

W końcu przedstawiłam mu swój plan. Słuchając mnie, co chwila otwierał usta, jakby chciał mi przerwać, rezygnował jednak i znowu nieznacznie się uśmiechał, choć nie byłam pewna, czy dlatego, że bawiło go to, co mówiłam, czy cieszył się, że zbliża się tym sposobem do swojej wymarzonej aktorki, mojej siostry.

– Młodsza siostra Darii, nieźle, młodsza siostra Darii... – zamruczał, jakbym w żaden sposób nie pasowała do Darii. – Myślisz, mała, że twój dziadek nie odkryje twoich machinacji i nie będziemy mieć kłopotów? Twój dziadek jest potężny, może udaremnić cały ten plan. A poza tym nie mogę zaangażować twojej siostry do filmu, dopóki nie będzie na to zgody urzędu do spraw wychowania młodzieży. Daria jest przecież niepełnoletnia.

– Jak to!? Macie przecież zgodę naszej matki. Chodzi tylko o to, by zyskać na czasie. I trzymać z dala od tego Kostię.

Lacabidze spojrzał na mnie z niedowierzaniem i zaśmiał się w głos. Bardzo mnie zirytowało, że nie traktuje mnie poważnie. Nagle przyszła mi do głowy okropna myśl.

– Pan ma już inną na widoku, prawda?

Ale, co było dla mnie zaskoczeniem, pokręcił głową.

– Jest kilka kandydatek, lecz nie zdecydowałem się jeszcze na żadną. Twoja siostra była i jest na pierwszym miejscu.

– Błagam pana! Daria pana nie rozczaruje, ona też bardzo chce zagrać. Niech się pan zgodzi na ten plan. Uda nam się. To dobry plan.

– Właściwie to ile ty masz lat? – zapytał i podniósł się z krzesła.

– Dwanaście – odpowiedziałam z powagą, pragnąc, żeby ta liczba wywarła na nim wrażenie, ale nie jestem pewna, czy mi się to udało.

Na kilka minut wyszedł z pokoju. Kiedy wrócił, miał w ustach papierosa i niespokojnie przemierzał pokój. Nagle zatrzymał się pośrodku i mrugnął w moim kierunku.

– Dobrze, mała, zrobimy, jak mówisz. To nie jest złe, co wykombinowałaś, naprawdę. Każę sekretarce znaleźć umowę i będę czekał na twój telefon. Umowa stoi?

Miał łobuzerski wyraz twarzy. Zachwycona uścisnęłam mu dłoń. Wypadłam stamtąd, zostawiając za sobą wielkie hale, i znalazłam się na ulicy. Rozpierało mnie szczęście.

– Zbudź się, muszę z tobą pogadać.

Siedziałam na łóżku Darii, potrząsając nią. Fuknęła z niechęcią, odwróciła się do ściany i nakryła kołdrą aż po czubek głowy.

– To ważna sprawa, Dario, posłuchaj. Będziesz mogła zagrać w tym filmie. Byłam dziś u Lacabidzego.

Kołdra straciła swoje naprężenie, wyjrzał spod niej nos Darii, a po chwili moja siostra odwróciła się na plecy.

– Jak to? Przecież oni już dawno znaleźli inną.

– Nie, Lacabidze nikogo jeszcze nie zaangażował. Chce, żebyś ty zagrała tę rolę.

Daria usiadła na łóżku w jednej sekundzie.

– Możesz gadać normalnie i wytłumaczyć, o co tu chodzi? – wymamrotała oszołomiona.

– Powiem wszystko pod jednym warunkiem: ta sprawa zostanie między nami. Między mną i tobą. Ani mama, ani Kostia, ani nawet Stazja nie mogą się dowiedzieć, nie mówiąc o twoich przyjaciółkach.

– Zgoda, mów wreszcie!

– Na tablicy ogłoszeń w naszej szkole wisi informacja, że nasz Komsomoł organizuje trzytygodniowy kurs narciarski dla uczniów w Bakuriani. Opiekunami będą studenci instytutu pedagogicznego. Przez trzy tygodnie żadnych rodziców i tylko studenci jako opiekunowie, pomyśl. Lacabidze mówi, że w ciągu tych trzech tygodni zdąży nakręcić z tobą te sceny.

– Uważasz...

– Tak, wczoraj zgłosiłam nas obie na ten kurs.

– Ale to czyste wariactwo! Jeśli się tam nie zjawię, zaraz zadzwonią do domu!

– Dlatego mam plan. Będziemy Kostii truły przez dłuższy czas, że chcemy pojechać na ten kurs narciarski. Potem wsiądziemy do autobusu, którym cała grupa pojedzie spod szkoły, pomachamy dziadkowi przez okno, a kiedy znajdziemy się już za miastem, zaczniesz jęczeć „ała, ała", no przecież umiesz symulować. Atak ślepej kiszki. Ja wytłumaczę, że to wygląda na coś poważnego i potrzebna jest szybko operacja. A więc zatrzymają autobus i będą próbować dzwonić do naszych rodziców. Wtedy wkroczę do akcji i powiem: „Ach, dużo czasu minie, zanim przyjedzie matka albo dziadek, a Darię może odebrać ojciec, bo pracuje w pobliżu", i dam im numer Lacabidzego. Tam będą studenci, którzy nas nie znają i nie mają pojęcia, jak wygląda nasz ojciec ani matka, nie mówiąc o dziadku. Lacabidze uda naszego ojca. I przyjedzie autem do miejsca, w którym zatrzymał się autobus. Kiedy go zobaczysz, rzucisz mu się na szyję czy coś takiego i sprawa załatwiona. Pojedziesz z nim do studia. A potem kilka razy zadzwonisz do Kostii i będziesz się zachwycać, jak świetnie jest w Bakuriani. Jeśli Kostia wpadnie na pomysł, żeby zadzwonić na obóz, to coś wymyślę. Że właśnie jesteś na stoku albo że śpisz, albo coś w tym rodzaju. A kiedy przyjdzie czas powrotu, po prostu podamy Kostii fałszywą godzinę przyjazdu. Lacabidze przyjedzie z tobą, odbierze mnie z obozu, a potem zadzwonimy do Kostii albo do mamy i powiemy, że wróciłyśmy troszkę wcześniej, niż było planowane.

Daria słuchała mnie w największym skupieniu. Czułam w niej wielkie napięcie. Nie zapalałyśmy światła. Przez nie do końca zaciągnięte zasłony w oknach do pokoju wpadało światło księżyca i kąpało nasze twarze w niebieskawym blasku. Powoli docierały do niej moje słowa. Zaczynała czuć mój plan. Jej twarz rozjaśniła się nagle, brwi opadły na swoje zwykłe miejsce i zachichotała.

– Ty rzeczywiście jesteś postrzelona, wiesz? Dlaczego chcesz mi nagle pomagać, skoro mnie wcześniej wydałaś?

– Chcę po prostu, żebyś mi uwierzyła. Wtedy nie myślałam, że tak to wyjdzie. Nie chciałam tego.

– Naprawdę myślisz, że to się uda?

– Jeśli będziesz ściśle trzymać się tego planu, a przede wszystkim nikomu nie piśniesz słowa, to tak.

– No pewnie, że nie pisnę. O Boże, Lacabidze naprawdę nie ma nikogo innego? Nikomu nie dał tej roli?

– No przecież mówię.

– Nie mogę uwierzyć. Ale ty nienawidzisz sportu. Jak wytrzymasz trzy tygodnie w górach?

– Sknociłam sprawę, to teraz muszę odpokutować. Za to będę miała u ciebie plus, jeśli przeżyję te trzy tygodnie i ten dryl w Bakuriani.

– To najbardziej szalony plan, o jakim w życiu słyszałam! Musi się nam udać!

Wszystko poszło według planu. Kostia zgodził się na wyjazd: świeże powietrze, ruch, komsomolcy – to dobrze brzmiało w jego uszach. Krótko po sylwestrze wyruszyłyśmy autobusem z całą grupą do Bakuriani. Naszymi opiekunami byli studenci, chętni do zabawy i wypitki, którym nie przyszło do głowy, że Darię odebrał z autobusu reżyser grający – zresztą nie najlepiej – naszego ojca.

Dla mnie za to zaczął się ciężki czas: trudno było dzielić jeden pokój w spartańsko wyposażonym, od dawna nieremontowanym ośrodku sportowym z czterema innymi paplającymi cały czas dziewczynami, jeść pozbawioną smaku breję na śniadanie oraz przypalone kotlety mielone na kolację i ciągle być wyrzucanym na zimno przez ambitnych studentów wychowania fizycznego. Ja w każdym razie nie znajdowałam żadnej przyjemności w zjeżdżaniu z góry na starych i za długich nartach i chętniej spędzałam czas na lekturze *Wichrowych Wzgórz*. Byłam jednak gotowa znieść dla Darii wszystko. Dwukrotnie przyszło mi ratować sytuację, kiedy zadzwonił Kostia, chcąc rozmawiać z Darią. W obu wypadkach udało mi się przekonująco usprawiedliwić chwilową nieobecność siostry. Za każdym razem dzwoniłam potem do niej na prywatny numer Lacabidzego, który dostałam od niego na wszelki wypadek, a ona oddzwaniała do Kostii. W ten sposób Kostia nie podejrzewał wcale, że coś jest nie w porządku.

Pod koniec drugiego tygodnia udało mi się wyrwać z kręgu piszczących, w istocie histerycznych dziewcząt oraz pryszczatych i prostackich, bez przerwy opowiadających świńskie kawały chłopaków. Na stoku spotkałam nieoczekiwanie Mira, który od dzieciństwa uwielbiał jazdę na nartach, a w Bakuriani trenował przed jakimiś zawodami. Początkowo nie poznał mnie, był w towarzystwie innych pryszczatych i prostackich, opowiadających świńskie kawały chłopaków. Po chwili jednak na jego smagłej twarzy pojawił się szeroki uśmiech, tak jasny jak śnieg, który leżał wokół.

– Co tu robisz?

– Zdaje mi się, że to samo co ty – odpowiedziałam, a otaczający go koledzy zachichotali.

Miro rzucił im ostrzegawcze spojrzenie, a oni umilkli jak nożem uciął. Widać było, że się z nim liczą. Miro był zakwaterowany w ośrodku, do którego dziewczęta nie miały wstępu, ale jemu udawało się wymykać co wieczór z kilkoma kolegami do nas, na nasz teren. Panował prawdziwy nastrój ferii zimowych spędzanych na obozie. Choć koledzy Mira ani trochę nie wydawali mi się dowcipni, przyłączyłam się do ich grupy, brałam udział w życiu nocnym i w piżamowym party, grałam dziewczynę swobodną, nonszalancką, o brawurowej fantazji.

Kiedyś podczas treningu odłączyliśmy się od reszty grupy i przebijaliśmy się na nartach przez oślepiającą śniegową biel. Przy Mirze, który stale robił śmieszne miny i opowiadał mi jakieś dziecinne dowcipy, czułam się lekko i bezpiecznie. Zdarzyło się, że wkrótce nasze dwa obozy jadły razem obiad w górskiej chacie. Miro zwędził stojący gdzieś kompot z brzoskwiń, przysiadł się do mnie i zapytał, co czytam.

– Emily Brontë – odpowiedziałam, odkładając książkę. – Nigdy nie mogę wytrzymać i zawsze najpierw czytam zakończenie książki.

– A ja najbardziej lubię, kiedy ktoś mi czyta. Wtedy dobrze mi się słucha. Kristine często mi czyta, ale zawsze wybiera nudne rzeczy.

– Jakie książki lubisz?

– No, na przykład podobali mi się *Trzej muszkieterowie.*

Skinęłam głową.

– Przeczytać ci coś? – spytałam.

– O tak, proszę.

Nie oczekiwałam zachwytu, myślałam, że godzi się raczej z uprzejmości. Umówiliśmy się już tego samego wieczoru. Miałam zostawić uchylone okno na parterze, żeby mógł się dostać do naszego budynku.

Przyszedł o umówionym czasie. Zaszyliśmy się w pokoju telewizyjnym, gdzie było pusto, bo telewizor od dawna już nie działał, usadowiliśmy się na wysiedzianej sofie i w zimnym, niemiłym świetle zaczęłam czytać powieść. Słuchał uważnie, przy szczególnie emocjonalnych scenach zaciskał pięści, a nawet raz z przejęcia chwycił mnie za ramię. Kiedy Miro nad ranem wychodził przez okno, w duchu dziękowałam Darii, że pojechała kręcić ten film.

Spotkałam ją na trzy dni przed naszym wyjazdem. Stała w czerwonym kombinezonie w windzie dla narciarzy, z dwoma młodymi kobietami, również w pięknych kombinezonach, z nartami i kijkami pod pachą. Zatrzymałam się, wpatrując się w czerwień jej narciarskiego stroju. Czułam, jak moje serce bije coraz głośniej, a krew w żyłach pulsuje, jakby galopowało w niej stado koni. Często wyobrażałam sobie, jak by to było, gdybym ją spotkała. Tak wiele chciałam jej powiedzieć, układałam sobie w głowie zdania, które do niej mówiłam. A teraz byłam jak sparaliżowana. W końcu zrobiłam kilka kroków w jej stronę. Dostrzegła mnie.

„Rusa!", chciałam krzyknąć, ale głos uwiązł mi w gardle. Ona też zrobiła krok w moją stronę, lecz się zatrzymała. Każdą z nas hamowała niepewność. Gdy w końcu do niej podeszłam, wzdrygnęła się, jak gdyby się przelękła, że zaraz zacznę ją obejmować. Miała smutne oczy. Chciała coś powiedzieć, ale jakby nie wiedziała co i w jaki sposób. Byłam ciekawa, co teraz robi, jak jej się żyje. A tymczasem stałam, milcząc, zawstydzona, jakbym miała powód, żeby się wstydzić. Twarz jej się zmieniła. Nie uśmiechała się niefrasobliwie jak dawniej, kiedy swym uśmiechem rzucała wyzwanie światu. Teraz miałam wrażenie, że trudno jej w ogóle zdobyć się na uśmiech.

– Jesteś tu z dziadkiem? – To było pierwsze, czego chciała się dowiedzieć.

– Nie, z komsomolcami. Co u ciebie? – zapytałam niepewnie.

Wzruszyła ramionami.

– Jakoś trzeba żyć. Skupiam się teraz na tym, żeby ogarnąć swoje sprawy. Nie zapomniałam cię, Nico.

To, co usłyszałam, nie zrobiło na mnie jednak wrażenia. Chciałam jak najszybciej zakończyć to spotkanie. Skinęłam grzecznie, odwróciłam się na pięcie i odeszłam. Po kilku krokach usłyszałam, że Rusa woła za mną. Nie obejrzałam się jednak – szłam prosto w kierunku zarumienionego i promiennego Mira, który biegł w moją stronę.

Ostatni punkt naszego planu również przebiegł bez zakłóceń. Lacabidze odebrał mnie z autobusu, machając do mnie ręką i ściskając mnie – zachowywał się jak prawdziwy ojciec. Pozwoliłam mu odgrywać tę rolę. Potem zadzwoniłyśmy do matki i okłamałyśmy ją, że pomyliłyśmy godzinę powrotu i że już jesteśmy w mieście.

W domu Daria szepnęła mi, że teraz nie chce już robić nic innego, tylko kręcić filmy. Akrobatyka to już przeszłość, teraz zacznie się aktorstwo. Powiedziała, że Lacabidze i ludzie z jego ekipy mówili, że ma wielki talent, że aktorzy z zespołu ją chwalili, że panowała wspaniała atmosfera, że spotkała interesujących ludzi, że ma fotogeniczną twarz, o której ciągle się tam mówiło, i że za dwa lata, po maturze, zacznie studiować w szkole aktorskiej. Na końcu rzuciła w moją stronę krótkie „dziękuję". Rozparłam się na krześle i uśmiechnęłam ze szczęścia.

Nasze gazety prześcigają się we wskazywaniu, kto najbardziej pluje na państwo radzieckie.

Wiktor Czebrikow

Kitty wraz z innymi gwiazdami rocka i popu angażowała się w gale dobroczynne i benefisy, brała udział w wielu występach telewizyjnych i udzielała wywiadów radiowych. Przyjmowała propozycje gościnnych występów ze znanymi kolegami po fachu. „Herald Tribune" nazwała ją brytyjską Patti Smith.

Kitty przeobrażała się, żyła wbrew metryce. W wywiadach opowiadała o swojej przeszłości, krytykowała Związek Radziecki, krytykowała swoją ojczyznę, krytykowała Stany Zjednoczone, krytykowała politykę, stawała się osobą kontrowersyjną. Jej płyty sprzedawały się w bajecznych nakładach, Amy triumfowała. Młode pokolenie odkrywało na nowo jej dawne nagrania. Lecz mimo że Kitty usiłowała nie dostrzegać, ile ma lat, jej ciało wysyłało sygnały – zmęczenie i narastającą obojętność. Ignorowała je w ferworze występów, głośnej muzyki, towarzystwa ludzi i alkoholu. To, czego kiedyś nie cierpiała, teraz przyjmowała od losu, zadowolona i wdzięczna. Na wszystko, co przez lata było obce jej naturze, teraz godziła się z łatwością. Umiała być wesoła, umiała przemóc swą nieśmiałość, wyrzec się prawdziwej siebie, potrafiła się okłamywać. Ciągle odrobinę więcej, ciągle bardziej oddalała się od siebie.

Jak feniks powstawała każdego wieczoru z popiołów w gorącym świetle scenicznych reflektorów i przeobrażała się w istotę, którą nie była. Przez godzinę, dwie czy trzy, a czasem przez siedem albo i całą noc potrafiła być kimś, komu świat leżał u stóp i kto wiedział, jak się w tym świecie urządzić. Ale nie pisała już piosenek. Nie miała potrzeby. Nie miała nic do powiedzenia.

I kiedy nad ranem wracała samotnie do swego mieszkania i kładła się do łóżka, próbowała nie myśleć o mężczyźnie, któremu zawdzięczała to, że przeżyła, ani o kobiecie, która jej przeżyciu zagrażała. Pragnęła, by owemu mężczyźnie wiodło się dobrze, mimo że żył teraz w świecie, który był mu obcy. I pragnęła, by dobrze wiodło się owej kobiecie i żeby odwiedziła ona w swoim życiu ze swymi obrazami jeszcze wiele galerii.

Coraz częściej wracał do niej Andro – rozpoznawała go wśród publiczności. Kiedy spoglądała ze sceny w dół, na ciemną masę ludzi, widziała go, jak siedział w pierwszym rzędzie, z burzą swoich loków. Widziała go, wyglądając rankiem przez okno, jak stał pod jej oknami i patrzył w górę. Widziała go, przechodząc przez ulicę, spiesząc się do Amy, z którą miała pojechać do studia nagrań albo na wywiad. Widziała go nawet w zadymionych, hałaśliwych klubach, gdzie siedziała ze znajomymi, słuchając, jaka jest „*great*", „*cool*" albo „*epoch-making*". Widziała, jak uśmiechał się do niej z lustra, kiedy zamykała się w klubowej toalecie, wkładając twarz pod strumień wody. Andro pozostał. Był. Nie odejdzie. Czekał na nią, tego była pewna. Nie nalegał jednak, nie poganiał jej, miał do dyspozycji całą wieczność.

Pewnego razu, gdy podczas *party* w luksusowej posiadłości pewnego mecenasa sztuki przy parku Waterloo wyszła do ogrodu z kieliszkiem szampana w ręce, by zaczerpnąć powietrza i odpocząć od towarzystwa, zobaczyła Andra stojącego pod wielkim klonem. Najpierw zamarła, potem pomyślała, że pewnie zaraz zniknie, ale kiedy nie znikał, podeszła do niego powoli i stanęła tuż obok, ramię przy ramieniu, nie próbując go objąć.

„Chcę po prostu tylko żyć, czy to takie straszne? Czy to jest powód, dla którego tu przychodzisz? Dlaczego wszystko musi zaczynać się od początku, jak karuzela, ciągle na nowo, Andro? Może tak po prostu toczy się ten świat. Ale jak tak stoisz i milczysz, to myślę, że chcesz mi coś powiedzieć, może to, że inaczej powinnam rozwiązać różne sprawy. On byłby już dorosłym mężczyzną. Myślę o nim codziennie. Obiecałam mu, że go zachowam tu, w sobie. Gadam głupstwa. Wiem, nie wierzę w to, że mogę cię o to wszystko naprawdę zapytać. Chcę tylko śpiewać, podlewać swoje hortensje i czasami napić się dobrej whisky. Czy to za wiele, chcieć tyle od życia? Proszę, zrób coś, pomóż mi, Andro!"

Osunęła się na ziemię, kieliszek wypadł jej z ręki. Chwytając się szorstkiego pnia, rozorała sobie rękę, a osunąwszy się na kolana, pobrudziła swoje czarne spodnie miękką ziemią ogrodową. W końcu usiadła z podkurczonymi nogami, opierając się plecami o drzewo. Andro zniknął. Była sama. Widziała dalekie światła domu i słyszała gwar głosów dochodzący z jego wnętrza. Ale te głosy nie miały jej nic do powiedzenia, podobnie jak ona im.

Podniosła się, strzepnęła ziemię ze spodni. Jej życie łuszczyło się i odpadało od niej płatami, a tym, co zostało, była ona sama. Do tej pory nie nauczyła się z tym żyć, odkąd była na wygnaniu. A więc od trzydziestu pięciu lat.

25 lutego 1986 roku XXVII Zjazd Komunistycznej Partii ZSRR pod wodzą nowego sekretarza generalnego Michaiła Gorbaczowa uchwalił radykalne reformy mające zdynamizować gospodarkę oraz wprowadził wolność słowa, *głasnost*.

Przedtem Gorbaczow zgodził się na powrót z wygnania Andrieja Sacharowa, fizyka jądrowego, co wielu oceniło jako pierwszy krok nadciągającej rewolucji. Gorbaczow zażądał „przyspieszenia rozwoju społeczno-ekonomicznego", chociaż widoczne było, że plany te rozmijają się z realną sytuacją w kraju. W Biurze Politycznym siedemdziesiąt procent składu członków zostało wymienionych.

W gospodarce radzieckiej od dawna trwała stagnacja, a nepotyzm i korupcja rozwinęły się na niespotykaną dotąd skalę. Fala prywatyzacji zakładów, a tym samym wycofywanie kontroli państwa, napotykała wielki opór. Do krytyków nowych porządków należał również mój dziadek. Był zdania, że kraj nie potrzebuje nowej rewolucji, lecz przeciwnie – ściągnięcia cugli, bo wszystko zmierza ku upadkowi i grozi zawaleniem się systemu.

W słonecznej Gruzji nastroje z powodu zapowiedzianych reform wahały się – od euforii do niezdecydowania. Wolność prasy i druku oznaczała wydobycie na światło dzienne wielu zabronionych dotąd rękopisów, przekładów, esejów i artykułów. Na uniwersytetach i w szkołach dyskutowano, początkowo jeszcze bardzo nieśmiało, na temat przyszłości. W wierszach i pieśniach pojawiało się coraz więcej krytyki dotychczasowego systemu.

– Ktoś, kto chce zmian, nie powinien uzależniać ich od tego, czy ma poparcie ogółu – krytykował Kostia, oglądając wieczorem wiadomości w telewizji. – Inaczej z góry skazuje je na klęskę. Ten reformator, co niby tak bardzo chce tych zmian, jednocześnie chce być przez wszystkich kochany. Przez komunistów i przez kapitalistów. I to go zgubi.

Nie słuchałam wtedy słów ani opinii Kostii. Nie oglądałam dziennika telewizyjnego. Dziadek przestał mnie przyciągać, a może tylko tak mi się wydawało. W każdym razie nie przejmowałam się jego problemami. Teraz cieszyłam się słodkimi owocami mojej małej zemsty: ślepym zaufaniem Darii. Nie unikała mnie już na podwórzu szkolnym, przeciwnie – zapraszała do swojej paczki, przedstawiała przyjaciołom i to napełniało mnie dumą. Nie tylko przechytrzyłam Kostię. Udowodniłam też mojej siostrze, że moja miłość do niej jest trwalsza niż miłość jej ubóstwianego dziadka. Pokazałam jej, że warto się mnie trzymać. Była to dla mnie wielka satysfakcja.

Nawet Lacabidze ściskał mi dłoń i dziękował za wsparcie, kiedy ostatniego dnia pojechałam z Darią do studia, gdzie miała dokręcić kilka scen. Film został zatytułowany *Droga* i miał wejść na ekrany w następnym roku. Żeby podzielić się z kimś tym triumfem, pewnego popołudnia wsiadłam do trolejbusu i pojechałam do Wake, do Kristine. W mrocznym przedpokoju u Kristine pachniało smażącą się w garnku marmoladą. Kristine nie pytała, co mnie do niej sprowadza, tylko postawiła przede mną pyszną zupę z makaronem. Dopiero kiedy zjadłam, zapytała, czy przyszłam z powodu Mira.

– No tak – przyznałam.

– Opowiadał mi, że w Bakuriani spędziliście piękne chwile. – Kristine z satysfakcją zmierzyła mnie wzrokiem. – Stazja mówi, że jesteś bardzo mądrą dziewuszką.

Nalała sobie nieco likieru. Ja tymczasem jadłam ciasto, starając się nie kruszyć.

– Kristine, wcześniej mieszkałaś u nas, prawda?

Trudno mi było powstrzymać ciekawość.

– Nie, to nie było tak. Wcześniej wszyscy mieszkali u mnie. Miałam wtedy wielki, piękny dom. Wychowali się w nim twój dziadek i jego siostra. Mieliśmy piękny ogród z fontanną. No tak... Czasy się zmieniły.

Potem opowiedziała mi, że Miro z kilkoma przyjaciółmi jest w parku przy ogrodzie zoologicznym, na wyścigach gokartów. Przekaże mu, że byłam.

– Przychodź, ilekroć będziesz miała ochotę – powiedziała przy pożegnaniu. Ucieszyłam się z tego zaproszenia.

Moja matka od dłuższego czasu była w grobowym nastroju. Skarżyła się na bóle głowy. Aleko przeniósł więc miejsce picia poza dom, co było powodem kolejnych konfliktów, bo wstawiony wracał późną nocą. Gdy wyszłam od Kristine, postanowiłam pójść do parku niedaleko mieszkania Kristine, by spotkać się z Mirem.

Na drugim końcu parku, graniczącym z tbiliskim zoo, zobaczyłam mały tor i chłopców w skórzanych kurtkach oraz flanelowych koszulach w kratę, którzy otaczali tor i paląc papierosy, zagrzewali zawodników do walki. Czułam na sobie ich pytające spojrzenia, kiedy się pojawiłam, rozpytując o Mira. Znalazłam go w końcu, siedział na składanym krześle i sortował z kolegą jakieś karteczki. Kiedy przed nim stanęłam, zaskoczony i przestraszony zerwał się z krzesła.

– Co tu robisz!? – wykrzyknął.

– Byłam u Kristine, a ona powiedziała, że tu cię znajdę. Więc pomyślałam, że przyjdę.

– Super, fajnie z twojej strony. Ale nikomu nie mów, co tu robimy, okej? Gokartami można jeździć dopiero wtedy, kiedy skończy się szesnaście lat, i dla mnie też nikt nie zrobił wyjątku. – Uśmiechnął się szelmowsko od ucha do ucha.

– Umiesz w ogóle jeździć gokartem?

– Jasne. Ale teraz akurat robię zakłady.

– Zakłady?

Odciągnął mnie na bok, położył mi znacząco rękę na ramieniu i szepnął do ucha, że to w zasadzie nielegalne, chłopaki zarabiają tu trochę na kieszonkowe, nic wielkiego. Dla pewności powtórzył raz jeszcze, żebym nikomu o tym nie opowiadała.

– Ale jeśli ja cię tu nakryłam z tymi karteluszkami, to jak myślisz, czy trudno będzie milicji odkryć was i wasze zakłady? – spytałam.

Podrapał się za uchem. Jak mi się wydawało, nie zastanawiał się dotąd nad tym.

– Musicie to jakoś lepiej zorganizować, sprytniej, chciałam powiedzieć – wyjaśniłam.

– Uhm. Na przykład jak?

Nachylił głowę w moją stronę, jeden lok opadł mu na czoło i połaskotał mnie w policzek.

– Mogę to dla was robić.

Nie miałam wprawdzie pojęcia o zawodach gokartowych i taka liczba chłopców onieśmielała mnie. Ale powiedziałam o pomocy, bo przyszło mi do głowy, że fajnie byłoby widywać Mira częściej.

– Ty? Przecież nie masz o tym pojęcia.

– Mam dużo czasu po szkole. Moja matka nie kontroluje mnie tak bardzo, a poza tym szybko się uczę.

Miro zastanawiał się chwilę, potem poszedł do swoich kolegów i przez jakiś czas się z nimi naradzał. W końcu wrócił do mnie. Miał zadowoloną minę.

– Uznali, że to dobry pomysł. Powiemy ci, o co chodzi, ciebie jako dziewczyny nikt nie będzie podejrzewał. Przyjdź tu jutro o drugiej, wtedy będzie też Hajfisz, on jest szefem.

– Hajfisz?

– Tak, Hajfisz, nasz szef, ma dziewiętnaście lat – powiedział Miro z uznaniem, jakby to była wielka zasługa mieć dziewiętnaście lat.

Wiedziałam, że aby stawić się jutro w parku o drugiej, będę musiała urwać się z ostatniej lekcji, ale byłam pewna, że jakoś to załatwię.

To było proste. Zaraz po zachodzie słońca, kiedy park pustoszał, otwierał się mały tor gokartowy dla małolatów i ich dorosłego szefa. Parkowi dozorcy byli przekupieni i przymykali oko na te praktyki. Oficjalnie były to grupy trenujących młodzików, nieoficjalnie – sposób spędzania czasu młodych ludzi i możliwość zarobienia kieszonkowego. Zjazdy odbywały się po zapadnięciu zmroku, w ciemności. Wcześniej należało, jak w grze w tombolę, wrzucić do wiaderka kartkę z nazwiskiem swojego faworyta. Przedtem trzeba było dać pieniądze Hajfiszowi, który rozdzielał je potem pomiędzy zwycięzców. Od tej pory to ja miałam się zajmować finansami.

Mimo początkowego sceptycyzmu, z jakim Hajfisz – chudy młodzian, odpalający jednego papierosa od drugiego, z okropną cerą, tłustymi włosami, ale w prawdziwych lewisach, zrośniętych, jak się zdawało, na stałe z właścicielem – odnosił się do mojego pomysłu, zdołałam go przekonać. Szybko liczyłam pieniądze, nie wdawałam się w dyskusje i miałam skrytkę w rajstopach, co było najpewniejszym schowkiem. Jedyną trudnością, jaką musiałam pokonać, było wmówienie matce, że biorę udział w kursie pięknego czytania w pałacu młodzieży i z tego powodu trzy razy w tygodniu będę wracać do domu dopiero wieczorem. Matka wkrótce i tak dała mi więcej swobody, tak że udawało mi się nawet czasem uniknąć męczącej drogi do domu. Jechałam do Kristine, tam jadłam obiad, a potem razem z Mirem wychodziliśmy na gokarty. Kristine tak umówiła się z Elene. Nie robiło jej różnicy, czy będzie mieć jednego stołownika czy dwóch, Lany najczęściej i tak nie było – cały czas pracowała albo wyjeżdżała na konferencje poświęcone budownictwu do różnych radzieckich miast.

Mimo mojej początkowej nieśmiałości szybko zadomowiłam się w grupie gokartowców. Czułam się wśród nich nawet lepiej niż wśród moich szkolnych koleżanek. Nie musiałam starać się ładnie wyglądać ani zwracać uwagi, co na sobie mam, musiałam tylko od czasu do czasu pociągać piwo z butelki, a potem beknąć, albo zaciągnąć się dymem z papierosa, i to wystarczyło, żeby być traktowana jako część tej społeczności.

W trakcie wyścigów, które nie interesowały mnie specjalnie, czytałam książki. Czasami chłopcy opowiadali idiotyczne dowcipy na temat moich „romansów". Odparowywałam, że byłoby dobrze, gdyby przynajmniej jeden z ich grupy umiał czytać i pisać. Takimi odzywkami zdobyłam sobie z czasem ich szacunek.

Początkowe obawy Hajfisza, że dziewczyna nie nadaje się do tego zajęcia, okazały się bezpodstawne. Szybko nauczyłam się śmiać z ich nieprzyzwoitych dowcipów i zrozumiałam, że te sprośności niekoniecznie są sygnałem ich niedorozwoju umysłowego. Nauczyłam się też pluć na odległość i błyskawicznie zwijać się na hasło: „Uwaga, nadchodzą dranie!".

Miro był wtedy na etapie, który można by określić jako połowa drogi między *Wichrowymi Wzgórzami* a „pieprz swoją matkę", i nie było jeszcze jasne, w którą stronę pójdzie. Przymus, żeby podobać się wszystkim i wszystkich rozśmieszać, działał mi niekiedy na nerwy, ale za każdym razem udawało mu się mnie rozbroić, bo dokładał jeszcze jeden świrowaty numer, posuwał się jeszcze dalej w swoich durnych zagraniach, tak że w końcu nie pozostawało mi nic innego, tylko się roześmiać. Lecz w chwilach, w których nie miał ochoty na błazeństwa i po cichu dosiadał się do mnie, prosząc, żebym mu coś przeczytała, czułam się potrzebna i na właściwym miejscu.

Wiedziałam, że tym razem wrócę do domu za późno. Zaczęłam już myśleć, co wcisnąć matce jako powód spóźnienia. Między Hajfiszem a chłopakami wywiązała się kłótnia o wynik jednego zjazdu i ostatecznie musiałam zatrzymać pieniądze przy sobie. Czułam się zmęczona, było po dziesiątej wieczór i musiałabym okropnie długo czekać na trolejbus. Pomaszerowałam więc z Mirem piechotą do Kristine, a Kristine zadzwoniła do mojej matki. Potem podała mi słuchawkę.

– Przepraszam, *deda*. Zagadałam się z Mirem.

– Nie będę mogła cię teraz odebrać. Aleko wziął samochód i jeszcze nie wrócił. Przenocujesz u Kristine. A jutro po szkole od razu wrócisz do domu. Kostia przyjedzie po was po gimnastyce Darii, zrozumiałaś?

Graliśmy w karty i chichotaliśmy, przypominając sobie wydarzenia dzisiejszego dnia. Miro naśladował chłopaków od gokartów. Lana pojechała na tydzień na konferencję do Rostowa i mieliśmy pokój tylko dla siebie. Spałam na wersalce obok jego łóżka. Kiedy Kristine zgasiła światło, Miro zapalił latarkę, wskoczył na wersalkę i wcisnął mi do ręki książkę.

– Co to jest? – spytałam szeptem.

– *Człowiek ryba* Bielajewa, jestem już na sto dziewiętnastej stronie. Proszę, przeczytaj mi dalej.

Powstrzymałam się od komentarza i zaczęłam mu czytać tę fantastycznonaukową powieść. Po pewnym czasie poczułam niezwykły zapach.

– Czujesz coś? – spytałam.

Budzik elektroniczny, z którego Miro był tak dumny, a który matka przywiozła mu z Drezna, wskazywał godzinę 2.45. Zapach był tak intensywny, że przez chwilę zrobiło mi się dziwnie.

Miro usiadł i pociągał nosem jak pies myśliwski.

– Co to może być? – zastanawiałam się głośno.

Nigdy w życiu nie czułam tak oszałamiającej woni.

– Pachnie czekoladą. Kristine piecze na pewno ciasto czekoladowe.

– Chodź, zobaczmy...

Oboje jednocześnie wyskoczyliśmy z łóżka. Wsunęłam stopy w jego pantofle, większe od moich o co najmniej cztery numery, i popędziliśmy do pokoju Kristine. Kristine siedziała przed telewizorem. Na ekranie przelatywały tylko kolorowe paski, znak, że program dawno się skończył. Kristine wyjadała z filiżanki czarną gęstą ciecz. Nie widziała nas i jadła, wykonując bardzo powolne ruchy. Patrzyliśmy, nic nie rozumiejąc, to na nią, to na telewizor. Miro podszedł do niej cicho i objął ją od tyłu. Podskoczyła, zaskoczona i przestraszona, jakby wyrwał ją z jakichś myśli, a potem cmoknęła go w policzek.

– Co tu robicie? Dlaczego nie śpicie?

– Co jesz?

Popatrzył do filiżanki, ona zakryła ją ręką.

– Nic, w każdym razie nic dla dzieci.

– Ale my nie jesteśmy już dziećmi – powiedział Miro, przekomarzając się.

– Jak to nie!? Zmykajcie, no już. Jutro macie szkołę, zapomnieliście?

– Ale Kristi – kiedy Miro chciał być czuły, mówił do niej „Kristi" – my też chcemy tego skosztować. To tak pysznie pachnie... Co to jest?

– Nie!

Kristine prawie krzyknęła i zerwała się na równe nogi. Przez chwilę staliśmy naprzeciw niej jak drapieżne koty, które naruszyły jej terytorium. Potem Miro pobiegł do kuchni i wrócił z metalowym dzbanuszkiem, który przypominał dzbanek do kawy. Zdążył już włożyć palec do środka i właśnie go oblizywał. Z rozkoszy zamknął oczy i zrobił dziwny ruch głową.

– Nie! – krzyknęła znowu Kristine i opadła na fotel.

Miro podsunął mi teraz do polizania swój palec z gęstą, lepką czekoladą. Kiedy jej skosztowałam, poczułam na ciele gęsią skórkę. Oniemiałam. To było niebo w gębie. Najcudowniejszy smak, jaki kiedykolwiek czułam. Wyskrobywaliśmy palcami resztkę, która była na dnie. Palce wędrowały od naczynia do ust i z powrotem. Kristine siedziała w fotelu znieruchomiała, nie patrząc na nas i nie próbując nas już powstrzymywać.

– O Boże, Kristi! – Miro przysiadł na oparciu fotela i objął Kristine ramieniem. – Dlaczego nie przyrządzałaś nam wcześniej czegoś takiego!? To jest po prostu genialne!

– Moja siostra miała rację. Zawsze miała pod tym względem rację – szeptała do siebie Kristine.

Czekolada zostawiała na języku nie tylko niebiański smak, ale jeszcze coś nieuchwytnego; pozostawiała w duszy jakiś smutek. W jej smaku było coś takiego, że poczułam lęk. Nagle w mojej głowie powstało mnóstwo pytań.

Następnego ranka dowiedzieliśmy się w szkole, że w elektrowni atomowej w Czarnobylu na Ukrainie doszło do eksplozji i że wszyscy prawdopodobnie zachorujemy, i w końcu umrzemy w strasznych cierpieniach.

– Ale Ukraina jest przecież daleko – zauważył na podwórku jakiś ośmioklasista.

– Nie aż tak. Poza tym wszystko jedno, jak daleko jesteśmy. Nie będziemy mogli nic jeść ani pić, bo wszystko jest skażone, i dostaniemy wodogłowia – odparł inny mądrala.

– Czy drzewa zrobią się różowe, a ziemia niebieska? Czytałem, że tak było w Hiroszimie.

– To tutaj jest o wiele gorsze niż Hiroszima. Teraz skażony będzie cały świat, nawet Ameryka – upierał się maturzysta, który, jak się wydaje, był wyznawcą teorii spiskowych.

– Może spowodowali to Amerykanie, specjalnie, żeby...

– Na pewno. Coś takiego u nas by się przecież nie wydarzyło, bo oni pilnują – powiedziała przestraszona dziewczyna z lenonkami na nosie.

– Wszyscy staniemy się zombie – zapiszczała inna dziewczyna, a ja uznałam, że mam dość i odchodzę.

Wieczorem w samochodzie Kostii, którym wracałyśmy z Darią do Zielonego Domu, zapytałam dziadka, co o tym wszystkim myśleć. Kostia poprosił kierowcę, żeby zjechał na pobocze, przesiadł się do nas na tylne siedzenie i objął nas ramionami. Wzdrygnęłam się: od tamtego popołudnia spędzonego na jego łóżku nie było między nami żadnych gestów bliskości.

– Wszystko będzie dobrze. Nic wam nie grozi. Wam nie.

Kostia prawie nie opuszczał swojego pokoju. Siedząc w szlafroku, nieogolony, przed telewizorem, wykrzykiwał obelgi pod adresem „mięczaków", „złodziei" i „wrogów państwa" i powtarzał, że ten kraj potrzebuje żelaznej ręki, żeby znowu stanąć na nogi. Bywały dni, że już po śniadaniu zaczynał pić wino.

Raz po raz przed Zielony Dom zajeżdżały wołgi z mężczyznami o ponurym wejrzeniu i Kostia zamykał się z nimi w gabinecie, a przez ściany dobiegały jego pełne oburzenia okrzyki. Nierzadko goście opuszczali nasz dom przerażeni. W końcu maja Kostia wrócił wreszcie do pracy. Kiedy tego samego dnia przyjechał wieczorem do domu, najpierw rozbił o ścianę cały czeski serwis Nany. Szalał i krzyczał, że już on pokaże tym świniom, ostatecznie to dzięki niemu w ogóle dostali swoje stanowiska, mają pracę, więc przekonają się teraz, z kim zadarli.

– Oszalałeś? – załamała ręce Nana.

Kostia wytłukł jej najcenniejsze filiżanki.

Daria i ja siedziałyśmy na tarasie, wciśnięte z przerażenia w bujany fotel, któremu groziło, że niedługo się rozleci. Kilka dni wcześniej Daria spotkała się z Lacabidzem. Oznajmił jej, że skończyli montaż filmu i że premiera została przesunięta ze względu na wybuch w Czarnobylu. Zamknięta projekcja odbędzie się najpierw w Domu Filmu. Daria została na nią zaproszona. Moja siostra, rozgorączkowana, zapytała, czy z nią pójdę. Potem jej myśli zajęła tylko kwestia, co na tę okazję na siebie włożyć. Zauważyłam coś, co mnie zaniepokoiło: w ostatnim czasie wymieniała często pewne imię z marzycielskim wyrazem oczu.

– Kim jest ten Lasza, o którym stale mówisz? – spytałam.

– Nasz operator.

– I co z nim?

– A co ma być?

– Stale o nim mówisz.

– Już dwa razy czekał na mnie po szkole.

Z domu nadal dochodził podniesiony, wściekły głos Kostii.

– Jak to „czekał"? Spotykasz się z nim!?

– Zaprosił mnie do kina w piątek.

– Ale co to za typ?

– On jest cudowny. I taki przystojny. Ma odjazdowe ciuchy. Był już w Ameryce, widział Nowy Jork i nawet kilka gwiazd.

– A ile ma lat?

– Trzydzieści trzy.

– Jest przecież stary.

– Bzdura. Mnie się podobają dojrzali mężczyźni.

Zdziwiłam się, bo do tej pory Darii mężczyźni się nie podobali. Nie miała czasu o nich myśleć, zbyt była zajęta sobą. Wyglądało na to, że teraz obudziła się z zimowego snu.

– Do diabła z twoim starym serwisem do herbaty! Oni chcą mnie wyrzucić z urzędu! I przenieść na jakieś drugorzędne stanowisko w Ministerstwie Spraw Wewnętrznych! Mieli czelność powiedzieć mi wprost, że w rozliczeniach księgowych urzędu są nieprawidłowości! Bezmózgowcy! – krzyczał do Nany Kostia.

Z szopy Stazji płynęły dźwięki *Czarodziejskiego fletu* Mozarta, które niechcący stanowiły podkład muzyczny gróźb i wybuchów Kostii. Stazja na cały dzień zamknęła się w szopie.

Chcą wyrzucić dziadka? Obie z Darią czujnie nastawiłyśmy uszu.

– Ja im jeszcze pokażę, maminsynkom. Wszystkich zwolnię, wyrzucę na bruk. Nikomu nie można już wierzyć, nikomu, słyszysz? Nastały takie czasy, że nikt nie ma w sobie grama człowieczeństwa, nie wspominając o przyzwoitości czy jakiejś moralności. Niech sami ujawnią swoje sprawki, a przekonamy się, kto ma czystsze konto!

– Ale Kostia... Powiedz, to chyba nieprawda... Czy naprawdę odkryli nieprawidłowości w twoich finansach?

– Nieprawidłowości? Cały ten kraj to jedna wielka nieprawidłowość! Jak myślisz, z czego my się utrzymujemy, hę? Wyjazdy w lecie na kuracje i twoje godziny przy herbatce z koleżankami. Niby z czego zapłaciłem za operację twojej przyjaciółki u najlepszego lekarza w tym kraju? Jak myślisz, dzięki czemu albo komu to wszystko mamy!? Z twojej albo mojej pensji? Wierzysz w to!?

Broda Darii zaczęła drżeć. Siostra chwyciła mnie za rękę.

– Wszyscy kradną i chapią, gdzie się da, wszyscy chcą, żeby im smarować bez podnoszenia własnego tyłka! To jest ten gnijący kraj! Ale ty chciałaś, żebym się tu przeniósł. Żebym wrócił do tej szczurzej nory. W marynarce taka sytuacja nigdy by się nie zdarzyła. Tam jeszcze coś znaczy być człowiekiem. Czy ty masz pojęcie, z jaką swołoczą musiałem się tu zadawać!? Myślisz, że to była przyjemność? To nie ja wymyśliłem ten system. Ja tylko wpadłem w tę pułapkę. Z twojego powodu i z powodu twojej cudownej córeczki, która teraz zadowala się alkoholikiem. Księgowość, nie rozśmieszaj mnie! Niech mi ktoś w jakimś państwowym urzędzie pokaże jakieś księgi rachunkowe!

– Kostia! – W głosie Nany słychać było przerażenie i niepewność. – Pytałam, czy w twoich wykazach księgowych są nieprawidłowości!

– W ogóle nie ma żadnej księgowości, nie rozumiesz? Dla ludzi nie istnieje teraz żadna świętość, a chcesz wiedzieć dlaczego? Bo dopuścili do władzy mięczaka, tego niby rewolucjonistę, który boi się wyjść przed naród. A jak to jest tam, u ciebie, na tym twoim świętym uniwersytecie? Ile musiałbym dać komuś w łapę, żeby studiować prawo? Ile posmarować, żeby zostać lekarzem? A może problemy składni są tak fascynujące, że jako wielka uczona nie miałaś czasu przyjrzeć się światu, w którym żyjemy? Przecież chcieliście tak żyć, jak żyjecie. Wszyscy.

– O czym ty mówisz, do diabła?

– Chciałaś wyjeżdżać na wczasy, chciałaś mieć auto z kierowcą, chciałaś krepdeszynu z Włoch i perfum Opium z Francji, chciałaś, żeby przyjaciółki ci zazdrościły, chciałaś im pokazać, że dobrze trafiłaś... A ja musiałem się z nimi układać, Nano, inaczej już dawno by mnie tu nie było! – krzyknął z rozpaczą i raptem umilkł.

Daria wstała i popatrzyła na mnie szeroko otwartymi oczami. Nie wiedziałam, co powiedzieć, siedziałam jak skamieniała. Mozart nagle ucichł.

Jakże zadrwiło z nas to państwo!

Anatolij Rybakow

W Moskwie padało. Na lotnisku Szeremietiewo Kostia wziął taksówkę. Chciał zawiadomić Alanię, że przyjeżdża, przez cały tydzień próbował się do niego dodzwonić, lecz Alania był nieuchwytny. Kostia nie dawał jednak za wygraną. Na Łubiance miał jeszcze kilku przyjaciół. Przez nich odnajdzie w końcu Alanię.

Zarezerwował pokój w hotelu Mir i jadąc tam, czuł, jak opada z niego zniechęcenie, złość i cały stres minionych tygodni. W Moskwie odżył. Zdawało mu się, że miasto serdecznie go wita. I w odróżnieniu od Leningradu Moskwa nie pojawiała się w jego nocnych koszmarach. Ale też nie było ku temu powodów – lata spędzone w tym mieście to był szczyt jego zawodowej kariery, tu zdobył rozgłos i uznanie. Tak, to były inne, lepsze czasy i chętnie wracał do nich pamięcią.

Zostawił bagaż w pokoju, kazał sobie wezwać taksówkę i pojechał prosto do Sowieckiej. Restauracja legenda! Kiedyś, żeby dostać tu stolik, trzeba było mieć znajomości.

Tym razem zamówił krymskiego szampana, bliny z kawiorem i rybę w buraczkach. Wszystkie troski chciał choć na chwilę zostawić za sobą. Poczuć się dawnym, potężnym Kostią, który ma szeroki gest i wszystko pod kontrolą. Na koniec pozwolił sobie na śliwowicę. Po wyjściu z lokalu skierował się w stronę prospektu Kutuzowa, gdzie kiedyś mieszkał Alania. To był ostatni jego adres, jaki Kostia miał zapisany w notesie.

Pogada ze starym przyjacielem, który stanie za nim murem i wszystko odkręci. Kostia jeszcze pokaże tym dzisiejszym lizusom, z kim mają do czynienia. A jeśli okaże się to konieczne, napisze podanie o przeniesienie, a potem porozmawia z kim trzeba. Może wróci do Moskwy? Zabierze z sobą Darię. Daria niedługo zda maturę, a w stolicy z pewnością dostanie miejsce na porządnych studiach. Wtedy on postara się o mieszkanie w pobliżu Sadowego Kolca – to szczególnie piękna okolica.

Czuł się mocny i żądny czynu. To Moskwa dawała mu tę siłę. Zacznie od początku. Zostawi za sobą ten cały gruziński bajzel i wreszcie będzie miał do czynienia z profesjonalistami, ludźmi na poziomie.

Ciągle jeszcze miał w notesie kilka zaszyfrowanych numerów telefonów. Oczywiście mogło się okazać, że niektóre z jego znajomych wyszły za mąż, może nawet zostały matkami, ale na pewno będą i takie, które się ucieszą, że przypomni im dawne dobre czasy.

Jeśli jego krajan Szewardnadze mógł zostać pierwszym sekretarzem KC Komunistycznej Partii Gruzji, a potem awansować na ministra spraw zagranicznych, to jemu, Kostii Jasziemu, też powinno się udać. Trzeba tylko dotrzeć do właściwych ludzi.

Siedząc na tylnym siedzeniu taksówki, obserwował mijane, dobrze znane ulice i place, bulwary i budynki. Tak, tu był szczęśliwy, tu wszystko było tak, jak być powinno. Wtedy miał przy sobie Elene i jej miłość tylko dla siebie. Odchylił się na oparcie siedzenia. Przestało padać, niebo się rozjaśniało. Powoli zaczynały zapalać się uliczne latarnie.

Wysiadł przed jakimś wieżowcem. Nowy budynek, wcześniej go nie było. Dlaczego Alania w ogóle wrócił? Z wieżowca wychodziła właśnie starsza kobieta, więc korzystając z tego, szybko wszedł do środka. W spisie lokatorów znalazł nazwisko przyjaciela.

Winda zawiozła go na dziewiąte piętro. Zadzwonił. Nikt nie otwierał, zaczął więc stukać w drzwi. Czuł, że Alania jest w domu. Dobijał się i wołał:

– To ja, Kostia! Georgi, jesteś tam? Wiem, że jesteś. Otwórz, to ja. Specjalnie przyleciałem do Moskwy, muszę się z tobą zobaczyć.

W końcu usłyszał za drzwiami kroki, klamka się poruszyła. Zza drzwi wychynęła łysa głowa. To był Alania, postarzały o wiele lat. Miał zapadnięte policzki, suche i spierzchnięte usta. Wyraźnie stracił na wadze, przez co wydawał się jeszcze bardziej wątły niż zwykle. Był zaniedbany, choć kiedyś tak bardzo zależało mu na wyglądzie.

Mieszkanie było zapuszczone. „Dawno nikt tu nie sprzątał", pomyślał Kostia. W kuchni piętrzyła się góra brudnych naczyń, śmierdziało alkoholem i stęchlizną.

Alania patrzył na Kostię swymi małymi oczyma i próbował się uśmiechnąć. Potem rozwarł chude ramiona i objął starego przyjaciela.

– Od ponad tygodnia próbuję się do ciebie dodzwonić. W ministerstwie nie udzielili mi na twój temat żadnych informacji. Nie wiedziałem, jak cię namierzyć. Przyleciałem, żeby z tobą pogadać. Byłem pewien, że cię znajdę. Chodź, niech cię jeszcze raz uścisnę, stary!

Alania wyciągnął butelkę wódki i nie pytając, nalał im obu.

– Ty i wódka!? – Kostia próbował robić wrażenie wesołego i udawać, że nie zauważa, jak wygląda mieszkanie Alanii.

– Jeszcze trzy dni i wyjeżdżam. Na zawsze – oznajmił Alania z uśmiechem, podniósł kieliszek i wychylił go.

– Co to znaczy!? Jak to wyjeżdżasz? Dokąd?

– Na turniej szachowy do Holandii. Potem znikam. Londyn.

– O czym ty mówisz? Chcesz uciec!?

– Wszystko skończone, Kostia, wszystko. Wracam do Londynu. Inne sprawy nie mają znaczenia.

Znowu napełnił sobie kieliszek.

– Alania, co ty pleciesz!? To mi się nie podoba.

– Jak mnie złapią, trudno.

– Hej, spójrz na mnie! Co ci się stało? Wiem, w tym momencie nieszczególnie się nam wiedzie, no cóż, nic dziwnego, wystarczy popatrzeć na to dziadostwo w KC, ale to jeszcze nie powód, żeby...

– Wszystko się skończyło, Kostia, nie widzisz!? Skończyło się!

– To przejdź, brachu, na emeryturę, ale nie opowiadaj takich bzdur.

– Zawiedliśmy, Kostia. Wszyscy. Wszystko było na darmo.

– Ej, Geo, kiepsko to jakoś brzmi. I dlaczego nagle tyle pijesz? Nigdy nie piłeś!

– Odsyłałem do kraju setki ludzi, skłaniałem ich podstępem, żeby wsiedli na statek albo do samolotu, okłamywałem ich, składałem fałszywe obietnice. Wiedziałem, że niektórzy z nich zginą, a jednak robiłem to, co robiłem. Służba nie drużba. Niektórzy poszli prosto do obozu. Za moją przyczyną. Posyłałem ludzi na śmierć, rozumiesz?

– Przestań! To byli dezerterzy, wrogowie państwa i zdrajcy najgorszego sortu! Co mogłeś robić innego, niż czynić swoją powinność!? Służyłeś krajowi, Georgi, nie zrobiłeś niczego, czego mógłbyś się wstydzić! Byłeś lojalny i wierny. A teraz siedzisz w tej stajni Augiasza i użalasz się nad sobą!

– Pamiętasz, jak byliśmy w Leningradzie? Piękne czasy... Wierzyliśmy w to, co robiliśmy, mieliśmy tyle planów. – Alania zgarbił się nagle, odstawił kieliszek i przez lepką od brudu szybę patrzył w noc. – To wszystko były złudzenia, iluzje. I temu poświęciliśmy życie, rozumiesz, Kostia?

Zadzwonił telefon. Alania nie drgnął, jakby nie słyszał dzwonka.

– Geo, odbierz.

– Mam to w dupie! – W głosie Alanii pojawiła się nagle agresja. Pokiwał głową i znowu sięgnął po butelkę. – Ten nędzny cyrk wokoło... Że też nie masz go jeszcze dość i nie skończysz z nim wreszcie... Jak to możliwe?

Znowu nalał kolejkę.

– Nie powinieneś tak dużo pić.

– Tak dużo? Powinienem zapić się na śmierć! Myślałem, że jeśli służę krajowi, to robię coś, co ma sens, że... Nie jestem wart nawet tego, żeby ktoś mnie kopnął w tyłek! A ty? Popatrz na siebie. Ty...

– Uspokój się wreszcie!

– Nie chcę się uspokoić! Jadę! Pojadę do niej.

– Do jakiej „niej"?

– Do twojej siostry.

– Czy ja dobrze słyszę!? Co ty mówisz!? W twoim wieku!... O Boże, tylko nie Kitty, proszę cię!

– Ona jest jedyną osobą, która...

– Nigdzie nie pojedziesz. Zrezygnujesz z tego wyjazdu, słyszysz!? Weźmiesz zwolnienie lekarskie. Nie pozwolę, żebyś zrobił z siebie pośmiewisko. Ty, jeden z najlepszych, chcesz pozwolić się złapać gdzieś na Zachodzie przy próbie ucieczki... Nie dopuszczę do tego!

– Kostia, zrozum! Wszystko się skończyło. Dla takich jak my tak czy siak nie będzie tu litości. A niedługo zresztą tego wszystkiego już nie będzie. Rozejrzyj się tylko!

– Alania, jesteś sentymentalny. Musisz wziąć się w garść i zacząć panować nad swoim życiem. We dwóch sobie poradzimy, przetrwaliśmy gorsze czasy.

– Po co właściwie przyszedłeś? Żeby sprowadzić mnie na dobrą drogę? Chcesz wstawiać się za mną na Łubiance? A może za ciasno ci we własnym domu? Czyżby w ojczyźnie ziemia nagle zaczęła ci się palić pod nogami?

– Czy przez te lata było coś pomiędzy tobą a Kitty?

Kostia wychylił kieliszek. Coś musiało istnieć, bo to, co teraz usłyszał od Alanii... Alania, Georgi Alania, człowiek, którego podziwiał jako bohatera! I jego wspaniała kariera!...

– Co było między nami? A co, twoim zdaniem, mogło być? Była pieprzona gra w chowanego. Byłem ślepy i nie rozumiałem, że twoja siostra jest moją jedyną ostoją. Chwycę się tej mojej ostatniej szansy, a ty... ty powinieneś zrobić to samo.

„Z pewnością nawiązał się między nimi jakiś stosunek, to było nieuchronne, przecież krył ją tyle lat... Jak mogłem na to nie wpaść!?", myślał Kostia. Kitty, taka zachodnia i liberalna, na pewno zaintrygowała Alanię. Nagle przyszło mu do głowy, że nie powinien zostawać w Moskwie, powinien wziąć Alanię z sobą do Tbilisi. Moskwa nie była dla jego przyjaciela odpowiednim miastem. Alania był zbyt skromny, za mało dla siebie wymagał. Bardziej pasował do południa ze swoim gruzińskim zaśpiewem i gruzińską sentymentalnością. Tak, zabierze go i uratuje przed nim samym.

– Weźmiesz sobie tydzień albo dwa wolnego i polecimy do Tbilisi. Jutro z rana o wszystko się zatroszczę. Nowe otoczenie dobrze ci zrobi. To mieszkanie jest nie na twoją miarę. Nic dziwnego, że tu wariujesz.

– Kostia, Kostia, nieugięty i niepoprawny, co?

Alania patrzył na niego przeciągle, lecz jego wzrok nie zdradzał niczego. Wieloletni trening w służbach specjalnych nauczył go nie ujawniać żadnych emocji.

– Słyszałeś o Afganistanie: to jedna wielka katastrofa. Nie chciałbyś wiedzieć, ilu tam zginęło. Myślę oczywiście o prawdziwej liczbie, a nie tej propagandowej. W następnych dwóch latach będą wycofywać jednostki, bo niczego tam nie wskórają. Przemysł zbrojeniowy zamierzają zredukować do minimum. Twoje fantastyczne atomowe okręty podwodne pójdą na złom. Oni nie rozumieją, że te ich pozytywne w swych intencjach „dobre posunięcia" wszystko jeszcze pogorszą. Nie widzą, że krytyka, na którą się zgodzili, doprowadzi do zburzenia tego domku z kart. – Alania mówił z namysłem, z twarzą zwróconą do okna. – Chcą jeszcze zyskać jakieś punkty, wprowadzając reformy, ale się przeliczą. Kto siedzi na kupie gówna, nie pozwoli, żeby w niej grzebano. Pokojowej drogi nie będzie. Jak tylko popuszczą cugli, każdy zacznie krzykiem domagać się swego kawałka tortu i wyciągać po niego rękę, ale z tego tortu wiele do podziału nie będzie. I jeśli nie spadną ci łuski z oczu, utkniesz na dobre w tym domku z kart, a on się na ciebie zawali. Zachód będzie przyklaskiwał, gdy się okaże, że to „imperium zła" nie jest wcale takie złe i przejawia chęć współpracy. Będą krzyczeć „hura!", bo nasi nie wyślą na ulice czołgów. Ale te gówniane czołgi nadal będą istniały, tylko to, co się będzie działo, nie będzie się już toczyło pod szyldem partii komunistycznej, i o to właśnie chodzi Zachodowi. O poczucie, że miał rację, czekając cierpliwie, aż nasza wspaniała ojczyzna sama obróci się w ruinę. No więc rozejrzyj się, otwórz oczy, przyjacielu! Choć ludziom takim jak ty najtrudniej pogodzić się z przegraną.

Alania mówił spokojnie, był opanowany. Kostia pochylił głowę, starając się nie dopuszczać do siebie tego, co słyszał. Musi powstrzymać Alanię, uratować go, tak jak kiedyś Alania uratował jego. Inaczej jego przyjaciel sam się zniszczy. Nie może mu na to pozwolić.

Kiedy Alania około siódmej rano zasnął wreszcie, zmorzony alkoholem, Kostia wymknął się z mieszkania i poszedł na Łubiankę. Jego legitymacja sprawiła wprawdzie, że go wpuszczono, ale odesłano do poczekalni. Powiedziano mu, że nikt wyższy rangą jeszcze nie urzęduje. Kostia próbował nie okazywać, że poczuł się dotknięty. Kiedyś nikt by się nie ośmielił kazać mu czekać. No tak, co do jednego Alania miał rację: nadeszły zupełnie inne czasy.

Dopiero około dziewiątej pojawił się jakiś urzędnik i poprosił Kostię do gabinetu. Kostia przedstawił mu się i opowiedział, że jego przyjaciel Georgi Alania jest chory, potrzebuje odpoczynku i nie będzie mógł towarzyszyć ekipie szachistów na mistrzostwach. Młody, dobrze odżywiony mężczyzna o różowych policzkach zapisał coś w notesie i skinął głową. Kostia wspomniał też, że stęsknił się za Moskwą, w nadziei że jego rozmówca zapyta, skąd pochodzi. Tak też się stało, lecz kiedy Kostia się rozpędził i chciał przedstawiać przebieg swojej kariery, młodszy od niego o wiele lat mężczyzna przerwał mu i przeprosił, mówiąc, że czekają na niego bardzo pilne sprawy.

Kostia wrócił do hotelu zgaszony i ciężko usiadł na łóżku. Tak, bez wątpienia czasy się zmieniły. „Nie na lepsze, nie na lepsze", powtarzał w myślach, dopóki nie zapadł w głęboki sen.

– Jak mogłeś mi to zrobić!? – W głosie Alanii brzmiała rozpacz. – Przecież jesteś moim najlepszym przyjacielem.

Kostia, wyrwany ze snu dzwonkiem telefonu, dowlókł się do aparatu i podniósł słuchawkę. Gdy usłyszał głos Alanii, jego pierwszą myślą było: „Jak mnie tu znalazł? Nie zostawiłem mu przecież adresu". No tak, Alania był wiele lat w tajnych służbach.

– Zamierzałeś właśnie zrujnować sobie życie, Georgi, powinieneś mi raczej podziękować, że uratowałem twoją skórę.

– Niczego nie uratowałeś, przeciwnie, wszystko zniszczyłeś! W tym roku nie przewidują już dla mnie żadnego wyjazdu za granicę. Ona nigdy... nigdy mi tego nie wybaczy.

W pokoju było ciemno. Która mogła być godzina? Jak długo spał? Powoli całe to zamieszanie zaczęło Kostii działać na nerwy. Zapalił nocną lampkę.

– Słuchaj, Georgi, uspokój się i posłuchaj! Zachowujesz się jak szesnastolatek. Oprzytomnij! Właśnie byłeś o krok od tego, żeby wszystko zniszczyć, a ja ci w tym przeszkodziłem. Kiedyś mi jeszcze za to podziękujesz. Potrzebujesz spokoju i przyjaznych ludzi wokół siebie, ludzi, którzy się o ciebie zatroszczą. Trzeba ci dobrego jedzenia i świeżego powietrza. Pojutrze pojedziemy razem do Tbilisi i zostaniesz tam, jak długo będziesz potrzebował.

Alania nie pojawił się na lotnisku. Kostia przebukował bilet i pojechał do mieszkania przyjaciela. Drzwi były jednak zamknięte i dzwonienie, pukanie i wołanie na nic się zdały.

Następnego dnia Kostia wrócił do Tbilisi sam. Rozgoryczony, pogrążony w niewesołych myślach.

Kitty nie opuszczała mieszkania od dwóch tygodni. Nawet jedzenie zamawiała. Nie odbierała telefonów. Nie otworzyła drzwi także wtedy, gdy Amy wywołała pod jej oknami awanturę i o mało się nie pobiła z czatującymi tam paparazzi.

Tego wieczoru jednak miała wystąpić w prywatnym klubie w Notting Hill. Zapowiedziano, że odbędzie się tam zbieranie datków na chorych na AIDS. Kitty stała od pół godziny przed szafą i nie mogła się zdobyć nawet na to, żeby zdecydować, co włoży. Za chwilę miała przyjechać limuzyna z przyciemnionymi szybami, żeby zawieźć ją do klubu. Dobrze, przynajmniej będzie mogła po drodze napić się w aucie trochę whisky.

Czytając ostatnio gazety, doszła do wniosku, że świat zaczął zmierzać w inną stronę. Dziś wieczór odeśle do domu chórek, który miał jej towarzyszyć, i zaśpiewa sama, z gitarą. Chce być sama.

W ostatnich dwóch tygodniach często rozmawiała w myślach z Andrem. Był blisko niej. Nawet jeśli go nie widziała, czuła jego obecność. Ale od wczoraj go nie było. Ani pod oknem, ani w jej głowie.

Wyjęła z szafy czarny sweter i włożyła go na gołe ciało. Usiłowała pomalować usta, lecz ręka jej drżała i nie zdołała zrobić tego precyzyjnie. Jeszcze chwila i wsiądzie do auta, pocieszała się. Przetrzyma jakoś ten wieczór. To tylko trzy piosenki, które ma zaśpiewać. Trzy, i zaśpiewa je sama.

Limuzyna mijała właśnie Ladbroke Gardens. Kitty wychyliła się przez okno. Na twarzy czuła morską bryzę, a na języku gorzki i rozgrzewający smak whisky. Wiedziała, że powoli ogarniają ją omamy. W ostatnich dniach słyszała nawet głos

Mariam, szepczący jej coś do ucha. Słyszała, jak wzywa ją matka. A wczoraj w nocy obudził ją upajający zapach. Zapach gorącej czekolady jej dziadka.

– A niech to diabli, o mało nie umarłam z niepokoju. Nie byłam pewna, czy raczysz się pojawić. Co się z tobą dzieje!? Byłaś chora? Dlaczego nie otwierasz drzwi i nie odbierasz telefonu? Ci cholerni paparazzi kręcą się dwadzieścia cztery godziny na dobę przed twoim domem. Jak dobrze, że jednak jesteś! Co za ulga!

Amy, w błyszczącym kombinezonie, krzykliwie umalowana, wybiegła jej naprzeciw, położyła Kitty rękę na ramieniu i już wprowadzała ją za kulisy. Na widok perfekcyjnie przygotowanej na występ sceny i cukierków na kaszel, czekających w miseczce za kulisami, Kitty miała ochotę ucałować ręce Amy i zapłakać ze wzruszenia. Ale brakowało jej siły. Oby wystarczyło jej energii na te trzy piosenki.

Dobrze, że nie było dziś kamer. To był prywatny koncert. Ile pieniędzy zdołano już na nim zebrać na szczytny cel? Czy ktoś w ogóle wie, co to jest szczytny cel?

Wzięła do ręki gitarę. To jej najpewniejsza podpora. Powoli gasły światła. Wymagająca zamożna publiczność taksowała ją wzrokiem, gdy stanęła na scenie w świetlnym kręgu. Do podstawionego przez Amy mikrofonu powiedziała kilka słów, prosząc, by zebrani byli wspaniałomyślni i okazali hojność. Potem zamknęła oczy. Nagle poczuła, że ona tu jest. Fred Lieblich. Przywrócona życiu, stała gdzieś na widowni i wpatrywała się w nią kocimi oczyma, ale życie bez litości gnało naprzód, nie czekało na żadną z nich.

Śpiewała, a przy ostatniej piosence podniosła głos, wyżej i jeszcze wyżej, aż urwała i zaległa głęboka, cudowna cisza. Miała wrażenie, że upadnie. Tak łatwo jest zniknąć, kiedy wpatruje się w ciebie tyle oczu. Można się zapomnieć na czas trwania jednej piosenki. Odpływała ze sceny niesiona aplauzem i padła w garderobie na fotel, opierając twarz o stół do makijażu. Obok niej ćwierkała Amy w szampańskim humorze.

Kitty nie słuchała. Przyjrzała się sobie w bezlitosnym świetle żarówek otaczających lustro. Zmarszczki, zmęczenie, daremny wyścig z czasem. W oczach rezygnacja. Amy na szczęście znikła – poszła „podtrzymywać kontakty", jak to nazywała, i zostawiła ją samą.

– Nie wyglądasz najlepiej. Urwijmy się stąd. – W drzwiach stała Fred.

„Jaka piękna istota i jakie to marnotrawstwo", pomyślała Kitty, patrząc na odbicie Fred w lustrze.

– U mnie wszystko w porządku – powiedziała i wyprostowała się.

– Kłamiesz. Jestem autem. Nie biorę. Chodź, zmywamy się.

– Dokąd?

– Dokąd chcesz.

– Nie ma miejsca, do którego chciałabym uciec.

– Zawsze jest jeszcze morze.

– To daleko.

– Nie szkodzi. Chodź, nie zjem cię przecież. Potrzebujesz świeżych myśli. No chodź!

Wymknęły się tylnym wyjściem. Fred miała starego vana, zaparkowanego niedaleko wejścia dla artystów. W aucie ogarnęło Kitty przemożne zmęczenie. Zamknęła oczy. Miała z sobą tylko gitarę i torebkę. Nawet kurtkę zostawiła.

– Musisz jechać na Eastbourne. Potem ci powiem, gdzie odbić – powiedziała do Fred, zanim zasnęła.

Całą dwuipółgodzinną jazdę przespała. Od dawna nie spała tak dobrze i mocno, bez koszmarów.

– Więc w tym mieszczańskim bastionie madame Jaszi wije sobie gniazdko na starość?

Kitty wolno otworzyła oczy i usłyszała, że Fred się śmieje.

– Na lewo i prosto, a potem drugi wjazd w prawo.

Kitty zapaliła światło. Ile czasu upłynęło od chwili, kiedy była tu po raz ostatni? Było to chyba wtedy, gdy jej smutny przyjaciel znalazł ją, wyrósłszy jak spod ziemi, a potem obiecał, że wróci.

Dom zdawał się pogrążony w narkotycznym śnie. Noc była jasna i zimna. Słychać było szum morza. Kitty w jednej chwili poczuła się lepiej. Fred zapaliła papierosa i stanęła pod drzwiami.

– Chodźmy nad morze. Mam latarki i koc. Mam nawet suszone śliwki i dobrą whisky, szkocką.

Fred spodobał się ten pomysł.

Oświetlały sobie drogę latarkami. Dużo czasu zajęło im zejście na plażę, na którą z klifu prowadziła wąska ścieżka. Rozłożyły koc na wilgotnym piasku i wyciągnęły się na nim. Wokół było tak niepokojąco przyjaźnie i spokojnie. Ostry sierp księżyca zanurzał się w wodzie w żółtawym świetle.

Fred dotknęła Kitty, wędrując ręką w górę, wzdłuż jej kręgosłupa. Potem objęła ją ramionami. Pocałowała. Całowała jej twarz miejsce przy miejscu. Głaskała jej skórę. Kitty pozwalała na to. Ten dotyk był jak powrót do domu. Gwiazdy zdobiły niebo jak małe pieprzyki. Kobiety leżały blisko siebie. Wzajemnie odgarniały sobie włosy z czoła. Kitty wzięła twarz Fred w swoje ręce i przyjrzała się jej, jakby chciała ją zapamiętać.

– Teraz kolej na mnie – powiedziała Fred.

Koło raf przybrzeżnych, w odległości kilku metrów, Kitty zobaczyła stojącego Andra. Przetarła oczy i usiłowała koncentrować się na twarzy Fred, ale Andro stał tam, gdzie go dojrzała. Przyszedł. Czuła jego obecność każdym włóknem ciała.

– Co się dzieje? – spytała Fred i ujęła Kitty za przegub. – Zimno ci?

– Nie, już dobrze.

– Chcę wiedzieć, co się dzieje. Chcę być obecna w twoim życiu. Dla ciebie. Proszę, pozwól mi.

– Bądźmy tu po prostu, ty i ja, to wszystko.

– Tak.

– Co tak?

– Możemy jechać do Wiednia.

– Do Wiednia?

– Zgódź się! Pokażę ci kilka pięknych miejsc, jeśli jeszcze istnieją, i będziemy pić najlepszą gorącą czekoladę na świecie.

– Wątpię.

Fred położyła głowę na brzuchu Kitty i powędrowała wspomnieniami do Wiednia swojego dzieciństwa. Zatrzymała się w nich w momencie, kiedy sobie przypomniała, jaki odgłos wydaje ludzkie ciało, kiedy się je zdejmuje ze stryczka. Łyk za łykiem sączyła szkocką whisky przyniesioną przez Kitty. Sama nie wiedziała, kiedy zasnęła.

Kitty się rozebrała. Chciała być naga, wolna. Złożyła swoje rzeczy. Porządnie, tak jak uczyła ją matka, kiedy ona była małą dziewczynką. Andro stał za nią i patrzył. Potem ostrożnie weszła do zimnej wody. Fale uderzały w twarz, tłumiły okrzyki, które wyrywały się z piersi. Zanurkowała. Woda ją wyniosła. Z oddali widziała jeszcze światło latarek, koc i kobietę, która na nim leżała, aż wszystko zlało się w jeden maleńki, jasny punkt.

Andro płynął za nią. Kitty znowu zachłysnęła się wodą. Fale były wysokie, huśtały nią. Poczuła strach, ale tylko przez chwilę, dopóty twarz Andra znowu się przed nią nie pojawiła. Nad wodą zalegała ciemność, straciła orientację, światełko w oddali też znikło. Nagle coś zajaśniało pod jej nogami. Małe rybki, otaczała ją ławica małych rybek. Kitty roześmiała się w głos.

„To jest szczęście, to jest szczęście – myślała. – Jak popołudniowy pot na naszych ciałach, kiedyśmy się kochały wtedy, pierwszy raz. Jak ostatnia piosenka dziś wieczorem i wdzięczne oczy Amy. Jak samotność Georgiego Alanii, którą na sekundę udało mi się przezwyciężyć, kiedy go mocno obejmowałam. Jak podróż autobusem przez Amerykę. Jak te rybki pod moimi nogami, księżyc nade mną, rafy przybrzeżne, fale i ten strach, który znika".

Poruszała ramionami w nicości. Nie było brzegu. Nie było ziemi. Tylko ta nicość i ona, małe rybki i ten bezmiar wody.

Śmiech Kostii, kiedy go rozśmieszyła po raz pierwszy. Miękkie pocałunki Andra. Czereśnie, od których zawsze bolał brzuch. Zmarszczka zmartwienia na czole matki, dokładnie pośrodku. Piosenki. Nieprawdopodobny zachwyt, jaki otaczał ją w Amsterdamie. Czy zasłużyła na to szczęście? Gdyby ci wszyscy ludzie wiedzieli, czego się dopuściła, czy kupowaliby jej płyty i śpiewali jej piosenki?

Ciągnęło ją w głąb, czuła, że opuszczają ją siły.

„Mariam? – Wyciągnęła rękę. – Czy cię bolało? Jak to było? Czy to boli?"

„Postawili mnie pod ścianą. Potem padł pierwszy strzał. I jeszcze jeden. Myślę, że strzelali trzy razy, dla pewności. Poszło szybko, niewiele czułam. Nie martw się".

Głos Mariam odbijał się echem w jej głowie.

„Nie chcę, żebyś mnie nienawidziła".

„Jak mogę cię nienawidzić, Kitty? Nie pamiętasz już, jak pięknie było między nami?"

„Nie było pięknie. To było piekło na ziemi".

„Nie mów głupstw. Przypomnij sobie. Żyłyśmy, istniałyśmy".

Ale Kitty nie odpowiadała. Jej płuca napełniały się wodą. Tylko rybki pływały wokół niej i fosforyzowały fantastyczną zielenią.

Ciało Kitty wyciągnięto z wody po trzech godzinach od chwili, gdy Fred zaalarmowała służby ratownicze. Nie trzeba było nawet szukać bardzo daleko. Pływanie nigdy nie było mocną stroną Kitty.

Oddam rząd za kilo makaronu!

hasło z transparentu podczas demonstracji

Film wszedł do kin i wywołał spodziewane poruszenie. Przede wszystkim muszę ci powiedzieć, Brilko, że byłam zachwycona moją siostrą i sposobem, w jaki zagrała tę rolę. Siedziałam podczas zamkniętej projekcji w Domu Filmu i przyglądałam się Darii, stwierdzając, że przeobraziła się w inną istotę. Nie chciało się wierzyć, że Daria była zdolna do takiej przemiany, że znalazła w sobie tyle empatii, by tak dobrze wczuć się w swoją postać. Film był dobry i poruszający. Aktorzy grali wiarygodnie, a scenariusz był spójny.

Na końcu cała sala się podniosła i w trakcie długo trwających oklasków poproszono aktorów o wejście na scenę. Obok mojej cudownie pięknej siostry w srebrnej sukni na ramiączkach stał wspaniały operator Lasza i obejmował ją.

Lasza miał w sobie coś z narcyza. Był modnie ubrany, miał szlachetne rysy, jednak jego zimne oczy patrzyły tak, jakby potrafiły widzieć świat i ludzi wyłącznie przez obiektyw kamery. Wyjątkiem była moja siostra. Bo ją Lasza wprost pożerał wzrokiem. Uważałam, że jest dla niej za stary, a poza tym miał przecież żonę. Tego wieczoru żona zresztą towarzyszyła mu i potem w ostentacyjny sposób wisiała mu na ramieniu.

Była również szykownie ubrana, sprawiała jednak wrażenie kobiety nieco powierzchownej.

Feta po prapremierze odbywała się w jednej z restauracji na nabrzeżu. Cały czas zadawałam sobie pytanie, co takiego Daria zobaczyła w Laszy.

Było oczywiste, że od tej pory Daria będzie zapraszana na wszystkie oficjalne spotkania, dlatego musiałyśmy w końcu wyjawić rodzinie prawdę. Film miał wejść do kin za cztery tygodnie, jeśli nie wtrąci się cenzura. Lecz ponieważ twórcy filmu przedstawili temat dość symbolicznie i ogólnie, bez odniesienia do konkretnych osób, oraz ponieważ z Moskwy wiały już nowe wiatry, zakładano, że wszystko pójdzie zgodnie z planem.

Jeszcze tego samego wieczoru przekonałam Darię, żebyśmy powiedziały o wszystkim matce i Alekowi. „Jak wytłumaczyć sprawę Kostii, zastanowimy się później", dodałam.

– Mniej więcej za dwa tygodnie zobaczycie Darię jako wschodzącą gwiazdę na aktorskim firmamencie. Chcę tylko, żebyście o tym wiedzieli i nas wsparli, to znaczy wsparli ją, Darię.

Byliśmy w kuchni, matka zmywała naczynia, a Aleko czytał gazetę. Daria zamknęła się w łazience ze strachu, że zaraz rozpęta się burza.

– Co mówisz? – zapytała machinalnie Elene, skupiona na brudnych naczyniach.

Pomału i z namysłem opowiedziałam im o tym, cośmy przeprowadziły: o wyjeździe do Bakuriani bez Darii, o wsparciu Lacabidzego, aż do dzisiejszej zamkniętej prapremiery.

– Nie byłyśmy dziś na urodzinach koleżanki. Byłyśmy na prapremierze filmu i Daria jest w nim naprawdę piekielnie dobra!

Spojrzeli na mnie oszołomieni. Aleko otwarł usta. Myślałam, że mnie pochwali za moje, jak nazywała to matka, „powodujące wzrost ciśnienia w rodzinie koszmarnie mądre pomysły". Lecz tym razem widać było, że naprawdę go zdenerwowałam i raczej nie będę mogła liczyć na wsparcie.

– Jak mogłyście zrobić coś podobnego!? Po tym wszystkim, co przeszłam z waszym dziadkiem! – krzyczała matka. Miała twarz wykrzywioną ze złości. – Wiesz, jakie będą tego konsekwencje? Okłamałaś mnie! Wszystkich nas oszukałaś. I to kto! Moje własne dziecko!

Byłam zaskoczona i nieprzygotowana na to, że jej złość skrupi się na mnie.

– Ale *deda*, to jest świetny film i wszyscy byli zachwyceni, i...

– Brawo, Nico! Ile ty masz lat? Wiesz? A może uważasz się już za dorosłą?

– To ja tego chciałam. Nica usiłuje tylko teraz to wyjaśnić. – Daria wyszła wreszcie z łazienki i wzięła mnie w obronę.

Elene na moment zamilkła. Potem usiadła i schowała twarz w dłoniach. Przez chwilę stałyśmy w milczeniu, czekając, aż matka na nas spojrzy.

– Wyjaśnić, tak? Niczego nie można wyjaśnić, to jest zasrane kłamstwo – powiedziała naraz cicho.

– Elene, proszę. – Aleko próbował ją uspokoić.

– Co Elene!? Ona wpakowała nas wszystkich w paskudną sytuację. A jeśli uważa się za tak sprytną, niech wymyśli, jak to zrobić, żebym nie dostała od ojca zakazu przyjazdu do domu i widywania moich córek. Bo to ja ostatecznie będę tą, na której wszystko się skrupi!

– No, mogłabyś uwzględnić, że jak na jej wiek... no cóż. Ej, mała, mogłabyś zostać szefową partii komunistycznej...

Elene spojrzała na niego z irytacją.

– Ona kłamie. Stale kłamie. Zastanawiam się, kiedy to się zaczęło. Co nam umknęło. Wagaruje, włóczy się gdzieś, spędza czas z tym leniwym synem Lany, który, zdaje się, źle się uczy. A przy tym nie musiałaby się wcale wysilać, żeby być najlepsza w klasie. Ale to dla niej już za duży wysiłek. Ma przecież coś lepszego do roboty.

– On nie jest leniwy – mruknęłam cicho, stając w obronie Mira.

Nowy pierwszy sekretarz opublikował w „Prawdzie" artykuł, w którym była mowa o „interesach klasowych" i o „wartościach ogólnoludzkich", i artykuł ten został uznany przez partyjnych konserwatystów za ostateczne odejście od dziedzictwa Lenina. Wycofanie sił radzieckich z Afganistanu, spotkanie na szczycie z Reaganem w Reykjaviku, gdzie miało zostać podpisane nowe porozumienie w sprawie broni jądrowej, były kolejnymi przejawami ustępstw Związku Radzieckiego wobec Zachodu.

Może był to przypadek, że tego właśnie dnia, po dłuższej nieobecności, Alania przyszedł do pracy i wszedł do działu prasowego – tylko dlatego, że szukał kolegi, który mógł mu pomóc w wyjeździe na Zachód w charakterze opiekuna z ramienia władz. Myślał przy tym, że musi szybko umocnić swoją pozycję w ministerstwie i gdy tylko będzie to możliwe, podpisać umowę na nowy wyjazd. W dziale prasowym pochyleni nad gazetami siedzieli mężczyzna oraz kobieta w moherowym swetrze. Byli najwyraźniej znudzeni. Niegdyś zajęcie to było niezwykłym przywilejem, bo dawało dostęp do wszystkich ważnych gazet zagranicznych, dziś dawny zapał gdzieś się ulotnił. Alania podejrzewał, że wybrany przez nich materiał i tak nie trafia na biurka ich przełożonych, bo nikogo teraz nie interesowało, co pisze zagranica. Zagrożenie istniało gdzie indziej: nie za granicami, lecz wewnątrz kraju.

Wzrok Alanii zatrzymał się na numerze „Guardiana" leżącym na stoliku. W londyńskich czasach regularnie czytał ten dziennik i teraz, wiedziony sentymentem, machinalnie po niego sięgnął.

– Towarzyszu Alania, czym możemy służyć? – zapytała urzędniczka, rozpakowując kanapkę z folii aluminiowej.

– Szukam towarzysza... – Alania urwał i jakby zahipnotyzowany wbił wzrok w gazetę.

– Przepraszam, ale...

Kobieta podniosła się z krzesła, lecz Alania osadził ją w miejscu zdecydowanym ruchem ręki.

– Z jakiego dnia jest ta gazeta? – zapytał tonem nieznoszącym sprzeciwu.

– Bodaj z poprzedniego miesiąca. Sprzed trzech tygodni. Proszę popatrzeć na... Ach tak, brakuje strony tytułowej. Co się dzieje, towarzyszu? Czy coś nie w porządku?

Nie odpowiedziawszy, Alania wyszedł z pokoju z gazetą w ręce, prosto na ulicę.

„Międzynarodowa scena muzyczna pogrążona w żałobie. Kitty Jaszi, pieśniarka, która w latach sześćdziesiątych zdobyła nadzwyczajną popularność dzięki swym pamiętnym, emocjonalnym pieśniom i dzięki swemu politycznemu zaangażowaniu..."

Alania usiadł na trotuarze. Drżały mu nogi. Próbował połączyć tę szokującą wiadomość z Kitty, kobietą, która trzymała go przy życiu i której obiecał, że wróci. Zaczął gorączkowo liczyć dni. Chciał wiedzieć tylko jedno: czy zdążyłby do niej przyjechać, gdyby nie przeszkodził mu w tym Kostia. Czy jeszcze wtedy by żyła.

Telefon zadzwonił akurat w tym momencie, kiedy Elene zebrała się na odwagę i przyjechała z nami do Zielonego Domu.

Dzień wcześniej zatelefonowała do ojca i uprzedziła go, że musi z nim coś omówić, i teraz siedzieliśmy właśnie we czworo w dużym pokoju, słyszeliśmy Stazję gadająca do siebie przy pracy w ogrodzie i Nanę przygotowującą w kuchni kolację. Elene tłumaczyła ojcu spokojnie i z opanowaniem, na jakie tylko było ją stać, że ujrzy wkrótce swą starszą wnuczkę na plakatach filmowych, a przede wszystkim na ekranie.

Kostia bez słowa pił mocną herbatę i nic w jego postawie ani w wyglądzie nie zdradzało, czy zareaguje tak, jak Elene się spodziewała. Słychać było tykanie zegara. Daria kołysała się niespokojnie na krześle, ze wzrokiem utkwionym w dziadku. Ja obgryzałam paznokcie i czekałam na błyskawice i grzmoty. Była to sprawa między Kostią a mną, wiedziałam o tym, zanim się podniósł i z groźnie uniesioną dłonią zbliżył się do mnie.

– A więc ty to wszystko wymyśliłaś, żmijko!?

Elene podniosła się ze swego miejsca, wiedziona instynktem macierzyńskim. Daria rzuciła się w stronę dziadka.

– To ja tego chciałam, ja tego chciałam, dziadku!

W tym momencie do pokoju wpadła Nana. Miała stężałą twarz, otwarte usta, czerwone policzki. W ręce trzymała pokrywkę.

– Telefon! – wyrzuciła z siebie, lecz Kostia nawet na nią nie spojrzał, tylko nadal mierzył mnie wściekłym wzrokiem.

– Nie teraz! – ryknął w stronę Nany.

– Właśnie że teraz! – Głos Nany drżał.

– Nie teraz, mówię!

– Teraz, do diabła! – krzyknęła Nana i opadła bezsilnie na krzesło, na którym wcześniej siedział jej mąż.

Kostia powoli, jakby nieufnie, skierował się w stronę drzwi.

– Kto dzwoni? – zapytał.

– Alania. On sam ci wszystko powie – wyszeptała Nana i pokrywka wypadła jej z ręki.

– Mamo, wszystko w porządku? – spytała trwożnie Elene.

– Chodzi o...

– Wyjdźcie! – zwróciła się do nas Elene.

Zanim wyszłyśmy z pokoju, usłyszałam, że Nana wypowiada imię Kitty.

Oni krzyczą, a ja skradłem księżyc,
który do nich należał.

Włodzimierz Wysocki

O tym, co się stało, Stazji postanowiono nie mówić. Nawet Daria i ja musiałyśmy obiecać, że nie puścimy pary z ust.

Dwa tygodnie później, kiedy podlewałam ze Stazją grządki w ogrodzie, moja prababka zatrzymała się nagle i wysłała mnie po mały stołek, żeby odpocząć i zaczerpnąć powietrza. Usiadła na nim i zastygła. Opuściła głowę i zobaczyłam, że po jej policzkach toczą się łzy. Przytuliłam się do niej i objęłam ją, niezdolna popatrzeć jej w oczy. Bo gdyby mnie spytała, czy jej córka umarła, nie umiałabym jej okłamać.

Po jakimś czasie Stazja wstała i znów zabrała się do pracy. Nie powiedziałyśmy do siebie ani słowa. Słychać było śpiew ptaków. W oddali przejechało auto.

– Czy znowu widzisz duchy? – spytałam, przerywając milczenie.

Spojrzała na mnie i uśmiechnęła się swoim mądrym uśmiechem.

– Tak, słońce, znowu.

– Tam, koło wiśni?

Ta świadomość, że w odległości niecałych pięćdziesięciu metrów dwie nieznane mi nieżyjące kobiety grają w karty, była dość niesamowita.

– Tak.

– I znowu we dwie grają w karty?

– We trzy. Grają we trzy – powiedziała, a ja nie śmiałam zapytać, kim jest trzecia grająca.

Kitty została pochowana na cmentarzu w Londynie. Policja była zmuszona wprowadzić ograniczenia w ruchu, żeby zapanować nad tłumem żałobników i gapiów. Amy i Fred szły za trumną. Fred, od tamtej nocy, kiedy musiała wezwać służby ratownicze, jakby straciła mowę.

Dwa miesiące po pogrzebie do Fred Lieblich zadzwonił Alania. Spotkali się w pubie przy Leicester Square. Alania czuł się fatalnie. Nabawił się paskudnego przeziębienia, było mu zimno, całą twarz miał w czerwonych plamach.

Fred paliła papierosa. Jej spojrzenie miało w sobie coś niesamowitego, przerażającego, twardego, było pozbawione współczucia. Patrzyła na Alanię, jakby był martwym przedmiotem. „Gdybym teraz przewrócił się i umarł, pozostałaby pewnie tak samo zimna", pomyślał Alania. Ale opowiedział jej najbardziej nieprawdopodobną historię, jaką Fred słyszała w swoim życiu. Miękkim, arystokratycznym angielskim opowiedział jej historię Kitty Jaszi i Georgiego Alanii. Od dnia, w którym zobaczył Kitty po raz pierwszy na dworcu niewielkiego gruzińskiego miasta, aż do jej ucieczki z Tbilisi. Opowiadał o Mariam i o Kostii, o dziecku Kitty, które urodziło się martwe, i o Andrze. Nie znała wszystkich tych faktów, znała tylko niektóre z osób, których imiona przyjaciółka wymawiała w jej obecności. Ten chorowity z wyglądu człowiek odkrył przed Fred całą panoramę życia Kitty, życia, z którym również jej własne było tak nierozdzielnie związane.

Opowiadał jasno i po kolei, a mimo to zdawało się jej, że powinna mieć jeszcze czworo dodatkowych uszu albo jeszcze drugi i trzeci mózg, żeby pojąć to wszystko, przyswoić sobie, uporządkować. Jego relacja miała w sobie coś z mantry, i choć większość z tego, co mówił, była dramatyczna i ostateczna,

Fred odczuła ulgę. Coś jak łaskę, jak sens w absolutnym bezsensie śmierci Kitty.

Opowiadał o ucieczce Kitty z Pragi, o latach spędzonych w Londynie, o swoim lęku o jej bezpieczeństwo. Opowiadał, jak Kitty coraz bardziej stawała się częścią jego życia, mówił o jej telefonach, a Fred przypomniała sobie, jak Kitty zamykała się w pokoju, żeby zatelefonować. I teraz jego słowa ciągnęły ją za sobą, rozwijały przed nią dywan, w którego splotach wszystko wydawało się naturalnie połączone, logiczne w przerażający sposób.

A kiedy opowiedział jej o swoim ostatnim z nią spotkaniu w Seven Sisters, o nocy i o jej rozpaczliwej miłości na zimnej podłodze w przedpokoju, nie pomijając szczegółów, to wydało się jej, że przypomina to ich ostatnią noc, koniec ich wspólnej historii i mimo pojawiającej się od czasu do czasu dziecinnej zazdrości rozumiała punkt, od którego zaczęła się ostatnia podróż Kitty. Nie wiedziała, co odpowiedzieć. Słowa wydawały się bezsilne wobec jego słów. Sama nie potrafiła, choć od niej tego oczekiwał, opowiedzieć mu o swoich ostatnich godzinach z Kitty. Nie była w stanie. Może kiedyś. I wtedy on będzie pierwszym, który się dowie.

Przez chwilę Alania patrzył na nią przybity. Potem skinął głową na znak, że rozumie, i wydmuchał nos w chusteczkę, która sprawiała wrażenie reliktu minionej epoki.

Zapytała go, w jaki sposób przyjechał teraz do Londynu i co zamierza robić.

– Uciekłem. Nie wiem, co zrobię, w każdym razie nie wrócę. Nie mogę.

– Ale nie może pan, zdaje się, tak po prostu tu pozostać? – zapytała i zaciągnęła się papierosem.

– Nie – odpowiedział, próbując się uśmiechnąć, żeby ująć temu „nie" beznadziei.

– Więc co zamierza pan zrobić?

– Coś wymyślę.

– Dlaczego nigdy mi o panu nie opowiadała?

Wzruszył ramionami.

– Przypuszczam, że chciała panią trzymać z daleka od swojej przeszłości.

– Ona była moim sercem. Moim czarnym sercem. – Fred sama była zaskoczona, że tak się wyraziła, ale było to szczere. – Amy zatroszczy się o jej spuściznę – dodała. – To dziwne, ale zostawiła testament. Jej życzeniem było założenie fundacji dla młodych muzyków. A dom w Seven Sisters mam dostać ja. Pewnie go sprzedam. Nie znoszę tego miasta, tych ludzi. Muszę stąd uciec.

Zamilkła, a potem nagle rzuciła:

– Niech się pan ze mną ożeni.

– Jak pani to rozumie?

– Właśnie tak, jak powiedziałam. Niech się pan ze mną ożeni. Wtedy będzie pan mógł tu zostać. Ja stąd wyjadę. Pan będzie mógł mieszkać w tym domu albo wyjechać, w każdym razie dostanie pan prawo pobytu w tym kraju. I będzie pan wolnym człowiekiem.

Alania spuścił głowę. Fred nie wiedziała, czy ta propozycja go przerosła, czy też przestraszyła.

– Tylko proszę nie oczekiwać, że będę pana najlepszą przyjaciółką i razem będziemy chodzić na grób Kitty. Będę tylko szczęśliwa, mogąc w jakiś sposób okazać się pomocna.

Utkwił wzrok w jej rękach. Zdawało się, że ciągle jeszcze nie wiedział, jak powinien zareagować.

– Proszę to przemyśleć. Ma pan mój numer. Ale proszę nie zastanawiać się dłużej niż tydzień. Po pierwsze, jestem już stara, a po drugie, nie chcę zbyt długo zwlekać z wyprowadzką.

Fred podniosła się i zapłaciła rachunek. Zanim wyszli z pubu, Alania zapytał ją, dokąd zamierza wyjechać.

– Do Wiednia – odparła.

Wtedy oświadczył, że z wdzięcznością przyjmuje jej propozycję.

Kostia zakopał się w Zielonym Domu. Godzinami siedział w swoim pokoju, pił wino, gapił się szklanymi oczyma w telewizor i coraz bardziej pomstował na *Wriemia*, wieczorne wiadomości. Przymusowe przejście na emeryturę odcięło go od świata. Tracił życiowy impet i radość życia jak ptak, któremu podcięto skrzydła.

Z początku jeszcze regularnie odwiedzali go koledzy. Koledzy i podwładni z Ministerstwa Spraw Wewnętrznych albo z działu ceł, ale te wizyty zdarzały się coraz rzadziej i do stołu siadało coraz mniej gości.

Darię natomiast otaczało uwielbienie. Jej sceną nie była już szkoła ani szkolne podwórko, teraz podziwiano ją w całym mieście. Trudno było nie lubić tej „piekielnie pięknej dziewczyny" z filmu. Ludzie rozpoznawali ją na ulicy, prosili o autograf, dzwonili do niej reżyserzy. Nawet nauczyciele, stawiając stopnie, przymykali oko na jej braki, tak że nie wypadła najgorzej na egzaminach końcowych, chociaż z powodu oficjalnych spotkań, w których musiała uczestniczyć, nie miała prawie wcale czasu na naukę.

Daria nadal uczestniczyła w życiu Zielonego Domu, tam jednak nic nie było już takie jak przedtem i zarówno ona, jak i Kostia wiedzieli o tym, czuli to i jednakowo z tego powodu cierpieli. Kostia nie mógł się pogodzić z nową sytuacją. Daria wymknęła mu się, odniosła sukces – bez niego. Uświadomienie sobie tego sprawiło, że ziemia zadrżała mu pod stopami, a jego wyobraźnię zaczęły zaludniać pesymistyczne, ponure obrazy, które nie chciały go opuścić.

I o ile zaostrzyły się relacje Darii z Kostią, o tyle mocniej my z Darią zrosłyśmy się z sobą. Daria zwierzała mi się ze swoich tajemnic, przytulała mnie, wszędzie chodziłyśmy razem i chwaliła się mną, byłam więc podziwiana jako jej siostra i w ten sposób miałam udział w jej sławie.

Pobyt w Zielonym Domu stawał się dla mnie coraz bardziej nieznośny. Nie mogłam znieść lekceważenia Kostii. Każdego dnia mogłam się spodziewać, że dziadek straci nad sobą kontrolę, zacznie mi wymyślać i mnie upokarzać. Źle spałam i po własnym domu przemykałam na palcach. Na Stazję, moje jedyne oparcie, też już nie mogłam liczyć. Była zbyt stara i krucha, a od kiedy do dwóch odwiedzających ją zjaw doszła trzecia, zrozumiałam, że świat nierealny, który od dawna istniał dla niej równie mocno, jak świat realny, teraz ostatecznie zwyciężył. Po śmierci Kitty, o czym Stazji nigdy nie powiedziano, z jej szopy przestała dochodzić muzyka Czajkowskiego czy Mozarta. Skończyły się lekcje baletu dla wiejskich dziewcząt. Ciało Stazji w ciągu krótkiego czasu straciło resztki sił. Moja prababka skarżyła się na zniedołężnienie i nierzadko przez cały dzień zostawała w łóżku. Zaczął też dziczeć ogród. Choć wysilałam się, żeby utrzymać porządek w świecie jej roślin, ogród wyglądał jak osierocony i nie poddawał się moim zabiegom.

Kilka dni po swoich osiemnastych urodzinach Daria otrzymała propozycję zagrania w filmie pewnego ukraińskiego reżysera. Sceny miały być kręcone w Kijowie. Moja siostra początkowo jeszcze się wahała, niepewna, czy wytrzyma te sześć tygodni sama, z dala od domu, ale gdy usłyszała, że operatorem ma być cudowny Lasza, szybko się zgodziła.

Laszy nie lubiłam od początku. Z tymi jego kowbojkami, które nosił, żeby zademonstrować, że stać go na wyjazd do Ameryki. Z tym jego uśmieszkiem zadowolenia, którym dawał do zrozumienia, że zdaje sobie sprawę ze swej przewagi nad otoczeniem i swojej dobrej prezencji. Ale mogłam to tłumaczyć mojej siostrze nie wiem ile razy, a i tak nie byłam w stanie jej przekonać. Ubóstwiała go. Jej podziw dla niego był wprawdzie jeszcze dziecinny, marzycielsko-naiwny, daleki od wszelkich obiektywnych ocen, lecz Daria przepadła z kretesem.

I kiedy oznajmiła, że ona i Lasza są pokrewnymi duszami, że on zrobi wszystko, żeby móc na nią popatrzeć choćby przez godzinę każdego dnia, wiedziałam, że sprawa jest przegrana. W sprawach sercowych nigdy nie byłam sprytna. I do dziś nie jestem, Brilko.

Nie zamierzałam popełnić jeszcze jednego błędu i wtajemniczyć Elene albo kogoś innego w romans Darii, ale chciałam powstrzymać moją siostrę, ustrzec ją przed czymś, co budziło we mnie niedobre, cholernie niedobre przeczucia.

Pewnego popołudnia na gokartach odciągnęłam na bok Mira i powiedziałam, że potrzebuję jego rady. Mówiłam o „pewnej przyjaciółce", przedstawiając mu sytuację Darii. Bo Miro sprawiał wrażenie, że w sprawach męsko-damskich jest bardziej zorientowany ode mnie.

W tym czasie tor gokartowy w parku przy zoo miał już swoich stałych bywalców. Od dawna przychodzili tu, oprócz wyrostków, dorośli mężczyźni, zwariowani na punkcie gokartów, a także tacy, którzy chcieli spróbować jazdy, ale mieli opory. Jedni się przyglądali, inni uczestniczyli w wyścigach, a jeszcze inni robili zakłady o to, kto zwycięży.

Na torze zyskałam sobie przezwisko Einstein, które tak do mnie przylgnęło, że czasami zapominałam, iż naprawdę nazywam się inaczej. Oczywiście wolałabym ksywkę Bardotka – jak nazywano pewną stałą bywalczynię wyścigów, blondynkę o bardzo pełnym biuście, albo Claudia – jak nazywano dziewczynę Hajfisza, brunetkę, która rzekomo przypominała Claudię Cardinale, albo Ałła – od Ałły Pugaczowej, sławnej rosyjskiej piosenkarki z burzą włosów, przypominającej pudla. Przezwisko Einstein oznaczało przede wszystkim mądrość, i chociaż mi to pochlebiało, znaczyło też, że nigdy nikomu nie przyszłoby do głowy przy *Take My Breath Away* ciasno mnie objąć czy pocałować w usta.

– Myślę, że ten facet to świnia i albo rozwiedzie się z żoną, albo przestanie się spotykać z twoją przyjaciółką. To proste – oświadczył Miro w swój zdecydowany sposób, drapiąc się za uchem i uważnie patrząc na tor po przeciwnej stronie, czy wszystko przebiega swoim rytmem.

To, co usłyszałam, było prostą i niepodważalną prawdą. Lecz wątpiłam, czy to zdanie, które zamierzałam powtórzyć mojej siostrze z podobnie dobitną intonacją, podziała na nią tak jak na mnie, to znaczy trafi do niej i sprawi, że wszystko się wyprostuje.

– A ty? – spytał nagle Miro.

– Co ja?

– Masz kogoś?

– Żartujesz!?

Była to jedyna odpowiedź, jaka mi przyszła do głowy. Miro nic nie odrzekł, lecz kąciki jego ust drgnęły w delikatnym uśmiechu. Potem przysunął się do mnie bliżej, położył mi rękę na plecach i przyciągnął mocno do siebie, tak jak to często robił wcześniej. Lecz tym razem ten gest był tak niezwyczajny, nieoczekiwany, że stężałam. Bliskość fizyczna sprawiała mi problemy. Miro natomiast narzucał się ludziom swoimi cmoknięciami, objęciami albo przyjacielskimi szturchańcami, jakby stale potrzebował fizycznego kontaktu, żeby czuć się bezpiecznie.

– A ty? – wyszeptałam cicho, jakby sama do siebie, mając nadzieję, że nie usłyszy.

– Tak. Jest ktoś.

Naturalnie. Jakaż byłam głupia! W jednej sekundzie poczułam się nędznie.

– Kto?

– Ty.

Ucichł i wbił wzrok w ziemię. Nie mogłam uwierzyć. Spytałam jeszcze raz, a on powtórzył to oszczędne „ty". Spojrzałam na niego i zobaczyłam chłopca, który patrzył mi w oczy tylko wtedy, kiedy zostawaliśmy sami, chłopca, który miał wilgotne oczy, gdy czytałam mu jego ulubione romanse, o czym nikt z jego przyjaciół nie wiedział, chłopca, dla którego, jak widać, nie liczyło się to, że byłam od niego o głowę niższa, chuda, miałam zbyt płaski biust, szpiczaste kolana i długi nos, niebieskawe obwódki wokół oczu, że nigdy nie dało się uczesać moich włosów w piękny kok ani zapleść w porządny warkocz i że moje oczy były tak czarne, że nie było widać w nich źrenic. Zobaczyłam chłopca, który wolał mnie od wszystkich Bardotek i Claudii zgromadzonych wokół toru gokartowego.

– Ty i ja pasujemy do siebie, nie uważasz? – rzucił pospiesznie Miro, jakby miał w ustach gorący kartofel albo jakby szybko chciał mieć to wszystko za sobą. – Zawsze będę cię kochał.

Brzmiało to jak zdanie z książek i filmów, które czytałam albo oglądałam. Ale w dobrych książkach i filmach tego zdania najczęściej nie było. W dobrych książkach i filmach o miłości ciągle tylko się gadało, cierpiało, nie dorastało do niej albo się jej żałowało. W złych, owszem, padały takie słowa, lecz ja za żadną cenę nie chciałam, żebyśmy stali się figurami z kiepskich książek i filmów.

Stałam jak wrośnięta w ziemię, nie mogąc wydusić z siebie słowa. Wtedy on ujął moją twarz w swoje drżące dłonie, spojrzał na mnie i mnie pocałował. Nie wiedziałam, jak się całuje, nie wiedziałam, jak robić, żeby być piękną, nie wiedziałam, jak się kogoś pożąda. Wiedziałam tylko, jak to robią inni, ale nie miałam jeszcze własnego języka, którym mogłabym opowiedzieć o swoim uczuciu. Wydawało się jednak, że mu to nie przeszkadza, bo jeszcze kilka razy przycisnął swoje usta do moich i wtedy przeszkodził nam Hajfisz, który nas zawołał, i Miro odsunął się nieco ode mnie, z ociąganiem, a jednocześnie z dumą i satysfakcją.

W ostatnim roku mojej nauki w szkole wyprowadziłam się ostatecznie do Elene do miasta. Było mi wprawdzie ciężko pozostawić za sobą nieodwołalnie Zielony Dom, widywać Stazję tylko w weekendy, zrezygnować z pączków Nany i programów *Iluzje* i *Świat zwierząt*, podobnie jak zrezygnować z ogrodu, swobody, lasu i odgłosów życia stadniny – najtrwalszej muzyki mojego dzieciństwa – lecz wiedziałam, że grobowa atmosfera panująca w domu wpędzi mnie w czarną rozpacz.

W tym samym roku, w którym w wieku szesnastu lat skończyłam szkołę, w Czechosłowacji, w dwudziestą pierwszą rocznicę wkroczenia wojsk sowieckich do tego kraju, znowu rozlała się fala protestów. Również w Gruzji dało się odczuć pewien niepokój, ludzie wysuwali żądania niezależności politycznej i organizowali się w kołach dyskusyjnych.

Gruzińscy studenci odważyli się zamieszczać listy protestacyjne w gruzińskich gazetach. Zakładano nowe, nieformalne stowarzyszenia, do których przyjmowano byłych dysydentów. Był to rok, w którym mówiło się o przebudzeniu, rok, w którym film Lacabidzego *Droga* stał się filmem kultowym, został pokazany w Cannes i zdobył tam nagrodę specjalną, mimo że aktorzy i reżyser nie przyjechali na festiwal, bo nie dostali pozwolenia na wyjazd za granicę. Był to też rok, w którym Madonna śpiewała *Like a Prayer*. Rok, w którym Fred Lieblich przeprowadziła się do Wiednia. Rok, w którym po raz pierwszy świat obiegły pojęcia takie jak „interesy narodowe" i „całość terytorialna". Rok, w którym stowarzyszenia przeobrażały się w partie. Rok, w którym Węgry otwarły granicę z Austrią i niekontrolowany strumień uciekinierów z NRD zaczął płynąć na Zachód. Rok masowych demonstracji po obu stronach muru berlińskiego. Rok, w którym w Europie Wschodniej zostało startych na proch sześć komunistycznych dyktatur, a Ceaușescu i jego Elena zostali rozstrzelani.

Rok, w którym w mojej ojczyźnie zaczęło się mówić o „okupacji sowieckiej". Rok, w którym upadł mur berliński.

Rok pierwszych od 1921 roku wolnych wyborów w Gruzji.

Był to rok z pamiętnym dziewiątym kwietnia.

Niedoszłe spotkanie
wciąż jeszcze w kącie szlocha.

Anna Achmatowa

Przed gmachem gruzińskiego Komitetu Centralnego zorganizowano strajk głodowy. Najważniejsze żądanie dotyczyło zmiany konstytucji – chodziło o to, by republiki wchodzące w skład Związku Radzieckiego miały prawo odłączenia się od ZSRR. Na środku bulwaru Rustawelego rozstawiono namioty, co było faktem niesłychanym.

Z powodu zaostrzającego się konfliktu politycznego oraz ciągłych niepokojów w mieście przesunięto datę egzaminów końcowych – zdawaliśmy je już w marcu.

Wreszcie rozstawałam się ze szkołą. Na balu absolwentów siedziałam na korytarzu, na schodach, paliłam papierosy i czekałam na Mira, który miał po mnie przyjść. Po raz pierwszy w życiu byłam w szykownej sukience – sukience Darii, którą moja matka mi zwęziła i w której czułam się jak odmieniec.

Miałam zamiar postarać się o przyjęcie na historię na uniwersytecie. Właściwie jednak nie miałam pojęcia, co naprawdę w przyszłości chcę robić. Interesowałam się tyloma rzeczami i cierpiałam piekielne męki, słysząc teraz, że muszę się na coś zdecydować. Najchętniej dalej chodziłabym do parku na wyścigi gokartów i odbierała zakłady, obijała się i żyła chwilą.

Miro też nie wiedział, czego chce. Jego matka sugerowała mu, by poszedł na architekturę, bo dobrze rysował, lecz on nie był do tego przekonany. Lana próbowała go odciągnąć od zawodów gokartowych, ale to się ostatecznie nie udało.

– Co teraz?

Miro był w okropnej kurtce dżinsowej i szerokich spodniach. Usiadł koło mnie na schodach. Z sali dochodziła głośna muzyka, wszyscy tańczyli. Przytuliłam się do niego.

– Nie chcesz tam wejść, Einstein?

– Nie.

– Naprawdę nie masz nikogo, kogo chciałabyś zobaczyć, z tych co są w środku?

– Nie. Spływamy.

– Ciekawie wyglądasz w tej sukience.

– Przestań mnie okłamywać, wyglądam durnie. Ale dobrze, że mam to wszystko za sobą.

– Dokąd chcesz pójść?

– Pójdziemy po prostu pospacerować.

Wzięłam go pod rękę. Zbiegaliśmy po trzy stopnie naraz, żeby jak najszybciej pozostawić za sobą nasze dawne życie i wskoczyć w nowe.

Na brzegu rzeki widzieliśmy światła latarń odbijające się w wodzie, mijaliśmy kolorowe domki stojące na wzgórzu, baseny z wodą siarkową, dalej ulice z kocimi łbami prowadzące w górę, ku dzielnicy ormiańskiej i dzielnicy żydowskiej, które coraz bardziej pustoszały, ponieważ wielu ich mieszkańców wyemigrowało. Szliśmy spacerkiem w kierunku placu Lenina i oboje czuliśmy tam dziwną ciszę i ciemność. Mimo weekendu i niezbyt jeszcze późnej pory ludzi na ulicach prawie nie było. Większość restauracji przy promenadzie nad rzeką była nieczynna, okna pozamykane. Przytuliłam się mocniej do Mira. Nikt nas nie mijał, ani ludzie, ani auta. Tylko ciemność, słabe światła latarni i niedobra cisza.

Oczywiście byliśmy tej nocy za młodzi, żeby rozumieć tamtą rzeczywistość. Woleliśmy marzenia niż historię i przyszłość.

Byliśmy zadurzeni w sobie i w wyobrażeniu miłości, które celebrowaliśmy. Myśleliśmy, że jesteśmy pierwszą i ostatnią parą zakochanych na całej planecie. Zagrożenie, jakie wisiało w powietrzu, wydawało nam się drobnostką w porównaniu z rewoltą, jaka rozgrywała się w nas. Byliśmy tej nocy mądrzejsi i rozumniejsi niż życie.

Abchazi zaczęli żądać zmian w konstytucji swojej republiki. Domagali się przywrócenia konstytucji z 1921 roku oraz statusu republiki, która byłaby osobną republiką związkową, a nie częścią jednego, ogromnego kraju. Elita abchaska ekscytowała się narodowymi nastrojami, jakie w tamtych dniach wyczuwało się w gruzińskich mediach.

Kiedy jechałam przez miasto, nieustannie słyszałam okrzyki: „Precz z rosyjskim imperium!".

Dni po balu na zakończenie szkoły upływały mi jak w delirium. Nie chodziłam na tor gokartowy, poprosiłam Mira, żeby przejął za mnie prowadzenie finansów. Pojechałam do Zielonego Domu i zamknęłam się w dawnym pokoju Darii i moim.

Na ścianie nadal wisiał plakat zespołu Queen, wycięty kiedyś przez Darię z jakiejś zagranicznej gazety. Nasze łóżka były pięknie pościelone – Nana czuwała nad porządkiem w domu. Z dużego pokoju dochodziły odgłosy telewizora. Kostia siedział przed ekranem nieogolony, w poplamionym szlafroku, i nawet nie przyszło mu do głowy, żeby się przywitać, kiedy mnie zobaczył. Stazja miała problemy z ciśnieniem i dużo czasu spędzała w łóżku.

Było deszczowo, wilgotno i zimno. Chciało mi się płakać. Pokój bez Darii wydawał się opuszczony, pozbawiony naszej wspólnej przeszłości. Wyciągnęłam się na łóżku i utkwiłam wzrok w suficie. Ubrania, których nie zabrała Daria, Nana złożyła porządnie i ułożyła w stosie na krześle. Wszystko było takie czyste i porządne, a przez to martwe i jeszcze smutniejsze. Jakby wyciekło stąd życie.

Miałam obolały mózg. Nie wiedziałam, co z sobą począć. Wokół siebie czułam rysy i rozdźwięki, bo grunt, po którym stąpałam, był jak ze szkła. Chciałam coś robić, ale nie miałam pojęcia, od czego zacząć. Szukałam miejsca, do którego przynależałam. Zielony Dom nie był już tym miejscem. U Elene i Aleka czułam się obco. Miro i ja nie mieliśmy miejsca, w którym moglibyśmy się schować przed światem, które nie byłoby kontrolowane przez Lanę czy Kristine, a park ze wszystkimi tamtymi chłopakami, których uważałam za przyjaciół, coraz bardziej mnie nudził. Miałam poczucie, że moja głowa jest schowkiem na nieprzydatne zabawki.

– Doprowadzą do rozlewu krwi, skurczybyki. Nacjonaliści! Zdepczą naród na proch! A ten tępak i oportunista, przywódca partii, pozwoli na to, że zostaniemy wycięci w pień!

Kostia się burzył, oglądając wiadomości w telewizji, a ja, przestępując z nogi na nogę, miałam nadzieję, że dostrzeże w końcu moją obecność. Najwyraźniej byłam jednak dla niego kimś w rodzaju duchów Stazji, przez które można patrzeć jak przez szybę. Na ekranie telewizora widziałam wzburzonych ludzi, którzy mówili do kamery, krzyczeli, pluli.

– Co się stało? – odważyłam się zapytać.

– Nasz Komitet Centralny wysłał jakieś telegramy do Moskwy z prośbą o pomoc, bo nie może sobie poradzić z demonstrantami. Ogarnęła ich panika przed nacjonalistami i dali sygnał, że są bezsilni, że sytuacja ich przerasta. Oczywiście teraz wkroczy tu Moskwa, bo wreszcie ma oficjalny powód do tego, żeby do nas wejść i nas ustawić. A gruziński Komitet Centralny wypadnie na tym tle zupełnie nieźle, ponieważ wyjdzie na to, że to nie oni zrobili brudną robotę i nie oni napuścili Rosjan przeciw swoim ludziom.

– Co to oznacza?

– Powinnaś wiedzieć. Od czego masz mózg cudownego dziecka, hę? Chyba czasami go używasz?

– Czy dojdzie...

– Tak, jeśli rząd nie użyje właściwych środków, dojdzie do rozlewu krwi. Oni mówią: popatrzcie na Polskę i Czechosłowację, popatrzcie na kraje nadbałtyckie! Ale są zbyt głupi, żeby zrozumieć, że my nie jesteśmy Polską ani żadnym z krajów nadbałtyckich. Tamte kraje są prawie na Zachodzie, mają bliżej siebie Niemcy Zachodnie, a my tutaj jesteśmy u podnóża olbrzyma, daleko od świata, i przez te wszystkie lata bardzo nam się podobało być ulubieńcem olbrzyma. Ci idioci mówią, że chcą stanąć na własnych nogach. Ale jeszcze nigdy na własnych nogach nie stali. Od dwustu lat! I do tego ta banda dysydentów, ci wykluczeni i rozmaite wycierusy, którzy starają się wykorzystać moment, żeby upiec własną pieczeń na tym ogniu, z zachowaniem pięknych pozorów: zagorzali nacjonaliści, czerwona inteligencja, ezoteryczni fanatycy, fatalistyczni mistycy, kryminaliści i wyzyskiwacze. Barwne towarzystwo, nie ma co. I oni wszyscy chcieliby się dorwać do żłobu. A tak dobrze było, gdy olbrzym trzymał ich wszystkich w garści.

– Ale każdy człowiek...

– Każdy człowiek, każdy człowiek! Większość ludzi to pijawki, kleszcze. Nie chcą nic robić, a chcą być syci. Nie chcą pracować, a chcą być bogaci. Chcą dachu nad głową, kiełbasy w lodówce, ciepłej baby w łóżku, żeby mieć się do kogo przycisnąć. Ich dzieci też są nie lepsze od nich.

– A czego ty chcesz? Czego chciałeś dla Elene? I czego chcesz dla Darii?

Spojrzał na mnie tym spojrzeniem, które miał tylko dla mnie – lekceważącym, a jednocześnie pełnym politowania.

– Nie możesz się ode mnie odczepić, co? Wzięłaś sobie za punkt honoru, żeby obrzydzać mi życie?

– Chciałabym cię tylko zrozumieć.

– Aha. Chciałabyś mnie zrozumieć. Gdybyś mnie rozumiała, nie zachęciłabyś swojej siostry do udziału w tym skandalicznym przedsięwzięciu, nie pchnęłabyś jej własnymi rękami w to zepsute środowisko, a poza tym przykładałabyś się do nauki i teraz miała dobre świadectwo. (Skąd wiedział, że miałam niską średnią?) Gdybyś mnie rozumiała, nie zadawałabyś się z tym podrzutkiem Eristawim... (Jak się dowiedział o mnie i o Mirze?) I... Ach, zostawmy to.

– Dla ciebie wszyscy ludzie to podrzutki. Wszyscy są słabi i głupi. Wszyscy, którzy nie żyją tak jak ty.

– Cicho siedź i dziękuj Bogu, że jeszcze potrafię cię ścierpieć.

– Ci ludzie, których wyśmiewasz, chcą innego, godnego życia. Studenci, którzy tam demonstrują i głodują, też nie chcą się dłużej godzić na to, żeby w zamian za posłuszne milczenie mieć kiełbasę w lodówce i ciepłą babę w łóżku. Chcą sami decydować o tym, co mają w lodówce i kto będzie leżał obok nich w łóżku, jak będą myśleć i co będą mówić.

– No to idź do nich, usiądź z nimi i głoduj. Niedługo sama będziesz studentką, więc rób tak jak oni, a jeśli ktoś wyceluje do ciebie z kałasznikowa, nie mów, że cię nie ostrzegałem.

– To wszystko zrobiły już właśnie inne republiki związkowe i jak dotąd...

– Gruzja nie jest żadną z tych zasranych republik związkowych!

Kostia powiedział to niemal z rozpaczą.

Nie wiedziałam, co mam mu odpowiedzieć, i urażona wyszłam z pokoju.

Rosja rzeczywiście przyszła do Gruzji, najpierw w postaci generała Żurawlewa, ówczesnego zastępcy radzieckiego ministra obrony, wcześniej służącego na Kaukazie. Jeszcze na lotnisku wiceminister zapytał gruzińskich reprezentantów Komitetu Centralnego, jakie kroki zamierza poczynić rząd, żeby ustabilizować sytuację. Lecz nasz tak zwany rząd był już tak rozbity, tak skłócony, tak poróżniony co do tego, co powinien zrobić, że nie potrafił dać sensownej odpowiedzi.

Piątego kwietnia Daria wróciła z planu filmowego. Promienna, prześliczna, z roziskrzonymi oczyma. Przywiozła nam wszystkim rozmaite suweniry. Miała na sobie brązowy skórzany płaszcz, w którym wyglądała jak prawdziwa gwiazda filmowa i który na pewno nie pochodził z moskiewskiego domu towarowego. Elene, Aleko i ja odebraliśmy ją z lotniska. Przy wyjściu zatrzymywało ją wielu ludzi, prosząc o autograf. Daria robiła *show* ze zdumiewającą łatwością.

Na lotnisku czekała też żona cudownego Laszy. Podbiegła do męża i obsypała go pocałunkami. Zobaczyłam, jak Daria unosi brwi, odwraca wzrok od tej sceny i uśmiecha się do nas czarująco.

Z lotniska chcieliśmy jechać wszyscy do Zielonego Domu, żeby ucieszyć Kostię, Nanę i Stazję. Wcześniej wstąpiliśmy na targ i kupiliśmy świeże owoce i warzywa oraz mięso na szaszłyki.

Kiedy Kostia zobaczył Darię, zaczął mu drżeć podbródek i choć próbował zachować niewzruszoną minę, uścisnął ją z całych sił. Zauważyłam, że w Darii coś się zmieniło, coś przeżywała. Paplała bez przerwy o fantastycznym planie filmowym, świetnym scenariuszu, sympatycznych kolegach, a imię Laszy pojawiało się w co drugim zdaniu.

– Daria, powiedz, że to nieprawda. Powiedz, proszę, że nie zaczęłaś kręcić z tym zarozumiałym bubkiem! – szepnęłam do niej, kiedy poszłyśmy do kuchni, żeby pokroić pomidory na sałatkę.

– Ależ tak! – wykrzyknęła niemal z ulgą. – Jesteśmy razem! On mnie kocha i rozwiedzie się ze swoją żoną.

Ósmego kwietnia pojechałam do miasta, żeby zobaczyć się z Mirem. Chcieliśmy obejrzeć horror *Martwe zło* – Hajfisz zdobył gdzieś kasetę wideo i mówił, że film jest naprawdę mocny. Kiedy zobaczyłam Mira na przystanku autobusowym, już z daleka spostrzegłam, że jest przejęty.

– Rosjanie zbliżają się do miasta – obwieścił mi szeptem. – Mają przywrócić porządek i wprowadzą zakaz demonstracji i zgromadzeń.

Hajfisz był chory i odwołał wieczór z horrorem. Szwendaliśmy się więc z Mirem po mieście. Miro zaproponował, żebyśmy poszli do parku i zrobili jedną rundkę gokartem. Nie miałam jednak ochoty, więc poszukaliśmy sobie spokojnego miejsca i położyliśmy się na trawie. Miro rozścielił mi swoją kurtkę. Miałam z sobą *Moby Dicka* i przez chwilę mu czytałam, ale Miro wydawał się rozkojarzony, nie słuchał uważnie. Mnie też trudno było się skupić. Przez głowę przebiegały mi różne myśli.

Przeczesywałam ręką czuprynę Mira. On łaskotał mnie po brzuchu. Wiedziałam, że oczekiwał, iż zachowam się nowocześnie. Ale ja nie byłam skora. Przynajmniej nie w tym momencie. Może jutro będzie inaczej. Najchętniej leżałabym z nim w tej wilgotnej trawie, w tej ciszy, na wieki. Lecz nie mogłam dłużej ignorować niepokoju, jaki w sobie czułam. Przejechałam dłonią po starym wydaniu powieści Melville'a i zamknęłam oczy.

– Ja też będę pisać. Będę pisać książki – powiedziałam, spodziewając się, że o coś zapyta albo przynajmniej się zdziwi, tymczasem on po prostu tylko kiwnął głową, jakby przez cały czas czekał, że kiedyś mu to powiem.

Pocałował mnie.

– Tak, powinnaś to robić, mam na myśli pisanie książek – rzekł już później, odprowadzając mnie do domu Elene. – Jutro po ciebie przyjdę – obiecał i pożegnał się.

Kiedy dziewiątego kwietnia rano zadzwoniłam do Kristine, nie zastałam nikogo. Kristine zawsze była w domu. Miro się nie pokazał. Aleka nie było. Matka powiedziała, że idzie na swoje korepetycje i wróci dopiero koło siódmej wieczór. Mam zostać w domu, w mieście jest niespokojnie.

Wyszłam jednak i pojechałam w stronę bulwaru Rustawelego. Na ulicach były niezliczone tłumy, widziałam przejeżdżające auta milicyjne. W tamtym momencie nie wiedziałam jeszcze, że z Moskwy i z północnego Kaukazu dotarło do Tbilisi wojsko. Nie wiedziałam, że w drodze do miasta były czołgi, nie wiedziałam, że do Gruzji zbliża się 345. Dywizja, ta sama, która w późniejszych wojnach domowych na Kaukazie miała być używana podczas „misji pokojowych".

Nacjonaliści, którzy wiedzieli już o wchodzącym do miasta wojsku, nie uprzedzili ludzi i nie kazali im rozejść się do domów. Tymczasem z minuty na minutę ludzi przybywało, kręcili się niespokojnie, zdawało się, że całe miasto wyległo na ulice.

Udało mi się wsiąść do przepełnionego trolejbusu jadącego do Wake, ale w mieszkaniu Kristine nie zastałam nikogo. Długo dzwoniłam i stukałam. Z powrotem wracałam na piechotę, bo trolejbusy już nie jeździły. Z budki zadzwoniłam do Zielonego Domu. Odebrała Stazja.

– Gdzie jesteś, słońce? Wszystko w porządku? Kostia mówi, że sytuacja najpewniej się zaostrzy, jeśli nie uda im się odesłać ludzi do domów. Daria pojechała do miasta, prosiliśmy, żeby została, ale koniecznie chciała iść z przyjaciółmi na demonstrację. Jesteś u mamy?

„Przyjaciele" oznaczali pewnie wspaniałego Laszę. Nigdy bym nie pomyślała, że to taki patriota...

– Jeśli Daria do dziesiątej nie wróci do domu, Kostia pojedzie do miasta i będzie jej szukał – dorzuciła Stazja.

Słyszałam, jak jej suche usta dotykają końcówki papierosa.

– Postaram się ją znaleźć i wrócimy na noc. Weźmiemy taksówkę. Powiedz Kostii, żeby przygotował pieniądze, bo nie mam wiele przy sobie. I powiedz mamie, że pojedziemy do Zielonego Domu, żeby się nie martwiła.

– Nico, czekaj, posłuchaj, gdzie jesteś?

Odłożyłam słuchawkę.

Jeśli Daria tam była, Miro tym bardziej od dawna musiał być na demonstracji. Przyspieszyłam kroku, kierując się w stronę centrum. Mijałam ludzi wymachujących gruzińskimi flagami i wykrzykujących hasła polityczne. Nie zważałam na ich okrzyki. Zapadł zmrok, zapaliły się uliczne latarnie. Spocona, zostawiłam za sobą stację metra, minęłam budynek Związku Filmowców, zmierzałam dalej, w kierunku opery i Państwowej Szkoły Filmu i Telewizji, dotarłam do kościoła Kwaszweti, weszłam do przejścia podziemnego, zobaczyłam fasadę swojej dawnej szkoły i wpadłam w ludzką masę.

W tłumie pokazał się pierwszy sekretarz Gruzińskiej Partii Komunistycznej w towarzystwie patriarchy Gruzińskiego Kościoła Prawosławnego. Patriarcha miał wezwać ludzi do powrotu do domów, pierwszy sekretarz przeczuwał bowiem, że jego słowa nie odniosą skutku. Nacjonaliści apelowali o zachowanie spokoju, cokolwiek to znaczyło. Ja tymczasem szukałam Darii i Mira. Wykrzykiwałam ich imiona. Spotkałam kilku kolegów z mojej szkoły i dziwiłam się bardzo, jak wiele młodzieży jest na ulicach.

– Przybyli do mnie ludzie z informacją, że sytuacja jest niebezpieczna. Pozostały nam już tylko minuty, żeby odwrócić to niebezpieczeństwo... Pójdźmy do kościoła Kwaszweti i pomódlmy się – przemówił patriarcha.

Dlaczego nie wezwał ludzi do rozejścia się, jeśli sytuacja naprawdę była tak groźna? Jak jeden kościół mógł dać schronienie tej ludzkiej masie!?

Dowódca oddziałów rosyjskich był już ze swoimi żołnierzami w drodze do siedziby rządu. A ja dalej szukałam siostry i Mira. Ludzie się pchali i nie mogłam się przebić przez ten ścisk. Nagle usłyszałam szum. Podskoczyłam, żeby coś dojrzeć. Jestem niskiego wzrostu i nic nie widziałam, widok zasłaniały mi niezliczone głowy, ramiona i plecy. Chwilę później usłyszałam dziwny, tępy, ciężki odgłos. Rozpoznawałam głosy motorów i domyśliłam się, że w kierunku siedziby rządu wszystkimi ulicami jedzie mrowie pojazdów wojskowych oraz czołgi. Nigdy w życiu nie widziałam czołgów w mieście, więc ich widok – tłum zaczął się rozstępować – sprawił, że na moment zastygłam zafascynowana.

Panika, jaka wybuchła, była jak niekontrolowany wirus, który zarażał każdego, tylko na różne sposoby. Ja znieruchomiałam. Czułam, że robi mi się zimno i że czoło oblewa mi zimny pot. Co ja tu właściwie robię? Za czym albo przeciwko czemu chcę demonstrować? W jakim kraju chcę żyć? Te pytania nie niepokoiły mnie do tej pory. Część demonstrantów biegła schodami w górę w kierunku pałacu rządowego, inni skręcali w stronę mojej dawnej szkoły, ale wojsko znajdowało się już na placu, nie było przed nim ucieczki.

Wspięłam się na jakiś podest, stamtąd na wysoką kolumnę stanowiącą fragment przedniej części budynku i wtedy ją zobaczyłam. Zobaczyłam ją przed wejściem na szkolne podwórze, stojącą samotnie, jakby w ciągu sekundy opuszczoną przez wszystkich. Kristine rozglądała się wokół bezradnie, lecz gniewnie.

– Kristine! – zawołałam na całe gardło.

Ale jak mogła mnie usłyszeć? Tysiące ludzi przekrzykiwały się wzajemnie. Niektórzy używali megafonów. Na szczęście nie traciłam jej z pola widzenia. Stała zagubiona i wydawała się kogoś wypatrywać. Najpierw myślałam, że znalazła się tu z powodu Mira, więc nabrałam nadziei, że Miro jest blisko i go znajdę, ale kiedy uważniej się jej przyjrzałam, doszłam do wniosku, że w jej postawie, w wyciągnięciu szyi było wyczekiwanie na coś innego. Kristine miała na sobie wąską sukienkę do kolan, która w niebieskawym świetle latarni wyglądała jak pozbawiona koloru, i buty na wysokich obcasach. Z oddali można by ją wziąć za trzydziestolatkę. Welon osłaniający pół twarzy był niewidoczny, tylko kruczoczarne włosy ostro kontrastowały z bielą jej twarzy. Stała wyprostowana jak struna. Na pięknych nogach o szczupłych kostkach miała cienkie czarne pończochy, a na głowie kapelusz z piórkiem. Zsunęłam się z kolumny. Rozgarniałam ludzi, torując sobie drogę wśród ogarniętego paniką tłumu. Przeciskałam się między setkami ciał i jednocześnie chowałam się za nimi. Próbowałam nie stracić z oczu Kristine. Ona mnie nie widziała, i to ja musiałam do niej dotrzeć. Zaczęłam biec. W ciągu sekundy dotarłam do boiska mojej dawnej szkoły. Ponieważ jego płaska powierzchnia nie dawała schronienia, było tu niewielu ludzi. Kristine stała pośrodku placu ze wzrokiem utkwionym w jednym punkcie. Tymczasem wojsko otoczyło bulwar Rustawelego ze wszystkich stron. Nie było odwrotu. Tu i tam widać było pojedynczych gruzińskich milicjantów, lecz ci nie dawali sobie rady z sytuacją i zamiast ludzi uspokajać, swymi okrzykami potęgowali tylko panikę.

Przede mną ktoś upadł, ale nie zatrzymałam się, biegłam w kierunku Kristine, która – jak mi się wydawało – tkwiła w innej rzeczywistości. Biegłam tej rzeczywistości naprzeciw, bo ta, która mnie otaczała, była straszna i budziła lęk.

Dotknęłam ramienia Kristine w momencie, gdy ta obróciła się nagle, zamierzając iść w stronę pałacu rządu. Kiedy poczuła dotyk, przestraszyła się i momentalnie się cofnęła, lecz kiedy zobaczyła, że to ja, wyrwał się jej okrzyk ulgi. Teraz ja się zachwiałam. Kristine była bez zasłony i zobaczyłam potwornie zniekształconą lewą połowę jej twarzy. Nie wiedziałam, jak się zachować, żeby nie pokazać swego przerażenia, i spuściłam wzrok. Wtedy ona zrobiła krok do przodu, chcąc puścić się biegiem przed siebie, ale krzyknęłam:

– Kristine, to ja, Nica! Co tu robisz!? Musimy stąd uciekać, musimy natychmiast uciekać!

Czułam wzbierającą panikę. Nie miałam odwagi spojrzeć w kierunku bulwaru. Usłyszałam tylko stłumiony, a jednocześnie bardzo ostry odgłos, lecz bałam się odwrócić, nie chciałam wiedzieć, co może teraz nastąpić albo co już się zaczęło. A ona zaczęła się śmiać. Ten śmiech przyprawił mnie o drżenie nie mniejsze niż widok oddziałów wojska. Próbowałam się skupić na prawej stronie twarzy Kristine, żeby opanować emocje. Wtedy Kristine zrównała ze mną krok i powiedziała zdecydowanym tonem:

– Musimy ich zatrzymać. Bolszewicy nie mogą tu wkroczyć jeszcze raz. Musimy zatrzymać Armię Czerwoną. Inaczej wszystko zacznie się od początku i on znowu przyjdzie. Znowu przejmie przywództwo, a Ramas...

– Kto!? O czym ty mówisz, Kristine!? To nie jest Armia Czerwona!

Spojrzała na mnie oszołomiona, a potem machnęła ręką, jakby lekceważąc moje słowa. Pokiwała głową.

– Nie rozumiesz, mała...

– Kristine, jest przecież rok tysiąc dziewięćset osiemdziesiąty dziewiąty.

– Musimy ich powstrzymać. Inaczej on powróci. A Ramas już tego nie wytrzyma. Musisz powiedzieć swoim przyjaciołom, że tamci znowu tu wrócą. Musisz im wytłumaczyć, że wszystko zacznie się od nowa. Ale ty mi pomożesz, prawda? Jesteś mądrą dziewczyną. Muszę ich zatrzymać. Nigdy tego nie próbowałam. Ale muszę to zrobić. Rozumiesz?

– Kristine, coś ci się pomieszało. Musimy wracać do domu. Wiesz, gdzie jest Miro?

Krzyki ludzi za moimi plecami były teraz ogłuszające. Czułam, że nogi mam jak z waty. Słyszałam, że ktoś krzycząc, ostrzega, że tamci mają łopatki. Nie wiedziałam, o co chodzi. Jakie łopatki? Musiałam zabrać stąd tę oszalałą kobietę. Chwyciłam Kristine za rękę i pociągnęłam za sobą. Nie odwracając się, nie patrząc w stronę bulwaru, zaczęłam biec w kierunku szkoły. Oczywiście! Mogłam już wcześniej wpaść na ten pomysł. Szkoła! Moja stara szkoła! Nigdy nie przyszłoby mi do głowy, że tak się będę cieszyć na jej widok. Muszę się tylko jakoś dostać do środka, a potem na tylne podwórze, stamtąd można się przedostać na Świętą Górę i w ten sposób uciec. Drzwi budynku były zamknięte. Jedyną możliwością było rozbić szybę w oknie na parterze, wejść przez nie i otworzyć Kristine od środka któreś drzwi. Kristine, w stanie, w jakim była, nie zdoła dostać się do środka przez okno. Widziałam, że niewielka grupka ludzi szturmowała ogrodzenie przed szkołą. Przyspieszyłam kroku, ale Kristine uparcie się zatrzymywała, wykrzykiwała coś, chcąc, żebym ja też się zatrzymała. Ciągnęłam ją za rękę z całej siły, lecz ona ciągle się potykała, jej pantofle na wysokich obcasach nie były najodpowiedniejszym obuwiem na ucieczkę przed ostrzałem. Co chwila mi się wyślizgiwała, musiałam się zatrzymywać, wracać po nią, ponaglać ją. Tłum na podwórku przed szkołą gęstniał, ludzie wycofywali się, napierając w stronę budynku, szukając dróg ucieczki. Tu również byli żołnierze. Biegali i wykrzykiwali coś, trzymając przed sobą karabiny jak tarcze. Kilka metrów przede mną usłyszałam naraz tępe uderzenie i poczułam odprysk czegoś na policzku. Zobaczyłam postać osuwającą się na ziemię. Jakiś żołnierz uderzył saperką młodego mężczyznę, który leżąc, wił się z bólu.

Zrobiło mi się słabo, ale strach pędził mnie przed siebie. Zebrałam wszystkie siły, chwyciłam mocniej Kristine i z determinacją ciągnęłam za sobą. Udało nam się umknąć przed lawiną ludzką, która szła w naszym kierunku niepowstrzymaną falą. Lewe skrzydło szkoły było zupełnie puste. W ciemną uliczkę nie wszedł jeszcze nikt – ani uciekający, ani żołnierze. Schyliłam się i zmusiłam Kristine do zdjęcia pantofla z nogi, a potem ostrym obcasem uderzyłam w okno i rozbiłam szybę.

– Zaczekaj tu, zaraz cię stąd zabiorę, słyszysz?

Powtarzałam jej to kilka razy, a potem zajęłam się usuwaniem kawałków rozbitej szyby z okna, by móc wejść do środka. Kristine upierała się jednak, że wróci na demonstrację.

– Kristine, to nie jest żadna Armia Czerwona – powtarzałam monotonnie.

– Oczywiście, że tak, moja mała! A cóż by innego! To przecież bolszewicy!

Nie chciałam tracić czasu na daremne wyjaśnienia. Wyrwałam właśnie duży odłamek szkła i przecięłam sobie kciuk. Krzyknęłam z bólu. Krew spływała mi po ręce.

Kristine patrzyła na skaleczenie jak urzeczona, a potem zaczęła od początku:

– Musimy coś zrobić! Powiedziałam już Micheilowi, że trzeba zbudować barykady. On gdzieś tu jest, znam go, nie usiedzi przecież na miejscu, wiedząc, że tu poszłam.

Podciągnęłam się w górę, chwytając się klamki okna, i włożyłam nogę w wybity otwór. Był wystarczająco duży, by dostać się do środka, ale za mały na to, żeby wciągnąć Kristine. Zaczęłam się zastanawiać, jak wejść do szkoły i poszukać drzwi, które da się otworzyć od środka, a jednocześnie cały czas mieć na oku Kristine, która chciała uciec.

Wyciągnęłam rękę do Kristine, a ona ją chwyciła. Stałyśmy tak, trzymając się za ręce, ja wewnątrz, ona na zewnątrz, i patrzyłyśmy na siebie. Próbowałam ją sobie wyobrazić bez oszpeconej połowy twarzy. Zobaczyć ją taką, jaka była kiedyś. Zanim przyszli czerwoni. Tłumaczyłam jej dobitnie, żeby na mnie poczekała i nie ruszała się na krok. Nagle jej twarz się rozjaśniła, jakby przypomniało się jej coś wesołego, i zaczęła się śmiać. Był to perlisty, beztroski śmiech dziecka. Ja za to byłam bliska płaczu. Prosiłam, powtarzałam, by się uspokoiła, ale ona tym lepiej się bawiła i tym głośniejszy, bardziej niepowstrzymany stawał się jej śmiech. A potem raptem się uspokoiła. Wyciągnęła głowę w górę, w moim kierunku, i opowiedziała mi najbardziej makabryczny dowcip, jaki kiedykolwiek słyszałam, makabryczny nie z powodu treści, lecz przede wszystkim z powodu okoliczności. Byłam jak zahipnotyzowana, zafascynowana jej szaleństwem. Tkwiłam w oknie i słuchałam.

Opowiem ci kiedyś ten dowcip, ale jeszcze nie teraz. Teraz jeszcze nie mogę. Jeszcze nie ochłonęłam. Jeszcze tam stoję, na tym ciemnym szkolnym korytarzu, i nie wiem, jak to zrobić, żeby uratować i siebie, i ją.

Ona pokonała już zjawy, przechytrzyła czas, zerwała z prawami obowiązującymi w tym świecie, a ja nie. Ja muszę się liczyć z realiami. Ze wspomnieniami, które nieustannie burzą mój spokój. Z obrazami, które stale tkwią w mojej głowie. Jeszcze nie potrafię ci się z tego zwierzyć, lecz niedługo, niedługo to zrobię. Obiecuję. Gdy do ciebie przyjadę, gdy zostawię za sobą wszystko, co mnie od przyjazdu do ciebie odciąga, zrobię to.

Kiedy Kristine opowiedziała mi ten dowcip i zobaczyła, że zrozumiałam pointę, puściła moje dłonie i zanim zdążyłam chwycić ją za sukienkę albo za rękę, błyskawicznie odwróciła się i pobiegła przed siebie.

Wołałam za nią, ale zaraz straciłam ją z oczu i zrozumiałam, że szukanie jej nie ma sensu. Stopiła się z masą ludzi, stała się jej częścią, zginęła w niej, szukając ucieczki.

Z mojego gardła wyrwał się zwierzęcy, obcy krzyk. Przez chwilę stałam, nie wiedząc, co począć. Słyszałam dochodzące z zewnątrz krzyki ludzi, odgłos ciał upadających na ziemię, krzyki o pomoc i co jakiś czas tępe odgłosy uderzeń łopatkami saperskimi, które trafiały w ciała, w głowy, w ludzkie życie.

W każdej sekundzie spodziewałam się strzałów, ale te nie nastąpiły. To wywoływało we mnie jeszcze większe napięcie, bo brak strzałów budził nadzieję, że ujdę stąd z życiem. Nagle usłyszałam słowo „gaz". Z początku nie zdawałam sobie sprawy, co to oznacza, po chwili jednak pojęłam, że chodzi o gaz łzawiący użyty przez wojsko. Wlokłam się upiornie ciemnym korytarzem w głąb pustej szkoły, którą przez tyle lat tak nienawidziłam, a która teraz stała się moim schronieniem i oszczędziła mi widoku trudnych do zniesienia scen. Weszłam na piętro. Moje buty na drewnianej podłodze wydawały dziwny, trzeszczący odgłos. Ze ścian spoglądały na mnie portrety poetów i myślicieli, a wśród nich kiwał ku mnie wujaszek Lenin.

Przyszło mi do głowy, że w pokoju nauczycielskim jest telefon. Zadzwonię do matki albo do Kostii i poproszę, żeby mnie stąd zabrali. Pobiegłam w tamtym kierunku. Natychmiast jednak zdałam sobie sprawę, że ktokolwiek by się odważył tu przedostać, trafiłby na rozgrywający się nieludzki dramat, z saperkami, kałasznikowami, czołgami, gazem łzawiącym. Więc ta wersja nie wchodziła w rachubę.

Weszłam do mojej dawnej klasy na piętrze i usiadłam w ławce, która przez wiele lat znosiła moją niechęć do szkoły, manifestowaną wyrytymi na niej hasłami i rysunkami. Mimo ciemności rozpoznałam je i z jakiegoś powodu ich widok mnie ucieszył. Wydawały mi się trwałym punktem odniesienia, dowodem na to, że świat, jaki znałam, istniał naprawdę, że nie był tylko wytworem mojej fantazji. Zatrzymałam się na „Lenin + Marks = krowi placek" oraz „Nauczyciel od matmy to matoł". A potem: „Jeszcze tylko 124 dni i mnie tu nie będzie". Przypominałam sobie chwile, kiedy w twardym drewnie szkolnej ławy ryłam te zdania. Niektóre szczegóły wracały, inne już zblakły. Położyłam się na ławce, objęłam ją obiema rękami i nasłuchiwałam, czy na zewnątrz nie padają strzały, czy dojdzie mnie ostateczne słowo „martwy", ale nic takiego nie usłyszałam. Jeszcze mogłam mieć nadzieję.

Zupełnie straciłam poczucie czasu. Skoncentrowałam się na biciu własnego serca. Nie pamiętam, jak długo tak leżałam i czekałam, że ktoś mnie uratuje albo mnie zabiją. W pewnym momencie, kiedy wrzawa docierająca z zewnątrz nieco przycichła, wstałam i zeszłam na dół. Dziwiłam się, że nikt poza mną nie wpadł na pomysł, żeby schronić się w szkole, a jednocześnie miałam nieczyste sumienie, że nie otworzyłam drzwi i nie machałam do ludzi, że tu jest bezpieczne miejsce.

Podeszłam do tylnego wyjścia i zaczęłam szarpać drzwiami. Były zamknięte od środka. Weszłam do toalety i w męskiej znalazłam okno, które dało się otworzyć. Wyjrzałam. Na tyłach szkoły było pusto. Tylko jeszcze gdzieś z boku dochodziły krzyki. Dopiero kiedy wyszłam na zewnątrz i usiadłam na asfalcie, zauważyłam, że w prawej, zdrowej dłoni przez cały czas mocno trzymałam czarny pantofel Kristine. Od tego zaciskania palców dostałam skurczu. Do dziś wspomnienie moich zaciśniętych do bólu palców na pantoflu Kristine sprawia, że zamieram z przerażenia. Przycisnęłam but do piersi i zaczęłam głośno szlochać. Podniosłam się, wdrapałam na płot, przeskoczyłam przez niego, biegiem minęłam dwa milicyjne auta i pędziłam stromymi uliczkami Świętej Góry.

Dopiero kiedy dotarłam do ukrytych tylnych podwórek Wery, zatrzymałam się, głośno dysząc. Wrzawa i krzyki ucichły. Wszystko wyglądało tu tak idyllicznie, jakby to, czego niedawno byłam świadkiem, tylko mi się przyśniło. Domy stały pogrążone w głębokim śnie. Z trudem chwytając oddech, usiadłam na skraju chodnika. Moje rodzinne miasto nigdy jeszcze nie wydało mi się tak olbrzymie, tak samotne i podzielone.

Resztką sił biłam pięściami w drzwi Kristine. Nie pamiętam, jak pod nie dotarłam, wiem tylko, że biegnąc coraz wolniej, omijałam główne ulice. Jej mieszkanie było pierwszym miejscem, które przyszło mi na myśl. Wątpię, by kierowały mną altruistyczne względy i żebym w tamtym stanie ducha myślała o Kristine albo Mirze. Po prostu nie miałam siły, żeby iść gdzie indziej.

Drzwi otworzył mi Miro. Szukał mnie, wszyscy wariowali z niepokoju o mnie, a Kristine znikła bez śladu. Elene i Aleko również byli na demonstracji.

Kiedy zobaczył krew na moim ubraniu i twarzy, cofnął się przestraszony, ale dałam mu znak ręką, że to nic groźnego, na więcej nie starczyło mi siły. Na szczęście sam się domyślił i bez słowa od razu zadzwonił do Elene z wieścią, że żyję.

– A Daria? – spytałam tylko.

Uspokoił mnie, że wczesnym wieczorem była z Laszą na bulwarze Rustawelego, ale gdy nastrój przestał się Laszy podobać, odwiózł Darię do Zielonego Domu i w ten sposób uniknął zamieszek w trakcie ich apogeum. Nie rozbierając się ani nie myjąc, runęłam na łóżko Mira i natychmiast zasnęłam.

Był wczesny ranek, kiedy obudziło mnie dotknięcie dłoni Mira na policzku. Miro zrobił mi kilka kanapek i herbatę. Usiadłam i rzuciłam się na jedzenie, dopiero teraz czując, jaka jestem głodna. Miro powiedział, że Lana jest w Baku na jakiejś konferencji dotyczącej budownictwa, a Elene przyjedzie po mnie po południu. W mieście wprowadzono stan wyjątkowy i godzinę milicyjną.

Kristine ciągle nie było. Opowiedziałam Mirowi o spotkaniu z nią ostatniego wieczoru. Nie wspomniałam o jej stanie psychicznym, bo nie byłam pewna, jak Miro na to zareaguje. Trzymałam się faktów, zwykłych konkretów. Czas. Twarz Mira. Zapach jego pościeli. Plamy na moim ubraniu. Eukaliptus na parapecie. Plakat z samochodem wyścigowym na ścianie. To były sprawy, które byłam w stanie pojąć, które znałam, które mnie nie przerastały. Wszystko inne było niezrozumiałe, wymagało ode mnie zbyt wiele wysiłku.

Miro siedział z otwartymi ustami, trochę przestraszony, mamrocząc coś sam do siebie. Ja tymczasem starannie złożyłam bluzkę i spodnie. Stanika nie nosiłam, bo przy moim rozmiarze biustu było to zbyteczne. W końcu wyskoczyłam też z majtek i tak jak mnie Pan Bóg stworzył, przemaszerowałam na jego oczach do łazienki mieszczącej się obok drzwi wejściowych.

Kilka minut później Miro wszedł za mną. Zatrzymał się przed zasłoną prysznicową.

Odsunęłam ją. Chciałam, żeby mnie zobaczył. Chciałam, żeby zobaczył wszystko. Wszystko, co ostatniej nocy zapisało się w moim ciele, a co trudno było ująć w słowa.

Wyciągnęłam rękę w jego stronę. Z góry spadał na mnie gorący, leczący strumień wody. Ujął moją rękę i przez chwilę stał przede mną bez słowa, ze wzrokiem wbitym w podłogę, jakby się zastanawiał, co zrobić. Potem włożył głowę pod strumień wody i pocałował mnie. Objęłam go za szyję i przyciągnęłam do siebie.

Później mnie niósł, zawiniętą w ręcznik, zarzuciwszy mnie sobie na ramię jak zrolowany dywanik, do swojego pokoju, rzucił mnie na niepościelone łóżko i położył się obok mnie. Swoje zmoczone ubranie zostawił w łazience.

Po raz pierwszy byliśmy nadzy. Po raz pierwszy było mi obojętne, czy wydam mu się pociągająca, dostatecznie ładna. Po raz pierwszy chciałam, żeby czytał moje ciało jak historię. Pociągnęłam go ku sobie. Objęłam go, końce jego palców drżały, usta miał zimne, szorstką skórę, jego oczy lśniły. Poczułam, że nie chce być ze mną właśnie teraz, nie czuje się gotowy. Teraz, kiedy jego i mój świat się rozpada. Tu, w tym jego dziecięcym łóżku, w osieroconym domu Kristine.

Wczepiłam się w niego, serce waliło mi jak oszalałe. Gdy moje ręce przesuwały się po jego brzuchu, dotykały jego sutków, głaskały jego jabłko Adama, przed oczyma przesuwały mi się obrazy żołnierzy i śmigające w ich rękach saperki, widziałam upadające na ziemię ciało młodego człowieka. Widziałam blizny na twarzy Kristine po żrącym kwasie, gdy Miro wąchał moją skórę i całował moje piersi, kiedy mnie podniósł i położył na sobie, nieustannie mi się przyglądając, i kiedy odsuwał mi z twarzy mokre kosmyki włosów. A mnie się przy tym zdawało, że jestem na ciemnym korytarzu mojej szkoły i przez cały czas słyszę dobiegające z zewnątrz krzyki i wołanie o pomoc ludzi, którzy się depczą i tratują. Wczepiłam się w niego, jakby jego ciało potrafiło sprawić, że te obrazy i odgłosy znikną na zawsze. Gdybym go tylko mocno chwyciła, gdybym go dostatecznie mocno kochała, gdybym wbiła kolana w materac, wparła się rękami w jego pierś, gdybym go w siebie wzięła, czy stałabym się jego ucieczką, kiedy wcześniej nie potrafiłam podzielić się schronieniem w szkole ani z Kristine, ani z innymi ludźmi?

Odwróciłam głowę do ściany, nie chcąc, żeby dostrzegł to, co miałam przed oczyma, bo był mi tak bliski, tak bliski, jak nigdy wcześniej.

Na podłodze leżała moja brudna dżinsowa kurtka, którą miałam na sobie poprzedniego dnia. Z jej kieszeni wystawał szpic czarnej szpilki Kristine.

72 lata idziemy donikąd.

hasło z transparentu podczas demonstracji

Wojsko kontrolowało centrum miasta.

Ciało Kristine zostało znalezione i zidentyfikowane w jednym z miejskich szpitali pod wieczór następnego dnia. Oficjalna przyczyna śmierci – zatrzymanie akcji serca. Podobno została porwana przez tłum i przewróciła się. Nie podniosła się już. Jestem jednak przekonana, że Kristine umarła dlatego, że przeszłość, która do niej wróciła, wzięła ją bez reszty w swoje posiadanie.

Atak wojska na demonstrantów, który wydawał mi się długi jak wieczność, trwał ponoć tylko trzydzieści minut. Trzydzieści minut, które kosztowały życie dwudziestu jeden osób, wśród nich Kristine, siostry mojej prababki. Trzydzieści minut, dwudziestu jeden zabitych i setki rannych. Moja rodzina uważała, że Kristine zgubiła gdzieś w tłumie woalkę, którą zawsze zasłaniała zdeformowaną połowę swej twarzy. Pozostawiłam ich w tym przekonaniu.

Siedzieliśmy w zimnym korytarzu szpitalnej piwnicy przed zakładem patologii. Poczekalnia była pełna. Ludzie siedzieli i czekali, niektórzy płakali, inni odchodzili z uczuciem ulgi, bo nie znaleźli tu tych, których szukali. Stazja weszła jako pierwsza, samotnie. Nie chciała nikogo z nas mieć przy sobie.

Kostia siedział w drugim końcu poczekalni. Kiedy Stazja wróciła i skinęła nam wszystkim, że to naprawdę Kristine, pokiwał tylko głową. Twarz Stazji nie zdradzała niczego, żadnego przerażenia ani bólu, tylko przygnębiającą pustkę. Jedną ręką trzymała się za bok, jakby tam ją bolało.

Kostia niestety miał rację: po dziewiątym kwietnia zmieniło się niewiele. Panowała ogólna bezradność, a świadomość bezsiły podzieliła społeczeństwo. Połowa, w odpowiedzi na brutalną ingerencję wojska, zaczęła się radykalizować, druga połowa uciekła w rezygnację. Płonne okazały się również nadzieje na protesty Zachodu wobec twardej polityki Gorbaczowa, ponieważ wkrótce dla wszystkich stało się jasne, że Zachód nadal będzie uważał Gorbaczowa za reformatora i wybawiciela. Nawet „Le Monde" nazwał wydarzenia z dziewiątego kwietnia „gruzińskim puczem i prowokacją".

W pośpiechu usunięto ze stanowiska dotychczasowego pierwszego sekretarza Gruzińskiej Partii Komunistycznej i funkcję tę objął kandydat popierany przez Moskwę, Eduard Szewardnadze, który na pytanie dziennikarzy moskiewskich wiadomości telewizyjnych, czy w Gruzji panują nastroje antyrosyjskie, odpowiedział: „Nie ma żadnych dowodów uzasadniających taką tezę". Szewardnadze, radziecki minister spraw zagranicznych i najpotężniejszy wówczas Gruzin na Kremlu, przyleciał do Tbilisi i mówił o ranie, którą jak najszybciej należy zagoić. Czerwona inteligencja gruzińska próbowała nie zaostrzać jeszcze bardziej stosunków z Moskwą i często otwarcie krytykowała nacjonalistów jako fanatyków.

Kostia raz jeszcze ingerował w życie swojej ukochanej wnuczki. Wypatrzył na ulicy cudownego Laszę i dał mu ultimatum: albo natychmiast rozejdzie się z żoną i poślubi Darię, albo w ciągu czterdziestu ośmiu godzin zniknie nie tylko z życia Darii, ale najlepiej w ogóle z miasta. I dopiero kiedy się dowiedziałam, że Lasza pochodzi z szanowanej rodziny tbiliskich lekarzy, że jego dziadek był aktywnym działaczem partii, zrozumiałam stosunkowo łagodną reakcję Kostii. W innym wypadku Lasza nie uszedłby bez szwanku z tej konfrontacji.

I to, co uważaliśmy za mało prawdopodobne, zdarzyło się naprawdę: Lasza wystąpił o rozwód i w trybie przyspieszonym poczynił kroki zmierzające do zawarcia ślubu cywilnego z Darią.

Teraz szczęście Darii wydawało się zupełne. Daria mówiła nawet o wyzwaniu, jakim będzie dla niej harmonijne połączenie studiowania i małżeństwa. Ja i Miro natomiast błąkaliśmy się w owych miesiącach zdezorientowani. Wzięliśmy się do lektury Machiavellego, który w owym czasie znowu stał się modny, odurzaliśmy się pocałunkami i seksem, piliśmy tani alkohol, godziliśmy się na ciągły konflikt z Laną i Elene, które tymczasem doszły do zgodnego wniosku, że źle na siebie z Mirem wpływamy. Spędzaliśmy też mnóstwo czasu na opustoszałym torze gokartowym, próbując odsunąć od siebie smutną teraźniejszość.

Miro zaczął nagle marzyć o zawodzie reżysera. W ten sposób chciał jakby dokończyć to, co rozpoczął jego ojciec. Nigdy jednak, odkąd go znałam, nie wymówił słowa „ojciec".

– Ty będziesz pisała, a ja będę kręcił. Czy to nie wspaniały pomysł?

– Ale ja przecież jeszcze nie piszę.

– To będziesz.

– Nie wiem, Miro. Nie uważam, że się jakoś specjalnie nadaję.

– Nie gadaj bzdur. Musisz pisać. Po prostu zacznij.

Kiedy siedziałam obok Mira, kiedy śmiałam się albo z nim rozmawiałam, nie czułam żadnego lęku, słysząc w radiu czy w telewizji agresywne oświadczenia polityków. Żyłam w przeświadczeniu, w iluzji, że jeśli będziemy trzymać się razem, nic złego nas nie spotka. Tak, zawsze potrafiliśmy się pocieszyć, dopóki się kochaliśmy. Coraz lepiej udawało nam się też wyrzucać z naszych głów obrazy, kiedy wczepialiśmy się w siebie, jak dzikie zwierzęta. Odurzaliśmy się sobą, odsuwaliśmy od siebie myśl o jutrze i przechytrzaliśmy teraźniejszość. Kochaliśmy się w ciemnych klatkach schodowych, nocą, albo za torem gokartowym, na tylnych siedzeniach i maskach różnych aut, w dziecięcym łóżku Mira, jeśli nie było Lany, a raz nawet na dachu Zielonego Domu. Kiedy z nim spałam, niczym się nie przejmowałam, byłam wolna. Wolna od samej siebie i wolna od oczekiwań, które miałam wobec siebie i które mnie paraliżowały, byłam wolna nawet od własnych wad.

Kiedy jednak maj zbliżał się ku końcowi, a Miro nie złożył jeszcze w instytucie filmowym wymaganych dokumentów, zaczęłam się dopytywać, dlaczego tego nie robi. Sama tworzyłam pierwsze szkice i notatki, obiecując sobie, że będę dla niego przykładem, i niech się dzieje, co chce, usiądę do pisania powieści. Miro, zapytany przeze mnie, z irytacją odpowiedział, że w tym roku nie uda mu się zebrać wszystkich dokumentów do szkoły filmowej, więc spełniając życzenie matki, zgłosi się do Instytutu Politechnicznego i będzie zdawał egzamin wstępny na inżynierię.

To, co nastąpiło, było naszą pierwszą sprzeczką. Uświadomiłam sobie wtedy, że Miro jest marzycielem, dla którego marzenia są ważniejsze niż ich urzeczywistnianie. Ja natomiast byłam kimś, dla kogo marzenia przestawały być marzeniami, kiedy zaczynało się je celebrować i lokować w nieokreślonej przyszłości albo uzależniać ich spełnienie od nieprzewidywalnego losu. Stwierdzenie tego dało mi wystarczająco dużo siły, żeby odsunąć od siebie wątpliwości i zacząć pisać. Pokonałam własne opory, wróciłam do Zielonego Domu i pisałam przez tydzień jak szalona. Chciałam opowiedzieć moją, naszą historię. Nie miałam jednak ani początku, ani końca. Pozwalałam się prowadzić nieuporządkowanym zdaniom i niegotowym postaciom. Próbowałam wyostrzyć wspomnienia, kazać ożyć różnym sytuacjom i twarzom. Chciałam udowodnić sobie, ale przede wszystkim Mirowi, że można, krok po kroku, stać się tym, kim się chce.

Siedziałam na strychu i pisałam, dopóki nie zdrętwiała mi ręka. Pisałam w grubym notesie oprawionym w skórę, który ofiarował mi kiedyś Dawid i który trzymałam na specjalną okazję.

Kostia wyprawił Darii takie wesele, o jakim marzył kiedyś dla Elene. Tym razem wszystko było tak, jak chciał, tylko jego kraj nie brał w tym udziału.

Zaproszono mnóstwo ludzi, którzy przybyli do sali weselnej w Ortachali. Daria błyszczała w białej sukni. Dyrektor fabryki win, ordynator kardiochirurgii, śpiewaczka odznaczona Orderem Lenina, kolega z ministerstwa, przewodniczący związków zawodowych, przewodniczący Komsomołu, reżyserzy i aktorzy – wszyscy, którym Kostia chciał pokazać, jaką wschodzącą gwiazdą na firmamencie piękna jest jego wnuczka, jaką perłą – dodawali blasku uroczystości. I choć ta perła wybrała mocno wątpliwą branżę za teren swego działania, choć pan młody był starszy od niej o kilka dobrych lat, wszyscy byli zachwyceni.

W nastroju świętowania łatwo i szybko można było zapomnieć, co działo się na ulicach, na jak niepewnych podstawach trzymał się cały ten kraj, któremu większość gości weselnych przez całe życie wiernie służyła. Po kilku kieliszkach kachetyjskiego wina można było zapomnieć o obawach i lęku. O lęku przed dniem, kiedy ten system ich przeżuje i wypluje. Tego wieczoru można było zapomnieć o wielu sprawach.

Wesele Darii stoi mi tak wyraźnie przed oczami jeszcze dziś, Brilko, jakbym miała w głowie album, którego kartki, jeśli tylko chcę, przewracam, jedną po drugiej. Szczęśliwa twarz mojej siostry, błyszczące oczy, mały bukiecik białych róż w jej ręce, nieśmiały pocałunek młodego małżeństwa, euforia, ich świadomość własnej urody i arogancja, złączona ściśle z urodą.

Pamiętam też, gdy widzę przed sobą te obrazy, chwilę, kiedy spotkałam Darię w toalecie, gdzie poprawiała szminkę na ustach. Jak obróciła się, widząc w lustrze moje odbicie, otwarła ramiona i przytuliła mnie. Jak szeptała mi do ucha, że mnie kocha („Kocham cię tak bardzo, ty sieroto!"), i jak zostawiła czerwony ślad swoich ust na moim spoconym policzku. A potem odpłynęła niczym wiatr, zostawiając mnie samą, osłupiałą, próbującą wytrzeć z policzka ślad jej pocałunku, z nadzieją że może jego odbicie pozostanie tam na zawsze.

Stary zegar dokładnie wskazuje czas.

Josif Brodski

Podjęłam studia na uniwersytecie na wydziale historii. Z kolegami i profesorami często miałam utarczki. Nużyły mnie długie dyskusje. Stale zwracano nam do poprawy napisane przez nas prace, uzasadniając, że za wiele jest w nich radzieckiej propagandy, a za mało podejścia nacjonalistycznego.

Na zewnątrz jeździły czołgi, obowiązywała godzina milicyjna, odbywały się demonstracje. Młodzi ludzie zaczęli oficjalnie nosić przy sobie broń. To było przerażające, jak szybko człowiek przyzwyczaja się do widoku cywili chodzących po mieście w biały dzień, jak gdyby nigdy nic, z bronią zarzuconą na ramię.

Statuy naszych socjalistycznych ojczulków stopniowo znikały z cokołów pomników. Przy czym największa z nich, figura Lenina stojąca przy placu nazwanym jego imieniem, upadła jako ostatnia pod gradem jaj i pomidorów.

Po zakupy trzeba było wyprawiać się na piechotę, bo z powodu masowych zgromadzeń ulice były nieprzejezdne i komunikacja miejska kursowała nieregularnie.

Tor do gokartów zamknięto, ponieważ Hajfisz i kilku innych chłopaków z naszej paczki wstąpiło do nowo założonej prywatnej armii Mchedrioni. Chłopcy nie widzieli już sensu w gokartach, każdy chciał teraz przyczynić się jakoś do przyszłości kraju. Obwieszeni bronią, wydawali się sobie ważni i uważali się za nietykalnych. Spotykali się potajemnie w byłym Pałacu Szachów, dyskutowali o nowych wartościach narodowych i nie niepokojeni przez nikogo pociągali alkohol.

Daria przeprowadziła się z cudownym Laszą w okolice parku Wake, do mieszkania, które kupili mu rodzice. Daria zwracała na siebie uwagę modnymi ubiorami, ale i ruchliwością, która obudziła się w niej po zamążpójściu. Od chwili wesela zmieniła się. Stała się bardzo pracowita, chciała robić wrażenia starszej i pewniejszej siebie, niż w istocie była. Przyjęła propozycję roli w historycznym trzyczęściowym filmie telewizyjnym, który miał być kręcony w Leningradzie. Lasza nie był wprawdzie zatrudniony przy tej produkcji, towarzyszył jej jednak na etapie kręcenia scen i nie było ich przez całe lato.

W Zielonym Domu natomiast zaszło coś niewyobrażalnego: pewnego sobotniego ranka zbudził mnie hałas i zobaczyłam ludzi w kombinezonach, którzy słuchając poleceń Nany, wynosili z domu komplet naszych pięknych mebli. Na moje pytanie, co się dzieje i dlaczego wynoszą ukochaną sofę Kostii, Nana odpowiedziała, że niestety, musimy się rozstać z ulubionymi meblami. Tego samego wieczoru poszłam do kuchni i położyłam przed nią na stole dwieście trzydzieści rubli, wszystko, co zarobiłam dzięki pracy przy gokartach i za co chciałam sobie kupić wymarzone dżinsy oraz różne zabronione książki. Nana spojrzała na mnie zaskoczona i zaprotestowała. Powiedziała, że jeszcze nie jest tak źle, żeby wyciągać pieniądze od dzieci. „Lepiej daj je własnej matce", dodała.

Moja matka ciągle narzekała, że ludzie nie mają teraz pieniędzy na korepetycje dla dzieci, i mówiła do Aleka, że już sama nie wie, skąd weźmie na życie. Aleko przytulał ją wtedy i zapewniał, że wszystko się jakoś ułoży. Zrezygnowałam z marzenia o dżinsach i zaoszczędzone pieniądze wetknęłam matce do torebki. Zamiast podziękowania dostałam burę i musiałam wyjaśniać, skąd mam taką sumę, przy czym usłyszałam jeszcze, że marnuję czas na przebywanie z niewłaściwymi przyjaciółmi. Wybiegłam z domu, trzasnąwszy drzwiami.

Moja tęsknota za Dawidem nie zmalała w owym czasie ani trochę. Przeciwnie: w mojej piersi było palące miejsce, które przypominało mi o nim codziennie na nowo i dawało do zrozumienia, że będzie mnie palić tak długo, dopóki nie znajdzie się ktoś, kto zastąpi Dawida, a Dawida mógł zastąpić tylko jeden człowiek: on sam. Kilka razy pojechałam nawet w okolice jego mieszkanka i snułam się tam w pobliżu w nadziei, że może wypatrzę go gdzieś na ulicy. Za każdym razem podchodziłam bliżej jego drzwi, ale nie odważyłam się zadzwonić. Lecz pewnego popołudnia, po gorącej, prowadzącej donikąd dyskusji z jednym z profesorów, nie wytrzymałam, pojechałam pod blok, w którym mieszkał Dawid, i nacisnęłam dzwonek przy drzwiach. Chwilę trwało, nim usłyszałam kroki. Kiedy otworzył, trzymał w ręce linijkę, na łańcuszku na piersiach dyndały okulary. Wydał mi się niższy, niż go zapamiętałam, ale jego głęboko osadzone oczy patrzyły równie czujnie jak niegdyś, kiedy miałam szczęście regularnie się z nim spotykać. Przez chwilę przyglądał mi się niepewnie, po czym jego twarz się rozjaśniła.

– Nica! – zamruczał i spostrzegłam, że jego oczy koloru bagiennej zieleni zwilgotniały.

Zrobiłam nieśmiały krok w jego kierunku i przytuliłam go z całej siły. Pozwolił się objąć, najpierw sztywno, po chwili jednak coś w nim puściło. W tym momencie uświadomiłam sobie, że jeszcze nigdy nie dotknęłam Dawida. Naszą bliskość tworzyły zawsze myśli i słowa, które nie potrzebowały innych gestów.

– W głębi duszy miałem nadzieję, że któregoś dnia wrócisz – powiedział i jakby naszych spotkań nie dzieliły lata, zaczął nastawiać samowar.

W tym otoczeniu, gdzie wszystko było mi tak dobrze znane, rozwiały się resztki moich obaw i niepewności.

Mówiłam bezładnie i długo. Nie mogłam przestać mówić. Dawid nie przerywał, słuchał jak zwykle w skupieniu i dolewał mi herbaty.

– Mam poczucie, że się duszę. Chcę tak wiele robić, a jestem jak sparaliżowana. Ciągle innych rozczarowuję. Próbuję robić wszystko, jak trzeba, choć nie wiem, co to znaczy „jak trzeba". Nie wiem, po co studiuję. Jedyne, co wiem, to to, że chcę pisać i być z Mirem. Ale to nie wystarczy. Ja nie wystarczam. Nic nie pomaga, żeby Miro robił to, to zawsze chciał robić.

To wszystko było jak potok, który długo trzymałam w sobie i wreszcie z siebie wyrzuciłam.

Dawid chwilę się zastanawiał, patrząc na mnie badawczo.

– Nie możesz za nikogo przeżyć życia, Nico, i nikt nie zrobi tego za ciebie. Byłoby strasznie, gdyby tak mogło być. Bądź tym, kim chcesz być, a innych zostaw w spokoju.

– Ale ja nie wiem, kim chcę być, i to jest problem!

– Rób to, co najlepiej umiesz. Nie odpowiem ci na to pytanie. Nigdy ci nie odpowiadałem. Zawsze cię tylko słuchałem i zostawiałem ci czas, żebyś sama znalazła odpowiedź.

– Czy mogę... mogę cię odwiedzać?

– Mam nadzieję, że nikt nie będzie mi już więcej groził, że z tego powodu wsadzi mnie za kratki.

– Tak się wstydzę! Nienawidzę mojej rodziny, nienawidzę dziadka!

– Już dobrze. Dla mnie to wszystko nie było zaskoczeniem. Bolało mnie tylko, że przestaliśmy się kontaktować. Na początku mojej kariery zakochałem się w pewnym mężczyźnie, moim asystencie, sześć lat młodszym ode mnie. Byłem wtedy żonaty, a moja żona była z drugim dzieckiem w ciąży. Jeden z kolegów doniósł kierownikowi instytutu, wybuchł skandal i... Ale teraz nie ma to już znaczenia.

– Z mojego powodu nic niemiłego nie powinno było cię spotkać!

– Teraz jesteś dorosła, możesz mnie odwiedzać, kiedy zechcesz. Poza tym nie zarazisz się ode mnie. Oglądasz się przecież za mężczyznami!

Roześmialiśmy się oboje. Może był to trochę gorzki śmiech, ale jednak taki, który to, co było, unieważniał.

– Kiedy nie wiesz, kim jesteś, ze wszystkich możliwości, jakie stwarza ci twoje „ja", wyszukaj to, co najbardziej niemożliwe i stań się tym – powiedział, zanim mnie objął na pożegnanie.

Szłam do domu powoli, mijając po drodze coraz biedniejsze wystawy sklepów spożywczych i nowe domy czynszowe.

Daria nakryła stół. Jej mąż był wyjątkowo w pokoju obok, oglądał mecz drużyny Dynamo. W ostatnim czasie rzadko odwiedzałam swoją siostrę, bo cudowny Lasza nie odstępował jej ani na chwilę, chodził za nią jak pies. Od czasu wesela nie przypominam sobie żadnej z nią rozmowy, przy której by go nie było.

Daria miała akurat próby w *Poskromieniu złośnicy* w Teatrze Dramatycznym imienia Kote Mardżaniszwilego. Grała tytułową rolę złośnicy Katarzyny, ku zazdrości koleżanek i kolegów z roku, ponieważ było rzeczą zupełnie wyjątkową, by główną rolę dostała w teatrze studentka wydziału aktorskiego.

Zadzwonił telefon. Daria na moment znikła z kuchni. Kiedy wróciła, przyszedł za nią Lasza, którego nie wolno mi już było nazywać „cudownym", bo irytowało to Darię.

– Kto dzwonił?

– Asystent. W związku z jutrzejszą próbą. Proszę, nie zaczynaj od nowa – szepnęła Daria i odwróciła się do męża plecami.

Lasza jednak nie dał za wygraną i dosiadł się do nas do stołu.

– Chcę wiedzieć, czego chciał od ciebie.

– A czego mógł chcieć? Już ci powiedziałam: chciał ustalić godziny próby.

– Co tu jest do omawiania?

– Lasza, proszę, Nica i ja chcemy przez chwilę...

– Może chciał omówić z tobą głębokość dekoltu w twojej bluzce?

– Lasza, to paranoja, co mówisz, słowo daję!

– Ja jestem paranoikiem, tak!?

– Ej, Lasza, co to ma być!? – wtrąciłam się.

– Co to ma być? Właśnie o to pytam twoją siostrę, ale nie dostaję odpowiedzi! Zostawiłem dla niej żonę, która mnie uwielbiała. U-wiel-bia-ła! I gdzie teraz jej wdzięczność? Flirtuje ze wszystkimi tymi typkami, kokietuje ich, a mnie ma za głupka.

Nagle usłyszałam brzęk. Darii wypadł z rąk talerz. Odwróciła się gwałtownie, po twarzy płynęły jej łzy.

– Dlaczego tak się zachowujesz? Nica to moja młodsza siostra. Dlaczego właśnie przy niej!? Nie mogę tak dalej. Nie rozumiem, co ci się stało. Dlaczego mi to robisz. Wcześniej nie byłeś taki.

– Ja ci to robię!? Ja tobie? Ja ci nic nie robię, chcę tylko mieć uczciwą żonę. Stałaś się kimś, bo to ja cię ustawiłem, i zgrywasz wielką gwiazdę, a ja przestałem być wystarczająco dobry. Myślisz, że teraz jesteś lepsza, bo dostajesz propozycje, a ja bąki zbijam? Nie masz pojęcia, co ja już robiłem i z kim pracowałem, ty niewdzięczna zdziro!

Tego było za wiele. Zerwałam się z miejsca i zaczęłam krzyczeć, żeby zamknął swój bezczelny pysk.

Daria próbowała wejść pomiędzy nas, wstydziła się tej całej sytuacji. Lasza prychnął nienawistnie, rzucił mi w twarz coś obraźliwego i wyszedł z kuchni.

Trzy dni później złapałam Darię po próbie i zmusiłam, żebyśmy się przeszły.

– Co się u was dzieje?

– Jeszcze teraz ty, Nico!? Ja sobie z nim poradzę. On jest trochę zazdrosny – broniła się i zaczęła szukać czegoś w torebce.

– Trochę zazdrosny!? Nazwał cię niewdzięczną zdzirą!

– To jest mężczyzna. Dla niego to trudne, bycie w całej tej sytuacji. Poza tym on nie dostaje teraz żadnych propozycji. Stacje telewizyjne kręcą tylko rzeczy polityczne, nie robią filmów. Zastanawiamy się, czy nie wyjechać do Rosji. Tam Lasza ma dobre kontakty. Kocham go, nie chcę, żeby źle się przy mnie czuł.

– Żartujesz! Do tego jeszcze czujesz się winna, że on zachował się jak ostatni prymityw?

– Nie, nie czuję się winna, ale jemu też jest trudno. Martwię się o niego.

– Może powinnaś zatroszczyć się raczej o siebie?

– Robię to. Jest to jednak sprawa między nim a mną. Nie oczekuję, że to zrozumiesz, Nico, tylko proszę, nie mów nic mamie ani Kostii. Kostia już najwyraźniej stracił nerwy i...

– Stracił nerwy? On, zdaje się, często traci nerwy.

– Nie jestem taką maksymalistką jak ty.

– Maksymalistką? O czym ty mówisz? To przecież chyba najzupełniej normalne, że nie chce się być nazywaną zdzirą, zwłaszcza przez kogoś, kogo się kocha.

– Akurat ty wiesz najlepiej, co jest „najzupełniej normalne".

– Nie zaczynaj! Nie w ten sposób. To mamy już za sobą.

– Przyjrzyj się najpierw sobie, zanim zaczniesz mi prawić morały. A sama jak żyjesz? Wykorzystujesz swoje zdolności? Ciągle zadajesz się tylko z jakimiś nieudacznikami, nie masz nawet przyjaciółki, to nie jest przecież normalne. Dziewczyna powinna mieć przyjaciółkę.

– Myślałam, że ty jesteś moją przyjaciółką.

Nie spodziewała się takiej odpowiedzi, jej twarz w jednej chwili zmieniła wyraz, Daria zrobiła krok w moją stronę i w jej brązowym oku pojawiły się jakby wyrzuty sumienia.

– Ależ ja przecież jestem twoją siostrą – powiedziała pokornym tonem.

– Tak, widocznie jesteś właśnie tylko moją siostrą – odparłam, odwróciłam się i pobiegłam przed siebie.

Nagle lunął deszcz.

Słowa niczym przemoc
przerywają ciszę.

Depeche Mode

– O Boże, to, co się dzieje, to już jakaś narodowa psychoza! – Miro uderzył się dłonią w czoło.

Nie mogliśmy się oderwać od ekranu telewizora. Mówiono o rosyjskim uzdrowicielu Kaszpirowskim, który występując od niedawna w telewizji, wprawiał widzów w stan hipnozy, ogłupiając ich i tumaniąc, a teraz przyjechał do Tbilisi. W nadziei na uzdrowienie rzesze Gruzinów ciągnęły do filharmonii, gdzie hipnotyzer dawał swój *show*. Przed filharmonią grupka osób trzymających w rękach chorągiewki oraz transparenty, które ostrzegały przed tym satanistą, wzywała ludzi do ratowania swych dusz i do rezygnacji z heretyckiego widowiska. Ale do owych wyznawców diabła, to jest tłumu walącego na spotkanie z uzdrowicielem, hasła te nie trafiały. Wielu ludzi mdlało, wpadało w ekstazę albo wybuchało płaczem, chwytając z trudem powietrze i szukając właściwych słów.

Lana znowu wyjechała służbowo, więc Miro i ja zadekowaliśmy się w jego pokoju.

– Stoimy przed zapaścią gospodarczą, za miesiąc albo dwa sto partii będzie walczyło o władzę, Ruch Narodowy jest skłócony prawie ze wszystkimi i sam zaczyna niszczyć się od środka, komuniści próbują ratować swoje tyłki, armia Mchedrioni trzyma społeczeństwo w szachu, Abchazi i Osetyjczycy głośno domagają się autonomii, padają ostrzeżenia przed nadchodzącą inflacją, a my co robimy? Zapraszamy hipnotyzera z Rosji i każemy mu uzdrawiać naród.

Zeskoczyłam z łóżka, na którym siedzieliśmy, i skręcając się ze śmiechu, a jednocześnie ściągając z siebie ubranie, chodziłam po pokoju, podczas gdy gdzieś tam Kaszpirowski wypędzał z Gruzinów demony. Miro chwycił mnie wreszcie i zaniósł na łóżko, po czym całym swoim ciężarem zwalił się obok mnie. Mieliśmy gdzieś cały świat z jego cudotwórcami, reformatorami, nacjonalistami i fanatykami...

W marcu 1990 roku gruziński parlament ogłosił niepodległość naszego kraju. Za przykładem Gruzji poszły inne republiki i choć nie oznaczało to jeszcze, że wystąpiły one ze Związku Socjalistycznych Republik Radzieckich, wszyscy wiedzieli, że prędzej czy później musi to nastąpić. Po upadku muru berlińskiego sytuacja polityczna w świecie zasadniczo się zmieniła. Gorbaczow, który tylko Zachodowi pokazywał uprzejmą twarz, zareagował zdecydowanie i nałożył surowe sankcje gospodarcze na republiki dążące do uzyskania suwerenności politycznej. Nie był jednak w stanie zapanować nad sytuacją, która ciągle się zmieniała. Nie mógł działać na wszystkich frontach tymi samymi drastycznymi gospodarczo metodami, bo zagrażałoby to również Rosji. Ten kierunek jego działania uznawano więc za nieprzyjemne, lecz nieuniknione konsekwencje jego wielkich reform.

W wyborach w Gruzji po raz pierwszy od 1921 roku zwyciężyła inna partia niż komunistyczna – narodowa unia Okrągły Stół-Wolna Gruzja pod kierownictwem byłego dysydenta Zwiada Gamsachurdii, syna znanego pisarza Konstantina Gamsachurdii. Kiedy zapytałam Aleka, co to za polityk i dlaczego przemawia zawsze jak nawiedzony, jakby ktoś stał tuż za nim, a on obawiał się, że nie zdoła wypowiedzieć swoich myśli do końca, Aleko odpowiedział:

– Może naprawdę się boi, że mu przerwą. Już jako uczeń był aresztowany za działalność antykomunistyczną. Potem dwa lata spędził na wygnaniu za udział w założeniu Grupy Helsińskiej, broniącej praw człowieka. Dopiero teraz zyskał możliwość publicznego wypowiadania się, więc ryczy jak lew, żeby wyrzucić z siebie wszystko, czego nie mógł powiedzieć przez wszystkie te lata. Ma skłonność do mistycyzmu, do tego... Jakże to się nazywa...? Tego nowego rodzaju religii czy czegoś takiego, teraz bardzo modnego, antro... czegoś tam. Tak czy siak, ezoteryka i polityka to kiepska kombinacja. Zobaczysz, że ci, którzy nie weszli do partii Gamsachurdii, nacjonaliści i ich zwolennicy, których nie uznał za swoich sprzymierzeńców i nie dał im wysokich stanowisk, ci się zjednoczą, chociaż się nienawidzą, i będą go zwalczać – podsumował Aleko pesymistycznie i wziął do ręki gazetę, na której tytułowej stronie widniało, jak każdego dnia, zdjęcie z demonstracji.

Byłam zbyt leniwa, żeby spytać, przeciwko czemu tym razem ludzie demonstrowali.

Miro należał do tych, których łatwo było odciągnąć od wyznaczonego celu. Gdy zostawałam sama, nachodziło mnie coraz więcej wątpliwości. W jakim iść kierunku? Od czego zacząć? I jakie w ogóle będzie to życie? A może powinnam zacząć od siebie i – jak radził mi Dawid – nie mieć wobec Mira żadnych oczekiwań? Ale jak? Jak miałam od niego niczego nie oczekiwać? Kiedy się kogoś kocha, oczekuje się jednak z jego strony określonych zachowań.

Niestety, czasem nie rozumiałam samej siebie. Rozumiałam się jedynie wtedy, gdy doświadczałam konkretnie pewnych spraw, po prostu żyłam. Życie wydawało mi się zawsze krokiem wyprzedzającym to, co istniało we mnie, jakby tego życia nie można było ode mnie wziąć. Ta sprzeczność w pewnym momencie zaczęła rzutować na Mira i nasz związek. Miro coraz częściej był poirytowany, kazał na siebie czekać, bez uprzedzenia znikał gdzieś z kolegami, był nieznośny, trudno go było zadowolić. Przy tym wszystkim zarzucał mi, że go kontroluję. Sama sobie wydawałam się podła, bo byłam pewna, że to, czego doświadczam, wynika nie tyle z postawy Mira, ile z moich własnych wad. Byłam zazdrosna o jego nowych przyjaciół, których znalazł na studiach. Gorąco nienawidziłam tych jego cech, które kiedyś tak w nim kochałam. Nie mogłam znieść, kiedy przed nowymi kolegami robił z siebie klauna i wodził rej podczas spotkań towarzyskich.

Podobnie zirytowało mnie, gdy nagle uznał swoje studia za całkiem interesujące. Kiedyś powiedział przecież, że jest stworzony do czegoś innego, a teraz był skłonny zadowolić się skromnymi możliwościami, jakie dawał mu jego instytut. Obawiałam się, że zacznę nim gardzić, bo naraz dostrzegłam w nim konformistę, pogodzonego z rzeczywistością, lubiącego wygodne życie, który w dodatku stwierdził, że sztuka to luksus w dzisiejszych czasach. Mnie natomiast zarzucał, że jestem melancholijna, deprymująca, niemiła i szukam zwady.

Im bardziej nie umieliśmy się porozumieć słowami, tym lepiej rozmawiały z sobą nocami nasze ciała. Jakby się cieszyły, że nasze myśli, nasze uczucia pozostają w dysharmonii. W ciągu dnia jednak kłóciliśmy się znowu, najpierw trochę, a potem ciągle. Zarzucałam mu, że życie, o którym ciągle mówi, nie spadnie mu z nieba. On się bronił, że nie jest w stanie spełnić tego, czego żąda moja „skomplikowana główka". Ja byłam za życiem, które daje sens. On odpowiadał, że my dwoje i nasz związek to dla niego wystarczający sens życia. Ja przywoływałam sprawy, które znajdowały się poza obrębem leczącej wszystko miłości.

Były dni, kiedy ponad wszystko chciałam być normalna – marzyć o sprawach, o których marzyła większość moich rówieśników. Dni, kiedy pragnęłam mieć w sobie niezbędne „ja", manifestować je, pobiec do Mira i powiedzieć mu, żebyśmy poszli do urzędu stanu cywilnego, dostali oficjalne uzasadnienie naszej miłości i mieli oficjalne wspólne łóżko. Dni, kiedy chciałam udowodnić, że wcale nie jestem taka skomplikowana, jak wszyscy myślą, lecz chcę tego samego co inni: wynajmować małe mieszkanko ze starą kuchenką gazową, piec szarlotki i wieszać na sznurku w kuchni wyprane ubrania Mira. Nie, na pewno zaczęłabym go nienawidzić, karać go za to, że na nic wielkiego się przy mnie nie odważył, że nie przemogliśmy naszych lęków i ograniczeń, że pozostaliśmy więźniami samych siebie. Na pewno bym mu zarzucała, że przeszkodził mi być tą, którą miałam się stać.

Kiedy Daria otwierała mi drzwi, wiedziałam, że muszę się zemścić na Laszy. I dziwnie mnie to ucieszyło.

Dzwonili z jej instytutu. Daria nie pojawiała się w nim od tygodnia i nie mogli się z nią skontaktować. Elene poprosiła mnie, żebym do niej zajrzała, bo podejrzewała, że moja siostra leży z grypą. Ja podejrzewałam coś zupełnie innego, lecz nie chciałam niepokoić matki.

– Co się stało? – zapytałam Darię bez żadnych wstępów.

– Przeziębiłam się i...

– Będziemy tu tak stać czy wpuścisz mnie do środka?

– Nie chciałabym cię zarazić, a poza tym on właśnie śpi i...

– Ach, pan i władca śpi, nie można oczywiście zakłócać mu spokoju! *Pardon*, zapomniałam.

– Nico, nie zaczynaj.

Włożyłam nogę w szczelinę uchylonych drzwi i wepchnęłam się na siłę do mieszkania. Kiedy moja siostra się cofnęła, pod jej lewym okiem zobaczyłam siniaka, a potem opuchniętą dolną wargę. Nie wiedziałam nawet, czy to, co poczułam, było współczuciem czy wzburzeniem.

– Dario! Ja po prostu nie wierzę...

Chciałam się opanować, ale już wpadłam do sypialni, gdzie na plecach, w ubraniu, leżał Lasza i chrapał. Rzuciłam się na niego, usiadłam na nim i zanim jeszcze się ocknął, i mógł się bronić, uderzyłam go pięścią w żołądek. Zawył z bólu, chwycił mnie i zrzucił z siebie.

Daria krzyczała, ale wszystko działo się tak szybko, a ja wpadłam w taką furię, że chwyciłam krzesło i zaczęłam nim wywijać, podczas gdy mój szwagier zwlókł się z łóżka i klnąc, zbliżał się w moim kierunku. Zamachnęłam się krzesłem i trafiłam go w kolano. Jego butne pogróżki przeszły w skowyt bólu.

Zanim zdołałam coś powiedzieć, Daria złapała mnie z tyłu i wywlokła razem z krzesłem, którego nie wypuszczałam z rąk, do przedpokoju.

– Odebrało ci rozum, czy co!? – natarła na mnie.

– A ty pewnie chcesz mi wmówić, że on cię kocha i ręka to mu poleciała tak tylko, niechcący po prostu... Jak będziesz grać teraz w teatrze z taką twarzą?

– On... on nie czuje się dobrze.

– A ty? Ty się czujesz dobrze?

– Nie wtrącaj się, prosiłam. Trzymaj się od nas z daleka!

Krzesło wypadło mi z rąk i potoczyło się do tyłu.

– Daria, Daro... Co z tobą?

Wskazała mi głową drzwi i kiedy powoli i niechętnie wyszłam z mieszkania, zatrzasnęła je za mną z hukiem.

Przez następne trzy dni dzwoniłam do niej co najmniej kilkadziesiąt razy, lecz nikt nie odbierał. Wtedy postanowiłam pójść do Hajfisza. Poszłam prosto do Pałacu Szachów, gdzie chłopaki mieli swój sztab, i zapytałam o niego. Trzej uzbrojeni i umundurowani mchedrioniści pełniący służbę przy wejściu spojrzeli na mnie lekceważąco, ale nie odesłali z kwitkiem. Jeden chodził wolno wzdłuż budynku, ciągle mnie obserwując, a drugi żuł gumę i wydmuchiwał balony. Po pewnym czasie wrócił ten trzeci, tym razem pospiesznym krokiem i już bez grymasu na twarzy, i kazał iść za sobą. W zadymionym pokoju od podwórza, gdzie śmierdziało alkoholem, siedział Hajfisz z dwoma innymi żołnierzami w mundurach i czyścił broń. Wcześniej nigdy z bliska nie widziałam broni, więc stanęłam zafascynowana tym widokiem. Hajfisz poderwał się z krzesła, objął mnie swoimi łapami i ze śmiechem podniósł w górę.

– Przyszedł nasz Einstein! Hej wy tam, durnie! Ta dziewczyna ma więcej w głowie niż wy wszyscy razem wzięci! Chodźcie tu, poznajcie ją! Ona to dopiero ma animusz, mówię wam! Kiedykolwiek tu przyjdzie, macie ją traktować jak damę, jasne!? – krzyknął.

Obecni rzucali w moją stronę spojrzenia pełne respektu i podziwu.

– No, co słychać, mała, jak się ma nasz przyjaciel Miro?

– Miro ma się dobrze. Przyszłam z innego powodu. Potrzebuję twojej pomocy.

Spojrzałam niepewnie na dwóch obecnych przy tej rozmowie żołnierzy.

– Nie bój żaby, Einstein, możesz gadać, to moi bracia. A więc, co to za idiota, który odważył się z ciebie zażartować? – Hajfisz się zaśmiał i wskazał mi ręką krzesło.

– Nie chodzi o mnie. Chodzi o moją siostrę.

– *Wow*, to superbabka! Niedawno widziałem ją w telewizji. Hej, wy tam, macie pojęcie, kim jest jej siostra? Nie uwierzycie! Daria Jaszi! No co, opad szczeny? Więc o co chodzi, Einstein?

W krótkich słowach opisałam problem.

– Tym gorzej dla niego, jeśli schrzanił sprawę z tym aniołem. Musi być naprawdę durniem; taką kobietę nosi się na rękach.

Obaj żołnierze przytaknęli w milczeniu.

– Pomożesz mi?

– Jasne, przecież jesteś dla mnie jak młodsza siostra. Dużośmy razem przeszli, no nie?

Dwa dni później Hajfisz i jego przyjaciele przyuważyli przed domem Laszę i „porozmawiali" sobie z nim. Trafił do szpitala z dwoma złamanymi żebrami i wstrząsem mózgu, pod opiekę swoich rodziców lekarzy. Daria wezwała mnie na rozmowę. Nie wykazała zrozumienia dla mojej siostrzanej pomocy. Któryś z sąsiadów rozpoznał Hajfisza, a ona mnie z nim skojarzyła. Daria okrzyczała mnie histerycznie i rzuciła mi w twarz, nie bez podszytej triumfem satysfakcji, że kocha męża ponad wszystko i nie jestem w stanie w najmniejszym stopniu tego zmienić. Tym razem będzie trzymać język za zębami, bo się wstydzi, że ja, jej siostra, jestem zdolna do czegoś tak paskudnego, ale jeśli jeszcze raz ja albo któryś z moich przyjaciół kryminalistów wpadniemy na pomysł, żeby poturbować jej męża, będzie to miało dla mnie fatalne konsekwencje. Dorzuciła też, że cieszą się oboje, iż wkrótce opuszczą „ten przeklęty, prowincjonalny kraj przestępców". Wyjadą, gdy tylko Lasza opuści szpital.

– Dokąd to? – wymamrotałam, unikając jej wzroku.

– Przeniesiemy się do Moskwy. Za miesiąc nas tu już nie będzie. Najbliższy przyjaciel Laszy tworzy tam swój własny biznes i...

– Co buduje?

– Opanuj lepiej angielski! – zbeształa mnie. – Rozwija swój interes, będzie zarabiał masę pieniędzy i Lasza będzie mógł sam decydować, przy jakich filmach chce pracować, i raz na zawsze zapomnimy o tym pieprzonym kraju. Tam nikt nie napada na człowieka w biały dzień przed jego domem!

– A co z twoimi studiami?

– Skończę je w Moskwie. I tam będę grała. Tu tak czy owak panuje zacofanie. Tu nikt nie wie, kto to jest profesjonalista.

– Twój mąż cię zbił i będzie to robił dalej!

– Nie jesteś Bogiem, Nico. Kiedy to wreszcie zrozumiesz?

– Co to ma wspólnego z Bogiem?

– Chcesz o wszystkim decydować, a tak się nie da. To jest moje życie; żyję z tym, z kim sama chcę żyć.

W czerwcu 1991 roku w Rosji odbyły się pierwsze w historii tego kraju wolne wybory prezydenckie. Daria przeprowadziła się z cudownym Laszą do Moskwy. Kostia, co zdumiewające, nie miał nic przeciwko temu. Prawdopodobnie wierzył, że tam, w Rosji, nie wszystko jeszcze jest stracone, podczas gdy nasz kraj od dawna zmierza ku przepaści.

Rodzice Laszy wręczyli synowi na start pewną sumę pieniędzy, żeby mógł dołączyć do interesu swego przyjaciela. Przedsięwzięcie dotyczyło bankowości, pożyczek i kredytów, jak ostrożnie opisała nam to Daria na pożegnalnej kolacji. Nie przyznała się jednak, że oddała na ten cel całą swoją biżuterię, którą dostała w prezencie od rodziny.

Gruzja ogłosiła niepodległość i przywróciła dawną konstytucję z 1918 roku. Nad pałacem rządowym, zwanym teraz budynkiem parlamentu, powiewała gruzińska flaga. Mieliśmy nowy hymn. Byliśmy wolni, chociaż tak naprawdę nikt nie wiedział, co to znaczy być wolnym. Spokój panował tylko przez pół roku, a potem demonstracje, gwałtowne wystąpienia, konflikty interesów politycznych oraz gorące debaty w parlamencie doprowadziły do puczu przeciw Gamsachurdii, który został uprowadzony przez Gwardię Narodową i Mchedrioni. Napady na biura działaczy partyjnych, strzały na ulicach, włamania, bijatyki, ranni, aresztowania, krzyki w parlamencie, krzyki wszędzie, dzikie wyzwiska, agresja, a w końcu bankructwa były na porządku dziennym.

W tym czasie z Zielonego Domu znikło wszystko, co przedstawiało jakąkolwiek wartość: poza pięknymi meblami również porcelanowe dzbany na kwiaty i szkatuły wykładane masą perłową, cała srebrna zastawa stołowa, biżuteria Nany, a nawet jej kolekcja serwisów do herbaty. Wszystkie te zwożone ze świata przez wiele lat z taką determinacją i wysiłkiem niemieckie, czeskie i chińskie serwisy zostały wyjęte z kredensu w pokoju stołowym i sprzedane na czarnym rynku.

Wszystkie niegruzińskie społeczności rozmnażają się u nas w zastraszającym tempie.

Zwiad Gamsachurdia

„Wszystko to przybiera formę, która nieodparcie przypomina dyktaturę... Życzyłbym sobie, żeby moja rezygnacja ze stanowiska została zrozumiana jako protest przeciw tej dyktaturze". Tak mówił rosyjski minister spraw zagranicznych, nasz krajan Szewardnadze, gdy składał dymisję. Gorbaczow popierał protesty osetyjskich i abchaskich separatystów, którzy skarżyli się na skrajnie nacjonalistyczną politykę Gamsachurdii, przedstawiając się jako jej ofiary, a przez to podgrzewał antygruzińskie nastroje, które w tamtym momencie i tak już dominowały w rosyjskich mediach.

Kiedy podczas pochodu pierwszomajowego przed Kremlem Gorbaczow został wygwizdany, Kostia, oglądając telewizję, kiwał tylko głową jak wańka-wstańka. Miał na sobie jak zwykle frotowy płaszcz kąpielowy i znoszoną piżamę.

– Swoimi reformami Gorbaczow zrobił z siebie największego błazna w historii naszego kraju. Tylko pogratulować!

Zauważyłam, że drżały mu ręce, gdy mieszał herbatę.

– I on się uważa za humanistę? On!? Ten błazen, który dopuścił do masakry w Tbilisi i Baku!? Ale cóż ja się będę na niego skarżył, gdy mamy własnych faszystów, tego Gamsachurdię – mruczał do siebie.

Wprowadziłam się znowu na kilka tygodni do Zielonego Domu, bo przepadało nam coraz więcej wykładów. Postanowiłam więcej czasu poświęcić pisaniu, a poza tym porozmawiać ze Stazją, upewnić się co do kilku faktów z jej przeszłości. Z biblioteki uniwersyteckiej wypożyczyłam górę książek na temat rewolucji i chciałam je przeczytać. Wyraźnie widziałam, czego nam brakowało w różnych dziedzinach. Nie chodziło o meble i wazony, lecz o ważniejsze rzeczy, któreśmy stracili, a których wtedy nie umiałam nazwać.

Kiedy się dowiedziałam, że Kostia sprzedał swój największy skarb, auto GAZ 13, zrozumiałam ostatecznie rozmiar naszych strat. Nie mogliśmy żyć dłużej, udając, że wszystko jest jak dawniej. Fakt, że Kostia i Nana przyjmowali pieniądze, które Daria co kilka tygodni przysyłała z Moskwy, nastrajał mnie smutno. Jednocześnie wiedziałam, że gdybyśmy przed sobą głośno przyznali, że stoimy na progu bankructwa, tak jak dziewięćdziesiąt procent ludzi w Gruzji, wpędzilibyśmy się w czarną depresję. Pielęgnowaliśmy więc pozory normalności i zajmowali się naszymi codziennymi sprawami, żeby grunt pod nogami nie usunął się nam całkowicie. O tym, że ten grunt jest niepewny, wiedzieliśmy od dawna. Renty przychodziły z opóźnieniem albo wcale i nie pokrywały podstawowych potrzeb. Elene dostawała nieregularnie swoją pensję. W tej sytuacji ratowały nas owoce i warzywa z własnego ogrodu – na wsi braki żywności i inne ograniczenia codziennego życia nie dawały się we znaki tak jak w mieście.

Gdy Elene dostawała wypłatę, wkładała kilka banknotów do kieszeni w mojej kurtce, by uniknąć ze mną dyskusji i nie urażać mojej godności. Wystarczało mi to na pewien czas na bilety trolejbusowe czy metro. Instytut budownictwa, w którym pracowała Lana, padł ofiarą cięć budżetowych i został zlikwidowany. Miro poczuł się zmuszony do szukania płatnego zajęcia, co w tamtym czasie wcale nie było łatwe. Ponieważ znał się na autach, zaczął pomagać w zakładzie ojca swego kolegi, który podrasowywał silniki samochodów. Większość klientów tego zakładu stanowili członkowie Mchedrioni, jedyni w tamtym okresie, którzy mogli sobie pozwolić na ten luksus. W pomieszczeniu na tyłach warsztatu spotykali się ludzie w mundurach i mężczyźni noszący broń, którzy czekali, aż ich auta zostaną stuningowane, i spędzali czas na grze w karty.

Ponieważ często przychodziłam do Mira do pracy, miałam sporo okazji, żeby przyjrzeć się grającym. Karty zawsze mnie interesowały, stopniowo coraz lepiej rozumiałam taktykę gry i podpatrywałam, kiedy najlepiej się wycofać. Fascynowały mnie zwłaszcza sumy pieniędzy wykładane przez graczy na drewnianą skrzynkę, która służyła za stolik. Pewnego dnia jeden z ludzi w mundurach zapytał mnie, czy gram w pokera, bo brakowało im gracza do składu. Znałam reguły pokera od Aleka i jego przyjaciół, ale nie miałam zbyt dużego doświadczenia. Kiedy po pierwszym wyłożeniu kart zobaczyłam stos banknotów, który urósł przede mną na stoliku, doszłam do wniosku, że jednak radzę sobie nie najgorzej. Wygrałam kilka partii – może było to szczęście nowicjuszki – i wyszłam z garażu z plikiem banknotów w kieszeni.

Gdy przyszłam do domu, zmusiłam Aleka, żeby siadł ze mną do kart i pokazał mi różne subtelności pokerowych trików. Ponieważ chodziło o pokera dobieranego, a Aleko i jego przyjaciele grali najczęściej w teksański klincz, prostszą odmianę pokera, Aleko sam musiał wymyślać te triki. Zadzwonił nawet do kolegi, który wyjaśnił mu pewne detale. Aleko siedział przy telefonie jak uczeń, z ołówkiem w ręku i starym zeszytem, w którym zapisywał uwagi kolegi.

– Dlaczego chcesz to wszystko wiedzieć? – zapytał mnie z pewną nieufnością, widząc moje nagłe zainteresowanie grą w karty. – Mam nadzieję, że nie zamierzasz robić niczego, co jest zabronione.

– Gram z kilkoma chłopakami z uczelni o parę kopiejek.

– Właśnie widzę, że ciągnie cię do takich gier. Radzę ci, bądź ostrożna. Sam wiem, jak to wciąga. Uważaj, żebyś nie wpadła. I ani słowa matce!

– Ani słowa, obiecuję!

I pocałowałam go w zarośnięte policzki.

W następnych tygodniach pokazałam, czego się nauczyłam. Przychodziłam do warsztatu samochodowego, szłam na jego tyły i grałam z mchedrionistami, najlepiej jak pozwalały karty. Nieokiełznana wola wygrywania pchała mnie ku szalonym posunięciom, blefowałam, stawiałam wszystko na jedną kartę. Bujałam ich, mówiąc, że mój ojciec był zawodowym graczem, który z tego powodu często trafiał za kratki (to ostatnie nawet odpowiadało prawdzie). I mchedrioniści, przekonawszy się o mojej lojalności, zapraszali mnie do swojej kwatery w sztabie, do dawnych budynków fabrycznych, pustych szkół i nieczynnych drukarni, gdzie grali z fantazją i zapamiętaniem, pijąc domowy alkohol (uważali się za nacjonalistów, więc pili gruzińską czaczę, nawet w ten sposób manifestując swój dystans wobec Rosji). Byłam opanowana i spokojna, nie pozwalałam sobie – w dosłownym sensie tego powiedzenia – zaglądać w karty i wkrótce zaczęłam cieszyć się w tym gronie pewnym uznaniem. Będąc świadoma ulotności szczęścia w grze w karty, licytowałam, gdy szła mi karta. Powodowana ambicją, zawsze brałam udział w akcjach przebijania i często opuszczałam stół do gry z kieszenią wypchaną banknotami, wyobrażając sobie po drodze, komu wetknę te pieniądze albo co za nie kupię i komu sprawię radość. Miro, który bardzo szybko się domyślił, że zajmuję się czymś, co jest zakazane, zrobił mi awanturę. „To niebezpieczne – krzyczał – zadawać się z tymi podejrzanymi typami!” Ja jednak upierałam się, że nie widzę w tym nic niebezpiecznego, więcej – sprawia mi to niebywałą frajdę. Mieliśmy parę cichych dni, ale byłam pewna, że Miro szybko doceni zalety mojego nowego zajęcia.

Mchedrioniści tolerowali mnie w swoim towarzystwie, bo dotrzymywałam im kroku w sztuce gry, a poza tym byłam kobietą, więc uważali, że w niczym im nie zagrażam. Jednak któregoś razu, kiedy zgarnęłam wszystko we wszystkich kolejkach, w dawnej drukarni zjawił się typ, którego nigdy wcześniej nie widziałam, wyciągnął z plastikowej torby trzy butelki czaczy i postawił na stoliku do gry. Przywitał się z każdym męskim uderzeniem dłoni i z fantazją czynił honory gospodarza. Do mnie podszedł na samym końcu, podał mi rękę i powiedział z lekkim uśmieszkiem w głosie:

– A więc to ty jesteś ten sławny Einstein, o którym opowiadają... Zobaczmy, co potrafisz.

Zrozumiałam, że moi partnerzy do gry napuścili go na mnie. Facet był niewysoki, lecz miał wielki tatuaż – lwa oplatającego jego szyję. Miał ogoloną głowę i bardzo muskularne ręce wystające z rękawów panterki. Najbardziej charakterystyczna była jednak blizna przecinająca jego prawą brew. Od pierwszej chwili wydał mi się niesympatyczny. W odróżnieniu od innych, którzy pewnie z nadmiaru energii i braku perspektyw wstąpili do mchedrionistów, miał w sobie jakiś fanatyzm, jakby jego całe życie było jednym niewzruszonym przekonaniem, za którym poszedł. Był nerwowy, strzelał palcami, drapał się po ogolonej głowie albo brał do ust zapałkę i ją gryzł. Nie rozstawał się z makarowem – potrafiłam już odróżniać marki broni – i ten wiszący u jego pasa pistolet budził we mnie nieprzyjemne uczucie.

Z tym człowiekiem właśnie miałam zagrać. Był naprawdę dobry. Znakomicie blefował i właśnie to sprawiło, że stałam się jeszcze bardziej czujna. Wyglądał jak ktoś, kto nie umie przegrywać, i to mogło być problemem, ale na wycofanie się było już za późno. Pierwszą rundę wygrał on, w drugiej ja miałam lepszą kartę, a w trzeciej zgarnęłam całą pulę.

Mój przeciwnik pogratulował mi teatralnym uderzeniem dłoni w dłoń i rzucił:

– No dobra, chłopaki, nie obiecywałem sobie za wiele. Cieszę się, że mamy wśród nas równego nam gracza!

Dostałam gorący aplauz.

Na pewien czas odzyskałam równowagę. Dzięki temu, że pisałam, w moją codzienność wkroczył pewien rytm. Za sprawą wygranych w karty osłabły również wyrzuty sumienia, że jestem na garnuszku rodziny, czułam nawet coś w rodzaju satysfakcji. Ponieważ inflacja w Gruzji trwała już od dawna, gruzińskie kupony, przejściowa forma pieniądza, straciły wartość. Mchedrioniści przerzucili się na dolary, które brali nie wiadomo skąd. Stopniowo udało mi się odłożyć z wygranych w karty niewiarygodną kwotę dwustu pięćdziesięciu dolarów. Była to wielka suma, za którą postanowiłam kupić używany samochód, żeby Kostia, który tkwił w Zielonym Domu, znowu mógł wyjeżdżać. Miro pomógł mi przy kupnie auta. Stałam się szczęśliwą właścicielką czarnego żiguli, którym, pękając z dumy, zajechałam przed Zielony Dom i głośnym trąbieniem obudziłam Kostię z letargu, zmuszając go do wyjścia na podwórze.

– Co to ma być!? – huknął.

– *Voilà!* To prezent dla ciebie – oznajmiłam.

– Nie masz przecież prawa jazdy, nie umiesz prowadzić. Jak tu przyjechałaś?

– Potrafię prowadzić, bez obaw, Aleko mnie nauczył. Ale nie o to chodzi. To mój prezent dla ciebie. Nie jest to wprawdzie piękna mewa, ale wystarczy, żebyś mógł jeździć do miasta.

– Niespodzianki zawsze były twoją specjalnością, to ci trzeba przyznać. A co byś zrobiła, gdyby zatrzymała cię milicja?

– Milicja nazywa się teraz policja, dziadku... Wcisnęłabym im kupon na sto tysięcy, i sprawa załatwiona.

– Ile to właściwie rubli?

– Jeśli liczyć według aktualnego kursu, to około trzech.

– Tylko tyle biorą za przestępstwa w ruchu drogowym?

– To nie jest przestępstwo.

– A co to jest: jeździć autem po ulicach bez prawa jazdy i zagrażać innym? W Moskwie nigdy...

– Zapytaj Darię, jak będziesz z nią rozmawiał. W Moskwie policjanci przymykają oko na dużo gorsze rzeczy, jeśli tylko zobaczą kilka banknotów. Ale nawet nie obejrzałeś mojego prezentu.

– Skąd miałaś pieniądze?

– Zaoszczędziłam. Ze stypendium – skłamałam.

Kostia ciągle jeszcze zachowywał dystans i spoglądał to na mnie, to na samochód wzrokiem, w którym niepewność mieszała się z zaciekawieniem. Próbował to ukryć pod maską surowości.

– No zobaczymy, czy rzeczywiście umiesz sobie radzić z autem.

– Jak mam to udowodnić?

– Zawieziesz mnie do miasta.

– Ja mam cię zawieźć do miasta?

– Tak.

Zaczekałam, aż się przebrał, i pojechaliśmy do miasta, słuchając radia, które właśnie podawało, że Południowa Osetia ogłosiła niepodległość.

Kostia nie odrywał wzroku od okna, jakby po raz pierwszy widział mijane ulice.

– Dokąd konkretnie mam jechać?

– Na cmentarz w Werze.

O nic więcej nie pytałam. Kiedy tam przyjechaliśmy, zrozumiałam, że chciał pójść na grób Kristine. Przy grobie Kostia zawinął rękawy koszuli i zaczął wyrywać zielsko, które poprzerastało kamień. Pracował w zapamiętaniu. Próbowałam mu pomóc, ale z trudem nadążałam. Nagle Kostia jakby się ocknął, przerwał pracę i wyczerpany usiadł obok grobu na ziemi. Przed wejściem na cmentarz kupił bukiet białych róż, które teraz położył na grobie. Było wietrznie i nieprzyjemnie. Usiadłam obok niego.

– Tu leży pochowane prawie całe stulecie, czy to nie dziwne? – zapytał.

Sposób, w jaki to powiedział, sprawił, że nastawiłam uszu.

– Nie mogę odwiedzić grobu mojej siostry. Całe życie służyłem krajowi, a teraz... Tak to pewnie jest, kiedy...

Urwał, a ja nie odważyłam się zapytać, co ma na myśli. Chciałam wziąć go za rękę, ale na to też zabrakło mi odwagi.

Potem Kostia powiedział, że dziękuje mi za pomysł z autem, lecz nie potrzebuje auta, już nie. Do wyjazdów nic go teraz nie ciągnie.

– Mogłabym być twoim szoferem, gdybyś kiedyś chciał gdzieś pojechać. Sprawdziłam się przecież jako kierowca.

Kostia nie odpowiedział.

– Ale prawo jazdy musisz zrobić – rzucił na koniec, zanim wysiadł z auta przed wejściem do Zielonego Domu.

W tym czasie poznałam Severina. Włóczyłam się akurat po Suchym Moście, szukając starych książek, które można było tam dostać, a które mogły mi pomóc w opisywaniu historii Stazji. Severin klęczał przed kocem rozłożonym na ziemi, gdzie piętrzyły się stosy starych książek, w skupieniu wertując jedną z nich. Jego fryzura i ubiór wskazywały od razu, że nie jest Gruzinem.

Był młody, mniej więcej w moim wieku, postawny, emanowały z niego zdrowie i coś, co rzadko się spotyka wśród gruzińskich mężczyzn – wewnętrzna swoboda. Byłam tak ciekawa obcokrajowców, że musiałam go zagadnąć. Powiedział mi po rosyjsku, w którym czuło się niemiecką wymowę, że przyjechał z Niemiec Zachodnich, od kilku lat mieszka w Berlinie i podróżuje przez Rosję oraz kraje postsowieckie, by skupować interesujące przedmioty do antykwariatu meblowego swego ojca. Dodał jeszcze, że na Wschodzie można teraz robić dobre interesy, ludzie sprzedają niewiarygodne rzeczy za grosze i dlatego, chociaż nie jest to zbyt ambitne zajęcie, zgodził się je wykonywać.

Wyjaśnił mi z uśmiechem, że jego prawdziwą namiętnością jest historia, zwłaszcza historia Europy Wschodniej, że bardzo lubi język rosyjski, którego uczył się od dziecka, że zgodnie z życzeniem ojca zdobył zawód konserwatora zabytków i teraz właściwie robi to, co łączy się z jego wykształceniem. W takim czasie, w tych okolicznościach móc być tutaj! W samym centrum wydarzeń! Przed dwoma laty nawet o tym nie marzył. Wszystko się zmieniło z dnia na dzień: mur upadł, NRD upadła, a wkrótce zapewne przestanie też istnieć Związek Radziecki. Przejechał wiele miast w Rosji, bo zawsze marzył o złotej Kolchidzie.

– I teraz tu właśnie jestem!

– Ze złotej Kolchidy, jak sam widzisz, nie pozostało wiele. Nawet z epoki brązu.

Severin uśmiechnął się łobuzersko.

– I co, znalazłeś coś ciekawego? Złowiłeś jakiś rarytas?

– Nie zrozum mnie źle. Robię to dla sklepu mego ojca. Nie jest mi miło widzieć, jak ludzie, głównie starzy, sprzedają swoje najcenniejsze przedmioty za parę groszy.

– Masz wyrzuty sumienia?

– *Sorry*.

– *Sorry*. To brzmi tak lekko. Jesteś pierwszym człowiekiem, z którego ust słyszę to słowo, nie licząc filmów.

Uśmiechnął się, tym razem smutniej.

To pierwszy człowiek w tej okolicy, który w ogóle się uśmiecha, pomyślałam. Wydawało mi się to miłą odmianą.

– A co to za książka? – spytałam.

– Interesują mnie struktury władzy w polityce. Czytam wszystko, co dotyczy sowieckiej historii.

– Z rosyjskich książek nie dowiesz się wiele o strukturach władzy. Raczej o braterstwie i równości narodów – odparłam.

Mieliśmy podobne zainteresowania. Wypytywałam go o jego życie na Zachodzie, a on był ciekaw mojego życia na Wschodzie. Wyszliśmy z bazaru i spacerowaliśmy opustoszałymi, wietrznymi ulicami, nie zauważając, że zrobił się już wieczór. Zaproponowałam, żebyśmy poszli do jednej z niewielu otwartych jeszcze na Starym Mieście kawiarni, i Severin poszedł ze mną na ulicę Leselidzego. Piliśmy tanie letnie piwo (w lokalu nie było prądu) i rozmawialiśmy jeszcze długo przy świetle świec. Severin mieszkał u pewnej gruzińskiej rodziny, która wynajmując mu pokój, chciała podreperować swoje finanse. Był tu od dwóch tygodni i chciał zostać tak długo, jak się da. Ja tymczasem opowiedziałam mu o moich próbach pisania powieści i skarżyłam się na brak dobrej literatury wspomnieniowej. Severin zaproponował, że zaopatrzy mnie w odpowiednie książki, ale większość, jakie miał, była po niemiecku. Kiedy zobaczył moją minę, zaproponował, że się wymienimy: ja nauczę go gruzińskiego, a on nauczy mnie niemieckiego.

Zaprzyjaźniliśmy się szybko. Mieliśmy podobny gust, jeśli idzie o literaturę, przy czym stwierdziłam, że mam ogromne braki w literaturze współczesnej, bo nie wydawano u nas takich książek. Severin poruszał się też o wiele swobodniej we współczesnej sztuce. Oboje lubiliśmy filmy i spacery bez celu brzegiem rzeki. Severin należał do osobników wytrwałych i poszukujących i to mnie do niego zbliżyło. Jedyną rzeczą, która wprawiała mnie przy nim w konfuzję graniczącą z zażenowaniem, było to, że flirtował z socjalizmem i stale cytował Marksa. Nie mogłam zrozumieć, jak ktoś, kto przyjeżdża z Zachodu i kogo stać na podróże do Paryża, Rzymu, Nowego Jorku czy Tokio, objeżdża ruiny po Związku Radzieckim i uważając swój przyjazd za egzotyczną wyprawę na wschód Europy, łowi rarytasy na kapitalistyczny rynek, a jednocześnie rozprawia o zaletach systemu, który od dawna skazany był na upadek.

Zaczęliśmy spotykać się regularnie. W wynajmowanym przez niego pokoju wkuwaliśmy słówka, popijając herbatę albo piwo. Opowiadał mi o Berlinie Zachodnim, o Europie i świecie, który znałam tylko mgliście z książek i filmów. Zasypywałam go pytaniami. W jego lekkomyślności była pewna marzycielskość. Jakby chciał być ciągle zaskakiwany, jakby to, co nieznane, było jedynym jego celem. Kiedyś go zapytałam, dlaczego nie studiował po prostu historii czy filozofii, jeśli tak go to pasjonuje, a on uśmiechnął się w swój dziwny, dwuznaczny sposób i odpowiedział, że zmęczyła go wieloletnia walka z własnym ojcem. Że już kilkakrotnie wyrywał się spod skrzydeł rodziny, a potem do niej wracał, bo wszystko układało się inaczej, niż to sobie wyobraził.

– Mój ojciec jest człowiekiem biznesu, trzeba mu to przyznać. Przeniósł się z nami do Berlina, bo przeczuwał jakiś zasadniczy przełom w historii i nie pomylił się. Zrobił majątek na starych enerdowskich lampach i tapetach. Ludzie z Zachodu są gotowi wydawać bajońskie sumy na proste naczynia i zasłony seryjnej produkcji pochodzące z ZSRR.

Angielski miał smak morskiego powietrza i jesiennego zmierzchu na północnym wybrzeżu Morza Czarnego, pachniał trochę budkami z rybą, a trochę deszczem. Francuski, którego nigdy się nie uczyłam, roztapiał się na języku jak konfitury z moreli i jak wytrawne białe wino. Rosyjski miał w sobie nieskończoną dal, pola zbóż, samotność i iluzje. W gruzińskim czuło się kurz, pełnię smaku, a czasem grę w chowanego w lesie. Niemiecki, którego uczył mnie Severin, miał z początku smak żelaza i goryczy, potem ten smak się zmienił i przypominał algi, jeszcze później ciemnozielony mech, wreszcie stał się ostry, choć miły, aż w końcu zaczął smakować dojrzałymi kasztanami i wysokością, tak, wysokością przyprawiającą o zawrót głowy.

Severin uczył się trzydziestu trzech liter gruzińskiego alfabetu. Ja uczyłam się słów takich jak: *Scheißland* – gówniany kraj, *Ausbeuter* – wyzyskiwacz, *Völkermord* – eksterminacja i *kalter Krieg* – zimna wojna, a także zdań w rodzaju: „Jak leci?" i „Pochodzisz ze Wschodu czy z Zachodu?". Potem nauczyłam się innych słów: *das Haus* – dom, *das Kind* – dziecko, *das Mädchen* – dziewczyna. A na koniec przyswoiłam sobie głupie, wszędobylskie „okej".

– Dlaczego „dziewczyna" jest w niemieckim rodzaju nijakiego, a nie żeńskiego? Nie rozumiem! – mówiłam, złoszcząc się.

– Bo Niemcy są tak wariacko taktowni, że nie chcą nikogo niesprawiedliwie traktować.

– A niby kogo mieliby niesprawiedliwie traktować? Dla mnie to po prostu głupie, że ja jestem „to", podczas gdy ty jesteś jednoznacznie „ten".

Śmialiśmy się, a Severin aż poczerwieniał na twarzy, co do niego zupełnie nie pasowało, bo szedł przez świat tak, jakby na czole miał wypisane, że nic go nie dziwi ani nie wyprowadza z równowagi.

– Ludzie, którzy nie czują się ani tym, ani tamtym, mogą się poczuć gorzej potraktowani. Na przykład ja.

– Ty jesteś „on". Co w tym „on" może być krzywdzące?

– Bo wiesz, mnie interesują chłopcy.

– Och, rozumiem. No to wtedy jesteś podwójnym „onym"!?

I znowu wybuchnął śmiechem.

– To jest logika, która może by mi mogła pomóc wyjaśnić rodzicom moją orientację seksualną – zażartował.

– U nas poszedłbyś za nią do pudła – dodałam w zamyśleniu, pamiętając o przypadku Dawida.

– Dzięki za tę informację. To bardzo pocieszające. W Niemczech za to kastrują. Piękne życie, nieprawdaż?

– Serio?

– Tak, i gorącym żelazem wypalają na piersiach słowo „pedał".

– O Boże, może więc lepiej, żebyś tu jednak został.

Znowu się zaśmiał, uderzając dłonią w udo.

– Nie, nie jest tak źle! W Niemczech jest w porządku. Ale gdyby w moim kraju kierowano się poglądami mojego ojca, byłoby tak, jak mówiłem.

– Tak czy owak, chciałabym, żebyś jeszcze długo uczył mnie niemieckiego i żebym mogła korzystać z twoich książek – powiedziałam i zapaliłam papierosa.

– Jasne, okej.

Odtąd towarzyszyłam mu w jego długich wędrówkach pomiędzy dywanami, fotelami, srebrnymi sztućcami, naczyniami i wszelkiego rodzaju kloszami do lamp. Byliśmy zapraszani do różnych mieszkań i domów, po których Severin się rozglądał. Odgrywałam rolę tłumaczki, ale kiedy zobaczyłam, jak pewien weteran wojenny sprzedał mu swoje odznaczenia, coś we mnie pękło i powiedziałam Severinowi, że jego zajęcie jest tak smutne, że dalej niech sam wyszukuje sobie rzeczy interesujące jego ojca.

Osiemnastego sierpnia, kiedy Gorbaczow przebywał na Krymie, gdzie spędzał urlop, kilku wysokich rangą funkcjonariuszy

KPZR nastawionych konserwatywnie podjęło ostatnią próbę powstrzymania pieriestrojki. Ogłoszono stan wyjątkowy, skrytykowano pomysł stworzenia luźnego związku republik, które odtąd miałyby znaczną niezależność polityczną, ostrzeżono, że każda liberalizacja systemu komunistycznego będzie oznaczała koniec tego systemu, i zwrócono się o wsparcie do KGB (szef KGB należał do grona głównych reżyserów tego puczu). Pucz ostatecznie się nie powiódł, trzech jego inicjatorów popełniło samobójstwo. Od tej pory jednak również pozycja Gorbaczowa w państwie zdecydowanie słabła. Prezydentowi ZSRR nie pomogło nawet to, że zarządził likwidację (a jak się potem okazało – reorganizację) KGB i kazał aresztować pozostałych aktywnych współtwórców puczu. Istniejącą sytuację wykorzystał Jelcyn, ogłaszając rozwiązanie w całym kraju Komunistycznej Partii Związku Radzieckiego i konfiskatę jej majątku. Gorbaczow pozostał wprawdzie prezydentem na papierze, ale już dwudziestego czwartego sierpnia nad siedzibą rządu w Moskwie flagę państwa radzieckiego zastąpiła trójkolorowa narodowa flaga republiki rosyjskiej.

Związek Socjalistycznych Republik Radzieckich, kraj, w którym się urodziłam i spędziłam młodość, przestał istnieć.

Kiedy zaczęła się pierwsza wojna w Zatoce Perskiej, leżałam w łóżku obok Mira i zastanawiałam się, jak przetrwać nadchodzącą zimę. Coraz częściej zdarzały się przerwy w dostawie prądu. Trzeba było ratować się lampami naftowymi. Przestało działać ogrzewanie – w kaloryferach nie było ciepłej wody. Ludzie zdobywali drewno do palenia w piecach albo kupowali śmierdzące piecyki olejowe, które dawały nieco ciepła. Te codzienne kłopoty sprawiały, że mało kto myślał o śledzeniu wydarzeń historii.

Tylko bogowie nie obawiają się darów.
Próbujcie spotkać jakiegoś boga.
Marina Cwietajewa

W Tbilisi wybuchła wojna domowa. W mieście brakowało prądu. Wszyscy byli przeciwko wszystkim. Opozycja (nikt przy tym się nie orientował, kto do niej należy) występowała przeciwko Gamsachurdii, partia komunistyczna patrzyła swego, prywatnej armii chodziło o więcej władzy, partyzanci byli za anarchią, kryminaliści za sprawiedliwością, inteligencja za Szewardnadzem, a pozostali obywatele mieścili się gdzieś pomiędzy tym wszystkim. Coraz częściej słychać było strzały, wprowadzono godzinę policyjną. W różnych punktach miasta piętrzyły się barykady, komunikaty z megafonów dołączyły do codziennych odgłosów z ulicy.

Severin mimo to nie chciał wyjeżdżać. Irytowało mnie jego zachłanne zainteresowanie dramatycznymi wypadkami. Zarzuciłam mu, że niszczycielski potencjał, który w nich tkwi, podoba mu się dlatego, że sam pochodzi ze świata, którego takie problemy nie dotyczą. Wykłady na uczelni zostały zawieszone. Demonstracje nie. Ciągle słyszało się o pobiciach, napadach i rabunkach.

A ja pisałam i marzłam. Gra w pokera skończyła się najwcześniej – chłopcy mieli coś innego do roboty. Wszędzie śmierdziało olejem i ludzie reagowali nerwowo, słysząc odgłos czegoś upadającego na ziemię.

Sylwestra 1991 roku postanowiliśmy spędzić całą rodziną w Zielonym Domu, bo w Tbilisi ciągle padały strzały, u sąsiadów nawet wyleciały szyby.

Daria bardzo zaniepokojona dzwoniła co tydzień, nie posyłała już jednak rodzicom pieniędzy. Czułam, że nie jest u niej dobrze, lecz odsuwałam od siebie tę myśl, dość miałam własnych trosk.

Wraz z wojną domową do kraju przyszło coś jeszcze: heroina. Na klatkach schodowych walały się puste strzykawki. W kolejce podziemnej widywało się coraz więcej osób o szklanym wzroku i nieobecnym wyrazie twarzy.

A my wyprzedawaliśmy, co się dało. Moja matka zastawiła w lombardzie nawet ślubną obrączkę. Kiedy nie było już czego sprzedać i skończyły się moje pieniądze z gry w pokera, Stazja ogłosiła, że istnieje tylko jedno rozwiązanie, które pozwoli nam przetrwać. Jeszcze tej samej nocy po domu rozszedł się przepyszny zapach. Wywabieni z łóżek, jak lunatycy ściągnęliśmy do kuchni, w koszulach nocnych i piżamach. W kuchni przed tortem czekoladowym stała nasza dziewięćdziesięciojednoletnia Stazja.

– Co to jest!? – wykrzyknęłam ze zdumieniem i już prawie wkładałam palec w smakowitą masę tortową, kiedy Nana, chwytając mnie za rękę, w ostatniej chwili udaremniła mój zamiar.

Stazja oświadczyła, że upiekła tort według dawnego przepisu jej ojca. Mamy go zawieźć do miasta i sprzedać w jednej z małych, nowo otwieranych budek, gdzie oferuje się dziś pączki i ciasta.

Początkowo wszyscy uznali pomysł za wariacki, Elene przypomniała sobie jednak, że zna kogoś, kto sprzedaje wypieki w swoim sklepie, i powiedziała, że zaraz z rana zaniesie tam tort.

Następnego ranka pojechałyśmy więc z tortem do miasta i zaniosłyśmy go do małego sklepiku mieszczącego się w piwnicy, o którym mówiła Elene. Otyły mężczyzna z owłosionymi rękami przyjął tort niechętnie, płacąc nam dużo mniej, niż oczekiwałyśmy, bo tłumaczył, że musi się przekonać, czy ta nowość będzie mieć wzięcie. Sprzeda go na porcje, bo w całości mógłby go kupić jedynie jakiś mchedrionista.

Następnego dnia jednak właściciel sklepu zamówił u Elene już trzy takie torty. W ciągu dwóch tygodni sprzedałyśmy w sumie dziesięć sztuk. Stazja nie chciała niczyjej pomocy, tylko kładła nam do głowy, żeby receptura tortu nigdy nie wyszła poza naszą rodzinę. Byłam jedyną osobą, której pomoc Stazja ewentualnie godziła się przyjąć.

– Tylko Nica. Nikt inny. Ona jedyna w tym domu oparła się przekleństwu.

Moja matka i Lana wymieniły z sobą znaczące spojrzenia. Z początku asystowanie przy robieniu tortu niespecjalnie mnie nęciło. Nie cierpiałam kuchennych zajęć, a już pieczenie było dla mnie czarną magią. Lecz stopniowo się wciągnęłam. Była to też w końcu dobra okazja, żeby być blisko mojej kruchej prababki i wykorzystać chwile w kuchni na wyciągnięcie ze Stazji dalszych informacji związanych z jej życiem.

Gdy pierwszej nocy obserwowałam Stazję przy gotowaniu czekolady, przypomniałam sobie boski aromat tego specjału – tę noc, kiedy w domu Kristine wywabił on mnie i Mira z łóżka. Stazja mieszała masę czekoladową i właśnie wtedy opowiedziała mi historię gorącej czekolady oraz historię przekleństwa ciążącego na tych, którzy skosztowali specjału prapradziadka.

– Nie powinnaś była nigdy tego skosztować, ale to się już stało. Moja siostra, niech spoczywa w pokoju, nigdy mi nie wierzyła. Wątpiła nawet wtedy, gdy czekoladowy napój podała Małemu Wielkiemu Człowiekowi i ściągnęła na niego śmierć. Ale ty, ty musisz mi to uroczyście przysiąc, nigdy nie dodasz do jednego tortu więcej niż dwie łyżeczki czekoladowej mikstury. W czystej formie nie wolno ci uraczyć płynną czekoladą nikogo, kogo kochasz, rozumiesz!?

Zapach czekolady sprawiał, że człowiek zapominał, gdzie jest. Obserwowałam przy tym stare, lecz ciągle zwinne ręce

Stazji, mieszające potrzebne składniki ostrożnie, nieśmiało, kilkakrotnie odważające wszystko, jakby przygotowywała lekarstwo albo truciznę. Oczywiście nie wierzyłam ani jednemu jej słowu. Ostatecznie przecież czekolada jest do jedzenia, a więc najchętniej rzuciłabym się na tę ciemną masę i wylizała ją do czysta. Lecz Stazja stała przy mnie i czujnie obserwowała, czy mój palec nie zanurza się w misce. Wolno mi było kosztować tylko odrobinę przy ostatecznym doprawianiu do smaku.

Torty Stazji pozwoliły nam przetrwać zimę i wiosnę, a kiedy w czerwcu 1991 roku Jelcyn został wybrany na pierwszego prezydenta Rosji, nasz interes tortowy kwitł. Świat się walił i ludzie chcieli tortów, aż robiło im się od nich niedobrze. „Im gorsze są czasy, tym lepiej mają się cukiernie", mawiał podobno mój prapradziadek.

Zdanie to Stazja powtarzała jak mantrę, podczas gdy ja stałam w kuchni obok niej i przy świetle świec mieszałam czarną masę.

Daria wyraźnie straciła na wadze. Miała zapadnięte policzki, sukienki nie opinały jej już efektownie, lecz raczej wisiały na jej chudym ciele. Włosy miała byle jak ściągnięte w koński ogon, a szminkę na ustach nałożoną niedokładnie. W półmroku panującym na lotnisku – dawał o sobie znać brak prądu – rozpoznawano ją jednak i choć nie proszono jej o autograf, przyglądano się i trącano się na jej widok.

Długo się obejmowałyśmy.

– A gdzie Lasza? – spytałam.

– Został w Moskwie.

– Tym lepiej, będziemy miały dla siebie więcej czasu. W Zielonym Domu wszyscy na ciebie czekają. W kuchni gotują się twoje ulubione potrawy.

– Tak się cieszę, że znowu jestem w domu – powiedziała Daria, zanim zasnęła na tylnym siedzeniu auta.

Na przyjazd Darii Kostia ubrał się wyjątkowo starannie: włożył białą koszulę i wyprasowane spodnie od garnituru. Przy kolacji Daria opowiadała nam o Moskwie, o chaosie, jaki tam zapanował, o brakach żywności. Ona mimo wszystko miała swoje role w teatrze i stałą pracę. Kiedy jednak Elene spytała, jak idą interesy Laszy, Daria szybko zmieniła temat. Trzy dni później pojechała do ich dawnego, pustego mieszkania w mieście pod pretekstem, że musi załatwić parę spraw, i znikła na kilka dni. Dzwoniłam do niej, lecz nie podnosiła słuchawki. Postanowiłam więc do niej pojechać. Już z daleka doszła mnie głośna muzyka i głosy dochodzące z jej mieszkania. Zdziwiło mnie, że Daria ma gości, o czym wcześniej nikomu z nas nie powiedziała słowa. W gronie tłoczących się w jej mieszkaniu ludzi rozpoznałam kilkoro dawnych znajomych. Wszyscy stali wkoło, pili wódkę przy lampach naftowych, które okropnie śmierdziały, śpiewali, ktoś grał na gitarze. Mieszkanie było nieposprzątane, od dawna nietknięte kobiecą ręką. Kiedy jeden z gości wręczył mi szklankę z wódką, opróżniłam ją duszkiem i zaczęłam przysłuchiwać się rozmowom podchmielonych ludzi, nie spuszczając z oka mojej siostry. Takiej jej jeszcze nie widziałam: była swobodna, głośna, prawie wulgarna, spódnica jej się zadarła, makijaż rozpłynął. Podrygiwała, opowiadała jakieś rosyjskie dowcipy, wieszała się na szyi jakiemuś mężczyźnie, a w końcu wylądowała na kolanach nieznanego mi faceta, który, dobrze już zamroczony alkoholem, zaczął ją obmacywać, co jej zdawało się wcale nie przeszkadzać. Kiedy wyszła do łazienki, poszłam za nią i zamknęłam za nami drzwi.

– Co się z tobą dzieje!?

– Daruj sobie morały. Długo mnie nie było, stęskniłam się za nimi, moi przyjaciele...

– Twoi przyjaciele? Większość z nich widzisz po raz pierwszy. Dario, nie chcę ci niczego zabraniać, chcę, żebyś była szczęśliwa, ale tak długo cię nie widziałam, stęskniłam się za tobą i myślałam...

Stała przede mną, mizerna, z zapadniętymi policzkami i ciemnymi obwódkami wokół oczu. Jej niebieskie oko było jak ze szkła, brązowe za to wyglądało jak zmącone.

Nagle rzuciła mi się na szyję i zaczęła płakać.

– Wszystko się wali, Nico. Nie wiem, co robić. Lasza... Lasza ma wielkie problemy...

W skrócie opowiedziała, że interesy jej męża od początku szły źle, że był zdany na pomoc rodziców, ale chciał żyć na poziomie i coraz bardziej gubił się w wirze moskiewskiego życia. Że od niedawna wstrzykuje sobie heroinę, czasami znika na całe dnie i nie wiadomo, gdzie się podziewa. Podkreślała jednak, że go kocha, jakby się bała, że zaproponuję jej, żeby go opuściła. Zanim zdążyłam jej coś odpowiedzieć, wytarła sobie twarz, przybrała sztuczny uśmiech i znowu poszła do dużego pokoju, gdzie została powitana okrzykami entuzjazmu.

Daria od zawsze wiedziała, jakie miejsce przysługuje jej w świecie i czego może oczekiwać od życia. Znalazła sobie jednak niewłaściwego mężczyznę i osobiście umożliwiła mu to, że robił z nią, co chciał. Z uśmiechem mówiła mu: „Masz prawo, bierz wszystko, czego potrzebujesz, dopóki cię to uszczęśliwia".

I on brał.

A kiedy zobaczyłam, jak tańczy mocno przytulona do jakiegoś idioty, zrozumiałam rzecz przerażającą: Laszy udało się zrobić z Darii kobietę koszmar. Przerzucił na nią wszystkie swoje lęki, kompleksy i manie. A ona mu na to pozwoliła. Doprowadził do tego, że jej miłość zamieniła się w niejasne, grząskie emocje. Dopiero taką ją potrafił przyjąć. Patrzyłam teraz, jak tańczy moja siostra, i czułam, że robi mi się słabo.

Gdzie się podziała moja cudowna, niedająca się złamać, mająca oparcie w sobie samej Daria, władczyni w królestwie Kostii? Co w ogóle zostało z królestwa Kostii? Gdzie myśmy wszyscy właściwie żyli?

Trzy dni później spotkałam wstrząśniętego Aleka, który powiedział mi, że Dawida zatrzymało na ulicy kilku mężczyzn i zażądali pieniędzy. Kiedy się okazało, że portfel Dawida jest pusty, zażądali złotego łańcuszka z jego szyi. (Próbowałam sobie przypomnieć, czy kiedykolwiek widziałam u Dawida jakiś łańcuszek, ale nie, nigdy).

– Zabili go? – spytałam, dziwiąc się, że to pytanie przeszło mi przez usta.

– Nie. Ale ma dziewięć ran kłutych. Dziewięć razy pchnęli go nożem. To byli prawdopodobnie zwykli bandyci albo zwolennicy mchedrionistów.

– Z powodu głupiego łańcuszka!?

– Z powodu głupiego łańcuszka.

Zamknęłam się w łazience na kilka godzin. Myślałam, że mogę zamknąć świat w swojej dłoni, a on przesypywał mi się przez palce jak piasek. Położyłam się do pustej wanny. Wody znowu nie było w kranie.

Cofnęłam się myślami do dzieciństwa. Miałam osiem lat, potem dziesięć i przychodziłam do Dawida. Widziałam rysunki i obrazki na ścianach, czułam smak herbaty, słyszałam jego głos. Czy i on dołączy teraz do duchów grających w karty? Nie lubił kart. Jeśli już, to tryktraka.

Próbowałam płakać. Nigdy nie wylewałam łez. Jakby mi ich organicznie brakowało. Nienawidziłam tego kraju, tych ludzi, tej wanny, nienawidziłam siebie i swojej niemocy. Dlaczego Dawid tak się zachował? Dlaczego nie chciał oddać tego nieszczęsnego łańcuszka? Dlaczego mi to zrobił? Myślałam o krwi w łazience, wtedy nad morzem, o pięknej Rusie i o jej udawanej beztrosce wiele miesięcy później, na nartach w górach.

Mój świat poruszał się po ośmiopasmówce. I doszło do katastrofy. Oparłam twarz o zimny brzeg wanny.

I poszłam na dno. Bez wody.

Przepołowiona twarz Kristine, wzburzony tłum na ulicach Tbilisi dziewiątego kwietnia, zimno ostatnich dwóch zim, ciemności na nieoświetlonych ulicach, słowa Dawida, moje ostatnie z nim spotkanie, mocna herbata, szklane oczy mojej zagubionej siostry, śmiech Mira, beznadziejność tamtego czasu, zapisane przeze mnie strony zeszytu (czym właściwie?), zmartwiona mina mojej matki, zapach gorącej czekolady... To wszystko stopiło się w jedno w moich wspomnieniach.

Jak długo można tak leżeć!? I co to zmieni? Bezsensowny ten smutek – strofowałam się w myślach. Sama sobie wymierzyłam policzek. Chciałam, żeby bolało. Chciałam być bliżej Dawida. Chciałam go zatrzymać słowami, których mu nigdy wcześniej nie mówiłam, wyobrażając sobie popołudnia i wieczory, które mogłabym jeszcze z nim spędzić. W pokoju obok moja matka włączyła płytę *Home* Kitty Jaszi i może po raz pierwszy zaczęłam się naprawdę wsłuchiwać w tę muzykę. To chyba ta muzyka, Brilko, wywabiła mnie z zimnej, pustej wanny po długich, martwo spędzonych w niej godzinach.

– Wiecie, dlaczego wszyscy, nawet byli zwolennicy Gamsachurdii, chcą jego odejścia? Wiecie, dlaczego teraz na niego pomstują? – zapytał podekscytowany Kostia, kiedy siedzieliśmy wszyscy wokół stołu w kuchni, przy świetle świec, bo znowu nie było prądu, i słuchaliśmy radia na baterie. – Bo ludzie powoli zrozumieli, że niepodległość, za którą od dawna tęsknili, wymaga od nich samych zmiany stylu życia. Koniec z szybkimi lotami do Moskwy, koniec z sentymentalnymi odwiedzinami stolicy i rosyjskich kobiet, koniec z kaukaskim zadzieraniem nosa i z przywilejami, koniec ze słoneczną Gruzją. Ale wszyscy właśnie stwierdzają, że takiego czegoś wcale nie chcą.

Protesty w kraju trwały nadal. Żeby kupić chleb, trzeba było już w nocy stanąć w kolejce. Gwardia Narodowa i mchedrioniści nie chcieli zgodzić się na współpracę z Ministerstwem Spraw Wewnętrznych. Od dawna lekceważyli prawo – o ile w ogóle ktoś jeszcze je respektował w tym kraju – i stworzyli sobie własne. Nikt nie był władny dyktować im, co mają robić, a czego nie. Kiedy w końcu 1991 roku Gamsachurdia kazał zablokować wszystkie rosyjskie kanały telewizyjne, żeby ograniczyć w gruzińskim społeczeństwie wpływ rosyjskiej propagandy, ogólne niezadowolenie wybuchło na nowo. Ci sami obywatele, którzy przed paroma miesiącami wykrzykiwali „Wolność!" i „Niepodległość!", teraz burzyli się przeciw temu, że odcina im się dostęp do rosyjskiej kultury.

– Tak, masz rację. Nie pamiętam, kto to powiedział, że jesteśmy narodem, który patrzy na siebie oczyma obcych. – Tego wieczoru Stazja wyjątkowo zgodziła się ze swym synem.

Piekłyśmy ze Stazją torty czekoladowe według receptury cukiernika wykształconego w Budapeszcie i Wiedniu, z mąki i z mleka w proszku, na którym napisane było USAID, oraz z kakao, na którym widniała czerwona gwiazda. Tymczasem Gwardia Narodowa we współpracy z mchedrionistami zajęła wszystkie ważne budynki w mieście i ustawiła przed nimi swoje posterunki. Na bulwar Rustawelego znowu wyszły tłumy. I znowu padły strzały, znowu byli zabici i ranni. Najbardziej zdumiewała mnie obojętność, z jaką ludzie przyjmowali te zamieszki, które przypominały wojnę. Wybuchy granatów wywoływały pożary, bez przerwy strzelano z kałasznikowów, a większość spokojnie zajmowała się swoimi sprawami, jakby nigdy nic. Metro działało, kina były otwarte, ludzie z kamiennymi twarzami mijali na ulicach żołnierzy ładujących broń.

Kiedy i Severin doświadczył tego wszystkiego na własnej skórze, bo napadnięto go i obrabowano, przekazał mi swoje książki i wyjechał. Obiecał, że wróci, kiedy załatwi swoje sprawy w Berlinie.

W przeddzień wyjazdu zaprosiłam go do Zielonego Domu. Siedzieliśmy, jedząc w milczeniu zupę kukurydzianą i ser. Przyzwyczaiłam się do niego, polubiłam go, tak jak niemieckie słówka, które obiecałam sobie powtarzać w czasie jego nieobecności. Zauważyłam, że i on niechętnie opuszcza Gruzję.

– Powinnaś wyjechać do Europy, Nico – odezwał się nagle po niemiecku.

– Do Europy, do Europy. A pamiętasz, jak powiedziałeś, że powinno się być w centrum wydarzeń?

– No, może się zmieniłem albo po prostu jestem zmęczony. Zmęczony ciągłym strachem. Dawniej się nie bałem. Nie wiedziałem, co znaczy strach, dopóki tu nie przyjechałem.

Zanim odwiozłam go do miasta, poszliśmy na poddasze, usiedliśmy przy świecy na niewykończonym tarasie i patrzyliśmy w upstrzone gwiazdami niebo. W kącie piętrzyły się stare książki i moje notatniki. Tu od lat było moje królestwo, moja gawra... Postanowiłam, że mimo otaczającego nas chaosu stworzę w sobie przestrzeń, która będzie przeznaczona dla Severina, żebym go nie zapomniała. Wtedy jednak nie wierzyłam, że kiedyś go jeszcze zobaczę.

Żyjąc w Rosji, weźcie dla siebie tyle niezależności, ile tylko zdołacie jej przyjąć.

Borys Jelcyn

Siódmego stycznia walki w Gruzji uznano za zakończone i mchedrioniści odkorkowywali butelki szampana przed budynkiem parlamentu. Gamsachurdia musiał uciekać z kraju i kiedy Ormianie odmówili mu prawa pobytu, wylądował w Czeczenii. Demonstracje trwały nadal, zwolennicy Gamsachurdii próbowali rozstawiać swe namioty we wszystkich zakątkach Tbilisi, ale wtedy otworzyli ogień mchedrioniści i Gwardia Narodowa. Południowa Gruzja, a zwłaszcza Megrelia, regiony, w których dominowali zwolennicy byłego prezydenta, poszły na barykady.

Protestujący żądali powrotu Szewardnadzego do gruzińskiej polityki. Dla wszystkich stało się powoli jasne, że dysydenci i kryminaliści nie zdołają opanować chaosu. Zaczęły się mnożyć przypadki walki o władzę między mchedrionistami i gwardzistami.

Krótko po powrocie Szewardnadzego do gruzińskiej polityki, w marcu 1992 roku, odwiedziła nas znowu moja siostra. Przesiadywała teraz głównie w naszym dawnym pokoju dziecinnym. Oświadczyła, że pokłóciła się z mężem. Lasza wpadł w długi, i Daria jeszcze nie wiedziała, jak długo u nas zostanie. Uparcie odmawiała bliższych informacji, kiedy Kostia starał się z niej coś wyciągnąć. W każdym razie jej twarz miała teraz więcej kolorów niż w poprzednim roku. Tylko jej spojrzenie było nieobecne, reakcje niespokojne, lękliwe i nawet łagodny uśmiech miał w sobie coś sztucznego. Szczęście, którym zawsze emanowała, świadomość, że znajduje się w centrum uwagi, przekonanie, że dostanie wszystko, po co tylko wyciągnie rękę, to wszystko, co kiedyś okazywała w tak niewymuszony sposób, zgasło w niej, jakby ktoś wyłączył jej wewnętrzny napęd. Smutno było na nią patrzeć. Postanowiłam poświęcać jej więcej czasu, więcej z nią być i przy okazji uświadomić jej, że już najwyższy czas, żeby rozstała się z Laszą. Lecz Daria wymykała mi się jak śliska ryba, gdy próbowałam ją podejść. Umiała mistrzowsko manipulować rozmową. Trudno było ją przejrzeć. Między kiedyś a dziś była jej miłość, małżeństwo, życie w Moskwie i niezliczone przeżycia, których ze mną nie dzieliła i które należały tylko do niej.

Minęły zaledwie dwa tygodnie, a pod drzwiami Zielonego Domu pojawił się Lasza. Wychudzony, z chorobliwie żółtą twarzą. Jego pojawienie się na chwilę przywróciło Darię do życia. Dbała o niego, głaskała po policzkach, przygotowywała mu jego ulubione potrawy, nie skarżyła się już na zimno w domu i brak prądu, przytulała się do niego, zasypywała go czułymi gestami i zdawała się kompletnie ignorować chłód, z jakim przyjmował jej oddanie. Jakby wcale nie zauważała, że Lasza nie odpowiada na jej pocałunki i wstydzi się jej czułości.

Nie mogłam na to patrzeć. Odwracałam głowę. Ten człowiek rzucił na nią jakiś straszny urok, odebrał jej coś bardzo wartościowego, coś zasadniczego w niej zmienił, a ja nie chciałam i nie mogłam się z tym pogodzić. I znowu postanowiłam ingerować w nie swoje życie. Zdawałam sobie jednak sprawę, że sama niewiele wskóram, doszłam więc do wniosku, że muszę swym sprzymierzeńcem uczynić Kostię. Liczyłam, że ożywi się jego słabnąca energia i nagromadzone od lat frustracja oraz złość skrupią się na Laszy, a wtedy Kostia da spokój Darii. Dlatego byłam Kostii niezmiernie wdzięczna, kiedy przekonał tych dwoje, żeby zostali w Zielonym Domu i nie korzystali ze swego mieszkania w Tbilisi. W mieście trudniej było z zaopatrzeniem, a przede wszystkim niebezpieczniej, argumentował Kostia. Odstąpiłam im naszą sypialnię, sama zaś przeniosłam się do Stazji. W ogóle wszyscyśmy się jakoś ścieśnili, bo była zima, a my nie mieliśmy dosyć nafty i drewna, żeby ogrzać cały dom.

Tymczasem, w miarę przebywania pod jednym dachem, nasiliły się konflikty między Darią i Laszą. Słyszałam jego wrzaski dochodzące zza drzwi, że „wszystko robi dla nędznej, małej dziwki". Daria odpowiadała mężowi, że jest „niewdzięczną świnią", „pieprzonym skurwielem", „kompletnym zerem". Przypuszczenie, jakie we mnie się zrodziło, gdy przed kilkoma miesiącami trafiłam na przyjęcie w mieszkaniu Darii, potwierdzało się coraz bardziej: Daria robiła wszystko, żeby udowodnić samej sobie, że jej mąż ma rację – jest taka, jak ją nazywał, by nie zasługiwać na dobre traktowanie. I gdyby moja siostra uległa temu, co o niej wygadywał mąż, jej życie ległoby w gruzach, tego byłam pewna. „Wszystko albo nic" było zawsze jej dewizą. Jeśli miała na coś apetyt, nie mogła przestać jeść. Była piękna, ale musiała być najpiękniejsza. Gdy zaczęła grać w filmach, musiały to być główne role. Jeżeli kimś albo czymś się zainteresowała, nie ustawała, dopóki nie wzięła w posiadanie obiektu swego pożądania. Kiedy kochała, to na zawsze. Jeśli zdarzyło się jej z kimś kłócić, pozwalała, by ją bito i obrzucano najdzikszymi wyzwiskami. Byłam pewna, że jeśli się znienawidzi, zniszczy sama siebie.

Kiedyś obudziłam się w nocy i usłyszałam w korytarzu kroki Darii. Moja siostra minęła pokój, w którym spałam ze Stazją, i weszła na schody prowadzące na strych. Narzuciłam sweter i pobiegłam za nią. Daria zapaliła małą świeczkę i mijała ostrożnie, podnosząc wysoko kolana, moje książki pokryte kurzem. Kiedy usłyszała, że ktoś za nią idzie, obejrzała się przestraszona.

– Ach, to ty... – powiedziała lekko rozczarowana, jakby spodziewała się kogoś innego.

– To tylko ja...

– Zapalisz?

– Chętnie.

– Dziwne, że przez te wszystkie lata nie udało się zamontować tu poręczy – mówiła w zamyśleniu Daria, patrząc na niewykończony taras.

– Lubię tak, jak jest.

– Tu u góry jest naprawdę wysoko.

– No tak. Pamiętasz, jak chętnie wchodziłyśmy tu jako dzieci?

– Ja miałam lęk wysokości, a przychodziłam tu tylko dlatego, żebyś nie uznała mnie za tchórza.

– Lęk wysokości i chodzenie po linie nie bardzo do siebie pasują, prawda?

– Zawsze robiłam rzeczy, których się bałam.

– Co ty mówisz!? Swego męża też się boisz, Dario?

– Nie chcę o tym mówić. Proszę, zostaw ten temat.

– Lasza to skurwiel. Wszystko, co mówi, to jego chora fantazja, nic więcej.

Przestraszona spojrzała na mnie.

– Podsłuchiwałaś?

– Widać to po nim, nie trzeba słyszeć jego cudownych słów, jak to on cię kocha.

– A właśnie, że kocha, choć tego nie rozumiesz.

– Kiedy? Czy wtedy, kiedy cię bije, czy kiedy mu nie staje, gdy się do ciebie dobiera?

– Nico, nie pozwalaj sobie! Co cię to w ogóle, do diabła, obchodzi!

– Jesteś moją siostrą, do cholery, i nie pozwolę, żeby ten dupek cię zniszczył.

– On jest chory, zrozum. Trzeba mieć cierpliwość. Ma tyle problemów, a ja tak niewiele mogę mu pomóc... Ty żyjesz w swoim świecie. Nie wiesz, jak to jest kochać tak strasznie drugiego człowieka.

Końcówki naszych papierosów jarzyły się w ciemności jak dwa zakochane świetliki.

– A tobie nie przychodzi do głowy nic innego, tylko stać się taką jak jego chore wyobrażenia!

Teraz wreszcie spojrzała na mnie uważnie. To zdanie wreszcie ją ugodziło.

– Naprawdę nie potrafię inaczej – powiedziała słabym głosem i pochyliła nisko głowę.

Nie mogłam się już powstrzymać i objęłam ją mocno. Próbowała mnie odepchnąć i wstać, ale trzymałam ją z całych sił. Chciałam ją powstrzymać, ratować.

Wolałabym już, żeby była wobec mnie bezczelna i żebym musiała jej wybaczać, wolałabym, żeby była kapryśna i wredna – wszystko, tylko nie to: nie to skulenie, ta inercja, pokora, rezygnacja. Roześmiałam się.

– Ty sobie żartujesz! – wybuchnęła i wyzwoliła się z moich objęć.

Przysunęłam się do niej i położyłam głowę na jej brzuchu. Po chwili poczułam, że nieśmiało odsuwa mi kosmyk włosów z czoła.

– Wtedy nasłałaś na Laszę swoich przyjaciół kryminalistów i oni go zbili. To nie jest pomoc, Nico.

– Ale ja cię...

– To nie jest pomoc!

– Już nigdy tak nie zrobię, obiecuję. Zrobię, co zechcesz. Ale nie odjeżdżaj. Musisz znowu zacząć grać.

– Kogo interesuje dziś film albo teatr!?

– To się zmieni, ta sytuacja nie będzie trwać przecież wiecznie.

– Ach, Nico.

Przyciągnęła mnie do siebie i zaczęła mnie pieszczotliwie drapać po plecach. Potem wstała, otrzepała koszulę nocną.

– Muszę iść na dół. On nie może beze mnie spać.

Podczas gdy na południu Gruzji nie ustawały walki między zwolennikami Gamsachurdii a zwolennikami nowego rządu, wraz z powrotem Szewardnadzego pojawiła się nadzieja na rozwiązanie konfliktu z Abchazami. Hasło Szewardnadzego „Zapomnijmy o konfliktach z przeszłości" wzbudziło w Abchazach nadzieję, że ich żądania niezależności spotkają się ze zrozumieniem. Kiedy jednak za tym hasłem nie poszły czyny, a gruzińska Rada Państwa podjęła próbę przekształcenia abchaskiego portu w Oczamczire w bazę gruzińskiej marynarki wojennej, nadzieja Abchazów zgasła. Również w Tbilisi zaczęto się zastanawiać, czy Szewardnadze rzeczywiście zdoła zapobiec dalszemu przelewowi krwi. Jądrem konfliktu był przyszły status Abchazji – czy ma ona istnieć w ramach Gruzji, czy też stać się osobnym organizmem politycznym. I kiedy w lipcu 1992 roku parlament abchaski zniósł konstytucję Abchaskiej Socjalistycznej Republiki Radzieckiej z 1978 roku i przywrócił konstytucję z 1925 roku, gruziński minister obrony i jednocześnie dowódca Gwardii Narodowej wydał gruzińskim oddziałom rozkaz wkroczenia na terytorium Abchazji. Swoją decyzję nazwał „środkiem obrony integracji terytorialnej przeciwko separatystycznym dążeniom abchaskiego parlamentu".

Tak rozpoczęła się wojna.

Daria z Laszą wrócili do Moskwy. Trzy tygodnie po wyjeździe Daria zadzwoniła do Zielonego Domu. Mówiła coś bezładnie do słuchawki i dopiero po chwili Nana wydobyła z niej jako tako składną informację: Lasza został postrzelony przez ludzi trudniących się ściąganiem długów i jest w szpitalu na reanimacji. Pocisk przeszedł przez kręgosłup.

I na końcu rozmowy moja siostra rzuciła od niechcenia, jakby sama jeszcze w to nie wierzyła, że spodziewa się dziecka.

Chyba na zawsze pozostanę najemnikiem.

Deep Purple

Daria wytrzymywała wszystko lepiej i dłużej, niż się spodziewaliśmy. Twoja matka była zdumiewająco dzielna. Do twoich narodzin, Brilko, wykazywała niewiarygodną siłę i udało jej się ochronić siebie przed okropnościami, które ją otaczały. Wytrzymywała tak długo, jak potrafiła. Chcę, żebyś dobrze to zrozumiała, Brilko.

Byłam zdumiona jej żelazną dyscypliną, niezłomną wolą, a zwłaszcza miłością do mężczyzny, który odpłacał jej wyłącznie lekceważeniem, znęcał się nad nią psychicznie i wiecznie ją o coś oskarżał. Zastanawiałam się, skąd brała tę siłę. Każdy przecież kiedyś się wypala. Lasza, po dwóch przeprowadzonych w Izraelu skomplikowanych operacjach, za które zapłacili jego rodzice, wyprzedając wszystko, nawet swoje mieszkanie, został przywieziony do Zielonego Domu na rehabilitację. Jego długi spowodowały, że mieszkanie przy parku Wake zostało sprzedane. Lasza, sparaliżowany od pasa w dół, cierpiał z powodu ostrego bólu i musiał zażywać drogie lekarstwa. Lekarze utrzymywali wprawdzie, że kiedyś odzyska władzę w nogach, jeśli wykaże dostatecznie dużo silnej woli, skorzysta z najnowszych metod leczenia i będzie miał dobrego fizjoterapeutę.

Jednak gdyby nawet obie rodziny zebrały potrzebne środki na zabiegi za granicą i na najlepszego fizjoterapeutę w kraju, w przypadku Laszy trudno było mówić o silnej woli.

Jeśli chodzi o mnie, wymykałam się stale do miasta, do biblioteki albo do wąskiego łóżka Mira. Uciekałam przed samą sobą, przed codziennymi, ponurymi informacjami docierającymi z Abchazji o rzece uciekinierów i rosnącej liczbie ofiar, uciekałam przed obrazami, na które mieliśmy się godzić. Zapłakane oczy dzieci i spalone domy. Gwałcone kobiety. Bombardowane miasta. Spokojne morze, zawsze spokojne morze. Źli Abchazi, dobrzy Gruzini. Źli Gruzini, dobrzy Abchazi i Rosjanie, ciągle Rosjanie jako rozjemcy i siły pokojowe, a jednocześnie najwięksi dostawcy broni i instruktorzy Abchazów. Szesnastoletni albo siedemnastoletni chłopcy, których poprzez Mchedrioni i Gwardię Narodową zaciągnięto na wojnę i których wabiono do niejasnych bohaterskich czynów pięknymi obietnicami oraz haszyszem albo heroiną. Złe przygotowanie i organizacja gruzińskiej armii. Ataki i odwroty. Ogień, ciągle ogień: palące się auta, domy, ludzie. I morze, morze przyglądające się z niezmąconym spokojem tej grozie.

My, którzyśmy żyli z dala od pól bitewnych, zajęci tylko kolejnym dniem własnego życia, pozbawieni pracy i widoków na cokolwiek, niewiedzący, skąd weźmiemy węgiel, olej, świece, mąkę, cukier, masło, mleko w proszku, uczyliśmy się żyć z obrazami wojny, uczyliśmy się je spychać w podświadomość. Przyzwyczajaliśmy się do stłumionych okrzyków, dziwnego połączenia radości i wściekłości, kiedy znowu włączali prąd, przyzwyczajaliśmy się do częstych wyłączeń prądu. Przez dom przebiegał tłumiony, lecz wyraźny szept, a w mieście coraz wyraźniej słychać było przekleństwa pod adresem rządu. Przyzwyczailiśmy się też do tego, by już się nie spodziewać, że uratują nas i obronią przed Rosją „błękitne hełmy", NATO albo Zachód. Przyzwyczajaliśmy się do fatalnej myśli, że my,

Gruzini, nie wyciągniemy się nigdy z tego bagna. Nie, nie, w gruncie rzeczy nie myśleliśmy w ten sposób.

W milionowym mieście, jakim było Tbilisi, wkrótce wszyscy się znali, bo przecież nigdy nie wiadomo, kto komu może okazać się pomocny w potrzebie. W wieżowcach wzdłuż balkonów biegały kury przywiązane sznurkami do barierek. Bezpańskie psy rozmnażały się w zastraszającym tempie i wyjąc, ciągnęły nocami przez miasto w poszukiwaniu pożywienia niczym stada wilków.

Przyzwyczailiśmy się do wszystkiego.

Graliśmy w domino, w karty, w okręty, opowiadaliśmy dowcipy, słuchaliśmy różnych opowieści w ciemnych kuchniach, w pokojach gościnnych i sypialniach, gdzie siedzieliśmy z butelkami z gorącą wodą, owinięci w grube koce, w ciszy, która z zapadnięciem zmroku kładła się nad miastem niby szklany dzwon. Przypominaliśmy sobie dawne historie i cieszyliśmy się jak nigdy wcześniej, gdy przychodził koniec zimy i nastawała wiosna, przynosząc ciepło, jaśniejsze dni i mniej trosk. Potrafiliśmy nieskończenie długo używać jednej paczki zapałek, piec ciasto z mąki kukurydzianej i gotować zupę fasolową na dziesięć różnych sposobów. Potrafiliśmy śmiać się z siebie i z naszego improwizowania, na przykład z tego, że zatykamy dziurę w oknie legitymacją Komsomołu z głową Lenina albo zawijamy dzbanek z herbatą w koc, żeby dłużej trzymał ciepło. Nie zważaliśmy na pojawiające się informacje o napadach rabunkowych, włamaniach czy morderstwach. Byliśmy szczęśliwi, że mija kolejny dzień, a my żyjemy. Nie, nie chcieliśmy myśleć o wojnie, która szalała w innej części naszego kraju, odrywała od nas ojców, braci, przyjaciół, sąsiadów i znajomych, okaleczała ich fizycznie i psychicznie albo zwracała nam ich ciała w drewnianych trumnach.

Każdy o kogoś się bał. Każdy kogoś stracił. Stąpaliśmy wokół tej wojny na palcach, zamykając oczy. Kiedy był prąd, oglądaliśmy w telewizji obrazy wojny jugosłowiańskiej. To było dziwne, przez miesiąc byliśmy nawet wdzięczni, że bierzemy udział w tej obcej wojnie, bo wojna w Jugosławii pozwalała nam zapomnieć o naszej.

Istnieliśmy w bezczasie.

Brzuch Darii uwidocznił się dosyć wcześnie. Ciąża jej nie służyła. Daria zmizerniała i sprawiała wrażenie, jakby resztkę sił oszczędzała na poród, by potem móc poddać się ostatecznie niemożliwemu do powstrzymania procesowi zniszczenia. Elene martwiła się o nią. Nana, Stazja, Aleko – wszyscy przyglądali się jej ukradkiem i zaniepokojeni po cichu wymieniali między sobą uwagi. Nikt Darii tego nie życzył, ale też nikt nie miał odwagi jej powiedzieć, że może czas rozstać się z mężem, czas, by oddać Laszę do kliniki albo przynajmniej pod opiekę jego rodziców.

Nocą zbudził mnie znowu odurzający zapach gorącej czekolady. Zeszłam do kuchni, gdzie Stazja upiekła trzy spody do czekoladowych tortów i siedziała przy stole, paląc papierosa, kiedy z pokoju Darii doszły mnie odgłosy małżeńskiej sprzeczki. Stazja utkwiła nieruchomy wzrok gdzieś daleko przed sobą, jakby niczego nie słyszała, a ja zastanawiałam się, czy nie wkroczyć po prostu do sypialni mojej siostry i nie udusić szwagra poduszką. Nigdy dotąd do nich nie wchodziłam. Nikt tego nie robił. Wszyscy traktowali Laszę jak powietrze.

Niekiedy brałam maszynę do pisania, szłam z nią na strych i pisałam na niej do chwili, gdy litery zaczynały mi rozpływać się przed oczami. Nie było ważne, co piszę i czy piszę dobrze, liczyło się to, że piszę. Pisałam, żeby nie zwariować, żeby wczuć się w odległe czasy i obce losy oraz zapomnieć o własnym życiu.

Mój najważniejszy referat, na temat Gruzina Generalissimusa, który napisałam przy słabym świetle świec, nie zyskał uznania. Zapewne niedostatecznie uwzględniłam propagandę. Mój profesor stwierdził nawet, że praca zawiera tendencje wrogie ojczyźnie.

– Pani jest chyba zupełnie pozbawiona sumienia – powiedział. – W takich czasach pisać w ten sposób, jakby nie brakowało nam nacisku ze strony Rosji!? Studiuje pani historię, proszę więc rozejrzeć się wokół. Niech się pani przyjrzy, w jakim stanie jest kraj. Co z nami robią Rosjanie, ile siły i wiary potrzebujemy, jakiej więzi i jedności, by odeprzeć ich nacisk, a pani? Pani wyciąga jakieś brudy, nie zostawia na ojczyźnie suchej nitki, i to teraz, teraz, kiedy mamy wojnę, kiedy ci abchascy i osetyjscy zdrajcy płaszczą się przed Rosjanami, pani nie przyszło na myśl nic lepszego, niż rzucać pod adresem ojczyzny takie oszczerstwa, tak? Pani obraża w ten sposób nie tylko mnie, który chciałem zrobić z pani człowieka umiejącego myśleć obiektywnie i analitycznie, lecz wszystkich młodych ludzi, którzy ryzykują życie za pani wolność...

– Tej wojny być nie powinno. Wywołała ją odmowa podjęcia dyskusji z nami jako narodem, z tym, kim jesteśmy. To absolutna samowola i brak zasad, to nieumiejętna dyplomacja. Doprowadził nas do niej ślepy patriotyzm i myślenie, które opiera się wyłącznie na instynkcie, jeśli już o tym mówimy. A ja w mojej pracy próbowałam tylko zrozumieć, dlaczego utknęliśmy w tym bagnie na dobre i dlaczego nikt nie zamierza zbadać pewnych rzeczy!

– Pani odważyła się zakwestionować fakt, że Rosja...

– Rosja, Rosja. Ciągle słyszę Rosja. Albo Ameryka, albo Europa czy coś takiego. Kiedy wreszcie przestaniemy patrzeć na siebie oczyma naszych protektorów!? Kiedy zaczniemy patrzeć w lustro bez zbędnych sentymentów i litości, bez przyprawiającego o mdłości patriotyzmu opartego wyłącznie na mitach!?

– Niech pani nie przeciąga struny!

– Próbuję tylko przedstawić pewne zależności. Nie ma pan dosyć tych niekończących się zmian i ciągłych teorii spiskowych?

– Proszę pani, bezczelność niekoniecznie jest cechą, z powodu której człowiek powinien czuć się dumny! Proszę sobie wyobrazić, co by było, gdyby pani praca wpadła w ręce komuś w Moskwie, jaka radość by tam wybuchła, gdyby przeczytali:

tak, to prawda, my, Gruzini, jesteśmy zdrajcami pozbawionymi zasad...

– Czy przyszło panu do głowy, że może jednak nie jesteśmy całkiem bez winy?

– Zdaje mi się, że pani mnie już wyręczyła, dochodząc do tak błyskotliwego wniosku. Brawo, brawo! Może się pani starać o miejsce w KGB!

– Znowu Rosja, znowu KGB. Widzi pan, to właśnie miałam na myśli!

– Chce pani poznać prawdę? Dlaczego po prostu nie pojedzie pani do Suchumi i nie przekona się na własne oczy, co się tam dzieje? Niech pani pojedzie do Abchazji i potem zda z tego relację, obiektywnie, krytycznie, wyczerpująco! Jeśli pani tego nie zrobi, oczekuję zasadniczego przeredagowania pracy.

Byłam tak wściekła, że w jednej chwili zdecydowałam się podjąć rzuconą rękawicę. Chciałam udowodnić temu nacjonalistycznemu idiocie, że mam rację. Wiedziałam tylko, że Miro nie może się dowiedzieć o moim zamiarze, postanowiłam więc na własną rękę szukać sposobu, by dostać się do Abchazji. Plan wydawał mi się tyleż absurdalny, co prowokacyjny, ale uparłam się. Pojadę tam i zobaczę bezradność naszych wojsk, zobaczę „rosyjskie siły pokojowe", które statkami dostarczają czołgi i amunicję, zobaczę brutalność Abchazów, brutalność Gruzinów, brutalność Rosjan. Zobaczę, w jak nieopisanie trudnych warunkach przebijają się piechotą przez Góry Swaneckie gruzińscy uciekinierzy, nie zamknę oczu na apokalipsę nad Morzem Czarnym. Wybiorę się tam i napiszę o tym wszystkim. Byłam przekonana, że wojna tak czy inaczej jest już wszędzie. To tylko kwestia perspektywy i tego, czy woli się mieć oczy otwarte czy zamknięte.

Ależ byłam głupia!

Poszłam najpierw do Pałacu Szachów, do kwatery sztabu, gdzie kiedyś znalazłam Hajfisza. Teraz przebywało tam zaledwie kilku mchedrionistów. Nie mieli już za wiele alkoholu, a ich spojrzenia dawno straciły zaczepność i pewność siebie. Gdy zapytałam o Hajfisza, jeden z wartowników chrząknął, podrapał się w głowę i w końcu bąknął, że Hajfisz zginął w ostatnim miesiącu w Gagrze.

– W jaki sposób? – wyjąkałam.

Nie wiem, po co mi była ta wiedza.

– Od strzału w głowę. Nie byli okopani.

Mężczyzna spuścił wzrok.

Próbowałam sobie wyobrazić martwego Hajfisza, co czuł, kiedy go trafili, ale nie udało mi się. Jedyne, o czym mogłam myśleć, to piękny dom w Gagrze, Daria, tryktrak z Rusą i jej krew w łazience. Morze, nieustannie szumiące ciemne morze, któremu było obojętne, czy panuje wojna, czy pokój. Połowa Abchazji znajdowała się już w rękach Abchazów, a tym samym Rosjan. Granica z Rosją była otwarta. Pozostało jeszcze Suchumi. W przeddzień sylwestra 1994 roku media podały informację o śmierci Gamsachurdii, który wraz z najbliższymi współpracownikami ukrywał się w górach Megrelii. Żona Gamsachurdii przyznała, że było to samobójstwo, lecz jeszcze przez wiele lat połowa narodu wierzyła w jego bohaterską śmierć w walce z mchedrionistami. A potem, zanim zdołałam na nią pojechać, wojna przyszła do mnie.

Postanowiłam odnaleźć Cella, ponieważ wiedziałam od Mira, że w ostatnim czasie często pokazywał się w warsztacie samochodowym, co znaczyło, że jest w Tbilisi, a nie na wojnie. Cello mógł mi pomóc dostać się do Abchazji. W drukarni, która teraz i wcześniej była jedną z siedzib mchedrionistów, powiedziano mi, że Cello przebywa w mieście i nazajutrz ma tu się pojawić. Następnego wieczoru na resztce benzyny pojechałam do drukarni i zobaczyłam kilka znajomych twarzy. Byli to ludzie, z którymi kiedyś grałam w pokera. Wszyscy przywitali mnie serdecznie. Cello przywitał się tylko uderzeniem dłoni, bez obejmowania, jak pozostali. Podsunął mi krzesło i usiadł naprzeciw mnie.

– Chłopaki powiedzieli, że chcesz o czymś pogadać.

Jego przewiercające na wylot spojrzenie było równie nieprzyjemne jak wtedy, kiedy go poznałam. Usiłowałam zachowywać się naturalnie, udając, że jego wzrok nie robi na mnie wrażenia.

– Może mógłbyś mi pomóc dostać się do Abchazji?

– Do Abchazji, ty? – spytał z niedowierzaniem. – Stamtąd się ucieka, a nie jeździ z własnej woli.

– Wiem, ale... Chciałabym napisać o wszystkim, co tam się rozgrywa, i myślałam...

– Proszę, chcesz to opisać! Jakież to jeszcze talenty kryją się w tobie, Einstein?

– Chcę spróbować.

– No nie, chłopaki mają rację: trudno cię rozgryźć.

– Możesz mi pomóc? – zapytałam, patrząc mu prosto w oczy.

Pauza, która nastąpiła, wydawała mi się wiecznością. Cello drapał się po ogolonej głowie i oblizywał nienaturalnie czerwone usta.

– Czy mogę ci pomóc... Nie wiem, Einstein. Nigdy nie wyglądałaś na kogoś, kto potrzebuje pomocy.

– Każdy kiedyś potrzebuje pomocy.

Moja pokorna odpowiedź wydała mi się głupia, ale w tym momencie nic lepszego nie przyszło mi do głowy.

– Szkoda, że nie potrzebowałaś pomocy wcześniej, w czasach, kiedy razem graliśmy w karty. Pamiętasz to jeszcze?

– Jasne, że pamiętam. Fajnie było.

– Fajnie? No... nie wiem. Zależy dla kogo, nieprawdaż?

Wiedziałam, że należy do ludzi, którzy nie potrafią przegrywać.

– Więc?

– Może mógłbym ci pomóc, jasne, mam przecież swoje sposoby. Mógłbym ci załatwić legitymację prasową. Pięćdziesiąt dolarów i sprawa załatwiona. Ale ja też muszę coś z tego mieć, jakąś przyjemność, nie? Zgodzisz się chyba ze mną.

– Przestań. Co byś chciał?

– No, moglibyśmy zagrać partyjkę. Mam przy sobie studolarówkę. To dla ciebie chyba godna zachęta, jak uważasz? Dawno nie grałem i chłopcy też są złaknieni kart. W każdym razie ci, którzy jeszcze zostali. Co, chłopaki, zagramy w pokera!? – krzyknął w głąb sali, nie spuszczając ze mnie wzroku.

W odpowiedzi usłyszałam pomruk zachwytu.

– Nie mam pieniędzy.

– To nie powód, żebyś nie grała. Jak mówiłem, mam stówę.

– A jeśli przegram?

– Nigdy nie przegrywasz, więc nie musisz się martwić.

– A jednak się martwię. Więc co będzie, jeśli przegram?

– Wtedy mnie pocałujesz, a ja będę mógł pogłaskać twoją lewą pierś. Nie przez materiał, rozumie się.

Nie wiem, co bardziej zszokowało mnie w jego odpowiedzi: chłodna precyzja tego wyobrażenia czy to, że miał w ogóle tego typu fantazję związaną z moją osobą.

– Jeden pocałunek i jedno dotknięcie piersi? – zapytałam.

– Właśnie.

– I załatwisz mi legitymację prasową?

– Tak jest.

– A jeśli wygram?

– Wtedy dostaniesz sto dolarów i do tego legitymację prasową.

– Zgoda.

– Wiedziałem, że moja propozycja cię nie odstraszy! Dlatego jesteś Einstein, a nie jakaś tam sobie przeciętna dziewczyna.

– Przynieś karty i skrzyknij chłopaków.

Graliśmy w napięciu. Chłopcy wyciągnęli skądś butelkę czaczy i z nerwów pociągałam razem z nimi. Każdy opróżniał kieszenie, wykładał banknoty i monety na zaimprowizowany stolik. Każdy, tylko nie ja. Już w trakcie gry umowa z Cellem zaczęła mi się wydawać bardzo niepewna. Szybko też się zorientowałam, że tego dnia karta mi nie idzie. Ale nie ustępowałam, perspektywa zgarnięcia stu dolarów była jednak zbyt nęcąca.

Graliśmy jak opętani. Maksymalnie skupieni, stawiający wszystko na jedną kartę. Tymczasem karta mi nie szła. Próbowałam zminimalizować straty, ale nawet najlepsze blefy nie były w stanie zapewnić mi wygranej w choćby jednej partii.

Oczywiście przegrałam. Wygrał on.

Ciągle jeszcze trzymałam się myśli, że pomaca sobie moją ledwie odznaczającą się pierś i włoży język w moje usta. Znałam gorsze rzeczy. Na szczęście Cello, jak mi się wydawało, nie celebrował swego szczęścia w grze tak jak kiedyś, kiedy raz mnie ograł. Nie zrobił ze swej wygranej wielkiego halo, tylko wstał i poprosił chłopaków, żeby wyszli, bo musi ze mną jeszcze coś obgadać.

Wkrótce wszyscy się ze mną pożegnali, poklepując mnie po ramieniu, i zostałam sama z Cellem. Cello pił dalej. Pomyślałam o Mirze. Co by powiedział o mojej absurdalnej i upokarzającej umowie? Poczułam wstyd. Ale gracz zawsze płaci swój dług. Tak albo inaczej. Próbowałam sprawiać wrażenie spokojnej i opanowanej.

Kiedy Cello opróżnił butelkę i spojrzał na mnie swoim świdrującym wzrokiem, zapytał, czy wykonamy teraz naszą umowę. Podniosłam się z miejsca, stanęłam przed nim, rozpięłam bluzkę mechanicznymi ruchami i odsłoniłam piersi. On nachylił się ku mnie i przycisnął moje usta swoimi pełnymi krwistoczerwonymi ustami. W ustach poczułam gorzki smak alkoholu i czegoś, czego wtedy nie potrafiłam określić, a dziś powiedziałabym, że tak smakuje brutalność. Wszystko wydawało mi się odrażające. Nie mogłam zapomnieć twarzy Mira. Wydałam się sobie bezdennie głupia i naiwna, że zamierzałam pojechać w sam środek wojny, próbując tam znaleźć jakąś prawdę. Pojęłam, że nigdy dobrowolnie nie pojadę na tę wojnę i że mam szczęście, iż nie jestem jedną z setek tysięcy Gruzinów, którzy ryzykując życie, przedzierają się przez Kaukaz w lodowatym zimnie. W tamtej chwili niczego się jednak nie bałam. Nie bałam się tego zimnego, mechanicznie całującego mężczyzny, który sądził, że mnie upokorzy i zrewanżuje się za to, iż wcześniej często ze mną przegrywał. W tamtym momencie byłam przekonana, że zaraz wyjdę z tego pomieszczenia i pobiegnę do Mira, wyznam mu, na co się zgodziłam, i przeproszę go za moją zarozumiałość oraz lekkomyślność. Ale Cello obejmował już moją drugą pierś, ściskając ją tak, że na chwilę zamarłam z bólu. Co będzie, jeśli nie dotrzyma naszej umowy?, pomyślałam. Byliśmy sami. Było późno. Drukarnia znajdowała się w piwnicy starego, opuszczonego budynku. Spięłam się, próbując ukryć narastający lęk.

– No, więc dotrzymałam słowa – powiedziałam, odwracając od niego twarz.

Ale on obejmował mnie już w pasie i przyciągał mocno do siebie.

– Powiedziałem ci, że masz wiele talentów...

W jego głosie czułam podniecenie. Arogancja znikła z jego twarzy. Oderwałam się od niego, cofnęłam o krok i zapięłam guziki mojej bluzki. W tym samym momencie on zbliżył się do mnie i chwycił mnie za włosy. W sekundzie przyciągnął do siebie moją głowę i spojrzał mi w oczy. Wtedy jeszcze, tak, w tamtym momencie sądziłam jeszcze, że uda mi się stamtąd wydostać, zapomnieć o tym strasznie głupim, niewybaczalnie głupim pomyśle i wykreślić Cella ze swej pamięci.

– Dobrze grasz, Einstein – wyszeptał mi do ucha i zaczął wilgotnymi ustami całować mnie w szyję.

Postanowiłam nie stawiać oporu, oszczędzać siły na decydującą rozgrywkę. Że coś takiego nastąpi, byłam już pewna.

– Wystarczy, Cello, miałeś swoją przyjemność i zostaw mnie teraz w spokoju. Taki mężczyzna jak ty na pewno woli większe piersi niż moje.

Nie wiem, dlaczego to powiedziałam. Jeżeli chciałam coś osiągnąć, osiągnęłam coś wręcz przeciwnego. Teraz Cello pociągnął mnie za włosy, aż krzyknęłam z bólu i przerażenia.

– Uważasz się za coś lepszego, co!? – wrzasnął. – Uważasz, że nie jestem ciebie wart, hę? Jeszcze się przekonamy! Jeszcze się przekonamy...

Włożył mi rękę między nogi. Pochyliłam się i odepchnęłam go od siebie. Nie wypuszczał z ręki moich włosów i włóczył mnie za sobą. Próbowałam wbić mu paznokcie w skórę, żeby się uwolnić, ale mi się nie udało.

– Zdaje ci się, że jesteś o niebo lepsza ode mnie, co? Ty mała wywłoko! – bełkotał, a ślina pryskała mu z ust, trafiając mnie w twarz.

Tą „wywłoką" dotknął mnie do żywego. Przypomniał mi Laszę i jego obelgi pod adresem Darii. Przed oczami stanęła mi bezsilność mojej siostry. To, że godziła się być ofiarą. Zebrałam wszystkie siły i jakoś się wyrwałam, a w dodatku wymierzyłam swemu wrogowi cios w żołądek. Chciałam go trafić jeszcze niżej, zmiażdżyć, ale uchylił się, zgiął, zrobił się czerwony na twarzy i usiłował pochwycić mnie na nowo.

Tak, to na pewno nie był mój szczęśliwy dzień. Rzuciłam się do ucieczki. Przewróciłam dwie puste szklanki i dwa krzesła. Byłam już przy wyjściu, kiedy zagrodził mi drogę i złapał mnie za rękaw. Ciągnął mnie do siebie, a ja, poddając się jego sile, próbowałam się o coś zaczepić. Nie udało mi się. Znowu ujął mnie w pasie, podrzucił w górę, chwycił jedną ręką za szyję, tak że nie mogłam złapać tchu, i rzucił mnie na podłogę. Pełzłam po niej, kaszląc i łykając powietrze jak ryba. Podniosłam się, wsparłszy się o starą maszynę drukarską, ale on stał już za mną, przyciskał mnie od tyłu. Zaczął rozpinać mi spodnie. Coś wbijało mi się w brzuch, powodując paraliżujący ból. Był to metalowy uchwyt, który próbowałam ominąć, poruszając pośladkami w tę i we w tę, żeby uniemożliwić mojemu napastnikowi trafienie na guziki moich spodni.

Lecz gdy tylko rozpiął pierwszy guzik, jednym ruchem urwał pozostałe (dlaczego nawet moje guziki tak szybko się poddały!?) i spodnie same opadły na ziemię, jakby zmówiły się przeciwko mnie.

Pamiętam, że jedną ręką przytrzymywał mi obie ręce na plecach. Pamiętam, że w pierwszej chwili, kiedy wdarł się we mnie, miałam uczucie, że zwymiotuję. Pamiętam, że nieustannie, dysząc, szeptał mi coś do ucha. Ale nie pamiętam, co mówił. Tylko to „dobrze... dobrze", przy czym wymawiał każdą literę tak, jakby wypowiadał to słowo po raz pierwszy i się z nim oswajał. Pamiętam, że z jakiegoś powodu coraz bardziej wychylałam się do przodu i kiedy on cały swój ciężar przenosił na moją miednicę, ja myślałam gorączkowo, że muszę przypomnieć sobie jakiś wiersz, jakąś historię i na tym się skupić, skupić się na czymś, co lubię, na czymś znanym, co odwróci moją uwagę od jego mechanicznych ruchów, pomruków i dyszenia. Lecz żadna historia, która mogłaby złagodzić tę potworną sytuację, nie przychodziła mi do głowy. Przypomniała mi się za to pewna piosenka. Próbowałam odtworzyć jej melodię. Była to *La foule* Edith Piaf. Zawsze lubiłam tę piosenkę i nagle usłyszałam w sobie całą orkiestrę, a potem migotliwy, przenikający wszystko głos Piaf i choć nie rozpoznawałam, nie rozumiałam niektórych słów, uchwyciłam się jej szorstkiego „er", twardego „el", w tle słyszałam akordeon i próbowałam wyobrazić sobie ciemną scenę, na której – daleko, daleko stąd, na pewno tam, gdzie jeszcze nie byłam, a tym bardziej on – stał ten mały śpiewający wróbelek, oświetlony światłem jednego, jedynego reflektora, i stojąc tak, śpiewał tylko dla mnie. To wyobrażenie było piękne i zdołało wyrwać mnie na kilka sekund z tamtego miejsca, sprawić, że na moment zapomniałam o tym, co się działo.

Pamiętam, że on miał trudności, że ciągle szukał dla siebie lepszej pozycji i mocniej wykręcał mi ręce na plecach, pamiętam, że raz czy drugi wydał z siebie odgłos zawodu, jakby był niezadowolony ze swych umiejętności, lecz tę irytację wyładowywał na mnie i tym bezwzględniej maltretował moje ciało.

Pamiętam, że – kiedy Piaf przestała śpiewać, choć śpiewała dla mnie o wiele dłuższą i wolniejszą wersję swej słynnej pieśni – zastanawiałam się, czemu jeszcze nie przestał, nie zrezygnował, czemu ciągle zaczyna od początku. Ile godzin ma to wszystko trwać? Kiedy i kto zatrzymał czas!?

Nie krzyczałam. Stałam tak bez słowa i czekałam, aż wszystko to minie, aż wskazówki czasu znowu zaczną zmieniać położenie.

I wtedy on odwrócił mnie do siebie, wściekły, że nie doszedł, że triumfalnie się nie zaspokoił, i rzucił mnie na ziemię, a potem opadł na mnie, rozsuwając mi nogi. Teraz przyspieszył tempo, oddech nieoczekiwanie mu się spowolnił, jakby poczuł się naprawdę dobrze, jakby nie musiał gorączkowo, z wysiłkiem przeć naprzód. Odwróciłam twarz na bok. Nie chciałam na niego patrzeć. I wtedy zobaczyłam przewróconą butelkę, którą opróżniliśmy wcześniej, grając w pokera – osierocony, niepotrzebny przedmiot. Butelka kołysała się leciutko, jakby w rytm jego ruchów. Pamiętam, że widok tej pustej butelki ucieszył mnie jak mało co wcześniej w moim życiu.

Wiedziałam, że muszę po nią sięgnąć, lecz żeby to zrobić, musiałam uwolnić jedną rękę. I zrobić to błyskawicznie. Druga próba nie będzie mi dana, zwłaszcza że dziś miałam pecha.

Powoli uwolniłam rękę zakleszczoną pod jego tułowiem. Żeby odwrócić uwagę od tego ruchu, drugą ręką objęłam go za szyję. Jakbym wreszcie zgodziła się sprawić mu przyjemność. Odpowiedział krótkim stęknięciem. Potem ostrożnie uniosłam rękę, przeniosłam ją nad podłogą, wyciągnęłam dłoń i poczułam zimne szkło butelki. Teraz należało jednym ruchem roztrzaskać butelkę i trafić go rozbitą szyjką. Zaczął właśnie głośno dyszeć, kiedy zamierzyłam się ręką i z całej siły uderzyłam butelką o podłogę. Odgłos rozbijanego szkła przestraszył go, lecz na szczęście był zbyt blisko ostatecznej przyjemności, żeby przerwać. Nie miało to już znaczenia, bo butelka – mój jedyny sprzymierzeniec w tym pomieszczeniu – roztrzaskała się i z jej szyjki pozostały ostro zakończone odłamki szkła. Oceniłam, że te wystarczą. Odegrają swoją rolę. Kiedy wreszcie spojrzał w górę, trawiony konwulsjami rozkoszy, roztrzaskaną szyjkę butelki wbiłam mu w okolicę pasa.

Zawył, nie mogąc, mimo bólu, powstrzymać rozkoszy, i stoczył się na bok. Mój następny cios był jeszcze silniejszy.

Trafiłam go szkłem w ramię i jego krew zaczęła spływać na mój brzuch. Tym razem zwinął się z bólu i odsunął ode mnie. Nadal jeszcze był oszołomiony, nie pojmował rozmiaru mojej nienawiści.

W mgnieniu oka zerwałam się na nogi, nachyliłam się nad nim i przystawiłam mu do twarzy drżącą ręką ostry kawał szkła. Po raz pierwszy popatrzyłam na niego. Na starą szramę dzielącą jego brew na dwie części. Wyobraziłam sobie, że inna kobieta, która kiedyś była w podobnej sytuacji jak ja dzisiaj, pozostawiła mu tę szramę na pamiątkę. W tym wyobrażeniu było coś krzepiącego. Wymachiwałam mu groźnie szkłem przed nosem. Ale on nagle zastygł, oczy mu się rozszerzyły, utkwił we mnie wzrok, wyciągnął krwawiącą rękę, usta rozszerzyły mu się w błogim uśmiechu i doszedł, wydając przy tym głośny, prawie radosny bulgot.

Przypominam sobie dokładnie wszystko, ale nie pamiętam, co czułam przez cały ten czas.

Wszędzie, gdziekolwiek byliśmy w Rosji (...), słyszeliśmy to magiczne słowo: Gruzja. Ludzie, którzy nigdy tam nie byli i może nigdy nie pojadą, rozprawiali o Gruzji. (...) O Gruzji mówiło się jak o drugim raju.

John Steinbeck

Najgorsze było nie to, że nie potrafiłam płakać ani się skarżyć, najgorsze było nie to, że nie mogłam dotykać Mira ani niczego mu wytłumaczyć, nie to, że karałam go za coś, o czym nie miał zielonego pojęcia, nawet nie to, że moja wściekłość i gniew kierowały się nie przeciw gwałcicielowi, lecz przeciwko mnie samej. Najgorsze było odrętwienie, nieskończona pustka. To opanowanie i dyscyplina w zwykłych codziennych sprawach. To zachowywanie się, jak gdyby nic się nie stało. To nie-dawanie-po-sobie-niczego-poznać – że wydarzyło się tamto, niemożliwe do opowiedzenia.

Dni upływały jak sen na jawie, która nastąpiła po nocy. Głos Stazji przy moim łóżku. Obrazy tamtych chwil w mojej głowie i usiłowanie, by zastąpić je piosenką Edith Piaf.

Zapach czekolady przychodził jak zwykle nocą, sugestywny, odurzający. Ataki wściekłości Laszy, jęki Darii, szepty Elene, ostrożne kroki Nany i groźne milczenie Kostii. Sny na jawie, w których Stazja przybliżała mi przeszłość, krok po kroku, sny, z których nie można się było obudzić. Moja bezsilność, którą przemogłam, jak mi się zdawało, gdy rozbiłam butelkę. Nie przeczuwałam jeszcze, jak bardzo się myliłam!

W końcu 1993 roku ostatni optymiści zrozumieli, że Gruzja nie ma w Abchazji żadnych szans. Poza Suchumi wszystkie strategiczne punkty okupowały tam wojska abchaskie, rosyjskie i „wynajęte" siły sprowadzone z republik kaukaskich. Dwudziestego siódmego lipca doszło – przy pośrednictwie Rosji – do podpisania porozumienia, zgodnie z którym wojska gruzińskie miały niezwłocznie opuścić terytorium Abchazji. Porozumienie stanowiło również, że wszystkie abchaskie siły militarne będą odtąd nadzorowane przez rosyjskie „siły pokojowe". Część uciekinierów wróciła tego lata do zniszczonych abchaskich wsi i miast. Ogłoszono, że pierwszego września wszystkie szkoły i uniwersytety Abchazji podejmą pracę.

Brzuch Darii stał się szpiczasty i słabł opór jej ciała. Daria sprawiała wrażenie opadającej z sił. Było oczywiste, że to tylko kwestia czasu, kiedy runą zapory. I to się stało. Stało się to w tym samym czasie, gdy podpisywano pakt gruzińsko-abchasko-rosyjski. W chwili, gdy rozpoczęła się masakra w Suchumi.

Szesnastego września wojska abchaskie okrążyły miasto. Plan ataku wyszedł z kwatery sztabu rosyjskich „sił pokojowych". Siłom tym nie wolno było podejmować takich działań. Mimo to zajęły one najważniejsze pozycje strategiczne wokół Suchumi, tak że przebywające w tym mieście oddziały gruzińskie nie mogły liczyć na posiłki.

Liczbę ofiar wśród cywili wypędzonych z domów i zastrzelonych na ulicach szacuje się na pięć tysięcy. Potem zarejestrowano ponad tysiąc przypadków gwałtów na kobietach. Ofiary tortur nigdy nie zostały policzone.

Wszyscy, którzy przeżyli atak, musieli ratować się ucieczką w góry, licząc na to, że powrócą kiedyś w doliny.

Ze snu wyrwał mnie desperacki głos Darii.

– To nie jest twoje dziecko. To właśnie chciałeś usłyszeć, prawda? Więc dziecko nie jest twoje! Szlajałam się ze wszystkimi wkoło, tak jak chciałeś, żeby dostarczyć podniety twojej chorej fantazji, robiłam wszystko, naprawdę wszystko, co sobie wymyśliłeś, i jeszcze więcej. Zadowolony!? Tak? Chcesz znać szczegóły, ty kaleko?

To ostatnie słowo coś zmieniało. Zawierało w sobie przekleństwo. Nie należało go wypowiadać. Ważniejszy jednak niż samo słowo był sposób, w jaki Daria je z siebie wyrzuciła. Poczułam lęk. Za wyczuwalną i prowokacyjnie manifestowaną pogardą w jej miękkim głosie czułam głębokie zranienia. Jakby tym słowem celowała w siebie. Jakby sama chciała się nim zniszczyć.

Spokojnie, niemal pokornie Lasza odpowiedział coś, czego nie zrozumiałam, potem usłyszałam, jak otworzyły się drzwi i znowu głośno się zatrzasnęły. Wyjrzałam przez okno i zobaczyłam Darię idącą boso przez ogród. Widziałam, jak przeszła przez grządki warzyw i poszła w kierunku wzgórza. Niczym puklerz niosła przed sobą wydęty brzuch i wygięta w tył, z trudem pięła się pod górę. Już wsuwałam stopy w tenisówki, żeby za nią pobiec, ale nagle zatrzymałam się w drzwiach. Czułam, że nie mam już siły. Nie mam w sobie uczucia, które mogłoby wesprzeć jej bezdenny smutek.

Po powrocie z nocnej wycieczki Daria obwieściła rodzinie przy śniadaniu, że jest jej wszystko jedno, co się stanie z Laszą. Nie chce z nim mieć odtąd nic wspólnego i zaraz zadzwoni do jego rodziców, żeby go, a raczej to, co z niego zostało, zabrali do siebie. Nikt nie zapytał o powód jej nagłej zmiany, nikt o nic się nie dopytywał, nikt jej nie poparł. Potem Daria znikła i nie wiadomo było, gdzie się podziewa. Nie pokazała się nawet wtedy, gdy wkładano Laszę siedzącego na wózku inwalidzkim do minibusa, którym przyjechali po niego jego gotowi na wszelkie poświęcenie rodzice. Darii nie starczyło już miłości nawet na pożegnanie.

W listopadzie, trzy dni przed twoimi narodzinami, Darii odeszły wody i odwiozłam ją, nie zważając na ograniczenia prędkości i roznosząc kołami samochodu nieoczekiwanie wczesny śnieg, do szpitala w Tbilisi. Wszystko wokół spowijały ciemności. Znowu była przerwa w dostawie prądu i latarką oświetlałam stękającej Darii schody prowadzące na oddział położniczy, a do ciebie, Brilko, będącej jeszcze w brzuchu matki, przemawiałam, żebyś dała nam jeszcze kilka minut na dojście do celu.

Zastanawiałam się, Brilko, jak wprowadzić cię w tę historię, gdy przyjdziesz na świat. W historię, którą musiałam opowiedzieć, żeby dojść do ciebie. Do ciebie, a przez to do początku. W historię, którą napisałam właśnie dlatego, żebyś mogła jeszcze raz zjawić się na świecie i mieć możliwość rozpoczęcia wszystkiego na nowo i inaczej.

I doszłam do wniosku, że nie będę mogła pisać dalej, jeśli będziesz istniała dwukrotnie. Postanowiłam uczynić cię najpierw moją Brilką, żeby kontynuować moją historię, tak by dojść do ciebie prawdziwej, rzeczywistej, której tak czy inaczej nie umiałabym opisać, choćbym miała do dyspozycji wszystkie słowa świata. Do ciebie, mogącej mi zaproponować „ty", którego nie będę mogła zamienić w „ona".

Lecz dopóty toruję sobie drogę do ciebie, muszę wypożyczyć sobie twoją istotę, twój wizerunek i wymyślić cię na nowo. Inaczej, na swój sposób. Opisać cię tak, jak cię widziałam, jaką cię znalazłam i jaką znowu straciłam. Muszę cię wymyślić, Brilko, dopóty, pewnego dnia, nie staniesz się prawdziwa. Ciebie, Brilko, której imię i nazwisko, Anastazja Jaszi, zostało wpisane do księgi urodzeń i która nam wszystkim po raz pierwszy od długiego czasu zafundowałaś coś takiego jak szczęście, choć wszyscy zapomnieliśmy właściwie, że to w ogóle istnieje. „Jaszi. Kropka. Anastazja ma się nazywać Jaszi. – Daria była nieugięta. – Dla nas obu nazwisko Jaszi było dostatecznie dobre".

A więc Jaszi. Anastazja Jaszi. Twoja matka nie chciała jednak, żeby zdrobnieniem twego imienia była Stazja. „To brzmi zbyt rosyjsko. Może Ani?" Lecz mała Anastazja nie chciała być Ani. Sama wybrała sobie imię. Przekorne i jedyne w swoim rodzaju, tak jak przekorna i jedyna w swoim rodzaju była ona sama. Ale najpierw była maleńka i miała na głowie mnóstwo czarnych włosów. Oczy też miała czarne jak smoła, a skórę pomarszczoną, jakby przyszła na świat wyposażona w stuletnią mądrość. Nie krzyczała jak noworodki, była zaskakująco spokojna i przyglądała się światu oraz ludziom swymi przenikliwie patrzącymi smolistymi oczami, jakby od początku nas przejrzała.

Miałam ochotę przyglądać się jej godzinami i chciałam kłaść ją sobie na brzuchu, czuć jej ciepło. Byłam jej ciotką. To maleńkie stworzonko przydzieliło mi nową funkcję. Nadało sens mojemu życiu. Dzięki niej opuściłam łóżko i pokój, w którym od tygodni byłam zabarykadowana.

W grudniu padło Suchumi. Wojnę uznano za zakończoną. W naszych ciałach i głowach wojna trwała jednak nadal. Obok niej istniała pustka, którą pozostawiły w nas ostatnie lata. Tylko morze uderzało swoimi falami w zwykłym rytmie o skały, wymywając z nich ciemny piasek.

– Dłużej już nie wytrzymam! Milczysz jak ryba. Nie wiem, co czujesz, co myślisz. Czasem zastanawiam się, czy w ogóle cię znam. Nie odbierasz telefonu, kiedy dzwonię, jesteś nieobecna, patrzysz tępo przed siebie, jeśli nawet zniżasz się do tego, że gdzieś ze mną idziesz. Przestałaś też czytać. Naprawdę nie wiem, co się z tobą dzieje. Nie chcę, żeby jedyną sprawą, która nas łączy, było łóżko i twoje krótkie wizyty. Przychodzisz, kładziesz się przy mnie, śpimy z sobą, potem pijemy herbatę, wypalamy papierosa i odprowadzam cię do auta. A ty odjeżdżasz. Jest tak, jakbyśmy mieli sekretny romans. Co cię męczy? Chodzi o Dawida czy o wasze problemy rodzinne? Ale mąż Darii już z wami nie mieszka. Twoja siostra odeszła przecież od niego. Teraz może być już tylko lepiej. Zacznij wreszcie ze mną rozmawiać! I ten sposób, w jaki na mnie patrzysz! Puszczają mi nerwy, słowo daję. Czuję się ciągle oceniany. Ty mnie wciąż potajemnie egzaminujesz, a ja nie mam pojęcia, o co chodzi.

Miro był zaproszony na pewne urodziny. Mówił o nich od tygodnia. Miałam iść razem z nim. Tego dnia Lana była cały dzień poza domem, a ja przyjechałam do niego rano i przedpołudnie spędziliśmy w łóżku. Kiedy nadeszła pora, żeby szykować się do wyjścia, Miro wstał i zaczął się ubierać, a ja odwróciłam się na drugi bok i zwinęłam w kłębek jak stara, zmęczona kocica. Nie chciało mi się opuszczać tego łóżka. Chciałam, żeby ze mną został. Perspektywa, że będę musiała iść między ludzi, udawać wyluzowaną i prowadzić beztroskie rozmowy, śmiać się z dowcipów, śpiewać, gdy inni śpiewają, i tańczyć, mierziła mnie. Sprawiała mi fizyczny ból.

Miro nalegał, żebym wstała, przyniósł mi moje ubranie i położył je na kołdrze. Potem stracił cierpliwość i zaczął monologować, coraz głośniej, ale i coraz bardziej niepewnie, aż jego zwątpienie przeszło w czystą wściekłość i ściągnął ze mnie kołdrę, chwycił za nadgarstki, po czym podniósł do góry, skręcając mi przy tym rękę, tak że zaczęłam krzyczeć.

Puścił moje ręce, ale nadal wrzeszczałam jak obdzierana ze skóry, szaleńczo bijąc wokół siebie rękami. Potem zaczęłam płakać. Łzy spływały mi bezgłośnie po twarzy. Osunęłam się po ścianie i padłam na łóżko. Półnaga objęłam swoje ciało rękoma i zaczęłam kołysać się na boki. Miro usiadł przy mnie, lecz nie próbował mnie dotykać.

– Ja wychodzę, a jeżeli nie chcesz ze mną iść, to twoja sprawa.

Zasoby jego współczucia najwidoczniej się wyczerpały, tak jak moja chęć tłumaczenia mu czegokolwiek. Podniósł się i zaczął się czesać przed lustrem. Marzyłam, żeby zostawił mnie w spokoju, a jednocześnie nie mogłam znieść myśli, że zaraz wyjdzie z domu i zostawi mnie samą.

Podeszłam do niego. Uczepiłam się go. Próbowałam go przytrzymać, ale wyswobodził się z moich uścisków i powrócił do swoich przygotowań przed lustrem. Tak bardzo chciałam mu wszystko opowiedzieć, wszystko z siebie wyrzucić, ale nie wiedziałam jak. W tamtej chwili sprawą życia i śmierci wydawało mi się to, żeby ze mną został, był ze mną tej nocy. Tak, chciałam, żeby uratował mnie przede mną samą. Czy wymagałam zbyt wiele? Czy to było niemożliwe?

– Ty chcesz mieć wszystko naraz! A kiedy to się nie udaje, odwracasz się. Myślisz, że jestem szczęśliwy? Myślisz, że podoba mi się ta cała sytuacja? Myślisz, że ten zasrany kraj nie działa mi na nerwy? Rezo, którego znasz z mojego kursu, zaproponował mi pracę w firmie swojego ojca.

Włożył czarną marynarkę na śnieżnobiałą koszulę idealnie wyprasowaną przez Lanę. Mnie nigdy by to tak nie wyszło.

– To młoda firma, dopiero w tym roku dostali licencję. Jego ojciec pozyskał inwestorów i kiedy interes ruszy, przekaże prowadzenie firmy Rezie i mnie. Inwestorzy to Turcy, ale mamy nadzieję, że za kilka lat wejdziemy też na rynki europejskie. Gdy sytuacja w kraju się ustabilizuje, branża nieruchomości rozkwitnie, jak w wielu postsowieckich krajach. Zacznę od pozwoleń na budowę, a później będę mógł bardziej kreatywnie...

– Od pozwoleń na budowę!?

To słowo wyrwało mnie raptem z myśli, w których tkwiłam. Stanęłam przed Mirem i spojrzałam na niego zdumiona.

– Tak, pozwolenia na budowę. Co w tym dziwnego?

– Nie wiem. Ty i pozwolenia na budowę. To jakieś komiczne!

– Myślałem, że się ucieszysz, że nie będę już więcej pucował dla jakichś bonzów tych cholernych aut w brudnych warsztatach. Teraz to będzie prawdziwa praca, coś, co sprawi mi przyjemność, co ma związek ze mną i moim zawodem...

– Odkąd to pozwolenia na budowę mają z tobą coś wspólnego?

– Daruj sobie ten sarkazm. Nie dam sobie zepsuć ani tego wieczoru, ani mojej przyszłości. Dość już mam po dzisiejszym dniu.

– Nie wiedziałam, że moja bliskość była dla ciebie tak męcząca!

– To nie jest żadna bliskość, Nico. Ta teraz. Bądź uczciwa przynajmniej sama z sobą.

W pokoju obok był włączony stary telewizor Kristine, słychać było kiepską meksykańską aktorkę w kiepskim meksykańskim serialu, która mówiła do kiepskiego meksykańskiego aktora na tle kiepskiej meksykańskiej kiczowatej muzyki, że będzie go zawsze kochała i czekała na niego w swojej ukochanej hacjendzie, ale poślubić musi José Gilberta, ponieważ nie ma innego wyjścia.

– A co będzie z filmem?

Wiedziałam, że to pytanie pogorszy tylko atmosferę, ale musiałam je zadać.

– Z filmem, z filmem! Kogo interesuje ten film? Rozejrzyj się wokół, ocknij się!

– Ale przecież chcieliśmy...

– No już, wkładaj buty, trzeba wychodzić. Oni czekają.

Byłam na niego wściekła. Na kompromis, na który był gotów iść, na jego umiejętność przystosowywania się do wszystkiego, przede wszystkim jednak byłam wściekła, że nie udało mu się mnie zmienić. Poskromić. Sprawić, żebym znormalniała. Przeklinałam swoją wcześniejszą wierność wobec siebie samej, a także moją irracjonalność, głupotę, niekonsekwencję, nadzieję, że można zmienić rzeczywistość. Nadzieję, którą w ciągu kilku minut odebrał mi sadysta w opuszczonych nisko spodniach, gdy przyciskając mnie do starej maszyny drukarskiej, wykręcał mi ręce do tyłu. Jak to było możliwe, że człowiekowi, którego tak obsesyjnie kochałam, który opanował większość moich myśli, nadziei i wyobrażeń, nie udało się to, co udało się z łatwością temu strasznemu obcemu – złamać mnie, zniszczyć we mnie nadzieję, wiarę w sens oporu, w sens bycia bezkompromisową, wiarę we wszelki sens? I dlaczego, mimo mojego założenia, że bez tej nadziei łatwiej się żyje, poruszałam się teraz w życiu, jakbym ślizgała się po lodzie na sankach, którymi nie potrafię kierować, a Miro teraz nie umie ich zatrzymać? Dlaczego szłam na dno, nie czułam oparcia pod nogami, a on nie podawał mi ręki, choć mógłby mnie uratować?

I jednocześnie pojęłam, jak głupie było to, że się wściekałam. Jak niesprawiedliwe. On dostrzegał tylko niewidzialne skutki tamtej nocy. Fioletowe siniaki dawno już znikły. Lecz wszystko inne, co dostałam tamtej nocy w drukarni na wieczną pamiątkę, było nie tylko niewidoczne, ale również niemożliwe do wyrażenia. Jak więc mogłam od niego żądać, żeby zobaczył to, co niewidoczne, i wypowiedział to, czego sama nie umiałam wypowiedzieć? To nie było możliwe. Oczywiście poniósł przy mnie klęskę. Tak jak ja przegrywałam z sobą, z własną codziennością, z historią, z przyszłością, z moimi maksymami, z ludźmi z mego otoczenia, z moim krajem, z moim czasem, a teraz też z Mirem.

Dlaczego nie potrafił mnie po prostu przejrzeć, tak jak ja umiałam przejrzeć małe dziecko mojej siostry? Dlaczego to było dla niego takie trudne? Dla niego, który z uśmiechem, delikatnie, w żartobliwy sposób, z fantazją uczył mnie rok po roku, jak to jest marzyć o życiu, i który w swój pogodny sposób przekonał mnie do miłości. Który mnie oswoił. Lecz teraz, kiedy wkrótce miał dostać dyplom ukończenia studiów i zająć się nudnymi pozwoleniami na budowę, kiedy miał marzenia, których spełnienia był pewien, kiedy chciał świętować i opiewać lekkość życia, ja, zbyt uparta, zbyt mroczna, zgorzkniała, stałam mu się ciężarem.

Dlaczego już na początku naszego związku nie zdradził mi, że nasza miłość nie jest po to, by przetrzymać wojny, biedę, zimno, wyłączenia prądu, rozczarowania, a przede wszystkim jedną noc – noc w pustej drukarni, która służyła zupełnie, zupełnie innym celom niż drukowanie gazet!? Dlaczego nie ochronił mnie przed tą miłością? Jak miałam go przekonać, że się mylił, gdy ciągle mi zarzucał, że nie jego wybrałam!? Zdecydowałam się na niego od razu, wtedy gdy w pokoju telewizyjnym ośrodka narciarskiego czytałam mu *Wichrowe Wzgórza* i podróżowałam z nim przez różne kraje i epoki, i akceptowałam wszystko, co możliwe, co było do pomyślenia i co można było opisać. Było to moje życie, które stale trzymałam z dala od siebie, niezdolna wybrać jeden z niezliczonych wariantów mojego „ja" i bronić go, żyć zgodnie z nim. „Ze wszystkich wariantów twojego »ja« wybierz najbardziej niemożliwy", radził mi Dawid, i może to właśnie zrobiłam. Może to „ja" było akurat czymś najbardziej niemożliwym.

Nie mogłam pozwolić mu odejść, a iść z nim też nie mogłam. Uczepiłam się jego szyi, chwyciłam go za marynarkę, błagając, żeby został. Był zdenerwowany, uważał, że zachowuję się idiotycznie, nie mógł zrozumieć, że w tym momencie potrzebowałam, by ze mną został. Najpierw perswadował, żebym wzięła się w garść. Kiedy jego perswazja nie poskutkowała, zaczął opędzać się ode mnie, odpychać mnie, a kiedy i to nie pomogło, chwycił mnie, podniósł do góry i cisnął na ziemię. Uderzyłam głową o ścianę, osunęłam się i znieruchomiałam. Trzymałam się za głowę. Dyszał, patrzył na mnie wściekły, pokręcił z dezaprobatą głową, odwrócił się i wyszedł.

Miesiąc po porodzie Daria straciła pokarm. Potem zaczęła lunatykować – wstawała z łóżka i wędrowała po domu, a nawet po ogrodzie. Brodziła boso w śniegu w cienkiej, długiej nocnej koszuli. Jej cień płynął poprzez zimowy krajobraz z przykuwającą wzrok lekkością, jakby była Ofelią sunącą do strumienia. Macierzyństwo przywróciło jej zmatowiałą w małżeństwie urodę, dziecko obudziło w niej niepokojące poczucie wyższości. Pszeniczne włosy znowu sięgały pasa i zakrywały plecy, a cera przybrała barwę kości słoniowej. Troskliwie i ostrożnie sprowadzaliśmy ją do łóżka. Rano nie pamiętała, co działo się z nią w nocy. Elene i ja zaczęłyśmy na zmianę pełnić przy niej dyżury. Moja siostra zachowywała się jak tancerka na linie.

Daria dwa razy była z Anastazją w mieście, żeby pokazać córkę mężowi. Mówiła potem, że Lasza za każdym razem płakał, trzymając małą w ramionach. Opowiadała o tym z widoczną satysfakcją. Kiedy się jednak dowiedział, że Daria dała jej swoje nazwisko, odmówił dalszych ich wizyt. Przestała więc wymieniać jego imię. Z dnia na dzień przestała o nim mówić, jakby nigdy w jej życiu nie istniał, a my dostosowaliśmy się do niej i wypędziliśmy pamięć o Laszy z naszego domu.

Kilka dni przed sylwestrem Daria weszła rankiem do kuchni – Elene i ja pakowałyśmy właśnie torty Stazji, żeby zawieźć je do miasta – i oświadczyła, że pojedzie razem z nami. Nie wytrzyma ani sekundy dłużej w tym „zamku", potrzebuje ludzi wokół siebie. Matka przyjęła to z aprobatą. Policzki mojej siostry zaróżowiły się, kiedy z tylnego siedzenia auta obserwowała zimowy krajobraz. Ja też się cieszyłam, widząc jej ożywienie. Miałam nadzieję, że burze w jej duszy minęły. Wysadziłyśmy Darię gdzieś przy placu Lenina, który teraz nazywał się placem Wolności. Na zardzewiałym banerze widniała stara reklama cyrku z głupkowato uśmiechniętą twarzą klauna. W czasie wojny domowej przestrzelono klauna kilkoma kulami. Ktoś wyładował wściekłość na jego czerwonym nosie. Było mi go żal. Zostawiłyśmy torty w piwnicznym sklepie i pojechałyśmy w kierunku uniwersytetu.

Kiedy kilka godzin później wyszłam z uczelni, na przystanku autobusowym zauważyłam byłą żonę Laszy. Z ożywieniem rozmawiała z dwiema znajomymi. Wiedziona ciekawością, ostrożnie zbliżyłam się do nich. Na szczęście nie zwróciły na mnie uwagi. Ich rozmowa dotyczyła Laszy. Jego była żona opowiadała o fizjoterapii, jakiej właśnie się poddał, o postępach, jakie czynił, i o swojej nadziei, że pewnego dnia Lasza zacznie chodzić. Z widoczną dumą oznajmiła, że wzięła go do swego mieszkania, więc nie musi teraz już jeździć do jego rodziców, by się o niego troszczyć.

– A co z jego żoną? – zapytała jedna z kobiet.

– Z tą lafiryndą? Na szczęście Lasza wystarczająco szybko zauważył, w co się wplątał. Jego długi wzięły się stąd, że czuł się zmuszony zapewnić jej odpowiedni poziom życia, bo pani Jaszi była przyzwyczajona mieć rzeczy najlepsze z najlepszych. Opowiadał mi, jak go ośmieszała i kompromitowała, kiedy mieszkali w Moskwie. Całymi dniami z nim nie rozmawiała, gdy nie przynosił pieniędzy do domu, czy możecie to sobie wyobrazić? Biedak miał łzy w oczach, kiedy mi to opowiadał. Wiedziałam od początku, że ona nie przyniesie mu nic oprócz nieszczęścia. Myślę, że ona w ogóle nie ma pojęcia, czym jest miłość, chciała tylko sobie udowodnić, że go zdobędzie, że postawi na swoim, że on się ze mną rozwiedzie. Ale ja wiedziałam, że pewnego dnia Lasza przejrzy na oczy. Więc od tej strony patrząc, tragedia, która go spotkała, ma w sobie też coś pozytywnego.

Chętnie bym dopadła tę osóbkę, owinęła sobie jej włosy wokół ręki i przewróciła ją na ziemię, a potem wymierzyła jej najgłośniejszy i najmocniejszy policzek, ale byłam jak sparaliżowana. Nie znalazłam w sobie siły, żeby zwrócić na siebie uwagę ani jej odpowiedzieć. Stałam zawstydzona. Po pewnym czasie wszystkie trzy kobiety wsiadły do trolejbusu i odjechały.

Szukaliśmy Darii przez cztery dni. Cztery dni obdzwanialiśmy wszystkich jej znajomych. Moja matka dygotała z niepokoju, a Kostia nie potrafił utrzymać w ręce słuchawki telefonu. Czwartego dnia jedna z koleżanek Darii dała mi wreszcie adres, pod którym Daria mogła przebywać. Było to atelier na Nowym Mieście. Drzwi otworzył mi typ, który wyglądał, jakby właśnie zszedł z ringu bokserskiego. Nie wyjaśniając, kim jestem ani czego tu szukam, szybko go wyminęłam i przeszłam przez maleńki ogródek prowadzący do zadymionego pomieszczenia z wysokimi kolumnami. Bokser szedł za mną krok w krok. Tu i ówdzie stały niedokończone rzeźby, z wielkich głośników dobiegał głos Janis Joplin, śmierdziało marihuaną.

Na rozklekotanej kanapie nudziło się kilka dziewcząt w krótkich spódniczkach, które zabawiał opowiadaniem kawałów jakiś dowcipniś. Daria siedziała na oparciu kanapy i śmiała się jak wszystkie inne. Była pijana. Szarpnięciem zmusiłam ją do wstania i pójścia za mną. Wepchnęłam ją do auta. Od boksera pożyczyłam jakieś pieniądze, bo jazda za Darią po mieście wyczerpała zapasy benzyny w baku mojego auta, a ja nie miałam centa przy duszy.

Czy możesz sobie wyobrazić, co będzie:
Ten brak granic i wolność?
Desperacko potrzebuję czyjejś dłoni
W tym beznadziejnym świecie.

The Doors

– Co ty sobie właściwie wyobrażasz, że kim jesteś? Znowu chcesz grać rolę mojej nadzorczyni? Zostaw mnie w spokoju! Mam ochotę się upić, więc się upijam. Mogę robić, co chcę. Jakie masz prawo wtrącać się do moich wyborów, ty, która tak fatalnie dobierasz sobie przyjaciół?

– Co ci z tego przyjdzie, że się urżniesz i pohulasz z tymi artystami? Co to w ogóle za ludzie? Skąd ich wytrzasnęłaś? Nie jesteś przecież taka jak oni.

– Naprawdę? Więc kim jestem? Wspaniałą aktorką?

– Jesteś świetną aktorką, ale musisz na to dalej pracować. Kraj schodzi na psy, a ty nie jesteś jedyna, której gorzej się teraz powodzi, Daro.

– A ty uważasz, że wszystko wiesz lepiej. Myślisz, że złowiłaś świetnego faceta, który zawsze będzie cię kochał i prowadził z tobą intelektualne rozmowy, wspierał cię i nosił na rękach. Tak myślisz, prawda? Miro oszuka cię przy pierwszej lepszej okazji, porzuci jak śmieć, ominie cię i pójdzie dalej. Oni wszyscy są tacy. Tak, tak, nasza genialna dziewczynka ciągle jeszcze myśli, że zmieni świat...

– Nie mam powodu, żeby się niepokoić, iż Miro opuści mnie przy pierwszej lepszej okazji. Nie wszyscy są tacy, Dario.

Zaśmiała mi się w twarz.

– Och, biedna, mała dziewczynka nie wierzy w to, co mówię, wierzy wyłącznie w dobro w człowieku! Tak, masz samych szlachetnych przyjaciół. Małych bohaterów. Sama jesteś jednym z nich.

– Daj spokój z tą zgryźliwością. Przecież nie jesteś taka.

– Ach, zapomniałam: ty jesteś nad wszystkimi i nad wszystkim. Ale wystarczy kilka rozczarowań, kilka bohaterskich czynów, które nie przyniosą ci szczęścia, kilka ukłuć w sercu, wystarczy głębsze wejrzenie w świat myśli twego poczciwego przyjaciela i skończy się bycie dobrym człowiekiem, Nico.

– Myślisz, że nie przeżyłam w życiu rozczarowania? Czy pocieszy cię, jeśli ci powiem, że...

– Zachowaj swoje cierpienia dla siebie, proszę, mam dosyć własnych.

– Twoje cierpienie! Nic nie może się równać z twoim nieudanym małżeństwem, tak? Wybacz, że muszę cię rozczarować, ale nie wszyscy ludzie to takie świnie jak twój ubóstwiany przez ciebie małżonek.

– A jednak! Twój święty Miro nie jest lepszy. Założymy się?

Coś w sposobie, w jaki to powiedziała, łobuzerski uśmiech, niezdrowa radość obudziły we mnie niepokój. Poczułam chłód w ciele. Nic nie odpowiedziałam, wyszłam z jej pokoju.

Z tarasu dobiegały słowa kołysanki śpiewanej przez dużą Stazję małej Anastazji.

Choć moja złość na Darię była tak wielka, że postanowiłam nigdy więcej jej nie szukać, nie prowadzić zataczającej się do auta i nie odwozić po cichu do domu, nie wytrzymałam w tym postanowieniu nawet doby. Znów pojechałam do atelier i znowu ją stamtąd zabrałam. Nawet Stazja upominała mnie, żebym zostawiła Darię w spokoju. Aleko radził, by pozwolić jej się wyszumieć, zapomnieć o smutkach, ale ja nie potrafiłam. Stawałam się chora, gdy sobie wyobraziłam, jak zatraca się w zapomnieniu i jak brak jej odpowiedzialności. Dziś widzę, że skupiając się na Darii, uciekałam od własnych problemów: obce miejsca, które poznawałam, szukając Darii, odciągały mnie od powrotu do spraw, do których nie chciałam wracać. Przez wiele godzin udawało mi się nie myśleć o tym, co stało się w drukarni. Myśląc o Darii, nie musiałam myśleć o problemach z Mirem. Od czasu ostatniej kłótni Miro wyraźnie mnie unikał, zrobił się bardzo zajęty i często wynajdywał wymówki usprawiedliwiające jego brak czasu dla mnie.

Pewnego ranka, kiedy na prośbę Kostii Daria przebywała w Zielonym Domu i przez trzy dni z rzędu go nie opuszczała, znalazłam ją na tarasie opatuloną w koc, ze wzrokiem utkwionym nieruchomo w dali. Po twarzy spływały jej łzy.

Potrzebowała dłuższej chwili, by wreszcie wyznać, że dowiedziała się od rodziców Laszy, iż jego była żona wynajęła mieszkanie, sprowadziła do niego Laszę i zapewniła mu opiekę pielęgniarską. Wspierał ją finansowo ojciec, który pracował w Ministerstwie Energii i Infrastruktury. Potem Daria dodała, nie patrząc na mnie, że Lasza poprosił ją o rozwód. Jego była żona chce być znowu aktualną żoną.

Tego samego wieczoru, kiedy wszyscy już spali, Daria znikła z domu, a następnego ranka usłyszałam w słuchawce wzburzony głos byłej żony Laszy. Domagała się, bym zechciała z łaski swojej odholować moją pijaną siostrę lafiryndę, która pojawiła się pod blokiem, gdzie ona i Lasza mają nowe mieszkanie (nie zapomniała podkreślić tego szczegółu). Mówiła, że Daria obudziła wszystkich sąsiadów, wykrzykując imię Laszy. Potem, kiedy znalazła właściwą klatkę schodową, biła pięściami w drzwi ich mieszkania i wołała Laszę. Płakała, że go kocha i że popełniła błąd. Ściągnęła z siebie pulower i krzyczała, że Lasza powinien zobaczyć, co traci. W tym miejscu zakryłam usta ręką, żeby powstrzymać odruch wymiotny. Coś we mnie pękło, eksplodowało. Nie wiem, czy było to upokorzenie, które Daria zafundowała mi swoim bezsensownym, oszalałym zachowaniem, czy też moja własna bezsilność, że nie potrafię jej pomóc.

W kolejnych tygodniach musiałam jeszcze kilka razy sprowadzać siostrę z najdziwniejszych mieszkań. Poznawałam najodleglejsze miejsca w mieście i przedmieścia. Najczęściej znajdowałam ją w atelier rzeźbiarskim na Nowym Mieście. Tam znalazła teraz swoją przystań. Stopniowo poznawałam też większość tych, którzy tam się pojawiali – ludzi marzących o karierze artysty, byłych mchedrionistów uzależnionych od heroiny, wesołych studentów, którzy sprzedali albo oddali w zastaw wszystko, co posiadali, i teraz, goli jak święci tureccy, nie mieli żadnych planów poza tym, żeby z kilku podobnymi sobie miło przepędzić czas. Zabawianie się było dla nich jedynym dowodem na to, że jeszcze żyją.

Elene, która patrząc na swą córkę, schudła z powodu trosk i wyglądała jak cień, prowadziła Darię do lekarzy i różnych zielarek, nawet do jasnowidza, a przy tym jeszcze musiała godzić udzielanie prywatnych lekcji z dostarczaniem tortów do sklepu. Daria pozwalała się nawet badać, wzięła udział w terapii psychologicznej, ale nadal znikała wieczorami z domu.

Czasami tylko, kiedy trzymała na rękach małą córeczkę i coś do niej szeptała, kiedy patrzyła na jej śmiejącą się buzię albo karmiła ją czerwoną plastikową łyżeczką, stawała się pogodna. We mnie ożywała wtedy nadzieja, że moja siostra wkrótce skończy z niefrasobliwym życiem, że obecny jej stan nie jest nieodwracalny. W takich chwilach wierzyłam, że znowu wróci jej dawny wdzięk i ufność wobec ludzi i życia.

Lecz takie momenty mijały równie szybko i nieoczekiwanie, jak się pojawiały. Musiałyśmy powiedzieć sobie z Elene, że nie uda nam się zatrzymać Darii w jej pędzie do samozniszczenia, i zdecydowałyśmy się zmienić taktykę. Postanowiłam być jeszcze bliżej niej i uczestniczyć wraz z nią w jej nocnych wypadach. Myślałam, że kiedy będę wszędzie tam, gdzie ona, kiedy będę miała na nią oko, ocalę ją od kolejnych katastrof.

W tamtym czasie w naszej matce na nowo zrodziła się tęsknota za Bogiem. Elene widziała swą bezsilność wobec Darii i to, że jej córce nie pomógł żaden lekarz ani zielarz. Zwróciła się więc do siły wyższej, od której spodziewała się pomocy. Tak, tu potrzebny był Bóg. Najpierw rozpoczęła post, co wydało mi się niezrozumiałą prowokacją w sytuacji powszechnego w tamtym czasie niedostatku żywności. Potem zobaczyłam ją zatopioną w Biblii. Coraz więcej czasu spędzała w cerkwi, a jedna ze ścian w naszym pokoju gościnnym zamieniła się w ikonostas. Elene wierzyła, że gdy nikt z ludzi nie potrafił pomóc jej córce, uczyni to Bóg.

Czas zdawał się sprzyjać jej nastawieniu. Cerkiew zyskiwała w owych latach tłumy wiernych. Skutkiem ucisku i prześladowań religii trwających przez siedemdziesiąt lat był teraz wybuch religijności – masy ludzi zapełniły stare oraz nowe świątynie i coraz więcej osób wieszało w domach ikony, coraz więcej bezrobotnych weteranów wojennych i mchedrionistów znajdowało nowe powołanie – wdziewało czarne habity i głosiło Ewangelię. Zarówno Aleko, wstrząśnięty pobożnością swej żony, jak i Kostia, zdeklarowany ateista i komunista, byli bezsilni.

Był marzec albo kwiecień, nie pamiętam dokładnie, kiedy po raz pierwszy do atelier przyszedł Miro. Miro kupił sobie właśnie starą hondę i był dumny z tego nabytku. Nowa praca poprawiła nieco jego samopoczucie. Zarabiał, cieszył się uznaniem, robił plany na przyszłość i zaczął sprawiać wrażenie początkującego patriarchy. Zmienił nawet styl ubierania. Coraz rzadziej spotykał się z dawnymi kolegami z toru gokartowego, coraz częściej natomiast z nieznanymi mi, dobrze ubranymi młodymi mężczyznami, którzy wyglądali na biznesmenów. Miro zadzwonił i oznajmił, że chce mnie zaprosić do szykownej restauracji w hotelu Metechi. Odparłam, że nie powinien trwonić ciężko zarobionych pieniędzy, lecz w gruncie rzeczy ucieszyłam się, słysząc, że jest radosny. Czułam, jak bardzo się za nim stęskniłam. Umówiliśmy się więc na wieczór. Jakiś czas potem zadzwoniła jednak moja matka, prosząc, bym sprowadziła do domu Darię. Daria od rana szalała, na jej oczach potłukła naczynia, a potem wyszła z domu. Byłam wściekła.

Piękny wieczór z Mirem odpływał w siną dal. Lecz matka błagała mnie o pomoc. Nie mogłam jej odmówić.

W aucie opisałam Mirowi sytuację, prosząc, żeby pomógł mi przyholować Darię, choć miałam opory, żeby zabierać go w to przeklęte miejsce. Ku mojemu zaskoczeniu Miro chętnie się zgodził, mówiąc, że od dawna się zastanawiał, gdzie się ostatnio podziewam, i zawiózł mnie do atelier. Zebrane tam towarzystwo siedziało przy długim stole i jadło zupę ugotowaną przez Darię. Moja siostra miała na sobie fartuch, ładnie upięte włosy, jej oczy lśniły. Tego wieczoru Daria wcieliła się w rolę perfekcyjnej gospodyni i widziałam, że dobrze się w tej roli czuje. Przytuliła mnie serdecznie na powitanie, Mira objęła ramieniem i przedstawiła go każdemu z siedzących przy stole.

Przez chwilę przeklinałam matkę i panikę, którą wywołała. Daria nie sprawiała wrażenia niezrównoważonej osoby, która straciła nad sobą kontrolę. Przeciwnie, tak spokojnej i uroczej jak tego wieczoru nie widziałam jej od dawna. Miała na sobie niebieską sukienkę do kolan, usta pociągnięte szminką. Nie widziałam potrzeby interweniowania, więc pomyślałam, że mogę sobie pozwolić na wieczór z Mirem. Wzięłam go pod rękę i pociągnęłam w stronę wyjścia, życząc wszystkim miłego wieczoru. Miro jednak zatrzymał się i szepnął mi do ucha, żebyśmy zostali – tu jest przyjemnie, ludzie są tak przyjaźni, a Daria będzie z pewnością rozczarowana, jeśli nie skosztujemy jej zupy. Wydało mi się to dziwne. Kiedy wreszcie nadarzała się możliwość, żeby się stąd urwać, ten, z którym chciałam pobyć sam na sam, wolał bawić się z innymi.

– To kompletnie głupie, Miro. Chodźmy stąd.

– Ale dlaczego? Jest bardzo sympatycznie. No, daj się przekonać, innym razem pójdziemy do restauracji. Będzie niegrzecznie, jeśli teraz stąd wyjdziemy.

W tym momencie Daria stanęła przy Mirze i pociągnęła go do stołu. Nie pozostało mi nic innego, jak pogodzić się z sytuacją. Różne rzeczy mogłam sobie wyobrazić, ale nigdy tego, że Miro będzie się czuł dobrze w takim towarzystwie.

Kiedy zajął miejsce przy stole i zobaczyłam, jak szybko nawiązuje kontakt z innymi, jak żartuje i jest szarmancki wobec kobiet, zrozumiałam jego sympatię dla tych ludzi. Brakowało mu dawnej, swobodnej atmosfery parku przy zoo. W głębi duszy tęsknił za czasem, kiedy nie był za nic odpowiedzialny, gdy mógł być lekkomyślny. Tęsknił za dawnymi przyjaciółmi, z którymi na pewno nie rozmawiał o planach budowlanych, tylko o pięknych dziewczynach i szybkich samochodach. Brakowało mu tej beztroskiej radości wśród przyjaciół. Pojęłam, że nie powinnam się dąsać i muszę mu pozwolić na ten chwilowy powrót do atmosfery z przeszłości.

Miro pił, nie opuszczając żadnej kolejki, opowiadał najlepsze dowcipy, jakie znał, zabawiał całe towarzystwo i błyszczał. Daria była wyraźnie pod wrażeniem jego swobody i trzymała się blisko niego. Nigdy wcześniej się nim nie interesowała. Na tle otaczających ją wówczas ludzi Miro musiał się jej wydawać zbyt szary. W pewnym momencie zaczęły się śpiewy i głupawe toasty. Byłam szczęśliwa, widząc Mira takiego jak za dawnych czasów. Śmiałam się z jego dowcipów, wieszałam mu się na szyi, piłam bruderszafty, chichotałam i trajkotałam ze wszystkimi wokół. Tak dobrze było o wszystkim zapomnieć, po prostu cieszyć się chwilą. Tańczyłam z Mirem, z Darią, z bokserem. A kiedy wczesnym rankiem we troje z Mirem i Darią siedzieliśmy na tylnym siedzeniu taksówki i jechaliśmy przez miasto na wpół jeszcze pogrążone w ciemności, po raz pierwszy od dawna miałam poczucie, że życie jest piękne. Położyłam głowę na ramieniu Mira, trzymając jednocześnie mocno za rękę Darię.

Od tamtego wieczoru Miro ciągle suszył mi głowę, żebyśmy znowu poszli do atelier. Próbowałam mu tłumaczyć, że trafił wtedy na jedno z najbardziej udanych spotkań, że nie zawsze jest tam tak sympatycznie, że bywalcy często przeciągają strunę i Daria też nie zawsze jest tak miła jak tamtego wieczoru. Ale nie chciał słuchać. Wynajdywałam wymówki, żeby tam nie iść, i na pewien czas odcięłam się od tamtych ludzi. W końcu jednak Miro zaczął tam bywać sam. Nie musiałam go wcale pytać, co zamierza robić wieczorem – odpowiedź była wiadoma. Zostawałam wtedy w Zielonym Domu, próbując pisać. Chodziłam na niewykończony taras, spuszczałam nogi i majtałam nimi w powietrzu. Obserwowałam śpiącą Anastazję. Czytałam albo patrzyłam na rozgwieżdżone niebo. Próbowałam uciszyć potworną pustkę, jaką w sobie miałam, szukając słów, zdań i historii. Udawało mi się to tylko chwilowo.

Brakowało mi Dawida. W myślach toczyłam z nim rozmowy. Dałam się kusić zapachowi czekolady dochodzącemu z kuchni i asystowałam Stazji, obserwując jej zręczność przy pieczeniu tortów. Pomagałam matce zawozić torty do miasta. Kiedy jechałyśmy autem, musiałam tylko pilnować, żeby nie mówiła w kółko o tym, jak ważna jest wiara i oczyszczające posty.

Bez przekonania i chęci chodziłam na uniwersytet. Był to ostatni rok, który miałam do zaliczenia. Tylko kilka miesięcy. Bojkotowałam wykłady profesora, tego, który mi proponował wyjazd do Abchazji, nie przeczuwając oczywiście, że swoją Abchazję znajdę w opuszczonej drukarni na Nowym Mieście. Jeśli pojawiałam się w atelier, grałam niefrasobliwą osóbkę, pozwalałam całować się Mirowi i masować sobie plecy, piłam tanią wódkę. Dałam się namówić bokserowi i jego kompanom na tańczenie sirtaki, kiedy wszystkim nam szumiało już w głowach.

Świat albo kręcił się z podwójną szybkością, albo przestawał się kręcić – nie wiedziałam, jak jest, i było mi to obojętne. Nie potrafiłam niczego powstrzymać i niczego ocalić. Nie potrafiłam skierować biegu spraw na inne tory, dobrze wychodziło mi tylko kierowanie moim autem.

Miro się zmienił. Pobłażał sobie. Zaniedbał pracę. Rozbił swoje nowe auto, gdy po pijanemu wjechał na słup telefoniczny. Chwytał mnie za rękę i ciągnął do toalety, gdzie wkładał mi rękę pod spódnicę i lizał mnie po szyi. Nie miałam siły stawiać oporu, po prostu zgadzałam się na to. To, co kiedyś tak bardzo lubiłam, stawało mi się obojętne.

Kwiecień przyniósł falę upałów. Nie było czym oddychać. Spaliny samochodów – najczęściej zachodnich marek, które w swoich krajach nie byłyby już dopuszczone do ruchu drogowego i sprzedawano je na Wschód – pogarszały sytuację. Lecz w towarzystwie zbierającym się w atelier upały nie osłabiły chęci do szalonych wieczorów. Jeszcze głośniej nastawiano muzykę. Otwierano na oścież okna i drzwi. Spódnice i sukienki stały się kuse. Obficiej płynął alkohol i hojniej brano narkotyki. A ja – ja czułam, że brakuje mi sił. W czerwcu czekały mnie egzaminy końcowe, tymczasem w związku z nimi kompletnie nic nie robiłam. Stale przesuwałam terminy oddania obowiązkowych referatów. A mężczyzna, przy którym mogłam się kiedyś wypłakiwać, sam stał się powodem mojego niepokoju. Nie ingerowałam już, gdy kilku gości brało się w atelier za łby albo gdy któryś z nich zemdlał w toalecie. Nie zwracałam już uwagi, kiedy bokser sięgał pod sukienkę mojej siostry. Siedziałam cicho w kącie i czytałam, a gdy hałas rozmów i upał stawały się nieznośne, zamykałam się w łazience i zatykałam uszy, aż minęło najgorsze.

Dziś, kiedy myślę o tych gorących wiosennych dniach, gdy próbuję – ciągle i na nowo – odtworzyć tę jedną noc, myślę, że dopuściłam do tego, co się stało. Że przeczułam to w jakiś przeklęty, nieokreślenie intuicyjny sposób i nie chciałam temu przeciwdziałać. Może w głębi duszy miałam na to nadzieję, przywoływałam, pragnąc, żeby się stało. Może szukałam poważnego powodu, żeby wreszcie skończyć z rolą strażniczki i opiekunki własnej siostry. Nie mogłam uciec ani zostać, byłam schwytana między śmiech Darii a jej cierpienie, które zaczynało się zawsze z nastaniem dnia. Między moje „nie" a jej „tak". Między moją tęsknotę za czymś świętym a jej potrzebę niszczenia. Schwytana między jej dążenie do autodestrukcji a moje pragnienie, żeby ją od tego powstrzymać. Kiedy myślę o tej nocy, stwierdzam, że nie chciałam widzieć, że konsekwentnie do tego dążyłam. Tak, taka właśnie byłam, Brilko.

Przez cały wieczór byłam zdenerwowana. Chciałam wracać do domu. Chciałam pójść spać. Zamiast tego tkwiłam w tej spelunie i zajmowałam się wszystkim, tylko nie sobą i swoimi problemami. Na szczęście tego wieczoru nie było ze mną Mira. O jedno zmartwienie mniej, pomyślałam i postanowiłam się napić, jeśli już miałam tu spędzić kilka godzin. Daria grała z innymi w Super Mario, najbardziej ekscytującą grę od czasu wynalezienia wideo. Po chwili gorzki płyn zaczął palić mnie w gardle.

W jakimś momencie chwyciłam Darię za rękaw, prosząc, żeby wróciła ze mną do domu. Opędzała się ode mnie, zaaferowana grą. Ponieważ mnie ignorowała, znalazłam w kuchni pustą butelkę, napełniłam ją wodą i wylałam jej na głowę. Daria zerwała się z miejsca i wrzasnęła, że straciłam rozum i mam się wynosić. Złapałam ją za nadgarstki i przewróciłam na podłogę. Potem skoczyłam na nią, przycisnęłam i krzyknęłam, że ma natychmiast ze mną wyjść.

Teraz doskoczył do mnie bokser, chwycił mnie z tyłu i oderwał od niej. Zaczęłam go wyzywać i okładać pięściami. Straciłam nad sobą kontrolę. W końcu udało mu się wypchnąć mnie za drzwi i zatrzasnąć mi je przed nosem. Poszłam do auta, zapaliłam motor i znowu wyłączyłam. Czułam, że nie jestem zdolna, żeby prowadzić. Wysiadłam i zaczęłam biec. Biegłam bez celu, przed siebie, czując, że nie mogę stać w miejscu. Biegłam, nie wiedząc, gdzie jestem. Zlana potem, przysiadłam wreszcie na jakiejś ławce. Było bardzo późno, metro już nie kursowało. Było nieprzyjemnie. Postanowiłam wrócić i wsiąść do auta. Trasa do Elene była zbyt długa, żeby iść na piechotę. Poza tym byłam wyczerpana.

Minęła może godzina, zanim znowu znalazłam się przy swoim samochodzie. Po drodze zdążyłam ochłonąć i żałowałam swojego zachowania. Powinnam działać rozumnie. Muszę spróbować jeszcze raz namówić Darię do powrotu do domu.

Gdy podeszłam do auta, zauważyłam, że przed domem zaparkowany jest tylko samochód Mira, co mnie niemile zaskoczyło.

Drzwi atelier były otwarte, bez trudu weszłam do środka. Z uniesioną wysoko głową minęłam boksera, ignorując zdziwione komentarze niektórych kobiet. Szukałam wzrokiem Darii, lecz nigdzie jej nie było. Nie było też Mira. Pijana dziewczyna, która siedziała w kuchni i z nieobecnym wyrazem twarzy gryzła pestki słonecznika, nie miała pojęcia, gdzie może być moja siostra. Kiedy już miałam wychodzić, zauważyłam wąskie drzwi w przedpokoju. Otwarłam je. Za drzwiami były schody prowadzące do piwnicy. Zeszłam nimi na dół, macając rękoma ścianę, bo nie znalazłam kontaktu. Usłyszałam przyciszone głosy, a potem chichot. Poznałam głos Darii. Zaciekawiona spojrzałam w głąb wąskiej piwnicy. Zobaczyłam ich stojących w samym rogu. Zamknęłam oczy, mając nadzieję, że to, co widzę, jest urojeniem. Kiedy otworzyłam oczy, zobaczyłam Darię, która jedną ręką obejmowała Mira za szyję, a drugą zanurzała w jego włosach. Jego ręce były wszędzie na jej ciele. Ona sprawiała wrażenie dalekiej od namiętności, on natomiast był wyraźnie podniecony. Tak dobrze go znałam. Dobrze wiedziałam, co czuje. Całował ją tak, jak od dawna już mnie nie całował.

Czułam, że nogi mam jak z waty, w ustach poczułam gorycz. Nie zdawałam sobie sprawy, że tak smakuje zdrada. Z gardła wyrwał mi się cichy skowyt. Miro gwałtownie wypuścił Darię z objęć i obejrzał się. Nie było sensu się ukrywać. Zrobiłam krok w przód. Daria stała nieporuszona, patrząc mi zimno w twarz, podczas gdy Miro zamruczał coś do siebie i uderzył się dłonią w czoło.

Po chwili ciężkiej ciszy, długiej jak wieczność, Daria powiedziała drżącym, ochrypłym głosem:

– Czy teraz... czy teraz zostawisz mnie wreszcie w spokoju?

Miro spojrzał na nią niepewnie, nic nie rozumiejąc. Był w tym momencie jednym wielkim wstydem. Wzrok wbił w podłogę, potem zebrał się na odwagę i zrobił krok w moją stronę, ale ja gestem pokazałam mu, żeby się nie zbliżał. Dziwne, lecz w tamtym momencie było mi go żal. Urazę czułam tylko do Darii. Chciałam, żeby umarła, żałowałam, że zapewniałam ją kiedyś o swojej miłości, żałowałam, że przyjeżdżałam tu za nią. Żałowałam, że umożliwiłam jej udział w jej pierwszym, decydującym filmie. Odwróciłam się na pięcie i wybiegłam z piwnicy. Dopiero następnego ranka, kiedy weszłam do kuchni i zobaczyłam tam zapłakaną Elene, którą Nana kołysała w ramionach jak dziecko, dowiedziałam się, że poprzedniego wieczoru z przedawkowania narkotyków zmarł Lasza. Daria wiedziała o tym, grając w Super Mario i schodząc z Mirem do piwnicy.

Przez następne tygodnie nie opuszczałam Zielonego Domu. Kiedy Miro dzwonił, kazałam mówić domownikom, że nie chcę go widzieć, a gdy raz do nas przyjechał, poprosiłam Kostię, żeby wyszedł do bramy i powiedział mu, że nikt go tu nie oczekuje. Elene i Aleko przywieźli w końcu Darię, która piła nieprzerwanie od dwóch tygodni. Zamknęli ją w domu. Elene została w Zielonym Domu i pilnowała jej. Karmiła ją, usunęła z domu wszelkie zapasy alkoholu, sprowadziła lekarza, który przepisał Darii jakieś tabletki uspokajające.

Śmierć Laszy była początkiem końca Darii. Obojętnie, jak usilnie inni chcieli ją zatrzymać, zmierzała konsekwentnie w tym kierunku. Wiedziałam o tym, widziałam to, ale nie mogłam i nie chciałam nic przedsięwziąć. Kiedy mojej siostrze udało się wytrzymać przez kilka dni bez alkoholu, kiedy znowu zaczynała mieć apetyt i bawić się ze swoją małą córeczką, wkrótce – jakby to było z góry zaprogramowane – pojawiało się nagłe załamanie. Wyciągała wtedy pieniądze z torby Elene, wykradała się do jedynego we wsi sklepiku i kupowała wódkę. Gdy zmusiliśmy właściciela sklepiku, żeby nie sprzedawał jej alkoholu, znalazła chłopa, u którego nabywała domową czaczę.

Którejś nocy, nie mogąc spać, wyszłam na taras i dojrzałam stamtąd, jak Daria wymyka się przez bramę. Przy bramie zauważyłam jakąś nieznaną postać. Postać podała jej coś, co było owinięte w papier i miło szeleściło w rękach. Nietrudno odgadnąć, co to było.

Sierpień był nadzwyczaj upalny. Ciągle kładłam sobie wilgotne kompresy na twarz, bo w domu nie mieliśmy sprawnie działających wentylatorów, a strych był niemożliwie nagrzany. Snułam się po domu niespokojnie, nie mogłam spać. Po kuchni walały się nieumyte miski i garnki. Stazja piekła swoje torty. Z wiekiem pogłębiła się jej nieostrożność: zostawiała resztki gorącej czekolady na kuchence gazowej w małej miseczce. Nie mogłam się im oprzeć. Brałam te resztki i szłam na taras.

Raz, kiedy weszłam na górę, zobaczyłam palącą się świeczkę. Na moim ulubionym miejscu siedziała Daria, majtając nogami i jedząc melona. Chciałam zawrócić, ale poprosiła, żebym została. Podeszłam do niej i usiadłam trochę z boku, na brzegu.

Postawiłam miseczkę obok siebie. Zapachowi czekolady nie można było się oprzeć. Nie mogąc już wytrzymać, włożyłam palce do miski z czekoladą.

– Czy to jest ta czekolada, której nie wolno kosztować? – zapytała, uśmiechając się.

Nie pamiętam już, kiedy widziałam ją uśmiechającą się.

– Tak.

– Mogę spróbować?

Wzruszyłam ramionami i podsunęłam jej miseczkę. Nachyliła się i zanurzyła palec w czarnej masie.

– Stazja uważa, że ta czekolada sprowadza na człowieka przekleństwo – ostrzegłam.

– Niebo w ustach! – jęknęła Daria.

Łapczywie wylizywałyśmy naczynie do czysta.

– A ty? – zapytała. – Ty też tak uważasz?

– Że czekolada jest niebezpieczna? Jeśli mam być szczera, uważam, że my same jesteśmy już wystarczająco przeklęte i nie musimy przejmować się tym przekleństwem. To przynajmniej, w odróżnieniu od innych przekleństw, smakuje bosko.

Daria się zaśmiała.

– Chciałabym, żeby Anastazja była inna. Żeby miała jak najmniej ze mnie.

– To minie. Te przekleństwa i inne zło.

– Mnie od zawsze doprowadzało to do wściekłości! Jak ja tego w tobie nienawidziłam...

– Co masz na myśli?

– Że ty... że ty ciągle próbujesz robić wszystko jak należy. Że w ogóle tu siedzisz i rozmawiasz ze mną. Dlaczego mnie nie nienawidzisz?

– Kto ci powiedział, że tak nie jest?

– Ach, daj spokój. Nigdy nie rozumiałam, jak to możliwe. Ktoś cię krzywdzi, a ty się podnosisz jak wańka-wstańka i robisz swoje. Kiedyś jednak przecież i ty stracisz siły. Tak przecież nie da się postępować bez końca. Iść ciągle dalej, nigdy nie ustając, zawsze będąc przygotowana. Na najgorsze.

– Źle mnie oceniasz.

– Nie, to prawda. Mam nadzieję, że wiesz, dlaczego tak się wtedy zachowałam. Nie zamierzałam zadać ci bólu.

Poczułam pot na czole. Nie chciałam o tym rozmawiać, nie byłam na to gotowa, ale skinęłam głową. I tak przesiedziałyśmy do bladego świtu w naszym ulubionym miejscu, jedynym, które nam jeszcze pozostało, i rozmawiałyśmy krótko o tym, co się zdarzyło. Obie czułyśmy, że pewnych rzeczy nie jesteśmy już w stanie przemóc, że obie zawiodłyśmy, że popełniłyśmy wiele okropnych błędów.

Niebo przybrało niezwykły odcień, jaki zdarza się tylko w naszych stronach. Gdybym sama odkryła tę barwę, nadałabym jej nazwę zepsutego świata. Zepsutego i pięknego.

– Nie. Tobie to się nie zdarzy. Nigdy – powiedziała nagle.

– Co mi się nie zdarzy?

– Nigdy nie stracisz sił.

Minęło dziewięć wschodów słońca i moja siostra zakończyła życie. W nocy przed jej śmiercią potajemny dostawca alkoholu przyniósł jej kolejną butelkę, a ona wypiła ją na tarasie. Zerwał się wiatr i męczący upał zelżał. Spałam w swoim łóżku. Akurat tamtej nocy mnie przy niej nie było.

Daria wypiła wódkę i spadła z tarasu. Upadła skronią na twardą, suchą sierpniową ziemię. Spadła z tarasu, który nigdy nie został wykończony i nie miał poręczy. Z tarasu, który jej, naszej matce i mnie zawsze służył za schronienie, gdzie snułyśmy marzenia, gdzie lizałyśmy rany, gdzie wyparowywała z nas złość i gdzie chłonęłyśmy urodę nieba, które było tam blisko, jakby na wyciągnięcie ręki.

Stazja znalazła Darię wczesnym rankiem, leżącą z twarzą zwróconą do ziemi. Daria miała rozkrzyżowane ręce, jakby spadając, chciała nauczyć się latać. Jakby balansowała na niewidzialnej linie.

Stazja zastukała wtedy w moje okno, wyrywając mnie ze snu. Spałam głęboko i mocno, jak od dawna mi się nie zdarzyło. Ziewając, przeciągnęłam się, widząc za oknem słońce, i nie przeczuwając niczego, wyszłam na zewnątrz. Wyraz twarzy Stazji powiedział mi wszystko, zanim zobaczyłam leżące na ziemi ciało mojej siostry. Stazja klęczała przed Darią, trzymała jej głowę na swoich kolanach, ściskała ją za ramiona i kołysała. Jej usta układały się w bezdźwięczne słowa. Co chwila całowała czoło i ręce Darii i głaskała jej włosy.

Pamiętam tylko, że w mojej głowie, zanim naprawdę dotarło do mnie to, co się stało, pojawiła się myśl, że Kostia nie może zobaczyć tego miejsca, które teraz prześwietlało słońce. Nie mogę dopuścić do tego, żeby Kostia i Elene zobaczyli tę scenę. Muszę oderwać Stazję od Darii. Okryć Darię, zanieść ją do pokoju, zmusić ją do wstania. Tak, Daria na pewno jest nieprzytomna, na pewno za dużo wypiła, dlatego teraz się nie rusza, Stazja na pewno nie rozumie, że Daria odsypia wczorajsze pijaństwo.

Uklękłam przy siostrze i zaczęłam nią potrząsać.

– Wstawaj! – zawołałam. – No wstawaj, głupia krowo, tylko strachu nam napędzasz – kwiliłam.

Stazja przytuliła moją głowę do piersi.

– Nie, Nico, nie, słoneczko, ona już nie wstanie, już nie potrafi, zostaw ją, zostaw.

Wypowiadała te słowa jak litanię, monotonnie, spokojnie, na jednej nucie. Ale ja nie dawałam się przekonać. Odwróciłam głowę Darii i zobaczyłam krew na jej skroni, zobaczyłam w jej rysach zastygłą śmierć, fioletowe usta i bezlitośnie oświetlone słońcem powieki. Jednak nawet wtedy nie chciałam przyjąć do wiadomości, że nie żyje. Próbowałam postawić ją na nogi.

Stazja wymierzyła mi w końcu policzek i zmusiła, żebym oprzytomniała.

– Ona nie żyje! Nic nie jesteśmy w stanie zrobić!

– Skąd wiesz? Jesteś lekarzem!? Trzeba ją zawieźć do szpitala, musimy...

– Znam się na zmarłych, Nico. Znam się na nich – powiedziała Stazja, a ja struchlałam.

Potem odeszłam na bok i zwymiotowałam. Stazja kazała mi zostać, ale niczego nie robić na własną rękę, i pobiegła do domu, żeby zadzwonić po Aleka. Nie wiem, ile czasu minęło, zanim Aleko się pojawił. Na szczęście nikt z domowników jeszcze się nie zbudził, mijały minuty, a może godziny, a my siedziałyśmy pochylone nad Darią, zasłaniając sobą jej ciało od słońca.

Pamiętam też, że miałam na tyle rozsądku, że gdy zobaczyłam nadchodzącego Aleka, podbiegłam do niego i położyłam mu rękę na ustach, żeby nie krzyknął.

– Musisz mi pomóc przenieść ją do pokoju. Dopóki mama i Kostia jeszcze śpią. Zaraz. Musisz mi pomóc.

Nie zapomnę jego spojrzenia. Nigdy. Popatrzył na mnie, a ja wiedziałam, że w tym momencie zadawał sobie pytanie, jak w obliczu tego, co się zdarzyło, potrafię być przytomna, myśleć o Elene i Kostii i co ze mnie w ogóle za człowiek.

Umieranie – wiem, że już się stało,
jednak i życie było kiedyś.

Siergiej Jesienin

Śmierć położyła się na naszych powiekach, na naszej skórze jak warstwa kurzu. Wszyscy byliśmy jej zakładnikami. Czułam ją wszędzie. Zastanawiało mnie, czy w naszym domu istnieje jeszcze granica między życiem i śmiercią i czy my, domownicy, już od dawna nie jesteśmy martwi, tylko po prostu o tym nie wiemy.

Czułam, że śmierć Darii rozprzestrzenia się niczym nieuleczalna choroba, która zaatakowała nas wszystkich. Jedyna różnica polegała na tym, że każdy miał inne objawy tej choroby. Każdy z nas był chory na swój sposób.

Widok Darii z pokrwawioną skronią odebrał mojej prababce Stazji ostatnie siły życiowe, moja babka Nana była bliska załamania pod ciężarem śmierci wnuczki, Aleko przemykał po domu na palcach, mała Anastazja, która wcześniej przejawiała nadzwyczaj spokojne usposobienie, teraz krzyczała niemal bez przerwy, a moja matka zamieniła się w słup soli.

Matka przypominała teraz wyglądem antyczną wieszczkę przepowiadającą nieszczęście. Jej ruchy stały się niezauważalne i bezszelestne, jej twarz nagle się postarzała i nabrała twardego wyrazu, a spojrzenie stało się lękliwe. Nie wypuszczała z rąk swej małej wnuczki. Krzyczała na nas, gdy proponowaliśmy, że przejmiemy nocne dyżury. Rozmawiała sama z sobą. Godzinami się modliła. Kazała palić świece i zaczęła chodzić w czarnych żałobnych sukniach. Upominała nas, powołując się na boży gniew, i nakazywała, byśmy za duszę Darii trzy razy dziennie odmawiali *Ojcze nasz*.

Lecz podczas gdy my z upływem czasu usilnie staraliśmy się znowu zamknąć bramę śmierci i wystawialiśmy przeciwko niej nasze osłabione ciała, mój dziadek Konstantin Jaszi całą siłą, jaka mu jeszcze pozostała, przyzywał śmierć. Całe dnie spędzał przy grobie Darii, pochowanej tuż obok Kristine. Patrzył na nas niewidzącym wzrokiem i widział tylko Darię. Zatracał się w tym stanie, uśmiechał do siebie, a ja czułam, że przypomina sobie Darię – jak moja siostra stawiała pierwsze kroczki, jak czesał jej warkocz, jak czuł ciepło jej małych rączek, które zarzucała mu na szyję, i jak słyszał jej dziecięcy śmiech.

Gdy próbowałyśmy oderwać go od tych wspomnień, beształ nas gniewnie. Nie chciał wracać do rzeczywistości, która miała dla niego posmak śmierci, podczas gdy przeszłość pachniała różowymi policzkami Darii.

Jego siwa skosmacona broda spadała mu na piersi, a kości policzkowe sterczały niczym żebra więźnia gułagu. Ręce drżały mu nieustannie, tak że nie był w stanie wypić niczego, żeby nie rozlać sobie tego na kolana. Nie mógł spać. Jadł, a potem wymiotował. Upijał się do nieprzytomności, tak że czasem leżał na podłodze, a niekiedy nawet się moczył. Wszystko, co Ida dała mu z życia i miłości, zabrała teraz z sobą Daria. Przeczuwałam, że dziadek skorzysta z pierwszej sposobności i pójdzie za Darią. I rzeczywiście, nastąpiło to dosyć szybko.

W październiku 1994 roku, dwa miesiące po śmierci Darii, stwierdzono u Kostii ostrą białaczkę. Dały znać o sobie skutki straszliwych przeżyć z próbnego rejsu atomowym okrętem podwodnym, skutki, z którymi, jak sądził, zdołał się uporać. Kostia odmówił chemoterapii i przyjmowania leków.

Podczas jednego z obiadów w sposób spokojny i opanowany opowiedział, skąd u niego wzięła się ta choroba i jak się wtedy leczył. Przypomniał Elene czas, kiedy musiał ją zostawić. Nanie po twarzy płynęły łzy. A Stazja podniosła się, drżąc, ze swego miejsca i upuściła talerz, który niosła do zlewu. Kostia opowiadał o katastrofie, która się wtedy wydarzyła, mówił o zmarłych marynarzach, o tajnym dokumencie, który musieli podpisać.

Po pięciu tygodniach przestał wstawać z łóżka. Wszystkie usiłowania matki, żony, córki i wnuczki, by zawieźć go do szpitala, spełzły na niczym.

W końcu listopada weszłam do jego sypialni i położyłam się obok niego w jego łóżku. Wzięłam go za rękę. Przypomniały mi się dwadzieścia cztery godziny, które spędziłam z nim kiedyś w ten właśnie sposób, ocierając mu łzy z twarzy i podając mu wino. Wtedy mieliśmy swoje tajemnice. To było inne życie. Żyła wtedy Daria.

Teraz milczeliśmy. Słychać było tykanie starego zegara na ścianie. Położyłam głowę na jego zapadniętej piersi, zamknęłam oczy, żeby nie widzieć jego przeraźliwie bladej cery i plam na skórze.

– Wiesz, nad czym przez cały czas się zastanawiam? – usłyszałam jego bezdźwięczny, jakby z wielkiej odległości dochodzący głos.

– Nad czym?

– Przez wszystkie te lata, przez dziesiątki lat mieliśmy miliony, setki milionów, miliardy popiersi, pomników, obrazów. Gdzie one się wszystkie podziały?

– Jakich popiersi i pomników? – spytałam.

– No, Lenina, Marksa i Engelsa, Generalissimusa, tych tam wszystkich!

– Nie ma ich.

– Ale nie mogły tak po prostu zniknąć!

– Widać mogły. Wszystko kiedyś znika.

– Nic nie znika, nic, moja droga. – Położył swoją rękę na mojej.

– Myślisz, że to wszystko gdzieś istnieje i czeka, żeby zostać ponownie odkryte? – Próbowałam zdobyć się na uśmiech.

– Wszystko czeka, żeby powrócić.

Pogrążony we własnych myślach ścisnął mocno moją rękę.

Słuchałam, jak oddycha. Słuchałam bicia jego serca. Myślałam o tym, że bardzo go kocham i że byłabym w stanie zrobić wszystko i dać wszystko, żeby odpowiedział na moje uwielbienie.

Przebaczyłam mu w obliczu miłości, którą obdarzył inną istotę – moją siostrę. Przebaczyłam mu, bo w tym momencie zrozumiałam, że była to prawdopodobnie nasza najgłębsza relacja: miłość do tej samej istoty. Wybaczyłam mu jego chłód i jego tyranię, i to, że tak często mnie ignorował. Przebaczyłam mu, że pozwolił mi przepłakać w łóżku tyle nocy, że unieszczęśliwił wielu ludzi, że wielu zdradził.

Tej, którą kochaliśmy, nie było już wśród nas. Wszystko inne było teraz obojętne. Straciliśmy tę, o której miłość walczyliśmy. Nie było już niczego, o co warto było się spierać.

Nachyliłam się nad nim, przytuliłam głowę do jego piersi i tak zastygłam, dopóki nie zasnął. Potem zaczęłam wplatać w jego sen myśli i słowa, których nigdy mu nie powiedziałam i nigdy bym mu nie powiedziała.

W grudniu Kostia umarł. Przyczyną śmierci – dla mnie absurdalną, a może logiczną – było ustanie akcji serca. Jego serce odmówiło posłuszeństwa, zanim zdążyła go zniszczyć główna choroba.

W nocy po jego pogrzebie po raz pierwszy od lat zobaczyłam, że Stazja weszła do swojej szopy. Poszłam za nią. Stazja włączyła *Toscę*. Stała przy oknie z zamkniętymi oczyma i chłonęła Pucciniego. Zbliżyłam się do niej nieśmiało z zapuchniętą od płaczu twarzą.

– Co tu robisz? – spytałam.

– Kristine tak chce. Robię to dla niej – odparła.

– Dlaczego dla Kristine?

– Kristine po niego przyszła. Była tu dzisiaj. Przyszła po Kostię – odrzekła Stazja, jakby to było coś absolutnie oczywistego: zmarła istota przyszła po inną zmarłą istotę.

– Kristine zabrała naszego dziadka?

– Tak, Kristine i jakaś jeszcze inna, obca kobieta.

– Obca kobieta? Jaka obca kobieta?

– Nie wiem, nigdy w życiu jej nie widziałam.

– Jak ona wyglądała, Stazjo?

– Wysoka, szczupła, za szczupła jak dla mnie, z mnóstwem pierścionków na palcach. Pięknych pierścionków.

Nie wiedziałam już, której z nas pomieszało się w głowie.

– Gdzie ją widziałaś?

– Tam, gdzie widzę ich zawsze. W ogrodzie. Stały dłuższą chwilę w miejscu, gdzie wcześniej rosło drzewo figowe, które kazaliśmy ściąć na opał, pamiętasz?

– Widziałaś, jak Kristine i ta kobieta zabierały Kostię?

– Nie, Kostii nie widziałam. Przyszły po to, żeby go zabrać, to tak. Ale musiały zaczekać.

– A Daria?

Krępowało mnie zadawanie jej tych pytań, ale zazdrościłam jej tego obłędu, daru czy paranoi. Bardzo chciałabym mieć pewność, że wcześniej ktoś przyszedł po Darię, a nie że po prostu znikła...

– Kitty... – zaczęła i urwała.

Tosca zbliżała się do taktów z *Vissi d'arte*.

– Co Kitty? – Poczułam napięcie w brzuchu.

– Często widziałam ją w ogrodzie pod wiśnią w dniach poprzedzających to, co stało się z Darią. Ona i Tekla siedziały tam codziennie...

– Ale Kitty...?

– Oczywiście wiem o Kitty. Myślałyście, że jestem za stara, żeby zauważyć, że umarła moja jedyna córka!?

Wyczułam w jej głosie pogardę.

– Kitty też tu czasem jest?

– Tak. Moja dziewczynka, moja piękna Kitty.

– I wierzysz, że Kitty... przyszła po Darię?

– Przeżyłam dwoje moich dzieci i prawnuczkę. Mam nadzieję, że niedługo przyjdą i po mnie.

Spuściłam głowę.

– Jeśli Kitty po nią przyszła, to może przypilnuje Darię.

Uchwyciłam się tych słów, choć nie wierzyłam w to, co powiedziałam, lecz była to pocieszająca myśl, piękne wyobrażenie.

– Czasami jest się o wiele silniejszym, kiedy jest się słabym, Nico.

Stazja spojrzała na mnie nagle, odrywając się od nastroju pieśni żałobnej Toski, a po chwili znowu się w niej pogrążyła. A kiedy Tosca z rozpaczą zwróciła się do Boga z pytaniem, dlaczego ją tak karze, zaczęłam tańczyć. Stazja spojrzała na mnie zaskoczona, a potem na jej twarzy pojawiło się coś w rodzaju uśmiechu. Przypomniałam sobie wszystkie kroki baletowe, jakich nauczyłam się od niej w dzieciństwie i które jeszcze były zapisane w moim ciele. Wirowałam, fruwałam i unosiłam się w powietrzu w pustej przestrzeni szopy. Odtańczyłam najlepszy taniec w swoim życiu. Taniec umarłych dla Stazji i jej zjaw.

Kiedy zlana potem opuszczałam szopę, zobaczyłam, że przyszedł Miro. Bez słowa wzięłam go pod rękę i poszliśmy drogą prowadzącą do lasu. Było ciemno i zimno, ale ja byłam rozgrzana. Miro był szczęśliwy, że znowu go dotykam. Nie pytał, co się ze mną działo, i tak było dobrze. Przedzieraliśmy się przez suche leśne krzaki i stanęliśmy pod wielką jodłą.

Noc była jasna, gwiazdy świeciły mocnym blaskiem. Nagle Miro zaczął płakać. Nie przeszkadzałam mu. Nie umiałam go pocieszyć.

– Wyjeżdżam – powiedziałam.

– Jak to wyjeżdżasz!? Dokąd?

– Jeszcze nie wiem. W każdym razie daleko stąd. Dłużej tu nie wytrzymam. Codziennie jestem o krok od załamania. Pojedziesz ze mną?

– Ale dokąd? Jak to sobie wyobrażasz? – zapytał, ocierając łzy rękawem kurtki.

– Jakoś to będzie. Po prostu jedź ze mną. Poradzimy sobie. Pojedziemy gdzieś do Europy. Gdziekolwiek, byle daleko stąd.

– Tego się nie da zrobić tak po prostu, Nico. Takie rzeczy nie udają się ot tak. Trzeba...

– Ja wyjadę, Miro, tak czy inaczej.

– A co z nami?

– Nie jestem pewna, czy to „my" jeszcze istnieje. A jeśli ma istnieć, to nie chcę takiego „my" jak teraz. Chcę nowego „my".

– Nie dam rady, ja... Jak to miałoby być?

– Ja też nie myślałam, że sprostam temu, co teraz.

– Nie możesz wyjechać, Nico. Nie możesz mi tego zrobić.

– Miro, proszę cię.

Miro przycisnął mnie do drzewa, zaczął gwałtownie całować, trzymał mnie mocno, osuszał swoją słoną od łez twarz o moją, całował moje ręce i szeptał do ucha słowa miłości. Zapewniał, że wszystko się ułoży, że będzie przy mnie i że zaczniemy na nowo. Powtarzał, że należymy przecież do siebie, że nie istnieje nic, co by to zmieniło, błagał mnie, bym została, i całował całe moje ciało. Jego pocałunki wydawały mi się małymi trofeami, które otrzymywałam za to, że przeżyłam. Ale nie byłam w stanie ich przyjąć. Nie było już powrotu do przeszłości, czułam to każdym włóknem swego ciała. Wiedziałam, że cząstka mojego ja pozostanie tutaj na zawsze, ale w tej chwili była to cząstka martwa.

Tydzień po pogrzebie Kostii zadzwoniłam do Berlina do Severina z pytaniem, czy się ze mną ożeni.

– Co takiego? – zapytał zdumiony.

– Pytam, czy się ze mną ożenisz.

– A co miałoby z tego wyniknąć?

– Chcę wyjechać z tego przeklętego kraju.

– Wiesz, że nie będę mógł spełniać małżeńskich powinności.

– Na szczęście. Ani myślę ich egzekwować.

– Więc dobrze. Ożenię się z tobą.

– Świetnie. Załatw mi zaproszenie, bo będzie mi potrzebne do starania się tu o wizę. I proszę, pospiesz się.

Przed wyjazdem napisałam list otwarty do władz uniwersytetu i przedstawiłam w nim powody, dla których nie podejdę już do żadnych egzaminów i nie przedstawię pracy dyplomowej. Przytoczyłam rozmowę, jaką swego czasu odbyłam z moim profesorem, i opisałam ciasną mentalność oraz skorumpowane i nacjonalistyczne, a częściowo też prorosyjskie nastawienie panujące wśród wykładowców na uczelni. Nie wiem, czy ktokolwiek przeczytał ten list, o opublikowaniu go nie wspominając.

Potem pojechałam do Zielonego Domu, pozbierałam wszystkie swoje notatki, a przede wszystkim historie, które spisywałam na maszynie do pisania – przez ostatnie lata zebrały się całe stosy tych stron – i zaniosłam je do wielkiego blaszanego wiadra w ogrodzie. Podpaliłam to i patrzyłam, jak wszystkie moje nadzieje, wyobrażenia, plany trawi płomień. Nie czułam żalu. Niczego nie czułam.

Pieniądze na bilet miałam ze sprzedaży złotego zegarka Tekli, który dostałam od Stazji jako amulet mający mnie chronić przed złośliwościami ze strony kolegów w szkole, przed wrogością lub obojętnością zwyczajnych ludzi, przed samotnością, przed chłodem Kostii, przed ignorowaniem przez Darię, przed złymi spojrzeniami i Bóg jeden wie przed czym jeszcze. Wtedy nie przeczuwałam, że czekają mnie rzeczy o wiele gorsze, przed którymi nie ochroni mnie ani złoty zegarek Tekli, ani sama Stazja.

W nocy przed wyjazdem do mojego pokoju przyszła Stazja i bez słowa wcisnęła mi do ręki stary, oprawny w skórę zeszyt. Były w nim, zapisane drżącym charakterem pisma, przepisy mojego prapradziadka. Na ostatniej stronie widniał przepis na gorącą czekoladę.

Kiedy spytałam, co mam z tym zrobić, Stazja wzruszyła ramionami, pocałowała mnie lekko w skroń i wyszła z pokoju.

Dwudziestego czwartego stycznia 1995 roku opuściłam ciężko doświadczoną, spowitą ciemnością i zimnem, a niegdyś tak słoneczną Gruzję i wsiadłam do samolotu do Istambułu, żeby stamtąd przekroczyć po raz pierwszy niewidoczną granicę Zachodu.

Dwa lata po śmierci Kostii na wylew krwi do mózgu zmarła Nana. Nie przyjechałam na jej pogrzeb. Moja matka i Aleko sprzedali swoje małe mieszkanko, żeby przetrwać. Przenieśli się do Zielonego Domu. Elene poświęcała się teraz wyłącznie swojej wnuczce, którą chowała twardą ręką. Aleko pił dalej piwo i wódkę, grał w tryktraka i filozofował na temat życia z przyjaciółmi, których niewielu zostało już przy życiu. I kłócił się ze swoją żoną, która zbyt często, jak na jego gust, się modliła – czuł, że przegrywa z jej miłością do Boga.

Stazja zmarła w wieku dziewięćdziesięciu dziewięciu lat. Po prostu zasnęła i już się nie obudziła. W ostatnich latach życia była właściwie niewidoma i godzinami rozmawiała sama z sobą. Miała tylko o rok mniej niż całe stulecie.

I nawet wówczas nie wróciłam do kraju. Nie wiem, który z duchów przyszedł po Stazję, lecz wyobrażam sobie, że tego ranka przyszli po nią wszyscy: Tekla w swoim szlafroku, biało-czerwony porucznik Stazji, piękna Kristine z mężem, Sopio o niewyparzonym języku, Kitty, Mariam i Andro, który wycinał z drewna aniołki, oraz Micha o kręconych włosach (a może przyszli obydwaj synowie Andra?), Kostia i Nana, a może nawet Ida, trzymająca się nieco z tyłu. A przede wszystkim moja siostra Daria o różnokolorowych oczach.

Rok po moim wyjeździe mała Anastazja zaczęła mówić o sobie „Bri" i przestała reagować na imię, jakie formalnie nosiła. Po trzech latach „Anastazja" znikła zupełnie. Została „Brilka".

Nie wróciłam do Gruzji.

KSIĘGA VII

NICA

Co rozdajesz, to zyskujesz,
co ukrywasz, tracisz.

Szota Rustaweli

Severin mieszkał w kamienicy na Weddingu, w mieszkaniu z piecami kaflowymi i wysokimi sufitami zdobionymi sztukaterią. Nadal pracował dla sklepu swego ojca, którego klientelę stanowili zamożni ludzie. Teraz jednak klienci nie palili się już tak bardzo do rarytasów ze Wschodu, teraz modne były rzeczy z Azji, jak wyjaśnił mi Severin krótko po moim przyjeździe.

Severin przez okrągły rok chodził w białych tenisówkach. Co drugi dzień gotował spaghetti, które polewał gęstym sosem pomidorowym. Był właśnie zakochany w młodzieńcu imieniem Gerrit, który jednak nie chciał słyszeć o związaniu się z nim na stałe. Severin miał imponujący zbiór filmów wideo, które stały się dla mnie nieocenioną pomocą na etapie integracji. Kiedy zbliżał się weekend, ogarniała go formalnie gorączka, bo bez wyrzutów sumienia mógł pójść do pubu, pić i tańczyć. (Nie mogłam zrozumieć, dlaczego musiał to być akurat piątek albo sobota).

Jego przyjaciele traktowali mnie jak jeden z tych rzadkich przedmiotów, które przywiózł ze swoich podróży. Byli to wyłącznie lewicujący liberałowie, z których każdy był zaangażowany w pracę w jakiejś organizacji, począwszy od ochrony zwierząt, na prawach azylantów skończywszy. Severin mówił, że powinnam im wyraźnie powiedzieć, gdy będę mieć dość ich ciekawości i wypytywania. Ja jednak nie miałam na to odwagi i za każdym razem czułam się zmuszona opisywać im Gruzję, co wiele mnie kosztowało. Potem najczęściej czułam się nędznie i zamykałam się w łazience. Severin rozumiał te nastroje, co z jakiegoś niewytłumaczalnego powodu pogłębiało tylko mój smutek. Nazywał je „wschodnim bluesem" i twierdził, że są mu znane.

Nie chciał słyszeć o oddzielnych mieszkaniach i powtarzał, że razem mamy szansę na wspaniałe mieszkanie socjalne. Przez pierwsze miesiące nie pozwalał mi pracować, bo uważał, że mogłoby to być dla mnie za trudne i nie służyłoby mojemu samopoczuciu. Zrobiłam, co mi radził – zapisałam się na kurs językowy. Spotkałam tam ludzi wszystkich możliwych nacji, które znałam ze starej książki dla dzieci *Bajki z całego świata*. Uśmiechając się miło, recytowałam: „*Hallo*, nazywam się Nica i pochodzę z Gruzji. Gruzja jest małym krajem, który leży na Kaukazie...". Tu jedna z uczestniczek kursu zadała pytanie, czy Gruzja nie jest przypadkiem częścią Rosji. Poczułam, że muszę zrobić krótki wykład z historii Związku Radzieckiego, co jednak zmęczyło mnie tak bardzo, że resztę lekcji spędziłam, półdrzemiąc i zastanawiając się, co ja tu właściwie robię i jak ma wyglądać moje życie.

Severin pokazywał mi miasto. Dobrze się czuł w roli *cicerone*. W końcu mógł się wykazać znajomością historii, obszernie opowiadając o tym czy owym gmachu, o tej czy tamtej ulicy, tym czy tamtym, byłym czy obecnym mieszkańcu.

W marcu, krótko przed upływem ważności mojej wizy, wybraliśmy się z Severinem do urzędu stanu cywilnego i zgłosiliśmy chęć zawarcia związku małżeńskiego. Po przedstawieniu kilku dokumentów i przejściu pewnych procedur uznano, że możemy się pobrać.

W sklepie z używaną odzieżą kupiłam więc sukienkę, a on wypożyczył sobie garnitur. I kiedy w trakcie ślubnej ceremonii urzędniczka zachęciła nas, żebyśmy się pocałowali, zrobiliśmy to, jak na nasze stosunki, nadzwyczaj namiętnie, a potem cały wieczór sobie z tego żartowaliśmy. Severin nie zaprosił swoich rodziców na tę uroczystość. „Oni by to storpedowali. Mojego ojca stać by było na to, żeby pójść do urzędu stanu cywilnego i zgłosić urzędnikom, że to fikcyjny ślub. Nie chcę cię narażać", tłumaczył.

Po ślubie ustawiliśmy się w kolejce do barobusu pod czerwono-białym parasolem z rysunkami tańczących niedźwiadków panda i zamówiliśmy tyle kiełbasek curry, że gdy zjedliśmy wszystkie, zrobiło nam się niedobrze.

Po przyjeździe do Berlina przez pierwsze miesiące miałam ataki paniki, źle sypiałam, nękały mnie koszmary. Całymi nocami siedziałam na parapecie, patrzyłam w ciemność, paliłam papierosy i zadawałam sobie pytanie, co mam robić z czasem, który był przede mną. Nic mi się nie chciało, nic mnie nie cieszyło. Lecz ten stan miał w sobie również coś wyzwalającego. Po raz pierwszy od nie wiem jak dawna czułam masochistyczną wręcz radość z powodu tej wewnętrznej pustki. Oddalałam od siebie wszystkie myśli o domu, ograniczałam się do krótkich rozmów, podczas których byłam opanowana, upiększałam rzeczywistość i opowiadałam o różnych nieistniejących planach.

Do Mira pisałam poważne listy, nigdy ich jednak nie wysyłałam. I zawsze, kiedy Miro dzwonił – z początku robił to regularnie, z czasem coraz rzadziej – czułam w gardle wielką gulę, która pozostawiała na języku smak rdzy.

Stopniowo wchodziłam coraz głębiej w język niemiecki i ostrożnie zaczęłam przeglądać regały Severina z książkami. Wyjmowałam jedną książkę po drugiej i czytałam je z pomocą słownika. Wygłodniała i pusta, bo taka wtedy byłam, czułam, że każda litera, a nawet każde najbardziej banalne zdanie wprawia mnie w radosne oszołomienie.

Uwielbiałam wyjścia do małych letnich kin, podobnie jak spacery nad Sprewą i wspaniałe lody we włoskich lodziarniach oraz potrawy z tureckich sklepików. Kiedy nie miałam pomysłu na spędzenie dnia, chodziłam z przyjaciółmi Severina na wykłady na uniwersytet. W salach wykładowych zawsze siadałam w takich miejscach, które dawały mi poczucie, że nie rzucam się w oczy.

Wyobrażenie, że mogłabym studiować, przygotowywać się do podjęcia jakiejś pracy, początkowo mnie zniechęcało. Lecz o wiele bardziej obawiałam się bezczynności. Znajdowałam więc różne prace dorywcze: zatrudniłam się jako pomoc kuchenna w rosyjskiej restauracji, wyprowadzałam ludziom psy, pracowałam na noce w całodobowym sklepie z napojami, a nawet w ekskluzywnym sklepie z obuwiem, chociaż o butach nie miałam pojęcia. W żadnym z tych miejsc nie wytrzymałam dłużej niż cztery tygodnie. Kiedy nuda stała się nie do zniesienia, a ataki paniki ustały, zrezygnowałam z prac dorywczych i zapisałam się na Uniwersytet Humboldta, na Wydział Historii Najnowszej i Nauk Politycznych. Severin wspierał mnie w tym zamiarze, mówił, że w każdej chwili będę mogła porzucić studiowanie, jeśli okaże się ono czymś ponad moje siły.

Szybko jednak weszłam w nowe i uregulowane życie studenckie. Jednocześnie znalazłam stałą pracę. W dzielnicy Neukölln odkryłam prowadzony przez parę lesbijek warsztat samochodowy o nazwie Szopa, w którym pracowały same kobiety. Szukano tam kogoś na stanowisko kasjerki. Po jednym dniu próbnym zostałam przyjęta i czułam, że zostanę tu dłużej niż moje zwyczajowe cztery tygodnie. Spodobałam się właścicielkom, Caro i Maggie. Z czasem pozwoliły mi pracować także w warsztacie – mogłam tam włączać się do pracy i zastępować nieobecne pracownice.

Po raz pierwszy, odkąd byłam w Berlinie, zaznałam czegoś takiego jak radość z pracy. Czułam wielką ulgę, bo dzięki wysiłkowi fizycznemu zapominałam o swych udrękach psychicznych, mimo że Severin kiwał z politowaniem głową, widząc mnie wracającą do domu ze smarem we włosach i plamami oleju na ubraniu.

Pierwsze dwa lata pobytu w Berlinie pamiętam jak przez mgłę. W pamięci mam tylko pewne obrazy, stan dziwnego mroku, w jakim tkwiłam. Kiedy myślę o tamtym czasie, zawsze myślę o tym moim bycie-niebycie. Przypominam sobie tylko swój brak pragnień, niemoc, obojętność. Jakbym była podłączona do jakiegoś niewidzialnego urządzenia, dzięki któremu mogłam codziennie wstawać, spełniać obowiązki i w miarę sensownie spędzać czas.

Podobnie przypominam sobie uczucie stałego braku czasu. Ze strachu przed czasem, który musiałabym spędzać z sobą samą, rozmyślać, odczuwać coś, coś sobie przypominać, planowałam każdy dzień i tak szczelnie zapełniałam go zajęciami, że wieczorem półżywa padałam na łóżko i zasypiałam w ciągu kilku sekund.

Uciekałam. Pędziłam. Goniłam. Nie miałam czasu, by za kimś tęsknić, kogoś opłakiwać, z czegoś się śmiać, czegoś żałować, odczuwać wyrzuty sumienia, o czymś rozmyślać. Nie miałam czasu na miłosne rozterki, nie miałam czasu na życie. Po prostu funkcjonowałam, a wychodziło mi to znakomicie.

I kiedy w rzadkich momentach, gdy nie udawało mi się schować przed samą sobą, wracały do mnie pewne obrazy i wspomnienia, tak mocno przyciskałam do twarzy poduszkę, książkę, a nawet but albo talerz, że moje oczy widziały tylko kolory tych przedmiotów, i wracałam z powrotem do moich zajęć.

Potrzebowałam tych dwóch niemych lat, żeby obce słowa zastąpić własnymi. Potrzebowałam nowych twarzy, żeby zapomnieć stare. Potrzebowałam nowych poetów i filozofów, nowych butów i kurtek, potrzebowałam czasu, żeby dogonić czas, żeby na powrót stać się młoda, żeby zburzyć wokół siebie mur.

Severin, który początkowo bardzo się starał wprowadzić mnie w krąg swoich znajomych, ku mojej uldze zostawił mnie w końcu w spokoju. Coraz rzadziej pytał, jak się czuję, i bywały całe dnie, że w ogóle się nie widzieliśmy. Nasze wspólne życie polegało na karteczkach zostawianych na drzwiach lodówki, a ich treść dotyczyła zakupu mleka albo papieru toaletowego.

Jeśli miał urodziny albo świętował sylwestra, kiedy byłam zmuszona dokądś z nim wyjść albo z nim tańczyć, brać udział w spotkaniach towarzyskich, robiłam to bez słowa sprzeciwu, tak jak wykonywałam wiele innych obowiązków, którym uparłam się podołać.

Podczas jednej z nielicznych kłótni – nie miałam wówczas energii nawet na kłótnie – Severin nazwał mnie robotem i zarzucił mi, że nie mam w sobie teraz nic miłego. Powiedziałam więc, że znajdę sobie osobne lokum, na co on nie chciał jednak przystać. Nie chciał tak szybko rezygnować z naszego „małżeństwa". Naprawdę, czasami miałam ochotę wejść do jego pokoju, siąść na jego łóżku i wyrzucić z siebie wszystko, co się we mnie zebrało: poczucie, że poniosłam kompletną klęskę, że zbyt szybko porzuciłam rodzinę, ojczyznę, świat, który uważałam za swój. Miałam ochotę oskarżać kogoś o moje wewnętrzne skamienienie, znaleźć kogoś, kogo mogłabym obarczyć winą za to swoje istnienie-nieistnienie. Wiedziałam jednak, że jest to bezsensowne, że po tak rozpaczliwej spowiedzi będę się czuła jeszcze bardziej beznadziejnie. Nie chciałam współczucia. Nie chciałam pocieszenia w rodzaju „Przecież niczego nie mogłaś zmienić". Obawiałam się, że taki argument mógłby mnie przekonać. A przecież gdybym wtedy nie czuła do siebie tej nienawiści, cóż by mi zostało? W jaki sposób mogłabym zatrzymać przeszłość? Z jakimi uczuciami konfrontowałabym się ze światem, a nade wszystko: jaką miałabym motywację, żeby żyć?

Kiedy pewnego dnia Severin przyniósł do domu kotkę i oznajmił, że to nasza nowa współlokatorka, ogarnęła mnie wściekłość. Sama nie wiem, skąd mi się to wzięło. Nawrzeszczałam na niego, że nie powinien był tego zrobić, bo nie mam zamiaru być za nic odpowiedzialna. Za nikogo. Nawet za zwierzę. Severin patrzył na mnie smutno, bezradnie. Nie był rozczarowany tym, że utraciłam spontaniczność, lekkość bytu, poczucie humoru – to wszystko, co kiedyś, w ciemnych i zimnych dniach tak nas do siebie zbliżyło. W jego spojrzeniu był głęboki smutek, a także – i to było nowe – pewne zrozumienie. Zrozumienie tego, jak wiele mnie kosztuje niemyślenie o różnych ludzkich historiach, własnych i cudzych, które poznałam i z którymi zrosłam się przez ostatnie lata, w nadziei że pewnego dnia opiszę je do końca.

Kotka wróciła do domu, z którego została wzięta.

Po którymś z rzadkich telefonów od Mira, który nie szczędził mi sarkastycznych komentarzy i rozmowa zakończyła się kłótnią, wyszłam z domu, poszłam do klubu, usiadłam przy barze i tak długo kokietowałam pewnego dryblasowatego typka, aż się do mnie przysiadł. Po wypowiedzeniu ledwie trzech zdań zaczęliśmy się ostro całować. Poszłam z nim do jego mieszkania na Kreuzbergu, gdzie mieszkał z nieobecną akurat przyjaciółką, i położyłam się z nim w ich łóżku. Moje ciało po raz pierwszy spróbowało kochać kogoś, kto nie był Mirem. Po raz pierwszy udawałam, że pragnę zupełnie obcego mężczyzny.

Kiedy zasnął, wymknęłam się z mieszkania, wzięłam taksówkę, wróciłam do domu i upiłam się. Severin znalazł mnie następnego ranka śpiącą w pokoju na podłodze. Siadł koło mnie, położył moją głowę na swoich kolanach, głaskał mnie po włosach i powtarzał jak mantrę: „Musisz rozmawiać, Nico. Musisz z kimś gadać. Inaczej twoje problemy cię zniszczą. Przecież widzę. Jeśli nie chcesz rozmawiać ze mną, powinnaś poszukać pomocy u terapeuty".

Ja jednak nie chciałam o tym słyszeć i zamiast tego szczypałam się po ramionach i biodrach, po policzkach i brzuchu, aż Severin chwycił mnie za ręce i zaczął mnie kołysać jak dziecko do snu.

Chciałam po prostu znowu coś odczuwać.

Po jednym z seminariów zatrzymała mnie moja wykładowczyni historii. Chciała ze mną porozmawiać o pracy seminaryjnej, którą jej oddałam. Patrzyła na mnie przez wielkie okulary.

– Wprawdzie nie jestem ekspertem w tej dziedzinie, ale mogę powiedzieć, że ma pani wielki talent.

Wstrzymałam oddech. Talent – to słowo było związane z moim dawnym życiem i nie powinno tu paść. Nie tu, nie teraz i w ogóle nigdy więcej.

– Nic mi o tym nie wiadomo – odrzekłam niechętnie.

– Wie pani zapewne, że szczególne zdolności można rozwijać?

– Ależ ja nie mam żadnych specjalnych zdolności!

– Pani już teraz posługuje się lepszym językiem niemieckim niż pani koledzy, rdzenni Niemcy. Przyswaja sobie pani informacje w niezwykłym tempie, z drugiej jednak strony wyraźnie ma pani trudności z tym, żeby właściwie je wykorzystać. Ma pani problemy z klasyfikacją faktów. Dysponuje pani jednak wiedzą, która... jak by to ująć... jest imponująca. Potrafi pani być bardzo skoncentrowana, kiedy coś panią interesuje, lecz nie kryje pani znudzenia, jeśli już coś pani zna. O pani przewadze nad innymi świadczy też fakt, że rzadko przestaje pani z rówieśnikami. Jest pani także niekomunikatywna, trudna i uparta. I niezbyt dobrze porusza się pani w rzeczywistości.

– Co chce mi pani w ten sposób powiedzieć? Czy są to przejawy szczególnych uzdolnień? Nie uważa pani, że to wszystko są stereotypy?

– Stereotypem byłoby założenie, że ma pani braki, a żadnych uzdolnień. Albo przekonanie, że kryje się pani za swymi zdolnościami. Stereotypem jest pani lęk przed przyznaniem przed sobą, że ma pani zdolności, i nieumiejętność wykorzystania tych zdolności. Nie wiem, kto pani wbił do głowy, żeby nie wykorzystywała pani swoich talentów. To wielki błąd.

– Czuję się tu dobrze i nie chcę niczego zmieniać, na Boga!

– Jestem tylko profesorem na pani wydziale, nie jestem pani matką. Jako profesor radzę, żeby wystąpiła pani o stypendium naukowe. Następnie, żeby zaczęła się pani ubiegać w naszym centrum badawczym o miejsce asystenta. Jeśli zada sobie pani nieco trudu, skończy pani studia przed terminem.

W tym czasie może pani zrobić dużo więcej. A gdybym była pani matką, poradziłabym, żeby jak najszybciej przyjęła pani do wiadomości fakt swoich uzdolnień, zrezygnowała ze swego absurdalnego oporu i zaczęła wykorzystywać swój potencjał.

Po raz pierwszy, odkąd byłam w Berlinie, zdarzyło się, że się przed kimś rozpłakałam.

Caro była z wykształcenia mechanikiem samochodowym. Miała wspaniałe długie nogi, tatuaże na ramionach i jaszczurkę wytatuowaną wokół ucha. Uwielbiała swoją przyjaciółkę Maggie, która była aktywna w wielu pubach w mieście i należała do feministycznej grupy uprawiającej performance. Kochała szybkie auta, ale przede wszystkim kochała grę w karty.

Kiedyś zapytała mnie, czy zagram partyjkę, ale odmówiłam. I gdy nalegała, argumentując, że zawsze przecież z wyraźnym zaciekawieniem słuchałam jej relacji z ich pokerowych rozgrywek, odparłam, że z pokerem skończyłam. W końcu jednak udało się jej mnie skusić – zgrałam jedną partię, poszłam do łazienki i zwymiotowałam. Caro orzekła, że w pokerze jestem profesjonalistką, i wzięła mnie z sobą na rozgrywki do Pankow, gdzie z bardzo poważnie wyglądającymi ludźmi graliśmy w dziwnym miejscu – w hali przypominającej skład – na pieniądze. Pieniądze, które zarobiłam tego wieczoru, pozostawiłam świadomie na siedzeniu w kolejce podziemnej. Kolejną wygraną zostawiłam u Caro. Dopiero gdy za trzecim razem zainkasowałam wygraną, potrafiłam odciąć się od wspomnienia o studolarowym banknocie, banknocie, przez który zostałam kiedyś w drukarni, żeby na końcu z opuszczonymi spodniami i bólem w członkach ciała wbić ubitą szyjkę od butelki w tors pewnego mężczyzny.

Do zimy udało mi się wygrać tyle pieniędzy, że mogłam posłać rodzinie znaczną sumę w prezencie na Boże Narodzenie, sobie kupić volvo 76, a Severinowi specjalny model tenisówek, o którym marzył od miesięcy.

– Skąd masz kasę? – zapytał podejrzliwie Severin.

– Gram w karty.

Przyznałam się do tego bez najmniejszych emocji.

– Co!? W karty? Gdzie?

– To prywatne spotkania.

– Wiesz chyba, że z tego powodu można mieć nieprzyjemności.

– Żadnych sztuczek, tak? Kocham kapitalizm, zostaw mnie w spokoju! Wystarczająco długo żyłam w socjalizmie! Daj spokój, Severin!

Oboje zaczęliśmy się śmiać.

Podczas ferii zimowych wsiadłam do mojego ciemnoniebieskiego volvo, wzięłam pieniądze, jakie mi jeszcze pozostały, i pojechałam przed siebie. Jechałam bez planu oblodzonymi szosami poprzez zimowe krajobrazy. W trakcie jazdy, w drodze dokądś, za anemicznym słońcem, poczułam coś swojskiego, znanego, coś, co pozwoliło mi odetchnąć. Zatrzymywałam się przy zajazdach, spałam w tanich motelach, jadłam niezdrowo i tanio i było mi dobrze. Przejechałam całe Niemcy. Pojechałam do Paryża. Granice znikły, a ja zastanawiałam się, gdzie one są. W Paryżu usiadłam w kawiarni i zamówiłam kawałek tortu migdałowego. Przyglądałam się przechodniom, obserwowałam płatki śniegu spadające na Sekwanę. Szwendałam się po mieście. Próbowałam zapamiętać jego zapach. Byłam szczęśliwa, że nikt mnie tu nie zna i że ja też nikogo nie znam. Wspominałam dzieciństwo i próbowałam odtworzyć obrazy, które pojawiały się w mojej głowie, kiedy czytałam Hugo, Balzaca, Flauberta, Prousta, Colette i Millera, Voltaire'a i Diderota, Geneta i Duras.

Myślałam o francuskich filmach, które tak chętnie oglądałam z Alekiem, z Darią, a później z Mirem. I nasze dyskusje na ich temat.

Siedziałam na ławce, obserwowałam płynące po Sekwanie statki z turystami i zastanawiałam się, czy Paryż okazałby się dla Stazji miastem na miarę jej wyobrażeń i czy mogłaby w nim tańczyć, czy też raczej by ją rozczarował. Zobaczyłam przed sobą, mimo zamkniętych oczu, jak tańczy dla mnie Stazja.

Z Paryża pojechałam dalej, do Lyonu. Z Genewy do Turynu. Przejechałam Szwajcarię i Włochy. Jadąc, śpiewałam piosenki, które nadawali w radiu, i myślałam o różnokolorowych oczach mojej siostry. Wymieniłam swój język na piosenki z radia w samochodzie. Wymieniłam język ojczysty na wszystkie języki, które wypożyczałam sobie na kilka dni, tak jak dawniej pożyczałam od Darii piękne wstążki do włosów.

Przemierzałam odległą niegdyś Europę, która teraz dziwnie kurczyła się pod kołami mojego samochodu. Zwiedziłam Rzym i łykałam łzy, gdy przyszło mi na myśl, że różnokolorowe oczy mojej siostry nigdy nie zobaczą tych wszystkich wspaniałości.

Wyobraź mnie sobie – nie będę mógł istnieć,
jeśli mnie sobie nie wyobrazisz.

Władimir Nabokow

W kwietniu 1998 roku zadzwonił do mnie Miro. W najbliższych dniach miał przyjechać do Amsterdamu i przy okazji chciał się ze mną zobaczyć. Wydawało mi się, że był cokolwiek płaczliwy i pod wpływem alkoholu. Niewyraźnie mruczał coś o brutalnej tęsknocie. Zgodziłam się z nim spotkać.

Kiedy odłożyłam słuchawkę, przez chwilę milcząco obserwowałam się w oknie. Zobaczyłam w nim odbicie niewielkiej kobiety, której wiek i płeć wydawały się w jakiś sposób drugorzędne. Zobaczyłam burzę krótkich włosów, niemożliwych do okiełznania, płaski biust, zgarbione plecy, ostre kości policzkowe i krzywy, długi nos. Widziałam cienie pod oczami niezdradzającymi żadnych uczuć, usta układające się w dzióbek jak u kaczki i zaczęłam się zastanawiać, co Miro powie na to wszystko, czy mnie pozna i co po całym tym okresie rozłąki będziemy mieli sobie do powiedzenia. Zadawałam sobie pytanie, czy po tym wszystkim, co w międzyczasie się stało, będziemy umieli się rozpoznać dotykiem i po zapachu. I czy to ma jakieś znaczenie.

W Amsterdamie wysiadłam z pociągu z małą torbą podróżną i skierowałam się prosto do hotelu, w którym się zatrzymał. Nie czekał na mnie na dworcu, zabroniłam mu tego. Przy mojej niepewności nie mogłam sobie pozwolić na żadną sentymentalną scenę.

Zapukałam. Drzwi otwarły się natychmiast. Miro wydoroślał, zmężniał, był pewny siebie. Maska klauna znikła z jego twarzy. Miał na sobie spodnie od garnituru, co z jakiegoś powodu wydało mi się dziwaczne.

Schwycił moją dłoń i wciągnął mnie do środka. Rzucił mnie na łóżko i zanim się obejrzałam, oboje byliśmy już rozebrani i próbowaliśmy wskrzesić wspomnienia o nas takich, jacy byliśmy kiedyś, gdy wierzyliśmy, że zawsze będziemy razem. Żadne z nas nie powiedziało ani słowa. Walczyliśmy w milczeniu, próbowaliśmy odsuwać od siebie nasze ciała, żeby tym bliżej dopuścić do siebie to drugie, próbowaliśmy zdrapać z naszych twarzy warstwy czasu, które przylgnęły do nich jak spieczona skórka chleba. Wydawało się to takie łatwe, znowu stworzyć „my". Bez trudu osiągnęliśmy bliskość. Kochałam go jak nikogo na świecie.

W pokoju było ciemno, lecz nie zapalaliśmy światła. Wsłuchiwaliśmy się w swoje oddechy.

– Spróbujmy jeszcze raz – powiedziałam. – Uda nam się, jeśli ty też tego chcesz. Tak niewiele mnie tu trzyma i tak niewiele wzywa mnie z powrotem. Ale jeśli znów wejdziesz w moje życie, to...

Zwlekał z odpowiedzią, położył mi głowę na piersiach, pociągnął nosem, powiedział, że mam rację, że nie chce mnie zapomnieć, że jest pewien, że nam się uda. Że musi się zastanowić nad przyjazdem do Europy. Że mamy przyszłość, wspólną. I że powinniśmy pojechać do Berlina, już jutro.

A ja uwierzyłam mu bez zastrzeżeń.

Następnego ranka, trzymając się za ręce, poszliśmy na dworzec. Trzymając się za ręce, kupiliśmy bilety. Trzymając się za ręce, wsiedliśmy do pociągu. Ponieważ nasz przedział był zatłoczony, poprosiłam, żeby zaczekał, a ja poszukam jakiegoś luźniejszego. Siedział na swoim miejscu. Kiedy wróciłam, już go nie było. Pociąg jeszcze stał. Myślałam, że może Miro wyszedł do toalety, ale potem zauważyłam, że nie ma też jego walizki. W tym momencie niczego jeszcze nie podejrzewałam. Pomyślałam, że może bał się złodziei, może poszedł ogolić się w toalecie, bo nie zdążył tego zrobić w hotelu. Zmusiłam się, żeby usiąść. Popatrzyłam na zegarek, popatrzyłam na puste miejsce przede mną. Nie miałam odwagi zapytać o niego pasażerów z przedziału, bo znałam już odpowiedź, choć jeszcze nie przyjmowałam jej do wiadomości.

Kiedy pociąg ruszył, zerwałam się z miejsca i rzuciłam w kierunku drzwi. Chciałam wysiąść, lecz było za późno. Wyjrzałam przez okno i zobaczyłam, jak z podniesionym kołnierzem płaszcza, ze wzrokiem wbitym w ziemię, szedł spiesznie wzdłuż peronu, jakby przed czymś uciekał. W milczeniu patrzyłam, jak znika w tłumie, a przerażenie i świadomość ostatecznego końca sprawiły, że poczułam w sobie ciężar ołowiu.

Nie posłuchałam rad mojej promotorki i skończyłam studia w zwykłym terminie. Nie spieszyłam się, bo nic na mnie nie czekało. I chociaż kilkakrotnie byłam indagowana o dalsze plany, dawałam wymijające odpowiedzi. Za to regularnie grałam w pokera, a pieniądze wysyłałam do Gruzji. Na pytania matki, skąd jako studentka mam tyle pieniędzy, odpowiadałam, że dostaję wysokie stypendium. Nie wiem, czy mi uwierzyła. I czy w ogóle było to dla niej ważne. Najczęściej, kiedy rozmawiałyśmy przez telefon, mówiła o Bogu, o Jezusie i o Kościele, a jeśli nie o tym, to opowiadała o Anastazji, na którą teraz mówiono Brilka i która – według wszelkich znaków na niebie i ziemi – nie dawała się wychować na pobożną, pokorną dziewczynkę, o czym marzyła Elene.

Pracowałam w warsztacie samochodowym i kiedy miałam dosyć miasta oraz jego pośpiechu, wsiadałam do swego auta i ruszałam w Europę. Czasami z Severinem, a czasem sama. Szerokim łukiem omijałam tylko Wiedeń. Wiedeń był dla mnie miastem obcych marzeń.

Moja promotorka, która zwariowała na moim punkcie, nalegała, żebym po ukończeniu studiów zaczęła robić doktorat. Przedstawiła mnie jednemu ze swoich kolegów, specjaliście od spraw Europy Wschodniej, który właśnie dostał grant na projekt badawczy dotyczący zimnej wojny i szukał asystentki. Specjalista od Europy Wschodniej okazał się szarmanckim, elokwentnym i inteligentnym mężczyzną, który wcześniej czytał moją pracę magisterską, a teraz zarzucał mnie niezliczonymi pytaniami. W ostatnich latach starałam się trzymać z dala od problemów Europy Wschodniej i perspektywa zajmowania się nimi wcale mnie nie nęciła. Ponieważ jednak nie miałam nic lepszego do roboty, przystałam na przedstawioną mi propozycję. Mogłam teraz napisać pracę doktorską, która na końcu zostałaby opublikowana. Nadal więc pędziłam, nie zatrzymując się. Nie miałam czasu, żeby złapać oddech.

Po czterech latach od mego przyjazdu do Berlina Elene zadzwoniła z wiadomością, że umarła Stazja. Wyciągnęłam spod łóżka starą zakurzoną walizkę i znalazłam w niej kajecik z recepturami przekazanymi mi przez Stazję. Przejrzałam jego zawartość i nauczyłam się na pamięć listy składników potrzebnych do przyrządzenia gorącej czekolady. Rano kupiłam, co trzeba, i przygotowałam specjał mojego prapradziadka.

Wyjadałam aromatyczny, gęsty płyn i opłakiwałam moją widzącą duchy zmarłych prababkę, która zdążyła mi opowiedzieć tyle wspaniałych historii. Opłakiwałam także to, że nie znam zakończenia wielu z tych historii, nie rozumiem związku między wieloma zdarzeniami i prababka nigdy już niczego mi nie objaśni.

Ten sen zapamiętałam tak dokładnie, jakby wszystko zdarzyło się naprawdę. Doskonale pamiętam jego twarz. Różniła się nieznacznie od fotografii, którą znalazłam jako dziecko w szafie wśród starych zdjęć. Mój sen dotyczył mężczyzny, który pomógł Kitty Jaszi przedostać się na Zachód i był przyjacielem Kostii. Nie znałam jego nazwiska, ale w Zielonym Domu widywałam jego dawną fotografię. Stał na niej obok mego dziadka, w marynarskim mundurze, i uśmiechał się do obiektywu. W moim śnie odwiedził mnie w Berlinie i wręczył mi bukiecik fiołków, takich, jakie rosły w ogrodzie mojego dzieciństwa. I uśmiechał się. Był taki młody jak na zdjęciu z Leningradu. Zaprosiłam go do mieszkania, piliśmy herbatę, a potem pokazał mi jakąś walizkę, ale nie dowiedziałam się, co w niej jest, bo się obudziłam.

Po upływie trzech dni zadzwoniłam do domu. Nie było mi łatwo wytłumaczyć matce, o kim mówię, bo nie wiedziałam, jak nazywa się mężczyzna z mego snu. Wiedziałam tylko, że w rzeczywistości był to ktoś, kto towarzyszył Kitty podczas jej pobytu w Tbilisi, kiedy przyjechała z Anglii na *tournée*, i że to on przekazał mojemu dziadkowi wiadomość o śmierci Kitty.

– Mówisz o Georgim Alanii. Skąd on ci przyszedł do głowy?

– Nie wiem. Nagle zaczęłam o nim myśleć. Wiesz może, gdzie on jest i czy jeszcze żyje?

– Czego od niego chcesz?

– Prowadzę badania nad radzieckimi więźniami do mojej pracy doktorskiej i myślałam...

Po raz pierwszy nie wciskałam matce nieprawdy.

– Nie mam pojęcia, co się z nim stało. Ale rzeczywiście, był najlepszym przyjacielem twojego dziadka.

– Jak myślisz, kogo mogłabym o niego zapytać?

– Żyją jeszcze dawni koledzy Kostii, oni z pewnością go sobie przypomną.

Kilka dni później matka przekazała mi numer telefonu jednego z nich. Kiedy usłyszałam jego nazwisko, a potem głos w telefonie, od razu zorientowałam się, kto to jest. Był to ojciec Rusy, który swego czasu tak gościnnie podejmował dziadka, Darię i mnie w Batumi, nie domyślając się wcale, że jego przyjaciel ma romans z jego własną córką.

– Ależ przygnębiające sprawy badacie! Jesteś naukowcem? Twój dziadek byłby z ciebie dumny – powiedział, gdy wysłuchał, o co mi chodzi. – Wiesz, kto dzwoni!? – zawołał do kogoś w głębi mieszkania. – Wnuczka Kostii Jasziego, która mieszka w Niemczech. To cudowne dziecko, pamiętasz?

Usłyszałam w tle jakieś spieszne kroki i w słuchawce odezwał się głos:

– Nica?

Poznałam ją natychmiast. Ten miękki, otulający głos zupełnie się nie zmienił.

– Rusa?

Próbowałam wyobrazić sobie jej twarz. Jej szlachetne rysy, tak zmienione, gdy znalazłam ją wtedy w łazience. Twarz beztroskiej, zakochanej kobiety, która pragnęła po prostu zbyt wiele i świetnie grała w tryktraka. I teraz była przemiła, ciekawa wszystkiego, co mnie dotyczy, opowiadała, że pracuje jako adwokatka, wyszła za mąż i ma dwóch synów. Byłam trochę zaskoczona jej otwartością i serdecznością. Wydawało mi się, że dzisiejsza Rusa nie ma nic wspólnego z Rusą z Bakuriani w czerwonym kombinezonie narciarskim. Zanim oddała słuchawkę ojcu, powiedziała cicho:

– Przykro mi bardzo z powodu Kostii. Bałam się przyjechać na jego pogrzeb, po prostu nie mogłam. Chciałam mieć go w oczach żywego.

– Tak, rozumiem.

– Nica?

– Tak?

– Dziękuję.

Nie odpowiedziałam.

Można uratować ludzi. Nie udało mi się tylko uratować własnej siostry. Nie udało mi się uratować tych, których kochałam. Ani siebie samej. Przynajmniej udało mi się z Rusą – pomyślałam – przynajmniej z nią.

Ojciec Rusy poinformował mnie, że Alania od ponad dziesięciu lat mieszka w Londynie. Przeniósł się tam, kiedy zaczęła się pieriestrojka, i od tej pory nic o nim nie słyszał, nie ma jego telefonu ani adresu. Podziękowałam mu za informację i odłożyłam słuchawkę z myślą, by porzucić naiwny pomysł nawiązania kontaktu z Alanią. Lecz następnego dnia zadzwoniła Rusa. Chcąc mi pomóc, zmusiła ojca, żeby zadzwonił do kogoś w Moskwie, kto z kolei zatelefonował do kogoś, kto znał... i tak dalej, i tak dalej, i teraz przedyktowała mi adres Georgiego Alanii. Skwapliwie go zanotowałam. Alania mieszkał w miejscowości o lirycznej nazwie Seven Sisters – Siedem Sióstr.

Poleciałam do Londynu i wsiadłam do pociągu do Eastbourne. Potem wzięłam taksówkę i kazałam się zawieźć pod podany adres. Był to imponujący dom leżący nieco na uboczu, w pięknym ogrodzie różanym, otoczony krzakami czarnego bzu. Zadzwoniłam, nikt jednak nie otwierał. Nie wiedząc, co począć, przysiadłam na małej drewnianej ławce, zapaliłam papierosa i słuchałam dobiegającego z oddali szumu morza. Pomyślałam, że wynajmę na jedną noc pokój w najbliższej okolicy, a następnego ranka wrócę do Londynu. Byłam na siebie wściekła. Jak mogłam zakładać, że ten obcy mężczyzna opowie mi o swojej przeszłości? Może nawet otulony w wełniany pled i pykający fajkę!? Po diabła w ogóle przyjechałam! Czy mój przyjazd naprawdę wynika z potrzeb pracy naukowej, czy raczej szukam odpowiedzi, których sama potrzebuję, choć udaję, że nie są mi wcale potrzebne? Kiedy wypaliłam trzeciego papierosa, przeklinając, że teraz, w ciemności i na wietrze, będę musiała szukać noclegu w nieznanym miejscu, usłyszałam kroki.

Na wąskiej szutrowej drodze prowadzącej do domu zobaczyłam sylwetkę mężczyzny z laską i latarką. Zerwałam się z miejsca i podeszłam do niego, po czym bez wstępu wypaliłam, że pracuję nad projektem dotyczącym historii Związku Radzieckiego i potrzebuję informacji. Kiedy to powiedziałam, uświadomiłam sobie, że odezwałam się po gruzińsku.

Mężczyzna zatrzymał się i skierował na mnie światło latarki. Potem powoli do mnie podszedł. Mimo że musiałam mrużyć oczy przed oślepiającym światłem, domyśliłam się, że znalazłam tego, kogo szukam. Ogarnęła mnie euforia.

Poruszał się z trudem, podpierając się laską. Wyminął mnie, nie odpowiadając, wszedł do domu i zatrzasnął drzwi. Przestraszona, zaczęłam cicho pukać, tłumacząc jednocześnie, najgrzeczniej jak umiałam, powód mojego przybycia. Mężczyzna za drzwiami nie reagował. Ogarnęło mnie zwątpienie – wrócę z niczym.

Krzyknęłam przez drzwi:

– Jestem wnuczką Kostii Jasziego! Przyjechałam tu z jego powodu. I z powodu pana. I z powodu mojej prababki, babki i siostry...

Czułam, jak wali mi serce. W równym stopniu bałam się tego, że mnie nie wpuści, jak informacji, o które tak się dobijałam. Drżałam na całym ciele, kiedy po dłuższej chwili ostrożnie otworzył drzwi. Zbliżyłam się, a on powiódł ręką pokrytą starczymi plamami po moich policzkach, ujął moją twarz i wpatrując się we mnie szeroko otwartymi oczami, ze wzruszeniem zapytał po gruzińsku:

– To ty jesteś wnuczką Kostii?

– Zdaje mi się, że myli mnie pan z moją starszą siostrą. A ona... nie żyje.

Puścił moją twarz i cofnął się.

– Ta piękna dziewczyna?

– Tak, ta piękna dziewczyna.

– O Boże! Dlaczego, co się stało?

W Siedmiu Siostrach spędziłam cztery dni. Ten zniedołężniały starzec był pierwszym człowiekiem, z którym rozmawiałam o tym, co przeszłam od czasu mojego wyjazdu z Tbilisi. Alania zaproponował, bym zatrzymała się w jego domu, a ja przyjęłam tę propozycję, dowiedziawszy się, że dom należał kiedyś do siostry mojego dziadka. Alania chętnie odpowiadał na moje pytania. W rewanżu za moją historię opowiedział mi swoją. Łączyła się ona z fotografiami, które zdobiły ściany jego mieszkania. I z fotografią nieznanej kobiety, siostry mego dziadka.

Codziennie przychodził do niego rudowłosy pielęgniarz, który pomagał mu w codziennych sprawach i przygotowywał lekarstwa do zażycia.

– Czego panu brakuje? – zapytałam.

– Zapytaj raczej, czego mi nie brakuje – odparł.

Pokazał mi zatokę, w której utopiła się Kitty Jaszi. Został wysoko na klifie, bo był zbyt słaby, żeby zejść na dół. Zeszłam sama na plażę stromą ścieżką wśród skał. Myślałam, że odnajdę jej ślady, lecz znalazłam tylko morze.

Alania opowiadał mi o ludziach, których znałam, lecz po jego opowieściach ujrzałam ich w całkiem innym świetle. Otworzył się przede mną niczym książka, którą mogłam czytać.

– Powiedziałaś, że przyjechałaś z powodu swego dziadka i Kitty. Z powodu prababki i babki. Żeby wypytać mnie o różne sprawy. Ale nie powiedziałaś: przyjechałam ze względu na siebie. Dlaczego?

Zdumiało mnie to pytanie. Nie wiedziałam, co odpowiedzieć, a wtedy on uśmiechnął się do mnie tak, jakby mnie przytulał. Byłam bliska wniosku, że wszystko zyskuje tu swój sens. Lecz mój lęk nie ustępował, przeciwnie – z każdą historią się pogłębiał. W mojej głowie kłębiły się wszystkie duchy, a Alania rozsnuwał przede mną setki wątków barwnego dywanu. Patrzyłam na nie, nie umiejąc rozpoznać mego własnego wątku wśród splątanych nici.

Usiadłam na mokrym piasku, wiatr smagał mi twarz. Wyciągnęłam ręce w stronę morza.

Stazja miała rację: duchy istniały i nie odchodziły. Krzyknęłam. Nie chciałam duchów grających w ogrodzie w karty, a jednak byłam tu z Alanią, przywalona wszystkimi historiami i wydarzeniami, które w jego opowieściach atakowały mnie z niewiarygodną siłą, grzebiąc mnie pod swym ciężarem.

Historie Stazji miały w sobie coś magicznego – były baśniami z innego świata. Alania natomiast zarzucał mnie czystymi faktami i bombardował realną, brutalną rzeczywistością.

Chciałam żyć własnym życiem. Chciałam mieć przeszłość, która nadawałaby się do wykorzystania, tak żebym mogła opowiadać moim berlińskim przyjaciołom sentymentalne historie albo mieć materiał na sesje terapeutyczne. Tak, takie życie powinnam wieść. Czy nie dlatego przebyłam granicę dzielącą Wschód od Zachodu, granicę między „wczoraj" a „teraz"?

Zagrzebałam się w mokrym piasku. Nie po to tu przyjechałam, żeby morze przypominało mi wszystko, co było kiedyś w moim życiu. Nie, teraz chciałam się dowiedzieć, co jeszcze jest w nim możliwe. I wpatrując się w szary horyzont, zrozumiałam, że wchłonęłam w siebie zbyt dużo historii, że nie pozwalają mi one patrzeć w przyszłość, lecz każą oglądać się za siebie, jak Orfeuszowi.

Stromą ścieżką wróciłam do Alanii na klif.

Gdy przyszliśmy do domu, poprosiłam, żeby odpowiadał tylko na pytania ważne dla mojej pracy doktorskiej. Bez wymieniania nazwisk, które znałam, bez wspominania krewnych. Bez poruszania osobistych wątków.

Alania spojrzał na mnie pytająco. Poczęstował mnie lemoniadą z czarnego bzu. Na starym adapterze położył jakąś płytę. Zamknął oczy.

– Ten głos, jej głos. To się pamięta. Na zawsze – powiedział. – Tak, pytaj, pytaj spokojnie o wszystko, co chcesz wiedzieć. Ale jedź do Londynu. I to szybko. I odszukaj Amy. Amy przez lata próbowała nawiązać kontakt z waszą rodziną. Wtedy istniała jeszcze żelazna kurtyna i nikt nie jeździł na Wschód. A ja trzymałem się z daleka, po moim przyjeździe tutaj unikałem kontaktów z Rosją. Radzę ci, odwiedź Amy.

– Czy naprawdę może to mieć jakieś znaczenie w tej sprawie?

– To fascynujące – mówił dalej, jakby mnie nie usłyszał. – Wiedziałem, że pewnego dnia ktoś się zgłosi, że ktoś będzie tego szukał.

– Ja naprawdę robię to tylko dlatego, że piszę doktorat.

– Nie powinnaś oddzielać swojej historii od tego, co działo się dokoła, uciekać od samej siebie. Niezależnie od tego, co z tym zrobisz, nie powinnaś tak postępować.

– Zbieram materiał do badań naukowych, nie do powieści o miłości.

– Jedź do Londynu. Albo do Wiednia. Porozmawiaj z Fred Lieblich, dam ci jej adres. Kto wie, jak długo jeszcze będzie istniał ten ślad.

Nie odpowiedziałam.

Nie pojechałam do Wiednia ani do Londynu.

Nie wróciłam do Gruzji.

Nie pisałam.

Nie napisałam ani słowa.

Zabroniłam sobie analizowania słów, z których mógłby wynikać sens wykraczający poza zakres codziennych spraw, zabroniłam sobie słów, które wyrażają więcej, niż się wydaje, słów niekoniecznych do codziennego użytku. Zabroniłam sobie budowania zdań, które miałyby formę oddającą wiernie moje myśli. Zabroniłam sobie właściwie wszelkiego myślenia.

Nie skończyłam pisania doktoratu. Broniłam się, nie chciałam się zdradzać z żadnymi zdolnościami, które wykraczałyby poza to, co niezbędne do codziennego życia, wyrastały ponad życie innych ludzi, ponad godziny spędzane w warsztacie samochodowym i przy grze w karty. Pracę naukową wykonywałam *pro forma*, dla mojego szefa, który ciągle mnie upominał, żebym coś wreszcie zrobiła z zebranym do doktoratu materiałem. Nic z nim nie robiłam, ale szef jakoś mnie nie wyrzucił.

Zapowiadana publikacja ukazała się w 2002 roku i wywołała wiele kontrowersji. Choć byłam jej współautorką, nie chciałam angażować się w nic, co nie było absolutnie konieczne. Mojemu szefowi, specjaliście od Europy Wschodniej, hardo odmówiłam towarzyszenia na konferencji. Nasz projekt się skończył i miałam nadzieję, że pozbędę się obowiązków związanych z nauką. Myliłam się jednak, zostałam bowiem polecona do Instytutu Politologii imienia Ottona Suhra, a tam zaproponowano mi stanowisko docenta i profesurę gościnną. Przyjęłam tę propozycję tylko dlatego, że musiałam skończyć z zarabianiem grą w pokera. Kilka tygodni wcześniej nakryto mnie na grze na zapleczu pewnej restauracji i od doniesienia na policję uratowało mnie tylko to, że zapłaciłam właścicielowi lokalu horrendalną sumę.

Chciałam nadal posyłać pieniądze rodzinie w Gruzji, musiałam także opłacić koszty rozwodu z Severinem, a ponieważ Severin chciał zamieszkać z Gerritem, należało postarać się o mieszkanie. Zgodziłam się więc na prowadzenie wykładów w Instytucie Ottona Suhra. Ich tematem miała być zimna wojna. Nauczyłam się na pamięć obcych zdań, obcych tez i wspomnień i klepałam je każdego dnia na nowo w sali wykładowej. Spodziewałam się skarg studentów na nieatrakcyjność moich wykładów, a co najmniej na brak zapału do nauczania, skargi jednak nie wpływały. Studenci zaakceptowali mnie, tak jak ja zaakceptowałam swoje życie, toczące się tępo, drogą donikąd.

Znalazłam wyremontowane mieszkanie na Motzstraße i po sentymentalno-radosnym wieczorze pożegnalnym, który urządziliśmy z Severinem, wyprowadziłam się, robiąc miejsce dla wytęsknionego szczęścia Severina.

Od czasu do czasu zaczęłam się umawiać z żonatymi mężczyznami, którzy mimo spotkań ze mną nie mieli zamiaru niczego zmieniać w swojej sytuacji. Urządzałam też wypady samochodem, przemierzając Europę wzdłuż i wszerz. Nie czytałam prasy, nie oglądałam telewizji, internetu używałam tylko po to, żeby napisać e-mail i być w kontakcie z moim instytutem. Nie interesowałam się ani wschodnią, ani zachodnią częścią świata.

Dzwoniłam do matki i do Aleka, a w tle słyszałam głos coraz starszej Brilki. Brilka była zbyt uparta i małomówna, żeby dało się z nią porozmawiać. Szybko nudziła ją rozmowa i oddawała słuchawkę dorosłym.

Z Anglii dostawałam pocztówki pisane niewyraźnym charakterem pisma. Jeśli w ogóle odpowiadałam, to chłodno, choć uprzejmie. Nie spełniałam próśb i żądań Alanii, bo wydawały mi się natarczywe.

Znalazłam złoty, a może raczej rdzawoczerwony środek własnego istnienia, lecz nie było to istotne, i nadal szłam przez życie, nie oglądając się w tył, co w miarę upływu czasu stawało się coraz łatwiejsze.

Elene i Aleko odwiedzili mnie w Berlinie dwa razy, a ja grałam wtedy rolę grzecznej córki. Brilki nigdy z nimi nie było – zostawała u rodziców Laszy. Opowiadali mi, że rośnie z niej utalentowana tancerka, a ja myślałam wtedy, że Stazja – gdziekolwiek teraz jest – przygląda się krokom Brilki czujnie, życzliwie, a zarazem surowo.

Pewnego dnia, kiedy Severin, Gerrit i ja siedzieliśmy w knajpce, wbiwszy wzrok w ekran telewizora zainstalowany nad barem, zobaczyliśmy, jak ludzie z oddziałów specjalnych siłą ściągają z mównicy Szewardnadzego, a przez tłum, przy gromkim aplauzie, przebija się jakiś rosły mężczyzna z różą w ręce i ogłasza w Gruzji nową rewolucję oraz nową erę. Rozpoznałam budynek tbiliskiego parlamentu, moją dawną szkołę i bulwar Rustawelego. Ale miejsca te wydały mi się tak odległe, że z trudnością kojarzyłam je z własnym życiem. Severin w radosnym uniesieniu wiwatował na cześć młodego rewolucjonisty i – jak się wydawało – przyszłego prezydenta Gruzji, cieszył się też, podobnie jak Zachód, z całym gruzińskim narodem z przezwyciężenia korupcji, otwarcia na Zachód i wprowadzenia demokracji.

Severin zerkał na mnie, spodziewając się entuzjazmu, lecz ja mruknęłam tylko, że to już trzeci gruziński mesjasz od 1989 roku i że żaden nie spełnił jak dotąd swoich obietnic.

– Lepiej zamów po jeszcze jednym piwie. Najpóźniej za cztery lata będziemy wiedzieli, kto z nas dwojga miał rację – powiedziałam.

Gerrit również był zachwycony obrazami pokojowej rewolucji i widokiem symbolicznej róży. Nazwał mnie fatalistką.

– U nas nikt się nie wychyla i na nic nie skarży. Wszyscy mają się przecież dobrze. U was pewne rzeczy są jeszcze możliwe, więc ciesz się, że kraj i przyszłość nie są ludziom obojętne! Mimo wszystko!

Patrzył na ekran z dziwną sympatią. I znowu zadziwiła mnie zachodnia tęsknota za chaosem.

Z wyciągniętą ręką, w szalu,
Wołam przez okno:
Hej, wy tam, dzieci, powiedzcież,
Które mamy tysiąclecie?
Borys Pasternak

2006

W chwili gdy Aman Baron, znany jako „ten Baron" albo tylko „Baron", wyznał mi, że kocha mnie wstrząsająco niedobrze, nieznośnie lekko, uparcie milcząco i głośno, tak że można skonać ze śmiechu, chorowitą, słabującą, pozbawioną iluzji i wytężenie twardą miłością, moja dwunastoletnia siostrzenica Brilka wyszła z hotelu w Amsterdamie i ruszyła w kierunku dworca. Miała przy sobie tylko małą sportową torebkę, trochę pieniędzy w portfelu, a w ręce kanapkę z tuńczykiem. Chciała jechać do Wiednia i kupiła tani weekendowy bilet na pociąg regionalny. W recepcji zostawiła karteczkę. Napisała, że nie ma zamiaru wracać ze swoją grupą taneczną do ojczyzny i żeby jej nie szukać.

W tej właśnie chwili zapaliłam papierosa i dostałam ataku kaszlu – częściowo z wrażenia, jakie zrobiło na mnie wyznanie Amana, a częściowo od dymu, którym się zakrztusiłam. Aman, którego nigdy nie nazywałam „tym Baronem", od razu do mnie podszedł, klepnął mnie w plecy tak, że na moment straciłam oddech, i spojrzał zaskoczony. Na jego twarzy malowało się rozczarowanie – nie takiej reakcji spodziewał się na swoje wyznanie. Zwłaszcza że zaproponował mi, żebym pojechała z nim na *tournée*, które rozpoczynał za dwa tygodnie. Aman był jazzmanem. Grał na wszystkich instrumentach, znanych mi i nieznanych, lecz głównie na saksofonie. Miał czarne loki, krzywy nos i niewiarygodnie smutne, łzawe spojrzenie. Był rosły, niezgrabny w ruchach oraz sprawiał wrażenie zagubionego. I miał dwadzieścia dziewięć lat.

Za oknem zaczął kropić deszcz, był czerwiec, ciepły zmierzch z lekkimi jak mgła chmurami, które ozdabiały niebo niczym małe kłębki waty. Kiedy kaszel minął, a Brilka wsiadła do pociągu, rozpoczynając swoją odyseję, gwałtownie otwarłam drzwi balkonowe i opadłam na sofę. Wydawało mi się, że się duszę.

Usiadłam na sofie, oparłam twarz na rękach i pocierałam oczy, unikając wzroku Amana. Znowu zbierało mi się na płacz, ale wiedziałam, że nie mogę się rozpłakać. Nie teraz, kiedy Brilka z okna pociągu widzi migającą starą-nową Europę i po raz pierwszy się uśmiecha na myśl o swym przybyciu na ten kontynent obojętności. Nie wiem, jaki widok skłonił ją do uśmiechu, gdy opuszczała miasto z miniaturowymi mostami, ale to nieważne. Najważniejsze, że się uśmiechnęła.

Chce mi się płakać, pomyślałam dokładnie w tym momencie. I żeby tego nie zrobić, wstałam z sofy, poszłam do sypialni i położyłam się na łóżku. Na Amana nie musiałam długo czekać. Taki smutek jak jego bardzo szybko można uleczyć, jeśli się zaproponuje leczenie ciałem – zwłaszcza gdy chory ma dwadzieścia dziewięć lat.

Własnym pocałunkiem obudziłam się z letargu.

A kiedy Aman położył głowę na moim brzuchu, moja dwunastoletnia siostrzenica opuszczała Holandię. Przejeżdżała niemiecką granicę w przedziale wypełnionym zapachem piwa z puszki oraz samotnością, podczas gdy wiele setek kilometrów dalej jej nic nieprzeczuwająca ciotka udawała miłość do dwudziestodziewięcioletniego cienia.

Tymczasem siostrzenica przemierzała Niemcy w nadziei, że posuwa się naprzód.

Amana poznałam w niewielkim lokalu w pobliżu mego domu. Występował tam ze swoim trio, które nazywało się Baronowie. Aman grał własną interpretację *Cry Me a River*, wykonując pijane, niekończące się pasaże, a ja zauważyłam, że dzięki jego grze po raz pierwszy od niepamiętnych czasów ogarnęły mnie emocje, których dawno nie przeżywałam. Do tego stopnia, że po jego występie podeszłam do niego z pytaniem, gdzie będzie grał następny koncert. Aman był sympatyczny, lekko wstawiony i rozmowny. Lokal był prawie pusty – większość ludzi opuściła już klub. Wydawało nam się, że na świecie jesteśmy tylko my – ja i on. Była to długa rozmowa, a ponieważ członkowie jego zespołu też już się zmyli, on zaś na końcu naszej rozmowy był tak pijany, że nie wiedział, co się dzieje, postanowiłam zabrać go do siebie. I tak wylądował w moim mieszkaniu na sofie. Następnego dnia wyszedł bez słowa, a cztery dni później, o drugiej w nocy, znowu zadzwonił do moich drzwi. Wpuściłam go, o nic nie pytając, znów dostał koc i poduszkę. Trwało tak przez kilka tygodni. Aman przychodził, spał, a rano znikał.

Pewnego wieczoru w lutym – jego wizyty stały się już czymś normalnym, tak że sofę zostawiałam dla niego rozłożoną – wyjątkowo przyszedł trzeźwy, usiadł i zapytał, czy mógłby dostać herbaty. Podałam mu herbatę i położyłam się spać, ale po jakimś czasie obudził mnie dźwięk jego saksofonu. Wstałam i w starej nocnej koszuli poszłam do pokoju gościnnego. Aman grał z zapamiętaniem. Łzy napłynęły mi do oczu, stałam i słuchałam. W pewnej chwili mnie zauważył. Pozwoliliśmy sobie na to, by zapomnieć o bożym świecie. Moment był bardzo prawdziwy. I oboje nas zaskoczył.

Potem znowu wróciłam do łóżka, a on grał. Nagle ucichł, ja zaś czekałam, że znowu zacznie. Słyszałam, że bierze prysznic, słyszałam go w kuchni, jak otwiera lodówkę, i nagle stanął przede mną nagi. Nie odwróciłam oczu. Położył się obok mnie, mówiąc, że mu kogoś przypominam i to sprawia, że czuje się strasznie smutno, nieskończenie smutno, nieznośnie smutno, o Boże, jak smutno, i nie przerywając zapewniania o swoim smutku, objął mnie, a ja, ciągle jeszcze zaskoczona, słysząc w głowie melodie, które przed chwilą grał, poddałam się w końcu i otworzyłam ramiona.

W łóżku opowiedział mi swoją historię. Mówił, że jego matka mieszka teraz w Izraelu, że jego ojciec odszedł, kiedy Aman miał trzy lata, i nie daje znaku życia. Opowiadał, że rzucił szkołę i mając siedemnaście lat, zdał do szkoły muzycznej, ale i tę szkołę rzucił, że w tej chwili nie ma gdzie mieszkać, że od lat nie może się zakochać. I tak dalej.

Następnego dnia znowu znikł. Obudziłam się, a jego po prostu nie było. Ale nie widziałam w tym problemu. Najlepsze w nim było to, że niczego nie oczekiwał. Po prostu przychodził i odchodził. Niczego nie żądał. Zadowalała go filiżanka herbaty, szklaneczka whisky, talerz rosołu. Był wolny, wolny od pragnień.

Toczyło się to tak przez rok bez mała. Nigdzie nie bywaliśmy, nie chodziliśmy do kina, nie robiliśmy niczego, co zwykle robią ludzie, którzy są parą. Niczego nie ustalaliśmy, nie mieliśmy żadnych planów. Czasami, gdy wracałam do domu, on siedział już na klatce schodowej i czekał. Nigdy nie wiedziałam, co robił, kiedy nie spędzał nocy u mnie, i on też wiedział o mnie niewiele.

Kiedy Aman zasnął, wstałam, poszłam do łazienki, usiadłam na brzegu wanny i zaczęłam płakać. Gorzkimi łzami opłakiwałam udawaną miłość, tęsknotę za wiarą w słowa, które kiedyś tak silnie wpływały na moje życie. Potem poszłam do kuchni, zapaliłam papierosa i wyjrzałam przez okno.

Przestało padać. Nagle z jakiegoś powodu zrozumiałam, że coś się wydarzyło, coś się rozpoczęło, coś poza tym mieszkaniem o wysokich sufitach, z osieroconymi książkami, gorliwie gromadzonymi przeze mnie licznymi lampami – moją namiastką nieba, iluzją prawdziwego światła. Światełkiem w moim własnym tunelu. Ale tunel był zawsze, a światła lamp pocieszały mnie na krótko, tylko na chwilę.

Następnego dnia zadzwoniła moja matka. Za każdym razem groziła, że umrze, jeśli zaraz nie wrócę do ojczyzny, z której uciekłam przed wielu laty. Drżącym głosem przekazała mi wiadomość, że „to dziecko" uciekło. Dłuższą chwilę trwało, zanim pojęłam, o jakim dziecku mowa i w jaki sposób to wszystko wiąże się ze mną.

– Jeszcze raz: gdzie ona dokładnie była?

– W Amsterdamie. Co z tobą, do diabła! Nie słyszysz, co mówię? Uciekła wczoraj i zostawiła wiadomość. Zadzwonił do mnie kierownik zespołu. Postawiono wszystkich na nogi...

– Czekaj, czekaj. Jak jedenastoletnia dziewczynka może zniknąć z hotelu, zwłaszcza że...

– Dwunastoletnia. W listopadzie skończyła dwanaście lat. Oczywiście nie pamiętasz. Jakżeby inaczej.

Głęboko zaciągnęłam się papierosem, przygotowując się na nadciągającą katastrofę. Ton matki nie wskazywał na to, że uda mi się szybko odciąć od tej afery i zniknąć, co w ostatnich latach było moją specjalnością. Szykowałam się na obowiązkowe wyrzuty, które zawsze zmierzały do tego, by mi uzmysłowić, jaką jestem złą córką i jak niewydarzonym człowiekiem. I bez pomocy matki dobrze o tym wiedziałam.

– Weźmiesz ją do siebie. A potem wsadzisz w samolot – powiedziała matka.

Tej samej nocy znaleziono uciekinierkę w małym austriackim miasteczku niedaleko Wiednia, gdzie czekała na połączenie. Została zatrzymana przez austriacką policję i zabrana na posterunek.

Aman patrzył na mnie szeroko otwartymi oczyma, nic nie pojmując. Ubierałam się pospiesznie. Może w ogóle jeszcze nie rozumiał świata.

– Jaka siostrzenica? Gdzie jest w ogóle to Mödling?

– Polecę samolotem o szóstej rano. I przywiozę ją. Z Wiednia wylecę o szesnastej i wieczorem będę z powrotem. Pojutrze wsadzę ją do samolotu do Tbilisi, a potem pogadamy w spokoju, okej?

– Mógłbym z tobą pojechać, mógłbym...

– Nie. Załatwię to sama, to nic takiego. Po prostu dziewczyna w wieku dojrzewania odłączyła się od grupy i uciekła. Muszę przemówić jej do rozsądku.

W środę byłam już na dworcu w małym austriackim miasteczku. Moja siostrzenica siedziała tam w towarzystwie policjanta oraz pracownika kolei. Podpisałam jakiś papier, przeprosiłam za kłopot i wzięłam Brilkę pod swoją opiekę.

Dawno nie widziałam jej fotografii i byłam zaskoczona, że tak wyrosła. Miała krótką, chłopięcą fryzurę, okulary lenonki, stare dżinsy i trochę za dużą flanelową koszulę w kratkę. Jedyne, co od razu w niej poznałam, to czarne jak smoła oczy, takie same jak wtedy, kiedy się urodziła. Miała długie, gęste rzęsy, bardzo jasną cerę, którą odziedziczyła po matce, i różowe policzki. Wyraz jej twarzy wskazywał na dużą koncentrację i był poważny, jakby nigdy się nie śmiała.

– Co teraz zrobimy? – zapytała, kiedy opuściłyśmy dworzec, a ja zapaliłam papierosa.

– No cóż... Jeśli szybko nie wsadzę cię do samolotu i nie wyślę do domu, twoja babcia mnie zabije.

– Nie wsiądę do samolotu! Boję się latać.

– Więc jak przybyłaś do Amsterdamu? Przycwałowaś na koniu?

– Mogę lecieć samolotem, jeśli obok mnie jest przynajmniej troje ludzi, których znam.

– Coś takiego!

– Ale to prawda. Jeżeli nie będę się trzymać tej zasady, samolot spadnie i się rozbije – oświadczyła, jakby sprawa nie podlegała żadnej dyskusji.

– Chyba sobie ze mnie żartujesz! Ale to ci się nie uda. Ze mną nie pójdzie ci tak łatwo.

– Mówię, jak jest. Ja zawsze trzymam się swoich zasad.

– Dobrze, lecz to nie są moje zasady, a ponieważ teraz przez pewien czas ja będę decydować o twoim wychowaniu, ja też będę ustalać reguły.

– Nie chcę wracać do domu – powiedziała nagle cicho, spuszczając wzrok.

Popatrzyłam na nią w osłupieniu. Miała szczególny sposób mówienia, który wytrącał mnie z równowagi. Już teraz czułam, że mam dość, i z obawą myślałam o tym, jak przetrwam kolejne godziny.

– Najpierw polecimy do Berlina, a potem...

– Mówię przecież, że nie polecę, jeśli nie będę miała koło siebie przynajmniej trzech osób, które znam.

– A ja mówię: koniec dyskusji.

– Jesteś bardziej francowata, niż myślałam – rzuciła piskliwie.

Czubkiem brudnych tenisówek rysowała kółka na trotuarze.

– A ty jesteś niewychowaną dziewuchą, która działa mi na nerwy.

Wzruszyła ramionami i odwróciła się do mnie plecami.

– Jestem głodna – oświadczyła i zaczęła grzebać w plecaku.

– Dostaniesz wszystko, co chcesz, jeśli wsiądziesz ze mną...

– Nie.

– Nie mogę jechać z tobą do Berlina pociągiem, to będzie zbyt długo trwało, a ja muszę... Mam dużo pracy.

– To leć sama, ja pojadę za tobą pociągiem. Skoro przyjechałam tutaj, to potrafię też dojechać do Berlina!

Postanowiłam zmienić taktykę i okazać jej więcej wyrozumiałości. Łagodnym tonem próbowałam ją przekonać o wyższości samolotu nad pociągiem, obiecałam, że zostanie w Berlinie kilka dni i że pokażę jej miasto. Ale ona była nieugięta, odwróciła się do mnie plecami, nie chciała w ogóle słyszeć o samolocie. Nie pozostało mi nic innego, jak zadzwonić do Elene i zapytać, jak postąpić z jej wnuczką. Trudno byłoby mi Brilkę zaciągnąć siłą do samolotu – była ode mnie prawie o dwie głowy wyższa.

Na moment zostawiłam ją samą, odeszłam na bok i wyciągnęłam z torby komórkę, której rzadko używałam i której bateria ciągle alarmowała, że jest rozładowana, bo nigdy nie pamiętałam, żeby ją naładować. Wybrałam numer matki.

– Co to za dziecko!? – natarłam bez żadnych wstępów. – To wariatka! Nie chce lecieć samolotem. Nie mam czasu na jej kaprysy. Zaraz dam ci ją do telefonu, a ty jej wytłumaczysz, żeby jednak zdecydowała się polecieć ze mną do Berlina...

– O Boże, jakie to szczęście, że ją znalazłaś – powiedziała matka z ulgą. – Tak, Brilka potrafi być bardzo osobliwa. Ma swoje metody...

– Metody? Jakie metody!? Nie mam czasu na jej metody! Muszę pracować. Muszę wracać do Berlina, a jeśli natychmiast mnie nie posłucha, zwiążę ją...

– Ach, Nica, przypomnij sobie siebie! Myślisz, że w jej wieku byłaś inna? Doprowadzałaś mnie do białej gorączki! Pod pewnymi względami jesteście do siebie bardzo podobne.

– Nie jesteśmy do siebie podobne! Ona jest rozpuszczona! – wrzasnęłam, lecz zanim matka zdążyła mi odpowiedzieć, usłyszałam dźwięk oznaczający, że moja komórka przestała działać.

Zaklęłam i wróciłam do mojej niemożliwej siostrzenicy.

Postanowiłam ją przechytrzyć. Bądź co bądź nie odmawiała jazdy pociągiem.

Pojechałyśmy więc pociągiem do Wiednia.

Przez całą drogę obgryzała paznokcie, kiwała się na siedzeniu, wstawała i chodziła w tę i we w tę, znowu siadała, a w końcu wyciągnęła z plecaka duży notes i stary walkman, założyła słuchawki i zaczęła coś pisać. Nie starałam się nawiązywać z nią rozmowy, myślałam za to intensywnie, jak ją podejść, żeby zechciała wsiąść do samolotu. W Wiedniu weszłyśmy do pierwszego lepszego lokalu w pobliżu dworca, żeby coś zjeść. Tu czekała na mnie kolejna niespodzianka. Okazało się, że moja siostrzenica jest wyrafinowanie wybredna: jada tylko potrawy o określonych barwach, a niektórych kolorów nie znosi. Zacisnęłam zęby, żeby nie wybuchnąć i nie krzyknąć, by się uspokoiła i była zadowolona z tego, co znajdzie na talerzu.

Kiedy potem wsiadłam z nią do taksówki, mówiąc jej, że zwiedzimy trochę miasto, i kiedy zorientowała się, że jedziemy w kierunku lotniska, tak zaczęła wrzeszczeć, że taksówkarz zatrzymał się na poboczu. Brilka wyskoczyła jak oparzona i poszła przed siebie, stawiając wielkie kroki, mimo że miała ciężki plecak. Musiałam za nią biec, żeby nie stracić jej z oczu, obłaskawiać ją i przysięgać na wszystkie świętości, że pojedziemy pociągiem.

Nocny pociąg z Wiednia do Berlina odjeżdżał dopiero o dwudziestej drugiej, musiałam więc jeszcze przez kilka godzin jakoś się przemęczyć. Usiadłam z nią w kawiarni na dworcu, gdzie wypiła trzy fanty, jedną za drugą.

– Okropny napój, nie chciałabyś prawdziwego soku? – zapytałam.

Odpowiedzią było lekceważące, ponure spojrzenie. Wtedy postanowiłam oszczędzać własne nerwy, zostawić ją w spokoju i dopiero gdy odeślę ją do Tbilisi, bez ogródek uzmysłowić mojej matce, jakie efekty dało jej wychowywanie.

Kupiłam kilka czasopism i zagłębiłam się w lekturze. Kiedy podniosłam głowę, Brilki nie było. Wpadłam w panikę. Pociąg odchodził za pół godziny. W dworcowym tłumie szukałam wzrokiem jej szczupłej sylwetki, okrągłych okularów, przygarbionych ramion. Wołałam ją po imieniu i klęłam, na czym świat stoi.

Znalazłam ją w końcu w damskiej toalecie. Kipiałam z wściekłości, więc zaczęłam krzyczeć, co jej strzeliło do głowy i żeby sobie darowała takie numery. Popatrzyła na mnie obojętnie i ignorując mnie, zaczęła myć ręce. Podeszłam blisko i spojrzałam na jej odbicie w lustrze.

– Co się z tobą dzieje, do jasnej cholery! Czego ty chcesz!? Czemu służy cała ta akcja i dlaczego szargasz mi nerwy?

Przyglądała mi się dłuższą chwilę, a potem najspokojniej w świecie wytarła sobie ręce i rzuciła jakby od niechcenia:

– To ty masz problem, wiesz o tym?

W pociągu wpełzła z walkmanem w uszach na górne łóżko. Rozbawił mnie ten widok – od dawna nie widywałam już nikogo z walkmanem. Budziłam się co dwie godziny, sprawdzając, czy leży na swoim miejscu.

Kiedy dotarłyśmy do Berlina, wzięłyśmy taksówkę do mnie do domu. Na klatce schodowej przeskakiwała stopnie. Zdawało mi się, że przestrzegała przy tym jakichś swoich irracjonalnych reguł. O nic jednak nie zapytałam, nie chcąc znowu mimowolnie jej rozdrażniać. Byłam zbyt zmęczona podróżą, żeby fundować sobie kolejne niespodzianki.

Amana na szczęście nie było w domu. To oszczędziło mi tłumaczenia mu całej sytuacji. Wyciągnęłam z lodówki wszystko, co miałam, i przygotowałam Brilce śniadanie. I znowu zaczęła sortować jedzenie według kolorów. Teraz widziałam to wyraźniej: lubiła wszystko, co żółte – fantę, żółtko, pomarańcze. Kolor ciemnozielony odrzucała zupełnie. Biel akceptowała. Czerwonego nie dotykała, salami odsunęła na brzeg talerza.

Przypatrując się jej w trakcie posiłku, gorączkowo przypominałam sobie to, co opowiadała mi o niej moja matka. Że nad życie uwielbia taniec. Że nienawidzi, kiedy nazywa się ją Anastazją. Że nie uczy się zbyt dobrze, ale dużo czyta. Że kocha zwierzęta. Że ma jakąś alergię, choć nie pamiętam na co. Że kocha filmy rysunkowe. Że tak jak jej matka kocha konie. Że nie ma koleżanek. Że boi się błyskawic i grzmotów. Tyle o niej wiedziałam. Musiałam przyznać przed sobą samą, że jej po prostu nie znam, nie potrafię się wczuć w jej myśli i przeżycia. Byłyśmy sobie obce i wydawało mi się, że każdym słowem, spojrzeniem i gestem daje mi do zrozumienia, że nie oczekuje ode mnie bliskości.

Ale dlaczego Elene nie wspomniała ani słowem o jej fobiach i uprzedzeniach? Toż to czysta rozpacz!

– Więc co teraz robimy? – zapytałam ją po dobrej półgodzinie, kiedy przeżuwała w milczeniu posortowane według barw jedzenie.

Znowu wzruszyła ramionami, a ja poczułam, że muszę nią wstrząsnąć. Próbowałam przypomnieć sobie siebie i Darię w jej wieku, lecz nie znalazłam żadnego podobieństwa. To, z czym teraz miałam do czynienia, całkowicie mnie przerosło.

– Twoje wzruszanie ramionami nie pomaga nam rozwiązać problemu. Musimy dojść do porozumienia, a poza tym czekają na ciebie twoi dziadkowie i martwią się.

– Dlaczego się martwią? Jesteś przecież ich córką. Wiedzą, że jestem w dobrych rękach.

Obierała ogórek, dokładnie usuwając skórkę.

– Dlaczego tak robisz?

– Jak?

– No, z jedzeniem.

– Bo jak połączę zielony z czerwonym, umrę – powiedziała spokojnie.

– Co ci przychodzi do głowy!?

– A dlaczego tobie nie przyjdzie do głowy choć raz przyjechać do nas w odwiedziny?

Zastrzeliła mnie tym pytaniem. Nie wiedziałam, co odpowiedzieć.

Poszłam do pokoju i pościeliłam dla niej tapczan. W łazience położyłam świeży ręcznik oraz nową szczoteczkę do zębów. Otworzyłam drzwi balkonowe i usiadłam przy małym stoliku. Czułam, że szybko muszę znaleźć jakieś wyjście. Podstępem i zwodniczymi obietnicami niczego nie osiągnę. Uprze się i nie pojedzie ze mną na lotnisko. Gdyby nawet udało mi się ją nakłonić, żeby poleciała samolotem, nie mogę z nią polecieć. Po pierwsze, semestr w Berlinie jeszcze się nie skończył, po drugie, miałam pewne obowiązki wobec mojego specjalisty od spraw wschodnich, a poza tym było jeszcze po trzecie i po czwarte. Najchętniej naciągnęłabym kołdrę na głowę i zaczekała, aż sprawy same się rozwiążą.

Nagle zobaczyłam, że Brilka stoi przede mną i skarży się, że u mnie nie ma nawet telewizora.

– Istnieje zbyt wiele innych zajęć, by trawić czas przed tym pudłem – odpowiedziałam zdenerwowana.

– Jakie mianowicie?

– Spacery. Czytanie. Myślenie albo zastanawianie się, w jaki sposób panienka wróci do domu.

– Powiedziałam przecież, że nie chcę wracać do domu. W każdym razie nie teraz.

– No dobrze, więc co chcesz?

– Muszę jechać do Wiednia.

– Do Wiednia. Rozumiem. A co będziesz porabiać w Wiedniu?

– Muszę tam kogoś znaleźć.

– Kogóż, na Boga, chcesz tam znaleźć!?

– Pewną kobietę. Nie znasz jej.

– Ej, Brilka! A poza tym... jakie to śmieszne imię. Brilka! Dlaczego tak o sobie mówisz? Twoje prawdziwe imię jest o wiele piękniejsze.

– Mogę się nazywać, jak chcę. Ciebie najmniej powinno to obchodzić.

W tym punkcie miała, niestety, rację. Nie interesowałam się nią przez dwanaście lat, więc wygłaszanie teraz takich uwag rzeczywiście było nie w porządku.

– Słuchaj, Brilko. Ja mam tu swoje życie, swoje obowiązki. Twoja babcia kazała mi cię wysłać jak najszybciej do Gruzji. Jak pewnie zauważyłaś, jestem cokolwiek zaskoczona całą tą sytuacją, a poza tym niespecjalnie mi to wszystko leży. Nie mogę tak po prostu rzucić moich zajęć i wsiąść z tobą do samolotu. Nie pojedziesz do Wiednia. W każdym razie nie teraz. Poza tym nie będę mogła się o ciebie dłużej troszczyć. Więc zdecyduj się na coś.

– Gdybyś wsiadła ze mną do samolotu, to i tak by nie wystarczyło. Mówiłam ci przecież, że to musi być przynajmniej troje ludzi, których znam.

– Daruj sobie te niedorzeczności!

– To nie są niedorzeczności! – krzyknęła, odwróciła się na pięcie i wybiegła z pokoju.

Kiedy wróciłam z balkonu, jej już nie było, leżały tylko jej rzeczy. Zeszłam na dół, szukałam jej na dookolnych ulicach, poszłam w stronę Nollendorfplatz, przeczesywałam dworzec. Byłam wykończona nerwowo. Wróciłam do domu i zadzwoniłam do matki. Zarzuciłam jej, że źle wychowała swoją wnuczkę, i domagałam się, żeby z nią porozmawiała i przekonała ją, że ma wsiąść do samolotu.

– Zachowuje się tak, jakby zwariowała. Nie wiem, co robić.

– Wysil się trochę, Nico. Nie podam ci przecież instrukcji jej obsługi.

– Ale, *deda*, nie mów tak do mnie. Porozmawiaj z nią. Zrób coś! To ty ją wychowałaś, musisz przecież wiedzieć, jak do niej trafić.

– Może przekonasz ją, żeby wróciła do Amsterdamu. Porozmawiaj z nią, niech wróci do domu ze swoim zespołem.

– Nie pojmuję, że godzisz się na to wszystko. Dla nas byłaś znacznie surowsza!

– Was chowałam jako matka, ją chowam jako babka.

To zdanie zakończyło dyskusję. Nie widziałam sensu, by ciągnąć ją dalej. Chwyciłam się pomysłu matki, żeby moja siostrzenica wróciła do Amsterdamu. To mogło być jakieś wyjście. Tymczasem jednak zapadł zmrok, a ja ciągle nie wiedziałam, gdzie ona się podziewa. Zaczęłam się ubierać, żeby wyjść i dalej jej szukać, ale kiedy wkładałam buty, zadzwonił dzwonek i na progu, jakby nigdy nic, stała Brilka. Weszła do mieszkania, mijając mnie bez słowa. Po chwili usłyszałam z kuchni jej głos – oznajmiała, że jest głodna.

Chciałam przywołać ją do porządku, nie miałam już jednak na to siły. Ponieważ lodówka była pusta, zaproponowałam, że pojedziemy na zakupy. Ten banalny pomysł nieoczekiwanie się jej spodobał. Nawet się do mnie uśmiechnęła.

– Będę mogła wybrać, co kupimy? – spytała zaintrygowana, jakby chodziło nie o jedzenie, lecz o prezenty na Gwiazdkę.

Skapitulowałam.

Przed rokiem kupiłam sobie citroena ami rocznik 1969 w kolorze turkusowym z cudownymi skórzanymi fotelami i podwójnym gaźnikiem. To była moja duma. Z tego powodu podjęłam nawet ryzyko wzięcia udziału w anonimowych rozgrywkach pokerowych w Schönebergu, żeby móc sobie pozwolić na przeróbkę gaźnika. Teraz szłam z Brilką do samochodu. Jeśli trochę z nią pojeżdżę, myślałam, czas szybciej upłynie, a poza tym z samochodu ta szalona dziewczyna nie ucieknie mi tak łatwo.

Sprawiała wrażenie, że auto jej się podoba. Dotykała dźwigni zmiany biegów i chciała potrzymać kierownicę. Najbardziej jednak spodobała się jej stara skrzynka na kasety. Nie pytając, czy mam ochotę posłuchać muzyki, wyciągnęła kasetę z walkmana i włożyła do odtwarzacza w samochodzie. Były to kiepskiej jakości piosenki nagrane z radia, które urywały się w środku nagrania albo zacinały zawsze w tych samych miejscach. Musiałam jednak w duchu przyznać, że jak na swój wiek miała wyjątkowo wyrobiony gust muzyczny. Gdy chciałam skręcić na parking przed supermarketem, rozczarowana mruknęła pod nosem:

– Szkoda, że to już.

– Lubisz jazdę autem?

– Tak.

Było to coś, co nas łączyło.

– Chcesz, żebyśmy jeszcze pojeździły?

– Tak.

Nacisnęłam gaz. Brilka opuściła szybę w oknie i wystawiła rękę, łapiąc ciepły wiatr. Ukradkiem spojrzałam w jej stronę. Nagle jej twarz zyskała coś młodego, naiwnego, dziewczęcego, coś, co mnie wzruszyło. Zawstydziłam się, że nie potrafię znaleźć do niej klucza, że tak nieumiejętnie do niej podchodzę.

– Czy stara wiśnia rośnie jeszcze w ogrodzie?

Nie wiem, dlaczego pomyślałam o wiśni, ale pamięć podsunęła mi nagle widok małej Brilki biegającej po ogrodzie wokół Zielonego Domu, gdzie zjawy Stazji grały w karty, i ten obraz mi się spodobał.

– Tak. Ale prawie nie kwitnie. Elene i Aleko niezbyt znają się na ogrodzie. Wcześniej to wszystko robiła Stazja.

– Pamiętasz Stazję?

– Jasne.

– Byłaś wtedy przecież bardzo mała.

– Stazja paliła papierosy bez filtra i rozmawiała z duchami. Nosiła gumowce oraz spodnie ogrodniczki. Drżały jej ręce. Kiedyś chciała być wielką tancerką. Obserwowała ulice, przechodniów, przejeżdżające auta i ciągle mruczała pod nosem piosenki, a jeśli którąś szczególnie lubiła, cofała kasetę do początku i słuchała jej od nowa.

– Co jeszcze pamiętasz?

– Wszystko – powiedziała pewnym tonem, czym zbiła mnie z pantałyku.

Nie wiedziałam, co odpowiedzieć. Nie wiedziałam dokładnie, co zawierało słowo „wszystko", lecz pewność w jej głosie sprawiła, że czujnie nastawiłam uszu.

– Naprawdę uważasz, że wszystko?

– Tak, ale ciebie nie pamiętam – powiedziała nieco bezczelnie.

– Nic dziwnego. Czy nie powinnyśmy przypadkiem wracać? Zaraz zamkną sklep.

– Nie, jedźmy dalej.

Jechałyśmy więc dalej bez celu. Była ciepła, letnia noc. Moje napięcie stopniowo ustępowało. Nie czułam się już tak zmęczona i sfrustrowana.

– A ty? Co sobie przypominasz?

Brilka wystawiła głowę przez okno i zamknęła oczy.

– Niechętnie wracam do wspomnień.

– Dlaczego?

– Może dlatego, że nie są zbyt przyjemne.

– Mnie też wiele rzeczy nie sprawia przyjemności, a mimo to je robię.

Zaskoczył mnie ten ton, ton dorosłej osoby. Przez chwilę żałowałam, że moja siostrzenica nie jest spokojną, małą dziewczynką, która kocha lalki, nosi sukienki z falbankami i która na ścianach swego pokoju ma pełno zdjęć kucyków.

– Co na przykład nie sprawia ci radości? – zapytałam.

– No na przykład to, że mnie tu przywiozłaś. Wiedziałam, że Elene do ciebie zadzwoni, że przyjedziesz i mnie zabierzesz. Miałam tylko nadzieję, że uda mi się, zanim przyjedziesz, dotrzeć do Wiednia. Nie lubię chodzić do szkoły, chodzić z Elene do cerkwi, nie lubię co roku zapraszać kolegów i koleżanek na urodziny po to, żeby sprawić Elene radość. Nie lubię słuchać głupiej muzyki. Nie lubię tańczyć męskich partii w naszym zespole. Nie lubię, kiedy na swoje pytania słyszę odpowiedź, że to czy tamto było dawno temu i nie powinnam się tym interesować.

– Aha. A na jakie pytania dostajesz takie odpowiedzi?

– Na większość.

– Na przykład?

– Na przykład, czy to prawda, że moja matka popełniła samobójstwo, czy też był to po prostu wypadek i spadła z tarasu na poddaszu.

Na szczęście stałam wtedy na czerwonych światłach na skrzyżowaniu, bo pewnie w odruchu paniki nacisnęłabym hamulec.

– Jak mogło ci to przyjść do głowy? – zapytałam, nie patrząc na nią, tylko na drogę. – Mam na myśli to rzekome samobójstwo.

– Nie spada się przecież tak łatwo z tarasu, prawda?

– Kto ci to powiedział? Elene?

– Tak mówili w szkole. Elene powiedziała, że to był wypadek. Ale moja matka była najpiękniejszą aktorką w całej Gruzji, wiedziałaś o tym?

Jej twarz się rozjaśniła i głos złagodniał, kiedy o tym mówiła.

– To był wypadek. Ona nie chciała się zabić – powiedziałam.

Ktoś za nami zatrąbił. Od dłuższej chwili miałyśmy zielone światło.

Potem poszłyśmy do budki z kebabami i czekałam prawie pół godziny, zanim zaczęła jeść, bo wcześniej wszystko układała starannie na talerzu według kolorów. Czerwoną kapustę i mięso położyła od razu na osobny talerz i odsunęła od siebie.

Kiedy wróciłyśmy do domu i Brilka zasnęła wreszcie na sofie, wśliznęłam się do pokoju i przyjrzałam się miękkim rysom jej twarzy. Tak spokojnie i szczęśliwie wyglądała we śnie tylko moja siostra.

Słońce niesie smutek
Wiosna mieni się barwami
Na zawsze straciliśmy czujność

Borys Popławski

Zadzwoniłam do Amsterdamu i dowiedziałam się, że zespół, w którym tańczyła Brilka, już wyjechał. Kiedy następnego rana moja siostrzenica brała prysznic, dobrałam się do jej paszportu. Jej wiza turystyczna była ważna jeszcze dwa tygodnie.

Po śniadaniu, które – jak słusznie przewidywałam – trwało bardzo długo, Brilka usiadła ze swoim notesem i walkmanem na balkonie i zaczęła pisać.

Zaufałam jej, zostawiłam ją samą i poszłam na swoje wykłady. Aman się nie pokazywał i sama nie wiedziałam, czy to dobry, czy zły znak. Przygotowywał się zapewne do swego *tournée* i nie miał dla mnie czasu.

Wczesnym wieczorem namówiłam Brilkę, żeby poszła ze mną na spacer. Nałożyła słuchawki na uszy i szła za mną z tyłu ze znudzoną miną. Kolejnego wieczoru zabrałam ją do kina. Stwierdziłam, że zupełnie dobrze opanowała angielski. Obejrzałyśmy jakąś hollywoodzką produkcję. W internecie szukałam innych możliwości odstawienia jej do domu. Lecz prócz samolotu nic tak naprawdę nie wchodziło w grę. Kiedy jej przypomniałam, że wkrótce kończy się ważność jej wizy i nie będzie mogła dłużej zostać, znowu wzruszyła ramionami i jak zwykle odpowiedziała arogancko, że jestem wystarczająco inteligentna, żeby coś wymyślić.

Z Elene regularnie rozmawiała przez telefon, opowiadając jej wesoło o mnie i o Berlinie, jakby spędzała tu niefrasobliwie tydzień wakacji. Mówiła o tym, co zobaczyła, i o tym, co robiłyśmy, z zachwytem, którego wobec mnie nigdy nie okazała. Moje kolejne propozycje przyjmowała z nonszalancką obojętnością, jakby nic na świecie nie było w stanie wywołać jej zainteresowania.

– Nie możesz wiecznie tu siedzieć. Musisz wrócić do domu, do szkoły, do tańca i innych spraw. – Ponownie spróbowałam podjąć temat po upływie tygodnia od dnia, w którym ją do siebie przywiozłam.

Obierała rzodkiewki, pozbawiając je dokładnie czerwonej skórki, a potem najspokojniej w świecie wkładała je sobie do ust. Zupełnie zignorowała moje kazanie. Wyrwałam jej talerz z rąk, stanęłam przed nią i zmusiłam, żeby na mnie popatrzyła.

– Słuchaj, jak do ciebie mówię!

– Nie chcę wracać do domu! Chcę jechać do Wiednia! I albo ty mnie tam zawieziesz, albo pojadę sama. Wrócę, nie martw się.

– Jak to sobie wyobrażasz!? Nie mogę cię samej puścić do Wiednia! Jechać z tobą też nie mogę. Nie mam zamiaru cały czas troszczyć się o ciebie. Jak pewnie zdążyłaś zauważyć, nie bardzo lubię dzieci.

– Nie jestem dzieckiem.

– Uważasz się za dorosłą. Ja jednak obiecałam twojej babci, że wrócisz do domu cała i zdrowa.

– Zawsze mówisz: twojej babci, nigdy nie powiesz: mojej mamie.

– Jakie to ma teraz znaczenie? Słuchasz mnie?

– Nie mam teraz szkoły, u nas są wakacje, a mój zespół jest jeszcze na *tournée*. Mam wolne.

– Ale ja nie, do jasnej cholery!

Trzasnęłam talerzem o stół i wyszłam z kuchni.

Wieczorem, kiedy wróciłam do domu, na klatce schodowej siedział Aman, a obok niego leżał futerał na saksofon. Aman czytał jakąś gazetkę z reklamami, których wiele było rozrzuconych na schodach. Wyglądał na straszliwie zmęczonego. Ostatnie, najwyraźniej spędzone na pijatyce noce, odcisnęły się na jego twarzy. Poczułam się nędznie.

– Co tu robisz? – spytałam.

– U ciebie jest jakieś dziecko!

– Masz rację. To moja zwariowana siostrzenica, która nie chce wracać do domu.

– Miałem nadzieję, że odezwiesz się do mnie.

– Gdzie spałeś przez cały ten czas? Potrzebujesz mieszkania, Aman.

– Myślałem, że mam mieszkanie.

Byłam rozdrażniona, wyjęłam klucze i otworzyłam drzwi. Futerał saksofonu Aman postawił ostrożnie na podłodze w przedpokoju. Brilka siedziała na balkonie z talerzem pełnym obranych jabłek i z zamkniętymi oczami słuchała muzyki z walkmana. Nie słyszała naszego wejścia, myślała, że jest sama. Rytmicznie poruszała ciałem w przód i w tył, gołymi stopami wybijała takt o podłogę. Jej nogi wystające ze znoszonych krótkich spodenek wyglądały, jakby należały do pasikonika, takie były cienkie i długie. Jej krótkie, kręcone włosy były rozwichrzone. Ten jej wysilony luz był niemal wzruszający.

Poszłam z Amanem do kuchni, zrobiłam mu herbaty i usiadłam naprzeciw niego. Wieczór był parny i gorący, ubranie kleiło się do ciała. Miałam ochotę przytulić się do niego i poprosić, żeby coś zagrał, dać się odurzyć jego spojrzeniem i muzyką, zasnąć z nim w ciasnym objęciu, bez planów i bez składania obietnic.

– To wszystko trochę mnie przerasta – zakończyłam, opowiedziawszy mu, jak wygląda sprawa z Brilką. – Ona musi wrócić do Gruzji, a ja nie wiem, jak to zrobić. W każdym razie nie będę mogła pojechać z tobą na *tournée*.

– Weź ją z sobą.

Och, jak nie znosiłam tej jego naiwności! Wszystko było takie proste!

– Daj spokój! Ona ma dopiero dwanaście lat! Nie mogę jej tak po prostu wziąć z wami na *tournée*!

– Problem nie tkwi w niej, tylko w tobie – odparł i łyknął herbaty.

– Aman, to wszystko dzieje się zbyt szybko.

– Zbyt szybko? Jak długo się znamy? Jak długo trwa to między nami?

– To nie ma nic do rzeczy. Znamy się tak długo, jak się znamy. To coś innego.

– Tchórzysz, Nico. Po prostu tchórzysz.

Opuścił wzrok. Nie znosiłam też tego, że tak łatwo się poddawał. I ta jego mądrość życiowa, żeby nie schodząc na ziemię, jakoś w tym świecie funkcjonować.

– Przecież było nam z sobą dobrze – powiedziałam.

– Nie, mnie nie jest dobrze.

– Mój Boże, Aman. Zawsze ceniłam w tobie to, że oszczędzałeś mi tych wszystkich sentymentalnych bzdur, a teraz przychodzisz i zachowujesz się tak jak wszyscy.

Spojrzał na mnie swymi wilgotnymi oczami. Nie znosiłam tego spojrzenia. Tego smutnego, pokornego spojrzenia.

Nagle do kuchni weszła Brilka. Niepewnie spojrzała na Amana, podeszła do niego i wyciągnęła rękę na powitanie, przedstawiając się po angielsku. Zachowała się bardzo dorośle. Aman wydawał się rozbawiony, uścisnął jej dłoń i również wymienił swoje imię. Brilka wyjęła z lodówki butelkę fanty – ten napój kupowałam teraz hurtowo. Piła fantę z butelki, drapiąc się palcami lewej stopy w prawe kolano. Wyglądała jak jogin ćwiczący pozycję medytacyjną o nazwie fanta. Nie sposób było się nie uśmiechnąć.

– Czy to twój saksofon stoi w przedpokoju? – zwróciła się do Amana.

– Skąd wiesz, że to saksofon, zaglądałaś do środka? – upomniałam ją po gruzińsku.

Ale Aman już wyszedł i wrócił z instrumentem. Pokazał Brilce parę chwytów. Skorzystałam z okazji i zniknęłam w łazience, bo musiałam choć przez chwilę pobyć sama. Byłam

Brilce wdzięczna, że w tamtym momencie weszła do kuchni i przerwała nam nieprzyjemną rozmowę.

Kiedy jeszcze mokra wyszłam z łazienki, tych dwoje stało w drzwiach, gotowych do wyjścia.

– Cóż to? Dokąd się wybieracie?

– Idziemy na Nollendorfplatz zarabiać – oznajmiła dumnie Brilka.

– Co ty wyprawiasz! – spojrzałam karcąco na Amana.

– Brilka mówi, że tańczy jak druga Mata Hari. Sprawdzimy to. Ja będę grał, ona będzie tańczyć, a jeśli się spodobamy, ludzie będą nam rzucać pieniądze. Wtedy twoja siostrzenica kupi sobie kasety z muzyką i lody. Taką mamy umowę.

Zanim zdążyłam coś odpowiedzieć, zamknęli za sobą drzwi.

Przez chwilę poczułam zazdrość o Amana. Złapał kontakt z Brilką już po kilku minutach, podczas gdy moja cierpliwość i siły bez przerwy były wystawiane na próbę. Miałam zamiar pokazać, że jestem urażona, nie wytrzymałam jednak długo, ubrałam się i poszłam za nimi na Nollendorfplatz. Stanęłam z boku, żeby mnie nie widzieli, i obserwowałam ich. Zajęli miejsce przy wejściu do metra. Aman stał na schodach i grał z takim zapamiętaniem, że jego gra wciągnęła mnie tak samo jak zawsze, niezależnie od tego, czy słuchałam go w sali koncertowej, czy w śmierdzącej uryną spelunce. Brilka początkowo stała z boku i w napięciu obserwowała przechodniów. Potem powoli zaczęła zbliżać się do Amana. Kiedy ten zaczął grać rytmiczną melodię, stanęła przed nim i zaczęła tańczyć. Na początku nieśmiało i ostrożnie, jakby nieco skrępowana oraz zawstydzona, skrępowanie szybko jednak minęło i wkrótce ona również, tak jak Aman, zatopiła się w swoim żywiole.

To, co robiła, nie było jakąś wystudiowaną choreografią. Po prostu reagowała ciałem na muzykę Amana. Jej ruchy stawały się coraz lżejsze, unosiła się w powietrzu, na jej twarzy odmalowało się coś jakby szczęście. Stałam bez ruchu i jak urzeczona obserwowałam ich amok, żałując, że nie umiem się w ten sposób zapomnieć.

Ludzie zatrzymywali się, klaskali, wrzucali monety do futerału Amana. Aman i Brilka tworzyli zgrany duet, tak jakby od lat byli dla siebie przeznaczeni, unosząc się lekko między dwoma światami w tańcu na linie.

Czego Brilka szukała w Wiedniu? Co miałam odgadnąć? Co ta odpowiedź miała dla mnie znaczyć?

Kiedy dziś zastanawiam się nad tym, nie mogę pojąć, dlaczego nie widziałam wtedy istoty rzeczy, która sama się nasuwała, a zamiast tego zadawałam nieistotne pytania. Nie powinnam pytać Brilki o to, co chce znaleźć w Wiedniu, lecz o to, dlaczego jest tutaj, u mnie. Patrząc na nią, usiłowałam powstrzymać lawinę obrazów w głowie. Nie chciałam żadnych porównań, żadnego nakładania się wspomnień. Im dłużej jej się przyglądałam, tym bardziej przybliżali się do mnie ci inni. Martwi i żywi. A ja stałam gdzieś pośrodku, nie wiedząc, do kogo przynależę.

Potem wałęsaliśmy się we trójkę po ulicach. Brilka z lodami i z brzęczącymi w torbie monetami. Co chwila ich dotykała, wyraźnie dumna ze zdobyczy. Szła w tyle za nami, przeskakiwała wyrwy, brakujące kamienie w kocich łbach i fragmenty chodnika. Dogoniła nas na Genthiner Straße i wzięła Amana pod rękę. Aman odgryzł kawałek jej lodów. Brilka pisnęła z radości i cofnęła rękę z lodami. Przekonywała Amana, żeby powtórzyli swój *show* – jak określiła ich występ – w innych miejscach, gdzie jest więcej ludzi. Nie chciałam psuć atmosfery i liczyłam na dojrzałość Amana, lecz on zaproponował od razu inne stacje metra, gdzie były warunki, żeby zagrać i zatańczyć. Dodał też, że próbnie mogliby pokazać mały numer w klubie, w którym grał. Publiczność jest na wszystko otwarta, a jego zespół na pewno od razu zaakceptuje ten pomysł. Ponieważ akurat jest piątek, można by prosto tam jechać. Oczywiście Brilka momentalnie zapaliła się do tej propozycji.

Nie było szans odwieść ich od tego pomysłu. Protestowałam wprawdzie bez przekonania, mówiąc, że to wbrew prawu o ochronie młodzieży i że zrobiło się zbyt późno, by dwunastoletnią dziewczynkę zabierać do zadymionej knajpy. Ale Brilka uwiesiła się już ramienia Amana i szła za nim jak wierny psiak. Nie miałam wyboru, musiałam iść za nimi. Był to klub, w którym poznałam Amana i w którym mój przyjaciel grał regularnie. I rzeczywiście, dwunastoletnia istota, która bezceremonialnie weszła na scenę, żeby ocenić jej wymiary i oświetlenie, wywarła wrażenie na pozostałych członkach zespołu. Krótko mówiąc, zespół wyraził zgodę i zaczął się koncert. Rozpoczęli utworem *Everytime We Say Goodbye*. Wydawało mi się przez chwilę, że na twarzy Brilki pojawiła się obawa, ale szybko znalazła swój rytm, dopasowała się do taktów muzyki i przetwarzała melodię w czystą radość. Była dobrą improwizatorką. Ludzie klaskali i wołali „brawo!". Na zakończenie Brilka wykonała kokieteryjny ukłon i schodząc ze sceny, pocałowała Amana w policzek. Wyszłyśmy obie na zewnątrz, żeby zaczerpnąć powietrza. Stojąc obok siebie ramię w ramię, przez kilka minut słuchałyśmy jeszcze chłopców z zespołu Amana, którzy dopingowani przez publiczność, wyraźnie się rozkręcili.

– Ty naprawdę jesteś dobra – powiedziałam do Brilki.

– Wiem o tym.

– Ale skromność nie jest twoją mocną stroną.

– Aman jest *cool*. O wiele bardziej *cool* niż ty.

– Wielkie dzięki!

– Nie powinnaś się z nim rozstawać.

– O, widzę, że w dodatku uważasz się za eksperta od relacji między dwojgiem ludzi!

Spojrzała na mnie spod przymkniętych powiek i prychnęła.

– I po co ta ironia? – spytała.

– Kogoś mi przypominasz.

– Kogo?

– Twoją matkę.

– Naprawdę?

Jej źrenice stały się ogromne. Zaskoczyła mnie tym, że tak się przejęła.

– Tak – odrzekłam, usiłując nadać głosowi łagodne brzmienie.

– Te szorty zrobiłam sobie ze starych dżinsów mamy. Ale babcia mówi, że jestem podobna do ciebie.

– Naprawdę?

– Zawsze tak twierdzi.

Aman zapytał mnie, czy mogłabym „wypożyczyć” im Brilkę na kilka występów. Brilka się spodobała. Ze śmiechem dodał, że mogłaby też pojechać z nimi na *tournée* jako rodzaj supportu. Brilka właśnie zasnęła, a mnie to wszystko wydało się zupełnie nieśmieszne. Miałam wrażenie, że moje życie z dnia na dzień stanęło na głowie, a mnie zabrakło pomysłu, jak sprawić, żeby było tak jak przed przyjazdem Brilki, bo przestałam mieć czas na pracę. Nie chciałam, żeby Aman patrzył na mnie błagalnie, wzrokiem zbitego psa.

– Czy tak trudno ci powiedzieć, czego chcesz? – nie ustępował.

– Widzisz przecież, że mam na głowie to dziecko. Nie mogę tak po prostu rzucić wszystkiego...

– Na głowie, mówisz? Ciesz się, że ona chce być z tobą.

– Ona wcale nie chce być ze mną, do jasnej cholery, ona chce jechać do Wiednia! A po co jej Wiedeń, wie tylko ona sama.

– Mówi, że chodzi o jakieś piosenki. I o prawa autorskie. Wszystko to brzmi zupełnie sensownie, jest w tym dojrzały plan.

Oparłam się o zlewozmywak i nie wiedziałam już, na kogo powinnam się wściekać – na niego, na Brilkę czy na siebie.

– Mogłabyś z nią o tym porozmawiać. W końcu mówicie tym samym językiem. Ona ci to wyjaśni – ciągnął Aman. – Naprawdę chciała do ciebie przyjechać. Miała nadzieję, że jej pomożesz.

– Słuchaj, czy i tobie odebrało rozum!? W czym niby mam jej pomóc?

– Sama powinnaś z nią o tym porozmawiać.

W tym samym momencie usłyszałam trzaśnięcie drzwi, zajrzałam więc przestraszona do sąsiedniego pokoju. Tapczan był pusty, nie było też plecaka ani tenisówek w przedpokoju. Szybko wskoczyłam w sandały i w podkoszulku, w którym śpię, wybiegłam na ulicę. Na szczęście Brilka nie zdążyła odejść daleko. Dogoniłam ją koło wejścia do metra i chwyciłam za rękę.

– Dokąd się wybierasz? – Głos mi się załamywał.

– Idę na dworzec. Pojadę pociągiem do domu. Nie mam ochoty tkwić tu dłużej.

– Nie możesz pojechać pociągiem do domu. To niemożliwe. Musisz lecieć samolotem, Brilko.

– Myślałam...

Chciała iść dalej, lecz zastąpiłam jej drogę.

– Co myślałaś?

– Miałam nadzieję, że ty... Że będę mogła u ciebie zostać.

– Zostać u mnie? Jak?

– Nieważne. Zapomnijmy o tym.

– Nie, proszę, czekaj! Nie odchodź! Czekaj! Ja po prostu... Ja nie jestem przyzwyczajona. To mnie przerasta. Praca i Aman, i...

– Może powinnaś poszukać sobie innej pracy, jeśli jesteś tak nieszczęśliwa – powiedziała wyniosłym tonem.

Wytarła sobie nos rogiem koszuli i spuściła głowę. Wydawała się niezdecydowana: iść czy zostać.

– Dlaczego koniecznie chcesz jechać do Wiednia?

– Bo chcę uzyskać prawa do piosenek Kitty na potrzeby mojej choreografii.

– Kitty? Kitty Jaszi?

– Tak, a kogóż by innego?

– Okej. Więc chodzi o piosenki Kitty. Jak wpadłaś na Kitty?

– Jestem jej fanką! Największą na świecie!

Z niedowierzaniem potrząsnęła głową, jakby nie mogła zrozumieć, że nie przyszło mi to do tej pory do głowy. To prawda – nie przyszło mi to do głowy.

– W porządku, nie wiedziałam. A więc piosenki Kitty. I chcesz zdobyć prawa do tych piosenek?

– Tak, chcę być jedyna, która będzie mieć prawo robić choreografię do jej piosenek. Napisałam już poszczególne części.

Podeszłam do niej bliżej. Odsunęła się niepewna, czy może mi zaufać.

– Napisałaś?

– Tak, mam już wszystko w głowie. Zanotowałam to też w zeszycie, żeby nie zapomnieć.

– Ale dlaczego Wiedeń?

– Bo tam mieszka Fred Lieblich.

– Fred Lieblich?

Przypomniało mi się, że Alania wspominał o Fred Lieblich.

– Tak. Ta Fred bardzo dobrze znała Kitty i zna też szefową fundacji w Londynie, Amy jakąśtam, która ma prawa autorskie do tych piosenek, i...

– Skąd to wszystko wiesz?

Alania też wspominał o Amy.

– Słuchasz mnie w ogóle? – Brilka przewróciła oczami.

– Okej, okej.

– Okej, czyli co? Pojedziesz ze mną do Wiednia?

– Powiedziałaś, że wtedy w Mödling miałaś pewność, że po ciebie przyjadę, żeby cię odebrać. I że Elene do mnie zadzwoni. Skąd o tym wszystkim wiedziałaś?

– Po prostu wiedziałam, że przyjedziesz, odbierzesz mnie i że tu zostanę.

– Tutaj?

– Tak.

– Chciałaś przyjechać do Berlina?

– Podobno jesteś taka mądra... Powinnaś wiedzieć o prawach do piosenek Kitty. Mogłabyś mi pomóc, gdybyś tylko chciała.

Po trzech dniach starań i kilku wyprawach do urzędów udało mi się załatwić Brilce przedłużenie pobytu w Niemczech.

Próbowałam miło się uśmiechać, kiedy Aman i Brilka wychodzili wieczorami „zarabiać pieniądze", próbowałam powstrzymywać się od komentarzy, że miejsce dziecka nie jest na ulicy ani w zadymionych knajpach. Nie byłam dla nich żadnym autorytetem i Brilka dawała mi to odczuć. Aman też dał mi do zrozumienia, że nie mam prawa niczego mu narzucać, dopóki nie zdecyduję się, kim dla mnie jest. Ale ja nie chciałam decydować. Wolałam, żeby niósł mnie banalny potok codziennych wydarzeń w jednakowym, niespiesznym rytmie, nie chciałam zmieniać dotychczasowego stanu spraw.

Pozwalałam więc im wychodzić. Zamawiałam dla nich posiłki. Kupowałam Brilce fantę. Za to wracałam do domu później niż zwykle, dłuższą trasą, zatrzymywałam się w kawiarenkach, żeby poczytać sobie gazety i schodzić im z drogi. Im i ich oczekiwaniom wobec mnie.

Brilka była u mnie już dwa tygodnie, kiedy Aman spakował manatki. Nadszedł czas jego wyjazdu. Brilka uwiesiła mu się na szyi i nie chciała go puścić. Kiedy ja chciałam go pocałować, zrobił unik.

– Nie będzie mnie przez trzy miesiące. Szczegółowy plan naszego *tournée* zostawiłem w kuchni na stole. Jeśli do mnie nie dołączysz, będzie to dla mnie twoja odpowiedź.

Przytulił mocno Brilkę i wyszedł, głośno trzaskając drzwiami.

Poczułam w sobie narastającą złość. Co znaczy to mało romantyczne ultimatum, co znaczą te sentymentalne brednie!? Dlaczego oczekuje ode mnie czegoś takiego, przecież wie, że nasz związek opiera się na braku wzajemnych zobowiązań i że to właśnie była jedyna pewność, jakiej spodziewaliśmy się od siebie?

– Czy kochasz go tak samo, jak kochałaś Mira Eristawiego? – zapytała mnie nagle Brilka, wpatrując się w drzwi, jakby miała nadzieję, że Aman jednak wróci.

Miro!? Skąd o nim wiedziała? Odwróciłam się i nie odpowiadając, chwiejnym krokiem poszłam do kuchni. Brilka przyszła za mną.

– Miro kiedyś nas odwiedził. Przyniósł mi słodycze, byłam wtedy jeszcze mała. Elene opowiadała, że go kochałaś. Ale Aman bardziej mi się podoba.

Wyjęła butelkę fanty z lodówki i wróciła na swój tapczan.

Od dwóch tysięcy lat trwa tu wojna.
Wojna bez powodu i bez sensu.
Wojna jest sprawą młodych.
Lekarstwem na zmarszczki.

Wiktor Coj

Moje rozdrażnienie – a także niepokój – przybrało nieprzeczuwane rozmiary. Nie mogłam spać. Zdawało mi się, że w głowie, zamiast mózgu, mam wrzącą lawę. Prowadząc wykłady, traciłam wątek i zaczynałam się jąkać. Czułam, że ziemia zaczyna usuwać mi się spod nóg. Nie byłam w stanie się opanować. Najgorsze były samotne wieczory z Brilką. To jej zagubienie widoczne w zgarbieniu jej pleców, kiedy wracałam wieczorem do domu, a ona siedziała na stołku na balkonie, to nieuważne słuchanie, te gołe nogi na barierce balkonu, to jedzenie segregowane na talerzu według kolorów, coraz bardziej pęczniejący pamiętnik, ściszona muzyka dochodząca ze słuchawek na głowie, to kołysanie tułowia i to zamknięte, skierowane do wewnątrz, wyczekujące, prowokujące spojrzenie czarnych oczu. Nie mogłam znieść, że coraz lepiej odczytuję jej gesty i mimikę, rozpoznając z nich jej pragnienia. Że przeczuwam łzy w jej oczach, zanim się pojawią.

Próbowałam bronić się przeciw coraz mocniejszemu poczuciu, że znam ją od dawna. Wycofywałam się, kiedy atmosfera między nami stawała się zbyt bliska. Zostawiałam ją z jej marzeniami i roszczeniami. Z jej coraz bardziej bezceremonialnymi i szorstkimi pytaniami. Ignorowałam nadzieję w jej oczach, choć wiedziałam, że czuje, iż mogłabym odpowiedzieć na niejedno jej pytanie. Chodziło o sprawy z czasów, kiedy jeszcze nie było jej na świecie, sprawy z przeszłości, w które nie chciano jej wtajemniczać. Najbardziej przerażały mnie pytania dotyczące jej matki: jaka była, co lubiła, o czym marzyła, co dokładnie wydarzyło się w dniach, które poprzedziły jej śmierć. A do tego pytania o ojca, o mnie. Pytania o szczęście w ogóle i w szczególe, i dlaczego w naszej rodzinie szczęście nigdy nie trwało długo. Dlaczego po wyjeździe z Gruzji ani razu ich nie odwiedziłam. Moje krótkie, rzeczowe odpowiedzi nie były w gruncie rzeczy odpowiedziami. A potem – czyż to nie symptomatyczne – pytania Brilki o śmierć. Tematem śmierci była dosłownie opętana.

Nocą, kiedy się uspokajała, zaczynały się pytania o teraźniejszość. Dlaczego wyjechałam z kraju, dlaczego nie chcę opowiadać o jej matce, dlaczego nie zwiążę się na stałe z Amanem, albo jeszcze gorzej: dlaczego od czasu mojego wyjazdu nigdy nie chciałam jej zobaczyć. Ze wszystkich tych pytań przebijały pragnienia i marzenia, które miały smak migdałowego cukru i zarazem smutnego, deszczowego dnia. Przebijało z nich spojrzenie skierowane w przód, lecz jednak uciekające na boki, z braku przekonania, że uda się dojrzeć cel.

Prawdziwym wyzwaniem była dla mnie konieczność codziennego tłumaczenia jej, kim jestem, co nas łączy, a co dzieli, dlaczego nikt nie dał jej na drogę wskazówek ani podpowiedzi, jak rozwiązywać pewne sprawy. A także dlaczego nie ma matki ani ojca i dlaczego jej jedyna ciotka woli nie mieć z nią nic wspólnego.

Wydawało się, że całe jej życie przepełnia to „dlaczego". Jakby przyszła na świat pozbawiona pępowiny i jakby teraz za wszelką cenę chciała ją odnaleźć. Było to rozpaczliwe szukanie, w którym nie mogłam jej pomóc. W którym nie chciałam pomóc.

Weszłam do wanny i puściłam wodę, żeby nic nie słyszeć. Próbowałam czytać książkę. Siedziałam w łazience zamknięta tak długo, aż ona położyła się spać. W sypialni nastawiałam głośno muzykę, kiedy miałam uczucie, że jej sprawy nie dadzą mi spokoju nawet we śnie. Trzykrotnie wyszłam z mieszkania w środku nocy, nie pozostawiając jej żadnej wiadomości. Zostawiałam ją śpiącą i upijałam się z Severinem oraz z Caro. Dość miałam jej lęków i tęsknot. Oczywiście wstydziłam się swego zachowania. Nawet kiedy wlewałam w siebie wódkę lub wino, żeby nic nie czuć, żeby móc milczeć o czymś, co nie chciało być przemilczane, czułam szarpiący niepokój.

Kiedy zrozumiałam, że moje nocne ucieczki są bezcelowe, bo i tak ciągle o niej myślę, nie potrafiąc uciec od jej pytań, któregoś wieczoru, gdy Brilka położyła się spać wcześniej niż zwykle, postanowiłam odszukać stary przepis na gorącą czekoladę. Łudziłam się, że smak tego napoju pozwoli mi przynajmniej na kilka godzin o wszystkim zapomnieć. Zabrałam się do dzieła.

Wróciły wspomnienia kuchni w Zielonym Domu, oświetlonej świecami, i Stazji pochylonej nad czarną, kipiącą masą. Nie pozwalała nam tam wtedy wchodzić, bojąc się, że może nas dosięgnąć związana z czekoladą klątwa. Ja jednak miałam pewność, że oprę się wszystkim klątwom świata.

Zapach gorącej czekolady zwabił Brilkę, tak jak przed laty zwabił do kuchni w domu Kristine mnie i Mira. Brilka weszła do kuchni, patrząc szeroko otwartymi oczami, jak łapczywie wyjadam czarną masę. Zapytała od razu, co jem. Smak czekolady rzeczywiście uśmierzał moje emocje, trwałam właśnie w ekstatycznej apatii i wylizywałam resztki przysmaku. Lecz z jakiegoś powodu ponure przepowiednie Stazji obudziły we mnie niepokój. Po raz pierwszy pomyślałam, że może moja prababka miała rację. Choć mogło to wydawać się irracjonalne, ogarnęło mnie w tamtej chwili mocne przeświadczenie, że powinnam trzymać Brilkę z daleka od czekolady, że Stazja stoi za moimi plecami i upomina mnie. Czułam się odpowiedzialna za chronienie Brilki przed nieszczęściem. Więc gdy moja siostrzenica weszła do kuchni, skoczyłam na równe nogi, obejmując mocno filiżankę z resztką czekolady i unosząc ją do góry, w obawie że Brilka wyrwie mi ją z rąk.

Jej wzrok zdradzał najwyższe zdumienie.

– Co to jest? – spytała.

– Czekolada Stazji. Dokładnie mówiąc, jej ojca. To przeklęta czekolada.

Sama nie mogłam uwierzyć, że poważnie wypowiedziałam takie zdanie. Brilka przez chwilę przyglądała mi się nieufnie, jakby chciała sprawdzić, czy nie kpię. Wyraz mojej twarzy i przerażenie wywołane wspomnieniem tragicznego wieczoru na tarasie poddasza zapewne ją przekonał, bo zbliżyła się do mnie i powiedziała swoim ostentacyjnie obojętnym tonem:

– Nie jem przecież niczego, co jest brązowe.

Roześmiałam się z ulgą. Oczywiście! Nie je niczego, co jest brązowe. Ta zasada uodporniała ją na przeklęte zapomnienie się, ogarniające wszystkich, którzy skosztowali gorącej czekolady. Naraz wydałam się sobie nieskończenie śmieszna. Postawiłam filiżankę na stole.

– Nawet gdyby tak było, na każdą klątwę istnieje zaklęcie, które tę klątwę może unieszkodliwić – dorzuciła, pewna tego, co mówi.

Wzięła ze stołu filiżankę i wylała resztki czarnego płynu do zlewu.

Poczułam ulgę. To, co powiedziała, brzmiało przekonująco, niemal logicznie. Tak, miała rację. Wszystkie baśnie i legendy mówiły, że każdą klątwę można odwrócić innym zaklęciem. Dlaczego Stazja nigdy nie wzięła pod uwagę tej możliwości?

Brilka odkręciła kran i przyglądała się, jak woda spłukuje brązową ciecz, dopóki nie zaczęła płynąć tylko cienka, jasna, kolista strużka. Wtedy spojrzała na mnie, jej twarz się rozjaśniła i uśmiechnęła się, jakby chciała zasygnalizować, że nie muszę się bać, że ona jest tu po to, żeby obronić mnie przed wszystkimi nieszczęściami.

Wzięła mnie na przeczekanie. Czułam to. Czekała, aż mój opór osłabnie, aż skończy się moja cierpliwość i zostanę wciągnięta w rozwój wydarzeń, nad którymi przestanę panować.

Czekała, że do czegoś się zobowiążę. Na swój sposób miała nadzieję, że postępuje sprytniej i zręczniej niż Aman, któremu nie udało się zmusić mnie do żadnych deklaracji.

Może chciała mi udowodnić, że moje dawne życie potrafi wypełnić się nową treścią. Może czekała na to, aż stanie się niezbędna, aż uzależnię się od jej bliskości, jej oddania, od świadomości, że mogę na niej polegać. Czekała, aż dystans, jaki zachowywałam, okaże się słabszy od mojej tęsknoty. Chyba wierzyła, że uda się jej wyciągnąć mnie z mego paraliżu wytrwałym czekaniem i siłą, jaka w niej była.

Zbliżała się do mnie i moich koszmarów niebezpiecznie blisko. Doprowadzała mnie do białej gorączki. Doprowadziła do tego, że nienawidziłam Amana za to, iż postawił mi głupie ultimatum i zostawił mnie z nią. Że wymagał ode mnie więcej, niż byłam w stanie mu dać. Nienawidziłam tego, że wzruszało mnie, gdy rano, zanim wyszłam z domu, znajdowałam jej opaskę do włosów z gwiazdkami na brzegu wanny, nienawidziłam widoku jej samotnych tenisówek w przedpokoju, bo smętnie mnie to nastrajało. Nie znosiłam tego, że rano robiła mi kawę, ale tak, żeby wyglądało to na przypadek, nienawidziłam tego, że wybierała pocztę ze skrzynki i sortowała ulotki reklamowe.

Poznałam jej różne fobie: przeskakiwanie pomazanych rysunkami płyt chodnikowych, obowiązkowe wchodzenie do każdej kałuży, liczenie do trzech, kiedy światła zmieniały się z czerwonych na żółte, i radość, że zaraz potem, dokładnie w tej chwili, zapalało się zielone. Śpiewanie sobie pod nosem, gdy zaczynało padać. Zatykanie uszu na dźwięk dzwonka do drzwi. Robienie trzech pompek, kiedy się czegoś obawiała, lecz nie chciała się do tego przyznać.

Za jej pozornie nieracjonalnymi zachowaniami odkryłam jednak szybko racjonalne podstawy: to wszystko pomagało jej uporać się z codziennością, chroniło przed ciągłym albo tylko urojonym zagrożeniem, a zagrożeniem była śmierć. Brilka po prostu wierzyła, że uchroni się przed śmiercią, że ją przechytrzy. Dzwonek do drzwi mógł przecież oznaczać złą wiadomość. Zbyt wolna lub zbyt długa zmiana świateł mogła stać się przyczyną wypadku. Czerwona barwa warzywa czy zupy mogła przynieść nieszczęście. Deszcz mógł być zapowiedzią burzy, piorun śmiertelnie porazić i tak dalej. Wolałam nie roztrząsać, dlaczego dwunastoletnia dziewczynka żyje w ciągłym lęku przed śmiercią, ale i tak moja głowa była tym ciągle zajęta.

Jak Brilka radziła sobie ze swoją neurozą wśród rówieśników, było dla mnie zagadką. Nigdy nie wspominała o przyjaciołach, kolegach ze szkoły, dzieciach sąsiadów. Zdumiewała mnie jej bezbronna szczerość, a jednocześnie porażały jej bezkompromisowe sądy i jej zdecydowany system wartości. Jej dorosłość w ocenie spraw, w umiejętności jasnego mówienia „tak" albo „nie". Nie znała słowa „może", ociągania się, wahań. Zawsze od razu wiedziała, czego chce, a co odrzuca. Jakby istniał nieomylny plan, dla innych niewidoczny, do którego stosowała się z bezwzględnym posłuszeństwem. Jakby miała ustalony plan na życie, dokładną wizję tego, co chce robić. Tylko gdy tańczyła, kiedy była w ruchu, wszystkie natręctwa znikały, w zapomnienie szły rzekome oznaki nieszczęścia, rytuały i gesty mające zapobiec potencjalnym katastrofom. Wtedy nie zaprzątała sobie myśli tym, czy będzie padało, czy się przewróci albo skaleczy, nie było ważne, czy nadciąga nieszczęście, czy czyha na nią śmierć. Była wyzwolona od lęków i przymusów. Tańcząc, była panią siebie w krainie wolnej przestrzeni i wielu możliwości.

Grzmiało. Nie mogłam zasnąć. Przewracałam się z boku na bok. Brakowało mi Amana i przyznanie się do tego kosztowało mnie nie mniej wysiłku niż zaśnięcie. Wstałam, otworzyłam szeroko okno, wpuszczając do środka pachnące deszczem powietrze, i znowu się położyłam. Przypomniałam sobie ręce Amana i sposób, w jaki na mnie patrzył – patrzył tak, jakby nie było jutra, jakbyśmy byli ostatnimi reprezentantami całej ludzkości, którzy zostali przy życiu. Wspominałam ciche, czułe miesiące, kiedy przychodził i zostawał. Jak było dobrze i spokojnie, zanim zaczął mi stawiać niedorzeczne wymagania, zapewne wiedząc, że nie będę umiała im sprostać, co znaczyło dla nas nieuchronny koniec.

Przestraszyłam się, kiedy zobaczyłam ją w drzwiach w starym podkoszulku z rysunkiem dwóch kangurów. Oparła się o framugę. Nie słyszałam, jak weszła do pokoju. Zresztą, wchodząc, zwykle pukała. Wyglądała na przestraszoną – miała szeroko otwarte oczy, zatykała sobie uszy, drżała jej broda, jak zawsze, kiedy była bliska histerii.

Poderwałam się z łóżka, zapaliłam małą lampkę i podeszłam do niej.

– Brilka, co się dzieje?

– Grzmi – wyszeptała.

Po raz pierwszy dała się przytulić. Zaprowadziłam ją do łóżka i położyłam się przy niej. Przywarła do mnie. Kiedy grzmiało, nie pomagał najwidoczniej żaden z jej tajemnych rytuałów.

– Czego się boisz? Przecież nic ci się nie stanie. Jesteśmy bezpieczne.

– Ty też się przecież boisz.

– Ja? Grzmotów?

– Nie, ale innych rzeczy.

– Naturalnie, czasami się boję.

– Czego?

– Że sprawy nie układają się tak, jak się spodziewałam. Że ludzie, którzy są dla mnie ważni, cierpią. Że ktoś mnie zrani. Że nie będę miała nad czymś kontroli.

– Czy ja cię zraniłam?

– Nie, nie zraniłaś mnie.

Uścisnęła mnie z całej siły.

– A moja matka?

– Myśmy obie się raniły. Niestety, jeśli mieszka się razem, trudno nigdy nie sprawić przykrości tej drugiej osobie.

– Czy teraz to jeszcze boli?

– Nie.

– Ale dlaczego? Przecież jeszcze żyjesz.

– Widocznie nie żyję naprawdę.

Zasnęła z głową pod kołdrą, z ręką na moim brzuchu. Czuwałam nad nią całą noc.

Wracałyśmy do domu po zmierzchu. Wzięłam Brilkę na letni festyn zorganizowany w Brandenburgii przez Caro i jej nową przyjaciółkę, nie chciałam tam jednak nocować. Brilka czuła się tam jak ryba w wodzie, przez całe popołudnie rozmawiała po angielsku, a teraz drzemała obok mnie na siedzeniu. Jechałam wiejskimi drogami, bo na autostradzie zapowiadano korki, i nagle na drogę wyszła sarna. Hamowałam, trąbiłam, ale sarna, oślepiona światłami, stała, jakby wrosła w ziemię. Nie spuszczała z nas wzroku, jak gdyby chciała nas przed czymś ostrzec. Odległość między nią a samochodem błyskawicznie malała, oparłam się jednak chęci gwałtownego skrętu kierownicą, za to jeszcze mocniej nacisnęłam hamulec. Brilka, podobnie jak ja, zahipnotyzowana widokiem sarny, nie wydała z siebie żadnego dźwięku. Sarna była cudna, gibka, o pszenicznej sierści. Musiała być bardzo młoda, miała pięknie uformowane, nieproporcjonalnie duże uszy. Jej brązowe oczy i długie rzęsy wprost urzekały.

Ciekawe, co musi czuć takie zwierzę, przemknęło mi przez głowę. Ściskałam kierownicę z całych sił, mając nadzieję, że zdołam zahamować i sarna ujdzie cało z tej przygody. W tamtej chwili jej ocalenie było dla mnie najważniejsze, jakby od tego zależało też moje ocalenie. Po kolejnym naciśnięciu na pedał hamulca samochód stanął w miejscu, a sarna zrobiła piękny skok i znikła w ciemnościach.

Chwiejąc się, wyszłam z auta, kolana mi drżały. Brilka nadal bez ruchu tkwiła na siedzeniu. Spojrzałam w stronę, gdzie znikło zwierzę. Oparłam się o maskę samochodu i zapaliłam papierosa. Nagle zrobiło mi się niedobrze. Poczułam skurcze w żołądku, nie było odwrotu, szarpnęło mną, zwymiotowałam. Słyszałam tylko otwieranie drzwi samochodu i szybkie kroki Brilki, potem poczułam ręce, które mnie objęły. Nie opierałam się, nie miałam sił. Przywarłam do Brilki ciężarem mojego znękanego ciała, ukryłam głowę w zagłębieniu jej szyi. Patrzyłam w ciemność, oczy zaszły mi łzami, niewiele widziałam, ale nie starałam się ocierać twarzy. Siadłyśmy na poboczu, Brilka ujęła moją rękę w swoją i czekała, aż znowu zacznę myśleć, żyć.

– Dobrze. Pojadę z tobą. Zawiozę cię do Tbilisi. Nie mogę tak dłużej! Najpierw pojedziemy do Wiednia, a stamtąd do Gruzji. Ta cała przeklęta droga autem! To musi się skończyć. Nie wytrzymam już dłużej!

Kiedy ochłonęłam i znów usiadłam za kierownicą, obiecałam Brilce, że ją zawiozę do domu. Lecz nie usłyszałam okrzyku radości ani choćby słowa „dziękuję". Brilka milczała przez resztę drogi. Wyglądała na rozczarowaną.

Pewnego parnego i dusznego lipcowego dnia zapakowałyśmy bagaż do auta i ruszyłyśmy w drogę.

Dwa dni wcześniej studiowałyśmy mapę, a teraz Brilka chciała mi udowodnić, że jest dobrym przewodnikiem. W dzień poprzedzający wyjazd walczyłam z pokusą zadzwonienia do Amana. Spojrzałam na grafik jego *tournée* – w tej chwili musiał dojeżdżać do Brna. Ale co miałam mu powiedzieć? Że mi go brakuje, że zasypiam z jego dziurawym podkoszulkiem, że piję z jego kubka, że zamierzam podjąć najbardziej absurdalną podróż mego życia, że najbardziej ze wszystkiego nienawidzę składania obietnic i mam nadzieję, że znajdę dla Brilki inne, lepsze rozwiązanie niż obecne?

Nie zadzwoniłam do Amana.

Pierwszy nasz postój zaplanowałyśmy w Wiedniu. Czułam się dziwnie lekka, a zarazem podekscytowana. Cieszyłam się, że jadę do Gruzji, ale przerażała mnie chwila przyjazdu. W drodze Brilka mówiła nieprzerwanie o Kitty Jaszi, o jej muzyce, o jej życiu. Analizowała jej płyty, puszczała mi jej piosenki, zwracała uwagę na pewne niuanse i szczegóły kompozycji. W drodze do Wiednia lało jak z cebra i wiele godzin stałyśmy w korku na autostradzie. Były piosenki Kitty Jaszi i euforyczny głos Brilki. Snułyśmy plany i przypuszczenia dotyczące kolejnych dni. Zatrzymywał nas zapach smażonego tłuszczu dochodzący z przydrożnych zajazdów, sprzeczałyśmy się o przerwy w naszej podróży i o to, czy mogę jeszcze wypalić papierosa. Grałyśmy w głupie gry, w miasto – państwo – rzekę. Pomiędzy tym wszystkim milczałyśmy albo Brilka zapadała w niespokojny sen, a wtedy obserwowałam ją kątem oka, żeby się upewnić, że wszystko jest w porządku. Byłyśmy tylko my obie i przeszłość, do której teraz wracałam, a którą Brilka uważała za przyszłość.

Byłyśmy tylko my obie, wszystko inne zaś oddalało się ode mnie, jakby nigdy nie istniało, znikało z każdym kilometrem, który zostawiałyśmy za sobą. Jakby było moją decyzją, że pojadę z Brilką w życie, które ona wskazywała mi swoim szczupłym palcem.

Dojechałyśmy do Wiednia. Do miasta, które sprawiało na mnie wrażenie, jakby w przeszłości było świadkiem czegoś strasznego, a teraz z przerażenia wstrzymywało oddech i od tamtej pory nigdy nie mogło zaczerpnąć świeżego powietrza.

Euforia Brilki narastała.

Zostawiłyśmy auto przed małym hotelikiem i pojechałyśmy tramwajem do centrum. Brilka biegła przede mą, podskakując i zacierając ręce. Najwyraźniej nastawiała się na duże atrakcje, choć sama nie dowierzała, że uda jej się przeprowadzić swój plan. Kiedy wspólnie próbowałyśmy zlokalizować na planie miasta mieszkanie Fred Lieblich, zapytałam mimochodem, w jaki sposób zdobyła adres Fred. Odparła, że po prostu zadzwoniła do fundacji w Londynie. Tłumaczyła im wielokrotnie, kim jest i czego chce. Pisała też listy i e-maile. I w końcu któryś z jej listów albo e-maili trafił do Fred, do Wiednia, i Fred jej odpisała. W kopercie była tylko kartka z adresem. „I to wszystko. Ani słowa więcej. Możesz sobie wyobrazić? Ona chciała, żebym przyjechała!” Wtedy Brilkę opętała myśl, że musi pojechać do Wiednia.

Nie dałam po sobie poznać, że imponowała mi swoją nieustępliwością, swoim upartym dążeniem do celu.

Przeskakiwała co drugą płytę chodnika, plecak huśtał się na jej plecach w lewo i w prawo jak u żółwia z za dużym pancerzem. Włosy jej urosły i nie sterczały już jak u jeża. Na nogach miała moje klapki, a długie jak źdźbła traw nogi poruszały się pewnie i w odróżnieniu od niespokojnego tułowia zdawały się tworzyć solidną podstawę, jakby wiedziały, dokąd mają zanieść swoją właścicielkę. Nie mogłam oderwać od niej wzroku. Szłam z tyłu, w pewnej odległości, żeby ją obserwować. W miarę zbliżania się do celu stawała się coraz bardziej milcząca, zamyślona, spięta. Szłam za nią, wierząc, że znajdzie to, czego szuka.

Dotarłyśmy do placu o nazwie Naschmarkt. Brilka porównywała każdy szyld z planem miasta, by upewnić się, że dobrze identyfikuje okolicę. Zatrzymałyśmy się przed domem, którego balkony były podtrzymywane rzeźbami muskularnych ramion tytanów. Brilka odczytywała w skupieniu nazwiska umieszczone przy domofonie. Jej twarz się rozjaśniła. Była u celu. Nacisnęła dzwonek.

Sygnał otwierania drzwi rozległ się natychmiast, jakby ktoś spodziewał się naszego przybycia. Weszłyśmy na klatkę schodową z marmurowymi schodami. Na ostatnim piętrze zobaczyłyśmy szeroko otwarte rzeźbione drzwi do mieszkania. Nieśmiało weszłyśmy do środka, Brilka przepuściła mnie przodem. Wewnątrz uderzył nas zapach świeżej farby.

– Halo!? – zawołałam w głąb pustych pomieszczeń i usłyszałam echo własnego głosu.

Parkiet był świeżo wycyklinowany, ściany pomalowane, mieszkanie dopiero co przeszło najwyraźniej generalny remont. W drzwiach prowadzących w głąb mieszkania ukazała się elegancka dama w średnim wieku w ciemnoniebieskim kostiumie i naszyjniku z pereł, lecz na nasz widok jej uprzejmy uśmiech zgasł i przeszedł w wyraz zdziwienia.

– Och, oczekiwałam państwa Lambertów. Najwyraźniej pomieszały mi się godziny. Panie zapewne chcą obejrzeć mieszkanie?

Mimo że Brilka nie rozumiała po niemiecku, w lot pojęła sytuację i na jej twarzy odmalował się wielki zawód. Zmalała jakby, zgarbiła się i zaczęła szurać nogą po wylakierowanym parkiecie.

– Przepraszamy za tę niezapowiedzianą wizytę. Przyszłyśmy tu w poszukiwaniu pani Lieblich. Myślałyśmy... – przerwałam i powiodłam wzrokiem po jasnych ścianach obszernego mieszkania.

– Pani Lieblich od miesiąca nie żyje, przykro mi. Jestem agentkę. Pokazuję jej mieszkanie potencjalnym nabywcom. – Wręczyła mi wizytówkę, jakby licząc, że i mnie zainteresuje ta oferta. – Mieszkanie przeznaczone jest na sprzedaż – dorzuciła z wyćwiczonym, profesjonalnym uśmiechem.

Brilka zrozumiała wiadomość o śmierci, zrobiła w tył zwrot i wyszła. Nie wiedziałam, co odpowiedzieć, lecz agentka wyręczyła mnie, pytając:

– Były panie zaprzyjaźnione z panią Lieblich?

– Nie, w każdym razie nie bezpośrednio.

– To była wielka indywidualistka. Miała ponad osiemdziesiąt lat, ale ciągle młody umysł i – tu długo szukała właściwego słowa – do końca cięty język, naprawdę, nie przebierała w słowach, trzeba przyznać. Ale lubiłam ją jako klientkę, chociaż potrafiła być bardzo, powiedzmy, uparta.

– Cały czas mieszkała w tym mieszkaniu?

– Odkąd wróciła z Londynu, tak. To ja je dla niej kupiłam. Pani Lieblich miała sprecyzowane oczekiwania, wiedziała, czego chce, i nie była rozczarowana, kiedy tu weszła. Zobaczyła mieszkanie i została. A u góry, widzi pani te schody, jest rodzaj osobnego mieszkanka, tam było jej atelier. W ostatnich latach rzadko jednak z niego korzystała: stawy odmawiały jej posłuszeństwa.

– Miała jakichś krewnych? Ktoś się o nią troszczył?

– Nie. W ogóle nie lubiła, kiedy ktoś próbował się z nią bliżej zaprzyjaźniać. Niezbyt dbała też o kontakty z sąsiadami. Ale wcale nie była samotna. Tacy ludzie jak ona dokładnie wiedzą, jak chcą spędzać swój czas.

– A spadek?

Spojrzała na mnie podejrzliwie, lecz kiedy skłamałam i napomknęłam o dalekim pokrewieństwie, poinformowała mnie:

– W testamencie zostało zapisane, że pieniądze uzyskane ze sprzedaży mieszkania zostaną przekazane fundacji Kitty Jaszi, znanej piosenkarki z lat sześćdziesiątych i siedemdziesiątych i przyjaciółki pani Lieblich. Kitty Jaszi popełniła samobójstwo. Ale to było dawno temu – mówiła spiskowym tonem, jakby fakt, że Kitty odebrała sobie życie, zasadniczo określał jej biografię.

– Fundacja Kitty Jaszi, mówi pani?

– Dla dzieci uzdolnionych muzycznie, z siedzibą w Londynie. Pracują w niej bardzo mili ludzie. Ale czy mogę zapytać, kim pani jest i...

Z kłopotu wybawił mnie dzwonek do drzwi i pojawienie się potencjalnych kupców.

Zaczęłam rozglądać się za Brilką, lecz jej już nie było. Zanim wyszłam, spytałam jeszcze agentkę, kiedy dokładnie zmarła Fred Lieblich, i obliczyłam, że było to trzy dni po tym, jak przyjechałam do Mödling i zabrałam z sobą Brilkę do Berlina. Zbiegłam schodami na dół, a wyszedłszy na ulicę, dostrzegłam Brilkę w odległości kilku metrów od wejścia: siedziała na środku chodnika, z twarzą schowaną w dłoniach. Czułam się niezręcznie, widząc, że płacze, ale podeszłam i usiadłam obok niej. Nie próbowałam jej objąć ani pocieszać – czułam, że słowa byłyby tu daremne. Czekałam, aż dojdzie do siebie, spojrzy na mnie i sama coś powie. Niejasno czułam, że zawiodłam. Dlaczego nie przyjechałam z nią tutaj od razu, miesiąc temu, kiedy byłyśmy w Wiedniu!?

– Ona umarła, tak? – spytała Brilka, nie podnosząc głowy.

Moją odpowiedzią było najpierw milczenie, lecz po chwili przyszła mi do głowy pewna myśl i odparłam:

– Umarła już zeszłej zimy. Zapytałam o to specjalnie agentkę. Nie musimy sobie niczego wyrzucać. I tak nie zastałybyśmy jej już przy życiu.

Chyba nigdy w życiu nie gardziłam sobą tak jak właśnie teraz, kiedy wciskałam jej to kłamstwo.

O, jak wzniosłe to uczucie,
płynąć lekko w toni wód.
Michaił Lermontow

Kiedy pozostawiłyśmy za sobą włoską granicę, zmieniła się nie tylko barwa słońca i zapach powietrza, ale i wyraz twarzy Brilki, która od wyjazdu z Wiednia nie zamieniła ze mną ani słowa, nie dzieliła się już ze mną swoją muzyką, tylko wkładała słuchawki na uszy, jakby karała mnie za swój żal z powodu naszego spóźnionego przyjazdu do Wiednia.

Z jeszcze większą niż zazwyczaj pasją rozdzielała też podczas posiłków na postojach jedzenie na talerzu według kolorów, a na moje pytania odpowiadała półsłówkami. Z zapamiętaniem zapisywała coś w swoim notesie, traktując własne kolano jako podkładkę. Rozmowa z nią była niemożliwa. Wykonywała gesty, jakich nie widziałam u niej w Berlinie, na przykład żegnała się trzy razy, kiedy przejeżdżałyśmy obok miejsca wypadku, albo rysowała sobie na ręce pięć gwiazdek, gdy przekraczałyśmy granice państw.

Żeby ją rozweselić, zatrzymałam się we Florencji. Piękny hotel zamówiłam telefonicznie, z drogi. We Włoszech poczuła się nieco lepiej. Może dlatego, że nie miała w tym kraju niczego do załatwienia, co groziłoby klapą; tu było samo słońce i piękno. Zwiedziłyśmy Florencję, pokazałam jej kilka ulubionych miejsc, jakie odkryłam dla siebie podczas mojej pierwszej podróży do Włoch. Lecz i to nie całkiem pomogło. Brilka odpowiadała wprawdzie na pytania, miała też lepszy apetyt, ale nie przejawiała inicjatywy. Ani czekoladowe włoskie lody, ani widok z Piazzale Michelangelo na nocne, barwne światła miasta nie ożywiły jej zanadto.

Tylko raz, kiedy na Piazza della Repubblica przystanęłyśmy, by posłuchać ulicznego skrzypka, odtajała na chwilę i zaczęła się kołysać w takt muzyki. Obserwowałam ją ukradkiem. Tak jak wtedy z Amanem zatopiła się we własnym świecie. Widok dwunastoletniej dziewczynki chwytającej w zapamiętaniu życie fascynował nie tylko mnie, ale i przechodniów. Jednak w odróżnieniu od Berlina, gdzie gdy patrzyłam na nią, ogarniała mnie duma i podziw, teraz czułam smak goryczy pomieszanej ze skruchą, że nie zawiozłam jej na czas do Wiednia, że okłamałam ją i zawiodłam.

W drodze do domu nie wytrzymałam, chwyciłam ją za łokcie i wybuchłam: to nie moja wina, niech przestanie mnie karać swoim zachowaniem. Powtórzyłam kłamstwo, że Fred Lieblich nie żyje od kilku miesięcy, trzymałam się tego, sama chciałam w to wierzyć. Lecz mój wybuch nie wywarł na niej większego wrażenia. Słuchała mnie w milczeniu, kilka razy mrugając tylko oczami okolonymi gęstymi rzęsami.

Kiedy następnego ranka obudziłam się, nie było jej już w pokoju – zeszła na dół na śniadanie. Na jej łóżku leżał pozostawiony pękaty notatnik. Wahałam się, czy zajrzeć do środka. Ostatecznie przeważyła ciekawość – ostatnio prawie wcale ze mną nie rozmawiała. Kartkowałam notatnik, aż trafiłam na zapiski z Berlina. Ich treść dotyczyła w większości mnie; pojawiałam się niemal w każdym jej wpisie. Nie były to szczególnie miłe rzeczy. Miejscami ton był uszczypliwy, prawie sarkastyczny, aż trudno było uwierzyć, że napisała to dwunastolatka. Z zapisków tych, rzadko kiedy wychodzących poza pół stroniczki, przez co tym prawdziwszych, bił porażający smutek.

Nie mogłam się od nich oderwać. Wydało mi się, że mam przed sobą tajemną księgę, której szukałam od lat i którą w końcu znalazłam. Księgę objawienia. Rozgorączkowana wertowałam notatnik Brilki, posuwając się w stronę początku. Tam ton był inny, mniej emocjonalny. Opisy codziennych zdarzeń lub układów choreograficznych, jakie znalazłam, również fascynowały mnie swoją precyzją.

A potem natknęłam się na stronę napisaną ostatniej zimy. Zawierała ona urwane, osobne zdania, napisane, jak się zdaje, w ciągu jednego miesiąca. „Nienawidzę tego wszystkiego. Nienawidzę ich". Dwa dni później: „Nie będę się modlić, dopóki babcia nie przekona mnie, że mama jest u Boga". Potem: „Aleko znowu wysłał mnie dziś do szkoły. Nie wiem, co mogę jeszcze wymyślić, żeby pozwolił mi zostać w domu. Nie mogę mu opowiedzieć, co mi zrobili, gdy byłam w ubikacji, bo on opowie Elene, a ona będzie płakała albo jeszcze więcej się modliła". Strona kończyła się tak: „Dostałam dzisiaj od niej!!! list. List od F.L. Od teraz wszystko będzie dobrze. Wszystko będzie inaczej". Kilka stron dalej znalazłam wpis: „Jeśli dziś wieczór trzy razy przebiegnę schody w górę i w dół, to na pewno nie będzie grzmiało". I: „Jeżeli Elene zrobi dzisiaj kotlety mielone, to jutro w szkole nie będą celować we mnie papierowymi kulami".

Na krótko przed odłączeniem się od grupy w Amsterdamie i ucieczką do Wiednia zanotowała: „I kiedy już zdobędę prawa, wtedy do niej zadzwonię i poproszę, żeby przyjechała po mnie, jeśli tylko babcia nie zawiadomi jej wcześniej. Będzie to zależało od tego, kiedy odkryją moje zniknięcie z hotelu. Dziś znalazłam w internecie tani bilet. Wtedy pojedziemy do niej i potem, kiedy spędzimy już z sobą trochę czasu, zapytam ją o to. Jeszcze nie wiem dokładnie jak, ale ją zapytam. Może tak: »Czy chcesz napisać historię do mojej choreografii?«. Ale może przyjdzie mi do głowy coś lepszego. Jestem taka szczęśliwa. Niedługo, niedługo, już niedługo".

Ostatnia notatka, którą byłam w stanie przeczytać, zanim łzy przesłoniły mi wzrok, brzmiała następująco: „Jeśli uda mi się dotrzeć do W., jeśli babcia do niej zadzwoni, a ona po mnie przyjedzie, jeśli mnie z sobą zabierze, to nie umrę".

Jak mogłam być tak ślepa!? Jak mogłam tak konsekwentnie nie chcieć widzieć tego, co samo rzucało się w oczy? Jak mogłam przez wszystkie te lata tak zupełnie ignorować istnienie Brilki? Jak mogłam, sparaliżowana własną niemożnością, zachowywać się tak, jakby Brilka nie istniała? Ona, która tak uparcie dążyła do tego, by znaleźć dla siebie i swoich zjaw nową, lepszą historię...

Wtedy, w samochodzie na ciemnej wiejskiej drodze, kiedy w ostatniej chwili uniknęłam przejechania sarny, powinnam była powiedzieć Brilce, że moje łzy, moje wzruszenie wynikały nie z tego powodu, że niewiele brakowało, a zabiłabym piękne zwierzę, lecz z odkrycia, że umiem jeszcze kochać.

Kochać ją.

Dlaczego jej nie powiedziałam, że łatwiej się żyje z pustym miejscem między żebrami niż z nieustannym lękiem, który wszystko niszczy? Dlaczego nie miałam odwagi jej powiedzieć, że miłość, którą ona, Brilka, mogła we mnie wzniecić, zagraża mojemu życiu? Zbyt dobrze wiedziałam, ile nienawiści pozostawia po sobie miłość, kiedy się kończy, i jak potrafi zmienić się w niszczycielski żywioł, jeśli osoba, do której jest skierowana, nie potrafi na nią odpowiedzieć lub jeśli odejdzie.

A jednocześnie zadawałam sobie pytanie, jak oprzeć się tej miłości, jak stawić czoło powodzi, którą z sobą niesie? Jak powstrzymać tę armię postaci, która wraz z miłością wkroczy w moje życie? Jak nie dopuścić do tego, żeby w drzwiach mego domu pojawiła się moja siostra o różnokolorowych oczach, Stazja ze zjawami grającymi w karty, Kostia ze swym zatruwającym wszystko smutkiem, nieznana mi siostra Kostii, Kitty, i jej z lekka niesamowite piosenki, stary przyjaciel Kitty z wybrzeża w Anglii, Kristine z nieosłoniętą niczym twarzą w ostatnich godzinach swego życia, Dawid i jego krąg. Moja matka i jej martwe oczy, gdy opłakiwała swoje ukochane dziecko. Celo i jego nagie lędźwie, wciskające się we mnie od tyłu. Żeby nie przetoczyła się przeze mnie armia istnień, wobec których będę bezsilna.

W jaki sposób miałam jej wytłumaczyć, czym jest dla mnie życie od chwili, kiedy zobaczyłam nieruchome ciało Darii po jej upadku z tarasu na poddaszu? Jak miałam jej wytłumaczyć, czym jest lęk przed tym, że wrócę do ojczyzny i przekonam się, że nie znajduję niczego, co kiedyś było częścią mnie samej, niczego, co by mnie przyciągnęło, dało mi poczucie utożsamiania się, poczucie bezpieczeństwa? I czym jest lęk przed tym, że nie istnieje nic, co by przypominało mi mnie samą z czasu, nim załamał się świat, mój świat, nasz świat, świat, w którym wtedy żyliśmy, a z którego nie pozostało nic oprócz kurzu, grobów i martwych marzeń. Czy życie było naprawdę dywanem, którego wzór daje się czytać? I dlaczego do tej pory jeszcze się tego nie nauczyłam?

Jechałyśmy wzdłuż wybrzeża Adriatyku. Czas pokawałkowałyśmy na fragmenty. W gruncie rzeczy nie był nam już potrzebny, miałyśmy swój własny czas. Jechałyśmy na spotkanie naszych wspomnień, tylko nie byłyśmy jeszcze gotowe dzielić się nimi z sobą. Zatrzymywałyśmy się na małych, dzikich plażach. Brilka bała się wody, ale stopniowo nabierała do mnie zaufania. Wypływałyśmy w morze. Obserwowałyśmy słońce, które głaskało nas pod powierzchnią wody.

Na plaży w Bari Brilka nałożyła mi na uszy swoje słuchawki i zachęciła mnie do tańca. Ona, mistrzyni w swoim fachu, mnie, posłusznej uczennicy, dodawała odwagi i korygowała mój sposób poruszania się. Zaczęłam pić fantę i pozwoliłam na to, żeby Brilka wskazywała mi drogę. W Brindisi wsiadłyśmy na prom i przyglądałyśmy się, jak wysokie fale opierają się deszczowi.

Przypłynąwszy do Grecji, znowu wsiadłyśmy do auta i przejechałyśmy w poprzek cały kraj, nocując w małych hotelach i pensjonatach. W Grecji wróciła Brilce lekkość i radość istnienia. Dotarłyśmy do Salonik i zabawiłyśmy tam trzy dni. Jadłyśmy białe i żółte lody. Tutaj właśnie odważyła się spróbować lodów malinowych, choć czerwony kolor był dla niej dotąd tabu. Odczuwałam dumę, widząc, że zaczyna przemagać swoje lęki.

W Turcji znowu zaczęła zadawać pytania. Tym razem odpowiadałam szczerze, jej pytania nie budziły już we mnie lęku.

Kiedy dotarłyśmy do wybrzeża Morza Czarnego, nagle wybuchła płaczem, tak że musiałam zatrzymać samochód na stacji benzynowej. Wybiegła z auta, zamknęła się w toalecie. Musiałam na nią czekać kilka godzin.

Pozwoliłam jej na ten smutek. Smutek z powodu granic, które znów tutaj się czuło, i smutek z powodu ciemnej barwy Morza Czarnego. Pozwoliłam jej na ten smutek, ponieważ wkrótce miałyśmy dojechać do celu, który – jak wiedziałam – nie był już jej celem, odkąd uciekła z hotelu w Amsterdamie.

Za oknami naszego samochodu zmieniał się krajobraz. Zmieniała się woda. Zatoki, ulice, ludzie byli inni. Domy i zapachy też. I myśmy się zmieniały, nie umiejąc tego nawet ująć w słowa. W Hopie przekroczyłyśmy granicę z Gruzją i wolno posuwałyśmy się górskimi drogami, gubiłyśmy się między wąwozami, znowu się wynurzałyśmy, jechałyśmy alejami wysadzanymi piniami i w końcu dojechałyśmy do Batumi. Dojechawszy tam, wynajęłyśmy pokój i poszłyśmy na spacer w chorobliwie żółtym świetle księżyca w stronę plaży, która dziwnym trafem była pusta. Usiadłyśmy na piasku i zaczęłyśmy wrzucać kamyki do wody. Przyznałyśmy się przed sobą, że obawiamy się końca naszej wyprawy.

– I jak to jest? – zapytała mnie po chwili.

– Jak jest co?

– Wrócić. Czujesz coś?

– Potrzeba mi jeszcze trochę czasu. Na razie nie czuję tego miejsca.

– Ile godzin jazdy mamy jutro przed sobą?

– Jeśli wyjedziemy odpowiednio wcześnie, będziemy na miejscu późnym popołudniem albo wczesnym wieczorem.

– Jak długo zostaniesz?

– Jeszcze nie wiem. Muszę...

Umilkłam. Równie dobrze jak ona wiedziałam, że nic nie muszę. Że „muszę" odpadło ode mnie z chwilą, kiedy wsiadłam z nią do auta. Że moje życie trwa tu i teraz, z nią obok mnie, w tym aucie, na tych drogach. Ale nie dokończyłam zdania. Mój lęk przed tym, co zaczęło się we mnie budzić, był jeszcze zbyt silny.

Do Tbilisi dotarłyśmy wczesnym wieczorem.

Szukałem, ach, mojej miłej grobu,
Pytając wszędzie: czy ktoś wie, gdzie jest?
Płakałem, a serce bolało:
Gdzieżeś, miła Suliko?

Akaki Cereteli

W Zielonym Domu spędziłam dwa tygodnie. Pozwalałam mamie, by mi dogadzała, i grałam z Alekiem w tryktraka. Wychodziłam na wzgórze, wypatrywałam zjaw koło starej wiśni. Ale nie byłam na tarasie na poddaszu, dokąd wejście zagradzały teraz zabite na głucho drzwi. Jeździłam do miasta, siadałam w nowo otwartych kawiarniach i restauracjach, włóczyłam się bez celu po ulicach. Nie chciałam słyszeć tego, co miasto miało mi do powiedzenia, i wszystko, z czego mogłam mu się wyspowiadać, zachowywałam dla siebie. Wypytywałam o ludzi, których wcześniej znałam. Rozglądałam się niepewnie wokół siebie. Nie dawałam się wciągnąć w polityczne dyskusje Alekowi, który uważał, że sytuacja w kraju zmienia się na lepsze, nowy prezydent wyznaje zachodnie wartości, a jego nowy gabinet uwolni Gruzję od Rosji i poprowadzi ją w stronę Europy.

Chodziłam w miejsca, w których dawniej bywałam codziennie, szukałam dobrze mi niegdyś znanych ulic i budynków, ale były mi teraz obce.

Tylko w czasie spędzanym z Brilką, wieczorami, kiedy Brilka dla mnie tańczyła, kiedy jadłyśmy razem, kiedy pokazywała mi coś, co było dla niej ważne, kiedy rano budziła mnie i zalewała potokiem słów – wtedy czułam się jak w domu.

Pewnego wieczoru wykręciłam numer telefonu, który miałam jeszcze w głowie. Od razu poznałam głos Lany. Ona natomiast potrzebowała kilku chwil, żeby się zorientować, z kim rozmawia. Potem zaczęła mnie zapewniać, jak bardzo jej mnie brakowało i jak się cieszy, że mnie słyszy. Widocznie nie przedstawiałam już żadnego niebezpieczeństwa dla jej syna. Odległość i lata, jakie nas dzieliły, stały się najlepszą ochroną. Kiedy spytałam ją w końcu o Mira, zaczęła tłumaczyć, że Miro jest zajęty, podała mi jednak numer jego komórki i zaprosiła do siebie na kolację, z czego udało mi się wymówić. Jasne, na odległość łatwo było mnie lubić. Zadzwoniłam do Mira i umówiłam się z nim następnego dnia w kawiarni na Starym Mieście. Od początku zachowywał się z dystansem, ostentacyjnie bawił się kluczykami od samochodu i pachniał obcymi perfumami. Mówił tylko o pracy: kieruje małą firmą budowlaną, która fantastycznie funkcjonuje na rynku, bo rynek nieruchomości przeżywa boom. Wspomniał też coś o podróżach. Odnosiłam jednak wrażenie, że jego życie jest w gruncie rzeczy całkowicie podporządkowane pracy i że jest w nim wszystko oprócz życia właśnie. Nie pytał mnie o nic, jakby się obawiał, że może usłyszeć coś, co zachwieje jego z trudem wypracowaną równowagą. Coś, co podważy wizerunek szczęśliwego, niezłomnego mężczyzny. Jednak w pewnym momencie, kiedy nie mogłam już dłużej znieść jego gry, dotknęłam delikatnie jego ręki, pytając, jak żyje mu się naprawdę.

– Właśnie ci przecież opowiadam, jak żyję – odparł i zaśmiał się nerwowo.

– Te bzdury to jest to? Pytam, jak ci się żyje, Miro. Możesz się oczywiście bardzo wysilać, żeby grać przede mną kogoś obcego, ale mnie nie nabierzesz.

– Ja się nie wysilam.

– Myślałam, że zapytam cię o dziesiątki spraw, choć teraz mi się wydaje, że nie mam żadnego pytania.

– I tak jest dobrze.

– Chciałam cię po prostu zobaczyć, dowiedzieć się, jak żyjesz. Nie przyszłam tu po to, żeby robić ci wymówki.

– Dlaczego miałabyś mi robić wymówki?

– Może dlatego, że całowałeś się z moją zagubioną siostrą, że potem zostawiłeś mnie w pociągu i uciekłeś, choć mieliśmy jechać razem. Może dlatego, że bardzo mnie zraniłeś...

– A więc jednak wymówki... Zostawmy to.

– Dokąd wtedy poszedłeś, kiedy wysiadłeś z pociągu?

Przez chwilę patrzył na mnie wielkimi oczami, przez chwilę myślałam, że dostrzegam w nich coś znajomego, ale jego twarz przybrała zaraz wygląd pozbawiony wyrazu, a ja spuściłam wzrok.

– A co z filmem? – zapytałam jeszcze, nim podniosłam się od stolika.

– Z jakim filmem?

– Z jakim filmem!? – powtórzyłam ironicznie.

– Ach, o to ci chodzi. O Boże, Nica, w jakich czasach ty żyjesz!?

– Proszę cię, odpowiedz mi.

– Miejsce, gdzie przechowywaliśmy film, okazało się nieodpowiednie. Zbyt wilgotne. Większa część filmu uległa nieodwracalnemu zniszczeniu.

Dwa dni przed moim powrotem do Niemiec poszłam z Brilką na grób Kristine, Stazji, Kostii i Darii. Siadłyśmy w cieniu dębu i patrzyłyśmy na kamień nagrobny. Piłam zimne piwo, a Brilka sączyła fantę. Było gorąco, pusto i cicho.

– Nie chcę tu zostać – powiedziała nagle Brilka, zrywając źdźbło trawy.

– Musisz przecież wrócić do szkoły i trenować taniec...

– Weźmiesz mnie z sobą?

Choć od dawna znałam odpowiedź, milczałam.

– Znajdę sposób, żeby zdobyć prawa autorskie do utworów Kitty.

Brilka wadziła się sama z sobą, walczyła z własną dumą, z lękiem przed ponownym rozczarowaniem, a jednak przemogła się. Bo w odróżnieniu ode mnie była odważna.

– Napiszesz dla mnie historię? – zapytała.

– Jaką historię?

Udawałam kogoś, kto niczego nie przeczuwa. Nie mogłam się przecież jej przyznać, że czytałam jej pamiętnik. Nie mogłam ryzykować, że mnie znienawidzi.

– O Kitty i innych. Zrobię z tego przedstawienie baletowe.

– Nie potrafię.

– Czasami cię nienawidzę! – krzyknęła i zerwała się na równe nogi. – Więc jedź sobie! Znikaj! Zostawcie mnie wszyscy w spokoju! – zaczęła krzyczeć.

– Brilko, potrzebujesz ludzi, którzy będę nad tobą czuwać, potrzebujesz życia według pewnych reguł i stałego rytmu dnia. Ja ci tego nie zapewnię. Mam sama wystarczająco dużo problemów. Widziałaś przecież, jak żyję. Brilko, proszę, spójrz na mnie!

– Powiedz to, po prostu to powiedz! Przyznaj się do tego! Nie okłamuj mnie, jak okłamujesz wszystkich: Amana, swoją matkę, Aleka, cały świat i siebie samą, a pewnie jak okłamywałaś też moją matkę – rzuciła mi z wściekłością w twarz.

– Co mam niby powiedzieć?

– Że mnie nie chcesz! Nie jesteś lepsza ani trochę, jesteś nawet gorsza od innych. O wiele gorsza. Powiedz przynajmniej, że mnie nie chcesz, że nigdy mnie nie chciałaś!

– Ale to przecież nieprawda... Stój, zaczekaj!

Brilka zaczęła uciekać między grobami. Rzuciłam się za nią w pogoń.

– Znowu kłamiesz! Zostaw mnie w spokoju. Odejdź! Wszystko poszło inaczej, niż chciałam.

– Brilko, stój!

Próbowała ocierać łzy, bo wiedziała, że nie znoszę, gdy płacze. Jak bardzo chciałabym dać jej coś innego niż te moje odpowiedzi. Ale potwornie, tak potwornie się bałam, nie wiedząc, że to już się stało, że Brilka budzi mnie do życia.

W dniu, w którym jechałam na lotnisko – samochód zostawiłam Alekowi, bo rozsypałby się w drodze powrotnej – Brilki nigdzie nie było. Nie pożegnałam się z nią.

Jestem księgą, lecz sam nie potrafię się czytać.

Robert Barnard

Po przyjeździe do Berlina przez pierwsze dziesięć dni próbowałam wrócić do mojego dawnego życia. Lecz gdy dostrzegłam bezsens moich usiłowań, przestałam podejmować wysiłki w tym kierunku.

Zerwałam umowę o pracę. Wypowiedziałam umowę najmu mieszkania. Pożegnałam się z warsztatem samochodowym. Wynajęłam pomieszczenie w piwnicy i tam przeniosłam cały swój dobytek. Poprosiłam Severina, bym mogła spać u niego przez kilka tygodni. Napisałam e-mail do Amana, prosząc, żeby mi wybaczył, i obiecałam mu, że kiedyś wszystko mu wyjaśnię. Wyjaśnię, co sprawia, że nie potrafię się do niczego zobowiązać, a tym bardziej dotrzymywać obietnic. Odwiedzałam knajpy, magazyny i mieszkania, gdzie grało się w pokera, i odkładałam pieniądze. Na początku października uskładałam tyle, że poleciałam do Anglii.

– Wiedziałem, że pani wróci.

Tymi słowy powitał mnie Georgi Alania, otwierając drzwi.

– Proszę opowiedzieć mi wszystko, wszystko, co pan pamięta, wszystko, co ma związek z panem i moją rodziną. Jeśli nie ma pan nic przeciwko temu, włączę dyktafon.

Alania zgodził się opowiadać. A ja spędziłam u niego ponad tydzień.

Potem poleciałam do Londynu i umówiłam się z Amy mieszkającą w apartamencie dla seniorów w Notting Hill. Kontakt z nią nawiązałam za pośrednictwem Alanii.

Amy poszła ze mną do fundacji Kitty Jaszi. Przedstawiłam tam sprawę, z którą przybyłam. Dzięki pomocy Amy i Alanii oraz oczywiście dzięki temu, że Brilka była jedną z niewielu spadkobierczyń Kitty Jaszi, fundacja szybko wyraziła zgodę. Rozstrzygnięto problemy prawne i wręczono mi umowę: Brilka Jaszi ma odtąd prawo wykorzystać każdą piosenkę Kitty Jaszi do dowolnych tańców i układów choreograficznych i dysponuje wyłącznym prawem do spuścizny po zmarłej artystce.

Potem pojechałam do Wiednia, wynajęłam mały pokoik i zaczęłam pisać. Kiedy kończyła mi się cierpliwość, szukałam miejsc, gdzie grano w pokera. Przebywałam w Wiedniu przez kilka miesięcy, potem spakowałam swoje rzeczy i poleciałam do Petersburga. Tam również wynajęłam pokój, pisałam i grałam w pokera.

Nikt nie wiedział, gdzie jestem. Do nikogo nie dzwoniłam, nikomu nie zdradziłam swojego adresu, nie zawierałam bliższych znajomości i szukałam tylko tych miejsc, które miały znaczenie dla historii, które opisywałam.

Nie utrzymywałam też kontaktu z Brilką.

Z Petersburga pojechałam pociągiem do Moskwy. Na ósmym piętrze odrapanego wieżowca pisałam dalszy ciąg swojej historii. Georgi Alania okazał się bardzo pomocny na etapie poszukiwań materiałów w Moskwie. Skontaktował mnie ze swoimi byłymi kolegami, a oni uzupełniali brakujące fakty, udostępniali mi swoje domowe archiwa i razem ze mną szukali odpowiedzi na nasuwające się pytania.

Z Moskwy wróciłam do Berlina, gdzie spotkałam mego byłego szefa projektu wschodnioeuropejskiego. Opowiedziałam mu o swoich poszukiwaniach i zapytałam, czy mogłabym się rozejrzeć w jego prywatnym archiwum. Mój były szef wyraził zgodę.

Potem byłam w Pradze. Z Pragi droga przyprowadziła mnie znowu do Moskwy, a z Moskwy jeszcze raz do Londynu.

Cała ta podróż trwała nieco ponad rok. Przez ten rok każdego dnia myślałam o Brilce. Przez rok nieustannie rozmawiałam z nią w myślach. Przez rok pisałam dzień i noc, żyłam słowami i żyłam na walizkach, zamieniając niekiedy biurko na stół do gry w pokera, a jeden obcy pokój na inny. Stopniowo ogarniał mnie spokój. W trakcie pisania odkryłam na nowo sposób odczuwania wielu rzeczy. Jak ludzie, którzy po ciężkim wypadku na nowo uczą się chodzić albo mówić.

Książkę skończyłam pisać po roku od chwili, kiedy przekroczyłam z Brilką granicę Gruzji, odwożąc ją do domu. Była to książka dla Brilki. Zanim wróciłam do Berlina z gotowym rękopisem w ręce, dotarła do mnie wiadomość o śmierci Alanii. Powiadomiła mnie Amy. Jego ostatnią wolą było, by spopielić jego ciało, a prochy rozsypać na wietrze w zatoce, w której Kitty wypłynęła w morze i nigdy nie wróciła. Pojechałam do Seven Sisters. Tam, stojąc na plaży wśród przybrzeżnych raf, po raz pierwszy od lat poczułam, co znaczy złożone w nas przez kogoś zaufanie.

W Berlinie poszłam do klubu, w którym ciągle jeszcze występowali Baronowie. Z zamkniętymi oczami słuchałam *jam session*. W przyciemnionym świetle reflektorów policzki Amana nie wydawały mi się zapadnięte jak dawniej i nie wodził on wokół półprzytomnym spojrzeniem jak niegdyś.

Po występie, znając jego zwyczaje, złapałam go przy tylnym wyjściu. Kiedy wkładał papierosa do ust, podałam mu z boku ogień.

– Niedługo wrócę – powiedziałam.

– Jak to: niedługo wrócisz? Przecież właśnie przyjechałaś i stoisz przede mną.

– Za trzy dni znowu wyjadę, ale wrócę i wtedy już zostanę.

– Dobrze wyglądasz, Nico.
– Mam dobry czas. Ty też dobrze wyglądasz. Słuchaj, czy to coś poważnego?
– Co masz na myśli?
– No, tę twoją koszulę i wodę kolońską... Chyba ktoś za tym się kryje, co? Więc jak: coś poważnego? No wyduś to z siebie, przecież nie liczyłam na to, że będziesz mi wierny.
– Czy to dla ciebie ważne, czy to jest coś poważnego?
– Nie odpowiadałeś na moje maile.
– Ty też nigdy mi nie odpowiedziałaś.
– Masz rację. Nie odpowiadałam. Ale nie odpowiadałam nikomu.
– Cieszę się, że cię widzę – zamruczał Aman i objął mnie ramieniem.
Przycisnęłam głowę do jego brody i trwaliśmy tak przez chwilę.
– Jestem ci jeszcze winna pewną odpowiedź. Odwiedź mnie, jak wrócę.
Napisałam mu swój nowy adres we Friedrichshain na pudełku zapałek. Wziął je niepewnie. Nagle zaśmiał się i pokręcił głową.
– Jesteś mi winna o wiele więcej.
– Zawsze spłacam swoje długi.
Odpowiedziałam na jego uśmiech i zaczęłam się oddalać.
– Hej, a dokąd właściwie jedziesz?
– Powiedziałam, że wrócę.
– Kiedy?
– Niedługo.
– Znam twoje niedługo. Ostatnim razem trwało ponad rok. Czy ja jeszcze wtedy będę...
– No cóż, tym razem ja też muszę zaryzykować.

2007

Wczesnym rankiem siódmego listopada przyjechałam do Tbilisi. Dwa dni wcześniej Brilka skończyła czternaście lat. Wzięłam taksówkę i pojechałam do Zielonego Domu. Nikt się mnie nie spodziewał. Nikt nie wiedział, że przyjadę. Weszłam po schodkach, usiadłam na werandzie. Było chłodno, ale nie miało to dla mnie znaczenia. Czekałam, aż dom i jego mieszkańcy obudzą się ze snu, i obserwowałam, jak powoli rozjaśnia się pochmurny listopadowy dzień.

Krótko po ósmej usłyszałam w środku kroki Elene. Zapukałam. Matka krzyknęła na mój widok, a potem rzuciła mi się na szyję, przywołując Aleka. Nie miałam odwagi pytać o Brilkę, lecz Elene wyjaśniła od razu, że Brilka jest u dziadków, u rodziców Laszy, bo zapowiadane są duże opady śniegu. Przez ostatni tydzień mieszkała u nich, stamtąd ma bliżej do szkoły.

– Zwariuje, jak się dowie, że tu jesteś! Tak często mówi o tobie, Nico. Bardzo urosła, nie poznasz jej. Ale przemądrzała i bezczelna jest jak zawsze!

Elene, robiąc kawę, pytała, gdzie byłam przez cały ten czas i dlaczego nie dawałam znaku życia. Czy pochłonęła mnie praca.

– Tak, ale tym razem był to trochę inny rodzaj pracy. Zaraz pojadę do miasta i odbiorę Brilkę ze szkoły. Czy moim samochodem da się jeszcze jeździć?

– Twój samochód trzyma się całkiem nieźle. Własnoręcznie go naprawiłem – wyjaśnił Aleko, którego broda stała się śnieżnobiała.

– W mieście musisz uważać, Nico, niedługo odbędą się u nas wybory i każdego dnia są demonstracje – wtrąciła Elene.

– Demonstracje? Przeciwko czemu?

– No, przeciw rządowi, przeciw prezydentowi, przeciw komu by? – Elene przewróciła oczyma, tak niemądre wydało się jej moje pytanie.

– Tak? A ja myślałam, że prezydent jest człowiekiem nadziei...

– Wszyscyśmy tak myśleli. Tylko że w tym kraju nie istnieje żadna opozycja. Bezrobocie też nie zmniejszyło się ani na jotę. Owszem, były reformy i restrukturyzacje, ale pieniądz nadal płynie do prywatnych kieszeni i powstaje pytanie, dla kogo było to wszystko? W tym kraju nigdy nie zapanuje spokój, Niciko!

– Pojadę tylko do miasta, odbiorę ją ze szkoły i wrócimy do domu. Nie mam zamiaru iść na demonstrację.

– Policja pojawia się w wielkich grupach. Obawiamy się, że sytuacja jeszcze się zaostrzy.

– Kiedy jechałam w tę stronę, było bardzo spokojnie. Przejechałam bez kłopotów.

– Ludzie jeszcze śpią. Ty przecież wiesz, że w tym kraju rewolucję robią tylko wyspani. Bez odpowiedniej racji snu Gruzin nie robi demonstracji ani zamachów – skomentował Aleko i objął mnie ramieniem.

Piliśmy mocną kawę Elene. Wysłuchałam pretensji Aleka pod adresem państwa, prezydenta, autorytarnej władzy i smutnej niezdolności Gruzji do wyboru właściwej drogi, a potem wsiadłam do auta, którym przemierzyłam z Brilką wszerz nasz kontynent. Krętymi drogami zbliżałam się do miasta. Przyjechawszy na miejsce, skierowałam się prosto do budynku szkoły Brilki i odszukałam jej klasę. Nauczycielka poinformowała mnie, że Brilka nie pojawiła się dziś na lekcjach. I że zdarza się to często.

Wyszłam ze szkoły i pojechałam do dziadków Brilki, na Didube.

Dziadkowie, lekarze, starsi państwo, zaproponowali kawę i ciasto. Czas zatrzymał się w tym mieszkaniu. Było widać, że renta z trudem wystarcza gospodarzom na życie. W wąskich długich pokojach dostrzegłam ślady bytności Brilki – żółtą pościel, kilka plakatów na ścianach przedstawiających tancerzy, stare płyty Kitty i trzy pary słuchawek na uszy. Serce zaczęło mi walić. Ale Brilki nie było. Dziadkowie oznajmili, że Brilka wyszła od nich jak zwykle z tornistrem na plecach. Zadzwoniłam do Zielonego Domu i poprosiłam Elene o numery telefonów jej przyjaciół, adres szkoły baletowej, podpowiedzenie mi miejsc, gdzie Brilka lubi spędzać czas. Szukałam jej cały dzień, wydzwaniałam pod podane przez Elene numery. Nikt Brilki nie widział, zresztą większość jej znajomych, do których dzwoniłam, wydawała się nie mieć z nią zbyt bliskich kontaktów.

Aleko przyjechał do miasta samochodem sąsiadów. Przez telefon szeptem zasugerował – nie chciał, żeby usłyszała to Elene – że Brilka mogła pójść na demonstrację.

– To by do niej pasowało, mogła to zrobić, choć ją ostrzegałem. Na dziś zapowiedziano dwa duże marsze protestacyjne, jedź na jeden, a ja pojadę na drugi i każde z nas będzie jej tam szukać. Jedź na bulwar Rustawelego, bo przed gmachem parlamentu ma być demonstracja, a ja pojadę na plac Bohaterów, przed gmach telewizji.

Czas znowu stanął w miejscu. Znowu musiałam się cofnąć, lecz tym razem po to, żeby móc iść naprzód.

Na ulicach było coraz więcej ludzi. Słychać było syreny, gęsto jeździły samochody policyjne. Znów widziałam masy ludzi z transparentami i flagami, skandujące i wykrzykujące różne hasła. A ja utknęłam w korku. Klęłam na czym świat stoi, mój niepokój o Brilkę sięgał zenitu. Udało mi się zaparkować auto gdzieś na poboczu, wyskoczyłam z niego i poszłam dalej pieszo.

Szłam w stronę bulwaru Rustawelego, parlamentu i mojej dawnej szkoły. Znowu sama. W tłumie widać było coraz więcej policjantów i funkcjonariuszy służby bezpieczeństwa. Widziałam pałki dyndające przy ich nogach, gumowe pałki w rękach i maski gazowe przytroczone do pasa.

Zaczęło padać. Ktoś krzyknął, że policja atakuje telewizję państwową i za pomocą pałek usuwa stamtąd dziennikarzy. Tłum ruszył w tamtą stronę jak oszalały. Przyspieszyłam kroku, wypatrując Brilki, wołając ją po imieniu. Wtopiłam się w tłum, potem znowu się z niego wynurzyłam, a po chwili znów zostałam wchłonięta. Myślałam o jednym: muszę znaleźć Brilkę. Wszystko inne było mi obojętne.

Szukałam cię Brilko ze wszystkich sił. Ze wszystkich sił chciałam cię znaleźć: wróciłam z napisaną dla ciebie książką.

Nie wiedziałam, czy ty, nastolatka, zdołasz przyjąć i zrozumieć te wszystkie historie. To pytanie nie dawało mi spokoju, lecz nie pozostawało mi nic innego, jak być z tobą bezlitośnie szczera, tak jak ty byłaś szczera ze mną. Wiem, że inna postawa byłaby niewybaczalna, Brilko. Narzuciłam ci ją. Nie musisz bać się już ani błyskawic, ani grzmotów, ani nieszczęścia, ani śmierci. Napisałam to wszystko, żeby odczarować klątwę. Próbowałam usunąć z twojej drogi kamienie, o które mogłabyś się potknąć, i wszelkie inne pułapki. Ty i tak będziesz się potykać, upadać, lecz ja będę blisko, będę ci pomagać, jak umiem, żebyś mogła się podnieść. Od tej pory będę blisko ciebie, do końca mego życia. I to jest jedyna obietnica, jaką mogę złożyć komukolwiek. A składam ją tobie.

Spieszyłam się do ciebie, Brilko. Nie wiedziałam, gdzie jesteś, ale czułam, że jesteś niedaleko i że żaden gaz łzawiący, żadne pałki policyjne, żadna broń mnie nie zatrzymają.

Wiedziałam, że cię znajdę, Brilko. Ponieważ jestem ci winna pytanie, czy chcesz jechać ze mną do Wiednia, do Berlina, wszystko jedno dokąd, ważne, że ze mną. Czy jeszcze potrzebujesz mojej pomocy. Czy dalej chcesz w życiu tańczyć, opowiadając tańcem o życiu innych ludzi. Jestem tu, żeby cię zapytać, czy możesz mi przebaczyć, że już wcześniej nie zaproponowałam ci zamieszkania ze mną, kiedy potrzebowałaś tego najbardziej.

Nie potrafiłam zatrzymać cię przy sobie, nie stanęłam wtedy na wysokości zadania i pchnęłam cię w niewłaściwym kierunku. Nie potrafiłam złagodzić twej samotności, nie potrafiłam dać ci pewności, że znajdziesz to, czego szukałaś. Nie powiedziałam ci, że jesteś dla mnie najniezwyklejszą dziewczynką na świecie.

Tak, Brilko, szukałam cię, żeby ci to powiedzieć.

Zawdzięczam te wersy stuleciu, które wszystkich okłamało i zdradziło. Zawdzięczam te wersy trwającej wiele lat zdradzie, która ciąży mojej rodzinie jak przekleństwo. Zawdzięczam te wersy mojej siostrze, której nigdy nie mogłam wybaczyć, że tamtej nocy wyskoczyła, choć nie miała skrzydeł, mojemu dziadkowi, któremu wyrwała serce, mojej prababce, która tańczyła ze mną *pas de deux*, kiedy miała osiemdziesiąt trzy lata, mojej matce, która szukała Boga... Zawdzięczam te wersy Mirowi, który zainfekował mnie miłością jak trucizną. Zawdzięczam te wersy mojemu ojcu, którego nigdy naprawdę nie poznałam. Zawdzięczam te wersy pewnemu fabrykantowi czekolady i biało-czerwonemu porucznikowi, pewnej więziennej celi, lecz również stołowi operacyjnemu ustawionemu na środku klasy. Zawdzięczam te wersy nieskończenie wielu wylanym łzom, sobie samej, bo opuściłam ojczyznę, żeby się odnaleźć, a coraz bardziej się gubiłam. Ale przede wszystkim zawdzięczam te wersy tobie, Brilko.

Tobie je zawdzięczam, bo zasłużyłaś na ósme życie. Ponieważ mówi się, że liczba osiem oznacza wieczność, rzekę, która ciągle powraca. Ofiaruję ci moje osiem. Dzieli nas jedno stulecie. Czerwone stulecie. Na zawsze i na osiem. Teraz ty jesteś najważniejsza, Brilko. Adoptowałam twoje serce. Swoje cisnęłam daleko. Przyjmij to moje osiem.

Wokoło rozległy się krzyki. Widziałam, jak policjanci rzucili się na jednego z protestujących. I znowu czułam gaz łzawiący, znowu byłam przed moją dawną szkołą. Znów widziałam, że trysnęła krew, że jakiś młody człowiek osunął się na ziemię i że rzucili się na niego uzbrojeni, zamaskowani na czarno mężczyźni. Lecz nie zatrzymałam w oczach tego widoku na trwałe, bo ciągle wypatrywałam ciebie, Brilko, i nikogo więcej.

Raptem stanęłam. Przypomniał mi się dowcip, który właściwie nie był dowcipem, a który opowiedziała mi Kristine dokładnie przed osiemnastu laty, w dniu, kiedy po raz ostatni widziałam ją żywą. Obiecałam ci go opowiedzieć we właściwym czasie. Posłuchaj.

Dante idzie przez czyściec. Przestępcy i zbrodniarze płoną w mękach w wielkim ogniu, niektórzy topią się w morzu krwi. W oddali Dante widzi człowieka, który stoi we krwi tylko po kolana. Podchodzi bliżej, poznaje Ławrientija Berię. Pyta: „Dlaczego u was jest tak płytko, Ławrientij?". A Beria, uśmiechając się szyderczo, odpowiada: „Bo stoję na plecach Józefa Stalina!". I mimo że dowcip ten wcale nie jest śmieszny, teraz, gdy go sobie przypomniałam, musiałam się roześmiać. Wtedy, gdy szarpałam się z Kristine, próbując ją zatrzymać, nie było mi do śmiechu. Teraz tak, owszem.

Stałam i śmiałam się tak histerycznie jak kiedyś Kristine, bo czułam, tak jak ona wtedy, że mijające lata tworzą węzeł, którego nie sposób rozplątać. Widziałam Kristine idącą obok mnie bez zasłony na oszpeconej połowie twarzy, widziałam Kostię, jak kiwa na mnie z daleka, widziałam nawet Hajfisza, jak z dumą czyści broń, przygotowując się do pójścia na wojnę, która – jak się okazało – nie stała się wojną zwycięską, nigdy i nigdzie. Widziałam Kitty, jak śpiewa w Pradze na placu Wacława. Widziałam moją tańczącą prababkę. Widziałam Mira w krótkich spodenkach, z otartymi kolanami, na pustym placu zabaw. Widziałam siebie, zbiegającą stromym zboczem koło Zielonego Domu. W tej ludzkiej ćmie mignął mi też szlafrok Tekli i usłyszałam kroki Sopio Eristawi. Wydawało mi się, że daleko przede mną, w tłumie wznoszącym okrzyki, jest również Ramas i że musi być tam też Georgi Alania i oczywiście Mariam, może także Ida. Zdawało mi się, że doszedł mnie zapach gorącej czekolady, lecz wiedziałam, że teraz jej wypicie nie grozi już nieszczęściem. Bo znalazłam rodzaj zaklęcia zdolnego anulować klątwę związaną z piciem tego napoju – znalazłam ciebie, Brilko, i byłam pewna, że wymyślisz swoje własne zaklęcia, które będą unieszkodliwiać wszelkie klątwy. Jeden z amuletów – drewnianego aniołka Andra Eristawiego – wymacałam nawet w kieszeni mojego płaszcza. Słyszałam Michę Eristawiego doganiającego tłum. Miałam pewność, że jest tu również Daria. Gdzieś w pobliżu, niedaleko mnie.

Minęłam bulwar Rustawelego i zatrzymałam się na placu Wolności – gdzie kiedyś stał pomnik Lenina, a teraz na kolumnie tronował święty Georgi. Plac zapełniał się ze wszystkich stron nieprzebraną rzeką ludzi. Nie zatrzymałam się. Szukałam cię ciągle, Brilko.

I nagle dostrzegłam cię koło ratusza. Stałaś bez ruchu, przypatrując się z fascynacją ludzkiej masie, jakbyś była widzem na fantastycznym filmie. Krzyknęłam w twoją stronę, przez tłum. Było mi wszystko jedno, czy mnie usłyszysz czy nie – najważniejsze, że cię znalazłam. Na ostatnich metrach drogi przebiję się już do ciebie.

Osiemnaście lat temu schowałam się, drżąc, w budynku szkoły, przerażona i zrezygnowana, a ty, Brilko, stałaś teraz spokojnie i patrzyłaś na narastający wkoło zamęt. Wiedziałaś, że sprostasz wyzwaniu, że się nie wycofasz, że konsekwentnie będziesz podążać swoją drogą, niezależnie od tego, skąd będą wiać wiatry i jak odwróci się karta. A ja po raz kolejny odczułam, że jesteś czarodziejską istotą. Przedrzyj się przez niebo i chaos, przedrzyj się przez nas wszystkich, przedrzyj przez te wersy, przedrzyj przez świat duchów i świat realny, przedrzyj przez powrót miłości i wiary, skróć odległość, która zawsze oddziela nas od szczęścia, przedrzyj się przez los, który nie był losem. Przedrzyj się przeze mnie i przez siebie.

Przetrwaj wszystkie wojny. Przekrocz wszelkie granice. Poświęcam ci wszystkich bogów i wszystkie wieńce róż, wszystkie pożary, wszystkie nadzieje, którym ścięto głowę, wszystkie historie. Przedrzyj się przez nie. Bo potrafisz.

Masz ósemkę, pamiętaj o tym. W tej cyfrze na zawsze będziemy z sobą splecione i przez wieki możemy się nasłuchiwać.

Bądź wszystkim, czym byliśmy i czym nie byliśmy. Bądź podporucznikiem, tancerką na linie, marynarzem, aktorką, producentem filmowym, pianistką, ukochaną, matką, pielęgniarką, pisarką, bądź czerwona i biała albo niebieska, bądź chaosem i niebem, bądź nią i mną, a jednocześnie nie bądź, a przede wszystkim nie przestawaj tańczyć *pas de deux*.

Przedrzyj się przez tę historię i pozostaw ją za sobą.

Użyłam tu dla ciebie wszystkich słów, jakie znam.

Naraz twój wzrok powędrował w moją stronę. Rozpoznałaś w tłumie moją twarz. Mocno zacisnęłaś powieki, jakby chcąc odpędzić od siebie tę, jak sądziłaś, ułudę, lecz kiedy otworzyłaś oczy, ja nadal stałam w tym samym miejscu. Zrobiłaś krok w moją stronę. Opuściłaś swój magiczny świat i weszłaś w straszną dookolną rzeczywistość. Z mojego powodu. Mogłam więc mieć nadzieję. Nie widziałam wprawdzie zbyt wyraźnie tego, co wyrażała twoja twarz, ale wystarczył mi krok, jaki zrobiłaś w moim kierunku.

Dzieliło nas teraz tylko kilkadziesiąt metrów, kilka minut, ale jakież to mogło mieć znaczenie wobec faktu, że przemierzyłyśmy razem całe stulecie? Dostrzegłam twoje usta wymawiające moje imię i kiwnęłam głową: tak, jestem tu. Zaraz przy tobie będę. Wtedy zobaczyłam, że się uśmiechasz i wyciągasz ku mnie rękę.

W tym momencie przyszło mi do głowy, że gdzieś, kiedyś, we śnie widziałam takie życie.

Jeszcze chwila i się odnajdziemy.

KSIĘGA VIII
BRILKA